HEYNE BÜCHER

Fantasy

Herausgegeben von Friedel Wahren

Von **Gordon R. Dickson** erschienen in der Reihe
HEYNE SCIENCE FICTION & FANTASY:

Nichts für Menschen · 06/3656
Der ferne Ruf · 06/3662
Uralt, mein Feind · 06/3682
Sturm der Zeit · 06/3871
Wolf und Eisen · 06/5662

DRACHENRITTER-ZYKLUS:

1. Die Nacht der Drachen · 06/3769; auch: 06/5902
2. Der Drachenritter · 06/5903
3. Der Drache an der Grenze · 06/5904
4. Der Drache im Krieg · 06/5905
5. Der Drache, der Graf und der Troll · 06/5906
6. Der Drache und der Dschinn · 06/5907
7. Der Drache und der Wurzelkönig · 06/9049
8. Der Drache an König Arthurs Hof · (in Vorb.)

GORDON R. DICKSON

DER DRACHE UND DER WURZELKÖNIG

Siebter Roman
des Drachenritter-Zyklus

Deutsche Erstausgabe

WILHELM HEYNE VERLAG
MÜNCHEN

HEYNE SCIENCE FICTION & FANTASY
Band 06/9049

Titel der Originalausgabe
THE DRAGON AND THE GNARLY KING
Übersetzung aus dem
amerikanischen Englisch von Silvia Jettkant
Das Umschlagbild malte Boris Vallejo

Umwelthinweis:
Dieses Buch wurde auf chlor- und
säurefreiem Papier gedruckt

Deutsche Erstausgabe 2/2000
Redaktion: Joern Rauser

Erstausgabe by Tom Doherty Associates, Inc., New York
(A Tor Book)

http://www.heyne.de
Printed in Germany 2000
Umschlaggestaltung: Atelier Ingrid Schütz, München
Technische Betreuung: M. Spinola
Satz: Schaber Datentechnik, Wels
Druck und Bindung: Elsnerdruck, Berlin

ISBN 3-453-15631-5

Kapitel 1

»KÖPFE RUNTER!« SCHRIE JIM. »Der nächste, der hochguckt, wird von der Mauer abgezogen! Weitersagen.« Diese Drohung war wohl der beste Weg, die Leute zum Gehorsam zu bringen. Jim sah, wie sich die Köpfe der Männer, die auf dem Wehrgang der Außenmauer hockten, einer nach dem anderen senkten, während der Befehl weitergegeben wurde.

Nur eine Sekunde später regnete es Kriegspfeile; die meisten prallten aber ohne Wirkung auf den Zinnen, dem Wehrgang oder dem Burghof ab. Lediglich einer der Männer wurde an der Schulter von einem steil herniedergehenden Pfeil getroffen.

»Du da!« rief Jim. »Geh runter zur Backstube und laß dir den Pfeil rausziehen. Versuch es nicht selbst. Irgendwer – Little Ned, will sagen Ned Bake-House, hilf ihm die Stufen runter! Gib seinen Helm und Speer an einen anderen weiter und schick den dann die Mauer rauf.«

»Ja, M'lord!« antwortete Ned Bake-House, der pummelige ältere Bruder von Little Ned. Beide waren Diener auf der Burg. Ned Bake-House rannte gebückt den Wehrgang entlang. Diese Eile war durchaus angemessen, denn der Befehl kam von niemand geringerem als dem Baron, Sir James Eckert, der nicht nur Herr über Burg Malencontri war, sondern auch über die ausgedehnten Ländereien in der Nähe (die aber zugegebenermaßen zu achtundneunzig Prozent aus Wildnis bestanden).

Glücklicherweise war nur einer der Bauern und keiner der Burgbediensteten oder gar der wenigen Bewaffneten getroffen worden. Der arme Bursche hatte nicht einmal aufgeschaut, er hatte einfach nur Pech gehabt. Dennoch würde sein Beispiel den anderen auf dem Wehrgang als Warnung dienen. Sie würden von nun an ein wenig vorsichtiger sein und die Köpfe unten halten.

Aber der Drang aufzuschauen war stark, wie Jim wußte. Er hatte selbst die größte Mühe, dem Anblick der einfliegenden Pfeile zu widerstehen – wie sollten es dann die einfachen Bauern können, selbst wenn man es ihnen vorher eingeschärft hatte.

Die fliegenden Pfeile ähnelten einer Wolke aus kleinen schwarzen Streichhölzern. Sie stiegen und stiegen, neigten sich dann plötzlich zur Erde und kamen mit erstaunlicher Geschwindigkeit näher. Wenn man ihren Aufstieg beobachtete, riskierte man, ins Gesicht oder in den Hals getroffen zu werden, da man sich nicht mehr schnell genug abwenden konnte. Sah man dagegen zu Boden, würde die fünf Zentimeter breite, dreieckige Metallspitze an dem neunzig Zentimeter langen Schaft am Helm abgleiten oder die Schulter treffen, so hatte man immerhin eine Überlebenschance.

Die Leute dazu zu bringen, nach unten zu schauen, war nicht Jims einziges Problem. Die Angreifer, die jetzt gerade Malencontri bedrohten, stellten im Augenblick noch keine große Gefahr dar. Das würde sich jedoch ändern, wenn sie bemerkten, daß die Speere und Helme, die auf den Zinnen zu sehen waren, Bediensteten und Bauern, aber nur wenigen erfahrenen Kämpfern gehörten.

Die Angreifer wußten vermutlich, daß sie gegen die Residenz eines Magiers anrannten – im Gegensatz zu Sir Peter Carley, der mit seinen Plünderern im letzten Winter versucht hatte, die Burg einzunehmen. In den unteren Ständen, vor allem bei den Bauern, wurde viel geredet; wann immer sich die Gelegenheit ergab, wurden Klatsch und Tratsch ausgetauscht. Und die hundertfünfzig bis zweihundert Mann da unten waren

Bauern, wahrscheinlich die Überreste einer größeren Bauernarmee.

Jim war Assistent an der Historischen Fakultät eines Colleges gewesen, bevor es ihn aus dem zwanzigsten Jahrhundert hierher verschlagen hatte. Im Rahmen seiner Studien hatte er auch von den Bauernaufständen des vierzehnten Jahrhunderts gehört. Wat Tyler kam ihm in den Sinn, der einen dieser Aufstände angeführt hatte und schließlich vom Lord Mayor Sir William Walworth getötet wurde. Tylers Haufen hatte sich danach in alle Winde zerstreut. Viele der überlebenden Bauern konnten nicht nach Hause zurückkehren. Einige schlossen sich daraufhin zusammen, zogen durchs Land und schlugen sich auf die eine oder andere Weise durch.

Da gab es jene, die nichts besaßen, wohin sie hätten zurückkehren können – entweder waren sie von ihrem Pachtland vertrieben worden, oder sie waren entlaufene Leibeigene, die von ihrem Herrn eine schlimme Strafe zu befürchten hatten. Einige waren auch schon vor den Aufständen Räuber oder Gesetzlose gewesen. Jetzt, da sie alle heimatlos waren, gejagt und verzweifelt, maßen sie ihrem Leben ohnehin keine besondere Bedeutung mehr bei. Das würde erklären, warum sie bereit waren, die Burg eines Magiers anzugreifen. Dazu kam die allgemeine Ansicht, daß Magier wie Drachen einen Hort hüteten – das bedeutete Reichtum jenseits aller Vorstellungskraft.

Die Gesetzlosen und das andere menschliche Strandgut, das sich der Gruppe angeschlossen hatte, würden aber nicht wirklich mit der Einnahme von Malencontri rechnen und erst dann zu einer ernsten Bedrohung werden, wenn sie eine Schwäche in der Burgverteidigung erkannten. Oder wenn Bitterkeit und Haß ihren Siedepunkt erreichten, so daß die heimatlosen Männer die Burg einfach deswegen stürmten, weil es eine Burg war – eine Burg mit Leuten wie jenen, die sie hatten hungern lassen, ihnen ihren wenigen Besitz weggenommen oder gar ihre Angehörigen getötet hatten. Für einige dieser Verzweifelten wäre der Tod bedeutungslos, wenn sie nur einen der feisten Herren mit sich in die Hölle nehmen könnten.

Sie hatten keine Belagerungsmaschinen, aber eine erkleckliche Anzahl von ihnen waren bestimmt Söldner, die im Augenblick über keinen Dienstherren verfügten. Die kannten sich gewiß mit dem Bau von Sturmleitern aus. Damit würden mehr Männer über die Burgmauer gelangen, als Jim mit seinem Dutzend Bewaffneter und vielleicht vierzig nicht ausgebildeten Dienstleuten erfolgreich abwehren konnte.

Das war der zweite Grund, aus dem alle die Köpfe unten lassen sollten. Dann wären für die Angreifer nur Speerspitzen und Eisenhelme zu erkennen. Aber die Ausgabe von Helm und Speer an die Diener und Gefolgsleute hatte bei diesen, die nur selten einen Kampf gesehen, geschweige denn daran teilgenommen hatten, zu einer unangemessenen Begeisterung geführt.

»M'lord?«

Jim zog sich von der Mauer zurück und drehte sich um.

»Ach, du bist es, John.« Beim Anblick des Verwalters, eines hochgewachsenen, knochigen Mannes im mittleren Alter, beschlich Jim ein unangenehmes Gefühl. Johns Aufgaben führten ihn sonst nicht auf die Zinnen. Er hatte sich um den Haushalt der Burg zu kümmern. Jim war beunruhigt. »Warum bist du hier?«

»M'lord!« sagte John mit tiefer, unheilschwangerer Stimme. »Bumps!«

»Ach so!« Ungefähr seit der Zeit, als die ersten der Bauern in diesem Teil von Somerset vor dem Tor auftauchten, waren in der Burg diese geheimnisvollen Geräusche zu hören. Jim hatte selbst diesen Geräuschen ihren Namen gegeben und bereute dies inzwischen zutiefst, denn er hatte den Aberglauben seiner Untergebenen bei weitem unterschätzt. Der Name ›Bump‹ ging auf ein altes schottisches Gebet zurück, auf das Jim bei einer Forschungsarbeit an der Universität mehrere hundert Jahre in der Zukunft gestoßen war.

Gott schütze uns
vor Ghulen und Geistern und langbeinigen Unholden
und Dingen, die in der Nacht Bump machen!

Das Wort ›Bump‹ paßte so genau zu dem Geräusch, daß die Burgbewohner es sofort aufgegriffen hatten. Schließlich mußte ein Lord und Ritter, der gleichzeitig auch Magier war, den sicheren Namen für solch ein… Ding… wissen, mit dem man es gefahrlos benennen konnte – im Gegensatz zum wahren Namen, mit dem man dem Volksglauben nach wer weiß was heraufbeschwören konnte.

Johns breites, sauber geschabtes Gesicht wirkte ein wenig bleich. So wie er die Sache sah, hatte er eine schreckliche Nachricht überbracht, die Jim beunruhigen müßte.

Im Gegensatz zu Jim und Angie (besser gesagt: Lady Angela) fürchteten John und die andern Bediensteten sich vor den Bumps in den Wänden. Die Burgbewohner übertrafen einander, sich die Schrecklichkeit dessen auszumalen, das den Lärm verursachte. Die meisten waren sich sicher, daß etwas gekommen war, um sie einen nach dem anderen aufzufressen. Nun war John mit einer, wie er es sah, furchtbaren Nachricht gekommen, die eine entsprechende Reaktion verdiente, selbst während einer Belagerung. Es war offensichtlich, daß er sich nach Jims Antwort sowohl hilflos als auch aller Hoffnung beraubt fühlte.

Jim konnte es sich nicht leisten, daß der oberste seiner Bediensteten den ganzen Mut verlor. Die anderen Diener würden das sofort merken und ebenfalls in Mutlosigkeit versinken.

»John, es gibt augenblicklich keinen Grund, sich Sorgen zu machen. Ich werde mich um die Bumps kümmern. In der Zwischenzeit werden sie niemandem schaden.«

Das hatte er den Bediensteten schon oft versichert, aber seine Beteuerungen hatten nicht geholfen. Es wurde von ihm erwartet, daß er handelte und nicht redete. Dazu waren Lords, Ritter, Magier und andere mächtige Leute schließlich da. Nur die, die nicht handeln konnten, redeten.

»Wer hat es diesmal gehört?«

»Meg und Beth«, antwortete John schwach, »gerade eben. Sie waren in der Braukammer. Es kam aus der Wand unmittelbar neben ihnen. Andere, die sich vor dem Raum aufhielten, haben es auch gehört. Meg und Beth haben geschrien und sind dann ohnmächtig geworden. Man hat sie in die Anrichtestube getragen. Da hat man ihnen Luft zugefächelt und etwas zur Stärkung gegeben.«

Jim dachte einen Augenblick lang nach.

Die Mauern von Malencontri bestanden, wie die der meisten anderen großen Burgen, aus Stein und waren zwischen einem und sechs Metern dick. Je weiter unten sie waren, desto dicker waren die Mauern, da sie das Gewicht des Mauerwerks über sich tragen mußten. Die Braukammer befand sich im Erdgeschoß. Da waren die Mauern dick genug, daß sich irgend etwas hineingraben oder -fressen konnte; vorausgesetzt natürlich, dieses Etwas konnte, von einem Bump hin und wieder abgesehen, geräuschlos arbeiten.

»Kümmere dich jetzt nicht darum«, sagte Jim und fühlte sich plötzlich müde. »Die Bumps waren bis jetzt nur in den Mauern. Sie werden nicht herauskommen. Ich befasse mich damit, sobald ich Zeit habe. Ich gebe dir mein Wort als Magier darauf.«

Ein leichtes Lächeln und ein ebenso schwacher Hoffnungsschimmer überzogen Johns Gesicht. Auf das Wort eines Ritters konnte man sich verlassen – das eines Magiers würde doppelt verläßlich sein.

»Ja, M'lord.« John bewegte sich auf die nächste Treppe zu, die zum Burghof hinunterführte.

»Ach, und du kannst Beth und Meg ausrichten, daß es mir leid tut, daß sie gleich neben dem Bump waren. Aber wir können sicher sein, daß es niemand mehr in der Braukammer hören wird, da es noch nie zweimal an der gleichen Stelle aufgetreten ist.«

»Ja, Mylord.« Das war die ultimative Geste der Unterwerfung. War kein Fremder aus dem Adelsstand anwesend, war es die Gewohnheit und auch das Vorrecht der Burgbediensteten von Malencontri, die formale Anrede Jims vertraulich abzukürzen. Jim blickte den Verwalter forschend an. Die Blässe war aus Johns Gesicht verschwunden, und seine Stimme klang schon wieder fast wie immer.

Als John sich zurückzog, wandte Jim sich wieder näherliegenden Problemen zu. Das Gerede über die Bumps hatte ihn auf eine Idee gebracht, wie er mit den Belagerern fertigwerden konnte.

Wenn die Angreifer genauso abergläubisch wären wie seine Bediensteten, dann wäre ein Magier für sie ein wahrlich fürchterlicher Gegner. Vielen von denen mochte es gleichgültig sein, was mit ihnen geschah, aber die Furcht vor etwas, das nicht menschlich war, eine Furcht, die ihnen von Geburt an eingeflößt worden war, überstieg vermutlich ihre Verzweiflung und ihren Haß. Wenn beispielsweise etwas wie die Bumps aus dem Wald hinter ihnen zu hören wäre…

»Theoluf!« schrie Jim.

»Ja, M'lord?« erklang prompt die Antwort seines Knappen gleich hinter ihm – aus irgendeinem Grund schien sich ihm heute jeder von hinten zu nähern.

»Übernimm du hier. Ich gehe raus. Sieh zu, daß jederzeit ein Läufer neben dir steht, damit du Lady Angela benachrichtigen kannst, wenn etwas Wichtiges geschieht.«

»Ja, M'lord.«

»Ich werde hier weg*fliegen.*« Jims Betonung des Wortes ›fliegen‹ bedeutete, daß er die Gestalt wandeln würde. »Beobachte, was die da draußen machen. Wenn irgendwelche von ihnen in den Wald rennen« – das Areal um Malencontri war, wie bei allen Burgen, gerodet, damit etwaige Angreifer keine Deckung fanden – »und es aussieht, als ob sie desertieren würden, möchte ich wissen, wie viele fortgelaufen und wohin sie gerannt sind. Tritt zurück.«

Theoluf und die am nächsten stehenden Männer machten genug Platz für einen viel größeren Körper als den des Barons. Jim verwandelte sich in seine andere Gestalt – einen sehr großen, sehr gefährlich aussehenden Drachen. Er erhob sich über die Zinnen und stieß im Sturzflug auf die Männer vor der Burg hinab.

Die Verzweiflung und der Haß hätten die Männer vielleicht gegen die lähmende Furcht vor dem Übernatürlichen und Magischen, die ihnen von klein auf anerzogen wurde, immun gemacht, aber beides hatte ihre Überlebensinstinkte jedenfalls nicht beeinträchtigt. Die Männer stoben wie die Hühner auseinander, um Jims scheinbarem Angriff zu entgehen.

Jim hatte selbstverständlich nicht die Absicht, auch nur einen der Belagerer zu attackieren, da ein Kampf, sobald sie wieder ihren Verstand beisammen hatten, auch für den stärksten aller Drachen den sicheren Tod bedeutete. So zog er im letzten Augenblick wieder nach oben. Seine Flügel klappten auseinander und zerteilten die Luft mit einem Donnerschlag. Der Drache stieg mit einer eindrucksvollen Geschwindigkeit fast senkrecht in die Höhe; er schlug die Flügel mit all seiner Kraft. Bald würde er seine körperlichen Grenzen erreichen, und dann ging nichts mehr.

Nichtsdestotrotz trug ihn seine Muskelkraft so weit nach oben, daß er nurmehr eine kleine Gestalt am Himmel war. Außer Atem breitete Jim seine ledrigen Flügel aus, um auf der Thermik, die er gerade erreicht hatte, wie ein Segelflugzeug in den Gleitflug überzugehen.

Er ließ sich vom Luftstrom nach Westen tragen, auf Burg Smythe zu, dem Heim seines engsten Freundes und oftmaligen Lebensretters in diesem vierzehnten Jahrhundert, in dem ein Leben nicht viel galt – Sir Brian Neville-Smythe. Jim hatte sich in letzter Zeit um Brian Sorgen gemacht. Brians Gedanken drehten sich nur noch um die königlichen Steuern, die kürzlich angehoben worden waren. Er stand mit seinen Sorgen nicht allein, aber während der Graf von Oxford mächtig genug war, sie nicht nur öffentlich aussprechen zu können, sondern auch damit durchzukommen, war das bei Brian nicht der Fall.

Jim schob den Gedanken beiseite. Immer eins nach dem anderen.

Er sah nach unten. Die Angreifer waren zwar nicht furchterfüllt geflohen, hatten sich aber von den Burgmauern zurückgezogen und standen dichtgedrängt. Sie schienen lebhaft zu diskutieren. Gelegentlich richtete einer seinen Blick gen Himmel.

Gut! Offenbar sahen sie, wie er Richtung Westen verschwand, und fragten sich, was das zu bedeuten habe. Wohin flog er wohl und warum? Was würde er herbeiholen?

Tatsächlich flog er nicht gerade nach Westen, sondern begann zu kreisen, in einem Bogen, der ihn im Abstand von ungefähr zwei Kilometern um Malencontri herumführen würde. Drachen hatten, wie auch die meisten großen Raubvögel, ein fast unglaubliches Sehvermögen. Er konnte – von allen unbemerkt – die Burg und die Angreifer aus der Luft beobachten, während er über eine Möglichkeit nachdachte, die Lage in den Griff zu bekommen.

Zu schade, daß er keine Idee hatte, wie er die Bumps aus der Erde um die Angreifer herum ertönen lassen könnte. Das würde wenigstens die Hälfte von ihnen in die Flucht schlagen…

»M'lord!« Jim wurde von einem entfernten Gebrüll aus den Gedanken gerissen.

»M'lord! O M'lord!«

Jim biß die Zähne zusammen und verkniff es sich, in die Richtung zu schauen, aus der die Stimme zu hören war. Die Stimme war zu tief – ein volltönender Baß, der gerade Richtung Bariton überschnappte – und zu hoch über dem Erdboden, um einen anderen Ursprung haben zu können als die einzige Störungsquelle, die Jim hier mitten in der Luft erreichen konnte. Leider hatte er diese Möglichkeit nicht in Betracht gezogen.

»M'lord, M'lord!« Die Stimme kletterte um eine halbe Oktave in die Höhe und klang nun ängstlich.

Jim seufzte und sah über die Schulter zurück. Wie erwartet, glitt weniger als zweihundert Meter hinter ihm ein anderer Drache auf einem Luftstrom dahin und versuchte, auf Jims zu wechseln. Der Drache war noch jung, ein Teenager sozusagen. Ohne jeden Zweifel gehörte er zur jüngeren Generation der Klippendrachen, deren Phantasie von Jims Abenteuern aufs äußerste angeregt worden war. Daran war Secoh, der reizbare, kleine Sumpfdrache, nicht ganz unschuldig. Secoh war dabei gewesen, als Jim, Brian, Dafydd ap

Hywel, Aargh und Smrgol, der Großonkel von Gorbash, in dessen Drachenkörper Jim damals steckte, den berühmten Kampf mit den Dunklen Mächten am Verhaßten Turm gewonnen hatten.

Möglicherweise hatte dieser junge Klippendrache eine Botschaft zu überbringen. Falls nicht, dann war er ein ungewöhnlich mutiger, halbwüchsiger Drache, daß er es wagte, sich Jim aus eigenem Entschluß zu nähern.

Der junge Drache maß zwei Drittel der Größe, die er als Erwachsener einnehmen würde. Sicherlich war er nicht älter als sechzig oder siebzig Jahre. Er war noch nicht im Stimmbruch, sonst hätte Jim sein Gebrüll gut und gern aus doppelter Entfernung gehört.

»Ich bin es, Garnacka, M'lord!« Er war bereits auf Jims Luftstrom gewechselt und näherte sich mit leichten Flügelschlägen, bis er auf ungefähr fünfzehn Meter heran war. Schweigend segelte er einige Minuten lang an Jims Seite dahin. Offensichtlich dachte er, daß sein Name sein Hiersein ausreichend erklärte.

Als Jim jedoch nichts sagte, fuhr er mit leiserer Stimme entschuldigend fort. »Ich heiße nach meinem Großvater Garnacka. Aber alle nennen mich Acka.«

»Was willst du, Acka?«

»Nun ja, M'lord«, begann Acka. Er blickte so gewinnend wie möglich drein, wie ein junger Drache, der seine Eltern um etwas bitten will und sich fast sicher ist, daß er nur ein donnerndes ›Mit Sicherheit nicht!‹ ernten wird. Drachen verfügten nicht über dieselben Gesichtsausdrücke wie Menschen. Ackas vier vorstehende Fangzähne preßten sich an seine sonst geschlossenen krokodilartigen Lippen, seine Augen strahlten, seine Ohren waren aufgerichtet und die Spitzen zuckten einschmeichelnd. »Vergebt mir die Störung, M'lord.«

Eine derart unterwürfige Sprache war für einen

Drachen ganz unnatürlich. Acka mußte das von Secoh gelernt haben, der es seinerseits von den Burgbediensteten hatte, da er Jim gelegentlich auf Malencontri besucht hatte.

»Das ist schon in Ordnung«, sagte Jim so leutselig wie er konnte, aber dennoch bestimmt. »Was... willst... du?«

»Ich wollte Ihrer Lordschaft nur sagen, daß Ihr jederzeit auf mich zählen könnt. Ihr müßt nicht unbedingt Secoh nach mir oder einem der anderen Drachen schicken. Es reicht, wenn Ihr nach mir rufen oder mir gleich eine Nachricht schicken laßt. Ich werde dann sofort kommen, noch vor allen anderen!«

»Schön. Ich werde daran denken. Danke, Acka. Auf Wiedersehen.«

»Unter allen Umständen«, bekräftigte Acka sein Angebot, »gleichgültig wie gefährlich es sein sollte. Ihr könnt auf mich zählen. Wenn Ihr mich nur durch Magie erreichen könnt, dann tut das nur. Es würde eine Menge Zeit sparen.«

»Ich denke darüber nach. Und jetzt, auf Wiedersehen, Acka!«

»Auf Wiedersehen, Mylord«, antwortete Acka, während er traurig abdrehte. »Es war mir eine Ehre, mit Euch gesprochen zu haben.«

Jim sah ihm nach. Acka ließ sich in einen tiefergelegenen Luftstrom fallen, der ihn allerdings ebenfalls nach Westen trug. Die Klippenhöhlen, in denen Acka zu Hause war, befanden sich jedoch in der entgegengesetzten Richtung. Er wagte sich offenbar noch weiter als bis Malencontri hinaus, und das mitten am Tag, wenn sich die meisten der erwachsenen Drachen in die Kühle ihrer Tunnel und Höhlen zurückzogen.

Vielleicht wollte er mit seiner Furchtlosigkeit angeben. Nun ja, Jims Route führte ihn jetzt von der des Halbwüchsigen weg, und er hatte ohnehin keine Befehlsgewalt über Acka. Jim dachte, daß Acka des Spieles, das er gerade spielte, gewiß bald überdrüssig werden und dann nach Hause fliegen würde.

Aber wieder zurück zu den angreifenden Bauern… Vielleicht konnte Jim Acka dazu benutzen, den Bauern vorzumachen, daß er die anderen Drachen als Verstärkung holte. Nein, er hatte die Bogenschützen vergessen. Als er so plötzlich aufgetaucht war, waren sie zu überrascht gewesen, um zu reagieren, aber das würde ihnen kein zweites Mal passieren.

Jim würde der Familie des jungen Klippendrachen nicht gerne erklären, warum Acka wie ein Nadelkissen aussah, so voller Pfeile und dazu noch tot.

Plötzlich bemerkte Jim, wie der Punkt, in den Acka sich bereits verwandelt hatte, wieder größer wurde. Aus irgendeinem Grund kam er zurück. Zehn zu eins, daß er einen Vorwand gefunden hatte, um das Gespräch wieder aufzunehmen. Jim gedachte, jede derartige Absicht schon im Keim zu ersticken.

Jim füllte seine gewaltigen Lungen. Acka war noch zu weit entfernt, als daß dessen jugendliche Stimme Jim erreichen könnte, aber in Anbetracht von Jims erwachsenem Drachenorgan und dem scharfen Gehör des jüngeren Drachens sollte Acka Jim durchaus verstehen können. Jim sah sich somit in der glücklichen Lage, den Jungen nach Hause schicken zu können, ohne sich dessen Entschuldigungen und Ausflüchte anhören zu müssen.

»Acka!« brüllte er. »Geh nach Hause!«

Der Punkt, der sich bereits wieder in eine Drachengestalt verwandelt hatte, hüpfte unsicher mitten in der Luft auf und ab und schrie etwas, das Jim erwartungsgemäß nicht verstehen konnte.

»Geh nach Hause!«

Aber Acka kam weiterhin näher.

»M'lord! M'lord!«

»Was ist denn noch?« fragte Jim ärgerlich.

»Da kommen eine Menge Georgs den Weg entlang von Burg Smythe nach Malencontri!« schrie Acka mit sich überschlagender Stimme. »Eine *Menge* Georgs, M'lord!«

Das gab keinen Sinn. Georgs war ein Ausdruck der Drachen für Menschen, aber in seinem heruntergekommenen Zuhause hatte Sir Brian Neville-Smythe niemals Gäste, und es gab niemanden... Jim dachte an Brians plötzlich erwachtes Interesse an Politik, und ihm wurde ganz flau im Magen.

»Und sie sind alle auf Pferden!« war Acka erneut zu hören.

»Auf Pferden?« Das verstärkte Jims ungutes Gefühl noch beträchtlich. Nur der Adel, die Ritter oder andere hochgestellte Persönlichkeiten waren beritten, wenn man von einem Kurier oder einem Bediensteten mit einer besonderen Aufgabe einmal absah.

»Ich kümmere mich darum!« schrie Jim Acka zu. »Du fliegst jetzt nach Hause. GEH NACH HAUSE!«

Acka hörte auf zu rufen, hüpfte noch ein, zwei Sekunden auf und ab und wurde dann kleiner. Diesmal verschwand er nach Osten, in Richtung Klippenhöhlen. Jim richtete seine Flügel im Luftstrom aus, um in west-nordwestliche Richtung zu gleiten. So müßte er den Waldweg, der gelegentlich und unverdientermaßen auch Straße genannt wurde, zwischen Malencontri und Burg Smythe überfliegen können.

Er segelte auf der Strömung dahin, sah auf die Baumwipfel hinab und suchte nach einer Lücke zwischen ihnen, um wenigstens einen Teil des Weges einsehen zu können. Es verging jedoch einige Zeit, und vom Weg war nichts zu sehen. Verwirrt drehte er schließlich ab und flog wieder zurück. Er konnte nicht glauben, daß er den Weg verpaßt haben sollte. Andererseits war es auch nicht ganz unmöglich.

Mittlerweile war es Sommer, und der Pfad war sehr schmal. Das Laubwerk der Bäume verbarg ihn gut, wenn man nicht im richtigen Winkel zu Boden sah. Acka hatte nur mit Glück seine Entdeckung gemacht.

Jims Besorgnis schwand. Er dachte, daß Acka mit seiner scharfen Sicht vermutlich nur ein paar fahrende Händler mit ihren Maultieren gesehen hatte. Der junge Drache hatte einfach übertrieben.

Wie dem auch sei, das, was der junge Drache gesehen hatte, konnte nicht sehr weit sein.

Jim flog mit verstärkter Aufmerksamkeit Richtung Malencontri zurück. Der Weg war ihm wohlbekannt, da er ihn schon oft zu Fuß, oder – genauer gesagt – zu Pferd, zurückgelegt hatte. Von ein paar Biegungen abgesehen, wo der Pfad um einen ungewöhnlich großen Baum oder ein besonders dichtes Gebüsch herumführte, verlief er hier, so nah an Malencontri, recht gerade.

Schließlich entdeckte Jim den Weg. Er war nicht mehr als ein dünner, grünbrauner Faden zwischen den Bäumen. Der Pfad wurde so selten genutzt, daß teilweise Gras auf ihm wuchs. Niemand war zu sehen. Jim hatte vermutlich die Leute, die sich Malencontri näherten, schon passiert. Er drehte erneut ab und glitt auf einem Luftstrom knapp dreißig Meter über den Baumwipfeln dahin. So nah über dem Boden konnte er den Weg deutlich erkennen, und schließlich sah er weiter vorne auch eine Bewegung.

Jim verzögerte und stellte seine Schwingen so, daß er einen engen Kreis über den Baumkronen ziehen konnte. Er wollte sehen, wer sich Malencontri näherte. Die Fremden sollten innerhalb von Minuten in sein Blickfeld gelangen, innerhalb von Sekunden, wenn sie zu Pferd waren.

Noch während er nachdachte, tauchten sie auf. Eine lange Reihe. Mit Sicherheit ein Ritter, der eine sehr lange Doppelreihe von ebenfalls berittenen Männern anführte, die alle rote Wappenröcke über ihrer Rüstung trugen. Jim konzentrierte sich auf Fernsicht und konnte nun so scharf wie ein Falke sehen. Dieses Rot war die königliche Farbe, und das Wappen auf der Vorderseite der Wappenröcke zeigte den Löwenkopf – oder den Leoparden, um den korrekten heraldischen Ausdruck zu verwenden.

Dies waren Soldaten des englischen Königs, und nicht eben wenige. Acka hatte nicht im geringsten übertrieben.

Es war ein bemerkenswerter Anblick, wie sie den Weg von Burg Smythe herunterkamen. Es mußten dreißig Mann oder mehr sein, eine erstaunliche Anzahl für das ruhige, friedliche Somerset an einem strahlenden Sommertag. Die teuren Bewaffneten des Königs waren bestimmt nicht nur hier, um herumstreunende Bauern zu verfolgen. Der Mann, der an der Spitze ritt, mußte ihr Anführer sein. Der Ritter trug sein eigenes Wappen auf dem Schild.

Jim kam der Gedanke, daß der Ritter Sir John Chandos sein mochte, der ihn schon zuvor besucht hatte, wenn auch nicht mit einer solchen Eskorte. Jim konnte das Wappen des Ritters nicht erkennen und schlug einen Bogen in der Luft, um sich der Reihe von vorne zu nähern.

Jetzt sah er es.

Das Wappen zeigte zwei stilisierte Jagdhunde, die einen Eber angriffen.

Das war nicht Chandos, sondern ein anderer Offizier des Königs – mit einer Streitmacht. Wenn er und seine Männer von Burg Smythe kamen und Jim darüber keine Nachricht erhalten hatte, dann konnte das für seinen und Angies besten Freund in dieser Welt, Sir Brian Neville-Smythe, nichts Gutes bedeuten.

Jim ließ sich von einem Aufwind spiralförmig nach

oben tragen, denn er wollte sich nicht durch Flügelschlag verraten. Sobald er ausreichend Höhe gewonnen hatte, würde er geradewegs nach Malencontri zurückfliegen, und das so schnell wie möglich.

Kapitel 2

LADY ANGELA, EINSTMALIG GRADUIERTE Studentin im zwanzigsten Jahrhundert, jetzt Ehefrau von Jim, dem Baron von Malencontri, und Herrin seiner Burg, hatte den größten Teil des Morgens damit zugebracht, einen Rundgang durch die Feste zu machen. Sie hatte sich ganz selbstverständlich um all die Dinge gekümmert, die getan werden mußten, so wie jede andere gute Burgherrin es auch tun würde. Hier hatte sie einen Fehler korrigiert, dort einen Dienstboten gescholten, der statt zu arbeiten faul herumgelungert hatte, und wieder anderswo hatte sie einen Streit zwischen zwei Burgbewohnern geschlichtet.

Einmal hatte sie geträumt, in einer riesigen Tretmühle zu stecken, deren Achse aus der Burgmauer heraustrat. Sie war von einer Menge Menschen umgeben, die zur Burg gehörten, und so lange sie die Tretmühle in Bewegung hielt, gingen alle ihren Pflichten nach, wie es sich gehörte. Aber wenn sie nur einen Augenblick innehielt, um Atem zu schöpfen, blieben alle anderen wie Spielzeuge stehen, deren Uhrwerke abgelaufen waren.

Dieses Bild, wie alles und jeder in Bewegungslosigkeit verharrte, war ihr ein paar Minuten zuvor wieder in den Sinn gekommen, als sie an der Anrichtestube neben der Großen Halle vorbeigekommen war und dort eine hitzige Debatte gehört hatte. Darum würde sie sich später kümmern.

Lady Angela konnte nicht zulassen, daß die Arbeit

in der Burg wegen so einer Kleinigkeit wie dem Angriff einer Bande Gesetzloser zum Erliegen kam. Sie hörte den Donner, mit dem sich Jims Flügel entfalteten, nachdem er im Sturzflug auf die Bauern hinuntergegangen war, und trat zu einem der Fenster. Angie atmete auf, als sie sah, daß Jim vernünftigerweise davonflog, bevor sich die Angreifer von ihrem Schrecken erholt hatten.

Angie schaute noch ein paar Minuten aus dem Fenster und entdeckte schließlich einen anderen Drachen, der über die Burg hinwegflog. Auch die Angreifer, die bereits einiges von ihrer Entschlossenheit eingebüßt hatten, sahen ihn. Der Drache hatte dann abgedreht und kam wieder auf sie zu. Er war offensichtlich jünger und kleiner als der, der sie attackiert hatte. Aber die bloße Vorstellung, daß es da, wo das Untier herkam, noch mehr von seiner Art gab, brachte die ehemaligen Bauern sichtlich außer Fassung.

Schließlich kamen auch noch eine Handvoll der Belagerer die Straße, die zu Burg Smythe führte, heruntergerannt und deuteten aufgeregt hinter sich. Daraufhin schulterten die Bogenschützen und die schon erfahreneren Kämpfer verärgert die Waffen und zogen nach Süden von dannen. Der Rest beeilte sich, den anderen zu folgen. Damit war der Spuk vorbei. Es gab noch nicht einmal irgendwelche Leichen oder Verwundeten, die man hätte bergen müssen.

Die Angreifer stellten wahrscheinlich keine Gefahr mehr dar, aber dennoch beschloß Angie, ihren Freunden eine Warnung zukommen zu lassen.

Sie hatte sich ohnehin einmal wieder mit Geronde treffen wollen. Lady Geronde Isabel de Chaney war, abgesehen vom Titel, in jeder Hinsicht die Herrin der Malvernburg. Sie war Brians Verlobte und viel erfahrener als Angie, was Lehensverwaltung, Bestechungsgelder und die anderen praktischen Dinge des Lebens im vierzehnten Jahrhundert betraf. Angie ging die Turmtreppe zum Taubenschlag hoch. Sie wollte eines der Tiere mit einer Botschaft losschicken und Geronde vor der umherziehenden Plündererbande warnen und sie bei der Gelegenheit gleich nach Malencontri einladen. Auf dem Rückweg würde sich Angie um den Streit in der Anrichtestube kümmern.

Ein Geschenk an den Bischof von Bath und Wells, der ihnen so sehr dabei behilflich gewesen war, die Vormundschaft über den kleinen Robert Falon zu erhalten, war auch längst überfällig. Angie hatte da echte chinesische Seide im Sinn, von der sie annahm, daß Carolinus sie ihr über seine Beziehungen zu den Magiern im Fernen Osten würde besorgen können. Allerdings würde die Bezahlung für solch ein Geschenk eine stattliche Extraausgabe darstellen, insbesondere jetzt, da der König jeden damit auf die Palme brachte, daß er Steuern auf alles mögliche erhob und die bestehenden noch erhöhte.

Angie hätte nie gedacht, daß sie sich hier im vierzehnten Jahrhundert mit Einkommenssteuern auseinandersetzen mußte. Sie wurden zwar hier und heute nicht so genannt, waren aber dennoch nichts anderes. Zwischen zehn und fünfzehn Prozent aller Einnahmen, seien es nun Pachtzinsen oder Verkaufserlöse, fielen an seine Königliche Hoheit, Edward dem Dritten.

Angie und Jim hatten den König bereits mehr oder weniger offen mit über dreißig Pfund bestochen, um die Vormundschaft für Robert zu erhalten, und dann waren da noch weitere großzügige Geschenke an die Beamten am Hofe notwendig, durch deren Hände die Dokumente gingen, als da wären: das Gericht des Lordkanzlers, die obersten Schreiber und auch einige der untergeordneten Schreiber.

Das Geld für einen Ballen chinesischer Seide zusammenzukratzen, würde nicht einfach werden, wenn man bedachte, wie die Reserven in letzter Zeit zusammengeschmolzen waren, auch wenn ein Stoffballen im vierzehnten Jahrhundert bei weitem nicht so lang war wie im zwanzigsten…

Angie hatte den Gedanken gerade beendet, als sie endlich den Taubenschlag erreichte. Er befand sich zwei Stockwerke unter der Turmspitze, genau gesagt gleich unter der Etage, in der sich ihr und Jims Schlafraum und auch eine kleine Kammer für Robert befanden.

Der Taubenschlag war ein langer, schmaler Raum. In Hüfthöhe war über die gesamte Länge ein Brett angebracht worden, auf dem die Käfige mit den Tauben standen.

Das leise Gurren der Vögel wurde lauter, als Angie den Raum betrat – es konnte ja sein, daß jetzt Fütterungszeit war. Angie betrachtete die Tauben anerkennend. Ja, es waren einige Tiere von der Malvernburg da, die in dem Augenblick, da man sie mit einer Botschaft freiließ, nach Hause fliegen würden. Der Weg zu ihrem Heimatschlag war fest in ihren kleinen Köpfen verankert.

Angie runzelte die Stirn. Der neue Taubenwart war nirgends zu sehen. Angie blickte sich um und entdeckte ihn schließlich, wie er in einer dunklen Ecke auf dem Boden lag.

Im ersten Moment fürchtete sie, ihm könne etwas geschehen sein, aber als sie über ihm stand und den starken Bierdunst wahrnahm, zogen Sturmwolken über ihr Gesicht. Eine nähere Untersuchung bestätigte ihren Verdacht. Der vierzehnjährige Taubenwart war stockbesoffen und ohne Bewußtsein.

Angie hätte ihm am liebsten einen kräftigen Tritt gegeben, aber sie verkniff sich, dieser Versuchung nachzugeben. Zum einen hatte sie auch nach drei Jahren dafür noch nicht genug von der mittelalterlichen Mentalität übernommen, und zum anderen erinnerte sie sich daran, daß die Schuhe, die sie trug, nur absatzlose Slipper waren. Ein Tritt hätte ihr wahrscheinlich nur schmerzende Zehen eingetragen, während der Junge nicht mal aufgewacht wäre.

Plötzlich überfiel sie die Sorge, daß der Knabe sich nicht nur dieses Mal so betrunken hatte. In Anbetracht der Tatsache, daß jeder, selbst die Kinder, das hiesige selbstgebraute Bier oder Ale trank, schien dies nicht undenkbar. Möglicherweise war der Taubenwart trotz seines jugendlichen Alters schon ein Säufer.

Sollte das der Fall sein, dann konnte er nicht länger auf der Burg bleiben. Die Entlassung wäre hart für ihn, und wenn erst seine Familie davon erfuhr... Die hatte bestimmt gefeiert, als er die Chance bekam, sich um die Tauben zu kümmern. Nun, da er zu den Burgbediensteten gehörte, hätte er ungeahnte Aufstiegsmöglichkeiten, glaubten seine Eltern gewiß. Der Junge könnte vielleicht Jagdmeister werden oder eines Tages gar Burgverwalter.

Ihm würde bei seinen Lieben einiges bevorstehen, wenn sie erfuhren, daß er seine Chance auf Stellung und Reichtum einfach deshalb verspielt hatte, weil er nicht wußte, wann und wo man sich besaufen kann, ohne daß es jemand merkt.

Angie konnte sich keinen unzuverlässigen Dienstboten leisten. Auch hatte sie keine Zeit dafür, einen jungen Alkoholiker von seiner Sucht zu befreien, nicht einmal, wenn die anderen Bediensteten der Burg solche Bemühungen unterstützten – worauf natürlich nicht zu hoffen war. Eher versorgten die anderen den Jungen heimlich mit Bier und Schnaps, nicht unbedingt aus Mitleid, sondern eher aus einem seltsamen Sinn von Humor.

Angie haßte das. Weder sie noch Jim hatten sich bisher dazu herabgelassen, Schläge, Auspeitschungen und ähnliches anzuordnen – Methoden, mit denen im Mittelalter Untergebenen Gehorsam beigebracht wurde. Natürlich konnte sie den Jungen auch ins Burgverlies werfen lassen, das, wie die Verliese in den meisten anderen Burgen auch, nicht mehr als ein finsteres Loch war.

Angie hatte das Verlies von Malencontri wenigstens reinigen lassen. Es war furchtbar schmutzig gewesen, da den Gefangenen kein Abort zur Verfügung stand – die Delinquenten konnten sich schon glücklich schätzen, wenn ihnen hin und wieder etwas Eßbares hinabgeworfen wurde. Das Loch war vollkommen dunkel, natürlich unmöbliert und lag innerhalb der dicken Grundmauern der Burg. Diese Wände wärmten sich nie richtig auf, nicht einmal zum Ende des Sommers. Aus diesem Grund war es im Verlies – wie in allen anderen auch – lausig kalt.

Eine Nacht im Verlies würde den Jungen wahrscheinlich lehren, mehr an seine Pflicht als an den Branntwein zu denken. Das übliche Los der Gefangenen war, nicht mehr lebend aus dem Verlies herauszukommen, und wenn doch, dann nur um an den Folgen einer anderen schweren Strafe zu sterben. Vielleicht erschreckten diese Aussichten den Jungen so sehr, daß er nie wieder Schnaps anrührte. Andererseits war es aber auch denkbar, daß diese erzieherische Maßnahme schon bald nach der Freilassung an Wirkung verlor.

Angie suchte noch immer nach einer Lösung des Problems, als sie das Läuten des Glöckchens hörte, das die Ankunft einer ihrer eigenen Tauben im Verschlag ankündigte. Sie wandte sich unverzüglich dem Tier zu, aber an dessen Bein war keine Botschaft befestigt. Es war mit Sicherheit eine der Tauben von Malencontri, die Brian oder Geronde erhalten hatten, damit sie Angie oder Jim eine Nachricht schicken konnten. Vielleicht war sie dem Taubenwart einfach irgendwann entwischt und kam jetzt wieder nach Hause geflogen.

Angie bemerkte zu ihrer Überraschung noch eine andere Taube, die frei im Schlag umherlief. Der Vogel hatte sich von den Körnern bedient, die von den anderen Tauben aus den Käfigen befördert worden waren, und war offensichtlich schon vor längerer Zeit eingeflogen. Er hatte eine Botschaft am Bein, die der besoffene Bursche unverzüglich entweder zu Angie oder Jim hätte bringen sollen.

Angie wandte sich der Taube zu und nahm ihr die Botschaft ab. Danach steckte sie beide Vögel in einen leeren Käfig. Die Tiere protestierten, aber Angie gab ihnen ein wenig Futter, um sie mit ihrem Los zu versöhnen.

Angie rollte die Nachricht aus, einen Streifen des dünnsten Papiers, das in dieser Zeit zu haben war. Die Nachricht lautete schlicht: ›B UNT G KOMEN‹. Sie war in Englisch geschrieben, sogar in Gerondes sehr eigener Orthographie. Der Priester der Malvernburg hätte die Botschaft sicherlich in Latein verfaßt.

Brian und Geronde wollten ihnen also einen Besuch abstatten. Aber wann war die Botschaft abgesandt worden? Wenn man sich den jungen Taubenwart so ansah, dann konnte es gut schon gestern gewesen sein.

Noch beunruhigender allerdings war, daß die Herrin der Malvernburg die Notiz persönlich geschrieben und nicht ihren Priester damit beauftragt hatte. Zehn zu eins, daß Brian und Geronde ein Problem hatten und Jim und Angie aufsuchen wollten, um Rat oder Hilfe zu erbitten. Höchstwahrscheinlich handelte es sich um eine ernstzunehmende Angelegenheit.

Im Mittelalter hatte das Wort ›Freundschaft‹ nur

eine Bedeutung: Wenn sich jemand mit der Bitte um Hilfe an einen Freund wandte, dann wurde er nicht damit abgewimmelt, daß man gerade keine Zeit hätte oder schon eine anderweitige Verpflichtung eingegangen wäre. Man hatte dann die Pflicht, alles stehen und liegen zu lassen und dem Freund seine ungeteilte Aufmerksamkeit zu schenken, ihm mit Person und Besitz zur Verfügung zu stehen, für ihn die Waffe zu schwingen und auch das eigene Leben zu riskieren. Sonst war man kein wahrer Freund.

Aber wann war die Botschaft nun abgeschickt worden?

Wie lange war die Brieftaube schon hier, und wann trafen Brian und Geronde ein? Neben dem Rat, den die beiden vielleicht suchen würden, mußte auch für ihr leibliches Wohl gesorgt werden. Das hieß, daß nicht nur die Küche einige besondere Gerichte vorzubereiten hätte, sondern auch zwei Zimmer gereinigt, gelüftet und vorbereitet werden mußten. Angie verließ den Taubenschlag im Laufschritt und verdrängte fürs erste die Sache mit dem betrunkenen Taubenwart aus ihren Gedanken. Sie eilte behende die Wendeltreppe des Turms hinunter, um zur Anrichtestube zu gelangen.

Jetzt, da sie sich der Anrichtestube näherte, hörte sie wieder das Streitgespräch. Zwischen einer Frau und einem Mädchen fand ein hitziges Wortgefecht statt. Da Angie die Stimmen ihrer Bediensteten kannte, wußte sie sofort, daß die Frau nur Gwynneth Plyseth, die Meisterin der Anrichtestube, sein konnte. In diesem Raum wurden die Speisen von der Küche warmgehalten und für die Leute zum Servieren vorbereitet, die in der Großen Halle aßen, insbesondere für die hohe Tafel, an der Jim und Angie nebst hochgestellten Gästen speisten. Bei dem Mädchen handelte es sich um den neuen Lehrling von Gwynneth.

Angie, die bereits wegen der Belagerung, des betrunkenen Taubenjungen und der erwarteten Gäste verärgert war, schritt entschlossen in die Anrichtestube. Da standen sich die beiden Streithähne Nasenspitze an Nasenspitze gegenüber.

Der Lehrling war May Heather. Sie war in jeder Hinsicht eine Landplage, obgleich sie erst dreizehn Jahre alt war. Erst vor kurzem war sie vom Küchenpersonal hierher versetzt worden und unterstand jetzt unmittelbar Gwynneth.

May Heather war nur wenig kleiner als Gwynneth Plyseth. Die Vorsteherin der Anrichtestube brachte jedoch gut hundert Pfund mehr auf die Waage. Nichtsdestotrotz war May zum Kampf bereit, welche Waffen auch immer die Gegnerin wählen würde. Meisterin Plyseth zeigte ihrerseits die gleiche Streitlust.

Angies Erscheinen brachte die beiden jedoch aus dem Konzept. Sie starrten ihre Herrin an.

»Meisterin!« schnauzte Angie Gwynneth Plyseth an. »Was hat das zu bedeuten?«

Angie war über ihren eigenen Tonfall erschrocken. Einmal mehr fühlte sie sich wie in dem Augenblick, in dem sie den Taubenwart hatte treten wollen. Die Bediensteten munkelten, daß sie, seit Jim und sie die Vormundschaft für Robert Falon inne hatten, sehr streng geworden und nur noch mit Vorsicht zu genießen sei, wie ihr letztlich zu Ohren gekommen war.

In letzter Zeit hatte sie zu oft den angemessenen Zorn einer Burgherrin nicht nur vorgespielt, sondern ihn auch tatsächlich empfunden. Genau wie eben jetzt.

Die zwei starrten sie noch immer an.

Der Ton, den Angie gegenüber der Untergebenen angeschlagen hatte, war für dieses Zeitalter nicht ungewöhnlich gewesen. Allerdings hatten sich von Anfang an weder sie noch Jim gegenüber den Bewaffneten, den Lehnsleuten und den Leibeigenen je so betragen wie andere Burgherren. Ihre Nachbarn, auch Geronde, sagten, daß die Bediensteten von Malencontri alle verwöhnt seien. Im Augenblick war Angie jedoch auf die beiden Frauen böse, und die merkten das auch.

»Also nee – entschuldigen Sie M'lady«, keuchte Gwynneth, »verzeihen Sie mir, M'lady, aber einer der Bewaffneten muß das Mädchen ordentlich durchhauen. Sie ist für mich zu stark, M'lady. Ich bin schon ganz erschöpft.«

Für die Zeit war das durchaus keine ungebührliche Forderung. Es war allerdings für einen Bewaffneten eine ungewöhnliche Aufgabe, die dieser als unter seiner Würde empfinden mußte.

»Sie…«, brach es leidenschaftlich aus May Heather heraus. Ein Blick von Angie brachte das Mädschen jedoch zum Verstummen. Angie wandte sich wieder Gwynneth zu.

»Warum soll sie geschlagen werden? Du kennst meine Anordnungen zu diesem Thema! Nun?«

»Aber ich versuche, ihr was beizubringen, M'lady!« antwortete Gwynneth. »Ich muß ihr doch beibringen, was wir hier in der Anrichtestube zu tun haben. Sie läßt es aber nicht zu, daß ich sie ordentlich unterrichte.«

»Was hat unterrichten mit schlagen zu tun?« wollte Angie wissen.

»Was, M'lady? Wie soll sie sonst lernen? Um einem Lehrling etwas beizubringen, muß man ihm erst zeigen, was zu tun ist, und ihn dann schlagen, damit er sich später auch daran erinnert. Die hier lernt schnell, das muß man ihr lassen, aber sie hat noch eine Menge mehr zu lernen. Ich bin schon ganz schön müde davon, weil ich jedesmal versuche, sie zu schlagen, nachdem ich ihr etwas gezeigt habe. Aber sie läßt mich nicht, sie haut zurück!«

Das konnte Angie sich gut vorstellen. May Heather war einmal sogar dazu bereit gewesen, sich einem Drachen mit einer Streitaxt entgegenzustellen, die sie von der Wand genommen hatte und kaum heben konnte. Der Drache war Jim gewesen, aber das hatte May damals nicht gewußt. May versuchte wieder, etwas zu sagen und Angie ihre Sichtweise der Dinge zu schildern.

»Ich kann mich an alles Gelernte erinnern«, sagte sie ernsthaft, »besser als andere. Hört, M'lady.« Sie begann mit einem Singsang. »*Camelinsauce: für große Gesellschaften in der Küche zubereiten – für kleine, die Gäste von unserem Lord und der Lady – die Anrichtestube ist am besten – Ingwer – Zimt – Nelken – Kardamom, wenige Körner – langen Pfeffer (nicht für M'lady) – Muskatblüte; ein Liter Rotwein dazu; und obendrein Ingwer, sechs Scheibchen, klein, die Zimtstangen …*«

»Hör auf! Laß deine Meisterin sprechen!«

May Heather hörte mit dem Singsang auf, fügte aber noch schnell hinzu: »Sie brauch' mich aber nich' zu schlagen!«

»May!« schnauzte Angie. Endlich war das Mädchen still. Angie wandte sich wieder der älteren Frau zu. »Und nun, Gwynneth, erklärst du mir, was das Schlagen deines Lehrlings damit zu tun hat, daß sie sich die Sachen merkt!«

»Was, wie soll sie sich die Dinge sonst merken?« antwortete Gwynneth erstaunt. »In der Anrichtestube sind so viele wichtige Sachen zu tun, M'lady. Hunderte. Ihr kleiner Kopf wird davon ganz verwirrt werden, wenn er keinen Grund hat, sich jede einzelne Sache zu merken. Deshalb muß ich sie jedesmal schlagen, wenn ich ihr etwas gezeigt habe.«

Angie merkte, wie die Wut erneut in ihr aufstieg. Die Bediensteten, die Lehnsleute, die Leibeigenen oder wer auch immer sonst auf den Ländereien von Malencontri lebte, folgten nur alten Gewohnheiten. Wenn seit unvordenklicher Zeit die Dinge auf eine bestimmte Weise erledigt wurden, dann mußten sie auch in alle Zukunft so gemacht werden. Alle hatten diese Einstellung. Manchmal dachte Angie, daß man jedem Menschen in dieser Welt den Kopf aufbohren und ein wenig gesunden Menschenverstand reinstopfen sollte, bevor man das Loch wieder schloß.

»Meisterin«, sagte sie grimmig, »von jetzt an wirst du May Heather zeigen, was getan werden muß. Du wirst ihr zusehen, während sie es übt, und wenn sie es ein paarmal richtiggemacht hat, dann kannst du ihr etwas Neues zeigen. Es gibt keinen Grund, sie zu schlagen, solange sie sich nicht weigert, etwas zu lernen.«

»Sie nicht schlagen!« Gwynneth starrte Angie entgeistert an. Ihre Hände krampften sich in den Stoff ihres Kleides. »Aber M'lady, wie soll es denn ohne gehen? Ihre kleinen Köpfe sind zu klein, um alles zu behalten, wenn es nicht ordentlich in sie hineingeprügelt wird. Das weiß doch jeder. Wenn in einem Dorf ein neuer Grenzposten errichtet wird, was machen denn dann die Männer? Sie greifen sich einen der Dorfburschen, bringen ihn zum Posten und hauen ihn durch. Solange er lebt, kann er dann den Leuten zeigen, wo der Posten steht. Wie sollte man sonst sicher sein, daß er sich daran erinnert?«

Wenn man Gwynneths Weltsicht akzeptierte, dann war das Argument durchaus stichhaltig, insbesondere in Hinsicht auf Heranwachsende und die Notwendigkeit, sich an alles zu erinnern, da kaum einer etwas aufschreiben konnte. Es verhielt sich mit den Zeugen bei einer Trauung genauso. Diese waren in erster Linie notwendig, um hinterher bezeugen zu können, daß die Hochzeit zu einem bestimmten Zeitpunkt stattgefunden hatte. So funktionierte das in einer Gesellschaft, in der so gut wie keiner lesen und schreiben konnte.

Angie hatte nur die Möglichkeit, ihren höheren Rang auszuspielen.

»Nun, hier werden wir es nicht so machen«, sagte Angie und zog sich auf ihre unbestreitbare Autorität in allen Angelegenheiten zurück. »Ich sage dir das jetzt genau einmal, Meisterin, und ich erwarte, daß ich es nicht noch einmal tun muß: Du wirst May Heather so unterrichten, wie ich es dir gesagt habe, und damit Schluß. Nun zu dir, May!«

Sie drehte sich zu dem Mädchen um.

»Das heißt nicht, daß du mit allem durchkommst, May Heather! Meisterin Plyseth wird dich nicht nach jeder Lektion schlagen, aber sie hat das Recht, dir eine Tracht Prügel zu verpassen, wenn du ihr nicht gehorchst. Das hast du dann wie ein gutes Mädchen über dich ergehen zu lassen. Wenn nicht, dann werden wir andere Saiten aufziehen. Wir werden dich im Burghof auspeitschen lassen, wie wir das auch mit einem Bewaffneten täten. Wie gefiel dir das?«

May Heather hob ihr Kinn und schob ihre Unterlippe streitlustig vor. Einen Augenblick lang fürchtete Angie, daß ihr Bluff aufflöge – sie konnte so eine Drohung niemals bei einem halbwüchsigen Mädchen wahr machen, solch eine Strafe schien ihr schon für einen erwachsenen Mann zu brutal. Aber wenn die Devise der Ritter ›*Tod vor Ehrlosigkeit*‹ lautete, dann wäre die von May Heather sicherlich ›*Tod vor Nachgeben*‹.

»Ich weiß, was richtig is', M'lady!«

»Nein, das weißt du nicht! Ich weiß es. Und ich sage dir, was du tun sollst. Hast du mich verstanden?«

May blickte zu Boden.

»Ja, M'lady.«

Angie richtete ihre Aufmerksamkeit wieder auf Gwynneth.

»Und du, Meisterin Plyseth? Hast du mich auch verstanden?«

»O ja, M'lady!« rief Gwynneth, aber sie rang ihre Hände. »Obwohl nun, ich weiß nicht, M'lady, wirklich nicht. Ich weiß es sicher nicht. Ich habe die Sachen so beigebracht bekommen, als ich Lehrling in der Anrichtestube war, und ich bin für den Unterricht wirklich dankbar. Doch wenn M'lady sagt, daß ich sie anders lehren soll, dann mach ich das. Aber...«

»Kein aber. Tu es einfach.«

»Selbstverständlich, M'lady«, antwortete Gwynneth. Jetzt, da sie einen unwiderruflichen Befehl bekommen hatte, wirkte sie viel ruhiger. Es war wie Regen oder Hagel, keine christliche Seele konnte dagegen etwas tun. »Aber ich soll ihr nur nicht mehr ihre Aufgaben einprügeln, nicht wahr, M'lady? Wenn sie frech wird oder ihre Pflicht nicht ordentlich erfüllt, oder wenn sie launisch ist, dann wäre es in Ordnung, nicht wahr?«

»Das ist genau das, was ich ihr gerade gesagt habe«, antwortete Angie resigniert und erinnerte sich plötzlich wieder daran, warum sie eigentlich hier war. »Aber jetzt Schluß damit. Es muß ein Mahl für Gäste vorbereitet werden. Lady Geronde und Sir Brian können jeden Augenblick dasein.«

»Ja, M'lady«, sagte Gwynneth und war wieder ganz in ihrem Element. Sie wandte sich an May Heather.

»May, du findest den Lord in der vorderen Halle oder draußen. Überbring von M'lady die Nachricht...«

»Darum kümmere ich mich selbst!« fiel Angie ihr ungeduldig ins Wort – es durfte keine Zeit mehr vertrödelt werden. »Ihr beide kümmert euch hier um eure Arbeit.«

Angie eilte von der Anrichtestube zur Großen Halle. In dem langen Raum mit der hohen Decke hielt sich niemand auf. Niemand saß an der hohen Tafel, die sich auf einem Podest vor der Stirnwand befand. Die zwei unteren Tafeln standen parallel zu den Längswänden. An ihren Tafeln speisten gewöhnlich die weniger hochstehenden Gäste. Aber auch da saß niemand.

Die Tür am anderen Ende der Halle stand halb offen, und durch das Rechteck aus hellem Sonnenlicht konnte Angie einen kleinen Ausschnitt des Burghofs erkennen. Auch dort war niemand zu sehen, aber sie konnte einen dumpfen Schlag und wildes Geschrei hören.

Angie rannte die Halle hinunter zur Tür.

»Jim! Geronde und Brian kommen!«

»Ich weiß«, antwortete die tiefe Stimme eines erwachsenen männlichen Drachen. »Sie sind schon da. Sie reiten gerade durchs Tor.«

Angie kannte diese besondere Drachenstimme zu gut. Sie öffnete den Mund, um zu antworten, stellte aber fest, daß sie durch das Rennen zu sehr außer Atem geraten war. Jim würde, sobald sie bei ihm war, etwas zu hören bekommen. Warum befand er sich überhaupt noch in seiner Drachengestalt? Wenn unerwartete Gäste eintrafen, dann war keine Zeit mehr zum Trödeln.

Kapitel 3

ABER ANGIE SPRACH IHREN GEDANKEN niemals laut aus. Als sie schließlich in den Burghof rannte, prallte sie beinahe gegen Jims Drachengestalt, die vor der Tür im Burghof saß. Sie bemerkte sofort, daß etwas Ungewöhnliches vorgehen mußte.

Theoluf hatte Jim eben erklärt, daß die Belagerer abgezogen waren, aber die Atmosphäre schien noch immer gespannt.

Yves Mortain, der oberste der Bewaffneten, rannte

die Treppe zum Wehrgang hoch, und John Steward schritt gerade unbeholfen auf den Drachen Jim zu. Im gleichen Augenblick ritten Geronde und Brian vor die Tür des Palas, während ihre Eskorte zu den Ställen abschwenkte. Der Verwalter erreichte Jim noch vor den Herrschaften von Malvernburg, und Jim bellte seinem Knappen die Befehle entgegen.

»Theoluf, alle unsere Bogenschützen vor die Schießscharten, die zum Burghof weisen. Die Schützen sollen außer Sicht bleiben, sich aber bereithalten, auf jeden zu schießen, der durch unser Tor kommt. Die fünf walisischen Bogenschützen sind immer noch in der Burg, oder?«

»Ja, M'lord! Schwierigkeiten, M'lord?«

»Das will ich nicht hoffen, aber ich möchte für alle Fälle bereit sein. Wir könnten es mit dreißig oder mehr Bewaffneten zu tun bekommen. Sorge dafür, daß keiner ohne Befehl schießt. John Steward…«

»Ja, M'lord«, schnaufte der Verwalter, der schon längere Zeit in seinen besten Jahren war und nun versuchte, wieder zu Atem zu kommen.

»Wie ich eben Theoluf schon sagte, werden wir Gäste haben – ein Ritter und eine erkleckliche Anzahl Bewaffneter, die das königliche Wappen tragen. Du wirst sie empfangen und ihnen sagen, daß ich nicht da bin. Als du mich zuletzt sahst, war ich ein Drache und flog davon. Das bedeutet üblicherweise, daß ich für eine Weile nicht auf Malencontri anwesend sein werde. Wenn der Ritter darauf besteht, dann kannst du ihn zu meiner Lady führen.«

»Worum geht's, Jim?« fragte Angie.

»Ich erzähle dir die Einzelheiten später«, antwortete Jim mit einem raschen Seitenblick zu ihr. »Gerade jetzt…«

»Was für ein Wappen trägt der Ritter?« mischte sich Brians Stimme ein. Er hatte sich bereits aus dem Sattel geschwungen und stand nun neben Jim und Angie. Der Drache wandte sich ihm zu und versuchte, sich an das zu erinnern, was er gesehen hatte, die weißen Jagdhunde, die einen schwarzen Eber auf goldenem Grund angriffen, in die richtige heraldische Ausdrucksweise zu übertragen. Früher wäre ihm das unmöglich gewesen, aber mittlerweile vermochte er es. Er mußte nur scharf nachdenken. »Sein Wappen… einen Moment«, sagte er nach einigen Augenblicken. *»Zwei Jagdhunde, weiß, rechts, und ein Eber, schwarz, links; aufsteigend, kämpfend.«*

Brian runzelte die Stirn.

»Das Wappen kenne ich nicht. Der Ritter kommt ohne Zweifel vom Hof, da er Truppen des Königs bei sich hat. Ist mit Sicherheit klug, ihm aus dem Weg zu gehen, bis Ihr Euch über seine Absichten im klaren seid. Dreißig Bewaffnete sind viel zu viele, um sie innerhalb der Burgmauern freudig zu empfangen. Andererseits könnt Ihr Eure Tore nicht ohne Grund vor den Truppen des Königs verschließen.«

»Nein«, sagte Jim und drehte sich zu seiner Gemahlin um. »Angie, warum gehst du mit Geronde nicht hoch zur Kemenate? Brian kann euch bis zu der Kammer darunter begleiten, die zum Burghof hinaus liegt – die, die wir immer Carolinus geben, wenn er hier ist. Ich fliege zur Turmspitze hoch, verwandele mich in meine wirkliche Gestalt, komme dann hinunter und treffe Euch in Eurer Stube, Brian.«

»Gut«, antwortete Brian knapp. Er hatte sich bereits umgedreht, um Geronde aus dem Sattel zu helfen.

Geronde war durchaus in der Lage, allein vom Pferd zu steigen – dies mit der nötigen damenhaften Eleganz zu tun, war, da der Damensattel noch nicht erfunden war, schon eine Kunst. Aber es war eine Verpflichtung für einen edlen Herren, einer Dame vom Pferd zu helfen.

Er hob Geronde mit einer Leichtigkeit herunter, die Jim jedesmal wie ein Wunder vorkam, denn Geronde war zwar klein, bestand aber nur aus Muskeln und Knochen. Genau wie Brian auch. Er war ein ganzes Stück kleiner und leichter als Jim, aber dennoch kräftiger – mit Ausnahme der Beine vielleicht. Die waren bei Jim, schon bevor er in dieses Jahrhundert kam, außerordentlich gut trainiert gewesen.

Brian machte einen Schritt auf Jim zu. Er streckte die Arme zur Begrüßung aus, zögerte dann aber.

»Verdammt, James! So sehr ich Euch auch liebe und respektiere, aber ich kann einem Drachen keinen Begrüßungskuß geben! Ich bin mir sogar sicher, daß die Heilige Mutter Kirche solche Sachen verbietet.«

»Schon in Ordnung. Das verstehe ich.«

Das tat er wirklich. Andererseits war da etwas an Brian, das Jim nicht verstand. Jim bemerkte an ihm die vielen kleinen Anzeichen für Aufregung und Anspannung, die er bewußt nicht hätte benennen können, die ihm aber dennoch auffielen.

Möglicherweise war Brian so unruhig, weil sich ein Offizier des Königs mit Bewaffneten näherte. Jedoch reagierte der Herr der Burg Smythe bei einem so geringfügigen Anlaß gewöhnlich nicht so stark. Dieser bewaffnete Besuch konnte trotz Brians Gerede wegen der Steuer in letzter Zeit durchaus freundliche Absichten haben. Oder war irgend etwas vorgefallen, von dem Jim noch nichts erfahren hatte? Jim nahm Brian näher in Augenschein und versuchte herauszufinden, was genau in ihm den Eindruck erweckte, daß sein Freund so angespannt war wie eine Raubkatze vor dem Sprung.

Das grelle Sonnenlicht gab keine Geheimnisse preis. Es erhellte nur Brians knochiges Gesicht, als dieser zurücktrat, ein Gesicht, das man beinahe gutaussehend nennen konnte, wenn da nicht die etwas zu groß geratene, stark gekrümmte Nase gewesen wäre. Ein solcher Zinken wurde gemeinhin als normannisch bezeichnet. Brians blaue Augen glänzten erwartungsvoll, vermittelten aber nicht den Eindruck, daß er besorgt oder verärgert sei. Insgesamt wirkte sein Blick wie der eines wilden, aber freundlichen Falken. Jim hatte diesen Blick bei Brian schon häufiger gesehen, in der Regel, wenn sie kurz vor einem Kampf auf Leben und Tod standen. Brian liebte im Gegensatz zu Jim den Kampf, und seine Vorfreude war immer deutlich sichtbar.

»Ihr geht besser mal«, sagte Jim noch während er Brian prüfend betrachtete. »Angie, du kannst alle drinnen unterbringen, nicht wahr?«

»Sicher. Kommt mit, Geronde. Brian...«

Angie führte Geronde und Brian in die Große Halle. Jim sah sich um und stellte fest, daß Theoluf – wie befohlen – bereits gegangen war. John Steward war allerdings noch da.

»John, ich fliege jetzt hoch zur Turmspitze, und du wartest hier, um den Ritter und alle, die er mit hereinbringt, zu empfangen. Laß nicht zu, daß einer unserer Leute ihn anruft oder herausfordert, wenn er seine Männer hereinführt. Denke nur daran, daß ich das letzte Mal, als ich lebend gesehen wurde, ein Drache war.«

»O Mylord!« rief John und rang die Hände.

»Sei kein Idiot!« sagte Jim schärfer als beabsichtigt. »Mir wird nichts geschehen. Ich will nur, daß du ehrlich sagen kannst, daß du mich zuletzt als Drachen gesehen hast. Du sollst, falls nötig, darauf sogar einen heiligen Eid ablegen können. Tritt nun zurück.«

John zog sich hastig zurück. Mit einem donnernden Flügelschlag schwang sich Jim in die Luft und flog hoch zur Turmspitze, wo er mit einem dumpfen Geräusch landete. Der diensthabende Bewaffnete salutierte mit dem Speer.

»Wir bekommen in Kürze Gäste«, teilte Jim ihm mit. »Es besteht keine Notwendigkeit für einen Alarmruf. John Steward wird mit ihnen reden und niemand sonst. Sie gehören zur Truppe des Königs, und Theoluf weiß bereits, daß sie kommen.«

»Ja, M'lord. Ich verstehe.«

Jim ging die Treppen zur nächsten Etage hinab, wo er auf Geronde und Angie traf, die auf dem Weg zur Kemenate waren. Geronde trat schon hinein, während Angie vor der Tür zögerte. Jim teilte ihr nun mit, was er aus der Luft gesehen hatte.

»Diese Männer kommen also aus der Richtung von Burg Smythe?« Jim nickte. »Aber Brian und Geronde kamen von Burg Malvern, was in der anderen Richtung liegt«, fuhr Angie fort. »Dann wissen sie wahrscheinlich von nichts.«

»Das glaube ich auch.«

»Du bist sehr besorgt darüber«, sagte Angie mit einem fragenden Blick. »Warum?«

»Ich weiß es wirklich nicht. Da geht etwas vor, aber ich habe keine Ahnung, was. Brian benimmt sich nicht wie sonst, so glaube ich jedenfalls. Vielleicht täusche ich mich auch. Aber es ist immerhin möglich, daß seine Vorbehalte gegen die Steuern bis zum Hof vorgedrungen sind … und das könnte übel enden.«

»Ja«, sagte Angie nachdenklich. »Ich verstehe, warum du jetzt nicht hier bist.« Sie sah ihn entschlossen an. »Ich werde schon zurechtkommen, wenn John Steward nach mir schickt.« Angie trat nach vorne, um Jim schnell zu umarmen, und wandte sich dann der Kemenate zu. »Geh jetzt zu Brian. Er ist bereits in Carolinus' Zimmer.«

»Warte mal.« Jim war plötzlich ein Gedanke gekommen. »Da ist noch etwas, über das ich mit dir reden will. Es geht um die Bediensteten.«

»Gut. Sobald wir Zeit haben.«

»Sobald wir Zeit haben«, echote Jim und ging.

In Gedanken noch bei der Umarmung, schritt Jim die Treppe hinab. Manchmal fragte er sich ernsthaft, ob Angie einen siebten Sinn hatte. Die Annahme, Brian könne in Gefahr sein, weil er sich öffentlich wenig schmeichelhaft über die königlichen Steuern geäußert hatte, weckte wieder die Angst, die Jim in letzter Zeit häufiger heimgesucht hatte. Er machte sich Sorgen um Angies und sein Überleben. Er hatte schon mehrere Jahre in dieser mittelalterlichen Welt zugebracht und fürchtete, irgendwann aufzufliegen.

Nur durch den Unglücksfall, der ihn und Angie hierhergebracht hatte, konnte er seine Gestalt in die eines Drachen verwandeln. Das gleiche Unglück hatte ihn mit magischer Energie aufgeladen und ihn zu einem Magier gemacht, ob er das nun wollte oder nicht. Er war ein Ritter und Baron, weil er Brian bei ihrem ersten Zusammentreffen angelogen hatte, um sich selbst zu schützen.

Er war nicht wirklich ein Magier, er nutzte nur das Wissen aus kommenden Jahrhunderten, um wie einer zu wirken. Er konnte nicht gut mit der Lanze umgehen, und mit dem Schwert verstand er nur deswegen ein wenig zu fechten, weil Brian ihn gut darin unterrichtet hatte. Die Verhaltensweisen dieser Zeit hatte er sich angeeignet, indem er die Menschen, die ihn umgaben, imitiert hatte.

Wenn er ehrlich war, mußte er zugeben, daß er eine glatte Fälschung darstellte.

Er und Angie hatten nur deshalb überlebt, weil sie das unfaßbare Glück hatten, großartige Freunde zu finden. Brian war auf Turnieren der Champion, und niemand war so loyal wie er. Dafydd ap Hywel war wahrscheinlich der Meister aller Meister – als Bogenschütze und Bogenbauer. Und Carolinus, Jims Lehrmeister in der Magie, der ihn wahrscheinlich schon seit langem durchschaut hatte, war einer der drei Magier der Kategorie Eins Plus, die es auf dieser Welt gab.

Wenn Jim in den letzten Jahren etwas gelernt hatte, dann das, daß man in dieser Zeit Freunde brauchte, wenn man überleben wollte. Auf alle, die er gerade aufgezählt hatte, konnte er sich felsenfest verlassen. Aber es gab in England, um nicht zu sagen in dem Rest der Welt, noch unzählige andere.

Da waren seine Bediensteten und Soldaten hier in der Burg. Er war nicht nur ihr Lord, sondern auch ein Magier. Es war seine Pflicht, die Bumps loszuwerden, von denen alle Burgbewohner annahmen, von ihnen eines Nachts aufgefressen zu werden.

Aber er war seiner Pflicht nicht nachgekommen. Die Burgbewohner waren enttäuscht und würden bald sogar desillusioniert sein, was seine Person betraf. Er hatte in letzter Zeit bemerkt, daß sie sich, scheinbar um sein Behagen besorgt, in plumpen Vertraulichkeiten ergingen. Das war ein höchst ungewöhnliches Betragen von Bediensteten gegenüber ihrem Herrn.

Es war sein Fehler. Er hatte es nicht über sich gebracht, die üblichen harten Strafen wie Auspeitschungen für kleinere Sünden anzuordnen. Er hatte zuviel mit ihnen gesprochen, sich mit ihnen gemein gemacht. Die Bediensteten erwarteten, ihren Herrn und Beschützer fürchten zu müssen. Wie konnte er sonst jemand sein, der in der Lage war, sie gegen ihre Feinde zu verteidigen? Freundlichkeit war weniger wichtig.

Daher hatten sie ihm niemals wirklich erlaubt, ihr Freund zu werden. Er hatte sich erst zu beweisen. Es war ihre Pflicht, wenn nötig für ihn zu sterben. Es war seine Pflicht, ihnen Tag für Tag zu beweisen, daß er es auch wert war. Ihre zur Schau gestellte Sorge könnte immerhin nur vorgetäuscht sein. Und wenn es so war, warum dann?

Jim fürchtete, die Antwort zu kennen.

Plötzlich merkte er, daß er vor der Tür des Zimmers stand, das gewöhnlich Carolinus überlassen wurde, wenn er auf Malencontri weilte. Er trat ein und sah, daß Brian bereits durch eine der zwei Schießscharten in den Burghof hinunterschaute.

»Ein emsiger Bursche«, sagte Brian, während er sich zu Jim umdrehte, der die Tür hinter sich schloß. »Ich habe diesen Wappenschild tatsächlich nie zuvor gesehen. Vielleicht hat ihn mal jemand mir gegenüber erwähnt. Ich habe das Gefühl, daß da etwas war. Vielleicht habe ich den Namen des Mannes schon mal gehört. Broadbent? Nein, das ist er nicht. Nun, es wird mir schon wieder einfallen.«

Brian wurde unterbrochen, als sich die Tür erneut öffnete. Meisterin Plyseth segelte mit einem Weinkrug, einem Krug mit Wasser und vier Gläsern herein, dichtauf gefolgt von May Heather, die eine Platte mit Küchlein trug. Die Frau und das Mädchen strahlten die Ritter an. Sie brachten ihre Last zum Tisch und stellten sie darauf ab, knicksten und entfernten sich dann rückwärts gehend. Sie lächelten dabei die ganze Zeit, so daß Jim sich fragte, ob sie das auch nach dem Schließen der Tür noch täten.

Noch während die Tür sich schloß, verstand Jim endlich: May Heather erhielt eine Unterrichtsstunde von Meisterin Plyseth. Dies mußte eine Demonstration gewesen sein, wie man einem Lord und seinem Gast einen Imbiß und Getränke serviert.

Komisch war daran nur, daß ihm sonst nicht so serviert wurde. Soweit Jim sich erinnerte, hatte Gwynneth ihn noch nie derartig angestrahlt, während sie auftrug. Im Gegenteil, wenn sie ihm jemals selbst ein Essen servierte, dann setzte sie es mit einer sehr entschiedenen Geste auf dem Tisch ab, als wollte sie sagen, daß er gut daran täte, zu essen und es sich auch schmecken zu lassen. Schließlich war das Essen gut für ihn.

Brian schien nichts davon bemerkt zu haben. Er stopfte sich bereits eins der Küchlein in den Mund und schenkte Wein ein.

»Nun ja«, sagte er, während er sich auf eine Ecke des Bettes setzte und den einzigen bequemen Stuhl des Zimmers Jim überließ, »es spielt keine Rolle. Wir werden seinen Namen noch früh genug erfahren, wenn nämlich Euer Verwalter hochkommt und Euch von dem Gast erzählt.«

Da Brian den Stuhl so offensichtlich ihm überlassen hatte, setzte sich Jim darauf, obwohl das bequeme Sitzmöbel eigentlich dem Gast gebührte.

»Da habt Ihr recht.«

»Diese Angelegenheiten klären sich immer auf«, sagte Brian, während er munter sein Weinglas hob. Plötzlich hielt er inne und griff nach dem Wasserkrug. Zu Jims Verwunderung goß sich sein alter Freund Wasser in den Wein.

Jim starrte ihn ungläubig an. Brian tat – außer zu formellen Anlässen – niemals Wasser in den Wein. Jim öffnete schon den Mund, schloß ihn dann aber wieder. Brian tat so, als hätte er nichts bemerkt. Mit einem Zug leerte er das Glas zur Hälfte. Er schien irgendwie erleichtert. »Ach, James, es ist gut, wieder bei Euch zu sein!«

»Es freut mich auch, Euch wiederzusehen, Brian«, sagte Jim ernsthaft. Wenn Brian dazu bereit war, würde er ihm schon erklären, warum er verdünnten Wein trank.

In der Zwischenzeit nahm Jim auch einen kräftigen

Schluck. Beide Männer setzten fast im selben Augenblick ihre Gläser auf dem Tisch ab.

»Was gibt's Neues?« Das war die gesellschaftlich anerkannte Weise, ohne allzu neugierig zu erscheinen, Brian dazu aufzufordern, all das zu erzählen, weswegen er nach Malencontri gekommen war.

»Nun, alles ist in Ordnung. Ich könnte mir kaum eine bessere Zeit auf Burg Malvern wünschen. Ihr wißt, wie hoch meine Erwartungen waren, als wir Gerondes Vater aus dem Heiligen Land nach Hause brachten.«

»Ja, ich weiß.«

Die Wiedervereinigung von Geronde mit ihrem seit so langer Zeit verschollenen Vater, Sir Geoffrey de Chaney, hatte den Spalt zwischen Vater und Tochter offenbart. Geronde war schon seit langem tief in ihrem Herzen voller Bitterkeit gegenüber ihrem Vater gewesen, da er ständig abwesend war und davon träumte, eines Tages mit Reichtümern überladen nach Hause zurückzukehren.

Aber das Wiedersehen Gerondes mit Sir Geoffrey lag nun schon Monate zurück, und sie befanden sich beide wieder auf Burg Malvern. Jim hatte angenommen, daß sich Vater und Tochter versöhnt hätten. Nichts, was er seitdem gehört hatte, hatte dagegengesprochen. Brian schüttete noch mehr Wasser in den Rest seines verdünnten Weins.

»Geronde«, knurrte der Ritter, »macht mich verrückt. Ich soll jedes verdammte Glas Wein, das ich trinke, mit Wasser verdünnen, als wenn ich auf einem verdammten Bankett wäre.«

Er schenkte Wein auf die Wasser-Wein-Mischung in seinem Glas.

»Das hat Sinn, wenn man von Mittag bis Sonnenuntergang bei einem Festessen sitzt und halbwegs nüchtern bleiben will. Aber bei allem, was heilig ist, es versaut den Geschmack des Weins! Ich habe ihr gesagt, daß ich lieber neun Gläser Wasser und ein Glas unverdorbenen Wein trinken würde als zwanzig Gläser verdünnten Wein, aber sie sagt nur, daß ich mich daran gewöhnen würde. Pah!«

Jim starrte ihn überrascht an. Das war das erste Mal, daß Brian sich in irgendeiner Form über Geronde beschwerte. Und es war auch eins der seltenen Male, da er eine schwarze Gewitterwolke über das Gesicht seines Freundes ziehen sah.

»Ihr kennt mich, James. Ich bin kein Säufer. Ich sage auch nicht – im Gegensatz zu einigen, die ich kenne –, daß Ale ein harmloses Getränk sei. Wenn Wein vor mir steht, trinke ich ihn. Wenn nicht, dann vermisse ich ihn auch nicht. Genau wie wir an fette und magere Zeiten gewöhnt sind, was das Essen betrifft, Sommer und Winter halt. Aber bei Sankt Brian, meinem Namensheiligen, unverdünnter Wein ist mir ein Trost!«

Jim sah ihn scharf an.

»Ist etwas nicht in Ordnung, Brian?«

»Abgesehen vom Wein…« Brian blickte Jim an, zögerte, und dann brach es aus ihm heraus: »Ja, verdammt noch mal, ja! Da ist etwas ganz und gar nicht in Ordnung! Ich habe etwas Großartiges in Aussicht, kann mich daran aber nicht freuen, weil da etwas ist, was so nicht sein sollte!«

»Brian, leert Euer Glas mit dem verdünnten Wein.«

Natürlich warf Brian das Glas mit dem restlichen Inhalt zu Boden.

Früher einmal wäre Jim deswegen zusammengezuckt, aber die Zeit hatte ihn mit solchen Unarten vertraut gemacht. Selbstverständlich würden die Bediensteten ohnehin hinterher alles aufwischen. Brian griff bereits zum Krug.

»Nein, nein!« gebot Jim ihm mit warnend erhobenem Zeigefinger Einhalt. Als Brian zögerte und ihn verständnislos anstarrte, griff Jim hinüber, nahm den Krug und füllte Brians Glas zu drei Vierteln mit Wein, bevor er es Brian zuschob.

»Ihr habt Euch das Glas nicht *selbst* eingeschenkt. Ich habe es Euch gereicht. Es wäre höchst unhöflich von Euch, das Glas abzulehnen.«

»Ja? Ach...« Brians hochgezogene Augenbrauen senkten sich, als er langsam begriff. Seine Hand schloß sich um das Weinglas. »Ja, wirklich, James. Höchst unhöflich!«

Er nahm einen langen Zug, und sein Gesicht erstrahlte in plötzlicher Seligkeit.

»Aaahh!« Langsam und genüßlich ließ er den Atem entweichen.

»Ihr sagtet gerade, daß etwas ganz und gar nicht in Ordnung sei«, versuchte Jim den Gesprächsfaden wieder aufzunehmen.

»In der Tat.« Für einen Augenblick zog wieder eine Gewitterwolke über sein Gesicht. »Wie dem auch sei, ich sollte Euch nicht mit meinen Sorgen behelligen, James...«

»Aber nein, nur zu, Brian.«

»Bei meiner Seele, das ist typisch für Euch, James. Ich kann nicht verhehlen, daß ich halb und halb die Absicht hatte, mit Euch zu sprechen, als ich herüberritt. Aber es fällt mir nicht leicht. Ich werde den Mann, wenn alles gutgeht, in einigen Wochen ›Vater‹ nennen. Aber ich schwöre Euch, daß ich mit ihm nicht unter dem gleichen Dach leben werde.«

Jim setzte ein angemessen schockiertes Gesicht auf, aber das war gar nicht nötig. Die Worte sprudelten aus Brian nur so heraus.

»Der Lord von Malvern ist ein schlimmer Gierschlund. Ich hatte erwartet, daß das Aufgebot für unsere Hochzeit schon vor langer Zeit bestellt worden wäre und daß wir schon letzten Monat verheiratet gewesen wären.

Geronde und ich warten bereits seit Jahren, und ihr Leben war mehr als einmal in Gefahr, weil ich nicht an ihrer Seite weilte. Weil ich nicht da war, hat sie eine Narbe im Gesicht, die ihr dieser Höllenhund, der vor Euch auf Malencontri saß, beigebracht hat – Ihr erinnert Euch, als er versuchte, sie zur Heirat zu zwingen –, und diese Narbe trägt sie jetzt ihr Leben lang! Ich sage Euch, das ist fast mehr, als ein Mann ertragen kann, und dennoch gebe ich mich ihm gegenüber höflich!«

Jim merkte, wie tiefes Mitleid in ihm aufwallte. Der Höllenhund, den Brian gerade erwähnt hatte, Sir Hugh de Bois de Malencontri, hatte sich seinen Weg in die reiche Malvernburg hineingelogen und genug Männer mitgebracht, um die Burg zu übernehmen.

Geronde zur Heirat zu zwingen, war zwar illegal, da nur Gerondes Vater (oder der König, wenn ihr Vater für tot erklärt worden war) der Heirat zustimmen konnte. Aber Sir Hugh glaubte fest daran, daß es besser war, erst die Hochzeit zu feiern und dann die richtigen Leute dazu zu bringen, sie im nachhinein abzusegnen.

Seine Erfolgsaussichten waren groß gewesen. Der König wollte trotz der Bemühungen aller seiner Ratgeber mit den Angelegenheiten seines Königreichs nicht behelligt werden. Er zog es vor, in Ruhe gelassen zu werden und die Reichsangelegenheiten sich selbst regeln zu lassen. Zudem hätte ein nettes Bestechungsgeld von Sir Hugh den König in seinen Ansichten bestärkt.

Jim machte sich eine geistige Notiz, demnächst einmal mit Carolinus, dem Meistermagier, darüber zu reden, ob man mit Magie nicht die Narbe aus Gerondes bemerkenswert kleinem, zartem und hübschem Gesicht entfernen konnte.

Jim hatte sich so an die Fassung gewöhnt, mit der Geronde die Entstellung hinnahm, daß er die Narbe überhaupt nicht mehr wahrnahm. Aber Geronde mußte sich ihres Makels immer bewußt sein, insbesondere, wenn sie auf jemanden traf, der sie noch nie gesehen hatte.

»Vermutlich ist Sir Hugh mittlerweile tot«, überlegte Jim. »Das letzte Mal, als wir ihn gesehen haben, lag er regungslos am Boden, außerhalb des Schutzes von Carolinus' magischen Stabes.«

»Aber hinterher war er nicht mehr da, nachdem der verbrecherische Magier Malvinne von dem König und der Königin der Toten wie ein Gehenkter mit einem Seil hochgezogen wurde. Wir wissen es nicht mit Sicherheit. Aber wenn de Bois lebt und meinen Weg wieder kreuzt...«

Brians Augen wurden starr, schienen sich auf etwas zu richten, das nur in seinem Geiste zu sehen war. Da war wieder der Falkenblick, aber nicht der eines Kriegers, der sich auf einen bevorstehenden Kampf freut. Den Ausdruck auf Brians Gesicht, der gewiß nichts Gutes verhieß, hatte Jim bisher nur selten gesehen.

»Wie dem auch sei«, versuchte Jim das Thema zu wechseln, »Ihr habt gerade angedeutet, daß Sir Geoffrey sich aus irgendeinem Grund gegen Euch und Geronde gestellt hat?«

»Es ist sehr freundlich von Euch, Geronde mit einzuschließen, aber Sir Geoffrey will allein mir Schwierigkeiten machen. James, er verlangt für Geronde einen Brautpreis – einen Brautpreis von achtzig Pfund! Könnt Ihr Euch eine solche Summe vorstellen? Als wäre sie eine Märchenprinzessin, die mit Juwelen aufgewogen wird! Achtzig Pfund reichen aus, um Burg Smythe und alle ihre Bewohner zwei Jahre lang zu unterhalten.«

»Hmmm.«

»Oh, er sagt, es sei zu Gerondes Bestem, nicht zu seinem. Er sagt, daß er ihr das Geld übergeben werde, damit sie reich genug sei, um sich selbst schützen zu können, wenn mir etwas passiert. Verdammter Blödsinn! Zuerst hat er zweihundert gewollt, aber Geronde hat ihn schließlich auf achtzig heruntergehandelt. Dabei ist er dann geblieben. Aber er will ihr das Geld im gleichen Augenblick geben, in dem ich es ihm aushändige. Dennoch, habt Ihr jemals von so etwas gehört?«

»Nein«, antwortete Jim ernst. Er wußte, daß das Mindesteinkommen, das ein Ritter benötigte, um den Besitz unterhalten und verteidigen zu können, bei fünfzig Pfund pro Jahr lag. Selbst in guten Jahren erreichten Brians Einkünfte nur knapp diese Höhe. Das meiste Geld verdiente er noch mit seinen Turniersiegen und weniger mit der Kultivierung und Verpachtung seiner spärlichen Ländereien.

Letzten Winter hatte er bei dem Turnier anläßlich der Weihnachtsfeier des Grafen von Somerset einen Becher Goldstücke gewonnen, aber ein solch hoher Preis war sehr ungewöhnlich. Und auf Zypern hatte ihm ein Falschspieler einen großen Teil davon wieder abgenommen. Üblicherweise war der Preis für den Turniersieger etwas, das zwar prächtig aussah, aber keinen besonders hohen Wert hatte. Ansonsten durfte Brian die Pferde und Rüstungen der Gegner, die er besiegt hatte, behalten und auch verkaufen.

Dennoch boten Turniersiege kein regelmäßiges, verläßliches Einkommen – insbesondere, da immer die Möglichkeit bestand zu verlieren. Unglücksfälle oder pures Glück konnten einem anderen Ritter den Sieg schenken, der nicht so gut wie Brian war. Zu Brians Glück geschah das aber selten.

»Nun, wenn er nichts anderes tut, als sich umzudrehen und das Geld an Geronde weiterzugeben, dann kann Geronde es, wenn nötig, wieder dir aushändigen, um Burg Smythe zu unterhalten. Nach der Hochzeit wird es ihr Zuhause sein, ebensosehr wie Eures.«

»Oh, das wird sie im Notfall tun. Das hat sie mir sofort versichert, als Sir Geoffrey außer Hörweite war. Aber zuerst muß ich selbst das Vermögen haben, um es ihm übergeben zu können – und wo bekomme ich achtzig Pfund her?«

Er sah Jim an.

»Ich sage Euch, das Ganze treibt mich in den Wahnsinn. Wie ein Verrückter laufe ich in meinen Gemächern auf und ab und entwerfe einen Plan nach dem anderen, aber ich drehe mich nur im Kreis. Alles, was ich in einem Jahr gewinnen könnte, wird niemals eine so große Summe ergeben. Davon abgesehen, warten Geronde und ich schon seit Jahren!«

»Ich weiß.« Jim hätte Brian das Geld gerne geliehen, wenn er es besessen hätte. Das war so klar, daß es nicht noch erwähnt werden mußte. Mit Malencontri war Jim erheblich besser dran als Brian. Jims Ländereien und sonstige Einkünfte beliefen sich auf knapp hundertzwanzig Pfund im Jahr. Das bedeutete allerdings nicht, daß er jederzeit achtzig Pfund Bargeld flüssig gehabt hätte.

»Aber warum verlangt Sir Geoffrey überhaupt einen Brautpreis?« fuhr Jim fort. »Irgend etwas muß ihn darauf gebracht haben.«

»Verdammt, wenn ich das wüßte!« Brian füllte sein Glas erneut, zögerte und gab dann einen Spritzer Wasser hinzu. »Geronde hat vielleicht eine Ahnung, aber ich bin überfragt!«

Eine Ahnung hatte Geronde in der Tat und teilte sie gerade Angie mit.

Kapitel 4

»Er träumt natürlich davon, ein Königreich und Schätze für sich zu gewinnen, sobald er erst einmal den nötigen Grundstock an Gold dazu hat. Er ist noch genauso wie früher. Die Sklaverei, aus der Brian und James ihn erretten, hat ihn nicht im geringsten verändert. Ich sage Euch, Angela, mein Vater treibt mich in den Wahnsinn!«

Nach einer angemessenen Zeitspanne war Geronde schließlich auf den Punkt der privaten Unterhaltung mit Angie gekommen.

Angie hatte der notwendigen Einleitung aufmerksam gelauscht. Genausowenig wie Brian, der auch nie gezielt ein Thema anschnitt, das ihm am Herzen lag, war Geronde dazu in der Lage. Mit dem einen Unterschied allerdings, daß Brian nach dem Vorgeplänkel sofort auf sein Anliegen zusteuerte, während Geronde sich ihrer Absicht zögerlich immer mehr näherte, nur um plötzlich abzuschweifen und dann erneut um den heißen Brei herumzureden.

Zum Teil war das einfach nur das übliche Gebaren dieser Zeit, zum anderen lag es aber auch an Gerondes starkem Widerstreben, ihre Sorgen einer Freundin aufzubürden, sowie an ihrer Scham.

So hatte Geronde also mit dem kleinen Robert geschäkert, der gerade wach war und die Welt mit seinem ihm eigenen Vergnügen betrachtete und dabei mit Armen und Beinen frei in einem Möbelstück strampelte, das Angie ›Kinderbettchen‹ nannte. Üblicherweise wurde ein kleines Kind umwickelt, das heißt, es wurde so fest in Tücher eingeschlagen, daß es sich nicht mehr bewegen konnte, und dann auf ein Brett gebunden. Angie war dies zuwider, und sie hatte auf einem Bettchen für Robert bestanden. Jeder, einschließlich Geronde, war sich sicher, daß Angies seltsames Verhalten dem Jungen schadete.

Nachdem Geronde das Kind bewundert hatte, nahm sie den verdünnten Wein entgegen und sprach über das Wetter in der letzten Zeit, darüber, daß das Getreide gut stände und in den Stallungen der Malvernburg ein Fohlen geboren worden war, das später einmal gewiß ihr persönliches Reitpferd werden würde. Schließlich ließ sie sich von Angie noch erzählen, wie die Dinge auf Malencontri standen.

Angie spielte das Spiel geduldig mit, da sie wußte, daß Geronde früher oder später noch zu ihrem Anliegen käme.

Endlich begann Geronde, von ihren Sorgen zu sprechen, von ihrem Vater, der erst kürzlich nach einem seiner fruchtlosen Versuche, unermeßliche Schätze zu entdecken, aus dem Orient nach Hause zurückgekehrt war.

»Er hat sich kein bißchen verändert. Ich hatte das auch nicht erwartet, aber ich schwöre, daß ich vergessen hatte, wie abenteuerlich seine Träume und Hoffnungen waren. Jetzt, da er wieder auf der Burg ist, wird mir klar, wie nah er schon immer dem Wahnsinn war. Was er sich erhofft, kann sich nur für einen Magier oder König erfüllen. Das habe ich schon damals erkannt, als er mich allein gelassen hatte, allein mit allen Sorgen von Burg Malvern.«

Angie hatte vorgehabt, geduldig zu warten, bis ihre Freundin auf das Thema zu sprechen kam, das ihr am Herzen lag, aber nun übermannte sie die Neugier.

»Sagt mir, Geronde, wart Ihr wirklich erst elf Jahre alt, als Euch Euer Vater allein auf der Malvernburg zurückließ?«

»In der Tat. Und ich sage Euch, daß es noch genug andere gab, Mädchen und Frauen, die sich genauso jung und unvorbereitet wie ich um die Güter ihrer

Väter kümmern mußten. Oh, ich hatte zu Beginn große Schwierigkeiten. Vater kam zwar einige Male nach Hause, aber immer nur für wenige Wochen. Als ich vierzehn war, sagte er mir eines Tages, er schließe sich dem Kreuzzug, der sich in Italien formierte, an und käme mit Schätzen beladen zurück.«

»Ich kann mir das nicht vorstellen. Wie hat er Euch das beigebracht? Ist er eines Tages zu Euch gekommen und hat Euch einfach gesagt, daß Ihr jetzt die Burgherrin seid?«

»Nein, nein, natürlich nicht. Da gab es einen Verwalter. Der war aber ein ausgemachter Dummkopf, das wußte ich schon, bevor mein Vater ihm die Burgverwaltung übertragen hatte. Doch ich hatte weder geglaubt, daß mein Vater nicht zurückkehren würde, noch daß ich die volle Verantwortung für Burg und Ländereien in meine eigenen Hände würde nehmen müssen.

Mein Vater – er verließ die Burg zum erstenmal an einem naßkalten Märztag – ritt mit dem Schwur auf den Lippen fort, daß er vor dem Tag des heiligen Marcus zurück sein würde. Dann wäre es April und trocken genug für die Aussaat. Aber er war an diesem Tag noch nicht zurück, auch nicht an St. Jakob oder am ersten Mai oder am einunddreißigsten Mai zur Heimsuchung Mariae. Als auch der Tag des heiligen Barnabas verging, wurde mir klar, daß es keinen Sinn hatte, noch länger untätig herumzusitzen.«

Gerondes Züge verhärteten sich. »Der Verwalter tat lieber nichts, als Ärger zu riskieren. Er betrank sich nur noch den lieben langen Tag. So ging ich denn in das Quartier der Bewaffneten und ließ sie alle zusammenrufen. Ich sah sie an, sie sahen mich an, und dann sagte ich ihnen, daß ich die Burgherrin sei und ob das jemand bestreiten wollte.«

Geronde hielt inne.

»Und was haben sie gesagt?« fragte Angie neugierig.

»Was konnten sie schon sagen? Sie haben mich unsicher angeblickt und nach einigen Augenblicken sagte einer von ihnen, Walter, mit leiser Stimme: ›Niemand streitet es ab, Mylady‹. Das war das erste Mal, daß er mich mit Mylady ansprach.«

Angie nickte.

»Ich teilte ihnen mit, daß unsere Burg und die Ländereien eine Burgherrin brauchten, und da ich Sir Geoffreys Tochter war, könnte nur ich das sein. Mir würden die Männer von nun an Gehorsam schulden.«

Angie schüttelte den Kopf und schnalzte bewundernd mit der Zunge.

»Sie zögerten, stimmten mir aber schließlich zu. ›Nun denn‹, sagte ich zu ihnen, ›von jetzt an nehmt ihr nur noch von mir Befehle entgegen, nicht mehr vom Verwalter‹. Es war nämlich viel zu tun. Die Felder waren vernachlässigt worden, und die ganze Burg befand sich in einem üblen Zustand.«

Geronde starrte abwesend Löcher in die Luft, als sie an das Vergangene dachte. »Ich trug ihnen auf, daß mir immer Bewaffnete zur Seite stehen sollten, wenn ich dem Personal Anweisungen zu erteilen gedachte. Von vornherein sollte klar sein, daß ich keinen Widerspruch duldete. Die Leute gehorchten meinen Befehlen. Ich zog in das Zimmer meines Vaters, und Walter postierte immer zwei seiner Männer vor der Tür.«

»›Wenn mein Vater zurückkehren sollte‹, sagte ich zu den Leuten, ›werdet ihr ihn selbstverständlich behandeln, wie es eurem Herrn gebührt. Denkt aber daran, daß der Befehl über die Burg und die Ländereien so lange in meinen Händen liegt, bis er etwas anderes anordnet. Ab heute werde ich die Schlüssel der Burgherrin tragen – bis mein Vater mir befiehlt, sie wieder abzulegen.‹«

Geronde atmete ein paarmal tief durch. Ihre Stimme klang jetzt weniger scharf als vorher.

»Vater kehrte erst nach dem Tag des heiligen Bartholomäus zurück, als unsere Äpfel schon reif waren, und blieb dann etwa einen Monat bei uns. Er sah den Gürtel der Burgherrin um meine Taille, er sah, wie die Bewaffneten und Dienstboten meinen Befehlen gehorchten, und er sagte nichts dazu.«

Ihr Blick verfinsterte sich erneut. »Es war ihm völlig gleich, solange er sich nur nicht um alles kümmern mußte.« Mit bedrückter Mine sprach sie weiter.

»Dann war er wieder weg. Für ein paar Monate. Dann kam er für kurze Zeit zurück. So ging das ein paar Mal, und schließlich zog er dann auf seinen Kreuzzug. Ich hielt den Verwalter für ungefähr ein Jahr, damit die Nachbarn nicht auf die Idee kämen, die Burg sei leichte Beute. Nur wenige hätten geglaubt, daß wirklich ich die Schlüssel halte. Aber dann sah ich zu, daß ich den tumben Säufer loswurde. Seitdem ist Malvern aufgeblüht, wie du weißt.«

Eine Weile war es still. Geronde schien in Erinnerungen versunken zu sein, und Angie wartete ab.

»Aber ich bin nicht gekommen, um dir diese alte Geschichte zu erzählen, Angela. Mein Vater ist zurück, und Malvern gehört ihm – obwohl ich verdammt sein will, wenn ich zulasse, daß Burg und Land zugrunde gerichtet werden, nur weil ich nicht da bin. Ich werde mein Augenmerk darauf richten, selbst wenn Burg Smythe mein Zuhause sein wird. Dieses Junggesellennest in Ordnung zu bringen und in ein gewöhnliches Heim zu verwandeln, wäre übrigens allein schon eine harte Nuß.«

Wieder flammte der Ärger in ihr hoch. »Mein Vater ist nun fest entschlossen, von Brian einen Brautpreis zu verlangen. Er will nicht weniger als achtzig Pfund.«

Angie war schockiert.

»Mein Vater hat zwar geschworen, das Geld solle für mich sein, aber ich traue ihm in dieser Hinsicht nicht. Er könnte es dazu benutzen, eines seiner verrückten Abenteuer zu finanzieren. Es hat keinen Sinn, darüber zu reden. Ich habe getan, was ich konnte, um den Preis zu drücken, und niemand kann das besser als ich. Worüber ich aber wirklich reden will, ist Brian.«

»Brian?« fragte Angie verwirrt.

»Ja, Brian. Diese Forderung belastet ihn sehr.«

Plötzlich brach sie ab und wandte sich einem anderen Thema zu. »Ach, Angela, versprecht, mir zu helfen.«

»Aber sicher.«

»Nun... wenn Ihr mit Brian bei Tisch sitzt, gleichgültig ob ich dabei bin oder nicht – es wird nicht nötig sein, wenn ich dabei bin –, also würdet Ihr ihn verwundert ansehen, wenn er kein Wasser in seinen Wein nähme?«

»Ihn verwundert ansehen?« Angie übte sich noch immer in Geduld. »In Ordnung.«

»Versteht Ihr, ich möchte, daß Ihr ihn nicht mißbilligend anschaut, sondern nur leicht überrascht darüber, daß er so etwas tut. Das ist alles.«

»Das läßt sich mit Sicherheit einrichten«, antwortete Angie. »Sollte ich aber nicht den Grund dafür erfahren?«

»Natürlich«, beeilte sich Geronde zu versichern. »Ich will, daß er seinen Wein immer und überall verdünnt. Er verabscheut das, und ich kann es ihm auch wirklich nicht verdenken. Er trinkt nicht zuviel – das wißt Ihr ja. Vielleicht stürzt er einen Becher hinunter, wenn er ordentlichen Durst hat, aber später trinkt er langsamer, bis er fast nichts mehr zu sich nimmt. Daher ist er nie – fast nie – das, was man betrunken nennen könnte.«

»Das ist wahr«, stimmte Angie zu. Sie erinnerte sich daran, daß auch schon Jim ihr gegenüber diese Tatsache erwähnt hatte.

»Und bei einem Festessen, wie dem am letzten Weihnachten beim Grafen von Somerset, schenken die Bediensteten Wein ein und geben auf einen Wink hin noch Wasser dazu. Um nicht aus der Reihe zu tanzen, wird Brian ebenfalls den Wein verdünnen lassen – wie alle anderen. Schön wäre, wenn die Wassermengen nicht so stark variierten. Brian weiß dann vielleicht nicht, wie viele Becher er leeren darf, ohne betrunken zu werden.«

»Ich verstehe.«

Wären Jim und Angie gerade frisch in diese mittelalterliche Welt gekommen, hätte sie nun gewiß versucht, Geronde darüber aufzuklären, daß das bloße Verdünnen nicht den Alkoholgehalt im Wein selbst verringerte. Aber sie und Jim hatten inzwischen gelernt, daß es keinen Sinn hatte, den Menschen des vierzehnten Jahrhunderts das Wissen des zwanzigsten zu vermitteln. Das gelang nie.

»So, Ihr wollt also, daß Brian sich daran gewöhnt, seinen Wein mit Wasser zu versetzen, damit er künftig besser beurteilen kann, wieviel er verträgt? Jim sagte mir einmal, daß Brian seinen Weingenuß im Auge behalten würde, um notfalls immer noch Herr seiner Sinne zu bleiben.«

»Das stimmt wohl, meistens zumindest. Dennoch sorge ich mich halt. Wie leicht kann ein Gelage in einem Schwertgeplänkel enden, wenn Brian keinen klaren Kopf behält. Macht es Euch etwas aus, uns zu helfen?«

»Nein, selbstverständlich nicht. Ich helfe Euch mit Freuden. Aber was hat das Ganze mit Eurer Sorge um den Brautpreis zu tun?«

»Das könnt Ihr Euch selbst beantworten!« antwortete Geronde ärgerlich.

Angie starrte sie an.

In dem Augenblick klopfte es an der Tür.

»Dieser elendigliche Brautpreis«, sagte Brian zu Jim, während er aufstand, um einen weiteren Blick durch die Schießscharte zu werfen, »ich zermartere mir das Hirn darüber, wie ich das Geld auftreiben könnte, und habe sogar einen Großen Schwur geleistet – keinen gewöhnlichen, versteht Ihr, James, sondern einen Schwur vor dem Altar meiner… nun, von dem, was von meiner Burgkapelle übrig ist – den Brautpreis zu entrichten, und müßte ich das Gold vom Teufel selbst leihen.«

Er wandte sich von der Schießscharte ab, um sich wieder hinzusetzen. »Und so kam es dann, James«, sprach Brian, während er sich vorbeugte und Jims Arm mit dem Finger antippte, »daß sich mir innerhalb einer Woche plötzlich ein Weg auftat.«

Er setzte sich auf dem Bett bequem zurecht. Offensichtlich rechnete er mit Jims Erstaunen, und Jim tat sein Bestes.

»Wirklich?«

»Wirklich.« Brian hielt inne, als ob er sich die folgenden Worte sorgsam überlegen wolle.

»Ihr seid Euch bewußt, daß der König noch andere Berater hat als Sir John Chandos? Einige sind Grafen, andere Herzöge, wieder andere besitzen große Ländereien oder viel, viel Gold. Ein paar von ihnen hatten dem König letztlich geraten, neue Steuern zu erheben, wie vor kurzem den Kronenzehnt, der ein Zehntel des Einkommens beträgt, und die Wahlsteuer, die von einem Penny pro Jahr für die Ärmsten bis hin zu einem Pfund für Leute von hohem Rang reicht, und die neuen Steuern auf Landerwerb.«

Brian schüttelte den Kopf. »All das zum jährlichen Zehnt an die Heilige Mutter Kirche« – Brian bekreuzigte sich – »und den anderen Abgaben, gegen die wir natürlich keine Abneigung hegen, die aber zusammen mit dem neuen Zins unser verfügbares Einkommen so weit auffressen, daß Leute wie der Graf von Oxford einen mächtigen Zorn hegen. Es ist so weit gekommen, daß man fest entschlossen ist zu handeln – natürlich nicht gegen den König selbst, aber gegen die, die dem Thron nahestehen.«

Jim wurde unbehaglich zumute. Brian sprach über die höchste Ebene der Politik im Königreich. Der Graf von Oxford stritt sich schon seit langem mit dem Grafen von Cumberland. Dabei ging es um dies und das, in Wahrheit aber um das Ohr des Königs, bei dem Cumberland jedoch stark im Vorteil war, da er der Halbbruder des Monarchen war. Das war für Brian eine Nummer zu groß, dachte Jim beklommen.

Üblicherweise, überlegte er, hätte Brian sich da herausgehalten, doch vielleicht hatte die Ernüchterung über Gerondes Vater den gesunden Menschenverstand ausgeschaltet.

Als hätte er Jims Gedanken gehört, fuhr Brian fort: »Niemand anders als der Lord von Cumberland leitet Seine Königliche Majestät – ach übrigens, habe ich Euch schon erzählt, daß Agatha Falon wieder bei Hofe ist und nicht nur dem König sehr nahesteht, sondern auch Cumberland?«

»Das wußte ich nicht«, sagte Jim mit einem Stirnrunzeln. Agatha war die Tante des kleinen Robert. Sie hatte einmal versucht, Robert umzubringen und Angie gleich dazu. Jim hatte allerdings gedacht, daß Agatha ihren Einfluß längst verloren hätte.

»Wie ich schon sagte«, fuhr Brian fort, »es geht um Cumberland und seine Anhänger, die, indem sie unseren Königlichen Lehensherren beraten, die Bürde der Macht auf ihre eigenen Schultern geladen haben. Sie sollen von ihrer Last befreit werden.«

»Hmm«, brummte Jim nachdenklich.

»Letztlich kam ein Unterhändler zu mir. Was haltet Ihr davon? Irgend jemand wird eine Streitigkeit mit dem Grafen von Cumberland oder einem der anderen Berater anfangen. Dieser Jemand zieht mit seiner Streitmacht in Cumberlands Ländereien und verwüstet sie. Danach zieht sich die Truppe zurück und wird allem Anschein nach aufgelöst. Nun wird ein anderer Zank angezettelt, und die Truppe wird erneut zusammengebracht, um ein anderes Stück Land zu verheeren.«

»Aber...«, begann Jim, wurde jedoch von Brian, der seine Hand hob, unterbrochen.

»Ihr werdet mit Recht fragen, ob es richtig und legal ist, mich an solchen Scharmützeln zu beteiligen. Nun, ich bin umgehend zu meinem Lehensherrn, dem Grafen von Somerset, gegangen und habe seine Erlaubnis erbeten, in dieser Sache kämpfen zu dürfen.«

»Was?« Jim starrte ihn ungläubig an. »Jetzt weiß jeder, daß Ihr daran beteiligt seid.«

»Was spielt das für eine Rolle? Er gab mir die Erlaubnis. Er befürwortet die Sache, auch wenn er sich nicht selbst anschließen will. Das Ziel besteht nur darin, diesen gierigen Beratern Ärger und Ausgaben zu verursachen. Sie werden sich wieder um ihre eigenen Ländereien und Burgen kümmern müssen und bleiben dem Thron fern. Ist das nicht ein kluger Plan?«

»Nun...«, fing Jim langsam an.

»Ich wußte, Ihr würdet den Reiz darin erkennen«, fiel Brian fröhlich ein. »Das kann nicht schiefgehen.«

»Ja, aber...«, versuchte Jim erneut etwas zu sagen, doch Brian unterbrach ihn wieder mit erhobener Hand.

»Haltet ein, James. Laßt Euch alles erzählen. *Sie wollen mir die achtzig Pfund zahlen, die ich brauche!* Vierzig

Pfund sofort und weitere vierzig, wenn die Truppe zugeschlagen hat!«

Jim öffnete den Mund, um Brian zu sagen, für wie groß er die Chance hielt, daß sein Freund jemals die zweite Zahlung erhielte – und verwarf dieses Vorhaben gleich wieder. Er würde Brian nicht überzeugen können.

Brian war kein guter Geschäftsmann. Er glaubte an die Ehre der anderen edlen Herren, ob sie es verdient hatten oder nicht. Auf der anderen Seite überstiegen achtzig Pfund in bar, die zudem noch sofort gezahlt wurden, bei weitem das, was für einen wie auch immer gearteten Kriegsdienst erwartet werden konnte. Jim entschloß sich, die Sache von einer anderen Seite anzugehen, die wahrscheinlich ohnehin wichtiger war.

»Brian«, sagte er so ruhig er es vermochte, »besteht da nicht eine gewisse Gefahr, auch wenn Ihr nicht gezielt gegen den König agiert, daß die Berater, die ihr angreift, Seine Majestät überzeugen könnten, daß Ihr ein Rebell oder ein Gesetzloser seid, der dem Henker überantwortet werden sollte? Ihr könntet in eine schlimme Klemme geraten.«

»Ach was!« lächelte Brian. »Wir gehen hin, es gibt ein bißchen Waffengeklirr in der Nähe der Burg eines dieser Lords, die so begierig sind, sich aus einer noch fetteren Königlichen Geldbörse zu bedienen, und dann sind wir schon wieder weg. In der Zwischenzeit machen meine Auftraggeber den König glauben, dies sei ein Zeichen dafür, daß das Königreich über die neuen Steuern äußerst aufgebracht ist. Ich kann darin keinen echten Schaden oder eine echte Gefahr sehen, jedenfalls keine, die über die übliche hinausgeht, wenn gerüstete Männer in den Kampf ziehen. Der König wird selbstverständlich nicht wissen, daß alles nur eine Finte ist.«

»Wie könnt Ihr Euch da nur so sicher sein, Brian? Er könnte von dieser Sache bereits Wind bekommen haben, und wenn nicht er selbst, dann die, die ihn umgeben. Wißt Ihr, als ich den Ritter und seinen Trupp zuerst sah, kam er den Weg von Eurer Burg herunter.«

»Von Burg Smythe?« fragte Brian und saß mit einem Mal aufrecht. »Warum sollten sie von meiner Burg kommen?«

»Das habe ich mich auch gefragt. Aber nach dem, was Ihr mir erzählt habt, könnte es Ärger bedeuten. Der Ritter ist ein Offizier des Königs und er hat genug Bewaffnete bei sich, um eine kleine Burg, vielleicht so groß wie die Eure, einzunehmen. Insbesondere, da er die Überraschung auf seiner Seite hat. Ist es nicht denkbar, daß einer Eurer ›Verbündeten‹ etwas ausgeplaudert hat? Dem König oder einem seiner Berater gegenüber?«

»Das kann ich nicht glauben, James«, antwortete Brian langsam. »Dafür war kaum genug Zeit. Es ist weniger als zwei Wochen her, daß ich mit dem Unterhändler gesprochen habe, der mich anheuern wollte.«

»Dennoch...«, gab Jim zu Bedenken.

Brian starrte ihn eine Weile an, oder besser gesagt durch ihn hindurch. Dann entspannte er sich und lächelte.

»Nein, nein. Das ist unmöglich. Wie dem auch sei, ich habe bereits zugesagt. Nein, jetzt weiß ich, was los ist. Es ist ein sehr kluger Plan. Diese Sache mit dem Offizier des Königs, der nach mir Ausschau hält, gehört zum Plan meiner Auftraggeber. Sie haben schon das Gerücht im Land verbreitet, daß Leute gegen die übermäßigen Steuern rebellieren. Das muß es sein. Mehr wird es nicht zu bedeuten haben.«

Er setzte sich zurecht, entspannte sich und nahm einen kräftigen Schluck aus seinem Glas.

Jims Ruhe war nur äußerlich. Da er keine Worte mehr fand, stand er auf und ging zur nächsten Schießscharte hinüber, um hinauszuschauen und einen Augenblick lang seine Gedanken zu ordnen.

Obwohl Brian die Idee einfach abgetan hatte, war Jim doch der Ansicht, daß für seinen Freund die Gefahr bestand, des Hochverrats angeklagt zu werden. In Brians Herzen lag kein Verrat, aber das war ohne Belang, wenn jemand den König vom Gegenteil überzeugte.

Die Erkenntnis, daß jeder Verdacht, der auf Brian fiel, dann gewiß auch seine engen Freunde einschließen würde, traf Jim wie ein Blitzschlag aus heiterem Himmel. Er und Angie steckten in der gleichen Klemme wie Brian.

War der Ritter deshalb erst zur Burg Smythe und dann hierher geritten? Um sie zu verhaften? Jim sah hinunter in den Burghof.

»Ist das zu glauben? Der Ritter zieht mit seinen Bewaffneten ab.«

»Was sagt Ihr?« Jim hörte, wie Brian aufsprang und zur anderen Schießscharte hinübereilte. »Bei Gott, Ihr habt recht!«

Als sie in den Burghof hinunterblickten, sahen sie die letzten der Königlichen Bewaffneten durch das Burgtor und über die Zugbrücke fortreiten.

»Nun, das war's dann wohl!« meinte Brian und ging zurück zum Bett. Jim hörte, wie sein Freund sich das Glas füllte – wahrscheinlich mit Wein und nicht mit Wasser.

»Das ging erheblich schneller als ich dachte«, sagte Jim, während er sich umdrehte. »Ich frage mich…«

Er kam nie dazu auszusprechen, was er sich fragte, denn in diesem Augenblick öffnete sich die Tür, und Geronde trat ein, dicht gefolgt von Angie. Jim erhob sich von seinem Stuhl, damit eine der Damen Platz nehmen konnte. Angie hielt sich zurück, und Geronde zögerte als Gast höflich einen Augenblick, bevor sie sich setzte.

»Wie seid Ihr den Mann so schnell losgeworden?« fragte Brian.

»Er hatte gefragt, ob Jim hier sei«, antwortete Angie und blickte zu ihrem Gemahl. »John Steward hatte ihm bereits gesagt, daß du die Burg in deinem Drachenkörper verlassen hättest, als du das letzte Mal gesehen wurdest. Der Ritter fragte mich, ob du mit Brian wieder in eins deiner berühmten Abenteuer gezogen wärst. Er erwähnte dann, daß er gerade von Burg Smythe käme und Brian dort auch nicht anwesend war.«

»Und was hast du ihm gesagt?«

»Ich behauptete natürlich, ich hätte keine Ahnung. Ich sagte ihm, daß du niemals vorher mit mir über solche Sachen sprichst.«

»Und ich«, unterbrach Geronde, »sagte, daß es sich mit Brian ganz genauso verhielte. Dann erwähnte ich noch, daß ich Brian in Kürze heiraten wollte, und der Ritter wünschte mir eine lange und glückliche Ehe.«

»Und«, warf Jim ein, »schien ihn das zu überzeugen?«

»Soweit ich das beurteilen kann, ja«, antwortete Angie. Sie wandte sich ihrer Freundin zu. »Was meint Ihr, Geronde?«

»Oh, er glaubte jedes unserer Worte! Schließlich gibt es nur wenige Ehemänner, die ihren Frauen erzählen, warum sie weggehen – genausowenig wie Väter ihren Töchtern Bescheid geben.«

»Auf jeden Fall hat er sich damit zufriedengegeben«, setzte Angie das Gespräch fort. »Er sagte, er wäre nur hier, um dir im Namen des Königs einen Befehl von Sir John Chandos zu überbringen.«

Angie zog ein Stück Pergament hervor und reichte

es Jim. Das große schwarze Siegel, mit dem es verschlossen gewesen war, war bereits erbrochen. Jim faltete das Blatt auseinander.

Er konnte Latein lesen und verstehen, wenn es in den Lettern des zwanzigsten Jahrhunderts gedruckt war, und recht gut Kirchenlatein sprechen, aber die im Mittelalter üblichen verschnörkelten Buchstaben machten ihm Schwierigkeiten. Er gab das Schreiben Angie wieder zurück.

»Kannst du das lesen?«

»Das habe ich bereits getan. Es ist von Sir John Chandos. Er befiehlt dir, dich in Bereitschaft zu halten. Auf Anordnung des Königs. Du sollst dich einer Streitmacht anschließen, die er in den Norden führen wird, um sich Feinden Englands entgegenzustellen. Hier steht nicht, wer die Feinde seien, dafür aber, daß Sir John in ein oder zwei Tagen hier sein wird.«

Kapitel 5

»EIN ODER ZWEI TAGE...«, wiederholte Jim benommen. Dies war eine äußerst kurzfristige Benachrichtigung, insbesondere aus mittelalterlicher Sicht. Auf der anderen Seite dachten höherstehende Persönlichkeiten nicht unbedingt darüber nach, ob ihre Untergebenen eventuell ein wenig Vorbereitungszeit bräuchten. Und Jim war ausdrücklich dem König und zumindest im Augenblick auch Sir John Chandos untergeordnet.

Er wandte sich an Brian.

»Der Norden Englands ist nicht zufälligerweise einer der Orte...« Er hielt inne. »Es hat nichts mit dem zu tun, was Ihr mir vorhin erzählt habt?«

»Nein. Bis jetzt ist mir gegenüber nichts vom Norden Englands erwähnt worden.«

Eine ganze Weile lang war die Stille im Raum fast greifbar.

»Tja«, sagte Geronde brüsk, »jetzt wissen wir, warum die Männer des Königs herkamen – sie wollten nur die Nachricht an Euch, James, überbringen.« Geronde stand auf. »Nun, Brian, wir brechen jetzt besser auf, wenn wir Malvern noch bei Tageslicht erreichen wollen.«

»Ihr bleibt nicht über Nacht?« fragte Angie.

»O nein!« wehrte Geronde ab. »Das war nie unsere Absicht. Brian ist für ein paar Wochen zu Gast auf Malvern. Er und ich sind nur ausgeritten, weil es ein so schöner Tag war. Sobald wir draußen waren, erschien uns der Tag so herrlich, daß wir dachten, wir reiten einfach bis Malencontri weiter und schauen kurz auf einen Schwatz herein. Aber zur Abendessenszeit müssen wir beide zurück sein. Ihr habt Euren Wein noch nicht ausgetrunken, Brian?«

Für einen so plötzlichen Besuch war ihr Kommen mit einer Ankündigung per Brieftaube überraschend gut vorbereitet gewesen. Niemand erwähnte das, aber es herrschte ein paar Sekunden lang peinliches Schweigen, bevor Brian antwortete.

»Ich habe tatsächlich noch etwas Wein«, erwähnte er und sah in sein Glas.

»Nun, Angela und ich können die Pferde satteln lassen, und Ihr trinkt Euren Wein aus und beendet Euer Gespräch mit James. Dann kommt herunter. Angela und ich werden entweder in der Großen Halle oder dem Burghof auf euch warten. Kommt, Angela.«

Geronde und Angie schritten mit raschelnden Gewändern durch die Tür. Brian sah bedauernd in sein Weinglas, bevor er es mit einem Zug leerte und auf dem Tisch abstellte.

»Ihr müßt doch nicht sofort gehen, oder, Brian?« Jim setzte sich nachdrücklich auf den Stuhl, den Geronde eben freigemacht hatte.

»Ich muß, ich muß. Geronde hat recht. Wenn wir zum Abendessen zurück auf Malvern sein wollen, sollten wir jetzt losreiten. Bleibt sitzen, James. Ich finde allein hinaus.«

Er wandte sich zur Tür.

»Aber ich wollte noch mit Euch reden. Was ist, wenn uns der Zufall auf gegnerische Seiten stellt?«

»Wir gingen uns selbstverständlich aus dem Weg. Selbst wenn es das Schicksal so einrichten sollte, könntet Ihr und ich andere Gegner finden, um gegen sie zu kämpfen. Wir müssen uns gewiß nicht gegen unsere Freunde wenden.«

»Das hoffe ich«, sagte Jim. Ihn verließ der Mut. Brian schien fest entschlossen, neben der Aussicht auf achtzig Pfund keine andere Sichtweise der Lage anzuerkennen.

»Davon abgesehen«, fuhr Brian fort, »muß ich zugeben, in der Hoffnung hergekommen zu sein, daß Ihr Euch mir vielleicht anschließen wollt, James. Wäre es nicht ein großes Vergnügen, wenn wir zwei in solch einem Waffengang zusammen kämpften? Aber ich verstehe, daß die Befehle des Königs Euch keine Wahl lassen.«

Ungeachtet seiner Worte überzog Trauer Brians Gesicht.

»Um ehrlich zu sein«, entgegnete Jim, »bin ich nicht so begierig wie Ihr, Brian, in diese Sache hineingezogen zu werden. Ihr habt gute Gründe. Aber selbst mit diesem Brief in der Hand habe ich das Gefühl, Euch im Stich zu lassen.«

Brian schüttelte den Kopf, legte die Hand auf Jims Schulter und drückte sie.

»Denke das nie, Freund!« sagte Brian, und seine

Stimme schien von Herzen zu kommen. »Denke das nie!«

Dann ging er zur Tür hinaus und schloß sie hinter sich.

Als Jim endlich allein und ausführlich mit Angie sprechen konnte, war es schon beinahe Schlafenszeit.

»Was für ein Tag!« stöhnte Angie, als sie sich auf das große weiche Bett in der Kemenate fallen ließ. »Ein schöner ruhiger Sommer und du zur Abwechslung mal hier und dann... Peng! Alles an einem Tag: ein Angriff, die Männer des Königs auf der Suche nach dir, Gerondes Vater verlangt achtzig Pfund, und Brian ist auf dem Weg in einen kleinen Krieg, um das Geld zu verdienen, mit dem er seine Braut kaufen möchte. Und die Männer des Königs sind vielleicht schon unterwegs, um ihn zu verhaften. Mein Gott, was jetzt wohl noch alles passiert?«

»Tja«, sagte Jim und setzte sich im Bett auf, »da du es schon erwähnst...«

»Nein, nein, nein!« wehrte Angie ab und vergrub ihr Gesicht in ein Kissen. »Nicht jetzt. Bitte morgen, Jim!«

»Nein«, widersprach Jim, »jetzt. Morgen könnte John Chandos schon kommen. Morgen könnte alles Mögliche passieren. Du hörst mich besser jetzt an.«

Er teilte ihr seinen Verdacht in Hinsicht auf die Bediensteten mit.

»Unsinn!« Als er anfing zu reden, hatte sie das Kissen vom Kopf genommen. Jetzt saß sie aufrecht im Bett. »Da spielt dir deine Phantasie einen Streich.«

»Ich sage dir«, beharrte Jim starrköpfig, »sie sind die ersten, die mich durchschauten, und sie mögen nicht, was sie entdeckt haben. Sie mögen mich nicht – da bin ich mir fast sicher. Ihre Sorge ist nur Tarnung.«

»Wenn du das glaubst, dann frag sie.«

»Sie würden mich anlügen, entweder aus Angst oder aus Höflichkeit.«

»Frag May Heather. Wenn sie dich nicht mag, wird sie es dir sagen. Sie wird dir jede Frage ehrlich beantworten.«

»Ein dreizehnjähriges Mädchen? Und neu auf der Burg? Fragen, ob sie mich mag? Das könnte ich nicht.«

»Nun, das ist der beste Vorschlag, den ich dir jetzt, heute nacht, machen kann. Laß es uns überschlafen.«

In der Zwischenzeit trabte Aargh, der englische Wolf, ein weiterer Freund von Jim und Angie, ein paar Meilen entfernt durch die Gegend, hielt hier an, um etwas zu betrachten, und wich dort ein wenig vom Weg ab, um etwas zu untersuchen, und blieb stehen, um einem schwachen Hauch eines seltsamen Geruchs, der in der Abendluft zu ihm drang, näher zu erschnüffeln, bevor er sich wieder seinen wölfischen Angelegenheiten widmete.

* * *

Wie im Brief angekündigt, traf Sir John Chandos am nächsten Nachmittag ein. In seiner Begleitung befanden sich zwanzig Lanzen nebst den zugehörigen Männern. Sein Gefolge war so zahlreich, daß Sir John nicht dagegen protestierte – und Angie war schnell bei der Hand, dies vorzuschlagen –, es außerhalb der Burgmauern sein Lager aufschlagen zu lassen. Niemand, der noch recht bei Verstand war, ließ eine so große Streitmacht in seine Burg ein, wenn es sich vermeiden ließ.

Chandos verstand das und akzeptierte es wie seine Männer mit Würde. Die drei jüngeren Ritter in seiner Begleitung wurden aber gebührend empfangen und sogar zusammen mit Sir Chandos und den Gastgebern an der hohen Tafel plaziert. Erfahrene gemeine

Soldaten wie die Bewaffneten Sir Chandos' waren jedoch daran gewöhnt, häufiger draußen als drinnen zu schlafen, und führten die notwendigen Utensilien für ein Biwak mit sich.

Gleichmütig zündeten sie ein Feuer an und freuten sich auf das Essen und die Getränke, die ihnen von der Burg heruntergeschickt werden würden. In der Zwischenzeit setzten sich Sir John, seine Ritter, Angie und Jim zu einem aufwendigen, frühen Abendessen nieder.

»Da ich in der Nähe war«, erzählte Sir John, nachdem die einleitenden Höflichkeiten ausgetauscht waren, »dachte ich mir, daß ich meine Reise unterbrechen könnte. Ich habe Euch seit letzter Weihnacht nicht mehr gesehen, und hier wird man immer willkommen geheißen.«

Dies war natürlich nichts als eine höfliche Formalität und für die Ohren der Bediensteten bestimmt, falls sie lauschten. Jim und Angie lächelten und nahmen die Höflichkeit als solche.

Chandos nippte anerkennend an seinem prunkvollen Weinbecher, der, nach Jims und Angies Ansicht, keine weiteren Vorzüge aufwies als groß genug zu sein, um nicht so oft nachgefüllt werden zu müssen. Aber er war vornehmlich für Ehrengäste bestimmt.

»Nun, ich komme wieder einmal meinen Verpflichtungen gegenüber dem Königreich im Auftrag Seiner Königlichen Majestät nach.«

»Wieder die walisische Grenze?« fragte Angie und spielte das Spiel mit. Das letzte Mal, als Sir John mit Bewaffneten vorbeigekommen war, befand er sich auf dem Marsch in Richtung Wales.

»Diesmal glücklicherweise nicht. Diesmal geht es um eine andere Angelegenheit. Ach ja, es gibt wahrlich genug Ärger.«

Ein Bediensteter kam herein, um die mit trockenem

Feuerholz gefüllten Kohlenpfannen zu entzünden. Dazu gab er in jedes Gefäß einen ölgetränkten Zweig, der an einem Ende bereits brannte und die schwereren Holzscheite entflammte. Die Kohlepfannen spendeten nun Licht und eine höchst willkommene Wärme. Im Feuerschein wirkte Sir Johns Gesicht friedfertig und gewinnend. Er lächelte Jim und Angie verbindlich an.

»Die Angelegenheiten halten Euch sicherlich beschäftigt«, sprach Angie weiter, nachdem der Bedienstete gegangen war.

»Ich fürchte, das ist der Fall, Lady Angela«, sagte der Bannerherr, Geheimdienstchef und Berater des Königs. »Aber so ist das Leben. Und, um ehrlich zu sein, ich tue lieber etwas, statt auf der faulen Haut zu liegen. Denkt Ihr nicht auch so?«

»Ich scheine da keine große Wahl zu haben«, entgegnete Angie. »Aber dennoch, ja, eine Beschäftigung ist mir lieber als Nichtstun.«

»Das gilt auch für mich«, warf Jim ein. »Aber ich scheine auch keine Wahl zu haben. Hmmm, wenn ich mich so umschaue, niemand, vom niedersten Schweinehirten bis zum höchsten Lord, scheint eine echte Wahl zu haben. Wir alle haben unsere Pflichten.«

»So ist das Leben. Was würdet Ihr tun, wenn Ihr die Wahl hättet?« fragte John Chandos. »Ich – aah, da kommen diese kleinen Küchlein, die ich so gern mag!«

May Heather war gerade hereingetreten. Ihre Unterlippe war zwischen ihren Zähnen gefangen. All ihre Aufmerksamkeit galt dem großen Serviertablett mit den Kuchen. Es handelte sich dabei um Biskuitröllchen, die Angie nach Rezepten des zwanzigsten Jahrhunderts, die auch im vierzehnten Jahrhunderts leicht nachzubacken waren, eingeführt hatte. Chandos nahm ein Röllchen nach dem anderen und stopfte sie sich in den Mund. May knickste und zog sich dann zurück.

»Nun«, sagte Jim und versuchte, das Gespräch auf eine Erklärung der Anordnung des Königs zu lenken, »was gibt's am Königlichen Hof Neues?«

»Ach ja, die Neuigkeiten.« Chandos hielt inne und spülte ein Stück Biskuitröllchen mit einem Schluck Wein hinunter. »Nun, zuerst sollte ich erwähnen, daß sich der Prinz, der junge Edward, herzlich an Euch erinnert. An Euch und Eure Freunde – ich nehme nicht an, daß Ihr einige Eurer Gefährten in letzter Zeit gesehen habt, insbesondere diesen Magier von einem Bogenschützen. Wie war noch sein Name?«

»Dafydd ap Hywel«, warf Angie ein.

»Stimmt, es lag mir auf der Zunge. Und natürlich den guten Sir Brian und Sir Giles de Mer und, o ja, den Wolf.«

»Aargh«, half Angie erneut aus.

»Wenn wir schon dabei sind: Als wir damals hier von den Seeschlangen belagert wurden, da hattet Ihr in Eurem Burghof einen richtigen Riesen. War er auch einer Eurer engen Freunde?«

»Ein Freund«, antwortete Jim. »Rrrnlf, ein Seeteufel, ein Elementargeist. Kein so enger Freund wie die anderen, die Ihr erwähntet.«

Tatsächlich hatte Rrrnlf Malencontri erst vor wenigen Wochen besucht. Er war vorbeigekommen, um zu erklären, warum er im Frühling einem Hilferuf von Jim nicht hatte nachkommen können. Rrrnlf hatte einmal versprochen, sofort zu erscheinen, wenn man ihn riefe, wo auch immer er sich in den Ozeanen der Welt aufhielte.

Er hatte eine gute Entschuldigung. Im Roten Meer hatte er auf dem Grund eine Flasche gefunden. Durch seine Ungeschicklichkeit hatte er aus Versehen einen mächtigen Dschinn befreit, der dann Rrrnlf wiederum unter einem unterseeischen Berg eingekerkert hatte.

Dies war für den Seeteufel zwar ärgerlich gewesen, stellte aber kein besonderes Problem dar. Er war riesig und kräftig und hatte sich nur seinen Weg unter dem Berg hindurchgraben müssen. Das dauerte jedoch seine Zeit, und daher ist der Seeteufel erst etwas später eingetroffen.

Während sich der Seeteufel den Weg in die Freiheit grub, war er unter dem Berg auf ein anderes Wesen gestoßen – Mensch oder Elementargeist, das ließ sich nicht so genau feststellen. Das Wesen hatte mehr oder weniger menschlich ausgesehen, war aber nur knapp einen Meter zwanzig groß. Es begleitete Rrrnlf bei seinem Besuch, sagte aber die ganze Zeit kein Wort, sondern starrte Jim nur an.

Rrrnlf hatte den kleinen Burschen aus seinem Hemd hervorgeholt – ein eher häßliches Männlein, das einen offenbar aus Leder gefertigten Kilt trug und ein übergroßes Hemd aus dem gleichen Stoff. Die langen Ärmel reichten bis über die Hände und wurden – so schien es – von innen zugehalten.

Rrrnlf hatte erklärt, das kleine Wesen gefunden zu haben, als es ebenfalls einen Tunnel grub. Wegen seiner geringen Größe war das Männchen jedoch nur langsam vorwärtsgekommen. Der freundliche Rrrnlf hatte ihn dann mit der ihm eigenen Geschwindigkeit mitgenommen. Seeteufel konnten massiven Fels so schnell beiseiteräumen wie Menschen einen Haufen Sand. Seitdem waren sie zusammen.

Der kleine Mann antwortete nicht, als Jim ihn ansprach, sondern blickte ihn nur mit offenem Mund an, als könne er nicht glauben, was er sah. Wenigstens deutete Jim den Gesichtsausdruck des Männleins so.

»Sagt kaum was«, hatte Rrrnlf erklärt und auf die kleine Gestalt mit dem liebevollen Blick eines stolzen

Haustierbesitzers herabgesehen... Jim konzentrierte sich wieder auf das Gespräch mit Chandos.

»... Ja, ja«, sagte Chandos gerade. »Nun, unseren Freund, den Bogenschützen beispielsweise, könnte ich jetzt gut gebrauchen, sollte er nicht zu weit weg sein. Glaubt Ihr, er würde sich uns und den Männern da draußen anschließen, um einer Bedrohung des Königreichs entgegenzutreten? Es wäre keine große Sache und zudem gut bezahlt.«

Kopfschüttelnd antwortete Jim: »Ich glaube nicht, daß Dafydd Interesse hätte. Er war noch nie besonders begeistert vom Kämpfen, außer zu seiner Verteidigung. Und ich weiß nicht, ob Ihr je seine Meinung zu dem Thema gehört habt, aber ich vermute, er wird Engländern wohl kaum gerne helfen.«

»Hmmm! Keine ungewöhnliche Einstellung für einen Waliser.«

Nach den Biskuitröllchen wurden ein Omlett mit Rindermark und geschnetzeltem Schweinefleisch serviert, das man für ein geeignetes Sommergericht hielt. Danach gab es eine herzhafte Fleischpastete. So schritt das Mahl voran.

Jim wirkte nachdenklich und grübelte, warum Chandos nur eine einzige beiläufige Bemerkung über Brian gemacht hatte, von dem er wußte, daß er Jims bester Freund war. Diese Auslassung war auffällig. Chandos mußte was wissen. Aber offensichtlich würde Jim keine Erklärung erhalten, bevor sie nicht an einem intimeren Ort als der Große Halle waren.

In der Zwischenzeit widmete Sir John sich Angie, die an seiner anderen Seite saß. Das gab Jim einen Stich. Er hielt sich nicht für eifersüchtig, doch das übliche Gebaren in dieser Zeit schien auf die Verführung einer jeden Lady, die ein edler Herr traf, abzuzielen. Unterließ man dies, konnte das sogar als Zurücksetzung gedeutet werden. Daß Sir John die Umgangsformen seiner Zeit aufs vortrefflichste beherrschte, war nicht abzustreiten.

Dieses Mal sorgte sich Jim zu sehr um Brian, um sich auch noch Gedanken über die Treue seiner Frau zu machen. Außerdem vertraute er Angie blind.

Angie hatte in der Zwischenzeit Jims Schweigsamkeit bemerkt, die mittlerweile genauso auffällig war wie das respektvolle Schweigen der drei jüngeren Ritter, und fragte sich, ob ihn möglicherweise etwas an ihrer Unterhaltung mit Sir John störte.

Sie fand es eher amüsant, daß ihr Ehemann einen Anflug von Eifersucht zeigte. Sir John war mit Sicherheit bereits über vierzig, vielleicht sogar schon Anfang fünfzig – obwohl er weder so aussah noch sich so benahm. Er war unbestreitbar attraktiv. Aber wenn es Jim ernstlich störte, dann sollte sie sich vielleicht ein wenig zurückhalten. Nachdem sie ihren Gemahl jedoch eine Weile beobachtet hatte, kam sie zu dem Schluß, daß sie sich keine Sorgen machen mußte, und erfreute sich weiter an Sir Johns Gesellschaft.

Schließlich wurde ihnen ein Faun Tempere – Levkojenpudding – serviert, das beste, was Malencontri als Nachspeise zu bieten hatte, da die meisten anderen Früchte noch nicht reif waren. Er wurde aus Fleischbrühe, weißem Mehl, fein zerstoßenen Kubeben und gemahlenen Mandeln zubereitet und mit Löwenzahnblüten dekoriert.

Jetzt erschien John Steward. Er sah so formell wie möglich aus und trug sogar seinen Amtsstab, den er üblicherweise nicht mit sich herumschleppte.

»Verzeihung, Mylord, Mylady, Sir Ritter…«, kündigte er mit einer Art Singsang an. »Das Gästezimmer für Sir John und die Kammer für die drei anderen edlen Herren stehen jetzt bereit.«

John Steward verbeugte sich und zog sich aus der Großen Halle zurück.

Am anderen Ende des Tisches ertönte ein Räuspern, und Sir Charles Lederer, der älteste der jüngeren Ritter, meldete sich zu Wort:

»Entschuldigt, Mylord, Mylady, Sir John. Aber ich fühle mich erschöpft. Ich habe mich schon den ganzen Tag nicht recht wohl gefühlt. Es könnte an etwas liegen, das ich, Sir William und Sir Alan zum Frühstück gegessen haben. Ich würde mich jetzt gerne mit Eurer Erlaubnis zurückziehen und zu Bett gehen.«

Chandos sah Jim an, der den Hinweis verstand.

»Aber gewiß, Sir Charles. Schlaf ist für viele Unpäßlichkeiten das einzige Heilmittel. Meine Lady und ich werden Euch entschuldigen, wenn Ihr zu gehen wünscht, obwohl die Entscheidung natürlich bei Sir John liegt.«

»Ihr habt meine Erlaubnis, Charles. Und wenn Ihr beide Euch auch erschöpft oder unwohl fühlt, dann könnt Ihr nichts Besseres tun, als dem Beispiel von Sir Charles zu folgen.«

»Danke, Sir John, Mylord, Mylady«, sagten die anderen beiden höflich im Chor, standen auf und verbeugten sich. »Eine gute Nacht und Gottes Segen.«

Jim und die anderen erwiderten den Wunsch, und als die Ritter das Podium verließen, erschien John Steward sogleich am Durchgang zur Anrichtestube, um die drei zu ihrer Kammer zu geleiten.

»Gute Burschen«, sagte John Chandos, während er ihnen nachblickte. »Anständig und gehorsam. Aber sie haben noch nie eine echte Schlacht überstanden oder überhaupt nur einen ernsthaften Kampf. Sie scheinen dennoch tapfer zu sein.«

Er wandte sich wieder Jim zu.

»Wir müssen reden, Sir James. Wir können das hier tun, wenn Ihr der Ansicht seid, daß Eure Bediensteten uns nicht belauschen werden. Oder habt ihr einen privateren Raum für wichtige Gespräche?«

»Unsere Kemenate, natürlich«, antwortete Jim. Die Frage war reine Formsache gewesen. Chandos kannte Jims und Angies Schlafraum bereits.

Die drei machten sich also dahin auf. Wein wurde nach oben geschickt sowie noch mehr von den Küchlein. Diese blieben jedoch unberührt. Alle drei hatten bereits mehr als genug gegessen.

»Eine wirklich gemütliche Kammer«, lobte Sir John und sah aus einem der Fenster, ehemaligen Schießscharten, die Jim hatte verbreitern lassen. Diese waren nicht nur verglast, sondern die Scheiben hatten sogar einen Rahmen, der es erlaubte, die Fenster nach innen zu öffnen.

Gerade jetzt stand das Fenster offen, und der Wind, der bei Beginn der Dämmerung aufgekommen war, war Sir John wahrscheinlich mehr als willkommen, da er der Sitte der Zeit gemäß eher zu dick als zu dünn bekleidet war. Kleidung diente dazu, einen warm zu halten, und wenn es sich herausstellte, daß einem dadurch zu heiß wurde, dann konnte man immer noch schwitzen. Besser man schwitzte ein paar Monate lang, als daß einem das restliche Jahr kalt war.

»Wir mögen sie auch sehr«, antwortete Angie.

»Das wundert mich nicht.« Sir John blickte Jim an. »Ich fühle mich fast schuldig, Sir James, Euch von solchen Annehmlichkeiten fortzuholen, aber die Pflicht unserem König gegenüber ruft uns beide. Kein Zweifel, daß Ihr Euch bereits gefragt habt, warum Euch befohlen wurde, zu meiner Verfügung zu stehen.«

»Ich dachte, es läge etwas in der Luft«, antwortete Jim, »hatte aber keine Ahnung, um was es sich handeln könnte. Die habe ich übrigens immer noch nicht.«

»Wir sind beide in den Sorgen unserer Zeit gefangen«, sagte Sir John und nippte an seinem Wein. »Wir beide haben so etwas wie einen Ruf erworben. Daher denkt man an uns, wenn bestimmte Dinge anliegen, die nur in einer, hm, besonderen Weise behandelt werden können. Ich werde es Euch erklären, aber diese Erklärung muß unbedingt unter uns dreien bleiben.«

»Selbstverständlich«, sagten Jim und Angie fast wie aus einem Mund.

Jim wandte sich auf seinem Stuhl um und sah auf den Kamin der Kemenate, wo ein frisch entzündetes, kleines Feuer munter vor sich hin prasselte.

»Kob!« rief er.

»Ja, M'lord?« antwortete die Feuerstelle.

»Geh woanders hin, wo du unser Gespräch nicht hören kannst.«

»Ja, M'lord.«

Jim drehte sich wieder Angie und ihrem Gast zu und traf auf Chandos' fragenden Blick.

»Nur unser Burgkobold. Ein treuer Freund und Gefährte. Aber er kann sich jederzeit in jedem Kamin und jeder Feuerstelle der Burg aufhalten. Dennoch würde ich ihn gegen keinen anderen Kobold Englands eintauschen.«

Aus dem Kamin erklang ein kleiner, glücklicher Gluckser.

»Kob!« rief Jim über seine Schulter hinweg.

»Ja, M'lord. Ich gehe…« Die Stimme verklang.

»Danke«, sagte Sir John. »Nun, es geht um eine kleine Zankerei zwischen einigen Edlen des Landes. Sie ist nur dadurch wichtig geworden, daß auf einer Seite ein edler Herr steht, der in seinen Ratschlägen an den König manchmal etwas übereifrig ist. Auf der anderen Seite haben wir einige edle Herren, die das Gefühl haben, daß ersterer unserem König einen schlechten Rat in Hinsicht auf die Steuererhebung gegeben hat. Ihr könntet über den einen oder anderen bereits einige Gerüchte gehört haben.«

»Wenn ich so darüber nachdenke, scheint mir, ich hätte erst kürzlich etwas ähnliches vernommen.«

»Ach ja«, fuhr Chandos fort, »die Beschwerden sind überall zu hören. Ich möchte, daß Ihr versteht, was hier auf dem Spiel steht. Unser Souverän ist fest entschlossen, wieder die volle Kontrolle über Aquitanien, den Teil von Frankreich, der sein rechtmäßiges Erbe ist, zu erlangen. Und zudem die Königswürde über ganz Frankreich, auf die er ebenfalls einen Anspruch hat, da sein Großvater König Philipp IV. war.«

»Das ist richtig«, stimmte Jim in Erinnerung an seine Studien zu. »Aber Philipp von Valois ist von den Franzosen zum König gewählt worden, da er ein Enkel des Königs Philipp III. war.«

»Ja«, fuhr Chandos fort. »Unser Edward hat jedoch einen genauso berechtigten Anspruch wie Philipp. Wir, die wir dem König nahestehen, denken allerdings nicht nur an sein Erbe, sondern sind auch um das Wohlergehen des Königreichs besorgt. In Aquitanien befinden sich die Weinkellereien, von denen wir unseren Bordeaux beziehen – von denen die ganze Welt ihren Bordeaux bezieht.«

Chandos nahm einen Schluck aus seinem Becher.

»Wenn wir diese Ländereien und Kellereien wiedergewinnen könnten, würde die Steuer auf Wein ausreichen, um eine ganze Reihe der kleineren Steuern überflüssig zu machen, über die sich unser englisches Volk beschwert. Wenn wir also die kleinlichen Zankereien zwischen den Ratgebern des Königs und denen, die glauben, daß ihm ein schlechter Rat gegeben wird, beenden, sorgen wir nicht nur für Frieden im Land, sondern beenden auf lange Sicht auch die allgemeine Unzufriedenheit.«

Chandos blickte Jim an.

»Ich verstehe.« Jim brachte es nicht über sich, herzlichere Zustimmung zu äußern. Hier sprach ein Engländer über den Anspruch seines Königs auf den französischen Thron. Dennoch entsprachen die Fakten und Gründe der Wahrheit.

»Aber was hat das alles mit mir zu tun? Und was wollt Ihr von mir?«

Chandos antwortete nicht sofort, sondern erhob sich, schlenderte zum nächsten offenen Fenster hinüber, als müsse er sich kurz die Beine vertreten, und sah auf den Burghof hinunter. Den Rücken zu Angie und Jim gewendet, sprach er weiter.

»In Kürze: vor allem Eure Gesellschaft, aber auch Eure Hilfe. Ich habe Gerüchte gehört, daß Euer Freund, Sir Brian Neville-Smythe, zu denen zähle, die den Frieden meines Lords, des Grafen von Cumberland, zu stören beabsichtigen. Ihr müßt schließlich wissen, wen wir zu schützen gedenken.«

Jim schluckte.

»Ich habe gehört«, fuhr Chandos fort, »daß Sir Brian von seinem Lehensherrn, dem Grafen von Somerset, die Erlaubnis erhalten hat, sich denen anzuschließen, die im Augenblick, sagen wir mal so, mit meinem Herrn in Fehde liegen.« Chandos schüttelte ein wenig den Kopf.

»In der Zwischenzeit wollen alle Beteiligten die Angelegenheit so diskret wie möglich behandeln, auch wenn auf lange Sicht nicht verhindert werden kann, daß sie im ganzen Königreich bekannt und diskutiert wird. Sir Brian als großer Kämpfer und Turniersieger wird gute Männer auf die Seite der Gegner Lord Cumberlands ziehen. Ich würde bekanntmachen, daß Ihr nicht auf jener Seite steht und somit einen ähnlich berühmten Namen unserer Seite zufügen. Nun, wie dem auch sei, ich habe für Euch königliche Befehle. Mir tut es leid, Euch hier und heute einfach so zu überfallen, aber Ihr und ich, wir müssen morgen in aller Frühe aufbrechen. Es ist unumgänglich…«

Er brach plötzlich ab.

»Beim Heiligen Georg«, rief er aus, »Eure Burg brennt! Und das Personal scheint sich mehr um den Streit im Hof zu kümmern.«

Kapitel 6

Mit zwei langen Schritten war Jim am Fenster.

»O verdammt, Angie! May Heather und Tom, der Küchenjunge! Sie streiten schon wieder!«

»Und die Küche steht in Flammen!« Angie hatte gerade das andere Fenster erreicht.

Alle drei eilten die Treppe hinab.

Als Jim, Angie und Sir John unten im Burghof anlangten, waren die Rauchwolken bereits nicht mehr so dicht. Die Menschenmenge war allerdings nicht geschrumpft, und auch der Kampf war noch nicht beendet. Die Streithähne, die am Boden rangen, wurden von den herumstehenden Erwachsenen fast verdeckt.

»Trennt die beiden!« schrie Angie. »Der Rest von euch bleibt da! Verstanden? Ich will nicht, daß irgendwer weggeht!«

Die Schaulustigen, die sich bereits zerstreuen wollten, blieben zögernd stehen und traten nur beiseite, um die höhergestellten Personen durchzulassen. May und Tom waren bereits getrennt, was bei denen, die das zuwege gebracht hatten, auch nicht ohne Blessuren abgegangen war. Der Küchenjunge und Gwynneths Lehrmädchen waren eigentlich die besten Freunde, stritten aber häufig. In letzter Zeit hatten sie gar regelrechte Prügeleien veranstaltet, die aus irgendeinem Grund alle Bediensteten dazu veranlaßten, ihren Pflichten den Rücken zu kehren. Niemand vom Personal wollte erklären, worum es bei dem Streit eigentlich ging.

»Wieder gewonnen!« rief May triumphierend, als die beiden voneinander weggezogen wurden. Tom stieß irgendetwas Unverständliches hervor.

»Nun? Worum ging es diesmal?« schnauzte Angie den Jungen und das Mädchen an.

»Eh lücht!« kreischte May Heather, die in ihrem Zorn die auf der Burg übliche Hochsprache vergaß und in ihren breiten Dialekt verfiel.

»Hab' ich nich'!« schrie Tom.

Beide gaben sich große Mühe freizukommen, um sich wieder aufeinanderzustürzen. Dafür handelten sie sich von den Bediensteten, die sie festhielten, ein paar Ohrfeigen ein.

»Schluß damit«, befahl Angie. »Ich will Antworten und keine tauben Kinder. Ich habe euch allen gesagt, was passieren kann, wenn man Kinder auf die Ohren schlägt. Und jetzt, Tom, redest du! Was war nach May Heathers Ansicht eine Lüge?«

»Da war ein Loch!« schrie Tom mit überschnappender Stimme. »Beim großen Ofen!«

»Gar nich' wahr! Gar nich' wahr!« schrie May Heather zurück. »Seht selbst, M'lady. Da is' kein Loch. Er war's. Er hat den Kamin verstopft!«

Wie Jim wußte, war es in Fällen wie diesem ein mühseliges Geschäft, die Wahrheit herauszufinden. Deshalb ließ er Angie mit den zwei wütenden Jugendlichen und dem Personal allein und ging zur Küche. Sir John begleitete ihn.

Die Luft war überraschend klar. Ein paar Angehörige des Küchenpersonals, die sich bei Angies ersten Worten hierher zurückgezogen hatten, standen nun in den Ecken herum und blickten schuldbewußt drein. Jims Augen hefteten sich auf die Meisterin der Küche, die mit ihrem Lieutenant, der Meisterin der Backstube, neben dem Ofen stand.

Dieser ähnelte mit seinen Wänden aus gestampftem

Lehm einem Brennofen. Unten hatte er eine wuchtige Feuerbüchse, darüber war Platz genug, um Gerichte zu kochen oder warmzuhalten. Dahinter erhob sich der Kamin, genauso wuchtig wie der Ofen.

Die Klappen der Feuerbüchse standen offen. Das Feuer schien erloschen zu sein, obwohl der Ofen noch immer eine nicht unbeträchtliche Hitze verströmte. Als Jim und Sir John zu den beiden Frauen traten, krabbelte gerade einer der niederen Küchenbediensteten aus der Feuerbüchse. Sein Gesicht und die Kleider waren so dick mit Ruß überzogen, daß man ihn kaum mehr erkennen konnte.

»Is' verstopft«, meldete er der Küchenmeisterin, »mit Schmutz. Fest verstopft. Wir brauchen Stöcke, um dagegenzuhauen, bis der Klumpen auseinanderfällt. Dann können wir das Zeug unten rausschaufeln. Mit Ihrer Erlaubnis, Mylord«, fügte er noch schnell hinzu, als er der beiden Ritter gewahr wurde.

»Fest verstopft?« fragte die Meisterin der Küche nach. »Unser Tom kann dat nich' gewesen sein. Nich' mal das Mädchen, obwohl ich dat sons' nich' ausschließen würd'. Die Arbeit is' für 'nen Burschen und 'en Mädchen zu schwer. Nun, hol die Stöcke und an die Arbeit!«

»Dat war'n die Feen!« sagte die Meisterin der Backstube leise und sah zur Seite. »Solche Dinge passier'n, wenn Leute Kobolde in ihr'n Feuerstellen halt'n. In *meinem* Ofen sind keine Kobolde! Dafür hab' ich gesorgt!«

Die Bemerkung war scheinbar an einen der anderen Bediensteten gerichtet, der nun so tat, als hätte er nichts gehört. Daß eine solche Anspielung in Jims Gegenwart laut ausgesprochen wurde, war ein Hinweis auf die schreckliche Laschheit, mit der die Bediensteten auf Malencontri nach Gerondes Ansicht behandelt wurden.

»Kobolde?« Sir John blickte Jim fragend an.

»Der, mit dem Ihr mich sprechen hörtet«, bemerkte Jim schärfer als beabsichtigt. »Er ist mit meiner Erlaubnis hier, und er wird hier bleiben – oder wo sonst es mir beliebt in meiner Burg!« Diesmal war er wirklich wütend, wie alle anwesenden Bediensteten deutlich hören sollten.

Sie durften ohne seine Erlaubnis nicht einen Schritt zurücktreten, aber alle lehnten sich ein wenig nach hinten, als drücke sie eine steife Brise weg. Die Meisterin der Backstube versuchte, sich hinter der Meisterin der Küche zu verstecken. Ein aussichtsloses Unterfangen, da beide gleich stämmig waren.

»Entschuldigt mich einen Augenblick, Sir John.« Jim hatte sich daran erinnert, daß Chandos Zeuge des Auftritts war.

Er wandte sich der Küchenmeisterin zu.

»Wie ist die Erde in den Kamin geraten?« verlangte er zu wissen. »Und was hat das Gerede über ein Loch zu bedeuten?«

»Ich weiß es nicht, Mylord«, antwortete die Frau und betonte die formale Anrede, da ein Gast zuhörte. »Unser Tom kam in die Küche, als – nun, als niemand sonst da war, kurz bevor der Kamin verstopfte – und sagt, daß ein Loch im Boden war.«

Sie stampfte auf.

Jim sah zu Boden. Er sah nichts als die von vielen Füßen über die Jahre festgestampfte Erde. Die Küchenmeisterin deutete auf eine Stelle am Boden. »Das Loch war genau da drüben, sagt er, Mylord, und Ihr könnt sehen, daß die Erde mindestens gelockert worden ist.«

Jim und Sir John folgten zu besagter Stelle, wo die Erde tatsächlich nicht so fest gestampft zu sein schien. Die oberste Schicht hätte man sogar mit einem Besen wegfegen können.

»Das ist unglaublich«, sagte Sir John. »Wenn da wirklich ein Loch war und wenn wirklich so etwas wie eine Fee herauskam und dann im Ofen verschwand – brannte zu der Zeit ein Feuer im Ofen, Meisterin?«

»Nein, Mylord. Das morgendliche Kochen war vorüber, und die Feuerbüchse war gerade gereinigt worden. Die meisten unserer Leute haben gerade selbst einen Happen gegessen, bevor das abendliche Kochen wieder losgehen sollte.«

»Dann ist es kein Feuerdämon«, sagte Sir John zu Jim gewandt. »Aber bei allen Heiligen, es scheint nichts Christliches zu sein. Vielleicht war das Gerede über Feen doch nicht so verkehrt?«

»Ich muß mich darüber mit Carolinus beraten.« Verärgert umging Jim die Frage.

›Fee‹ war ein Begriff, der von allen, welchen Ranges auch immer, unterschiedslos gebraucht wurde. So weit Jim wußte, gab es auf dieser Welt keine besonderen Kreaturen, die ›Fee‹ genannt wurden. Statt dessen wurde dieser Begriff auf alle übernatürlichen Wesen angewandt: Elementargeister, Gespenster, Goblins, Teufel, Dschinne, Dämonen sowie die Herren und Könige der Unterwelten, Himmel und Höllen…

Schon bei der bloßen Nennung einer solchen Kreatur verfielen die Menschen fast in Todesangst. Dem Volksglauben nach würde ein solches unheiliges Wesen erscheinen, um denjenigen zu holen, der den Namen der Kreatur laut ausgesprochen hatte.

War Sir John, der intelligenter als die meisten anderen Menschen schien, die Jim in der mittelalterlichen Welt getroffen hatte, ob der brüsken Antwort beleidigt? Jim sorgte sich darüber einen Augenblick lang und beobachtete den Ritter unauffällig. Nein, es war alles in Ordnung. Jim und Sir John gingen wieder nach draußen zu Angie.

Sie hatte allem Anschein nach May Heather zurück zur Anrichtestube geschickt, Tom zur Küche und alle anderen wieder an die Arbeit, nachdem sie ihnen eine Standpauke über ihre Pflichten, die man nicht vernachlässigen durfte, um ein oder zwei streitende Kinder anzugaffen, gehalten hatte. Der Burghof leerte sich schnell.

Die drei schritten zur Großen Halle hinüber. Auf dem Weg erzählte Jim Angie von dem Loch im Küchenboden und dem mysteriöserweise mit Erde verstopften Kamin.

»Ich frage mich, ob irgendein Bediensteter bei seiner Arbeit geblieben ist oder ob alle nach draußen gerannt sind, um den Hof zu verstopfen.« Jim meinte das scherzhaft, aber Angie erblaßte.

»Wenn da etwas in der Burg ist, das nicht hierhergehört...«, begann sie erschrocken. »Wenn sie das Kind allein gelassen hat, bring ich sie um!«

Angie rannte zur Tür und verschwand aus dem Blickfeld.

»Besteht Gefahr?« fragte Sir John neugierig. Der Unterton ähnelte dem Brians, wenn dieser einen unterhaltsamen Kampf erwartete. Plötzlich dämmerte Jim, wovor Angie Angst hatte.

»Entschuldigt, Sir John«, sagte er noch rasch und rannte dann auch los.

Aber Sir John blieb neben ihm. Trotz des höheren Alters schien Chandos in genauso guter Kondition zu sein wie Jim. Sie durcheilten die Große Halle und die Anrichtestube, an der Meisterin vorbei, die sich gerade mit May Heather befaßte, deren Gesicht inzwischen gewaschen und deren Kleidung zumindest glattgestrichen worden war.

»...und hast du damit auch etwas zu tun?« verlangte Gwynneth Plyseth zu wissen, nachdem sie sich von dem erstaunlichen Anblick nicht eines, sondern zweier durch ihre Anrichtestube rennender – *rennender* – Ritter erholt hatte.

»O nein, Meisterin!« May Heathers frisch gewaschenes Gesicht leuchtete förmlich in der Überzeugung vollkommener Unschuld. »Ich hatte nur einen kleinen Streit mit Tom.«

Zur gleichen Zeit verlangsamte Jim auf der Treppe seinen Schritt ein wenig. Sir John dicht hinter ihm wurde ebenfalls langsamer, aber nur um Jim nicht zu überholen und nicht, weil er außer Atem war.

Das war leicht erklärbar: Menschen wie Sir John und Brian, nicht zu vergessen die Bediensteten, waren ihr Leben lang an tägliche körperliche Betätigung bis an die Grenzen ihrer Kraft gewöhnt. Dennoch mußte Jim, der im College ein Volleyballspieler der AA-Klasse gewesen war, mit Befremden feststellen, daß ein Ritter im mittleren Alter nur aus Rücksicht auf ihn langsamer wurde.

Nichtsdestotrotz holten sie Angie ein, die an die Tür des Raumes klopfte, in dem sich Robert Falon und seine Amme befinden sollten. Gleichzeitig schrie sie aus voller Kraft.

»Öffne! Ich bin es, Lady Angela. Öffnen, habe ich gesagt!« Jenseits der Tür piepste jemand eine Antwort, die man jedoch nicht verstehen konnte. Einen Augenblick später hörte man, wie schwere Gegenstände von der Tür weggezogen wurden und dann der Riegel zurückgeschoben wurde. Endlich wurde geöffnet. Das angsterfüllte Gesicht der neunzehnjährigen Amme erschien im Türspalt. Angie schubste sie zur Seite, eilte zum Kinderbettchen, blickte hinein – und stieß einen erleichterten Seufzer aus.

»Er ist in Ordnung!« Angie atmete tief durch und wirbelte dann zur Amme herum – die wich zurück und prallte gegen Jim, der jetzt mit Sir John auch den Raum betreten hatte.

»E-e-entschuldigung, M'lord«, stotterte sie, wandte sich dann wieder um und fiel vor Angie buchstäblich auf die Knie. »O Verzeihung, M'lady! Aber ich hatte solche Angst!«

»Angst? Warum? Antworte!«

»Etwas hat versucht, durch die Tür zu kommen!« stammelte die Amme. »Ich hatte die Tür verschlossen, genauso wie M'lady es gesagt hat. Als es nicht hineinkonnte, schlug es gegen die Tür. Ich fragte, wer da sei, bekam aber keine Antwort. Es schlug nur weiter gegen die Tür und versuchte reinzukommen. Da habe ich dann alles in diesem Raum außer dem Bettchen vor die Tür geschoben und mich dann selbst dagegengelehnt. Als Ihr anfingt zu klopfen und zu rufen, M'lady, dachte ich, daß es zurückgekommen sei!«

Jim und Sir John untersuchten bereits die Außenseite der Tür. Sie bestand aus fünf Zentimeter dickem Massivholz. Überraschenderweise waren Kerben zu sehen, nicht direkt in der Nähe des Riegels, aber auf gleicher Höhe.

»Wenn Ihr bitte mit mir in den Gang treten wollt, Sir John«, erklärte Jim grimmig. »Ich werde diesen Raum mit einem Schutz versehen.«

»Einem Schutz?«

»Einem magischen Schutz, Sir John.« Beim Wort ›magisch‹ wich der Ritter zurück, bis er mit dem Rükken gegen die Wand stieß. Jim zeigte mit dem Finger auf den Türdurchgang.

Vor nicht allzu langer Zeit hätte er sich eine Reimformel ersinnen müssen, um einen Schutz um Roberts Kammer zu wirken. Mittlerweile hatte er jedoch gelernt, sich die Magie, die er wirken wollte, als Bild in seinem Geist vorzustellen. Vor seinem inneren Auge sah er, wie Silberfäden Stein, Holz und leere Luft durchdrangen. Er wedelte mit seinen Fingern, und es war vollbracht.

»Laßt niemanden, der nicht zur Burg gehört, durch diese Tür oder dieses Fenster eintreten«, befahl er den

Fäden, »wenn er nicht von Lady Angela oder mir mit hineingenommen wird.«

Jim wandte sich wieder Sir John zu. Dieser zeigte keine Anzeichen von Furcht, aber da war etwas anderes: John Chandos' Gesicht wurde gewöhnlich vollkommen ausdruckslos, wenn er am gefährlichsten war, und das war jetzt der Fall.

»Das wäre damit erledigt, Sir John«, bemerkte Jim leichthin. Dann wandte er sich wieder seiner Frau und der Amme zu, die sich noch immer im Zimmer befanden.

»Jetzt ist alles in Ordnung, Angie. Ich habe den Raum mit einem Schutz versehen. Durch die Tür oder das Fenster kann nichts mehr hereinkommen – Matilda, du kannst dich von nun an sicher fühlen. Halte aber dennoch die Tür verschlossen. Angie, kein Grund zur Sorge mehr. Warum kommst du nicht mit Sir John und mir runter?«

»Ich bitte um Verzeihung, Sir James«, widersprach Chandos, »aber in Anbetracht der Tatsache, daß das Abendessen vorbei ist und Ihr und ich morgen bei Tagesanbruch auf dem Pferd sitzen müssen, würde ich lieber gleich auf mein Zimmer gehen. Wenn Ihr einen Bediensteten rufen könntet, der mir den Weg zeigt. Ihr dürftet auch noch Vorbereitungen zu treffen haben und wollt ohne Zweifel früh zu Bett gehen.«

»O natürlich, Sir John«, erwiderte Jim beklommen. Das hieß früh aufzustehen.

»Ihr habt Euer Zimmer auf der Etage unter uns. Ich bringe Euch selbst dorthin.«

Nachdem Jim seinen wichtigsten Gast zum besten Gästezimmer geleitet hatte, ging er zu Angie zurück. Die legte in der Kemenate bereits Jims Reisekleidung zurecht. Wortlos half er ihr bei der Arbeit. Sir John könnte ihm ein zusätzliches Packpferd für seine Sachen nur schwer verweigern. Jim hatte in der Vergangenheit, bei seinen Reisen mit Brian und Dafydd, auf die harte Tour gelernt, so viel wie noch bequem möglich war mitzunehmen.

In seinem Kopf formten sich Pläne. Auch konnte Sir John nichts dagegen haben, daß er seinen Knappen als persönlichen Diener mitnahm – nein, wenn er genauer darüber nachdachte, wäre das nicht klug. Theoluf war der einzige wirklich erfahrene Kämpfer auf Malencontri, und die Bewaffneten würden im Notfall einen Anführer brauchen. Angie und alle anderen ohne einen richtigen Kommandanten zurückzulassen, wäre in Anbetracht von plündernden Gesetzlosen, zufällig vorbeikommenden Soldaten des Königs und etwas Unbekanntem, das in die Burg eindrang, nicht klug.

Jim könnte natürlich einen der anderen Bewaffneten nehmen oder einen der Bediensteten. Aber keiner von denen hatte Reiseerfahrung.

Nein, er würde allein reisen. Einer von Chandos' Leuten könnte das Streitroß Gorp versorgen und das Packpferd führen.

Angie und Jim brauchten nicht lange, um alles zusammenzupacken. Jim rief den Pagen, der vor der Kemenate stand, und schickte ihn hinunter, um John Steward zu holen. Als dieser eintraf, deutete Jim auf seine gepackten Sachen.

»John, dies muß morgen früh auf das Packpferd geladen werden. Dann muß morgen noch ein Reitpferd und mein Streitroß Gorp an einer Führungsleine bereitstehen, so daß ich mit Sir John Chandos bei Tagesanbruch losreiten kann. Wenn Gorp widerspenstig ist, weil er so lange im Stall stand, dann soll ihm jemand noch vor Tagesanbruch Bewegung verschaffen.«

»Ja, M'lord.«

»Du wirst dich auch darum kümmern, daß nicht nur für mich, sondern auch für Sir Chandos und seine Ritter sowie seine Männer vor den Burgmauern morgen früh ein Frühstück bereitet wird. Dazu noch für alle Proviant für drei Tage. Das sollte alles rechtzeitig vor unserer Abreise in der Großen Halle bereitstehen.«

»So wird es geschehen, M'lord«, antwortete der Verwalter, ohne mit der Wimper zu zucken. »Alles soll so sein, wie Ihr befehlt. M'lord, wünscht Ihr, eine Stunde vor Sonnenaufgang geweckt zu werden?«

»Ein wenig eher.«

»Sehr wohl, M'lord.«

Der Verwalter ging hinaus, und Jim und Angie machten sich zum Schlafen fertig.

Als sie ins Bett krochen – es war neu, sehr groß und bequem, mit einem Himmel und Vorhängen, damit es nicht zog –, sprach Angie aus, was Jim schon die ganze Zeit im Kopf herumging:

»Ich hätte nicht gedacht, daß er dich so bald wegholen würde.«

»Das habe ich auch nicht erwartet. Aber es ist vielleicht sogar gut. Je früher ich weg bin, desto früher bin ich wieder zurück.«

Angie hatte erwartet, daß er etwas in der Richtung sagen würde, aber beim Gedanken an sein Fortgehen fühlte sie sich unglücklich. Seit der kleine Robert Falon in ihr Leben getreten war, hatte sie nicht nur gegenüber dem Kind starke Beschützerinstinkte entwickelt, sondern wollte auch Jim mehr in ihrer Nähe haben.

Nicht daß sie Angst davor hatte, allein auf der Burg zurückgelassen zu werden. Sie hatte sich an dieses rauhe Zeitalter, in dem sie nun lebten, schon gut angepaßt, und Geronde hatte ihr viele wertvolle Ratschläge gegeben, wie eine Burgherrin eine Burg ohne den Herrn verwalten kann. Nein, es war keine Angst. Es bedeutete nur, daß sie ihn, Jim, in ihrer Nähe haben wollte. Und jetzt, da er gehen mußte, wollte sie ihn so bald wie möglich gesund wiederhaben.

»Du benutzt Magie, nicht wahr, wenn es nötig ist. Ja?«

»O natürlich.«

Aber Angie wußte, daß Jim in letzter Zeit seine magische Energie als sehr kostbar einschätzte und sie nur im schlimmsten Notfall einsetzte, beispielsweise wenn es darum ging, einen Schutz um Roberts Zimmer zu wirken.

Sie schloß ihren Ehemann in die Arme und kuschelte sich an ihn, doch seine Wärme verdrängte nicht das Frösteln in ihrem Inneren. Obwohl er es verneint hatte, fürchtete sie, daß er auch dann seine magische Energie aufsparen würde, wenn ihr Einsatz wirklich notwendig wäre, und deshalb in Gefahr geraten könnte.

Kapitel 7

GANZ WIE SIR JOHN WÜNSCHTE, waren sie tatsächlich beim ersten Tageslicht aufgebrochen. Sie ritten nach Nordwesten auf Bath zu und dann zum Kanal von Bristol, wo sie sich auf ein Schiff nach Caerwent begaben. Von da nahmen sie die alte Römerstraße nach Caerleon und dann weiter nordwärts durch Kenchster, Leintwardine, Roxter, durch Warington, Wigan, Ribchester und Lancaster. Von dort aus ritten sie schnurgerade hoch nach Norden.

Die Witterung war kalt.

Aargh, der englische Wolf, bewegte sich gegen den Wind auf ihren Ursprung zu. Er war so leise wie sein Schatten, der über den sonnengefleckten Waldboden huschte und sich gegen die kleinen grünen Büsche abzeichnete, wo die majestätischen Eichen und Eschen genug Licht durchfallen ließen, um auch das Wachstum kleinerer belaubter Pflanzen zu erlauben. Aarghs

Nase war zu Boden gerichtet, seine Ohren standen aufrecht, und er lauschte aufmerksam, denn die Witterung war nicht in dem Sinne kalt, daß sie vor einiger Zeit hinterlassen wurde, sondern sie machte eher einen Eindruck, der ihm wie Kälte vorkam.

Für Aargh war die Nase das, was für Menschen Geschmack und Farbensehen war. Durch sie hatte er Zugang zu einem reichen Informationsspektrum, an dem Menschen ohne etwas zu merken vorbeiliefen oder dem sie nur geringe Aufmerksamkeit schenkten, wenn sie denn schon mal etwas rochen. Wenn er diese Witterung also als kalt bezeichnete, dann lag das nur daran, daß dafür in der gesprochenen Sprache kein Wort existierte. Es war, als ob ein Mensch einen Geschmack, den er nie zuvor geschmeckt, oder eine Farbe, die er nie zuvor gesehen hatte, beschrieb. Diese Witterung gab ihm das Gefühl von Dunkelheit und eisiger Kälte.

In all den vielen Jahren, in denen er sein Territorium nun schon gegen andere Wölfe verteidigte, war er noch nie auf diese Witterung gestoßen, und sie versetzte ihn von der Nasenspitze bis zum Schwanzende in höchste Alarmbereitschaft.

Das war nicht einfach eine Fährte von jemandem, der diesen Weg vor ihm genommen hatte. Der Geruch kam mit dem schwachen Wind, der mit den Haaren in Aargs Gesicht spielte, während der Wolf sich der Duftquelle gegen den Wind näherte.

Der Geruch konnte von allem möglichen herrühren. Nur eins war sicher: Er gehörte zu etwas Unbekanntem, und Aargh bewegte sich daher mit der typisch wölfischen Vorsicht.

Mit Vorsicht, nicht mit Furcht. Aargh hatte, seit er ein Welpe war, keine Furcht mehr gehabt. Aber er war vorsichtig und behutsam. Wenn sich vor ihm etwas Gefährliches befand, dann war es besser, wenn er es zuerst entdeckte – statt umgekehrt.

Der Wald wurde lichter. Zwischen den großen Bäumen gab es immer mehr sonnenbeschienene Flekken. Ohne weiter darüber nachdenken zu müssen, wußte Aargh, daß er sich Burg Malencontri näherte, dem Heim seiner Freunde Jim und Angie Eckert, dem ungewöhnlichen Baron und seiner ebenso ungewöhnlichen Lady. Die Witterung wurde stärker, und Aargh verlangsamte seine Schritte. Er schob sich von Deckung zu Deckung vor. Plötzlich hielt er inne. Er hob die Nase, um besser Witterung aufnehmen zu können, und lugte durch die Äste eines kleinen Gebüschs. Seine Ohren waren nach vorne gerichtet.

Aber er hörte kein Geräusch, und er sah nichts als ein Loch in einer leichten Bodenerhebung, das wie der Eingang eines Baus wirkte.

Es gab keine Anzeichen auf irgendein lebendes Wesen, aber Aargh wartete. Die Witterung war jetzt deutlich und nah, und das Gefühl von Kälte und tiefer Dunkelheit verstärkte sich. Schließlich rührte der Wolf sich und näherte sich vorsichtig dem Loch, sorgsam darauf bedacht, daß sein Schritt keine Vibrationen verursachte, die das, was auch immer in der Erdhöhle steckte, warnen würden.

Aber es geschah nichts, nichts kam aus dem Loch. Aargh erreichte den Rand und erforschte ihn sorgsam mit seiner Nase. Ein Teil der ausgegrabenen Erde, die die Öffnung umgab, war erst vor einigen Stunden bewegt worden. Sie schien immer noch nicht ganz trokken zu sein.

Dies war eine seltsame, unnatürliche Öffnung im Hügel, ein Rätsel. Sie ähnelte der Öffnung eines Baus, aber für einen Bären war sie zu klein und für einen Wolf zu groß. Der Eingang eines Wolfsbaus war stets so eng, daß sein Bewohner gerade hindurchpaßte. So kann der Wolf nämlich mit dem hinteren Teil seines

Körpers im Schutz des Baus bleiben und sich mit den Zähnen nach draußen verteidigen.

Natürlich war der Bau auch für einen Dachs erst recht zu groß. Ein junger Eber hätte die Höhle vielleicht benutzt haben können – andererseits gruben Eber im Sommer keine Erdlöcher.

Wie ein Trollbau sah das Ganze auch nicht aus. Auch Trolle, insbesondere Nachttrolle, gruben sich unter ungewöhnlichen Umständen eine Höhle, beispielsweise wenn ein weiblicher Troll gebären wollte. Nymphen, Dryaden und andere kleine Elementarwesen hatten natürlich keinen Bedarf an Höhlen oder ähnlichem.

So weit Aargh beurteilen konnte – er war immer noch bestrebt, weder mit seiner Nase noch mit einem anderen Körperteil einen Schatten auf den Eingang zu werfen –, war derjenige, der den Bau gegraben hatte, im Augenblick nicht da. Ein weiterer Beweis dafür war eine deutliche, frische Fährte, die in Richtung Malencontri wies.

Er folgte ihr.

Die Spur führte Aargh geradewegs zur Burg. Was auch immer die Fährte verursacht hatte, es ging auf zwei Beinen und schritt zielstrebig und ohne zu zögern aus. Aargh behielt seine Vorsicht bei, folgte der Spur aber schneller als zuvor. Der Baumbestand lichtete sich nicht mehr, aber zwischen den Bäumen gab es weniger Unterholz.

Die Wälder und alles darin gehörten dem König, aber Gemeine durften sich die herabgefallenen Zweige (und nichts anderes) als Feuerholz holen. Dieses Gesetz war von einem der früheren Herrn der Burg gedehnt worden, da er zuließ, daß seine Leibeigenen und Pächter in einem gewissen Umkreis um die Burg auch lebendes Holz schlugen. So stand zum einen mehr Feuerholz zur Verfügung, und zum anderen hatten etwaige Feinde weniger Deckung und kaum brauchbares Material für Belagerungsmaschinen. Der Burgherr deutete die Buchstaben des Königlichen Gesetzes halt ein wenig großzügig, so wie viele seiner Leidensgenossen auch.

Aargh wurde wieder langsamer. Er hatte die Fährte nun bis zum Waldrand verfolgt und hielt inne, um sich die Rodung erst einmal zu betrachten. Diese erstreckte sich eine Pfeilschußweite um die Burg herum.

In England glaubte dieses Jahr niemand mehr an einen Sommer, nachdem es in letzter Zeit regnerisch und kühl gewesen war. Das Wetter hatte es sich jedoch plötzlich anders überlegt – es war jetzt, Ende Juni, mit einem Mal warm geworden.

Bei so einem schönen Wetter hätte Aargh um diese Tageszeit üblicherweise irgendwo im Schatten ein Schläfchen gehalten. Wenn da nur nicht der seltsame Geruch und die merkwürdige Fährte gewesen wären.

Die Fährte führte hinaus auf die Lichtung. Als Aargh sich umsah, konnte er im Schatten eines Baums zu seiner Rechten eine Wiege entdecken, aus der er den kleinen Robert Falon erschnupperte. Neben dem Kind saß seine Amme, die am Boden einen bequemen Platz gefunden hatte. Sie lehnte mit dem Rücken gegen einen Baumstamm und offenbarte gesunden Wolfsverstand, indem sie einen Mittagsschlaf hielt.

Ein junger Soldat aus der Burg, der offensichtlich zum Schutze des Kindes abgestellt worden war, stand ein halbes Dutzend Schritt entfernt und sah in eine andere Richtung. Er war vollkommen in die Beobachtung eines Spiels zwischen den dienstfreien Bewaffneten und den Stallburschen vertieft.

Das Spiel war erwartungsgemäß rauh. Es erinnerte ein wenig an Fußball, wenn man einmal davon absah, daß man nicht nur die Füße benutzen durfte, um den Ball über die gegnerische Torlinie zu bringen. Kam einem jemand in die Quere, konnte man sich seiner mit allen Mitteln, von Messern einmal abgesehen, annehmen. Um in Ballbesitz zu kommen, war es erlaubt zu beißen, zu treten, zu schlagen oder zu ringen. Die Stallburschen führten gerade.

Aargh überdachte die Lage.

Der Unbekannte war offensichtlich entweder an Robert oder der Amme interessiert. Zudem hatte er keine Angst, sich ins freie Sichtfeld vor der Burg zu begeben. Vielleicht war niemand auf den Wehrgängen, und auch die Wache auf dem Turm könnte vom Spiel ebenso gefesselt sein wie der Wächter hier unten. Sich so offen zu bewegen, war für einen Fremden, der vielleicht etwas im Schilde führte, reichlich ungewöhnlich.

Möglicherweise reichte die Spur doch nicht bis zur Wiege oder zu dem Baum, unter dem die Amme leise schnarchte. Aargh drehte sich um und trottete im Schutz der Bäume weiter bis zu der Stelle, an der der Waldrand am nächsten an die Wiege heranreichte. Dann arbeitete er sich vorsichtig vor und nutzte einzelne Büsche als Deckung, bis er nur noch drei Wolfslängen von der Wiege und fünf von der schlafenden Amme entfernt war.

Er schnüffelte erneut. Auf diese Entfernung war es schwer zu entscheiden, ob die Fährte des Unbekannten zur Wiege oder zur Amme führte. Derjenige, von dem die Spur stammte, hätte auch weiter zur Burg gegangen sein oder sie in einigem Abstand umrundet haben können.

Glücklicherweise stand Roberts Wiege seitlich zum Turm, so daß Aargh sie, sobald er erst einmal die kleine Freifläche überquert hatte, als Deckung nutzen konnte, wenn er sich tief zu Boden duckte. Üblicherweise blieb Aargh im Wald und heulte von Zeit zu Zeit, wenn er etwas von Angie oder Jim wollte. Bisweilen dauerte es ein wenig, bis man den Wolf auf der Burg wirklich wahrnahm, doch sonst funktionierte die Methode sehr sicher. Aber in diesem besonderen Fall wollte Aargh nicht einen halben Tag warten. Der Abstand zur Wiege schrumpfte immer mehr, geduckt schlich der Wolf weiter.

Einen Augenblick später war er am Ziel und fand seine Vermutung bestätigt. Die Fährte führte zur Wiege und auf der anderen Seite weiter, wie Aargh erschnüffeln konnte. Auf dieser Seite war der Unbekannte stehengeblieben, vermutlich, um Robert anzuschauen. Dann hatte er die Wiege umrundet und war wieder in den Wald zurückgekehrt, höchstwahrscheinlich zum Bau.

Wie auch immer, dem Kind war nichts geschehen. Als Aargh über den Rand der Wiege sah, blickte er in Roberts offene Augen. Das Kind quietschte vergnügt, als es das pelzige Wolfsgesicht über sich sah. Robert streckte seine winzigen Ärmchen zu dem nächstgelegenen von Aarghs Ohren aus.

Da Aargh sich sowohl mit menschlichen Kindern als auch mit Wolfswelpen auskannte, legte er sein Ohr sorgsam an. Nachdem er auch noch sein Auge geschlossen hatte, legte er seinen Kopf für einen Augenblick auf Roberts Brust und ließ die Kinderhände durch seinen dichten Pelz fahren, ihn erforschen und auch ein wenig an ihm ziehen.

Nach ein paar Augenblicken verlor das Kind das Interesse, und Aargh nahm den Kopf wieder hoch. Robert, der nun nach einem über die Wiege hin und her flatternden Schmetterling grabschte, war immer noch fröhlich. Aargh schlüpfte zurück unter die Bäume. Er umrundete die Burg. Auf der anderen Seite ging die Burgmauer in den Bergfried über, die letzte Bastion, in die sich die Menschen in der Burg zurückziehen würden, wenn der Feind die ersten Verteidigungsanlagen überwunden hatte und bereits im Burghof stand.

Die Rückseite der Burg wies keine Fenster und nur wenige Schießscharten auf, eine glatte, fünfundzwanzig Meter hohe Mauer, die nicht erklommen werden konnte – ungeeignet für einen Angriff. Daher reichte der Wald hier nah an die Burgmauer heran. Aargh konnte gefahrlos über die Rodung trotten und die Richtung weiter verfolgen, die er im Sinn hatte, bevor er den seltsamen Geruch wahrgenommen hatte.

Aarghs Weg führte ihn nah an einer Schießscharte vorbei, die Luft und Licht in die Anrichtestube ließ, wie er aus dem Geruch schließen konnte. Beim Vorbeitrotten hörte er zwei weibliche Stimmen, eine offensichtlich jünger als die andere, die miteinander stritten. Aargh mochte Angie und Sir James und war auch bereit, den Rest der Burgbewohner zu erdulden, aber wie alle ihrer Art verbrachten sie einen Großteil ihrer Zeit damit, Lärm zu machen. So waren sie halt. Aargh trottete an der Burg vorbei auf das vertraute Dämmerlicht unter den Bäumen zu. Noch einen Augenblick, dann wäre er wieder unter den Bäumen verschwunden.

Kapitel 8

NACH WENIGER ALS EINER WOCHE überquerte der von Sir John Chandos angeführte Trupp die Low Borrow Brücke und erreichte Burg Penrith südlich von Carlisle. Während sich die drei jungen Ritter und die Soldaten in den Ställen einrichteten, ließen sich Sir John, Jim und Sir Bertram Makeworthy, der Majordomus des Grafen von Cumberland, der die Verwaltung der gräflichen Ländereien, Minen und Fischgründe innehatte, an der mit einem schneeweißen Tischtuch bedeckten Tafel zum Essen und zum Gespräch nieder.

Sir Bertram war begierig, von Jims erstem Abenteuer, das er auf dieser Welt erlebte, zu hören.

Jim hatte nicht mitgezählt, vermutete aber, daß der Majordomus ungefähr die dreihundertzwanzigste Person war, die die Geschichte unbedingt hören mußte.

Wann immer Jim davon erzählte, betonte er, daß er die Dunklen Mächte am Verhaßten Turm nur mit Hilfe seiner Gefährten Brian, Aargh, Dafydd, Danielle, Carolinus sowie zweier Drachen besiegen konnte.

Dies schien jedoch weder Sir Bertram noch all die anderen vor ihm zu begreifen. Viele Leute kannten die Geschichte schon aus den verschiedensten Liedern der wandernden Spielleute, und in all diesen Liedern war Jim der wichtigste – wenn nicht gar alleinige – Held. Die Geschichte von Jim selbst zu hören, war also etwas ganz Besonderes. Jim konnte erahnen, was in den Köpfen der Zuhörer vorging: Sie würden jeder eine eigene Version der Geschichte entwerfen, die um so glaubwürdiger erschiene, als sie ja vom Helden selbst stammte…

Endlich kamen die drei zur Sache.

»Ihr wißt, warum Sir James und ich mit unseren Männern hier sind, Sir Bertram?«

»Ja.« Sir Bertram war ein großer stämmiger Mann Ende der Vierzig mit einem langen, bleichen Gesicht. Er sah aus, als ob er nur selten einen Grund zu lächeln fände. »Ihr erwartet, daß es hier Ärger gibt. Aber wo? In Carlisle selbst? Bei den Fischgründen? In den Minen oder auf den Weiden?«

»Das weiß ich nicht«, antwortete Chandos. »Vielleicht sollte ich das Euch fragen. Hattet Ihr an einem dieser Orte in letzter Zeit Ärger? Oder besser, habt Ihr im Augenblick irgendwo Schwierigkeiten?«

»Schwierigkeiten!« Sir Bertrams Gesicht erfüllte die Erwartungen und nahm einen außerordentlich grimmigen und düsteren Ausdruck an. »Wann gibt es hier mal keinen Ärger? Ich muß mir von allen Seiten Beschwerden anhören. Die schottischen Grenzräuber haben Vieh gestohlen! Die Heringe wandern nicht! Die Minenarbeiter *müssen* einen Vorschuß auf ihre Erzförderung erhalten, sonst verhungern sie – die undankbaren Hunde wissen, daß ich sie nicht verhungern lassen kann! Wer würde sonst in den Bergwerken arbeiten? Ich habe ständig Ärger. Zuletzt mit den Minenarbeitern, wie ich schon sagte. Sie wollen nicht in die Stollen wegen der Piskies.«

»Piskies?« fragten Jim und Sir John wie aus einem Mund.

»Ja, ja«, antwortete Sir Bertram gereizt. »Feen könnte man sagen. Erdfeen. Die Minenarbeiter sagen, sie hörten sie graben. Und wenn erst einer oder zwei einmal gesagt haben, daß sie Piskies gehört haben, dann hören alle welche. Und dann legen alle ihre Werkzeuge nieder, gehen nach Hause und weigern sich, in die Schächte und Stollen zurückzukehren. Dann kann man nichts anderes tun als abwarten, bis die Leute wieder genug Mut gefaßt haben, um runterzugehen. Wieder erst einer oder zwei, und nach und nach fassen sich alle anderen auch ein Herz und folgen. Dann wird wieder eine Zeitlang etwas gefördert.«

»Das sind in der Tat ernste Sorgen, Sir Bertram«, stimmte Sir John zu. »Ich interessiere mich aber für die Verwüstung von Ländereien oder sonstiger Besitztümer Eures Herrn, des Grafen. Und ich meine nicht die gelegentlichen Raubzüge der diebischen Schotten, sondern sorgfältig geplante Überfälle von Bewaffneten, die darauf abzielen, Schaden anzurichten und seiner Lordschaft Kosten zu verursachen.«

»Davon habe ich nichts gehört.« Wachsamkeit gesellte sich zum Grimm auf Sir Bertrams Gesicht. »Müssen wir damit auch noch rechnen? Ich wußte, daß Ihr gekommen seid, um Euch von irgendwelchen Unruhen berichten zu lassen, aber ich wußte nicht, daß es sich um etwas derartig Großes handelt. Bewaffnete, Krieger – Gott schütze uns! Wenn uns das ins Haus steht, dann brauche ich dringend Eure Hilfe. Ich habe nicht genug Männer unter Waffen, um auf allen gräflichen Besitzungen Wachen aufzustellen.«

»Ich fürchte, ein paar Wachen werden nicht reichen«, widersprach Sir John. »Es handelt sich um eine beträchtliche Streitmacht, die nichts als zerstören und Eurem Lehnsherrn Schwierigkeiten bereiten will.«

Er nahm einen Schluck von dem recht guten französischen Wein. »Ich hatte gehofft, Ihr könntet mir sagen, wo ein Angriff am wahrscheinlichsten wäre. Vielleicht ein abgelegener Ort, der weniger gut geschützt ist. Dort würde ich dann mit meinen Männern auf die Störenfriede warten, sie angreifen, sobald sie auftauchen, und sie hoffentlich auch endgültig vertreiben.«

»Hmm«, brummte Sir Bertram und betrachtete nachdenklich den Wein im Becher. »Laßt mich überlegen. Das Pack könnte den meisten Ärger innerhalb kürzester Zeit anrichten, wenn es die Minen angriffe. Nur gibt es hier mehrere Bergwerke, und ich weiß nicht, welches Ihr denn nun am besten bewachen solltet.«

»Das ist auch nicht notwendig. Ich denke, Sir James wird mir zustimmen, daß die Angreifer sicherlich in kleinen Gruppen eintreffen werden, um keine Aufmerksamkeit zu erregen, und sich daher erst an einem zentralen Ort, der sich dafür eignet, sammeln müssen.«

Sir Bertram runzelte die Stirn, dachte einen Augenblick nach.

»Ich denke, meine Herren, daß der Skiddaw-Wald

geeignet wäre. Wenn sie sich da sammeln, befinden sich Alston, wo die Blei- und Silberminen sind, und Egremont, was nah bei den Eisenminen liegt, in Schlagweite.«

»Und können wir im Skiddaw-Wald ein Lager aufschlagen, ohne daß jemand auf uns aufmerksam wird?«

»Das steht außer Frage. Ich werde Euch jemanden mitgeben, der Euch geeignete Örtlichkeiten zeigen kann. Die meisten liegen auf einer dicht bewachsenen Anhöhe. Wenn Ihr dort wohl versteckt ein Lager errichtet und Wachen aufstellt, wird niemand Euch entdecken.«

»Dürfte ich Euch noch darum bitten, die umliegenden Städte zu benachrichtigen, den Köhlern und Einödhöfen im Wald Bescheid zu geben, daß sie es uns mitteilen, wenn der Feind anrückt?«

Sir Bertram nickte, und Chandos fuhr fort: »Habe ich recht verstanden, daß der Skiddaw-Wald nicht sehr weit entfernt ist?«

»Ungefähr dreißig Kilometer westlich«, antwortete Sir Bertram und beobachtete sie. Chandos wandte sich an Jim.

»Was haltet Ihr davon, Sir James? Es mag ratsam sein, gleich morgen aufzubrechen.«

Jim war klar, daß diese Frage eine reine Formalität war. Chandos traf hier die Entscheidungen.

»Ich denke, wir können nichts Besseres tun, Sir John.«

»Dann ist es beschlossene Sache.« Chandos sah wieder Sir Bertram an. »Wie dem auch sei, da die Männer in unserer Begleitung wenigstens ein paar Tage Rast erwartet haben, werden wir nicht gar so früh losreiten. Könnte uns die Burgküche wohl am Vormittag mit einem Mahl versorgen, bevor wir uns auf den Weg machen?«

»Aber sicher, Sir John!« erwiderte ihr Gastgeber, dessen Gesicht jetzt fast fröhlich wirkte. »Es wird uns eine Freude sein. Ich werde Euch drei oder vier Männer mitgeben, die den Skiddaw-Wald kennen. Wenn Ihr einen geeigneten Lagerplatz gefunden habt, dann können diese auch die Städte und Höfe benachrichtigen, ein wachsames Auge darauf zu haben.«

»Gut.«

»Die Männer werden darüber nicht glücklich sein«, teilte Chandos Jim mit, als sie auf ihre Zimmer gingen. »Sie hatten sich auf ein paar Tage Ausschlafen, Trinken und die hiesigen Frauen gefreut.«

»Das denke ich auch«, antwortete Jim. »Ich wünsche Euch eine gute Nacht, Sir John.«

»Euch auch eine gute Nacht, Sir James.«

Die Bewaffneten, dachte Jim als er einem Bediensteten zu seinem Zimmer folgte, wären mit Sicherheit nicht erfreut, aber sie würden es nicht wagen zu murren. Als der Diener wieder ging, nahm Jim seinen Schwertgürtel ab und verkantete die Scheide unter dem Türriegel. Versuchte nun jemand, die Tür zu öffnen, würde das genug Lärm machen, um Jim zu wecken.

Die drei jungen Ritter, nahm er den Gedankengang wieder auf, würden zudem gar ein glückliches Gesicht aufsetzen müssen. Sie hatten keine andere Wahl. Jim selbst war müde und würde mit Sicherheit heute nacht sehr gut schlafen. Auch er hätte ein paar Tage begrüßt, an denen er keinen Sattel sehen mußte.

Jim übersah das Bett, das höchstwahrscheinlich voller Ungeziefer war. Die Betten wurden zwar aus Höflichkeit gegenüber dem nächsten geehrten Gast stets mit frischem Bettzeug versehen, aber die verlauste Dienerschaft neigte dazu, sich in die Gästekammer zu schleichen, um ein Schläfchen zu halten oder ›mal wie ein Lord zu vögeln‹.

Daher bereitete sich Jim ein Lager auf dem Boden vor einem lustig brennenden Feuer und zog sich aus. Nicht vollständig natürlich, denn das Feuer würde im Laufe der Nacht herunterbrennen, und obwohl es Sommer war, wäre es gegen Morgen empfindlich kalt im Zimmer. Er legte sich für diesen Fall weitere Dekken zurecht, ließ sich nieder und legte sich mit einem zufriedenen Seufzer zurück.

»So, das war's! Endlich ein paar Stunden schlafen.«

* * *

Aber der Schlaf wollte sich nicht einstellen. Eine innere Unruhe hatte von Jim Besitz ergriffen. Er lag da und starrte die leuchtend rote Unterseite eines Holzscheits im Kamin an. Das Feuer hatte einen Großteil der Oberfläche in Kohle verwandelt. Die Scheite glühten erst hell auf, dann dunkler, wenn die leichten Luftströmungen im Raum über sie hinwegstrichen. Dazwischen tanzten Flammenteufel.

Etwas, sagte er sich, war nicht in Ordnung. Das war nicht nur seine Phantasie. Etwas war ganz und gar nicht in Ordnung.

Zuerst war da die Veränderung, die er im Verhalten seiner Burgbediensteten bemerkt hatte. Das hatte sogar noch vor den Bumps angefangen. Dann hatte sich Brian allzu schnell einem bewaffneten Schlag gegen den obersten Ratgeber des Königs angeschlossen – was als Angriff gegen den König selbst betrachtet werden konnte.

Und dies nur, weil Brian dringend Geld brauchte. Das war nicht der Brian, den Jim kannte. Brian war ein ritterlicher Idealist. Sein Wille, immer das zu tun, was recht war, grenzte manchmal schon ans Lächerliche.

Jim hatte geglaubt, Brian würde sich eher die rechte

Hand abhacken, und das buchstäblich, bevor er mit ihr für eine Sache das Schwert führte, die auf irgendeine Weise gegen den König gerichtet war. Aber Brian hatte sich der Streitmacht schon beinahe freudig angeschlossen.

Und jetzt war Jim hier als ein Teil von Chandos' Expedition, die sich derselben Truppe entgegenstellte, der sich auch Brian angeschlossen hatte.

Jim war nicht getäuscht worden. Er wurde in diese Angelegenheit nicht wegen seiner Macht als Magier hineingezogen – sein Können überstieg kaum das eines Anfängers, auch wenn Nichtmagier das nie glauben wollten. Er war hier, weil er landläufig für einen Paladin gehalten wurde – einen mächtigen Krieger. In Wahrheit war er aber noch weniger ein Krieger als ein Magier.

Er hatte zwar an ein paar echten, wenn auch unwichtigen Kämpfen teilgenommen, meistens neben Brian. Aber die waren alle von der Art gewesen, die Leute wie Brian mit ›Zusammenstoß‹, ›Geplänkel‹ oder ›kleine Störung‹ bezeichneten.

Brian hatte sich sehr viel Mühe gegeben, Jim den richtigen Gebrauch von Schwert, Dolch und Lanze beizubringen. Er hatte nie Jims Fähigkeiten als Kämpfer hochgelobt. Chandos, ein alter Kämpe und gut darin, Kämpfer zu beurteilen, mußte ein Blick genügt haben, um Jims mangelhafte Fertigkeiten zu erkennen. Letzte Weihnacht noch hatte Sir Harimore Kilinsworth, Brians härtester Rivale mit Schwert und Lanze, Jim innerhalb kürzester Zeit durchschaut und nicht gezögert, ihm dies auch mitzuteilen. Danach hatte Jim zu erforschen begonnen, warum er eigentlich hier geblieben war.

Die Welt, in der er nun lebte, war auf vielerlei Weise grausam und primitiv. Aber er und Angie hatten sich entschieden zu bleiben, nachdem er sie aus dem Verhaßten Turm gerettet hatte. Damals hatte er für eine kurze Zeitspanne genug magische Energie besessen, um Angie und sich selbst nach Hause in ihre eigene Welt und Zeit zu bringen.

Andererseits waren sie gern hier. Es war eine Zeit, in der man wirklich leben konnte – eine in vielerlei Hinsicht noble Zeit, in der Prinzipien wie Mut und Loyalität einen höheren Stellenwert einnahmen als im zwanzigsten Jahrhundert...

Jim mußte lächeln, als er an vergangene Tage dachte, und mit dem Gedanken, wie alles gekommen war, trieb er in den Schlaf hinüber.

Jim wachte plötzlich auf. Jemand stand über ihm. Es war nicht Angie. Statt dessen stand da Carolinus, sein Lehrmeister in der magischen Kunst. Das Feuer warf von seinem dünnen Bart auf die rote Robe, die er immer trug, tanzende Schatten.

»Na«, sagte der Magier mit heiserer Stimme, »sind wir jetzt wach?«

»Nein«, antwortete Jim, der nun über alle Maßen verärgert war, und fügte ohne nachzudenken hinzu: »Ich schlafe noch!«

Plötzlich verschwand alles um ihn herum.

Kapitel 9

JIM SCHWEBTE LANGSAM UND TRÄGE aus der Tiefe der Bewußtlosigkeit hoch. Der Weg zurück in die Welt war bequem und mühelos. Als er sich jedoch immer mehr der Bewußtheit näherte, wuchs in ihm das Gefühl, daß etwas nicht in Ordnung oder schiefgegangen war, unmittelbar bevor er in den tiefen Abgrund fiel, aus dem er jetzt wieder hervorkam.

Das Gefühl der Besorgnis wurde drängend. Mit einem Zucken erwachte Jim und setzte sich auf.

»Was ist geschehen?«

Der Magier sah auf ihn hinunter.

»Ihr habt Euch in Schlaf versetzt«, sagte Carolinus trocken.

»Ich? Wie soll ich das denn getan haben?«

»Ich habe keine Ahnung. Eure Methoden sind nicht die meinen. Ihr habt natürlich Magie benutzt.«

»Ihr meint…«, fragte Jim erstaunt, »ich habe mich mit meiner eigenen Magie in Schlaf versetzt?«

»Nun, was könnte ich wohl sonst meinen?« antwortete Carolinus scharf. »Natürlich habt Ihr Euch mit Eurer eigenen Magie in Schlaf versetzt. Mit wessen Magie könnt Ihr das denn sonst tun?«

»Aber ich wußte nicht, daß meine eigene Magie bei mir wirken würde!«

»Nun wißt ihr es. Leben und lernen. Die einfachste Sache der Welt, sollte man meinen, das anzunehmen, aber Ihr habt es offensichtlich nicht vermutet. Natürlich kann man die Kunst der Magie auch auf sich selbst anwenden. Wenn Ihr Euch von einem Ort zum anderen transportiert, wendet Ihr da nicht auch Magie auf Euch selbst an?«

»Nun…«, wollte Jim antworten, wußte aber offenbar nicht, was er eigentlich sagen sollte.

Natürlich hatte Carolinus recht. Als einer der drei Magier der Kategorie Eins Plus sollte er es wissen. Jim dachte an seine eigene Kategorie, eine magere Drei Plus, und das auch nur, da er kürzlich neu eingestuft wurde.

Dennoch war da etwas Verblüffendes an der Sache. Ein Magier, der unbeabsichtigt Magie auf sich selbst anwendet, um sich in den Schlaf zu lullen…

Mitten in seinen Gedanken fiel ihm plötzlich auf, daß Carolinus hier erschienen war, ohne daß er ihn gerufen hatte. Das tat der Magier üblicherweise nicht. Sonst mußte Jim ihm hinterherjagen, wenn er etwas von ihm wollte.

»Nun, danke fürs Kommen«, sagte Jim hastig.

»Nicht nötig, mir zu danken. Ich bin nicht aus Höflichkeit hier. Und ich bin nicht *gekommen*. Ihr redet nur mit einer Projektion. Ich bin nicht gekommen, da ich es nicht konnte.«

»Warum denn nicht?«

»Das geht Euch nichts an. Oder besser: Kümmert Euch nicht darum. Ich will mit Euch über wichtigere Dinge reden.«

Jim starrte die Projektion von Carolinus an. Warum nur eine Projektion, fragte er sich? Er hatte angenommen, daß sein Lehrmeister jederzeit überallhin gelangen konnte.

Gut, es hatte eine Ausnahme gegeben, als Carolinus krank war. In dieser Welt konnte Magie Wunden heilen, aber keine Krankheit.

Jim rappelte sich auf und stand in Shorts und einem dünnen Hemd da. Gewöhnlich schlief er nackt, aber heute fror er trotz der Kleidung. Hastig warf er mehr Holz ins Feuer, dann wandte er sich wieder Carolinus zu.

»Wie dem auch sei«, sagte er im Bemühen, seine schlechte Laune zu überwinden und Carolinus mit Fröhlichkeit und einer freundlichen Stimme die schlaftrunkene Schroffheit vergessen zu lassen, »es ist schön, Euch zu sehen, ganz gleich ob Ihr körperlich oder nur als Projektion anwesend seid. Ich nehme nicht an, daß Ihr mir verraten werdet, wie ich selbst eine Projektion von mir aussenden kann?«

»Unter keinen Umständen.«

Carolinus hatte Jim von Beginn seiner Lehrlingszeit an versucht beizubringen, daß er ihn keine Magie lehren würde – mit leidlichem Erfolg. Der alte Magier hatte Jim angewiesen, seine magischen Probleme selbst zu lösen. Als Jim dann mehr über das Wesen der Zauberei gelernt hatte, dämmerte ihm langsam: Es war nicht möglich, Magie – wie auch Musik oder Malerei – zu *lehren*. Sie konnte nur gelernt werden.

Wahre Magie war eine kreative Kunstform. Für alles, was über gewisse elementare Fertigkeiten und Regeln hinausging, mußte jeder Magier seinen eigenen Weg finden. Jim stellte fest, daß Carolinus ihn wütend anfunkelte.

»Verzeiht mir«, sagte Jim hastig. »Mein Geist ist ein wenig abgeschweift.«

»Wie üblich, wenn ich das mal so sagen darf«, erwiderte Carolinus. »Wie dem auch sei, ich kann mich nicht die ganze Nacht lang zu Euch projizieren. Ich muß Euch etwas Wichtiges mitteilen. Deshalb seht Ihr mich hier.«

»Worum geht es?« fragte Jim, plötzlich von Besorgnis erfüllt. »Hat es etwas mit Angie oder Robert zu tun?«

»Nein«, sagte Carolinus knapp. »Mit den beiden hat das nichts zu tun. Ich habe nicht viel Zeit, und ich muß Euch zwei Anweisungen geben. Eine ist, mit KinetetE in Verbindung zu treten, wenn Ihr Hilfe braucht. Die andere: den König – unseren König hier in England – auf seinem Thron zu halten.«

»Den König auf dem Thron halten?« Wie sollte Jim das denn anstellen? Er suchte nach den passenden Worten, um zu erklären, was das für eine absurde Idee sei – anzudeuten, er wäre zu so etwas in der Lage. Aber Carolinus fuhr bereits fort.

»Denkt daran, Euren Verstand einzusetzen. Selbst in Zeiten, da die Magie nicht für Euch arbeitet – und Ihr wißt bereits, daß es solche Zeiten und Orte gibt –« Carolinus sah Jim scharf an. Dieser erinnerte sich, wie nutzlos seine Kräfte im Königreich der Toten waren. Carolinus hob die Hand, bevor Jim etwas entgegnen konnte. »Selbst in solchen Zeiten ist der erfahrene Magier nicht ohne Rückhalt. Und Magie Zieht.«

»Carolinus, was...«

Von einem Augenblick zum anderen war Carolinus verschwunden.

»Carolinus!« rief Jim, aber es kam keine Antwort.

Jim konzentrierte sich auf Carolinus, stellte ihn sich vor, so wie er ihn gerade gesehen hatte, und beschwor seine Magie, ihn zu seinem Lehrmeister zu bringen.

Nichts geschah.

Dies war das erste Mal, seit Carolinus ihn mit der Zauberei vertraut gemacht hatte, daß seine Magie nicht für ihn arbeiten wollte.

Er konnte die Magie nicht verbraucht haben – noch nicht. Er hatte die Revisionsabteilung, jene seltsame Institution, die über die magische Energie Buch führte, noch nicht gebeten, sein Konto aufzustocken. Carolinus hatte dafür gesorgt, daß er es jedoch jederzeit tun konnte. Er hatte nicht darum gebeten, da Carolinus betont hatte, wie wichtig es sei zu sparen, und Jim hatte bereits den Verdacht, daß er Schwierigkeiten zu erwarten hätte, wenn er mehr magische Energie ausgeben wollte.

Aber er hatte gespart. Er mußte mehr als eine Kleinigkeit, eher ein hübsches Sümmchen, auf seinem Konto haben. Um das zu überprüfen, stellte er sich vor, eine Rose in der Hand zu halten. In seinem Kopf stellte sich das übliche Gefühl ein, wenn er Magie wirkte, und im selben Augenblick erschien die Rose.

»Au!« Er hatte sich an einem Dorn gestochen. Er sog ein wenig an der Wunde und befaßte sich dann wieder mit der Unerhörtheit, daß sich seine Magie geweigert hatte, etwas für ihn zu tun.

Vielleicht hatte Carolinus eine Art Sperre installiert, so daß jeder Versuch, ihn zu erreichen, mißlingen mußte. Diese Möglichkeit erschien Jim am wahrscheinlichsten. Aber wenn Carolinus das getan hatte, warum nur? Jim kehrte auf seine Matratze zurück und durchdachte beim schwächer werdenden Licht des Feuers, was Carolinus ihm gesagt hatte. In der Vergangenheit war der Magier des öfteren nicht zu erreichen gewesen, aber diesmal fühlte es sich anders an.

Wie konnte jemand glauben, daß er, Jim, irgend etwas in der Frage, ob der gegenwärtige König von England, Edward der Dritte, auf dem Thron bleiben solle, zu sagen hätte? In Jims Kopf wirbelten die Fragen und Bruchstücke von Antworten, die nur noch weitere Fragen aufwarfen, wild durcheinander. Gesichter, Namen und Ideen bildeten ein einziges Chaos.

Carolinus' Anweisung, KinetetE um Hilfe zu ersuchen, könnte sich als genauso undurchführbar erweisen, wie die, den König auf dem Thron zu halten. KinetetE gehörte zu den drei größten Magiern dieser Welt. Jim hatte sie nur einmal aus der Entfernung gesehen, aber sie schien eine bemerkenswerte Frau zu sein. Und wenn Carolinus für Magier der Kategorie Eins Plus typisch war, dann wäre es gewiß nicht leicht, mit KinetetE zurechtzukommen.

Beides war schlichtweg unmöglich. Niemand konnte dieser Mischung aus Informationen, Teilinformationen und Nicht-Informationen einen Sinn entnehmen. Jim konnte sich nur dem Wirbeln in seinem Kopf überantworten und sich drehen, drehen, drehen...

Helles Sonnenlicht drang durch die Schießscharte in den Raum, so daß Jim blinzelte.

Und Chandos stand über ihn gebeugt, komplett angezogen, gerüstet und bewaffnet – offenbar war er schon sattelfertig.

»Ich bitte um Verzeihung«, sagte er gerade, ohne daß in seiner Stimme der geringste Unterton einer Entschuldigung zu hören war, »aber es ist Zeit, sich auf den Weg zu machen. Und ich denke, daß Ihr den heutigen Ritt nicht ohne ein kräftiges Frühstück beginnen wollt. An der hohen Tafel steht alles für uns bereit. Wenn Ihr Euch mit dem Ankleiden und Bewaffnen beeilt, könnt Ihr noch essen, bevor wir im Sattel sein müssen. Da Ihr keinen Knappen dabeihabt, sollte ich Euch vielleicht einen meiner Männer vorbeischicken, der Euch beim Anlegen der Rüstung behilflich sein kann.«

»Nein, nicht nötig«, sagte Jim, während er schon auf die Füße stolperte. »Ich bin sofort unten. Ich brauche nur jemanden, der mein Gepäck hinunterträgt.«

Chandos starrte Jim an. Offensichtlich hatte seine ungewöhnliche Schlafgelegenheit die Aufmerksamkeit des Ritters auf sich gezogen. »Ich muß mich entschuldigen«, sprach Jim hastig weiter, »aber gewisse Angelegenheiten, magische Angelegenheiten, haben mich fast die ganze Nacht wachgehalten.«

»Das ist nur zu verständlich, Sir James.« Chandos wich zurück und beäugte noch immer neugierig Jims Shorts und sein Hemd. »Nun, ich werde selbst noch ein paar Minuten unten an der hohen Tafel sitzen.«

Der Ritter ging hinaus, und ein Bediensteter kam herein. Jim schlüpfte rasch in Kleidung und Rüstung. Für letztere nahm er doch die Hilfe des Dieners in Anspruch. Jim gürtete sein Schwert, schnappte seinen Helm und eilte zur Großen Halle, wo Chandos und Sir Bertram saßen. Sie waren allein, sahen aber Jim mit ausreichend Mißbilligung, gepaart mit Neugier, an, daß es für ein Dutzend gereicht hätte.

In weniger als fünfzehn Minuten, das Frühstück war nur mehr Erinnerung, ritt Jim zusammen mit Sir John und seiner Truppe aus Burg Penrith hinaus. Nach weiteren zwanzig Minuten ritten sie bereits durch dichte Wälder, manchmal auf einer Straße, aber nicht immer. Die Führer, die ihnen Sir Bertram mitgegeben hatte, schienen jeden Stock und jeden Stein zu kennen, und am Nachmittag erreichte der Trupp den Skiddaw-Wald.

Sie passierten einen steilen Bergzug, dessen Gipfel zwischen sechshundert und neunhundert Metern emporragten. Eichen, Eschen und Birken – der Wald bot wenig Abwechslung, selbst das Unterholz war eintönig wie sonst nirgends. Sir John und Jim wurden als Anführer der Expedition von den Pfadfindern darüber in Kenntnis gesetzt, daß der Weg sie um den Blencathra herum- und zwischen dem Berg Knott und dem Großen Calva hindurchführte.

Am Spätnachmittag erreichten sie eine Lichtung, die groß genug für ein Lager war. Auch ein Bach war in der Nähe. Der Grund der Lichtung fiel nach Süden hin ab. Im oberen Teil, fast neben dem Bach, stand eine baufällige, einfache Kate mit nur einem Raum im Innern, vielleicht eine Jagdhütte.

Diese kam natürlich Jim und Sir John zu. Zu Jims Erleichterung roch sie sauber und war nicht voller Unrat und Schmutz, wie das so oft bei Behausungen dieser Art der Fall war. Licht kam nur durch ein paar Spalten in den Holzwänden herein. Die Wände sahen aus, als könnten sie kaum einer lauen Brise widerstehen. Immerhin befand sich an einer Seite eine Feuerstelle mit einem Rauchabzug dicht darüber.

»Wenn Ihr die Aufsicht über unseren Stützpunkt übernehmt, Sir James«, sagte Chandos, während ihre Sachen hereingetragen wurden, »dann werde ich mit einem Dutzend Männern die Grenzen von unserem, wenn ich so sagen darf, Waldgebiet abreiten. Ist Euch das recht?«

»Aber sicher, Sir John.« Jim war heilfroh, aus dem Sattel zu sein. Es war bereits ein Feuer für ihn entzündet und auf eine segeltuchartige Decke waren kaltes Fleisch und Brot gestellt worden, nur für den Fall, daß die hohen Herrschaften Hunger verspürten. Jim wollte endlich allein sein, um nachdenken zu können.

Chandos ritt nicht nur mit dem Dutzend Männer,

sondern auch mit den drei Rittern von dannen. Jim stand vor der Hütte und sah mit einem Anflug von Bewunderung zu, wie die Gruppe unter den Bäumen verschwand. Das paßte zu Chandos, zuerst die unmittelbare Umgebung zu untersuchen, damit er im Falle eines Kampfes auf alles vorbereitet wäre.

Langsam wandte Jim sich zur Tür seiner Behausung um. Das Feuer brannte, und der Bewaffnete, der als persönlicher Diener von Sir John fungierte, war gegangen, nachdem dieser keinen Wunsch mehr hatte. Sogar der Rauch verhielt sich äußerst zuvorkommend und zog tatsächlich durch das dafür vorgesehene Loch ab, da der Wind aus der richtigen Richtung blies und für den notwendigen Luftzug sorgte.

Dennoch blieb Jim im Türrahmen stehen. Chandos war ein überaus fähiger Anführer, da wollte Jim nicht gern wie ein Amateur wirken. Er wandte sich wieder der freien Fläche in der Mitte der Lichtung zu.

»Dagget!«

»Ja, M'lord«, ertönte ein leicht heiserer Bariton rechts hinter ihm. Jim drehte den Kopf und blickte in ein braunes Gesicht, das durch eine fürchterliche Narbe, die von der rechten Stirn des Mannes über die gebrochene Nase bis hinunter zur linken Wange verlief, höchst verwegen und gefährlich wirkte. Jim konnte sich nicht vorstellen, wie Dagget eine solche Wunde überlebt hatte. Dagget war ein untersetzter Mann in mittleren Jahren. Er ging jetzt um Jim herum, um ihm von Angesicht zu Angesicht gegenüberzustehen.

Auch Chandos hatte seinen Knappen nicht mitgebracht, aber Dagget schien all dessen Pflichten übernommen zu haben sowie die des Obersten der Truppe.

»Hat M'lord Befehle für mich?«

»Ich wünsche die Männer zu sehen, die du als Wache aufgestellt hast.«

»Folgt mir mir bitte, M'lord.«

Die fünf Posten waren im Wald um die Lichtung verteilt. Nachdem Jim die Wachen mit – wie er hoffte – ritterlichem Interesse geprüft hatte, kam er zurück und entließ Dagget.

Endlich seiner Pflichten ledig, betrat Jim die Hütte und goß sich Wein ein. Er machte es sich auf seinem Gepäck gemütlich. Einen Teil davon hatte er gegen die Wand gelehnt, so daß er eine weiche Rückenstütze besaß.

Jim hatte schon auf dem Ritt hierher über Carolinus' rätselhafte Worte nachgedacht, aber seine Gedanken drehten sich im Kreis. Er konnte sich nicht vorstellen, was er mit dem König von England oder der Magierin KinetetE zu tun haben könnte.

Magie Zieht – das waren die letzten Worte des Magiers gewesen. Aber was bedeuteten sie? Müde ließ Jim seine Gedanken wandern. Plötzlich fiel ihm der alte Aberglaube ein, dem seine Bediensteten verfallen waren: dem *Namensruf*.

Dem Aberglauben gemäß würde man von einem bösen Wesen heimgesucht, wenn man seinen Namen benutzte. Geschah das auch bei Magie? Wie könnte das gehen?

Carolinus hatte auch über die Zeiten gesprochen, in denen die Magie nicht für den Magier arbeitete. Also was war es, das die Magie ziehen konnte, wenn man keine Magie *hatte*?

Nun, wenn ein Magier keine eigene Magie hatte, könnte jemand anders noch welche haben… er erinnerte sich daran, daß er bei seiner Unterweisung in der magischen Kunst gelernt hatte, das komische Gefühl in seinem Geist zu verstehen, das ihm *mitteilte*, wenn seine Magie arbeitete.

Könnte er es auch spüren, wenn die Magie eines anderen eingesetzt wurde? Vielleicht konnten erfahrene

Magier irgendwie spüren, wenn Magie gewirkt wurde. Wäre das vielleicht nur in der Nähe der magischen Quelle der Fall? Oder könnte man sie von überallher spüren?

Jim erinnerte sich jetzt auch an die Zeiten, in denen Carolinus ihn bei ihren magischen Gesprächen über einige Entfernung davor gewarnt hatte, daß andere zuhören könnten. Demnach konnten Magier also den Einsatz von Magie durch andere Magier durchaus bemerken.

Aber was hatte das mit ihm zu tun?

Oder drehte es sich statt dessen um KinetetE, die Carolinus auch erwähnt hatte? Jim gefiel die Idee nicht, sich mit ihr in Verbindung zu setzen.

Er hatte sie nur einmal gesehen, als sie als eine Art Beobachterin bei einem magischen Duell fungierte, an dem Carolinus teilgenommen hatte. Das Duell hatte damals stattgefunden, weil ein gewisser östlicher Magier gegen Jims Einsatz von Hypnose in seiner Magie protestiert hatte.

KinetetE schien eine sehr bemerkenswerte Frau zu sein.

Da er sie gesehen hatte, sollte er in der Lage sein, sie sich vorzustellen und sie daher mit Magie erreichen zu können –

In diesem Augenblick öffnete sich plötzlich die Tür der Hütte. Jim sah draußen das rote Licht des Sonnenuntergangs, das durch die Bäume drang, und gleich darauf von der Gestalt Chandos' verdeckt wurde, der soeben hereintrat und die Tür hinter sich schloß.

»Es war gut, daß ich vorhin losgeritten bin«, sagte Chandos und trat an Jim vorbei, um sich am Feuer die Hände zu wärmen.

Kapitel 10

MIT DER ABENDDÄMMERUNG fiel die Temperatur so weit, daß Jim dankbar für das Feuer war. Es war zwar noch Sommer, aber sie befanden sich auch im Norden Englands und zudem in einiger Höhe.

Jim folgte Chandos zum wärmenden Feuer.

»Ihr sagtet gerade, daß es ganz gut gewesen sei, daß Ihr vorhin losgeritten seid, Sir John.« Jim sah Chandos über die Feuerstelle hinweg an.

»In der Tat!« Chandos blickte von den flackernden Flammen hoch. Dies war ein ganz anderer als der höfische Chandos, den Jim bisher kennengelernt hatte. »Unsere Störenfriede sind bereits da. Wenn ich nicht darauf bestanden hätte, den Umkreis unseres Lagers abzureiten, hätten wir das nie erfahren. So konnten wir sie ausspionieren. Offenbar denkt die Person, die sie anführt, so ähnlich wie Sir Bertram, da sie ihr Lager fast an der gleichen Stelle aufgeschlagen haben. Sie sind weniger als einen Kilometer von uns entfernt.«

»Wie sind sie so schnell hierhergekommen?«

»Ich will verdammt sein, wenn ich das weiß! Meiner neuesten Kenntnis zufolge hatten sie sich noch nicht einmal formiert. Wenn man bedenkt, wie ihr Lager aussah, müssen sie sich schon vor einer Woche gesammelt haben. Ich habe keine Ahnung, ob sie schon vollzählig sind.«

Chandos zuckte mit den Schultern. »Wir handeln am besten schnell. Im Augenblick haben sie ungefähr genauso viele Männer, vielleicht ein paar mehr. Aber zehn von denen sind Ritter, und jeder hat wahrscheinlich wenigstens einen Knappen dabei. Damit sind bei denen zwanzig Männer daran gewöhnt, die schwere Lanze im Kampf zu führen, oder haben das wenigstens trainiert. Wir sind nur zu zweit, dazu noch drei junge Ritter ohne Kampferfahrung und keinerlei Knappen – obgleich Dagget so gut wie einer ist.«

Chandos füllte seinen Weinbecher nach. »Auf der anderen Seite sind meine Bewaffneten durchaus erprobt und haben auch Erfahrung mit dem Kampf zu Pferd. Die besten können mit uns eine Front bilden. Ich konnte bei den im gegnerischen Lager aufgestellten Schilden keine besonders angesehenen Wappen entdecken – abgesehen von dem Eures Freundes Brian.«

»Brian?« fragte Jim erstaunt nach. »Er kann noch nicht hier sein. Er hat meine Burg noch einen Tag bevor ihr nach Malencontri kamt besucht. Habt Ihr ihn gesehen?«

»Nein«, antwortete Chandos knapp. »Sie haben Zelte, und er war wahrscheinlich drinnen. Aber ich sah sein großes weißes Streitroß bei den anderen Streitrössern stehen. Das Pferd ist unverwechselbar, es ist so viel wert wie ein Lösegeld für einen König. Ich vergesse immer den Namen.«

»Blanchard«, murmelte Jim sofort, während seine Gedanken rasten.

»Daran ist nur unsere Langsamkeit schuld!« sagte Chandos ärgerlich. »Ich hätte ein höheres Tempo anschlagen sollen. Dann hätten wir schon vor zwei, wenn nicht gar drei Tagen hier sein können.«

Sein Blick löste sich von Jims Gesicht, und ohne sich umzudrehen, erhob Chandos plötzlich seine Stimme.

»Dagget!«

Sofort öffnete sich die Tür mit einem Quietschen, und die dunkle, stämmige Gestalt, nur als Schattenriß gegen den Sonnenuntergang sichtbar, stand im Türrahmen.

»Sir John?«

»Wir wollen zu Abend essen!« sagte Sir John und drehte sich immer noch nicht um. »Essen und Trinken!

Und stell uns einen Tisch herein sowie etwas, worauf man sitzen kann.«

»Sehr wohl, Sir John.«

Die Tür schloß sich, und Dagget samt Sonnenuntergang waren wieder verschwunden. Chandos wandte sich vom Feuer ab und ging zu den Speisen – Fleisch, Brot und Wein –, die man schon nach der Ankunft bereitgestellt hatte, hinüber. Er machte sich ein unförmiges Sandwich. Damit kehrte er dann zum Feuer zurück und sah Jim an.

»Dagget reitet schon ein paar Jahre mit mir. Es wird nicht lange dauern, bis der Tisch bereitsteht. Danach können wir reden.«

Das war nicht übertrieben. In überraschend kurzer Zeit saßen Jim und der ältere Ritter auf dicken, dicht gebundenen Astbündeln, über die je zwei Satteldecken geworfen waren, und sahen sich über einen kleinen Tisch hinweg an. Letzterer bestand aus dem schmalen Bett der Hütte, das man auf einige größere Steine gestellt hatte und über das eine weitere Satteldecke gelegt worden war. Zuoberst hatte man noch ein schneeweißes Tischtuch aus dem Gepäck Sir Johns ausgebreitet.

Auf dieser weißen Oberfläche funkelten für jeden ein Silberlöffel und ein Silberbecher, eine Weinkaraffe aus Silber und eine Wasserkaraffe aus dem gleichen Edelmetall, die alle das Wappen Sir Johns trugen. Ferner stand da eine Suppenschüssel aus Steinzeug, die mit einem heißen Schmorgericht gefüllt war, zubereitet aus dem Fleisch und der Brühe, die ihnen von Burg Penrith mitgegeben worden waren, sowie Kräutern aus Daggets persönlichem Vorrat.

Der Hauptgang bestand ebenfalls aus Fleisch, das während des Ritts – in ein sauberes Tuch eingeschlagen – zwischen Daggets Sattel und der Pferdedecke gesteckt und dadurch eine gewisse Zartheit bekommen hatte. Es wurde über einem der Feuer draußen geröstet und in Streifen geschnitten serviert. Das Mahl wurde mit einer Art süßem, heißem Brotpudding mit feinem Safranaroma abgerundet.

»Laßt uns nun reden«, sagte Sir John schließlich, schob seinen leeren Teller beiseite und nahm noch einen Schluck Wein. »Ihr habt keine Einwände dagegen, daß ich den Befehl über das ganze Vorhaben innehabe? Nicht wahr?«

»Vollkommen richtig«, sagte Jim herzlich. Es war eine reine Höflichkeitsfrage. Es wäre lächerlich, wenn ein anderer als Chandos das Kommando bekäme. Nichtsdestotrotz freute Jim sich, gefragt worden zu sein. »Ihr habt mehr Erfahrung als ich wahrscheinlich je haben werde.«

»Gut«, sagte Sir John. »Denn wie ich die Sache sehe, werden wir später keine Zeit mehr haben, darüber zu diskutieren, wer die Befehle gibt.«

Er nahm noch einen tiefen Schluck aus seinem Becher und knallte diesen dann auf den Tisch, bevor er fortfuhr.

»Wie ich die Sache sehe, haben wir ohnehin kaum eine Wahl.«

Jim beobachtete sein Gegenüber aufmerksam. Das flackernde Licht des Feuers zeichnete Linien auf das Gesicht des Ritters. Seine Augen schienen dunkler zu sein und tiefer in den Höhlen zu liegen. Sein Gesichtsausdruck war bemerkenswert ruhig, aber nicht entspannt. Der Höfling hatte seinen Platz dem Kriegskommandanten vollkommen überlassen.

»Aus dem zu schließen, was ich in ihrem Lager sah, könnten sie morgen losreiten und das Unheil anrichten, weswegen sie gekommen sind. Wir haben kaum eine Wahl, als sie sofort anzugreifen, da möglicherweise noch weitere Bewaffnete eintreffen. Abwarten würde unseren Nachteil nur noch vergrößern. Selbst wenn die

Störenfriede keine Verstärkung mehr erhalten, bleiben sie immer noch eine harte Nuß, da, wie ich vermute, wenigstens einige ihrer Bewaffneten kampferfahren sind. Es würde nichts nutzen, Sir Bertram um zusätzliche Männer zu ersuchen. Erstens haben wir dafür keine Zeit und zweitens würde ich keinen von denen wollen, die er eingesetzt hat, um den Besitz meines Lehensherrn Lord Cumberland zu schützen.«

Er hielt inne und lächelte Jim schief an.

»Hattet Ihr die Absicht, mich nach dem Warum zu fragen?«

»Tatsächlich«, sagte Jim, »hatte ich nicht die Absicht. Aber nun würde ich es gern wissen.«

»Ich werde es Euch sagen. Ich weiß, ohne es erst sehen zu müssen, daß die meisten von Sir Bertrams Männern niemals eine Waffe gezogen haben, außer um mit unbewaffneten Leibeigenen, Pächtern und Minenarbeitern zu kämpfen. Ich sehe keinen Fehler darin, daß jemand keine Erfahrung mit den Waffen des Krieges hat. Sehr oft wissen solche Leute heldenhaft zu sterben, insbesondere, wenn sie ihr eigenes Heim, ihre Familie oder ihren Herrn verteidigen. Einige von ihnen ziehen sogar eifriger in den Kampf als manche Kämpen, die schon einmal an einer Schlacht teilgenommen haben. Kein erfahrener Gemeiner geht bereitwillig in den Kampf und setzt sein Leben aufs Spiel.«

Er hielt inne und sah Jim an, als erwarte er eine Entgegnung. Jim nickte. Dem konnte er nur zustimmen.

»Mit dem Adel, also unsereins«, fuhr Chandos fort, »verhält es sich natürlich anders. Dennoch, wenn ein Gemeiner wirklich kämpfen muß, dann verhält er sich oft lobenswert, kämpft mit allen ihm zur Verfügung stehenden Mitteln und all der vorher angesammelten Erfahrung. Daher sind die mit der größten Erfahrung am besten. Aus solchen Männern habe ich meine

Truppe zusammengestellt. Wenn es keinen anderen Weg gibt als zu töten, um nicht selbst getötet zu werden, dann ziehen sie in der festen Absicht ins Feld, aus dem Kampf siegreich hervorzugehen. Darüber hinaus sind die Fertigkeiten, die sie sich in früheren Kämpfen erworben haben, wertvoll. Und schließlich werden sie sich nicht umdrehen und wegrennen, es sei denn, der Kampf ist wirklich verloren.«

Wieder hielt er inne und sah Jim an. Der fühlte sich unbehaglich. Chandos fuhr fort.

»Auch gilt das nicht nur für die Gemeinen. Ihr, Sir James, habt es vielleicht schon selbst gesehen. Es gibt, Gott ist mein Zeuge und Anwesende natürlich ausgeschlossen, auch unter edlen Herren Feiglinge und Verräter. Selbst König Artus hatte solche in seiner Tafelrunde sitzen. Ihr werdet Euch erinnern, daß am Ende Sir Parzival alle beschämt hatte, indem er so lebte, wie ein Ritter leben sollte, und dafür schenkte Gott ihm eine Vision des Heiligen Grals. Aber ich fürchte, ich schweife ab.«

»Macht doch nichts, Sir John«, sagte Jim. »Wir haben den ganzen Abend Zeit.«

»Vielleicht nicht«, widersprach Chandos. »Es wäre vermutlich klug, früh schlafen zu gehen, da wir morgen vor Tagesanbruch aufstehen müssen. Es ist meine feste Überzeugung, daß wir bei dem, was wir tun müssen, keine Wahl haben. Wir müssen das Lager der Widersacher gleich bei Sonnenaufgang mit unserer ganzen Streitmacht angreifen, bevor sie noch kampfbereit sind, damit wir mit der Überraschung ihre größere Zahl aufwiegen können.«

»Können wir uns überhaupt so leise nähern, daß sie uns nicht hören?« fragte Jim. »Zudem werden sie doch wohl Wachen aufgestellt haben.«

»Sie werden mit Sicherheit Wachen aufstellen. Aber ich habe Männer, die diese auch im Dunklen finden und ihnen lautlos die Kehle durchschneiden können... Das Ganze ist natürlich nicht narrensicher. Vielleicht übersehen sie einen Posten, oder einer kann noch um Hilfe rufen, bevor er stirbt. Tatsächlich ist es sogar eher wahrscheinlich, daß ein Umstand eintritt, der verhindert, daß uns die Überraschung gänzlich gelingt. So geschieht es immer bei einem Kampf – Ihr mögt alles planen, aber der Zufall wird die Pläne über den Haufen werfen.«

»Was werden wir dann tun?«

»Nur das, wozu wir gekommen sind. Der Warnruf wird dazu führen, daß die echten Krieger im Lager wenigstens bewaffnet und bereit sind, wenn wir anrücken. Wenn sie auch nicht notwendigerweise schon gerüstet und auf dem Pferderücken sitzen. Es ist eher unwahrscheinlich, daß jemand schon gerüstet ist, es sei denn er hatte vor, die Posten zu kontrollieren. Obgleich es welche gibt, die in der Rüstung schlafen können – das würde ich etwa Eurem Freund Brian durchaus zutrauen. Aber ob das Lager alarmiert wurde oder nicht, wir müssen in jedem Fall zuschlagen und jeden Vorteil nutzen, den uns auch eine noch so kleine Überraschung bietet.«

Jim nickte.

»Ihr habt natürlich recht. Es scheint keine andere Wahl zu geben.«

»Ich bin erfreut, das zu hören.« Chandos nahm seinen Becher und leerte den Rest Wein auf einen Zug. »Jetzt sollten wir vielleicht schlafen, da wir morgen frühzeitig bereit sein müssen.«

»Ich sollte noch erwähnen«, sagte Jim hastig, »daß ich durch die Regeln der Magie, unter denen ich lebe, gezwungen bin, auf einer besonderen Matratze auf dem Boden zu schlafen.«

»Natürlich«, antwortete Sir John. »Euer Pflichtgefühl gereicht Euch zur Ehre. Auf jeden Fall scheint es ohnehin nicht der Mühe wert zu sein, den Tisch abzubauen.«

Einmal mehr erhob Chandos die Stimme, ohne sich damit aufzuhalten, den Kopf zur Tür zu wenden.

»Dagget!«

Sofort wurde die Tür geöffnet, und Dagget meldete sich.

»Ja, bitte, Sir John?«

»Zweige als Matratze und einige Pferdedecken für ein Bett für mich! Ich werde wie Sir James auf dem Boden schlafen. Den Tisch brauchen wir morgen früh wieder.«

»Sehr wohl, Sir John.« Die Tür schloß sich.

Passend zu seinem sonstigen höflichen Betragen schnarchte Sir John nicht. Jim, der seinerseits bei Gelegenheit schon beschuldigt wurde, nächtens zu sägen, sah mit Verdruß durch die Dunkelheit zu dem Haufen frischer Birkenzweige hinüber, wo der Ritter zwischen den Decken lag und im Gegensatz zu ihm schlief.

Die Stunden vergingen, das Feuer brannte hinunter, der Raum wurde dunkler, und Jim war noch immer wach. Seine Gedanken kreisten um das, was Carolinus ihm gesagt hatte. Jim hatte das Gefühl, daß er in den Jahren auf dieser Welt bereits übertrieben häufig zur Zielscheibe der Dunklen Mächte geworden war. Könnte dies schon wieder der Fall sein?

So weit Jim es verstanden hatte, waren die Dunklen Mächte eine Art bösartiger Kraft, die dadurch, daß sie sich in die Angelegenheiten der Menschen einmischte, die menschliche Rasse entweder in die Stagnation, in der keine weiteren Fortschritte gemacht werden konnten, oder in ein Chaos von bluttriefender Anarchie und Tod zu treiben.

Manchmal arbeiteten die Dunklen Mächte mit Hilfe unnatürlicher Kreaturen wie Oger, Harpien oder dem Wurm, gegen die Jim mit seinen Kameraden beim Verhaßten Turm gekämpft hatte. Manchmal waren die Werkzeuge der Dunklen Mächte auch Menschen, wie Malvinne, der abtrünnige Magier. Sie hatten sogar versucht, Granfer zu benutzen, die älteste und größte Krake aller Meere. Es gab keine Möglichkeit vorherzusagen, was ihr nächstes Werkzeug sein würde.

Endlich, als die Nacht schon fast vorbei schien, fiel Jim in den langersehnten Schlaf.

Jim war sich nicht sicher, wie der Traum begonnen hatte, aber er konnte sich hinterher nur zu gut an den Teil erinnern, in dem Angie und er Hand in Hand einen schmalen Korridor entlangrannten, in dem es keine Deckung gab und ein Tornado auf sie zukam. Plötzlich bewegte sich der Boden unter ihnen, die Wände kamen auf sie zu und stürzten auf sie nieder. Er und Angie wurden unter dem tödlichen Gewicht der Steine in totaler Finsternis begraben.

Sie konnten sich nicht bewegen. Sie konnten nicht atmen. Das letzte, woran er sich erinnerte, war Angies Hand, die herumtastenden Fingerspitzen, die sich streckten und seine berührten. Ihre Finger umschlossen einander, und dann wurde das letzte bißchen Leben in ihnen ausgelöscht.

Jim saß kerzengerade im Bett und hustete. Die Hütte stand voller Qualm. Er verspürte das unbändige Verlangen zu husten, aber er schien dafür nicht mehr genug Luft zu haben. Jim kämpfte sich auf die Füße und stolperte blindlings in die Richtung, in der er die Tür vermutete. Er tastete sich an der Wand entlang, bis er die Tür endlich fand, fiel halb nach draußen und stolperte ein paar Meter weiter, bevor er anhielt.

Plötzlich merkte er, daß er den Alptraum hinter sich gelassen hatte. Er stand draußen im stockdunklen Wald, der nur ein wenig von einem kleinen Feuer in der Mitte der Lichtung erhellt wurde, neben dem Chandos mit einem der jungen Ritter stand. Die beiden waren voll gerüstet, und sechs Bewaffnete standen in der Nähe. Diese drehten sich jetzt alle um und sahen Jim an. Der mittlerweile starke Wind trug den feuchten Geruch des nahenden Morgens mit sich.

»Sir James!« sagte Chandos. »Ich hätte wissen können, daß Ihr von allein aufsteht, ohne geweckt werden zu müssen. Habt Ihr bemerkt, wie der Wind sich gedreht hat?«

Ohne auf Jims Antwort zu warten, wandte Chandos sich wieder dem jungen Ritter zu, den Jim jetzt als Sir William Blye erkannte.

»Ihr seht, Sir William«, sagte Chandos, »daß ein guter Ritter am Morgen eines Kampfes nicht geweckt zu werden braucht.«

Sir William blickte zu Boden. Chandos wandte sich wieder Jim zu. »Aber Sir James! Ihr werdet Euch erkälten, wenn Ihr am Morgen so leicht bekleidet seid. Kommt wenigstens ans Feuer. Und du, Dagget, geh jetzt mit diesen Männern.«

Sir William entfernte sich ebenfalls, und Jim ging zum Feuer. Die einzigen Orte, an denen es hier warm war, waren die Hütte, in die aber der Wind den Rauch hineingedrückt hatte, und das Feuer vor ihm. Dieses Feuer stellte ihn nicht wirklich zufrieden, aber es war gekonnt entfacht worden. Die Flammen loderten nicht heller als nötig, und Jim konnte die Wärme genießen, da das Feuer kaum qualmte.

Kapitel 11

DAS FEUER WAR SCHON FAST zu vielversprechend. Die züngelnden Flammen, die Helligkeit und Wärme verhießen, zogen Jim an wie ein Magnet. Es dauerte jedoch nicht mehr als ein paar Sekunden, bis er wieder sehnsüchtig an die Hütte dachte, auch wenn sie voller Rauch war. Besser zu ersticken als auf einer Seite gebraten zu werden und auf der anderen zu gefrieren. In der schwachen Hoffnung, daß sich der Wind soweit gedreht hatte, daß der Rauch nicht mehr über den Abzug in die Hütte getrieben wurde, sah er sich um.

Die Windrichtung war leider noch dieselbe. Aber Jim hatte die Hüttentür offen stehen lassen, und jetzt zog der Rauch aus der Hütte. Die Luft wurde schnell klarer.

»Beim heiligen Georg«, sagte Chandos und drehte sich um, nachdem er Dagget und seinen Männern beim Aufbruch zugesehen hatte. »Das wird heute ein kalter Tag.«

Befriedigt atmete er tief ein.

»Ein guter Tag für uns. Ich fühle es in meinen Knochen. Aber, Sir James, ich würde vorschlagen, daß Ihr keine Zeit mehr verschwendet und Euch ankleidet und bewaffnet. In der Zwischenzeit werden wir das Feuer mit Erde löschen. Am Himmel wird es bald licht, und wir wollen nicht, daß die Feinde den Rauch unseres Feuers aufsteigen sehen. Schließlich sind sie weniger als einen Kilometer entfernt. Ich schicke Euch einen Mann, der Eure Sachen packen und aufs Packpferd laden kann, wenn Ihr es wünscht.«

»Das wäre sehr freundlich«, sagte Jim fröstelnd.

Jim mußte sich bremsen, um nicht zum Schutz der Hütte und den dort wartenden warmen Sachen zurückzurennen.

Zusammen mit dem Rauch war auch die Erinnerung an den Alptraum fast verschwunden. Jim merkte, als er Gorp nach dem hastigen Genuß eines Bechers Wein und von etwas kaltem Fleisch bestieg, daß der Alpdruck, der ihn geweckt hatte, nicht länger auf seiner Brust lastete. Jetzt, mit klarem Kopf, sagte sich Jim, daß die Ursache für den schlimmen Traum wohl die uneingestandene Angst vor dem war, was heute morgen geschehen könnte.

Er würde sich dem Kampf viel lieber stellen, wenn Brian an seiner Seite ritte, trotz Chandos' Waffenfertigkeiten und seinen außerordentlichen Fähigkeiten als Anführer. Brian würde sich wenigstens darum sorgen, wie es Jim im Kampf erginge. Jim fühlte sich allein und verlassen.

Als Sir John über die Denkweise der kriegserfahrenen Gemeinen gesprochen hatte, war sich Jim bewußt gewesen, daß er nicht zu jener Klasse gehörte und hatte deswegen sogar Schuldgefühle verspürt. Im Gegensatz zu Chandos, zu Brian und zu jedem anderen Ritter, den er bis jetzt kennengelernt hatte, war Jim nicht besessen vom Kampf – im Gegenteil, er war bereit, sehr viel zu tun, um einen solchen zu vermeiden. Im Unterbewußtsein fürchtete er das Schlimmste, und sein schlafender Geist hatte diese Furcht in den schlimmstmöglichen Alptraum verwandelt, einen Traum, in dem er keine Überlebenschance hatte – und Angie auch nicht.

Vorsichtig suchten sie sich einen Weg durchs Unterholz zu ihrem Ziel. Jedes Kriegsroß wurde von einem Bewaffneten am Halfter geführt, um so wenig Lärm wie möglich zu verursachen. Chandos hatte seine Streitmacht in drei Gruppen aufgeteilt. In der Mitte waren Jim und Chandos selbst, flankiert von den drei jungen Rittern und jenen Bewaffneten, die Erfahrung im Kampf mit dem schweren Speer besaßen.

Auf beiden Flanken ritten Bewaffnete, die leicht gerüstet waren und Speere führten. Ihre Aufgabe war, die Feinde in die Zange zu nehmen. Jim, Chandos und ihre Leute hingegen sollten sich den schwer gerüsteten, berittenen Gegnern stellen. Das Gepäck und die Reitpferde hatte man unbeaufsichtigt im Lager zurückgelassen, jeder Soldat war mit von der Partie.

Dagget und die anderen, die vorausgeschickt wurden, um die Wachen auszuschalten, sollten auch einen Blick auf das feindliche Lager werfen und danach Bericht erstatten, ob die Gegner noch schliefen oder ob ein Teil der Streitmacht wach und bewaffnet war und somit einen Angriff zurückschlagen konnte.

Nach Chandos Ansicht war letzteres aber eher unwahrscheinlich, da die Gegner selbst angreifen wollten und keinen Angriff auf sich erwarteten. Doch der erfahrene Ritter ging kein Risiko ein.

Sie rückten langsam und vorsichtig vor. Dennoch erschien es Jim, als näherten sie sich dem feindlichen Lager viel zu schnell. Er hatte sich mit dem Kommenden abgefunden, aber das hastig heruntergeschlungene Essen und der Wein lagen schwer in seinem Magen. Selbst jetzt, unter all seiner dicken Kleidung und der Rüstung, fühlte er die Kälte in sich.

Jim hatte sich bereits früher in seiner menschlichen Gestalt Kämpfen gestellt, aber niemals gegen berittene und kampfbereite Feinde. Schon bei der Vorstellung krampfte sich sein Magen zusammen. Der Wald roch nach feuchter Erde und nassem Holz. Es mußte in der Nacht geregnet haben. Jetzt sollten sie bereits nah am Feindeslager sein.

Plötzlich erschien Dagget unmittelbar vor den Nüstern von Chandos' Pferd. Sir John hob seine Hand. Der Himmel hatte sich bereits so weit erhellt, daß die Leute einander über kurze Strecken erkennen konnten. Das Handzeichen wurde nach rechts und links weitergegeben, so daß die gesamte vorrückende Streitmacht anhielt.

»Vier Männer standen Wache, ungefähr einen halben Bogenschuß vor dem Lager«, berichtete Dagget Sir John. »Einer schlief sogar. Sie wurden alle erschlagen. Wir gingen zum Lager, dort schlafen sie noch, jedenfalls so weit wir es erkennen konnten. In die Zelte konnten wir ja nicht schauen, M'lord.«

Chandos blickte zum rasch heller werdenden Himmel.

»Wir verlieren besser keine Zeit. Bald werden die ersten von ihnen aufstehen, um die Feuer zu entzünden und das Essen vorzubereiten.«

Chandos gab das Signal zum Vorrücken. Erneut wurde das Handzeichen längs der Reihe weitergegeben, und alle setzten sich in Bewegung.

Die rauhe Morgenbrise hatte erneut die Richtung geändert und blies ihnen nun ins Gesicht. Vom Lager drang der Geruch nach Rauch zu ihnen. Jims Visier war noch immer offen, wie auch das von Chandos und den Rittern.

Seltsamerweise beruhigte das Jim. Sie hatten wenigstens noch ein paar Augenblicke, bevor sie auf den Feind trafen. Er versuchte, in dem Gedanken Trost zu finden, daß an seinen Seiten kräftige und erfahrene Kämpfer ritten. Statt dessen überfiel ihn nun die Sorge, er könne seine Mitstreiter enttäuschen, indem er sich feige zeigte, im Kampf zurückhielt oder gar im entscheidenden Augenblick floh. Auch der verbotene Gebrauch von Magie im Kampf wäre in ihren Augen ein unverzeihlicher Frevel.

Nein, er würde sich schon wacker halten, sagte er sich immer wieder. Die düsteren Gedanken rührten nur von dem kalten, dunklen Morgen her und der Anspannung, die der bevorstehende Kampf verursachte, bei dem er, genau wie die anderen, innerhalb der nächsten Stunde sterben konnte.

Mittlerweile wurde der Geruch nach Rauch stärker. Chandos klappte nun sein Visier herunter, die drei jungen Ritter und Jim folgten diesem Beispiel. Er hatte immer ein wenig unter Klaustrophobie gelitten, und nachdem er das Visier geschlossen hatte, schien es ihm, als werde sein Helm enger. Jim hatte Mühe zu atmen und glaubte, wieder den Rauch in der Hütte zu riechen. Aber in diesem Augenblick trieb Chandos sein Pferd an, und seine Stimme wurde lauter.

»Also los, meine Herren!« rief er. »Bis jetzt waren wir leise, aber nun nicht mehr. Jetzt reiten wir!«

Er ließ sein Pferd traben. Die anderen folgten, und auch Gorp verfiel von selbst in Trab, ohne auf den Schenkeldruck Jims zu warten, um mit den Tieren neben ihm Schritt zu halten. Die Männer, die die Pferde am Zügel geführt hatten, waren verschwunden.

Die Bäume standen lichter. Aus dem Trab wurde Kanter. Alle hoben ihre Schilde und legten die Lanzen an. Vom Kanter gingen sie in den Galopp über.

Sie brachen wie ein Sturmwind auf die Lichtung.

In wenigen Sekunden nahm Jim die Szenerie in sich auf. Die Lichtung ähnelte der, auf der sie ihr Lager aufgeschlagen hatten. Auch hier floß ein Bach. Daneben standen die Zelte aufgereiht, und davor flatterten die Wimpel im Wind. Ein paar Gestalten, wohl Bewaffnete, die gerade bei der Morgentoilette waren oder das Frühstück vorbereiteten, blieben wie angewurzelt stehen und wandten sich um.

Aus dem Lager ertönten Rufe. Die Männer außerhalb der Zelte zogen Schwerter, um sich den Angreifern entgegenzustellen, oder wirbelten herum, rannten davon und wurden dabei niedergeritten oder aufgespießt. Innerhalb eines Sekundenbruchteils waren Chandos und seine Leute schon bei den Zelten angelangt. Einige Zelte wurden von den Pferden niedergetrampelt, aus einem anderen kam ein Mann herausgestürmt; ohne Rüstung, aber mit einem Breitschwert in der Hand, erschien er plötzlich vor Jim und Gorp. Das Roß stieg vor Schreck auf und schlug mit seinen Vorderhufen aus.

Der Mann ging zu Boden. Jim galoppierte ums Zelt herum, während ein anderer Bewaffneter mit aufgepflanzter Lanze geradewegs darauf zuritt. Das Zelt brach zusammen, als Jim es umrundet hatte. Aus den anderen Zelten stürmten weitere Männer, einige trugen einen Teil ihrer Rüstung – einen Helm, vielleicht einen Schild – andere nichts als ein Schwert. Jims schwankende Lanzenspitze verfehlte alle, die seinen Pfad kreuzten. Urplötzlich hatte er die Lichtung hinter sich, ritt in den Wald und versuchte, Gorp zum Halten zu bringen.

Das Pferd lief noch ein wenig weiter, bevor es endlich stehenblieb. Es schnaubte und rollte mit den Augen, entweder aus Furcht oder vor Aufregung. Schließlich schaffte es Jim, Gorp zu wenden. Auch andere Reiter waren bis in den Wald galoppiert und rissen nun ihre Tiere wieder herum. Unter ihnen war auch Chandos.

»Für Chandos!« schrie Sir John. Jim und die anderen schlossen zu ihm auf. »Mit mir zur Lichtung! Bildet eine Linie!«

Das mit der Linie war nicht leicht. Sie mußten den Bäumen ausweichen, behinderten sich gegenseitig und machten Bekanntschaft mit tiefhängenden Ästen. Infolgedessen waren etliche Flüche zu hören.

»Still!« brüllte Sir John. »Für Chandos! Für Chandos! Hierher, zu mir!«

Langsam nahm die Linie nun doch Gestalt an. Das Fußvolk war im Schutz der Bäume um die Lichtung herum gerannt und tauchte jetzt wieder hinter den Pferden auf. Die Linie rückte auf die Lichtung vor. Mittlerweile stand die Sonne über dem Horizont, war aber noch von den Bäumen verdeckt. Der Himmel war blau, abgesehen von ein paar Wolken im Westen.

Chandos hatte sein Visier geöffnet, damit man ihn hören konnte. Jim hatte seins ganz automatisch bereits einige Zeit vorher hochgeschoben. Er konnte sich gar nicht daran erinnern. Die meisten Visiere waren offen, die Gesichter der Reiter schweißbedeckt und gerötet.

»Sie formieren sich!« war die leise Stimme eines gepanzerten Reiters zu Jims Linken zu hören.

Irgendwie hatten die Männer aus den Zelten es in den wenigen Sekunden, in denen Chandos und seine Männer sich wieder formierten, geschafft, sich teilweise oder gar komplett zu rüsten und die Streitrösser zu besteigen. Sie bildeten auf der anderen Seite der Lichtung eine Linie.

Die gegnerische Linie ähnelte ihrer eigenen. Die schwer bewaffneten und gerüsteten Reiter befanden sich in der Mitte, und an den Flügeln standen die leichter gerüsteten Männer mit den leichten Lanzen. Einige Gemeine brachten ein paar Panzerreitern die Pferde und halfen beim Aufsitzen.

Chandos ließ dem Gegner Zeit, sich zu formieren. Die Truppe war bereit und wartete gespannt auf das Zeichen zum Angriff.

»Jetzt!« schrie Chandos, als die letzten in den Sattel stiegen. »Bleibt in der Linie! Im Schritt zum offenen Feld! Los!«

Sie rückten vor. Sie ritten in einem leichten Bogen nach links zur freien Fläche hinüber, wo keine Zelte standen. Ihre Gegner bewegten sich entsprechend, so daß sie sich schließlich wieder gegenüberstanden. All das ging langsam und bedächtig vonstatten.

Jim zog einen Handschuh aus, um das schweißnasse Gesicht abzuwischen. Er fühlte, wie Schweißperlen seinen Nacken hinunterrannen und von dem wattierten Rock unter seinem Panzer aufgesogen wurden. Beide Seiten verharrten vollkommen bewegungslos und starrten sich an.

Chandos ritt eine Pferdelänge vor und musterte die Linie von einem Ende zum anderen.

»Bleibt auf einer Höhe!« rief er den wartenden Reitern zu. »Achtet auf den Abhang zur Rechten, aber ballt euch nicht links zusammen!«

Auf der anderen Seite rief eine stämmige, gepanzerte Gestalt den Reitern seiner Linie etwas zu. Chandos nahm wieder seinen Platz neben Jim ein. Der stämmige Mann hatte seine Ansprache ebenfalls beendet und reihte sich unter seine Männer ein.

Einen Augenblick lang geschah nichts, und gerade da erkannte Jim Brians farbenprächtiges Wappen auf einem Schild.

Jims Atem stockte. Stand Brian ihm genau gegenüber? Gleich neben dem stämmigen Ritter, so wie Jim neben Chandos? Nein, sein Freund stand drei Plätze außerhalb der Linie, wie Jim mit Erleichterung bemerkte.

Beim Vorstoß auf das Lager hatte Jim kaum noch an Brian gedacht, und wenn doch, dann hatte er gehofft, daß sich sein bester Freund doch nicht unter den Feinden befände. Jetzt aber gab es keinen Zweifel mehr. Brian war keine hundert Meter entfernt. Er hatte sein Visier unten und die Lanze bereit. Aber, dem Himmel sei Dank, sie mußten nicht gegeneinander kämpfen. Brian würde mit Sicherheit seinen Gegner schlagen. Und Jim brauchte nichts zu tun, als die Lanze festzuhalten und hinter dem Schild in Deckung zu gehen. Dann hatte er eine gute Chance, das Ganze unbeschadet zu überstehen.

Die Ruhe vor dem Sturm war vorüber. Chandos wechselte den Platz, so daß er jetzt dem feindlichen Kommandanten gegenüberstand. Sir John hob den Arm und deutete dann energisch nach vorn. Der gegnerische Anführer tat desgleichen.

»Für Chandos! Für Chandos!« schrie Sir John, und sein Pferd machte einen Satz nach vorn. Die anderen Tiere in der Linie und auch Gorp folgten. Die Pferde verfielen rasch über den Trab in den Kanter und dann in den Galopp. Jim brachte seine Lanze nach vorn, kreuzte in Gedanken die Finger und flog auf die gegnerische Linie zu – und die auf ihn, da beide Seiten nun in vollem Galopp ritten.

Jim kam eine schmächtige, gepanzerte Gestalt entgegen, deren Lanze hin und her schwankte, auch wenn sie aufrecht gehalten wurde. Diese Gestalt befand sich mehrere Reiter rechts neben Brian, der jetzt seinen Schild erhoben hatte. Nun brachen die Linien auseinander, da die Pferde unterschiedlich schnell waren. Gorp wurde vom Pferd neben ihm nach links abgedrängt.

Jim brauchte eine Weile, bis er die Bedeutung dessen erkannte. Alle Pferde zu seiner Rechten versuchten nach links zu gelangen – weg vom Abhang, vor dem Chandos gewarnt hatte.

Es hatte keinen Sinn, Gorp gegen die anderen Tiere zu drängen. Aber Jim bemerkte zu seinem Schrecken, daß er mit jeder Sekunde mehr auf eine Linie mit Brian kam.

Verzweifelt versuchte Jim, Gorp nach rechts zu lenken, aber er war zwischen den Pferden, die ihn flankierten, beinahe eingeklemmt. Gorp mühte sich ohne Erfolg zu gehorchen.

Die Linien kamen nun schnell aufeinander zu, und Jim stellte mit Erleichterung fest, daß er nicht auf Brian, sondern auf den Mann daneben treffen würde. Jener Krieger war den anderen voraus, und Gorps Versuch, Jims Befehl zu befolgen, hatte zumindest bewirkt, daß er aus der Linie nach vorne gedrängt worden war.

Jim senkte seine Lanze, hielt sie locker und wartete ab. Im letzten Augenblick griff er sie mit all seiner Kraft.

Die beiden Männer trafen – fast wie bei einem ritterlichen Duell – aufeinander.

Jim war schon früher in Handgemenge geraten, und vom Sport wußte er, was für eine Gewalt im Aufeinanderprallen menschlicher Körper liegen konnte. Aber diesmal war es, als ob man Jim gegen eine Klippe geschleudert hätte. Brian mußte Jims Schild erkannt haben und hob nun seine Lanze, um seinen Freund auch nicht versehentlich zu verletzen. Das nahm Jim aber nur am Rande wahr.

Im Augenblick des Aufpralls fühlte Jim, wie seine Lanze zur Seite glitt. Sein Gegner hielt den Schild geneigt, so daß die Waffe abrutschte. Brian hatte versucht, Jim diesen Trick beizubringen. Jims Lanzenspitze flog zur Seite, Gorps Schulter traf das gegnerische Pferd in die Rippen und warf es von den Hufen. Jims Ellbogen schlug gegen den Helm seines Gegners, als dieser fiel.

Jims Lanzenspitze gelangte hinter Brians Schild und drang, durch das Gewicht von Roß und Reiter getrieben, durch seine Rüstung und in den Körper ein. Brian hielt sich mit einer Hand im Sattel, aber nur einen Wimpernschlag später gingen er und Blanchard zu Boden. Gorp stolperte über Blanchard, und Jim wurde aus dem Sattel geschleudert.

Der Aufprall auf den Boden war sogar noch härter als der gegen den gegnerischen Ritter. Jim spürte ihn dennoch kaum; nur Brian war in seinen Gedanken.

Als Jim sein Visier hob, sah er, daß er auf dem Boden neben Brian lag und das abgebrochene Ende seiner Lanze aus Brians Oberkörper ragte. Neben ihnen kämpften sich Blanchard und Gorp auf die Hufe. Aus dem Augenwinkel sah Jim einen gepanzerten Reiter auf sich zukommen. Der hielt zwar keine Lanze, hatte aber das Schwert zum Schlag hoch erhoben.

Instinktiv setzte Jim in diesem Augenblick seine Zauberei ein. Er ignorierte alle Regeln der Magie und der Ritterlichkeit, die verlangten, daß ein Magier keinen Vorteil gegenüber einem nichtmagischen Gegner haben sollte, und warf hastig einen Schutz über sich und Brian. Aber die heranreitende Gestalt erreichte sie nie, da das Pferd auswich, als Blanchard zum Angriff überging.

Blanchard, das besttrainierte und stärkste Streitroß, das Jim je gesehen hatte, war offensichtlich wütend. Die Instinkte trieben es dazu, seinen am Boden liegenden Herrn zu beschützen. Als der Schwertkämpfer an ihm vorbeiflog, wandte das Pferd seine Aufmerksamkeit Jim zu, der über Brian gebeugt stand.

Der große, weiße Hengst war ein gutes Streitroß. Er erhob sich auf seine Hinterbeine und griff mit Hufen und Zähnen den Feind an, der Brian am nächsten war. Jim war zwar unter dem Schutz sicher, duckte sich aber doch. Enttäuscht darüber, seinen Feind nicht erreichen zu können, wandte sich Blanchard Gorp zu, der daraufhin ebenfalls stieg. Wiehernd traten und bissen die zwei Hengste einander. Jim griff im verzweifelten Versuch, sie zu trennen, wieder auf Magie zurück und versetzte Blanchard auf die Lichtung, auf der sie letzte Nacht gelagert hatten.

Gorp, der sich plötzlich ohne Gegner fand, schaute sich verwundert um. Jim sah einen weiteren Reiter auf sich zukommen, der aber von einem anderen Kämpen abgefangen wurde. Die Schlacht hatte sich zu einer Reihe von Zweikämpfen zwischen den Reitern gewandelt; die gemeinen Fußsoldaten umringten lediglich die Kämpfenden. Für Jim schienen das aber nichts als wirre Wirbel zu sein, die sich größtenteils hangabwärts bewegten.

Jims erster Gedanke war, daß er seinen Freund getötet hatte. Brian bewegte sich nicht, und seine Augen waren geschlossen. Jim wußte, daß er seinen Freund von hier wegschaffen mußte. Er griff zu dem Lagerfeuer hinaus, wo er heute morgen neben Chandos gestanden hatte, und plötzlich waren sie da. Die Erde, mit der man das Feuer gelöscht hatte, war noch immer warm, und Rauchwölkchen stiegen aus ihr auf. Blanchard, die bereits hier war, griff Jim nochmals an, aber der Schutz wirkte noch immer.

Hinter Blanchard konnte Jim die Reitpferde sehen, die zurückgelassen worden waren, als der Trupp in den Kampf zog. Jetzt wußte Jim, was er vergessen hatte, griff zum Kampfplatz und holte sein eigenes Streitroß Gorp.

Jim warf seinen Helm zu Boden und richtete die Aufmerksamkeit nun auf Brian. Aber Brian lag still und antwortete ihm nicht.

Jim wußte nicht, ob er stark genug wäre, die Lanze aus Brians Körper zu ziehen. Er konnte sich nicht mal erinnern, ob die Lanze Widerhaken hatte oder nicht. Sein Magen krampfte sich beim Gedanken zusammen, die Spitze aus dem Fleisch seines Freundes ziehen zu müssen. Dumpf hörte er Carolinus' Stimme im Hinterkopf, die ihn daran erinnerte, seine magische Energie zu sparen.

»Zum Teufel damit!« fluchte er. Wenn er das Lanzenstück mit der Hand herauszöge, würde er Brian gewiß noch mehr verletzen. Er begann, sich einen Prozeß vorzustellen, der die Lanzenspitze magisch entfernte.

Seine innere Anspannung erschwerte auch dies, aber schließlich nahm die Vorstellung in seinem Kopf Gestalt an. Er visualisierte, wie sich die Lanzenspitze und der Schaft auflösten, zusammen mit allem, was mit in die Wunde gezogen worden sein mochte, damit nicht die leiseste Infektionsquelle zurückbleiben würde, und neben Brains Körper wieder Gestalt annahmen. Jim sah, wie die Blutung nachließ und die Wunde sich schloß. Und so wie er es sich in seinem Geist vorgestellt hatte, geschah es dann auch. Plötzlich lag die blutbeschmierte Lanze neben dem immer noch bewegungslosen Brian.

Jim benutzte die gleiche Technik, um Brians Rüstung zu entfernen, und schnitt dann mit einem Dolch seine Kleidung auf. Die Wunde war als rosafarbene Linie auf Brians Brust sichtbar. Sie blutete nicht länger, aber viel Blut hatte die Wattierung unter der Rüstung getränkt, und auch auf dem Boden hatte sich eine Lache gebildet.

Jim legte das Ohr auf die Brust seines Freundes. Brians Herz schlug – langsam, aber kräftig. Er war immer noch bewußtlos, aber das konnte auch am Schock liegen. Jim hatte alles für ihn getan, was er mit seinem begrenzten Wissen von der Magie tun konnte.

Er erinnerte sich an ein früheres Abenteuer, als Dafydd so viel Blut verloren hatte. Als sie von Frankreich nach England zurückkehrten, wurden sie von dem Piraten Bloody Boots angegriffen. Carolinus hatte den Bogenschützen heilen können, nur gegen den Blutverlust konnte er nichts ausrichten. Aber dann hatte Jim einen Weg gefunden, Dafydds Blutgruppe zu bestimmen und einen passenden Spender zu finden, so daß Carolinus mit Hilfe der Magie Dafydd eine Bluttransfusion geben konnte.

Jim wäre jetzt vielleicht auch dazu in der Lage, aber sie waren weit entfernt von Malencontri, dem einzigen Ort, wo der geschwächte Brian die notwendige Pflege erhalten konnte.

Jim dachte nach, aber er war selbst sehr erschöpft, weniger physisch als psychisch. Der Einsatz von Magie stellte offensichtlich in jeder Hinsicht eine Belastung dar. Er hatte niemals zuvor so viel und so intensiv gezaubert. Er dachte darüber nach, was er unbedingt als nächstes tun mußte, aber ihm fiel nichts ein. In seinem Kopf drehte sich alles. Noch einmal legte er das Ohr an Brians Brust. Das Herz schlug genauso stetig wie zuvor. Diese Versicherung hatte Jim dringend gebraucht.

Während er noch darüber nachdachte, wie er Brian in Sicherheit bringen konnte, schlief er ein. Einer seiner Arme lag über Brians Brust, so daß er aufwachen würde, wenn sich der Freund plötzlich bewegte oder Hilfe brauchte.

Kapitel 12

MILITÄRISCHER TROMMELSCHLAG untermalte im Traum den Kauf eines Hot Dogs an einem Imbißstand. Gerade wollte Jim hineinbeißen.

Ein Hot Dog mit reichlich Senf, eine Delikatesse, die Jim schon seit ein paar Jahren, um genau zu sein, seit er und Angie in diese Welt gekommen waren, nicht mehr genossen hatte. Langsam löste sich das Bild auf, das ihm das Wasser im Munde zusammenlaufen ließ, und verschwand. Das Trommeln schien nun des öfteren aus dem Takt zu geraten. Tatsächlich war es das stetige Klopfen des Regens gegen den Schutz, den Jim für Brian und sich selbst errichtet hatte. Jim wachte gänzlich auf.

Der Tag war schon fast in die Abenddämmerung übergegangen. In allen Richtungen war der Himmel mit dunklen Wolken bedeckt, und es goß wie aus Eimern.

Der Regen trommelte auf Blanchards gesenkten Kopf, der so nah, wie es der magische Schutz zuließ, neben seinem Herrn stand. Das Pferd schien Jim nicht länger für einen Feind zu halten. Es schnaubte und schüttelte den Kopf. Wasser spritzte aus seiner Mähne.

»Regen hör auf!« grummelte Jim halbwach und machte einen magischen Befehl daraus. Er wollte weiterschlafen – er hatte ja nicht einmal von dem Hot Dog abbeißen können. Aber der Regen fiel unablässig und erinnerte Jim daran, daß das Wetter, genau wie Krankheiten und ein paar andere Dinge, sich nicht nach dem Befehl eines Magiers richtete. Wenigstens nicht nach dem eines Stümpers wie Jim.

Er wandte sich Brian zu. Dieser war immer noch bewußtlos und sehr bleich. Hastig legte Jim eine Hand an Brians Lippen und fühlte eine leichte Bewegung. Brian atmete, also lebte er noch. Auf seinen Lippen war kein Blut zu sehen. Das mußte bedeuten, daß die Lanze die Lunge nicht durchbohrt hatte. Er befühlte die Haut auf Brians Brust.

Sie war kalt.

Jim blickte zum regenverhangenen Himmel auf, aber dieser sagte ihm nichts. Jim wußte nicht, wie lange er geschlafen hatte. Zuletzt war es Morgen, und der Himmel war bewölkt. Als er nun zu dem grauen Einerlei hochsah, schätzte er, daß es vielleicht Nachmittag oder noch später sein mochte. Der Regen hatte die Luft beträchtlich abgekühlt. Jim mußte Brian schnellstmöglich ins Warme bringen.

Er sah das große weiße Streitroß an. Blanchard blickte weiter auf Brian. *Treu bis in den Tod* – natürlich, dachte Jim. Das hätte er sich von Blanchard denken können.

Jim hob den Schutz auf und erhob sich. Seine Gelenke waren steif. Die Lichtung war leer und still. Sogar der Wind hatte sich gelegt. Der Regen ließ nach, aber alles war naß. Jim dachte daran, Brian zur Hütte zu bringen, wo es trocken genug wäre, ein Feuer zu entzünden. Vielleicht konnte er auch auf seinem Packpferd einige trockene Sachen finden, mit denen er Brian zudecken und wärmen konnte.

Etwas mußte geschehen. Sie konnten nicht ewig hier bleiben. Brian brauchte dringend die beste Pflege, die er kriegen konnte. Und die bekam er nur auf Malencontri.

Aber halb England lag zwischen ihnen und Malencontri, und selbst wenn die Entfernung nicht mehr als zehn Kilometer betragen würde, gab es keinen nichtmagischen Weg, Brian rasch dahinzuschaffen. Der verwundete Ritter mußte langsam und ohne jegliche Erschütterung bewegt werden, vielleicht auf einer Trage zwischen zwei Pferden. Es war aber auch dann nicht gesagt, daß Brian eine solche Reise überleben würde.

Die einzige Möglichkeit war, wieder Magie zu benutzen. Dieser Vorrat, von dem Carolinus ihm erst vor kurzem warnend gesagt hatte, er solle ihn aufsparen, war stark geschrumpft. Sich selbst, Brian und die Pferde nach Malencontri zu transportieren, käme einer Verschwendung gleich. Andererseits konnte er Brian nicht hier sterben lassen.

Auch durfte er die Tiere nicht zurücklassen. Pferde waren wertvoll – solche wie Gorp waren sogar mehr als das. Sie waren schlicht unersetzlich. Und Brian würde Jim nie vergeben, wenn er Blanchard zurückließ.

Jim konzentrierte sich auf Malencontri und insbesondere auf die Ställe für die Pferde und die Kemenate für Brian und sich selbst. Jim schloß seine Augen und stellte sich alles vor. Es spielte keine Rolle, daß Blanchard, Gorp, sein Reitpferd und das Packpferd jetzt getrennt standen – er visualisierte, wie sie Seite an Seite vor dem Stalleingang standen, und schickte sie fort. Sie verschwanden.

Jetzt konzentrierte er sich auf die Kemenate im Bergfried, und plötzlich waren er und Brian da, auf dem spanischen Teppich, der neben dem Bett lag. Angie war nicht zugegen, aber eine Bedienstete, die den Raum putzte, blickte geradewegs in ihre Richtung.

»Iiiihhh!« schrie sie. Dieses Mal war es ein sehr echter Schreckensruf, nicht der höfliche rituelle Grußschrei, von dem schon die Rede war. Fluchtartig verließ sie den Raum.

Jim verbannte sie aus seinen Gedanken. Sie würde Angie mitteilen, daß er da war, und da die Magd für Brian ohnehin keine Hilfe war, hatte auch kein Grund bestanden, sie aufzuhalten. Jim wandte sich Brian zu, dankbar für den Teppich, ohne den der verletzte Freund auf dem kalten Steinfußboden hätte liegen müssen.

Zu dieser Zeit wurden solche Teppiche noch nicht in England hergestellt, seit neuestem aber in Spanien. Jim und Angie hatten das gute Stück mit Carolinus' Hilfe von einem Magier in Kastilien erhalten. Jim schlug sich ärgerlich an die Stirn, weil er nicht daran gedacht hatte, Brian mit all seinen blutigen Sachen auf das Bett zu transportieren. Wie sollte er nun seinen Freund auf die Bettstatt bekommen, ohne ihm noch mehr Schaden zuzufügen – wie alle Bewußtlosen schien Brian eine Tonne zu wiegen. Da platzte Angie in den Raum.

»Jim...«, begann sie, aber er unterbrach sie.

»Brian ist schlimm verletzt! Eine Lanze drang ihm in die Brust, und er hat eine Menge Blut verloren. Ich habe das Lanzenstück rausgeholt und die Wunde geheilt, aber er ist noch immer bewußtlos. Laß ein Zimmer für ihn vorbereiten, ja? Und schick ein paar Männer mit einer Trage! So schnell wie möglich!«

Angie starrte Jim an. Alle Farbe war aus ihrem Gesicht gewichen.

»So schnell wie...«, begann sie und starrte Brian an. »O natürlich! Ich kümmere mich um alles!«

Sie rannte hinaus.

Jim wandte seine Aufmerksamkeit wieder dem verletzten Freund zu. Auch wenn die Magie tatsächlich seine Wunde geheilt hatte, durfte man noch nicht an ihm herumzerren. Während Jim auf die Trage wartete, versuchte er, sich an alles zu erinnern, was er je über Erste Hilfe gelernt hatte.

Da war das mit dem Puls in verschiedenen Körperteilen. Wenn man einen Puls in einer Halsschlagader fühlen konnte, dann schlug das Herz mehr als vierzig Mal in der Minute. Jim fühlte an Brians Hals unterhalb des Kinns nach. Seine Fingerspitzen preßten sich auf die Ader und er zählte: »einundzwanzig – zweiundzwanzig – dreiundzwanzig.« Das Zählen war nicht genau genug. Brians Herz mochte schneller schlagen. Die Oberschenkelarterie auf der Innenseite des Beins, dachte Jim.

Er suchte eine Zeitlang herum, und als er sie schließlich fand, war er sich nicht sicher, ob er sich den Puls nicht nur einbildete. Brians Bewußtlosigkeit beunruhigte Jim in höchstem Maße. Er wollte nicht glauben, daß sein Freund sterben konnte. Er war immer so voller Leben gewesen. Angie kam mit vier älteren Bewaffneten ins Zimmer.

Sie brachten eine Trage mit, eine von Angies Erfindungen, das Ergebnis einer erklecklichen Anzahl von Unfällen oder Krankheiten unter den Bediensteten. Die einfache Trage bestand lediglich aus zwei Holzstangen, die mit stabilen, doppelt gelegten Stoffbahnen miteinander verbunden waren, war aber hervorragend für den Transport einer Person geeignet, wenn die Träger vorsichtig genug waren.

Gleich hinter ihr folgte Ellen Cinders, die Meisterin der Zimmer auf Malencontri. Sie war eine hagere, für diese Zeit bemerkenswert große Frau – sogar einige Zentimeter größer als Angie – mit ernstem Gesicht.

»M'lord, M'lady«, sagte sie und knickste. »Der Raum mit dem neuen Fensterladen gleich hier drunter ist fast fertig. Wir können den Ritter jetzt schon hinuntertragen. Auf dem Bett liegen bereits neue Matratzen, der Nachttopf ist sauber, der Boden gefegt, und ein Feuer ist entfacht. Braucht Sir Brian noch etwas?«

»Mit Sicherheit«, antwortete Angie. »Ich bin gleich unten. Du gehst mit den Männern und wartest da auf mich. In Ordnung, alle vier gleichzeitig anheben – vorsichtig. So ist es gut. Legt ihn jetzt auf die Trage – sachte –, tragt ihn vorsichtig die Treppen hinunter und hebt ihn behutsam von der Trage aufs Bett. Behutsam, habt ihr verstanden?«

»Ja, M'lady«, lautete die Antwort im Chor.

Jim und Angie sahen zu, wie die Männer Brian hinausbrachten und Ellen dichtauf folgte. Ellen schloß die Tür hinter sich. Angie wandte sich Jim zu.

»Angie...«, begann Jim rasch.

»Nein, du hörst mir zu! Um Brian wird sich jetzt gekümmert, aber ich habe dir Wichtigeres zu sagen als alles, was du mir sagen möchtest. Jim! Wir haben Robert verloren! Robert wurde...«

Ihr Gesicht war voller Schmerz, und sie fing an zu weinen. Jim starrte sie erstaunt an und nahm sie dann in den Arm. Sie war so starr wie eine Statue. Angie weinte weder oft noch leicht. Auch die Tränen, die jetzt aus ihren Augen flossen, mußten sich erst an ihrem eisernen Willen, die Fassung zu wahren, vorbeikämpfen.

Jim wußte, wie man sie in solchen Augenblicken behandeln mußte, und hielt sie einfach weiter im Arm. Nach ein paar Minuten schmiegte sie sich an ihn und weinte hemmungslos.

»Es tut mir leid«, sagte sie schließlich, wischte sich die Tränen ab und löste sich von ihm.

»Ach was!« sagte Jim rauh. »Schon gut!«

Angie umarmte und küßte ihn.

»Ich liebe dich.«

»Nun, ich auch«, antwortete Jim, »wollte sagen, *ich* liebe *dich*!«

Angie tätschelte seinen Arm.

»Wie dem auch sei, es geht schon wieder. Setzen wir uns, und ich erzähle dir alles.«

Angie ließ sich auf einer Bettkante nieder. Jim setzte sich neben sie und sah sie forschend an. Sie wirkte ruhig und beherrscht.

Das Kind, Robert Falon, das durch Befehl des Königs Jims Mündel geworden war, war tatsächlich eher Angies. Sie liebte das Kind heiß und innig und wollte es vom ersten Moment an adoptieren, als sie es allein und weinend im Schnee gefunden hatten. Robert war der einzige Überlebende einer Reisegesellschaft, zu der auch sein Vater und seine Mutter gehört hatten. Diese war – wie Jim und Angie ebenfalls – auf dem Weg zur alljährlichen Weihnachtsfeier beim Grafen von Somerset unterwegs gewesen.

Jim hätte sehr gerne weiterhin den Arm um sie gelegt, aber das wäre jetzt eher von gegenteiliger Wirkung gewesen. So wartete er einfach ruhig ab, was sie zu erzählen hatte.

Als sie anfing, klang ihre Stimme gleichförmig und hart.

»Ein paar Tage, nachdem du weg warst, hörte ich Aargh heulen und ging nach draußen, um mich mit ihm zu treffen. Er sagte, er sei am Vortag an Malencontri vorbeigekommen und habe ein tiefes Loch im Boden gefunden. Da war der Geruch nach einer Kreatur, den er nie zuvor gerochen habe. Das Loch war hinten unter den Bäumen, nur ein wenig von der Rodung entfernt. Aargh hat das gemacht, was er immer macht – er ist zuerst zu Carolinus gegangen, um ihm alles zu erzählen. Aber Carolinus war nicht da, und da er bereits die letzten Male, wo Aargh versucht hatte, ihn zu erreichen, nicht in seinem Haus war, kam der Wolf dann zu mir.«

»Ich wundere mich, daß er so besorgt war – über ein Loch im Boden, meine ich«, warf Jim ein.

»Ich habe mich auch gewundert. Um auf der sicheren Seite zu sein, habe ich Aargh hereingebeten, damit er feststellen könne, ob der Geruch auch innerhalb der Mauern sei. Aber er wollte nicht. Du weißt ja, daß er menschliche Behausungen nicht gern betritt. Aber er sagte, er würde das Loch beobachten und schauen, ob der Geruch irgendwann aufgefrischt würde, also ob – wer auch immer es gebuddelt hatte – zurück wäre. Das Loch war groß genug, daß ein kleiner Eber es gegraben haben konnte, sagte er, aber kein Eber würde geradewegs nach unten graben. Aargh sagte, er bliebe, für den Fall, daß ich ihn brauche, in der Nähe der Burg.«

Sie hielt inne und sah Jim verzweifelt an.

»Aber gerade heute ist Robert verschwunden. Kein Laut – doch da war ein Loch in der Steinmauer, Jim! Die Amme sagte, daß sie nicht wüßte, woher es stammt, und vorher hätte sie es nicht bemerkt. Ich denke, sie sagt die Wahrheit. Sie fürchtete sich vor dem Loch – und vor dem, was ich ihr antun könnte, weil Robert verschwunden ist. Sie bettelte um ein Kreuz, und als sie es bekam, schwor sie darauf, daß Robert noch da war, als sie hinunterging, um sich etwas zu essen zu holen. Aber als sie ein paar Minuten später wiederkam, war das Loch da und Robert weg.«

Angie starrte Jim an.

»Ein Loch in einer Steinmauer? Und niemand hat etwas gehört? Rein gar nichts?«

»Ich war nicht in der Kemenate, nicht einmal im Turm. Der Wachhabende auf der Turmkrone sagt, daß er nichts gehört habe. Aber das Loch reicht durch die ganze Tiefe der Mauer. Ich ließ ein Gewicht an ein Seil binden und dieses dann das Loch hinunterlassen. Es ging tiefer und tiefer, bis das Seil zu Ende war. Da war kein Boden, kein Ausgang.«

»Angie!« sagte Jim mit trockener Kehle und streckte die Arme aus, um seine Gemahlin zu umarmen. Aber sie war wieder zu Stein erstarrt und schüttelte nur abwehrend den Kopf.

»Nein!« sagte sie. »Was ich fühle, spielt keine Rolle. Wir müssen ihn finden und wiederholen. Weißt du von einem Magier, einem Elementargeist oder einer sonstigen Kreatur, die ein Loch in eine solche Mauer – geradewegs nach unten graben – oder nach oben – und dabei ein Kind wegtragen können?«

»Nein, ich weiß niemanden. Aber, Angie, ich bin mir sicher, wer auch immer Robert entführt hat, will ihm keinen Schaden zufügen. Sonst hätte er sich nicht diese Mühe gemacht. Ich wundere mich nicht, daß Aargh Carolinus nicht erreichen konnte. Als ich ihn selbst das letzte Mal sah, hatte er mir eine Projektion von sich geschickt. Er ist irgendwo anders, und ich kann ihn nicht erreichen.«

Sie blickten einander tief in die Augen.

»Sowas hat's noch nie gegeben!« sagte Angie. »Magier, Trolle, Seeschlangen, ja, aber niemals so etwas!«

»Nun, du hast recht. Wir müssen einen klaren Kopf behalten. Also, wie lange ist das jetzt her?«

»Nur ein paar Stunden, mehr nicht, doch mir scheinen es bereits Millionen Jahre zu sein. Aber ich wußte auch nicht, ob ich dich monatelang nicht zu Gesicht bekomme oder ob du überhaupt wiederkommst! Und Carolinus – ich habe selbst versucht, ihn zu rufen, genau wie du. Als er nicht kam, habe ich einen Mann auf unserem schnellsten Pferd zum Klingelnden Wasser geschickt.«

»Er ist nicht dort. Aber er hat mir gesagt, ich solle mich an KinetetE wenden. Sie ist auch eine Magierin der Kategorie Eins Plus. Ich werde sie jetzt rufen.«

Er versuchte es. Aber niemand antwortete. Keine Magierin erschien.

»Ich werde wohl zu ihr gehen müssen, wo auch immer sie sein mag. Ich werde mir einen Weg ausdenken, auf dem ich sie finden kann. Das heißt, daß ich das Problem in die hinterste Ecke meiner Gedanken schieben und abwarten muß, bis es sich von selbst gelöst hat. Jeder Magier muß seinen eigenen Weg finden, Magie zu wirken.«

Er sah Angie an, die stocksteif neben ihm saß.

»Es tut mir leid«, fügte er hinzu.

»Wie lange wird das dauern?«

»Oh... einen Tag, höchstens zwei.«

»Zwei Tage!«

»Es tut mir leid«, wiederholte Jim. »Ich mache so schnell ich kann, das weißt du doch.«

Angie blieb noch eine Weile bewegungslos sitzen und stand dann brüsk auf.

»So«, sagte sie mit einer Stimme, bar jeden Gefühls und in ihrem üblichen geschäftsmäßigen Tonfall. »Was muß für Brian getan werden?«

»Bist du sicher, daß du...«

»Aber gewiß. Ich bleibe neben dir, Tag und Nacht, damit ich gleich erfahre, wann du etwas ausgeheckt hast. So lange können wir auch tun, was sonst noch erledigt werden muß. Was braucht er?«

»Das gleiche wie Dafydd nach dem Kampf mit dem Piraten: Blut. Damals hatte Carolinus ihm mit Magie eine Transfusion gegeben. Ich denke, ich kriege das auch hin.«

»Dann sollten wir anfangen.« Jim erhob sich, und Angie wandte sich der Tür zu. Plötzlich blieb sie stehen und drehte sich um. Sie sah Jim forschend in die

Augen. »Da ist noch etwas Wichtiges, was du mir nicht erzählt hast. Worum geht's?«

»Das hat Zeit.«

»Nein, das hat es nicht. Ich will es wissen. Jetzt!«

»Schon gut.« Er war müde, erschöpft seit dem Augenblick, als er allein mit Brian im Regen erwacht war. Aber nun war er hellwach. Er sah aus den Fenstern der Kemenate und schloß aus dem Sonnenstand, daß es früher Nachmittag war.

»Tatsächlich bin ich wegen Brian eher hier, als ich gedacht hätte. Er gehörte zu den Plünderern, wegen denen Chandos und ich in den Norden gegangen sind. Ich mußte ihn so schnell wie möglich hierherbringen, nachdem er die Lanze in den Leib bekommen hatte.«

»Er wird schon wieder in Ordnung kommen. Denke daran, wie schnell er sich früher immer erholt hat. Er springt praktisch vor deinen Augen ins Leben zurück. Aber du hast gegen die, die mit ihm zusammen waren, gekämpft?«

»Ja«, sagte Jim melancholisch.

»Ihr habt doch nicht gegeneinander gekämpft?«

»Nein.« Plötzlich fühlte er sich sehr matt. Seine Knie gaben nach, und er setzte sich erneut aufs Bett.

»Es war meine Lanze, die ihn traf.«

Angie sah ihn erschüttert an.

»O Jim!« Sie nahm seine Hand in die ihren.

»Ich konnte nichts dafür«, sagte Jim mit einer Stimme, die selbst in seinen eigenen Ohren tot klang. »Wir stießen in einer Linie vor. Die anderen Pferde drängten Gorp ab, bis ich Brian fast gegenüberstand. Dann glitt meine Lanze von dem Schild des Mannes ab, den ich angriff, und traf Brian. Brian war neben ihm.«

Angies umschloß seine Hände fester.

»Hat er dich erkannt?«

»Das muß er wohl. Er hat meinen Schild bestimmt erkannt, noch bevor ich seinen sah – und er hob die Lanzenspitze, um mich nicht zu treffen. Gorp stieß Blanchard zu Boden. Mein Roß und ich fielen auch. Als ich zu Brian kroch, war er schon bewußtlos.«

»Jim…«, sagte Angie sanft.

Jim nickte und drückte ebenfalls ihre Hand. Dann erhob er sich.

»Nun, das war es dann! Aber sobald er wieder bei Bewußtsein ist, muß ich ihm gegenübertreten. Auf alle Fälle sollten wir tun, was getan werden muß. Carolinus hätte uns wahrscheinlich geholfen, aber wie die Dinge stehen, kann er wohl nicht. Dafydd ist auch nicht in unserer Nähe…«

»O doch, das ist er! Er ist schon auf dem Weg. Ich habe ihm eine Brieftaube geschickt, nur ein paar Tage nachdem du gegangen warst. Ich dachte, ich würde mich sicherer fühlen, wenn er hier wäre, solange du fort bist. Danielle und er haben mir eine Antwort geschickt. Die beiden müßten bald hier eintreffen.«

»Dem Himmel sei Dank! Wir haben einen Freund an unserer Seite.«

»Wir haben auch Rrrnlf, wenn er eine Hilfe ist.«

»Rrrnlf?« fragte Jim ungläubig. »Der Seeteufel? Was macht er denn schon wieder hier?«

»Das habe ich nicht verstanden. Es hat irgendwas mit dem kleinen Mann zu tun, den er mit sich herumträgt. Wie dem auch sei, er war bereit, auf dich zu warten, und da ich dachte, daß er nützlich wäre, habe ich nicht widersprochen. Er ist wie gewöhnlich im Burghof.«

Natürlich, dachte Jim. *Wo sollte er auch sonst sein?* Rrrnlf, der im Verhältnis zu seiner Körpergröße von neun Metern auch ungewöhnlich breit war, konnte unmöglich durch irgendein Burgtor hineinkommen, so groß dieses nach menschlichen Maßstäben auch war.

»Nun, dann werde ich jetzt nach Brian sehen, und danach geben wir besser Aargh ein Zeichen, daß er mir draußen das Loch zeigen soll. Und ich sollte mir auch das Loch in der Burg anschauen. Wenn das erledigt ist, versuche ich wieder, KinetetE zu erreichen, oder mich zu ihr hin zu versetzen. Aber zuerst zu Brian…«

Jim lehnte sich auf seine Ellbogen zurück und blinzelte. Ihm wurde plötzlich schwindelig, alles schien zu verschwimmen.

»Jim, ist alles in Ordnung?«

Angies Stimme klang wie aus weiter Ferne.

»Alles in Ordnung, denke ich. Ja«, sagte er und setzte sich wieder auf. Sein Kopf war wieder klar.

Nur ein kurzzeitiges Unwohlsein, dachte er. Die letzten Stunden waren zu ereignisreich gewesen.

»Mir geht es gut. Wenn ich allerdings genau darüber nachdenke, dann kann ich Brian jetzt ohnehin nicht stören und mit ihm reden. Vielleicht sollte ich mir zuerst Aarghs Bericht anhören…«

Er plapperte nur, und er wußte das auch. Glücklicherweise wurde er unterbrochen, als sich die Tür öffnete. Ellen Cinders stand im Raum.

»Bitte um Verzeihung, M'lord, M'lady…«, sagte sie atemlos, »aber ich dachte, ihr würdet es sofort wissen wollen. Sir Brian ist kurz aus seiner Ohnmacht erwacht und schläft jetzt ruhig und fest.«

»Schön, Meisterin!« sagte Angie. »Geh jetzt wieder zu ihm zurück und bleibe bei ihm. Nächstes Mal schicke einen der Männer mit der Nachricht hoch. Ich bin bald unten. Laß es uns wissen, wenn sich am Befinden von Sir Brian etwas ändert oder wenn seine Wunde schmerzt.«

»Ja, M'lady.«

Schon war Ellen Cinders wieder verschwunden.

»Wann hast du das letzte Mal etwas gegessen?« Sie hatte Jim seit dem Schwindelanfall scharf beobachtet.

»Ach, ich hatte etwas Fleisch, Brot und Wein heute morgen. Ich bin nicht richtig hungrig... vielleicht nur einen Hot Dog mit reichlich Senf...«

»Was?«

Jim kam wieder in die wirkliche Welt zurück.

»Nur ein Tagtraum. Ich – ich denke, ich könnte jetzt eine gute, starke, heiße Tasse Tee gebrauchen.«

»Ja!« sagte Angie und wandte sich der Feuerstelle zu, wo ein Kessel neben den Flammen an einem Schwenkarm hing, der jederzeit über das Feuer gedreht werden konnte.

»Ist gleich fertig!«

In der Zwischenzeit hatte Jims Körper ihn an ein anderes Grundbedürfnis erinnert. Er war bereits auf halben Weg zu dem, was er und Angie ein Badezimmer nannten, das ihre Nachbarn aber der modernen Technik zum Trotz einfach nur als Scheißhaus bezeichnen würden. Die Besonderheit war fließendes Wasser aus einer Zisterne auf der Turmkrone und einige Bleirohre, die außen an der Turmmauer entlang und über den Burggraben hinweg zu einer unterirdischen, mit Kies ausgestreuten Fäulnisgrube führten.

Der Raum verfügte zudem über eine Badewanne aus Marmor, die noch aus der Zeit stammte, als Rom in England regiert hatte. Man hatte sie aus einer alten Ruine geholt.

»Bin gleich zurück«, sagte er. Als er wiederkam, stand Angie in der Tür und sprach mit dem Bewaffneten, der da gerade Dienst hatte.

»...sofort hinunter zur Anrichtestube. Sag Meisterin Plyseth, Seine Lordschaft wünscht Speck, heiße Brote...« (wenn sie früher nach Toast verlangt hatten, wurden ihnen stets die sonderbarsten Eßwaren gebracht) »...und vier Eier als Omelett, Milch, Honig und ein paar eingemachte Früchte. Meisterin Plyseth weiß, was ich will. Du bleibst bei ihr, bis alles fertig ist. Nun wiederhole, was ich dir gesagt habe!«

Jim hörte, wie der Mann jede einzelne Silbe aus Angies Anweisung wiederholte. Die Menschen im Mittelalter hatten ein erstaunliches Gedächtnis. Schließlich mußten sie sich alles merken, da niemand außer den Geistlichen und einer Handvoll Gelehrter schreiben konnte. Angie schloß die Tür und kam zurück. Jim warf sich aufs Bett, während seine Gemahlin den Tee zubereitete.

Jim verspürte ein unbändiges Verlangen nach Kaffee. Aber Carolinus selbst war nie an Kaffee interessiert gewesen und hatte dementsprechend auch für Jim und Angie nie welchen zu beschaffen versucht. Ihm lag eher schwarzer Tee, den er sich regelmäßig über seine magischen Bekanntschaften im Orient besorgte – wobei auch für Malencontri stets etwas abfiel.

»Da!« Angie reichte Jim eine Tasse. »Die Milch und das Essen dürften auch gleich kommen. Ich hatte noch ein wenig Honig, also sollte dir die Tasse halbwegs schmecken. Fang schon mal an.«

Das tat Jim dann auch. Er nippte am Tee und sortierte seine Gedanken. Noch bevor er die Tasse halb ausgetrunken hatte, kam das Essen. Jim war sich nicht bewußt, wie hungrig er gewesen war – aber nur solange, bis er die Leckereien roch.

Angie hatte recht. Beim Essen klärte sich sein Verstand. Nachdem er sich gründlich vollgestopft hatte, wußte er endlich, was getan werden mußte. Er sah Angie an.

»So«, sagte Jim, »jetzt werde ich nach Brian sehen.«

»Wenn er wirklich schläft, hat das keine Eile – es sei denn, du kannst etwas für ihn tun. Mit einer solchen Wunde sollte er sich gründlich ausruhen, meinst du nicht? Ellen sagte doch, daß er schläft, und er wird seinen Schlaf brauchen.«

Der Genuß des Omletts, die Träume von vergangenen Hot Dogs und seine Freude, wieder zu Hause zu sein, fielen von Jim ab, und er fühlte sich leer. Erneut stand ihm der Moment, in dem er mit seinem Gegner zusammentraf, vor dem inneren Auge, und in seinen Gedanken sah er einmal mehr, wie Brian fiel.

Jim starrte auf die weiß getünchte Wand, die Wand aus sechzig Zentimeter dicken Steinblöcken, die erst dieses Jahr gebaut worden war, um einen Raum für Robert und seine Amme abzutrennen. Dann blickte er zu Angie.

Sie sahen einander tief in die Augen, und er merkte, wie sich Angies Hand auf dem Tisch fest um die seine schloß.

»O Jim!« hörte er sie sagen. Einen langen Augenblick blieben sie so sitzen. Dann gelang Angie ein Lächeln, und Jim lächelte zurück.

»Du bist tapfer«, sagte er.

»Genau wie du.« Angie ließ seine Hand los und stand auf.

»Ich gehe nach unten und schau nach, ob Brian wirklich schläft. Wenn das der Fall ist, komme ich zurück und sage dir Bescheid. Dann kannst du entscheiden, ob du ihn heute noch sehen willst.«

Sie war schon aus dem Raum, bevor Jim eine passende Antwort einfiel. Er blieb gedankenverloren sitzen. Ein paar Minuten später war sie zurück.

»Er schläft«, sagte sie und setzte sich an den Tisch. »Er sieht sogar schon besser aus. Wenn ich du wäre, würde ich ihn einfach noch einen Tag schlafen lassen. Ich schicke Geronde eine Brieftaube, um ihr mitzuteilen, daß er hier ist. Warum gehst du nicht raus und hängst das Signaltuch für Aargh auf? Deine magische Heilung war alles, was Brian brauchte. Wenn es keine Komplikationen gibt, dürfte er in ein paar Tagen bereits wieder auf den Beinen sein.«

»Glaubst du wirklich?« fragte Jim, der sich plötzlich durch ihren sachlichen Ton sehr beruhigt fühlte.

»Ja, das glaube ich. Du kannst ihn morgen selbst untersuchen und dir eine eigene Meinung bilden. Und bis dahin kannst du über einen Zauber nachdenken, mit dem du Brian einige Tage im Bett hältst.«

Kapitel 13

»NEIN«, SAGTE JIM, als sie die Treppen hinuntergingen. »Es wäre nicht recht, mit einem Zauber dafür zu sorgen, daß Brian im Bett bleibt. Ich müßte ihn wenigstens fragen, und wenn ich das tue, würde er ohnehin ablehnen. Als ob sein Wort nicht gut genug wäre. Ich kann ihm auch keinen Vorwurf machen. Hier, im vierzehnten Jahrhundert, muß man noch mehr aufpassen als in unserer eigenen Zeit, was man den Leuten erzählt.«

»Das ist wohl wahr«, stimmte Angie zu, »aber so ein Zauber wäre hilfreich.«

»Ich weiß.« Mittlerweile waren sie schon halb unten. »Ich wünschte wirklich, ich könnte mit ein bißchen Magie dafür sorgen, daß es ihm schneller besser geht, aber ich weiß nicht, was ich tun soll.«

»Genau wie Carolinus, als er krank wurde und sich nicht selbst heilen konnte?«

»Das stimmt. Magie ist manchmal machtlos – wie damals, im Königreich der Toten. Du weißt, daß Magie nicht wirkt, wenn etwa ein heiliger Mann – gleich welcher Religion – sie verboten hat. Der Segen, der die Zauberei unmöglich macht, muß natürlich alle vierundzwanzig Stunden erneuert werden, aber du erinnerst dich bestimmt daran, wieviel Ärger ich letzte Weihnachten auf der Burg des Grafen hatte – dieser verdammte Bischof…«

»Du sollst nicht über ihn fluchen«, tadelte ihn Angie. »Denke daran, wie er uns dabei geholfen hat, den König dazu zu bringen, uns Robert zu geben.«

»Du hast natürlich recht. Dieser freundliche Bischof hatte den Ort gesegnet, bevor wir ankamen. Ich konnte keine Magie anwenden...«

Jim brach ab.

»Warum siehst du mich so an?« fragte Angie.

»Mir fällt gerade auf – Carolinus transportierte sich selbst und mich magisch durch die Burg, als wäre da kein Segen.«

»Schließlich ist er einer der besten Magier der Welt«, warf Angie ein.

»Aber das sollte darauf keine Auswirkung haben... doch du hast recht, das hat er schon öfter getan – mir erzählt, daß Magie manchmal nicht gelingt, und dann seine eigenen Zauber benutzt...« Jim wurde von Wolfsgeheul unterbrochen.

»Aargh!« sagte Angie. »Wir müssen ihm gar nicht Bescheid geben!« Sie eilte die Stufen hinunter. Jim beeilte sich auch, ließ aber doch eine gewisse Vorsicht walten. Schließlich gab es keinen Handlauf, und wenn man stolperte, konnte man sich nur zu leicht den Hals brechen.

Aargh war in der ganzen Burg zu hören. Wolfsgeheul mitten am Tag galt als eins der schlimmsten aller schlechten Omen, selbst jetzt noch, da sich die Burgbewohner von Malencontri schon einigermaßen daran gewöhnt hatten, daß Aargh seinen Besuch so ankündigte. Die Gesichter der Bediensteten waren düster, als die zwei zum großen Tor in der Burgmauer ritten. Eine Seite des Burghofes wurde von der massigen, lederbekleideten Gestalt von Rrrnlf, dem Seeteufel, eingenommen, der mit dem Gesicht zur Mauer schlummerte.

»Gut«, sagte Jim. »Mit ein bißchen Glück können

wir raus und wieder reinkommen, ohne mit ihm reden zu müssen.«

Aargh wartete in der Nähe. Sie hätten bequem in drei Minuten zum Treffpunkt gehen können, aber der Lord und die Lady mußten selbstverständlich reiten, darauf bestanden die Bediensteten. Das war nur gerecht. Schließlich erledigten Mägde, Knechte und Soldaten ihre Pflichten gut, und es lag an den Höhergestellten, sich ebenfalls korrekt zu benehmen.

Unglücklicherweise bedeutete die Zurschaustellung von Schicklichkeit auch, daß sie die Pferde in einiger Entfernung vom Treffpunkt würden anbinden müssen, da die Tiere die Wölfe um keinen Deut lieber mochten als die Dienerschaft der Burg. Die Pferde wußten ja noch nicht einmal, daß dieser Wolf keine wilde Bestie war, sondern ein Freund der Familie. Jim und Angie mußten die letzten vierzig Meter zum Treffpunkt also zu Fuß zurücklegen. Aargh war natürlich nirgendwo zu sehen.

»Nun, er liebt es, uns zu überraschen«, flüsterte Angie Jim zu, als sie warteten.

»Das ist kein Scherz von einem Welpen!« hörten sie hinter sich die bekannte, rauhe Stimme.

Sie drehten sich um. Da stand er: riesig, graues Fell, grüngoldene Augen, blitzende Zähne, scharf wie Krummsäbel. Aargh hatte die Größe eines kleinen Ponys und sah über alle Maßen wild und gefährlich aus. »Ihr wollt nur keine Überraschungen. Ihr habt Brian jetzt in Eurem Steingebäude, nicht wahr?«

»Woher wißt Ihr das?« fragte Jim.

»Ich habe vor ein paar Augenblicken die Burg umrundet«, sagte Aargh. »Ich hörte seinen Hengst im Stall, der Euren herausgefordert hat. Nur Prahlerei, da beide doch in verschiedenen Boxen sind. Aber Pferde sind halt dumm.«

»Das solltet Ihr nicht sagen«, schalt Angie ihn.

»Ich sage, was ich will! Pferde *sind* dumm. Alle Grasfresser sind dämlich. Aber wenn das Pferd da ist, dann ist auch Brian da. Was hinderte ihn daran, mit Euch hinauszukommen?«

»Er ist verwundet«, erklärte Jim, »und er muß im Bett bleiben und sich ausruhen, bis der Blutverlust ersetzt worden ist.«

»Verwundet? Eine große Hilfe. Erst ist Carolinus nicht zu finden, und dann läßt sich Brian verwunden. Jetzt muß sich Dafydd nur noch ein Bein brechen. Ihr Zweibeiner kommt nicht klar, wenn ein Bein verletzt ist. Das ist nur einer der Gründe, warum die Entscheidung, euch auf die Hinterbeine zu stellen, wohl doch nicht so gut war. Dann muß ich jetzt wohl die ganze Arbeit machen.«

»Habt Ihr Jim vergessen?« sagte Angie scharf.

»Ihn vergessen? Nein«, erwiderte Aargh. »Er ist ganz nützlich, solange er sich kein Bein bricht. Aber er kann nicht so gut mit dem Schwert umgehen wie Brian oder so gut mit dem Bogen wie Dafydd. Das sind alles nützliche Dinge, wenn man mit Zähnen geboren wurde, die nicht einmal eine Maus erschrecken würden.«

»Als Drache…«, begann Angie hitzig, aber Jim unterbrach sie.

»Schon gut, Angie. Aargh will uns nicht beleidigen, er denkt nur praktisch. Wir brauchen Brian – und Carolinus. Aber das Wichtigste ist jetzt, Robert wiederzufinden, ganz gleich, wie viele wir sind oder was wir dafür zu tun haben.«

»Ihr könnt auf mich zählen«, brummte Aargh. Er starrte Jim an. »Ich denke, daß Ihr jetzt das Loch sehen wollt?«

»Ja.«

»Nun, dann kommt mit.« Er trottete los.

Sie folgten ihm.

Das Loch war weniger als drei Wegminuten entfernt, ein dunkler Kreis auf einem kleinen Abhang zwischen den Bäumen, nur ein paar Meter von der Rodung um die Burg entfernt. Aargh stand über das Loch gebeugt, als sie ankamen. Er wartete, während Jim sich auf die Knie niederließ und selbst am Loch schnüffelte.

»Irgendeine Spur?« fragte Aargh spöttisch.

»Nein«, sagte Jim und stellte sich wieder hin. »Keine, die ich riechen könnte.«

»Gut gesprochen«, sagte Aargh. Er streckte seinen Hals, so daß sich seine Nase über dem Loch befand. Seine Nüstern weiteten sich für eine Sekunde. »Wenn Ihr eine Nase hättet, die was taugt, dann hättet Ihr den Geruch nach Fleisch bemerkt – gekochtem Fleisch.«

»Fleisch?«

»Genau das habe ich gesagt. Fleisch. Als ich das erste Mal zu diesem Loch kam, gab es diesen Geruch nicht. Das Loch endete hier.«

»Wie konntet Ihr das feststellen. Vielleicht ging es doch weiter als Ihr dachtet.«

»Das tat es nicht. Ich weiß nichts über das Loch in Eurer Burg, aber dieses geht zwei Meter runter. Ich bin nicht hineingekrochen, aber ich habe den Kopf hineingesteckt und gewartet, bis ich mich an die Dunkelheit gewöhnt hatte. Dann konnte ich sehen, wo es in einen ebenen Tunnel überging, und zwar in Richtung Sonnenuntergang. Jetzt ist da auch ein Tunnel in die andere Richtung. Der ebene Tunnel könnte beliebig lang sein. Ich denke, daß der, der Euren Robert gestohlen hat, sich durch diesen Gang davongemacht hat.«

»Was hat es dann mit dem gekochten Fleisch auf sich?« fragte Jim.

»Das kann nur von unserer Burg kommen, Jim!« warf Angie ein.

»Hmm«, überlegte Jim, »dieses Loch wurde also zuerst gegraben, danach das andere von hier zur Burg, um Robert zu entführen.« Angie sah ihn an.

»Ich verstehe nicht, was hier vorgeht«, sagte Jim. »Aber wer auch immer diese Löcher gebuddelt hat, kann wirklich gut graben – wie ein riesiger Maulwurf.«

»Hier gibt es keine riesigen Maulwürfe«, warf Aargh ein.

»Nun, über diese Frage werden wir uns jetzt keine Gedanken machen. Immerhin wissen wir jetzt mehr als vorhin. Ein Segen, daß Ihr das Loch bemerkt habt. Morgen sollten wir beraten, wie wir weiterhin vorgehen. Dann wäre auch Dafydd da und Brian wäre kräftig genug, um mit uns in der Großen Halle sitzen zu können. In der Zwischenzeit werde ich sehen, was ich in Carolinus' Haus herausfinden kann.«

»Besser, wir treffen uns draußen!« sagte Aargh und bleckte die Zähne.

Jim sah den Wolf an. Daran hatte er nicht gedacht.

»Ich weiß, daß Ihr nicht gerne menschliche Häuser betretet, aber Ihr wart mit uns schon zuvor in der Großen Halle...«

»Nicht gern! Ein Wolf sitzt an einem solchen Ort stets in der Falle!«

»Könnt Ihr nicht in Anbetracht der Umstände noch einmal hereinkommen?« fragte Angie. »Brian ist dann wahrscheinlich kräftig genug, um in die Große Halle getragen zu werden, aber wir können ihn sicher noch nicht nach draußen bringen. Und Ihr habt eben noch gesagt, wie nützlich er uns war. Selbst wenn er im Augenblick kein Schwert führen kann, ist sein Rat doch wertvoll für uns. Meint Ihr nicht auch?«

Aargh knurrte kurz.

»Ich werde noch einmal kommen«, sagte er.

Einen Wimpernschlag später war er zwischen den Bäumen verschwunden.

»Er wird kommen«, sagte Angie, als sie zur Burg zurückritten. »Er wird immer kommen, wenn wir ihn brauchen.«

»Ich weiß. Er hat immer was zu meckern, aber wenn man ihn braucht, dann ist er da. Ich gehe jetzt besser mit dir zurück, aber dann werde ich zum Klingelnden Wasser fliegen und sehen, was ich da erfahre.«

»Hoffentlich nur Gutes«, sagte Angie.

Sie ritten in den Burghof. Rrrnlf schlief noch immer, wie Jim mit Erleichterung feststellte. Gut, daß Seeteufel (oder wenigstens Rrrnlf) nicht schnarchten. Sonst würde man in der Burg vermutlich sein eigenes Wort nicht mehr verstehen können. Jim bemerkte, daß Angie wieder sehr unglücklich aussah.

»Wir werden ihn schon wiederkriegen«, versuchte er, sie zu trösten.

»Er ist doch noch so klein«, antwortete Angie und blinzelte die Tränen fort.

Als sie sich den Ställen näherten, richtete Angie sich im Sattel auf und verbannte all ihre Gefühle aus dem Gesicht.

»Du fliegst natürlich als Drache hin?«

»Das hatte ich vor.«

»Ja«, sagte Angie nachdenklich. »Weißt du, daß ich mich in gewisser Weise weniger um dich sorge, wenn du deine Drachengestalt annimmst, als wenn du in deinem menschlichen Körper steckst.«

»Du solltest dir nie um mich Sorgen machen. Ich kann immer einen Schutz um mich errichten.«

Angie schwieg.

Sie überließen ihre Pferde den Stallburschen und gingen wortlos die Treppen hoch. An der Kemenatentür verabschiedete sich Jim von Angie und stieg die letzten Stufen zur Turmkrone hinauf.

Auf dem Turm war niemand außer einem Wächter.

Er hatte sich gegen die Zinnen gelehnt und sah in den Burghof hinunter. Als er Jim bemerkte, richtete er sich hastig kerzengerade auf und gab sich den Anschein äußerster Aufmerksamkeit.

»Geoffrey, geh runter und schaue nach Mylady. Steh ihr zur Seite, wenn sie das wünscht.«

»Ja, M'lord.«

Der schwarzhaarige Geoffrey schulterte seinen Speer und ging rasch zur Treppe hinüber. Er war kampferfahren und wenigstens Ende zwanzig – wenn nicht älter –, hatte eine hohe Stirn, und sein kantiges Gesicht war wettergegerbt und gebräunt. Geoffrey war sich darüber im klaren, daß Jim sich in einen Drachen verwandeln würde, tat aber wie alle guten und erfahrenen Burgbewohner, als wüßte er von nichts. Jim kannte dieses Theater bereits und blickte dem Soldaten nach, der gerade die Stufen hinunter verschwand.

Jim wußte nicht sicher warum, aber er zog es vor, sich unbeobachtet von den Burgbediensteten in seine Drachengestalt zu verwandeln. Eine Art Instinkt sagte ihm, daß es besser sei, wenn das Volk ihn so wenig Magie wirken sah wie möglich. Wie dem auch sei, Geoffrey war weg, und Jim konzentrierte sich auf die Verwandlung. Seine Kleidung ließ er gleichzeitig verschwinden, damit sie nicht zerrissen wurde und er sie wieder zur Hand hätte, wenn er sich in einen Menschen zurückverwandelte.

Von einem Augenblick zum anderen wurde Jim zum Drachen. Mit der Verwandlung nahm er unausweichlich in gewissem Maße auch die Fühl- und Denkweise der Drachen an, und die war mehr als nur ein wenig anders als die menschliche.

Zum einen neigten Drachen nicht dazu, sich stundenlang Sorgen zu machen. Ein Teil der Sorge um Robert, Carolinus und die anderen war plötzlich verschwunden – obgleich er es noch immer als Problem im Hinterkopf hatte. Zudem ergriff das sichere Wissen, sehr gesund, sehr groß und sehr stark – also sehr drachisch – zu sein von ihm Besitz. So hellte sich trotz der gegenwärtigen Lage seine Stimmung auf.

Er sah sich um, um sich zu versichern, daß er genug Platz zum Ausbreiten der Schwingen hatte. Dann sprang er in die Luft, seine Flügel schlugen und erhoben ihn steil in die Lüfte. Er machte so viel Lärm wie möglich, damit Angie ihn hörte.

Einen Augenblick später flog Jim schon über den Wald hinweg, weit genug fort von Malencontri, daß Geoffrey, wäre er wieder auf Wache, ihn für nichts weiter als einen großen Vogel halten würde. Die Kraft der Drachenschwingen war wirklich beträchtlich.

Jim hatte bereits eine Thermik gefunden und entspannte sich mit ausgestreckten Flügeln. Die Luftströmung trug ihn spiralförmig nach oben, bis er schließlich eine Höhe von vierhundertfünfzig Metern erreicht hatte. Hier oben war die Thermik zu schwach, um ihn weiter tragen zu können. Im leichten Sinkflug glitt er nach Südosten Carolinus' Haus entgegen.

Wie immer überkam Jim die schiere Freude am Fliegen. Gern wäre er noch länger scheinbar schwerelos durch die Luft geglitten, aber die Angelegenheit war zu schwerwiegend, um sich derartigen Vergnügungen hinzugeben. Und so setzte er zur Landung an, als Carolinus' kleine Hütte in Sichtweite kam. Die Kate stand auf einer Lichtung mit saftigem, kniehohem Gras, die von riesigen, uralten Bäumen gesäumt wurde. Ein Kiesweg führte vom Waldrand bis zur Hütte, die Carolinus mit prächtigen Blumenbeeten umgeben hatte. Die ganze Szenerie schien einem Märchen entnommen.

Alles sah so wie immer aus. Ein kleiner Weiher mit einer sprudelnden Quelle. Eine kleine Wasserkreatur – entweder ein Fisch oder eine winzige goldene Meerjungfrau – spielte im Wasser und zeigte waghalsige Kapriolen, zu schnell, als daß Jim erkennen konnte, um was für ein Wesen es sich eigentlich handelte. Der Frieden auf der Lichtung war schier überwältigend.

Jim ging auf die Hütte zu. Die grün gestrichene Tür war, wie erwartet, verschlossen. Jim versuchte gar nicht erst, gewaltsam einzudringen, da die Tür, wie die restliche Hütte auch – eigentlich sogar die ganze Lichtung – unter einem Zauberspruch von Carolinus stand.

Er klopfte in der schwachen Hoffnung an, daß Carolinus doch zuhause wäre. Aber es kam keine Antwort.

Was nun? Jim beherrschte die Magie nicht so gut und er hatte nicht die geringste Hoffnung, in der Lage zu sein, einen von einem Magier wie Carolinus errichteten Schutz zu durchbrechen. Während Jim noch über dem Problem grübelte, wechselte er wieder in seine menschliche Gestalt, bekleidet natürlich. Da er nicht wußte, was er tun sollte, klopfte er noch einmal.

»Carolinus!« rief er. »Wenn du da bist, dann antworte.«

Er wartete. Er horchte. Aber nichts geschah. Das Klingelnde Wasser der Quelle, von dem die Lichtung ihren Namen hatte, sprudelte weiter. Jim preßte ein Ohr gegen die Tür und lauschte angestrengt.

Zuerst hörte er nichts. Dann hatte er eine Eingebung.

Er stellte sich vor, das scharfe Gehör eines Vogels zu besitzen, der hören konnte, wie ein Insekt durchs Gras krabbelte. Dann lauschte er wieder.

Dieses Mal hörte er etwas – eine Art Pfeifen oder Singen, wie ein Kessel auf dem Feuer, kurz bevor das Wasser siedete.

Natürlich, sagte er sich, das würde Carolinus' Kessel sein, dem er magisch befohlen hatte, immer kurz vorm Sieden zu bleiben, so daß er sich jederzeit ohne zu warten eine heiße Tasse Tee nehmen konnte. Das war derselbe Kessel, der sich seinen Boden fast durchgewetzt hatte, als er den ganzen Weg nach Malencontri glitt, um mitzuteilen, daß sein Herr und Meister Hilfe brauchte.

Die Leute in der Gegend glaubten, daß der Kessel, wie auch die anderen Utensilien und Apparaturen in Carolinus' Hütte, ein Eigenleben besaßen. Der Kessel hatte dies sicherlich bewiesen – obgleich er in seinen Handlungsmöglichkeiten sehr eingeschränkt war. Jim hatte jetzt eine Idee. Er versuchte, mit dem Kessel zu sprechen.

»Kessel!« schrie er durch die Tür. »Hier ist Jim Eckert. Carolinus' Schutz läßt mich nicht rein, aber ich muß mit dir reden. Gibt es irgendeine Möglichkeit für mich reinzukommen? Oder kannst du rauskommen?«

Er preßte sein Ohr in der Hoffnung auf eine Antwort wieder gegen die Tür.

Und tatsächlich, plötzlich ging das Pfeifen des Kessels in einen verständlichen Singsang über.

»Jim! Carolinus sagt, komm rein,
Wenn etwas dir bereitet Pein.
Klopfe zweimal, dann nochmal sofort
Und sage einfach das magische Wort.«

Jim nahm den Kopf von der Tür und dachte nach. Magisches Wort. Welches magische Wort? Das war typisch für Carolinus, aus etwas Einfachem eine Lektion in Magie zu machen. Noch nie hatte jemand was von magischen Worten erzählt.

Jim atmete tief durch, bevor er noch richtig ärgerlich wurde. Ein Wutausbruch würde nichts ändern. Das war ein Rätsel. Sicher hatte Carolinus angenommen, daß Jim es würde lösen können, aber niemand anders. Das hieße…

Natürlich. Das magische Wort mußte eins sein, das keine Person aus dem vierzehnten Jahrhundert kannte. Jim dachte nach und wollte schon wieder wütend werden, doch da fiel ihm plötzlich etwas ein. O nein, sagte er sich aber, Carolinus würde nicht so etwas Banales, Lächerliches wählen… oder doch?

Jim atmete tief ein, klopfte und sprach die Tür an.

»Sesam, öffne dich!«

Die Tür schwang auf, und Jim trat ein. Hinter ihm schloß sich die Tür wieder, und im schummrigen Licht sah er den Kessel am Haken hängen und hörte, wie er zu ihm sang. Jetzt klang der Gesang so ähnlich wie ein Chor.

»Willkommen, guter Jim Eckert!
Willkommen…«

Der Kessel sang weiter, bis Jim zu sprechen anhob.

»Ich bin auch froh, dich zu sehen, guter Kessel«, antwortete er. »Ich nehme nicht an, daß du weißt, wo Carolinus ist?«

Der Kessel schaukelte ein wenig über dem Feuer und gab einen langen, leisen Pfiff ab, der zitternd auf einer traurigen, fallenden Note endete.

»Du weißt es also nicht?«

Der Kessel pfiff kurz und schrill.

Jim nickte.

»Ich verstehe. Nun, du weißt nicht, wo er ist, und ich auch nicht, und zu raten hat keinen Zweck. Aber ich vermute, daß er, wo auch immer er ist, vielleicht einmal eine Tasse Tee möchte. Die Art von Tee, die er mag, ist genau die Art, die du ihm hier in seiner Hütte machst. Vielleicht kommt er also auf eine Tasse Tee kurz zurück oder er greift magisch nach dir, daß du ihm dort, wo er sich gerade aufhält, eine bereiten sollst – oder irgendwas in der Art. Wie dem auch sei, ich dachte mir, daß ich dir vielleicht einen kleinen Reim aufsagen könnte, den du ihm dann vorsingen würdest. Tätest du das für mich?«

Wieder pfiff der Kessel kurz und scharf seine Bestätigung.

»Schön«, sagte Jim. »Gib mir nur eine Minute. Ich muß mir einen Reim ausdenken…«

Das gelang ihm schließlich. Er war nicht gut in Lyrik, und auch Musik war nicht gerade seine starke Seite. Glücklicherweise kannte er die Melodie, zu der der Kessel alles sang, so daß er sie nur noch mit Worten unterlegen mußte. Nach einigem scharfen Nachdenken kam er schließlich auf:

»Angie spricht, Robert ist gestohlen.
Unsere Trauer sei nicht verhohlen.
Ratet uns, Carolinus!«

In seinen Ohren hörte sich das grauenvoll an. Aber als der Kessel es mit seiner eigenen klagenden, pfeifenden, dünnen Stimme nachsang, klang es schon ein wenig besser.

»Nun«, sagte Jim, »vielleicht hilft das ja. Danke, Kessel.«

Der Kessel antwortete mit einem kurzen, scharfen Pfiff.

»Dir auch alles Gute!« Jim ging durch die Tür, die sich hinter ihm schloß. Nur aus Neugier versuchte er, sie zu öffnen, aber sie war so fest verschlossen wie zuvor.

Er wechselte wieder in seine Drachengestalt. Voller Trübsinn flog er heim nach Malencontri.

Kapitel 14

Jim war am nächsten Morgen immer noch trübsinnig. Er hatte gut geschlafen, aber gleich nach dem Aufwachen suchten ihn wieder die Sorgen heim und piesackten ihn auch beim Frühstück – das durfte er gnädigerweise in der Kemenate einnehmen, beim Mittag- und Abendessen bestanden die Bediensteten aber darauf, daß in der Großen Halle getafelt werden müsse. Angie war bereits gegangen, als Jim noch schlief, und so hatte er nur seine eigenen Gedanken zur Gesellschaft. Dafür waren davon reichlich viele vorhanden.

Daß Carolinus ausgerechnet jetzt, da sie ihn brauchten, nicht zu erreichen war, war übel, aber dieses Problem mußte Jim fürs erste beiseite schieben. Ohne Hoffnung auf Erfolg versuchte er, KinetetE zu rufen. Seine Einschätzung war treffend, denn er erhielt keine Antwort. Dann versuchte er seinerseits, sich selbst zur Magierin zu versetzen, aber so etwas hatte er noch nie geschafft, wenn er keine Vorstellung vom Ziel hatte. Erwartungsgemäß gelang das denn auch nicht. Auch den Gedanken an KinetetE schob er beiseite.

Zuerst, sofort, mußte er das erledigen, was er am meisten fürchtete. Er mußte Brian beichten, wer ihn verletzt hatte. Gedankenverloren ging er durch die Tür und stieß gegen zwei Frauen, die gerade eintreten wollten.

»Mylady ist nicht hier...«, begann er.

»Wissen wir«, sagte die kleinere der beiden scharf. »Wir haben sie eben getroffen, und sie hat uns schon mal vorgeschickt.« Jim blinzelte und tauchte aus der Tiefe seiner Gedanken auf.

»O hallo!« sagte er, als er sie erkannte. »Geronde! Danielle!«

»Ich habe gerade nach Brian gesehen«, sagte Geronde, die kleinere der beiden. »Ihr hattet doch nicht angenommen, daß ich auf Burg Malvern bleiben würde, wo Brian so schwer verletzt ist?«

»Nein, natürlich nicht. Ganz bestimmt nicht. Ich habe nur nicht erwartet…« Jim verstummte lieber, bevor er noch etwas Falsches sagte.

»Ich schätze, daß Ihr Dafydd in der Großen Halle finden werdet«, sagte die hochgewachsene junge Frau des walisischen Bogenschützen, die auch nach der Geburt von zwei Kindern immer noch berückend schön war.

»Selbstverständlich. Wunderbar, Euch beide zu sehen. Ich bin gestern zu Carolinus' Hütte gegangen, aber ohne Erfolg«, sagte Jim und bemerkte noch bevor er die Worte ausgesprochen hatte, daß sie bereits Bescheid wußten.

»Oh?« sagte Danielle.

»Ach, ja?« sagte Geronde.

Geronde öffnete die Tür der Kemenate. Die Zwei rauschten an ihm vorbei, gingen hinein und schlossen die Tür hinter sich. Er blieb allein im Korridor zurück. Wirkte er so abstoßend, wenn er unrasiert war?

Diese Begegnung hatte nicht eben dazu beigetragen, daß er einem Besuch bei Brian mit größerer Freude entgegensah. Nichtsdestotrotz ging er zum Zimmer hinunter, in dem der Freund lag.

»James!« sagte Brian, der schon im Bett saß und deutlich weniger bleich als gestern wirkte. »Ich hatte gehofft, daß jemand vorbeikommen würde – ganz besonders Ihr! Es ist verdammt langweilig, hier zu liegen. Besonders, wenn ich weiß, daß ich aufstehen und herumlaufen könnte.«

»Noch nicht, Brian.« Jim blickte die hier postierte Bedienstete an, die auf einem Stuhl in einer Zimmerecke saß. »Bet, geh nach draußen und schließe die Tür hinter dir. Warte im Gang, bis ich dich rufe.«

»Ja, M'lord.«

»Setzt Euch! Setzt Euch!« sagte Brian. Jim schob Bets Stuhl näher ans Bett und nahm Platz. »Das letzte, woran ich mich erinnern kann, war, daß ich oben in Cumberland war und Ihr hier in Somerset.«

»Nicht ganz. Tatsache ist, daß ich auch oben in Cumberland war – wie Ihr.«

»Wirklich! Ich will gehenkt und gevierteilt werden, wenn ich mich daran erinnern könnte!«

»Nun, erinnert Ihr Euch, daß der Trupp, mit dem Ihr zusammen wart, von einer anderen Gruppe im Skiddaw-Wald angegriffen wurde?«

Brian rieb sich die Stirn.

»Ja, da war was. Aber ich erinnere mich nicht, Euch da gesehen zu haben, James.«

»Ich stand auf der anderen Seite.«

»Wirklich, bei Gott!«

»Ja. Es war sogar so, daß ich, als unsere Linien gegeneinander ritten, Euch fast gegenüber aufgestellt war. Nicht ganz gegenüber, sondern ein bißchen zur Seite versetzt – zwei oder drei Reiter außerhalb der direkten Linie – so daß ich nicht dachte, daß wir aufeinanderstoßen würden, wenn unsere Linien sich trafen.« Umständlicher hätte Jim es kaum ausdrücken können, aber er fürchtete sich davor, zum Punkt zu kommen. »Doch wie der Zufall es wollte, wurde Gorp von den anderen Pferden in Eure Richtung abgedrängt, und plötzlich ritt ich gegen den Mann neben Euch.«

»Also wirklich!« sagte Brian. »Ich hoffe, Ihr habt daran gedacht, Euren Schild hochzuhalten und Eure Lanze locker zu fassen, wie ich es Euch beibrachte. Habt Ihr den Mann, gegen den Ihr geritten seid, vom Pferd geholt?«

»Nun – also die Sache ist die«, sagte Jim und hustete verlegen. »...seht Ihr, ich habe mich auf Euch konzentriert. Ihr habt mich ungefähr zur selben Zeit gesehen und Eure Lanze gehoben, um mich nicht zu treffen, auch nicht aus Versehen.«

»Richtig. Selbstverständlich. Aber dann geschah was?«

»Nun, um die Wahrheit zu sagen, Brian, der Reiter, auf den ich traf, hielt seinen Schild schräg, genau wie Ihr es mir beizubringen versuchtet, und die Spitze meiner Lanze glitt ab und – nun, um eine lange Geschichte kurz zu machen, Brian, Ihr wurdet von meiner Lanze getroffen.«

»Wirklich!« Brian starrte Jim an. »Nun, selbstverständlich. Es war nur richtig, daß Ihr den nächstmöglichen Feind gewählt habt...«

»Brian, ich habe es nicht absichtlich getan!« unterbrach ihn Jim. »Glaubt mir, es war ein Unglücksfall. Meine Lanzenspitze glitt in Eure Richtung ab, und da wir uns aufeinander zu bewegten – Ihr wißt, wie das ist –, traf meine Lanzenspitze Euch hinter dem Schild und verursachte die Wunde, wegen der Ihr gerade im Bett liegt. Es war alles meine Schuld.«

»Ach, das ist also die Erklärung. Wie dem auch sei, James, Ihr müßt immer daran denken: Wenn die Pflicht einen ruft, um gegen den Feind zu ziehen, dann solltet Ihr nicht zögern, Euch jedem zu stellen, der gegen Euch reitet. In solchen Zeiten kommt die Pflicht zuerst.«

»Ich hätte meine Lanzenspitze genau wie Ihr heben sollen«, sagte Jim elend. »Aber ich hatte nicht genug Zeit. Es war alles so schnell vorbei. Ich kann Euch gar nicht sagen, wie leid mir das tut, Brian.«

»Leid tun?« erwiderte Brian mit gerunzelter Stirn. »Warum sollte Euch etwas leid tun, James. Eure Lanzenspitze unterscheidet sich nicht von der eines anderen Mannes.«

»Aber das ist das letzte, das ich Euch je antun wollte. Hätte ich es nur verhindern können!«

»Ach, was hättet Ihr denn tun sollen? Ich danke Euch für Eure Freundschaft und die Freundlichkeit, mich zu retten, und wie dem auch sei, hier bin ich, erhole mich fröhlich und bin bereit aufzustehen – vielleicht heute zum Abendessen?«

»Es ist noch ein bißchen früh. Wartet etwas«, sagte Jim. »Ihr müßt daran denken…«

»Ich weiß! Ich muß hier liegen und mir Blut machen! Angela hat mir das schon gesagt, als sie heute morgen mit Geronde vorbeikam. Ein gesunder Mann müßte in der Lage sein, sein eigenes Blut in etwa einer Stunde zu ersetzen, sollte man meinen. Aber nein, anscheinend dauert das Tage. Doch ich sage Euch, James, ich fühle mich stark genug, gegen wen auch immer einen Gang zu reiten.«

»Das glaube ich gern. Aber ich fühle mich besser, Angie fühlt sich besser und Geronde und überhaupt alle fühlen sich besser, wenn Ihr noch ein wenig länger die Bettruhe einhaltet.«

»Nun, da kann man nichts machen. Ich werde es halt ertragen müssen. Aber, James, erzählt mir von dem Kampf – wenn man das Geplänkel überhaupt so bezeichnen kann. Wer hat gewonnen?«

»Ich weiß es nicht«, gab Jim zu. »Als ich Euch fällte, wurde ich ebenfalls von meinem Pferd geworfen. Blanchard wollte mich angreifen und es sah so aus, als ob andere Kämpfer uns über den Haufen reiten wollten. Daher habe ich uns beide aus dem Kampfgeschehen entfernt.«

»Blanchard!« schrie Brian und richtete sich kerzengerade im Bett auf. »Was ist mit Blanchard? Habt Ihr eine Ahnung, was aus ihm geworden ist? Es gibt so viele, die ihn gerne hätten…«

»Alles in Ordnung – alles in Ordnung! Blanchard ist hier in meinem Stall. Ich habe ihn mit uns zurückgebracht.«

Brian seufzte schwer und sank wieder auf das Kissen zurück.

»Ihr habt mein Leben und meine Seele gerettet, James! Ich hätte lieber einen Arm oder ein Bein verloren als Blanchard. Ihr wißt, wieviel er mir bedeutet – und, um die Wahrheit zu sagen, er wäre noch mehr wert.«

»Ich weiß. Ach, kurz vor Eurem Zusammentreffen mit unserer Truppe hatte John Chandos mir gesagt, daß er sich sicher sei, daß Ihr da wärt. Er hatte Blanchard gesehen und ihn sofort wiedererkannt. Er sagte, daß Blanchard so viel wie ein Lösegeld für einen König wert sei.«

»Ein Lösegeld für alle Könige, die es je gab!« erwiderte Brian scharf. »Und auch dann würde ich ihn nicht verkaufen! Aber James – da Ihr schon mal hier seid, sollen wir die Zeit nicht angenehmer verbringen? Ich weiß, daß es keinen Zweck hat, Euch zu fragen, ob wir Wein trinken können, aber Dünnbier ist reichlich da, und vielleicht könnten wir eine Partie Schach spielen?«

Jim starrte seinen Freund einen Augenblick lang an. Brian schnitt nicht auf. Die Wunde in seiner Schulter mochte zwar weitgehend geheilt sein, schmerzte aber noch immer. Diesen Schmerz konnte Jim nicht lindern. Ein wenig Alkohol wäre da schon hilfreich gewesen, aber das wollte Jim bei der augenblicklichen Blutarmut seines Freundes nicht riskieren. Nun, ein wenig Ablenkung wäre auch nicht schlecht. Wenn Brian etwas zu tun hatte, konnte er den Schmerz vergessen – eine Fähigkeit, die Jim bewunderte. *Könnte ich das jemals im gleichen Ausmaß?* fragte Jim sich selbst – und wußte, daß die Antwort *Nein* lautete.

»Schach also«, sagte Jim.

Das war das wenigste, was er unter diesen Umständen für seinen Freund, den er fast getötet hätte, tun konnte. Dennoch war Jim von dem Vorschlag nicht restlos begeistert. Im zwanzigsten Jahrhundert hatte er sich für einen recht guten Schachspieler gehalten, aber die Regeln, mit denen Brian aufgewachsen war, hatten noch nie von einer Rochade gehört, und die Dame war statt der mächtigsten eine der schwächsten Figuren auf dem Brett, da sie nur diagonal und auch nur ein Feld weit ziehen durfte.

Diese Änderungen waren nicht so gravierend, als daß Jim nicht hätte spielen können, aber sie warfen all seine gewohnten Taktiken über den Haufen.

Nichtsdestotrotz spielten sie. Brian gewann drei Partien mit Leichtigkeit, was ihn sehr aufheiterte. Er war jetzt zufriedener als vorhin, obwohl er nun die ganze Wahrheit kannte. Nach seiner letzten Niederlage entschuldigte Jim sich damit, daß er sich noch um verschiedene Dinge kümmern mußte.

Als Jim Brians Zimmer verließ, ging er wie selbstverständlich die Treppen zur Kemenate hoch. Der Klang der Frauenstimmen stoppte ihn, bevor er noch die Tür öffnete.

Dies wäre vermutlich nicht der beste Zeitpunkt, um sich blicken zu lassen. Geronde und Danielle waren leicht verschnupft gewesen, als er sie vorhin getroffen hatte. Solange er den Grund dafür nicht kannte, war es vermutlich klüger, ihnen aus dem Weg zu gehen. Angie konnte allein bestimmt besser mit den beiden klarkommen.

Jim drehte also um und ging die Treppen wieder hinunter. Er fand Dafydd an der hohen Tafel in der Großen Halle, wo er wie üblich an einem seiner Pfeile arbeitete. Dafydd gehörte zu den Menschen, die ihre Hände immer beschäftigt halten mußten.

»Mylord«, grüßte er formell, als sich Jim zu ihm setzte.

»James«, korrigierte Jim ihn. »Nachdem wir uns so

lange kennen, wie können wir da füreinander etwas anderes als ›James‹ und ›Dafydd‹ sein?«

Nichtsdestotrotz sah er Dafydd aufmerksam an. Der Freund verwandte immer die förmliche Anrede, wenn er beabsichtigte, Jim in einer Angelegenheit zu widersprechen. Das war eine Art Warnung, die besagte, daß er ernstgenommen werden wollte.

»Dann also James«, sagte Dafydd. Seine regelmäßigen Gesichtszüge und sein langer, schlanker Körper wirkten entspannt und ruhig wie immer. »Schön, Euch wohlauf zu sehen. Sagt Ihr mir auch, wie es Brian jetzt geht und wie er an seine Verwundung kam?«

Jim erzählte alles.

Er ließ nur aus, wie Brian angeworben wurde, für die zu kämpfen, die mit Königlichen Steuern unzufrieden waren. Brian hatte ihm das im Vertrauen mitgeteilt, und Jim würde es nicht ohne Erlaubnis weitererzählen, nicht mal einem so alten und guten Freund Brians wie Dafydd.

»... So«, faßte er zusammen, als er an die Stelle kam, wo sich die beiden Truppen im Skiddaw-Wald gegenüberstanden, »hatte ich nicht erwartet, daß Brian mir im Kampfe gegenüberstehen würde. Ich wollte ihm ausweichen. Er sah mich und hob die Lanze, um mich nicht zu treffen. Aber im Gedränge von Menschen und Pferden wurde ich in seine Richtung getrieben... und, nun, das Ganze endete damit, daß ihn meine Lanze traf. Es war... ein Unfall. Deshalb liegt Brian noch im Bett. Er findet es zwar furchtbar, aber er muß sich ausruhen, während sein Körper das verlorene Blut ersetzt.«

»Das ist eine traurige Geschichte«, sagte Dafydd. »Aber so etwas passiert halt. Einmal sah ich über meine Pfeilspitze hinweg meinen Cousin weniger als zweihundert Meter entfernt. Sein eigener Bogen war gespannt, aber nicht auf mich gerichtet. Er hatte mich noch nicht gesehen. Da ich nicht auffallen wollte, schoß ich den Pfeil ab, aber absichtlich daneben. Dann habe ich mich aus der Linie zurückgezogen, noch bevor mein Cousin mich sah. Ein Bogenschütze von geringerem Ruf als ich hätte nicht leicht die vorderste Linie verlassen können. Nur wegen meiner Reputation in Hinsicht auf Können und Mut hatte niemand mein Gehen in Frage gestellt. Das war nur gut, denn sonst hätte ich meinen Cousin umbringen müssen.«

Noch während er sprach, war er mit dem, was auch immer er mit dem Pfeil gemacht hatte, fertig geworden und legte ihn vor sich auf den Tisch. Jim sah den Pfeil neugierig an. Seine Spitze war ungefähr fünfzehn Zentimeter lang, aus Metall, schmal, sechseckig und lief zu einer Art Nadelspitze aus.

»Das sieht aus wie einer der Pfeile, die Ihr angefertigt habt, als wir oben an der schottischen Grenze mit Giles de Mer und seiner Familie gegen die Hohlmenschen kämpften«, bemerkte Jim.

»Er ist ähnlich«, erklärte Dafydd, »aber nicht genau gleich. Dies ist eine neuere Machart, Dolchspitze genannt. Auch andere Bogenschützen fertigen solche Pfeile, um den modernen Rüstungen aus Stahlplatten beizukommen.«

»Wenn Ihr in der Lage seid, mit einem breiten Kriegspfeil eine dicke Tischplatte zu durchschießen, wie ich es auf der Burg von Giles de Mer gesehen habe, was könnt ihr dann hiermit vollbringen?«

»Das möchte ich selbst sehr gern wissen. Doch dafür bleibt der rechte Zeitpunkt abzuwarten. Aber um das Thema zu wechseln, Lady Angela hat mir erzählt, daß in der Burgmauer ein Loch entstanden ist.«

»Ja, in Roberts Raum.«

»Und das Loch in der Mauer ist sehr lang.«

»Auch das ist richtig.«

Dafydd blickte Jim ernst an.

»Das ist keine gewöhnliche Kindesentführung. Auch steckt nichts Magisches dahinter, da mit Magie keine Notwendigkeit besteht, Wände aufzubrechen oder Löcher zu graben. Ich kenne keine Kreatur, die so etwas tut. Deshalb fällt mir nur eine Richtung ein, in der wir nachforschen müssen.«

»Und die wäre?« fragte Jim, denn Dafydd schwieg, während sich sein Blick weiter bedeutsam auf Jim richtete.

»Das Meer. Das Meer ist riesig, vielleicht so riesig wie das Land, und da mag es viele Kreaturen geben, die wir uns nicht einmal vorstellen können, geschweige denn gesehen haben. Eine von diesen hat vielleicht Robert geholt.«

»Denkt Ihr das wirklich?« fragte Jim. Er war plötzlich sprachlos. »Aber warum sollte etwas aus dem Meer – tief aus dem Meer müßte es sein, damit es nie zuvor gesehen worden wäre – sich seinen Weg an Land graben und ein Kind stehlen?«

»Das weiß ich auch nicht«, antwortete Dafydd. »Es ist ja auch nur eine Vermutung. Ihr habt doch eine Meereskreatur in Eurem Burghof sitzen, fragt sie doch.«

»Natürlich«, rief Jim aus. »Rrrnlf!«

»Vielleicht kann er uns wenigstens einen kleinen Hinweis geben«, fuhr Dafydd fort. »Ohne irgendeinen Anhaltspunkt dürfte die Suche aussichtslos sein.«

»Wir haben mit Sicherheit nichts zu verlieren«, sagte Jim halb zu sich selbst. Er merkte, daß Dafydd ihn noch immer ansah, und das erinnerte ihn an etwas. »Ihr werdet mir doch bei der Suche nach Robert helfen, nicht wahr, Dafydd?«

»Warum dachtet Ihr, daß ich es nicht täte?«

»Nun, ich…« Er fand es schwierig, Danielles beinahe feindseliges Verhalten in Worte zu fassen. »Ich dachte, weil Danielle…«

»Danielle wird zu verhindern suchen, daß ihr Ehemann und der Vater ihrer Kinder sich in Gefahr begibt. Dennoch wird sie verstehen, daß wir uns gegenseitig helfen müssen, wenn es notwendig ist. Sie wird nicht begeistert sein, daß ich mich an der Suche beteilige, aber sie wird mir auch keine Steine in den Weg legen.«

»Nun, ich wünsche sicher nicht, daß Ihr von Eurer Gemahlin getrennt seid, aber ich würde mich erheblich sicherer fühlen, wenn Ihr mir helft. Schade, daß Brian immer noch so schwach ist...«

»Sorgt Euch nicht um Brian. Wenn er Euch auch unterstützen will, dann wird er es tun, selbst wenn sich ihm die ganze Welt entgegenstellte. So ist er eben. Sollen wir jetzt mal mit dem Seeteufel sprechen?«

»Ja!« Jim stand auf und Dafydd folgte ihm. »Was haltet Ihr davon, wenn wir uns auch das Loch im Wald ansähen? Schließlich können wir Rrrnlf nicht in Roberts Kammer mitnehmen.«

»Da ist wahr. Zeigen wir ihm das Loch im Wald.«

Dafydd nahm beiläufig Bogen, Köcher und den Pfeil auf, an dem er gerade gearbeitet hatte, und hängte den Bogen über die eine Schulter und den Köcher über die andere.

»Vorhin schlief Rrrnlf noch«, sagte Jim, als sie durch die Tür traten. »Ah, jetzt ist er wach.«

Rrrnlf saß mit untergeschlagenen Beinen im Burghof. Sein Kopf befand sich auf gleicher Höhe mit dem Wehrgang.

Er schien verstimmt zu sein, warf immer etwas von einer Hand zur anderen. Jim staunte nicht schlecht, als er sah, daß der Seeteufel mit dem kleinen häßlichen Mann jonglierte, der Rrrnlf schon bei seinem letzten Besuch begleitet hatte. Das Männchen war so still wie immer, während sein Gefährte es in die Luft warf und mit der anderen riesigen Hand wieder auffing. Das Männchen schien nichts gegen diese Behandlung zu haben, nicht einmal sein Gesichtsausdruck änderte sich, wenn er hochgeworfen und wieder aufgefangen wurde.

Für Jim sah es fast so aus, daß der kleine Mann dieses Spiel sogar mochte. Warum, konnte Jim nicht im geringsten nachvollziehen.

Rrrnlf hingegen wirkte, als wäre er nicht ganz auf dem Damm. Jims Anblick schien ihn jedoch aufzuheitern. Mit einer beiläufigen Bewegung verbarg Rrrnlf das Männchen in seinem Hemd.

»Ah, kleiner Magier«, dröhnte er. »Ihr seid ja wieder hier!«

Jim fühlte sich versucht, darauf hinzuweisen, daß *hier* sein eigener Besitz war und *er* hierhergehörte, während es Rrrnlf war, der kam und ging. Er unterließ dies jedoch. Es war ohnehin zu leicht, den Faden zu verlieren, wenn man mit dem Seeteufel sprach.

»Rrrnlf«, sagte er daher nur, »im Wald gibt es ein seltsames Loch, und Dafydd und ich würden es uns gern mit Euch ansehen.«

»Mit mir?« fragte Rrrnlf. »Ein Loch ansehen? Was befindet sich in dem Loch?«

»Das wissen wir nicht«, antwortete Jim. »Deshalb wollen wir ja auch, daß du es dir ansiehst, vielleicht daran riechst und uns sagst, was du davon hältst. Vielleicht erkennst du mehr als wir oder hast eine Ahnung, wer es gegraben haben könnte.«

»Sicherlich, kleiner Magier«, sagte Rrrnlf und stand auf. Turmhoch ragte er über die Menschen auf, als er hinzufügte: »Aber ich würde mir keine Sorgen machen. Löcher stören selten kleine Leute wie euch. In über zehntausend Jahren habe ich nicht erlebt, daß ein Loch einer so kleinen Person irgend etwas getan hätte.«

»Stören sich dann Seeteufel oder andere Wesen im Meer an solchen Löchern?« hakte Jim gleich nach.

Rrrnlf lachte.

»Nichts stört einen Seeteufel, kleiner Magier! Ihr wißt das. Und was das andere Seevolk betrifft, das hinge davon ab, was die Seeperson einem solchen Loch gesagt oder getan hat. Wo ist dieses Loch?«

»Ihr folgt uns besser«, sagte Dafydd.

»Dann rennt vor«, meinte Rrrnlf.

Er wartete mit einem freundlichen Lächeln ab, während Jim und Dafydd durch das Tor gingen und die Rodung überquerten. Als sie im Wald ankamen, war Rrrnlf weder zu hören noch zu sehen. Dann vernahmen sie das Brechen von Zweigen, und der Seeteufel fluchte in einer Sprache, die Jim nicht verstand und für Altenglisch hielt.

»Kleiner Magier!« brüllte Rrrnlf fast genau über ihren Köpfen. Zu sehen war er allerdings nicht, da das Laubwerk zu dicht war. »Wo seid Ihr?«

»Hier unten!« rief Jim hoch. »Folge dem Klang meiner Stimme. Ich… gehe… in… diese… Richtung…«

Jim ging weiter und rief immer wieder, bis er am Loch angelangt war.

»Hier ist es!« schrie Jim.

Holz barst, Splitter, Rinde, Zweige und Blätter regneten auf die Menschen hernieder, Rrrnlfs Gesicht zeigte sich zwischen den Ästen.

»Aber wo ist das Loch?« fragte Rrrnlf.

»Zu meinen Füßen!« antwortete Jim. »Wenn ich noch einen Schritt mache, falle ich hinein.«

»Oh«, sagte Rrrnlf. Wieder war ein Krachen und Knacken zu hören, dann war Rrrnlf auf Händen und Knien neben Jim und Dafydd niedergegangen. Sein Gesicht befand sich nur noch ungefähr drei Meter über ihnen und Rrrnlf beäugte das Loch. Jim und

Dafydd mußten beiseite treten, damit Rrrnlf seine Augen dem Loch noch weiter nähern konnte.

Nach einigen Sekunden grunzte Rrrnlf, hob den Kopf und wischte sich Dreck und Gras von seinem Augenlid. Dann sah er Jim und Dafydd an.

»Es ist wirklich ein Loch«, sagte er.

»Ja«, antwortete Jim und bemühte sich, geduldig zu sein. »Aber es scheint irgendwo hinzuführen. Aargh hat es sich angesehen und sagt, daß es ungefähr meine Körpergröße lang gerade nach unten geht und daß der Gang dann abknickt und zu Eurer Linken weiterführt, Rrrnlf.«

»Aargh?« fragte Rrrnlf. »Ach, der kleine Wolf.«

»Ja«, sagte Dafydd. »Habt Ihr eine Idee, Rrrnlf, wohin der Tunnel führt?«

»Warum? Wohin soll er schon führen? Er führt nach Südwesten, dahin, wo ihr kleines Volk in der Erde nach Zinn und Silber grabt.«

Jim und Dafydd sahen sich an.

»Cornwall«, sprach Dafydd ihren Gedanken laut aus. »Zu den Minen da unten.«

»Und dann natürlich«, fuhr Rrrnlf fröhlich fort, »führt er selbstverständlich zum Meer.«

Jim war beinahe glücklich.

»Dafydd! Ihr hattet recht!«

»Wie hätte er nicht recht haben können?« warf Rrrnlf ein. »Führt nicht alles früher oder später zum Meer?«

Kapitel 15

»NICHT ALLES, RRRNLF«, widersprach Jim.

»Wie, natürlich alles«, beharrte Rrrnlf, stand auf und sah durch das Loch, das er ins Blätterdach gerissen hatte. »Wenn Ihr auf oder in diesem Land irgendwohin geht, kleiner Magier, kommt Ihr ans Meer. Wohin denn sonst?«

»Aber du weißt doch nicht mit Bestimmtheit, daß dieses Loch zum Meer führt.«

»Aber das tut es. Könnt Ihr es nicht riechen? Ihr Landvolk habt doch sonst so eine feine Nase.«

»Nicht alle!« sagte eine rauhe Stimme, und eine pelzige Schnauze schob sich erst in Jims Gesichtsfeld und dann in das Loch. »Ich habe die beste Nase, die es hier weit und breit gibt, und ich rieche das Meer nicht.«

»Na, siehst du, Rrrnlf«, sagte Jim. »Aber du riechst es?«

»Nein, ich rieche eigentlich nie etwas. Ich…«

Rrrnlf blieb einen Augenblick lang still stehen, runzelte die Stirn und blickte ins Leere.

»Ich *fühle* es!« sagte er schließlich und blickte Jim an.

»Wie fühlt Ihr es denn?« fragte Dafydd.

»Ich fühle es einfach. Ich fühle, daß dieser Gang weiter und weiter führt, an dem Ort vorbei, an dem ihr kleinen Leute in der Erde grabt. Dann trifft er auf andere Gänge und diese wieder auf weitere Tunnel, und die führen dann an einen Ort Unter-dem-Hügel, wo es einen unterirdischen Fluß gibt, der dort hindurchfließt und dann weiter zum Meer.«

»Und wo ist dieser Ort, wie sagtest du, unter dem Hügel?« fragte Dafydd fast harsch.

»Oh, er liegt unter dem Meer – da drüben…«

Rrrnlf deutete nach Südwesten, nicht ganz die Richtung, in der der Tunnel verlief, aber doch fast.

»Eins der Versunkenen Länder?« fragte Dafydd, immer noch scharf. Jim sah ihn verwundert an.

»Ich denke, so könnte man es nennen«, antwortete Rrrnlf, nachdem er sich erst einen Augenblick den Kopf gekratzt hatte. »Wie hier, aber so mitteltief im Ozean.«

»Würdet Ihr mir auch sagen, welches es sein könnte?«

»Gibt es verschiedene?« fragte Rrrnlf zweifelnd. »Wir Seeteufel dürfen solche Orte nicht betreten, und vom Meeresgrund aus sehen sie alle gleich aus.«

»James, Aargh«, sagte Dafydd, erneut mit ungewohnter Schärfe. »Ich denke, wir sollten so bald wie möglich eine Beratung abhalten.«

»Worüber sollen wir denn reden?« fragte Aargh. Er steckte seine Nase ins Loch. »Laßt James den Gang breit genug machen, damit wir alle reinpassen, und dann folgen wir ihm zu seinem Ende.«

»Ich glaube nicht, daß das so einfach wäre«, widersprach Dafydd. »Der Grund dafür wird offensichtlich werden, wenn wir in der Großen Halle sitzen.«

Er hielt inne und sah Aargh an.

»Oder wollt Ihr nicht mit uns kommen?«

»Ich habe Jim schon gesagt, daß ich kommen will, und das werde ich auch«, grollte Aargh. »Aber ich kann darin keinen Sinn erkennen. Warum sollen wir nicht hier reden?«

»Wir können Brian vielleicht in die Große Halle hinuntertragen«, warf Jim ein, »aber nicht hierher. Sagte ich doch gestern schon.«

Aargh knurrte einmal kurz, sagte aber sonst nichts. Kein begeistertes, aber immerhin ein widerstrebendes Ja, wie Jim wußte.

»Der winzige Raum, in dem ihr reden wollt, ist für mich zu klein. Ich bleibe draußen im Burghof. Ruft mich, wenn ihr mich braucht.«

»Danke, Rrrnlf«, sagte Jim und schlug in Gedanken drei Kreuze. Die Beratung wäre erheblich verwirrender, wenn der Seeteufel dran teilnähme.

Einen Kriegsrat zu organisieren war in letzter Zeit nicht leicht, dachte Jim. Jeder hatte seine eigenen Wünsche, und jedem mußte man gerecht werden. Und das größte Problem war Brian…

Aber nicht nur Brian, auch Geronde, Danielle und

Angie hatten darauf bestanden, an der Beratung teilzunehmen.

Aargh lag auf einer Bank an einem Ende der Tafel. Die Hinterläufe hatte er zur Seite ausgestreckt und den Vorderkörper aufgerichtet, so daß sein Kopf sich fast auf Augenhöhe mit den anderen befand.

Als endlich alles arrangiert war, setzte sich auch Jim. Brian sah ihn unnachgiebig an, sein Gesicht war noch immer blaß. Der verletzte Ritter hatte die Bediensteten tatsächlich dazu gebracht, ihn anzukleiden. Er trug sogar seinen Schwertgürtel.

Ein Schwert zu tragen, war für einen Gast in einem befreundeten Haus ungehörig. Aber Brian wollte damit in erster Linie seine Bereitschaft zeigen, wie Jim vermutete, ob das den anderen nun gefiel oder nicht. Die Waffe zu ziehen oder womöglich damit zu kämpfen, dazu war Brian sicher noch nicht in der Lage.

Zuerst herrschte am Tisch unangenehme Stille. Glücklicherweise erschienen nun, da alle saßen, die Bediensteten mit Weinkrügen, Wasserkrügen, Bechern und mehreren Platten mit kleinen Leckereien.

Jetzt war es ganz offensichtlich an Jim, die Beratung zu eröffnen.

Jim räusperte sich.

»Dafydd, Aargh, Rrrnlf und ich haben uns das Loch im Wald zusammen angesehen. Rrrnlf sagt, daß es irgendwo ins Meer führt. Dafydd dagegen...« Jim merkte, daß er sich auf dünnes Eis begab. Dafydd hatte wahrscheinlich nicht damit gerechnet, daß die drei Frauen an der Beratung teilnehmen würden. Und weder Danielle noch Geronde sahen so aus, als würden sie freudig zustimmen, wenn ihre Männer an den noch zu besprechenden Aktionen teilnehmen wollten. Vorsichtshalber änderte Jim die Aussage.

»Ähm, Dafydd«, begann er neu, »Dafydd meinte,

daß wir alles in Ruhe beraten sollten, bevor wir irgendwas entscheiden.«

In den Gesichtern war keine Regung erkennbar. Jim sah Aargh in der Hoffnung an, daß der Wolf ihm weiterhelfe. Aber dieser blieb seiner sphinxgleichen Pose treu. Er sagte überhaupt nichts. Dafydd dagegen hob an zu sprechen.

»Äh, nun, es scheint mir, daß es für uns eine bessere und schnellere Möglichkeit zu reisen gäbe. Wir...«

»Du gehst nicht!« unterbrach ihn Danielle.

Dafydd drehte sich zu ihr und sah sie an.

»Ich gehe nicht?«

»Nein!«

Dafydd nickte mehrmals leicht mit dem Kopf. Das war keine bewußte Bewegung, der Bogenschütze machte das immer, wenn er nachdachte.

Jim fühlte mehr als daß er sah, wie ihn jemand anblickte. Es war Brian. Einer der Bediensteten hatte den Fehler begangen, seinen Becher mit ein wenig Wein zu füllen. Brian hob ihn nun, leicht zitternd, aber mit Triumph in den Augen, als er Jims Blick einfing.

Jim sagte nichts dazu. Er schaute einfach zu, wie Brian den Becher an die Lippen führte. Plötzlich änderte sich Brians Gesichtsausdruck. Er nahm den Becher von den Lippen und starrte den Inhalt überrascht an, bevor er das Trinkgefäß wieder absetzte.

»Recht so!« sagte Geronde. »Der Wein ist zu stark.« Sie nahm einen Krug und füllte Brians Becher bis zum Rand mit Wasser auf – den Becher, dessen Inhalt Jim bereits zur Hälfte in Wasser verwandelt hatte, als Brian ihn an die Lippen hob. Nachdem Geronde zusätzlich nachgeschenkt hatte, war die Flüssigkeit nur noch sehr schwach rosa.

Brian wandte den Kopf und lächelte sie grimmig an.

»Soll das noch den ganzen Tag dauern?« fragte

Aargh. »So ist es immer mit euch Menschen. Ihr redet und tut nichts. Wenn Carolinus da wäre...«

»Ich bin hier!« unterbrach ihn die gereizte und ungewöhnlich heisere Stimme von Carolinus. Sie sahen sich um, und da stand er zwischen den beiden langen Tafeln. Am Rand wirkte er ein wenig unscharf, Jim war sofort klar, daß Carolinus nicht persönlich, sondern nur als Projektion anwesend war. »Ihr habt meinem Kessel eine Nachricht ausrichten lassen, Jim? Ich habe nur einen Augenblick Zeit. Worum geht es also?«

Jim sprang eilig auf.

»Carolinus, ich kann Euch gar nicht sagen, wie ich mich freue, Euch zu sehen. Kann ich einen Augenblick privat mit Euch sprechen – ich meine, vertraulich?«

»Das geht in Ordnung«, sagte Carolinus säuerlich. »Wir Magier der Kategorie Eins Plus verstehen gerade so eben das Wort ›privat‹ von – nun, dann kommt mit.«

Carolinus' Projektion glitt zur Anrichtestube hinüber. Jim schob seinen Stuhl zurück und folgte eilig.

In der Anrichtestube war zu Jims Erstaunen kein Bediensteter zu sehen. Dann verstand er: die Dienerschaft der Burg war an Jims Magie gewöhnt, aber nicht an die von Carolinus. Kein Knecht, keine Magd wollte das Risiko eingehen, den Magier zu stören oder zu belästigen. Deshalb waren alle fort.

»Die Sache ist die...«, begann Jim, aber Carolinus schnitt ihm das Wort ab, als sie vor der Feuerstelle stehenblieben.

»Schon gut, schon gut«, sagte der ältere Magier. »Ich habe keine Zeit. Laßt Euch von Dafydd führen und folgt ihm nach Lyonesse und dort zum Eingang nach Überm-Hügel-Unterm-Hügel. Ihr könnt Aargh auf dieser Reise aber nicht mitnehmen.«

»Was ist Überm-Hügel-Unterm-Hügel?« fragte Jim. »Und warum kann Aargh nicht mit?«

»Das tut jetzt nichts zur Sache. Das findet Ihr heraus, wenn Ihr da seid«, antwortete Carolinus. »Und Aarghs Anwesenheit hätte böse Auswirkungen. Schert Euch jetzt nicht darum, sondern macht, was ich Euch gesagt habe!« Er schüttelte den Kopf.

»Aber beachtet, was in dem Stein über dem Eingang geschrieben steht, bevor Ihr eintretet. Nun, meine Zeit ist knapp. Ich muß Euch mitteilen, daß Ihr vor ein paar Tagen Euren unbegrenzten Kredit verloren habt. Euer alter Antagonist, Son Won Phon, wurde tätig, sobald ich mich um andere Dinge als um Euch kümmern mußte, und daher ist Euer Konto jetzt auf Eis gelegt. Ich weiß nicht, wieviel Ihr noch übrig hattet –, und da Ihr technisch gesehen immer noch ein Lehrling seid, wird die Revisionsabteilung es Euch auch nicht mitteilen. Benutzt also so wenig Magie wie möglich. Streckt Euer Guthaben. Aber denkt vor allem daran, daß der König und Prinz Edward unter allen Umständen geschützt werden müssen. Ich werde jetzt gehen…«

»König? Prinz Edward?« wiederholte Jim.

Aber Carolinus war schon wieder verschwunden. Jim starrte auf die Stelle, an der eben noch das Abbild des Magiers gestanden hatte. Dies war das zweite Mal, daß Carolinus so geheimnisvoll die Notwendigkeit angedeutet hatte, den König von England und seinen Kronprinzen zu schützen.

»Aber ich will Robert zurückbekommen, zum Teufel noch mal!« fluchte Jim die leere Luft an. Langsam ging er wieder zur hohen Tafel zurück.

»Nun«, sagte er und sah in die fragenden Gesichter der anderen. »Carolinus ist weg – einfach verschwunden. Ihr habt vielleicht bemerkt, daß er nicht selbst hier war, sondern nur sein Abbild. Aber, Dafydd, er sagte, Ihr könntet uns zeigen, wie wir dahin kommen, wo wir hinmüssen. Wir müssen einen Teil von…«

Er ging auf und ab, sah einen verzweifelten Augenblick lang an allen vorbei und wandte sich dann an Angie.

»Zum Teufel noch eins! Der Name liegt mir auf der Zunge, aber ich kann mich nicht erinnern. Angie, wie lauteten noch die Verse in dem Gedicht über ein älteres Land, das ich so mag – das, wo König Arthur starb?«

»Ach, du meinst *Arthurs Tod* von Alfred, Lord Tennyson? Arthur starb übrigens nicht«, sagte Angie mit ihrem unfehlbaren Gedächtnis, »er wurde von den drei Königinnen nach Avalon gebracht. Aber die Verse, die du meinst…«

Sie zitierte:

»Dann erhob sich der König,
zog nächtens mit seinem Heer
und drängte unnachgiebig
Sir Mordred Schritt um Schritt
Richtung Sonnenuntergang
zurück zur Grenze von Lyonesse –
ein Land von altersher,
emporgehoben aus der tiefsten Tiefe
durch Feuer wieder in die
tiefste Tiefe zu versinken…«

Sie brach ab.

»Das ist es!« rief Jim aus. »Wir durchqueren einen Teil von Lyonesse bis zum Eingang zu einem Ort, der Überm-Hügel-Unterm-Hügel heißt.«

Alle starrten ihn an. Dann sprach Dafydd.

»Lyonesse ist vor Jahrhunderten im Meer versunken. Es besteht nicht mehr vornehmlich aus blankem Fels und leerem Ödland. Jetzt ist es von Magie durchtränkt, von Tieren und Bäumen besiedelt, die allesamt reden können, ja, die Pflanzen können sich sogar bewegen.«

»Bei allen Heiligen!« sagte Brian mit einer Stimme, die so aufgeregt klang, wie es in Anbetracht seiner Schwäche nur möglich war. »So sieht es da jetzt aus? Es wurde allgemein angenommen, daß alle Erinnerung an diesen Ort verlorengegangen sei.«

»Nicht in meinem Land«, entgegnete Dafydd. »Aber da Ihr Lyonesse erreichen müßt, braucht Ihr meine Hilfe – nein, mein Goldvogel…«, sagte er und wandte sich Danielle zu, als sie widersprechen wollte, »bitte warte ab. Wir beide werden später noch darüber sprechen, und wenn du nicht damit einverstanden bist, werde ich nicht gehen. James, sagte Carolinus noch etwas, außer daß Ihr durch Lyonesse ziehen müßt?«

»Nichts darüber, wohin wir uns dann wenden müssen«, sagte Jim. Aus einem unerfindlichen Grund zögerte er, das Eingangstor von Überm-Hügel-Unterm-Hügel mit der eingemeißelten Botschaft zu erwähnen. »Er sagte nur, daß es überaus wichtig sei, daß König Edward und der Prinz geschützt werden…«

»Aber James!« brach es aus Brian heraus. »Das könnte eine ernste Angelegenheit sein. Wodurch werden der König und der Prinz bedroht?«

»Carolinus hat auch darüber nichts gesagt.« Aus dem Augenwinkel sah er, wie Angie mit dem Zorn darüber kämpfte, daß den König zu schützen wichtiger sein könnte als Robert zurückzuholen.

»Nun, dann solltet Ihr Eure Magie verwenden und uns unverzüglich nach Lyonesse bringen!« sagte Brian.

»Ihr könnt nicht mitgehen!« erklärte Geronde energisch und sah so aus, als ob sie Brian jederzeit an die Gurgel springen würde. »Ihr seid außerstande, irgendwohin auf zwei Beinen zu gehen – oder auf vieren. Ihr werdet auch nicht von Nutzen sein, selbst wenn Ihr geht.«

»Zur Hölle, Geronde!« fluchte Brian. »Ich mag heute vielleicht ein wenig schwach sein. Vielleicht brauche ich noch eine Nacht Erholung, aber morgen bin ich kräftig genug, um mich auf einem Pferd zu halten, und übermorgen reite ich besser als alle anderen. Davon abgesehen habe ich keine Wahl. Es ist Teil meines Schwurs.«

»Dein Schwur soll…« Geronde beherrschte sich gerade noch rechtzeitig, denn das, was sie gesagt hätte, hätte Brian bestimmt für Blasphemie gehalten. Sie richtete ihren Blick auf Angie. »Angela, Ihr wißt, daß er nicht reisen kann!«

»Nun, er ist noch sehr schwach…« Angie schwankte sichtlich zwischen einer ausgesprochenen Lüge und ihrem Verlangen, Jim zu unterstützen, der Brians Kampferfahrung dringend brauchte, selbst wenn er Brian auf einer Trage mitnehmen müßte.

»Mein Schwur«, sagte Brian langsam und ernst. Sein Gesicht war sehr bleich, fast weiß, aber seine Stimme klang stärker als zuvor. »Mein Schwur besagt unter anderem, daß ich Frauen, Kindern oder Mitgliedern der Heiligen Kirche Hilfe und Beistand gewähren werde, wann immer sie dessen bedürfen.«

»Über Kinder ist nichts im Schwur enthalten!« widersprach Geronde heftig.

»Es gibt Ritter«, sagte Brian im selben harten, gemessenen Tonfall, »die diesen Teil des Schwurs auslassen, da sie meinen, daß es unter ihrer Würde sei, einem Kind Beistand und Hilfe zu gewähren. Ich sehe das anders, und Gott hat meine Worte gehört.«

»Angela! James!« bat Geronde. »Sagt ihm, daß ihr seine Hilfe nicht wollt. Denkt nach! Ihr habt kein Recht, ihn darum zu bitten. Gott weiß, daß ich dem Kind alles Gute wünsche, schon allein um Euretwillen. Aber denkt daran: Er ist nicht von Eurem Blut! Ob er lebt oder stirbt, hat keine Auswirkungen auf Euer Haus!«

»Ich will ihn wiederhaben«, sagte Angie. Jim schwieg.

»Dann werde ich mit Euch reiten«, sagte Brian fest.

»Das wird allerdings nicht vor morgen früh der Fall sein«, fügte Angie schnell hinzu, um die Lage zu entschärfen.

»Dann bleibt es bei morgen früh«, sagte Brian unnachgiebig. »Dann seid Ihr in der Lage, uns mit Magie nach Lyonesse zu bringen, nicht wahr, James?«

»Nun, die Sache ist die…« Jim suchte fieberhaft nach einer Alternative, da Carolinus ihm gesagt hatte, er möge seine magische Energie aufsparen. »Also, wenn Rrrnlf uns einfach durch das Meer zur unterseeischen Grenze von Lyonesse tragen könnte, wie damals, als er uns zum Kraken Granfer brachte, dann wäre das eine bessere Lösung.«

Alle außer Angie und Aargh sahen ihn verwirrt an. Solch eine Reise war doch für einen Magier keine Schwierigkeit?

»Seht Ihr«, fuhr Jim hastig fort, da er sich plötzlich an Carolinus' Worte in Cumberland erinnerte, »ich glaube, daß Lyonesse ein weiteres Reich ist, wo meine Magie nicht wirkt – genau wie sie nicht gewirkt hat, als wir damals ins Königreich der Toten unter Malvinnes Burg geraten waren – Ihr erinnert Euch, Brian?«

»Allerdings.«

»Daher gibt es starke magische Gründe, warum wir nicht mit Magie, sondern auf andere Art dahin reisen sollten. Warum sprechen wir nicht einfach mit Rrrnlf und fragen ihn, was er davon hält?«

Jims Gedanken rasten, während er sprach – nicht so sehr, um die richtigen Worte zu finden, sondern, um schnell genug zu plappern und somit die anderen daran zu hindern, seinen Entschluß in Frage zu stellen. Er hatte schnell eine Visualisierung ausgearbeitet, die Rrrnlf zu ihnen in die Große Halle brächte. Wenn der Seeteufel erst einmal bei ihnen war, wäre die Diskussion vorbei.

»Rrrnlf...«, sagte er laut, um seine Zuhörer zu beeindrucken – für die Magie war es eigentlich unnötig. »Ich beschwöre dich hierher, jetzt!«

Jeder sah angemessen beeindruckt aus, außer Angie, aber dann änderte sich auch ihr Gesichtsausdruck. Über ihren Köpfen war ein Splittern und Bersten zu hören. Drei Viertel von Rrrnlf füllten den Zwischenraum zwischen den beiden unteren Tafeln, gut drei Meter von ihnen entfernt, und über ihnen grollte seine beachtliche Stimme. Sein Kopf war nicht zu sehen.

»Wer hat mir das angetan?« brüllte er.

»Teufel auch!« sagte Jim atemlos. »Ich habe wieder mal vergessen, wie groß er ist!«

Mit einem weiteren Krachen brachen Rrrnlfs Hände neben dem bereits bestehenden Loch durch die Decke. Jetzt konnte man den riesigen Körper des Seeteufels bis zur Brustmitte erkennen.

»Hör auf damit, Rrrnlf!« schrie Jim. »Ich kümmere mich gleich um alles! Verdammt will ich sein, wenn ich auch das Dach mit Magie in Ordnung bringe.« Die letzten Worte murmelte Jim zu sich selbst. »Das kann der Zimmermann richten. Es ist schönes, trockenes Wetter.«

Jim schwankte eine Sekunde, ob er Rrrnlf verkleinern oder lieber alle magisch nach draußen versetzen sollte. Er entschied sich für ersteres. Plötzlich paßte der Seeteufel zur Gänze in die Halle. Er blinzelte auf die Anwesenden nieder.

»Kleiner Magier!« sagte der verkleinerte Rrrnlf verwirrt. »Was ist geschehen? Ihr seid größer als sonst. Die anderen auch!«

»Das ist eins der Dinge, die mit Magie halt passieren können«, sagte Jim. »Wenn du uns das nächste Mal siehst, sind wir so klein wie zuvor. Ich wollte dich etwas fragen. Ich möchte, daß du Brian, Dafydd und mich nach Lyonesse bringst.«

»Nicht nach Lyonesse, kleiner Magier«, sagte Rrrnlf ernst. »Ich kann da nicht hin. Habe ich Euch das nicht gesagt?«

»Ich möchte nur, daß du uns bis zum Rand bringst...«, wollte Jim fortfahren, aber Dafydd unterbrach ihn.

»James, das laßt Ihr besser mich erklären. Rrrnlf hat durchaus recht. Er kann uns nicht zur Grenze bringen, wenn er sich nicht durch ein anderes Königreich gräbt oder hindurchläuft – und diese Königreiche sind ihm verschlossen. Was Rrrnlf allerdings tun könnte, wäre, uns zum Rand des Versunkenen Landes zu bringen. Von da können wir allein weiter.«

»Seid Ihr sicher, daß Ihr das könnt, kleiner Bogenschütze?« fragte Rrrnlf zweifelnd. »Vielleicht ist es nicht möglich.«

»Es ist möglich«, beharrte Dafydd.

»Wie dem auch sei«, sagte Jim, »du mußt uns nicht hineintragen. Bring uns nur durch das Wasser zur Grenze, und dann benutze ich vielleicht ein wenig Magie, damit wir die letzten Meter in das Reich hinein zurücklegen können. Dich lassen wir dann zurück. Ich könnte den ganzen Weg selbst mittels Magie zurücklegen, das ist wahr, aber ich muß es zuerst visualisiert haben. Da ich noch nicht da war, kann ich das aber nicht.«

Diese Ausrede, warum ich uns nicht mit Magie nach Lyonesse bringen kann, hätte ich mir eher ausdenken sollen, dachte Jim und ärgerte sich über sich selbst. Schließlich war er doch schon auf genau dieses Problem gestoßen, als er KinetetE erreichen wollte.

»Das tut Ihr also, kleiner Magier?« fragte Rrrnlf. »Dinge vissln?«

»Nun ja. Aber das läßt sich einem Nichtmagier schlecht erklären. Bist du sicher, daß du uns bis ganz zur Grenze des Versunkenen Landes bringen kannst?«

»Ich wünschte, ich könnte auch Dinge vissln«, sagte Rrrnlf wehmütig.

»Ich wünschte, ich wäre neun Meter groß und so stark wie ein Seeteufel«, entgegnete Jim. »Aber das bin ich nicht. Wir tun alle, was wir können – auf unsere eigene Art.«

»Das ist das gescheiteste, was ich Euch je sagen hörte, James«, stimmte Aargh zu.

»Ich glaube, Ihr habt recht«, erklärte Rrrnlf traurig. »Ihr kleinen Leute...«

Er brach ab und griff unter sein Hemd.

»Das erinnert mich an was.« In seiner Hand befand sich nun der häßliche kleine Mann mit den zugehaltenen Ärmeln. Rrrnlf setzte ihn mitten auf die Tischplatte, als wäre er ein Kunstwerk. Die Augen des Männchens hefteten sich fest auf Jim.

Sie sahen sich über etwa einen Meter polierter Tischoberfläche hinweg an. Der Kleine war proportional zu Rrrnlf geschrumpft, bemerkte Jim.

Er war nicht wirklich häßlich, sagte sich Jim nun. Und er war kein Mann, das heißt, er war kein Mensch. Er war höchstwahrscheinlich ein Elementargeist. Das schloß Jim nicht nur aus dem höchst seltsamen Äußeren des Männchens, sondern das sagte ihm auch ein tief verwurzelter Instinkt.

Nicht daß es einen großen Unterschied gemacht hätte. Eine ganze Reihe Elementargeister wie Rrrnlf waren nichts als Güte und Freundlichkeit auf zwei Beinen – wenn sie vielleicht auch nicht über allzuviel gesunden Menschenverstand verfügten. Andere konnten so furchterregend wirken wie der uralte Burgtroll des Grafen von Somerset, der nichtsdestotrotz eine überraschend gute, aber auch zarte und verletzliche Seite hatte. Wieder andere konnten so unmenschlich wie Melusine sein, ein Elementargeist aus Frankreich, dessen sprunghaftes Temperament und gedankenloser Egoismus alle Drachen und jeden menschlichen Mann, den sie sah, in Gefahr brachten.

Da war ein bestimmter, nicht erklärbarer Eindruck, den Nichtmenschen in einem Menschen irgendwie erzeugten.

Jim betrachtete das kleine Wesen genau. Nein, es war weniger häßlich denn merkwürdig. Das Gesicht war ein wenig länger als beim Menschen, und die dichten Augenbrauen und das schwarze, glatte, sehr grobe Haar schienen eine gewisse Primitivität auszudrücken. Wenn man sich aber auf den ständig leicht geöffneten Mund und die großen, blauen, weit offenen Augen konzentrierte, wirkte das Männlein wie jemand, der gerade erst die Welt um sich herum entdeckte.

Die Arme des Männleins schienen überproportional lang zu sein. Sie steckten immer noch in den Ärmeln. *Als ob sterbliche Augen keinen Teil von ihnen sehen sollten,* dachte Jim.

Natürlich war es auch möglich, daß das Hemd vorher jemandem gehörte, der doppelt so groß war. Es saß nicht richtig und beulte sich an ungewöhnlichen Stellen aus, als ob der Körper, der in ihm steckte, eckig oder klumpig wäre.

»Er freut sich, Euch wiederzusehen«, sagte Rrrnlf in Jims Gedanken hinein.

Jim starrte weiter auf den kleinen Mann. »Woher willst du das wissen? Hat er was gesagt? Als du ihn das letzte Mal mitbrachtest, sagtest du, er spräche nie ein Wort.«

Rrrnlf kratzte sich mit dem rechten Daumen am linkem Ohr, senkte dann seinen Arm und starrte den kleinen Mann ebenfalls an, der ihm im Augenblick keinerlei Beachtung schenkte.

»Ja«, sagte Rrrnlf. »Jetzt tut er es wieder. Er ist glücklich, Euch wiederzusehen… oder meint er wirklich ›glücklich‹? Vielleicht ist er nur glücklich, daß er Euch wieder ansieht.«

Dies war, so dachte Jim, das erste Beispiel für geistige Kommunikation unter den Elementargeistern dieser Welt, auf das er je gestoßen war. Es erschien ihm selbst in dieser Welt voller Elementargeister und Magie übernatürlich.

Wie dem auch sei, dachte er und rief sich zur Ordnung, es hatte keinen Sinn, darüber zu sinnieren.

»Es tut mir leid, Rrrnlf, ich sehe nicht, wie ich...«

»Nein, ich habe mich geirrt«, unterbrach Rrrnlf ihn. »Er sagt, daß er bei Euch bleiben will.«

»Bei mir?«

»Bei Euch«, sagte Rrrnlf ernst und nickte. »Ich verstehe ihn jetzt. Er sagt, Ihr seid sein Glück, und er muß Euch bei sich behalten. Wenn er Euch bei sich behält, dann habt Ihr ihn bei Euch zu behalten.«

Dies mochte Rrrnlf vollkommen logisch erscheinen, aber für Jim war es nur eine weitere Komplikation, auf die er gerade jetzt keinen Wert legte. Er verschloß sein Herz und antwortete harsch.

»Ich kann ihn nicht hierbehalten, ganz gleich, was er von mir hält. Du mußt ihn mitnehmen, wenn du gehst.«

Ohne Warnung streckte der kleine Mann seine seltsamen Arme aus wie ein kleines Kind, das auf den Arm der Mutter genommen werden möchte. Jims Herz schmolz wie Butter in der Sonne.

»Nun, vielleicht...«, erwog er mit einem schuldbewußten Seitenblick auf Angie, »für eine Weile...«

»Tja, das wäre es dann wohl, kleiner Magier«, sagte Rrrnlf. »Ich mache noch ein Schläfchen, bis Ihr bereit seid. Dann trage ich Euch, den kleinen Ritter und den kleinen Bogenschützen soweit, wie ich darf.«

»Nun gut«, sagte Jim, der das als Rrrnlfs Wunsch, in den Burghof zurückversetzt zu werden, auffaßte. Er vergrößerte den Seeteufel und den kleinen Mann wieder auf Normalgröße.

»Ich muß springen«, hörten sie Rrrnlfs Stimme poltern, und bevor Jim ihn sich noch im Burghof vorstellen konnte, beugte der Riese die Knie und schoß wie eine Rakete nach oben. Es war wirklich erstaunlich, wenn man seine Größe und sein Gewicht bedachte. Dann hörte man im Burghof einen heftigen Aufprall und ein paar durchaus ernstgemeinte Schreie von Leuten, die wohl Zeugen des Vorfalls gewesen sein mußten – hoffentlich aus genügender Entfernung.

Die Gruppe um die hohe Tafel löste sich auf. Aargh war bereits verschwunden. Keiner hatte es bemerkt. Danielle ging gerade mit Dafydd davon. In ihren Augen lag ein harter Glanz. Und Geronde beaufsichtigte die Bediensteten, die Brian wieder nach oben tragen sollten.

»Darf ich Euch helfen?« fragte Angie.

»Das ist nicht nötig«, antwortete Geronde und sah Angie dabei nicht an.

Jim und Angie blieben zurück. Beide sahen auf den kleinen Mann.

»Nun«, sagte Jim und blickte seine Gemahlin an. »Es sieht so aus, als ob wir ihn für eine Weile am Hals hätten.«

»Das ist schon in Ordnung, solange er nicht im Weg steht.«

»Natürlich«, stimmte Jim eilig zu. Es wäre ihm nicht im Traum eingefallen, daß er den seltsamen Kleinen würde bei sich aufnehmen müssen. Was aß so ein Wesen eigentlich? Jim hatte keine Ahnung. Einige Elementargeister schienen gar nicht essen zu müssen. Andere, wie Kob, aßen und tranken nur, wenn ihnen danach war, nicht weil sie mußten. Dann waren da natürlich noch die verschiedenen Trollarten, die wie alle Fleischfresser regelmäßig töten und essen mußten.

So weit Jim wußte, brauchte Rrrnlf nicht zu essen, und wenn dieser kleine Bursche wirklich die ganze Zeit mit ihm gereist war, dann benötigte er vermutlich auch keine Nahrung. Rrrnlf hätte gewiß nie daran gedacht, seinen Begleiter zu füttern.

Jim hatte eine Idee. Der Gedanke an Kob, den Kobold ihrer Burg, hatte sie hervorgebracht.

»Vielleicht...«, begann Jim und brach ab. Er hob seine Stimme und richtete sie zur nächsten Feuerstelle. »Kob!« rief er. Die Antwort kam wie erwartet sofort. Doch wie sie lautete, damit hatte Jim nicht gerechnet.

»Ich mag ihn nicht!« kam die Erwiderung mit einer dünnen Koboldstimme von der Feuerstelle, aber Kob selbst zeigte sich nicht. »Ich mag ihn nicht im geringsten!«

Kapitel 16

»Stell dich nicht so an, Kob!« sagte Jim. »Er wird dir nichts tun. Wenn du willst, kann ich einen magischen Schutz um dich herum errichten, damit er nicht an dich herankommt, während du hier draußen bist.«

»Ich habe keine Angst! Ich mag ihn nur nicht.«

»Nun, dann komm raus zu Lady Angela und mir.«

»Also gut... wenn Ihr da seid...«

Kobs schmale braune Gestalt kam mit dem Kopf voran aus dem Kamin. Mitten in der Luft drehte sich der Kobold und sprang dann mit einem Satz auf die hohe Tafel, genau zwischen Angie und Jim. »Ich fürchte mich kein bißchen vor ihm«, beteuerte er. »Aber er gehört hier nicht her, und Ihr mögt ihn lieber als mich!«

»Kob!« schalt Angie. »Du weißt doch, daß wir keinen lieber mögen als dich.«

»Wirklich?« Kob sah zu ihr auf.

Sie nahm seine kleine Hand in ihre.

»Niemals!«

»Oh«, Kob straffte die Schultern und wurde fast einen Zentimeter größer.

»Und«, sagte er mit Blick auf den kleinen Mann. »Was tut Ihr mit ihm?«

»Es geht nicht darum, was ich mit ihm tun werde oder was Lady Angela mit ihm tun wird. Es geht darum, was du mit ihm tun sollst«, erklärte Jim.

Kobs Gesicht wurde lang, und er schrumpfte um den gerade neu gewonnenen Zentimeter. Jim fuhr fort. »Ich glaube nicht, daß er sich hier um sich selbst kümmern kann. Daher möchte ich, daß du dich um ihn kümmerst, wenigstens heute nacht, und einen Ort für ihn findest, wo du ein Auge auf ihn werfen kannst. Er ist genau wie du ein Elementargeist.«

»Also ist er ein Troll, aber ein Troll frißt mich, sobald er mich sieht.«

»Ich denke nicht, daß dieser Bursche dich fressen wird«, beruhigte Jim Kob.

»Nun, vielleicht nicht. Das würde ich ohnehin nicht zulassen. Aber ich will ihn nicht in meinen Kaminen, und was ist, wenn er da ohnehin nicht bleiben will. Vielleicht kann ich ihn einfach unter das Dach stecken, zu den Fledermäusen, oder etwas in der Richtung.«

»Fledermäuse?« fragte Jim mit einem Blick auf Angie. »Wir haben Fledermäuse?«

»Natürlich«, sagte Angie. »Praktisch jede Burg, Kathedrale oder jedes andere Gebäude hat welche.«

»Es sind nette, freundliche Fledermäuse«, ergänzte Kob ernsthaft.

»Wir nehmen dich beim Wort.« Jim sah wieder auf den kleinen Mann. Seine Augen ruhten nun auf Kob, aber sein Gesichtsausdruck war der gleiche wie immer: Staunen mit offenem Mund. »Solange er nichts dagegen hat.«

»Nein, er sagt, es wäre in Ordnung«, meinte Kob.

»Sagte er das? Woher weißt du... Willst du damit sagen, daß du ihn sprechen hörst, Kob? Wie kannst du das?«

»Ich weiß nicht. Ich kann es einfach.«

»Ich höre nichts«, warf Angie ein.

»Ich auch nicht«, sagte Jim. »Kob, wenn du eine Antwort aus ihm herausbekommst, dann frage ihn, wie er heißt.«

»Wie heißt du?« sagte Kob an das Männchen gewandt. »Ach, ist das so? Nun, sie sind *mein* Lord und *meine* Lady! Und dies ist *meine* Burg. Du bist nur ein seltsamer Bursche – wie heißt du, habe ich gefragt?« – Pause – »Er sagt, sein Name sei Hill«, faßte Kob zusammen und sah Jim an.

»Hill?«

»Das sagt er. Ich glaube nicht, daß er sehr klug ist. Er ist der dümmste von – von uns Leuten, die ihr Elementargeister nennt, M'lord, der dümmste, den ich je getroffen habe.«

»Er kann dich also hören, wenn du laut mit ihm redest«, sagte Jim und dachte, daß es wahrscheinlich nicht sehr klug war, Angie so schnell zuzustimmen, als sie sagte, daß sie den kleinen Mann nicht in der Kemenate haben wollte. »Frag ihn, warum er mit mir kommen wollte, statt bei Rrrnlf zu bleiben?«

»Er sagt – das ist kein Grund!« Die letzten Worte hatte Kob wieder an das Männchen gerichtet. Dann wandte der Kobold sich erneut Jim zu. »Er sagt nur ›Er ist mein Glück!‹ – und nun will er gar nicht mehr reden.«

»Schon gut«, brummte Jim. »Bring ihn nach oben zu den Fledermäusen. Wenn er mit mir überallhin mitkommen will, dann wird er vermutlich mehr erleben, als er sich je erträumt hat. Du hast ihn heute nacht als Gast und vielleicht auch ein wenig länger. Das hängt davon ab, wann Sir Brian in der Lage ist, mit uns zu reiten.«

Kob stand auf einem Bein und zögerte. »Ja, M'lord«, sagte er einen Augenblick später und drehte sich um. »Komm schon, Hill.«

»Und Kob!« rief Jim ihm nach. »Er mag es vielleicht genausowenig hier zu sein, wie du ihn magst. Sei nett zu ihm.«

Kob blieb stehen. Hill auch. Kob wandte sich um. Hill auch.

»Nett, M'lord?« Kob starrte Jim an.

»Du weißt doch. Nett ist, wenn du Sachen machst – wie kleine Kinder zu einem Ritt auf dem Rauch mitzunehmen.«

»Aber er ist kein junger Mensch«, sagte Kob, der halb so groß war wie der kleine Mann. »Er ist groß!«

»Das bin ich auch, und du nahmst mich dennoch mit.«

»Aber bei Euch ist das was anderes, M'lord. Ich mag Euch.«

»Nun, das ist doch nett. Nett sein heißt, etwas Gutes für jemanden tun, aber es besteht kein Grund, warum man die Person vorher mögen muß, bevor man etwas Nettes für sie macht. Man könnte auch zuerst etwas Nettes tun und dann herausfinden, ob man die Person mag – und ob sie dich mag.«

»Oh?« machte Kob. Er schüttelte verwirrt den Kopf, drehte sich wieder um und geleitete Hill in die Feuerstelle. Ein Rauchfaden trug sie beide den Kamin hoch, und dann waren sie verschwunden.

»Vielleicht kann ich Hill aus Versehen zurücklassen«, sagte Jim zu Angie. »Besonders, wenn Brian morgen imstande ist zu reiten und wir in aller Eile losziehen, dann habe ich eine gute Entschuldigung.«

»Dazu brauchst du eine Menge Glück.«

»Glück ist mein zweiter Name, wenn man Hill glauben kann.« Aber der Scherz kam nicht an.

Mitten in der Nacht wachte Jim mit der Lösung zu einem Problem auf, das er schon die ganze Zeit gewälzt hatte. Brian war zwar fast geheilt, durch den Blutverlust aber doch noch sehr geschwächt. Jim wußte nicht genau, wie gefährlich das sein konnte.

Carolinus hatte damals Dafydd mit Hilfe von Magie eine Transfusion gegeben, nachdem Jim herausgefunden hatte, wie man die Blutgruppe bestimmen konnte.

Während Jim noch darüber nachdachte, wie Carolinus das angestellt hatte, schlief er ein. Mitten in der Nacht aber wachte er auf; er hatte im Traum eine Eingebung. Noch im Halbschlaf dämmerte ihm langsam, wie er die Transfusion vornehmen konnte: Sein eigenes Herz würde dabei als Pumpe dienen.

Vorsichtig, um Angie nicht zu wecken, kroch Jim aus dem Bett, teilte die Vorhänge nur so weit, daß er hindurchschlüpfen konnte, kleidete sich an und ging leise die Treppen hinunter.

Eine Wache stand neben Brians Tür auf Posten. Das war aber mehr eine Formalität und nicht wirklich nötig.

Als Jim in den Gang einbog, gähnte der Wächter gerade herzhaft. Als er Jim sah, schloß er die Kiefer mit einem hörbaren Schnappen, richtete sich auf und versuchte, einen wachsamen Eindruck zu machen.

»Um diese Nachtzeit ist es ganz schön ruhig, Bartholomew.«

»Ja, M'lord. Sir Brian schläft. Ich habe keinen Laut von ihm gehört, außer einem Schnarcher hin und wieder.«

»Gut. Ich gehe einen Augenblick rein, um nach ihm zu sehen. Öffne die Tür leise und schließe sie hinter mir wieder genauso leise. Brennt drinnen ein Licht?«

»Das Feuer ist noch nicht verloschen, M'lord.«

»Achte darauf, daß es die ganze Nacht brennt. Jetzt öffne die Tür.«

Jim schlich hinein, und die Tür schloß sich fast geräuschlos hinter ihm. Brian schlief friedlich – und schnarchte kein bißchen.

Leise trat Jim zu ihm hinüber und blickte auf seinen Freund. Vielleicht lag es nur am rötlichen Feuerschein, aber Brian sah schon viel gesünder aus, wie er so entspannt dalag. Jim schloß seine Fingerspitzen sanft um Brians Handgelenke, darauf bedacht, den Freund nicht zu wecken. Aber Brian hatte schon immer einen gesunden Schlaf und wachte nur bei höchst ungewöhnlichen Geräuschen – oder wenn Gefahr drohte – auf.

»Zur Hölle…«, murmelte Brian, ohne die Augen zu öffnen. Er schnarchte einmal kurz und schlief dann ruhig weiter. Vorsichtig suchte Jim am Handgelenk den Puls und zählte.

Jim hatte hier im vierzehnten Jahrhundert, wo ihm keine Armbanduhr zu Verfügung stand, gelernt, im Geist eine Uhr mitlaufen zu lassen. Brians Herz machte etwa zweiundfünfzig Schläge in der Minute. Das entsprach recht genau Jims Herzfrequenz – es sollte eigentlich gelingen.

Auf magische Weise entnahm Jim nun Brians Körper einen Tropfen Blut und gab ihn auf eine Messerklinge. Daneben setzte er einen Tropfen eigenen Blutes. Beiden Tropfen befahl er nun, sie mögen sich nicht mischen lassen, wenn sie nicht vom gleichen Typ wären. Dennoch flossen sie zusammen. Jim fragte sich, ob er ein Universalspender war oder ob er einfach die gleiche Blutgruppe wie Brian hatte, aber das spielte auch keine Rolle: Er konnte seinem Freund Blut spenden.

Jim hielt inne und konzentrierte sich auf Brian. Als das Bild des Freundes fest in Jims Geist verankert war, stellte er sich vor, wie *sein* Blut von *seinem* Herzen *seinen* Arm hinunter und durch *seine* Fingerspitze in Brians Schlagader gepumpt wurde – ganz langsam, nur anderthalb Milliliter pro Herzschlag.

Das Extrablut würde auf diese Weise mit Sicherheit nicht zu schnell in Brians Adern gelangen. Insgesamt konnte Jim seinem Freund etwa einen halben Liter des Lebenssaftes spenden; Brian wäre damit am nächsten Morgen viel kräftiger.

Gerade wollte Jim Brians Gemach verlassen, als er auf der anderen Seite der Tür ein Flüstern hörte. Eine der Stimmen gehörte der Wache, die mit irgendeinem anderen Bewaffneten sprach. Beide unterhielten sich im lokalen Dialekt und nicht in der Hochsprache, in der sie Jim und Angie gegenüber sprachen.

»Haste mir wat gebracht, um meinen Hals anzufeuchten, Nick?«

»Jupp. Hier isset. Dünnbier, Bart. Alles wat ich kriegen konnt.«

»Hah, dat geht gut runter. Ich war schon richtich ausgetrocknet, Nick.« Nach einer Pause fuhr die Wache fort. »Wat gibts unten Neues?«

»Er wächst un er is willich. Keine Sorge, Bart. Dein Silber is sicher.«

»Wir müssen ihn überreden. Dat is ja gegen die Natur. Denk an meine Worte, Nick…« Das Flüstern wurde leiser, und Jim konnte nichts mehr verstehen. Worüber redeten die beiden? Auch die Sorge darüber, was die Burgbewohner wirklich über ihn denken mochten, stieg in Jim wieder auf.

Seltsamerweise fühlte er sich gleichzeitig schuldig. Er empfand es als nicht recht zu lauschen. Dünnbier bei der Wache – das war gegen alle Regeln und verdiente eigentlich Strafe. Dennoch widerstrebte es Jim, die beiden Soldaten auf frischer Tat zu ertappen. So sollte ein Burgherr aber nicht empfinden…

Jim straffte die Schultern, legte die Hand auf die Klinke, öffnete die Tür, schlüpfte hinaus und schloß die Tür wieder leise hinter sich. Als er heraustrat, war nur noch Bart auf seinem Posten zu sehen. Jim sah so weit den gebogenen Gang hinunter, wie er konnte, aber Barts Kumpan war nicht zu sehen. Dann wandte Jim sich wieder zum Gehen. Dabei bemerkte er einen Lederbeutel, den Bartholomew mit dem Bein gegen die Mauer preßte und ihn so zu verbergen trachtete. Jim tat, als habe er nichts gesehen, und ging zur Treppe hinüber.

»Gute Nacht, Bartholomew.«

»Gute Nacht, M'lord.«

Jeder andere Lord hätte die beiden auf der anderen Seite der Tür bei der Fortführung ihres Gesprächs belauscht und sie anschließend der Bestrafung zugeführt, so wie es im vierzehnten Jahrhundert Brauch war. Jim widerstrebte diese Denkweise immer noch, obwohl er schon viele Jahre hier lebte. Nun, eines Tages, irgendwann einmal, würde er sich die Zeit nehmen und in aller Ruhe darüber nachdenken.

Es war nicht Neugier gewesen, die ihn zuhören ließ, das Gefühl, daß die beiden Soldaten eine Dummheit vorhatten, vor der er sie bewahren wollte. Auch das war für einen mittelalterlichen Burgherrn ein kaum nachvollziehbarer Gedanke.

Wer war der ›Er‹, über den sie gesprochen hatten. Konnten sie ihn, Jim, gemeint haben?

Unsinn. Er war älter als die beiden!

Aber er *wuchs* noch in dem Sinne, daß er sich an ihre mittelalterlichen Verhaltensweisen und Bräuche anpaßte.

Vergiß es, befahl er sich selbst.

Er hatte heute nacht Brian helfen können, und das war das einzige, was zählte.

Leise kehrte Jim in die Kemenate zurück. Angie

schlief noch. Vorsichtig krabbelte er wieder ins Bett und zog die Vorhänge zu. Das Bett war warm und behaglich, und irgendwie schlossen die Vorhänge die Sorgen des Tages aus. Der Schlaf fing Jim wieder ein.

Er erwachte, weil sich Angie aus dem Fenster lehnte und Befehle in den Burghof hinunterrief.

»Und trennt die beiden!« brüllte sie. »Ihr anderen macht euch wieder an die Arbeit! Ihr habt doch alle was zu tun, denke ich, oder?«

Es folgte eine kurze Pause, in der es Jim gelang, endgültig wach zu werden.

»Das ist schon besser!« rief Angie. Sie schloß das Fenster und kehrte zum Bett zurück.

»Oh! Gut, daß du wach bist«, sagte sie. »Ich wollte dich gerade wecken.«

»Das hast du auch so geschafft.« Obwohl eigentlich bereits wach, spürte Jim noch immer beinahe übermächtig die Verlockung der Decken und der Matratze.

»Nun, es ist ohnehin Zeit, daß du dich anziehst.«

»Worum ging es da unten?«

»Ist schon vorbei. May Heather und ihr Freund Tom aus der Küche haben sich geprügelt.«

»Schon wieder?«

»Ich verstehe das nicht. Ich habe die Meisterin der Küche und auch die Meisterin der Anrichtestube gefragt, was mit den beiden in letzter Zeit los ist. Sie waren doch die besten Freunde. Unzertrennlich, wie Zwillinge. Aber nun wollen sie sich andauernd wegen irgendeiner Kleinigkeit umbringen. Sie sind beide dreizehn, weißt du.«

»Tom ist schon dreizehn? Dann ist er ziemlich klein für sein Alter.«

»Nicht in diesem Jahrhundert. Es ist eine Frage der Ernährung«, erklärte Angie. »Kinder werden hier nicht so groß wie in unserer Zeit. Im Winter gibt es nicht genug zu essen, und in den anderen Jahreszeiten ist die Ernährung unausgewogen. Davon abgesehen ist May Heather ohnehin in dem Alter, wo sie stärker wächst als er. Mädchen haben zu Beginn der Pubertät einen Wachstumsschub, weißt du.«

»Ach ja? Schätze, du hast recht.«

Nach dem Sonnenlicht zu urteilen, das durch die Fenster fiel, war es schon mitten am Tag. Üblicherweise wäre Jim bei Sonnenaufgang aufgestanden. Das war eine der mittelalterlichen Schlafgewohnheiten, an die er sich angepaßt hatte.

»Nun, da ich schon mal wach bin«, sagte er und krabbelte aus dem Bett, »könntest du bitte Frühstück bestellen?«

»Das habe ich bereits getan. Da ist es ja schon.«

Die Tür schwang auf, ohne daß jemand vorher der Höflichkeit halber geklopft hätte, und drei Frauen aus der Anrichtestube kamen mit dem Essen herein. Jim stand nackt im Raum, denn Angie und er schliefen, wie im Mittelalter üblich, immer unbekleidet, wenn sie zu Hause waren. Die Frauen ließen sich von Jims Nacktheit nicht stören, deckten den Tisch, knicksten und gingen wieder raus.

»Ach, würden sie doch nur lernen anzuklopfen!« flehte Jim.

»Gib es auf und iß dein Frühstück. Du solltest dich mittlerweile daran gewöhnt haben. Aber zieh dich erst an.«

»Sie bestimmen über unser Leben«, brummelte Jim, während er sich eilends ankleidete. »Nicht umgekehrt.«

»Tja«, sagte Angie, die sich bereits den hartgekochten Eiern und dem Speck widmete, »sie sind, wie sie sind, und wir werden sie nicht ändern können. Beeil dich, bevor das Essen kalt wird.«

Jim setzte sich zu ihr. Das Frühstück weckte seine Lebensgeister. Seine Gedanken wandten sich wieder verschiedenen Fragen zu, die ihm seit der geheimen

Besprechung mit Carolinus im Kopf herumgingen. Als er mit dem Essen fertig war, hatte er einen Entschluß gefaßt.

»Ich werde etwas ausprobieren«, teilte er Angie mit und schob seinen Stuhl zurück. »Bleib wo du bist. Ich werde die Revisionsabteilung anrufen und mich nach meinem Guthaben erkundigen.«

»Ach! Sonst machst du das doch immer, wenn ich nicht dabei bin. Du willst doch nicht sagen, daß ich diesmal zusehen darf?«

»Es handelt sich eher um *zuhören*«, verbesserte Jim. Er machte einen Schritt vom Tisch fort, starrte in die Luft und sprach sehr laut.

»REVISIONSABTEILUNG!«

»Ja, James Eckert?« antwortete die Baßstimme sogleich etwa eineinhalb Meter über dem Boden und unmittelbar vor ihm, wie immer unsichtbar, wahrscheinlich körperlos und stets geschäftsmäßig.

»Ich wünsche, daß meinem Konto der dreifache Betrag der magischen Energie, die ich am Verhaßten Turm verdient habe, hinzugefügt wird«, forderte Jim so streng und autoritär wie er konnte.

»Es tut mir leid, James Eckert«, antwortete die Revisionsabteilung. »Eurem Konto darf kein weiterer Überziehungskredit gewährt werden.«

Carolinus hatte also recht gehabt.

»Also wirklich, was soll das denn!« empörte sich Jim. »Dann könntet Ihr mir wenigstens sagen, wie hoch mein Guthaben im Augenblick ist.«

»Ich bedaure, James Eckert.«

»Sagt mir nicht, daß Ihr das auch nicht dürft!«

»Der Kontostand darf keinem Lehrling mitgeteilt werden.«

Jim seufzte still. Carolinus hatte ihm ja gesagt, daß es keinen Zweck hätte zu fragen. Aber einen Versuch war es doch wert.

»Ich stehe gerade vor einer Reise und soll nicht wissen dürfen, über wieviel Magie ich noch verfüge. Selbst wenn ich nur ein Magier der Kategorie Drei Plus bin, scheint mir doch, daß Ihr mir wenigstens einen groben Rahmen nennen müßt, für wieviel Magie die Energie reicht.«

Eine Weile war es still. Wenn es sich nicht um die Revisionsabteilung gehandelt hätte, wäre Jim seiner Sache sicher gewesen, daß sein Gesprächspartner zögerte. Einen Augenblick später antwortete die Stimme allerdings.

»Ihr habt ungefähr das Äquivalent des vollen Guthabens eines Magiers der Kategorie Zwei Plus zur Verfügung. Aber wenn das verbraucht ist, kann nichts mehr abgehoben werden.«

Jim bezweifelte, daß sein Dank noch ankam; die Revisionsabteilung war so prompt wie immer verschwunden.

Die Auskunft schien Angie zu beruhigen.

»Wird das reichen?«

»Ich weiß es nicht. Das ist ja das Problem. Ich habe keine Möglichkeit, das festzustellen. Ich weiß nicht einmal, wie hoch das volle Guthaben eines Magiers der Kategorie Zwei Plus ist. Für ein wenig Alltagszauberei sollte es reichlich sein. Aber ich nehme Brian und Dafydd mit, dazu noch die Pferde und ein Packpferd für unser Gepäck. Wenn ich alle magisch transportiere, kann das Guthaben schnell verbraucht sein.«

»Mußt du denn so viel mitnehmen? Ich meine die Pferde und das alles?« Sie stand auf und kam um den Tisch herum auf Jim zu.

»Wenn ich plötzlich keine Magie mehr zur Verfügung stehen habe, wie werden wir uns dann fortbewegen – von den schweren Rüstungen und Waffen und dem anderen Zeug, das wir brauchen, aber nicht schleppen können, ganz zu schweigen?«

»Oh«, sagte Angie, blieb vor ihm stehen und lächelte ihn an. »Es wird schon alles klappen. Das fühle ich. Es wird alles klappen.«

»Das hoffe ich«, brummte Jim. Aber dann hellte sich sein Gesicht auf. »Ich bin so froh, daß ich dich habe!«

Sie umarmten einander.

»Und nun«, sagte Jim, als sie sich wieder voneinander lösten, »sollten wir herausfinden, ob Brian nicht morgen schon wieder reiten kann.«

Brian war sich ganz sicher, reiten zu können – nicht erst morgen, sondern schon heute. Ferner begann er, die Führung zu übernehmen und Befehle zu erteilen – sie sollten die Pferde bereitmachen, unverzüglich die Sachen packen und und und. Jim würde ihm ein paar Sachen leihen müssen. Brians Waffen und seine Rüstung waren in Cumberland zurückgeblieben. Außerdem brauchte er Wäsche zum Wechseln und noch ein paar andere Dinge.

»Ich habe doch alles«, beruhigte Jim ihn. »Außerdem wollte ich nur ein Packpferd mitnehmen.«

»Ich denke, wir können alles auf ein Tier laden, ohne es übermäßig zu belasten«, sagte Brian ungeduldig. »Wir können die Lanzen selber tragen.«

»Ja, das müßte gehen.«

Jim steckte den Federkiel zurück in das Tintenfäßchen, das er sich ans Wams geheftet hatte, bevor er herunterkam, und faltete das Papier zusammen, auf dem er sich eben Notizen gemacht hatte.

»Müßt Ihr alles niederschreiben?« fragte Brian, der kaum seinen Namen kritzeln konnte. Sofort rief sich jedoch der Ritter zur Ordnung und lächelte Jim schief an. »Vergebt mir, James. Das war ungehobelt. Es ist nur diese Ungeduld in mir. Ich will endlich wieder auf einem Pferd sitzen.«

»Schon gut, Brian. Und was das Niederschreiben betrifft, so hilft es mir, mich an alles zu erinnern.«

»Aber ich habe Euch doch bereits eine kurze Liste von Dingen, die ich brauche, gegeben!« entgegnete Brian erstaunt.

»So sind wir Magier halt. Ich schicke Euch ein paar Bedienstete hoch, und Ihr könnt Euch fertigmachen. Habt Ihr schon gefrühstückt?«

»Schon vor Stunden.«

»Dann können wir ja gleich zusammen nach unten gehen«, sagte Jim und verließ den Raum.

Er ging hinunter in die Große Halle und wollte sich nach Dafydd erkundigen. Der Bogenschütze saß bereits an der hohen Tafel und befiederte seine Pfeile.

»Guten Morgen, Dafydd«, sagte Jim und setzte sich dem Freund gegenüber.

»Guten Morgen, Sir James.« Dafydd lehnte sich über das weiße Tischtuch und senkte die Stimme zu einem Flüstern, während die Hände mit der Arbeit fortfuhren.

»James, wißt Ihr, ich habe nachgedacht. Da sind ein paar Dinge, die ich über Lyonesse gehört habe und die ich Euch gerne mitteilen würde. Ich wünschte, Carolinus würde zurückkehren und Euch das selbst sagen, aber darauf können wir wohl nicht rechnen. Ich wollte gleich heute morgen mit Euch sprechen. Aber dann dachte ich mir, daß wir warten sollten, bis wir die Burg verlassen haben.«

Jim senkte ebenfalls die Stimme.

»Wenn Ihr das für wirklich wichtig haltet, Dafydd, dann sollten wir besser hier und jetzt darüber reden, nur Ihr und ich. Wenn wir erst mal unterwegs sind, dann ist da nicht nur Brian, sondern auch Rrrnlf, und dessen Gehör ist so gut, daß er auch hört, was er nicht mitkriegen soll. Ich denke doch, daß es sich um eine Art Geheimnis handelt?«

»Das ist wahr«, murmelte Dafydd. »Können wir denn hier sprechen, ohne daß uns jemand hört?«

»Ja, dafür kann ich sorgen.«

Er hob seine Stimme.

»John Steward!«

Jim wartete. Dafydd wartete. Aber John Steward erschien nicht. Nach einer Weile trat jedoch May Heather aus der Anrichtestube.

»Zu Diensten, M'lord«, sagte sie. Ihr Kinn war auf der linken Seite leicht geschwollen, und sie hatte an ihrer Nase einen üblen Kratzer, sah ansonsten aber so fröhlich und lebhaft wie üblich aus. »Die Meisterin ist nicht in der Anrichtestube. Kann ich was für Euch tun, M'lord?«

»Nun, dann mußt du für ein paar Minuten die Pflichten von John Steward übernehmen«, sagte Jim und hätte schwören können, daß May Heather bei seinen Worten um fünf Zentimeter gewachsen wäre.

»Es ist mir eine Ehre, M'lord!«

»Sag allen in der Burg außer Sir Brian und Lady Angela, daß ich mit Dafydd ap Hywel eine magische Angelegenheit bespreche. Ich will nicht, daß einer der Bediensteten deswegen blind oder taub wird. Sag ihnen daher, daß ich die Halle verzaubert habe und daß sie in Sicherheit sind, solange sie außer Sicht- und Hörweite bleiben. Ich beauftrage dich damit, dafür zu sorgen, daß sich alle fernhalten. Und kümmere dich auch um deine eigene Sicherheit.«

May Heather schluckte schwer.

»Ja, M'lord. Ich sage allen Bescheid. Ich sage alles, wie Ihr es befohlen habt.«

»Wenn wir fertig sind, gehe ich in die Anrichtestube und klappere mit Pfannen oder Töpfen. Dann könnt ihr zurückkommen.«

»Ja, M'lord. Ich gehe gleich los und sorge dafür, daß alle weit genug wegbleiben!«

May Heather rannte los. Jim sah ihr nach, gab ihr genug Zeit, den Gang auf und ab zu rennen und alle nach draußen zu treiben, und wandte dann seine Aufmerksamkeit wieder dem hochgewachsenen Bogenschützen zu.

»Also, Dafydd«, fragte er, jetzt aber nicht so leise wie zuvor. »Was wollt Ihr mir mitteilen?«

»Es geht um die Gefahr, der wir uns bewußt sein müssen«, sagte Dafydd. »Wir vom Alten Blut wissen, daß jeder, der Lyonesse betritt, damit rechnen muß, daß ihm niemals wieder erlaubt wird, zum Land über den Wellen zurückzukehren.«

Kapitel 17

JIM STARRTE DEN BOGENSCHÜTZEN AN.

»Ihr seht jetzt, warum das niemand erfahren sollte«, bemerkte Dafydd schließlich ruhig. »Unsere Frauen sehen uns ohnehin nicht gerne gehen. Wenn sie glauben müßten, daß unsere Rückkehr nicht nur von unseren Fähigkeiten oder der Gunst Gottes abhängt, sondern vom puren Glück, dann hielten sie uns mit aller Macht zurück.«

Jim nickte.

»Ihr habt recht. Wollt Ihr andeuten, daß es wirklich eine Frage des puren Zufalls ist und nicht von irgendwem irgendwie beeinflußt werden kann?«

»Genau, zumindest soweit ich weiß. Deshalb wollte ich es erst erwähnen, wenn wir von der Burg schon weit entfernt sind. Wir sollten das Risiko vorher kennen. Mag sein, daß Carolinus Wege weiß, auf denen wir zurückkehren können, angedeutet hat er dergleichen allerdings nicht. Und ich weiß nur, was mir schon seit meiner Kindheit bekannt ist. Nicht daß irgend jemand von denen, die mir davon erzählt haben, in Lyonesse waren. Doch die Namen derjenigen, die nicht zurückkehren durften, sind bekannt.«

»Aber konnte ihnen nicht einfach ein Unglück zugestoßen sein?« fragte Jim.

Selbst wenn das, was Dafydd ihm erzählt hatte, nur ein uraltes Märchen war, reichte es aus, um Dafydd und Brian mutlos zu machen. Und was Geronde und Danielle dazu sagen würden, daran mochte Jim nicht einmal denken.

Auch Angie würde beunruhigt sein. Nicht weil sie abergläubisch war, sondern weil es in Lyonesse offensichtlich unbekannte Gefahren gab.

»Wißt ihr noch mehr, Dafydd? Wer würde uns die Rückkehr verweigern?«

»Mehr weiß ich auch nicht, aber ich weiß, daß es wahr ist. Es gibt zu viele Geschichten darüber. Wir vom Alten Blut aus den Meerumspülten Bergen gehen nicht freiwillig nach Lyonesse.«

Jim starrte ihn an, aber Dafydds Gesichtsausdruck änderte sich nicht.

»Mit dem, was Ihr mir gesagt habt, kann ich wenig anfangen. Ich habe auch nicht die geringste Ahnung, ob uns die Magie Schutz gewähren könnte.«

»Was Eure Magie betrifft, so wurde mir erzählt, daß sie im Versunkenen Land meines Volks Wirkung zeigt, da dort auch Menschen leben. Die Geschichten besagen aber auch, daß die Kunst der menschlichen Magier in Lyonesse nicht von Nutzen sein wird. Obgleich die Leute dort menschlich zu sein scheinen, sind sie es nicht wirklich. Es ist halt ein anderes Königreich.«

Jim nickte langsam.

»Ich glaube Euch. Ich wüßte nichts, was ich tun könnte, um uns zu schützen.«

»Ich auch nicht, und ich erwarte auch nichts von Euch. Aber ich mußte Euch sagen, worauf wir uns einlassen, so wie wir es auch Brian sagen müssen, wenn er mit uns geht.« Er hielt inne und sah Jim an. »Da ist noch etwas.«

»Was noch, Dafydd?«

»Uralte Geschichten erzählen von Wechselbälgern. Die Feen stehlen ein Baby und legen statt dessen ein Feenkind in die Wiege. Andererseits wurde kein anderes Kind an Roberts Stelle zurückgelassen, und ich selbst habe auch noch nie ein Wechselbalg oder irgendein Zeichen, das auf Feen hindeutet, gesehen.«

Dafydd sah Jim ernst an, der verstehend nickte.

»Dennoch könnte es sie geben«, fuhr Dafydd fort. »Vielleicht hatten sie Grund, kein Wechselbalg dazulassen. Es gibt viele Menschen, die schwören, Beweise für die Existenz der Feen zu haben. Was das aber für Kreaturen sind und warum sie Kinder vertauschen sollten, weiß ich nicht. Nur soviel: Die, die so etwas tun, sind mächtig und böse.«

»Hmmm!« Jim fühlte eine Reihe Fragen in sich aufsteigen, wußte aber nicht, wie er sie stellen sollte. Er dachte immer noch nach, als der Bogenschütze weitersprach.

»Ich muß Euch noch etwas erzählen: Heute morgen, ehe Ihr herunterkamt, ritt ein Mann im Kettenhemd und grünem Wappenrock sowie einem dunkelgrünen Federhut zusammen mit drei Bewaffneten an Euer Tor. Das Wappen war dem königlichen sehr ähnlich. Die Bewaffneten trugen Helme und hatten Schwerter. Ihre Pferde waren fast so gut wie das des Edlen im Wappenrock.«

Er hielt inne, um zu trinken. Auch Jim nahm einen Schluck, während Dafydd fortfuhr. »Sie wurden am Tor angerufen, behaupteten, eine Nachricht für Euch zu haben und fragten nach Euch. Da ihnen der Zutritt verweigert wurde, ließen sie die Nachricht bei Lady Angela zurück und ritten nach Osten davon. Ihr habt die Nachricht gar nicht erwähnt, und da dachte ich, daß ich Euch noch einmal darauf anspreche.«

Jim starrte ihn an.

»Davon weiß ich ja gar nichts!« Dann merkte er, welches Licht sein Tonfall auf Lady Angela warf, und fügte rasch hinzu: »Aber ich bin sicher, daß Lady Angela es mir gesagt hätte, wenn es wichtig gewesen wäre. Vielleicht gehe ich besser und frage sie danach...«

Jim unterbrach seine Rede.

Irgendwo im Burghof, nah bei der Vordertür zur Großen Halle, erhob jemand seine Stimme. Eine sehr ärgerliche Stimme und eine sehr vertraute dazu. Brians Stimme. Es war unmöglich zu verstehen, was er sagte. Daß Brian schon wieder auf den Beinen war, paßte Jim gar nicht, und das letzte, was sein Freund brauchen konnte, war, daß ihn einer der Burgbewohner aufregte.

»Vielleicht sollten wir besser gehen und nachschauen, was Brian so verärgert«, sagte Jim und erhob sich. Dafydd stand bereits. Er hatte seinen entspannten Bogen auf der einen Schulter und den Köcher voller Pfeile über der anderen.

Als sie sich der Tür näherten, wurde Brians Stimme lauter und verständlicher. Draußen konnten sie ihn sehen: Er stand am Stalltor, Blanchard neben sich, den Stallmeister, mit seinem Hut in der Hand um Verzeihung heischend, vor sich. Eine gutes Stück hinter dem Stallmeister standen mehrere Stallburschen, und der Grobschmied kam gerade hinzu.

»James!« sagte Brian, als Jim und Dafydd zu ihm traten. Nichts an ihm deutete mehr darauf hin, daß er gestern noch bettlägerig gewesen war. »Das ist ja eine schöne Bescherung! Blanchard hat beinahe ein Hufeisen verloren, und keiner hat was dagegen unternommen, bis ich ihn aus dem Stall geholt habe!«

»Ich bitte um Verzeihung, M'lord«, sagte der Stallmeister und drehte sich erleichtert zu Jim um. »Aber das großartige Pferd ist so wild gegenüber

Leuten zu Fuß – das ist natürlich recht so, aber keiner der Burschen wollte deswegen in seinen Stall. So haben sie nur das Futter von der benachbarten Box aus über die Trennwand geworfen. Ich hätte ihn heute selbst herausgeholt und ihm Bewegung verschafft, aber ich muß mich noch um andere Angelegenheiten…«

»Es sollte keine anderen Angelegenheiten geben!« donnerte Brian. »Blanchard sollte deine erste und einzige Sorge sein. Er ist besser als all das andere Pferdefleisch…«

Plötzlich brach er ab und sah Jim beschämt an.

»Mit Ausnahme von Gorp, dem guten Streitroß deines Lords, natürlich!« fuhr er laut fort. »Das Hufeisen muß sich bei dem kleinen Scharmützel oben in Cumberland gelöst haben. Es muß sofort gerichtet werden. Sofort!«

»Gemach, M'lords«, brummte der Schmied, der nun mit Blanchards rechtem Vorderhuf zwischen seinen Knien neben dem Pferd stand. Er bearbeitete den Huf mit einem Messer. »Sein Huf hat einen Riß, ja, das hat er. Keinen großen Riß, Sir Brian. Ich schneide ihn jetzt zurück, aber ich muß dabei vorsichtig sein. Ein paar Dinge darf man nicht schnell machen, M'lords. Bis ich den Huf nicht beschnitten habe, kann auch kein Eisen dran.«

»Die Heiligen geben mir Geduld!« flehte Brian. Dann wandte er sich von Blanchard ab, der unbeeindruckt auf drei Beinen stand, während der Schmied seinen Huf bearbeitete. »Ach, anscheinend kam ein Bote für Euch, James.«

»Das wurde mir gerade gesagt. Wer hat die Nachricht?«

»Lady Angela – ich glaube, sie ist oben in Eurer Kemenate«, sagte Brian. Er senkte seine Stimme. »Eine *geschriebene* Nachricht, James!«

»Ich verstehe«, antwortete Jim. »Ich gehe besser sofort hoch. Brian, solltet Ihr Euch nicht in der Großen Halle niedersetzen und Eure Kraft für die Reise aufsparen?«

»*Wenn* wir reisen«, sagte Brian düster. »Falls wir vor Sonnenuntergang überhaupt loskommen.«

Jim sah zum Himmel. Die Sonne stand erst seit drei Stunden am Firmament, und das an einem langen Sommertag.

»Ich gehe jetzt hoch zu Lady Angela«, kündigte Jim an. »Ich bin gleich wieder unten. Brian, Ihr könnt die Sache mit dem Hufeisen nicht beschleunigen. Setzt Euch an die Tafel und trinkt einen Becher Wein. Dann fühlt Ihr Euch bestimmt besser.«

»Ich darf jetzt Wein trinken, wirklich?« Brians Gesicht strahlte.

»Ihr dürft. Aber nicht soviel. Ich habe Euch etwas Extrablut gegeben, als Ihr letzte Nacht schlieft. Aber Ihr habt immer noch weniger Saft in den Adern, als Ihr haben solltet.«

»Möge der Heilige Brian, mein Namenspatron, Euch immer gewogen sein!« Brian ging zur Burg hinüber, und Dafydd begleitete ihn. Jim dagegen eilte voraus, zur Großen Halle hinein, durch die Anrichtestube – wo er kurz daran dachte, anzuhalten und ein paarmal auf einen großen Topf zu schlagen –, dann die Treppen hoch, die lange, lange Wendeltreppe, bis er schließlich vor der Kemenate stand. Er lehnte sich eine Sekunde gegen die Tür, um wieder zu Atem zu kommen, öffnete sie und trat dann ein. Angie saß am Tisch, die Ellbogen auf die Tischplatte und das Kinn auf die Hände gestützt. Gedankenverloren sah sie aus dem Fenster.

»Angie, du hast eine Botschaft?« Jim ließ sich auf den Stuhl ihr gegenüber fallen. Ihr Blick wanderte vom Fenster zu Jim.

»Ja, mein Schatz.« Sie schob mehrere Pergamentblätter zu ihm hinüber. »Willst du versuchen, sie zu lesen?«

Kapitel 18

JIM SCHNAPPTE SICH DAS PERGAMENT, ein großes Blatt, das wie eine Ziehharmonika gefaltet worden war.

In der Mitte stand ein einziger Absatz. Er war verhältnismäßig klein und mit unsicherer Hand geschrieben. Am unteren Ende prangte ein Siegel in rotem Wachs.

Jim starrte es an. Er erkannte die meisten Wappen nicht, aber dies war das Wappen eines Mitglieds der königlichen Familie – steigende gekrönte Löwen sowie die Lilie, die Edward III. seinem Wappen zugefügt hatte, als er den Thron Frankreichs für sich beanspruchte – beides war auf den ersten Blick erkennbar.

Es war jedoch mit Sicherheit nicht das Große Siegel, das nur bei wichtigen Angelegenheiten von historischer Tragweite zum Einsatz kam, nicht einmal das Amtssiegel, das für gewöhnlich verwendet wurde.

Jim wandte sich dem Schreiben zu und versuchte es zu entziffern. Wie zu dieser Zeit üblich, war die Schrift reich an Schnörkeln, was Jim zusätzlich Schwierigkeiten bereitete. Der Text stammte von jemandem, der zwar die Schreibkunst irgendwann erlernt hatte, sie aber nicht sehr gut beherrschte, und war in englischer Sprache abgefaßt. Trotzdem war die Handschrift – für die Zeit zumindest – recht gut lesbar. Als Jim jedoch versuchte den Text zu entziffern, verwandelte er sich in eine unverständliche Kette ominöser Zeichen.

»Angie?« Er reichte ihr das Pergament wieder rüber. »Kannst du es bitte lesen?«

»Das habe ich bereits getan«, sagte Angie, nahm das Pergament und las laut vor.

»An Unseren loyalen und guten Freund, Sir James le Dragon de Malencontri, meine herzliche und andauernde Liebe für Euch, Sir James, und mein Wunsch, daß sich Euch im Namen Gottes alles fügt. Bei mir verhält es sich anders. Für die Liebe, die Ihr mir entgegenbringt, kommt unverzüglich zu mir nach Windsor, so daß wir zusammen der boshaften Agatha Falon das Handwerk legen können, durch die ich in eine ernste Notlage geraten bin, aus der niemand außer Euch mich retten kann. Da Ihr mich liebt, bringt Eure engsten Freunde mit und kommt sofort.«

Angie hörte auf zu lesen. Jim starrte sie an.

»Ist das alles? Es sah so aus, als ob da eine Menge mehr stünde.«

»Das ist der Fall, aber es ist im wesentlichen die gleiche Nachricht, die ein paarmal wiederholt wird.«

Sie legte das Pergament in die Mitte zwischen sich und Jim und blickte ihn an.

»Hat der Bote dir noch etwas mitgeteilt?«

»Nein«, sagte Angie. »Ich habe ihm gesagt, daß du bereits vor Sonnenaufgang mit einem Packpferd aufgebrochen seist. Ich sagte, ich würde dein Ziel nicht kennen. Ich habe ihm nichts von Robert oder sonst etwas erzählt.«

»Du hast also auch keine Antwort geschrieben?«

»Der Prinz hätte eine Antwort von mir als anmaßend empfunden – als ein unerlaubtes Eindringen in seine Privatangelegenheiten –, das weißt du doch. Außerdem kann es ja sein, daß du dem Boten nachreiten willst – du könntest ihm sagen, daß du unerwartet deine Reise abgebrochen hast.«

»Das habe ich nicht vor«, sagte Jim. »Und du hast alles richtig gemacht. Ich kann ihm jetzt nicht helfen. Wir müssen erst Robert finden.«

Angie atmete langsam aus.

»Ich wußte, du würdest das sagen! Aber ich wollte es von dir persönlich hören. Glaubst du, daß diese

Angelegenheit des Prinzen uns noch Ärger machen wird?«

»Das kann ich nicht sagen«, sagte Jim finster. »Ich weiß nicht mal, worüber er sich so aufregt. Aber denkst du, daß der Bote dir geglaubt hat?«

»Warum sollte er nicht? Vermutlich wußte er gar nicht, was in dem Brief steht. Er war ein gewöhnlicher Bote des Prinzen und kein offizieller Königlicher Herold, das hat er mir selbst gesagt. Er sagte, er erwarte, daß du mit ihm nach Windsor zurückkehrst – der Prinz bleibt offensichtlich dem Hof fern. Aber es ist für Leute, die wie wir abgeschieden auf dem Land leben, nicht ungewöhnlich, nicht zu Hause zu sein, wenn ein Bote kommt. Wie dem auch sei, Geronde und Danille waren mit mir in der Großen Halle, als ich den Brief öffnete und las.«

Sie kicherte, ein ungewöhnlicher Laut von Angie.

»Die waren wirklich beeindruckt«, sagte sie.

»Warum?«

»Erstens, weil ich die Nerven hatte, einen königlichen Brief zu öffnen, der an dich adressiert war, und zweitens –, ganz besonders – weil ich ihn ohne Schwierigkeiten lesen konnte.«

»Du hast ihnen nicht gesagt, was drinsteht?«

»Natürlich nicht, aber sie haben mich gedeckt, als ich dem Boten sagte, daß du weg seist.«

»Das war nett von ihnen.«

»Du weißt doch, daß sie gar nicht anders konnten.«

Das stimmt, dachte Jim. Im Augenblick mochten Geronde und Danielle vielleicht auf Angie und Jim nicht gut zu sprechen sein, aber, von der Freundschaft einmal abgesehen, war es in diesen Zeiten fast ein Reflex, alles, was ein Bekannter einem Fremden sagte, zu bestätigen – wenn man nicht gerade aufgefordert wurde zu schwören und damit die Seele in Gefahr zu bringen.

»Aber«, sagte Jim, »warum hat der Bote nicht gefragt, welchen Weg ich nahm? Er hätte doch versuchen können, mich einzuholen.«

»Ich habe ihm erzählt, daß ich noch schlief, als du aufgebrochen bist und ich von deiner Abreise erst später durch die Bediensteten gehört habe.«

»Das hast du wirklich wundervoll gemacht.« Jim bedachte Angie mit einem dankbaren Blick. »Aber was ich dir noch sagen wollte: Brian fühlt sich erheblich besser. Ich konnte ihm letzte Nacht etwas Blut spenden, und jetzt ist er fest entschlossen, so bald wie möglich loszuziehen.«

»Rrrnlf bringt euch?«

»Ja, den größten Teil des Weges. Bis ins Versunkene Land hinein kann er uns ja nicht führen, wie er selbst gesagt hat. Dennoch werden wir schneller unser Ziel erreichen als zu Pferd.«

»Ihr brecht jetzt auf?«

Jim nickte.

»Dann laß uns Abschied nehmen – hier und jetzt«, sagte Angie. »Im Burghof sind mir zu viele Leute.«

»Da hast du recht.«

Als die beiden kurze Zeit später herunterkamen, war der Hof tatsächlich voll von Menschen. Jeder Bedienstete, der auch nur die kleinste Ausrede hatte, sich dort aufzuhalten, war da.

Natürlich hielten sich auch die beiden anderen Paare im Burghof auf. Danielle stand dicht bei Dafydd und sprach eindringlich auf ihn ein, aber zu leise, als daß ein anderer sie hätte verstehen können. Dafydd sah so ruhig und unbesorgt aus wie immer. Er hatte wie gewohnt seinen Köcher mit Pfeilen und seinen Bogen über den Schultern hängen.

Auch Geronde und Brian standen dicht beieinander. Sie schwiegen, denn Ihr Rang gebot ihnen, Gefühle nicht öffentlich zu zeigen. Auch wenn Brian auf eine gefährliche Reise ging, von der er vielleicht nicht mehr zurückkam, erwartete man von beiden, die strengen Konventionen nicht zu durchbrechen.

Die vier Pferde standen bereit – Gorp, Blanchard, Dafydds Pferd und ein Packtier. Alle waren gesattelt und gezäumt, die Schwerter hingen von den Sätteln, und die Lanzen standen in ihren Halterungen. Die Stallburschen hielten die Streitrösser bei den Zügeln, wahrten aber einen möglichst großen Abstand.

Niemand machte sich die Mühe, das Packpferd zu halten, das offensichtlich schon einige Zeit herumstand. Ein Stück Wollfilz diente als Regenschutz für das Gepäck. Ob der Mißachtung blickte das Tier empört drein.

Rrrnlf schlief noch.

»Hutnadel?« fragte Angie Jim und hielt ihm eine hin. Sie blickte vielsagend auf Rrrnlfs rechten großen Zeh, der aus der Sandale hervorlugte und leicht erreichbar war.

Jim zuckte zusammen.

»Nein, besser nicht. Ich glaube, ich kann ein bißchen Magie opfern und ihn wecken.«

Er deutete auf Rrrnlf.

»Erwache!«

»Waa? Wie?« brüllte Rrrnlf und setzte sich jäh auf. Er sagte noch etwas – sehr laut, vermutlich auf Altenglisch.

»He! Nein, Rrrnlf!« rief Jim ihm zu. »Dies ist das vierzehnte Jahrhundert!«

»Ach, richtig«, sagte Rrrnlf. »Da bist du ja, kleiner Magier.« Er sah sich um. »Und da sind ja auch all die anderen Kleinen und auch die kleinen Tiere, auf denen ihr sonst sitzt.«

»Ja, ich möchte, daß du sie mitnimmst. Aber zuerst muß ich mit Magie eine Art unsichtbare Wand um uns errichten, damit du uns festhalten kannst, ohne uns zu zerquetschen. Ich denke, daß wir drei und die Pferde zuviel sind, um einfach auf deiner Handfläche zu hokken, und vielleicht willst du auch nicht beide Hände voll haben, wenn du reist…«

Jim brach ab. Blanchard hatte voller Überraschung stillgestanden, als Rrrnlf plötzlich turmhoch über ihnen aufragte, und entschied sich jetzt, seinen Gefühlen Ausdruck zu verleihen. Er wieherte, stieg hoch, zeigte das Weiße seiner Augen und drohte Schaum vor den Mund zu bekommen. Er kämpfte gegen den Zügel, den ein Stallbursche hielt. Andere Pferdeknechte und der Stallmeister eilten zu Hilfe.

Brian rettete die Situation, fing die Zügel auf und beruhigte sein Streitroß. Er legte einen Arm über Blanchards Augen, damit sie eine Weile lang Rrrnlf nicht mehr sahen. Beides zusammen, der erschreckende Anblick ausgelöscht und Brians Stimme – ohnehin die einzige, auf die er wirklich hörte –, die sanft und schmeichelnd Worte in sein Ohr flüsterte, beruhigten das große Pferd.

Gorp warf den Kopf ein wenig hin und her, als wollte er den gleichen Zauber beginnen. Aber da er darin keine Erfahrung hatte und ihn auch keiner beachtete, ließ er es sein. Das Packpferd blickte beide tief empört an.

»Alles wieder in Ordnung«, sagte Jim, als der Friede wiederhergestellt war und Blanchard auch ohne Brians Arm über den Augen Rrrnlf anschauen konnte, ohne verrückt zu spielen. »Wenn ihr bitte die Pferde zu mir führen würdet, mit dem Kopf zu mir und ein bißchen Abstand zwischen ihnen – ja, so ist es gut.«

Es war tatsächlich gut, obwohl sich die Stallburschen bemühten, den Streitrössern nicht zu nah zu kommen. Aber Brian machte klar, daß er keinen Spaß verstünde. Alles war wieder ruhig, und mit diesem Zustand waren die Streitrösser auch zufrieden.

»Also gut«, fuhr Jim fort. »Jetzt umschließe ich jedes der Pferde mit einem Schutz und dann alle zusammen in einen größeren Schutz, so daß ihnen nichts passieren kann und sie sich auch nicht gegenseitig verletzen können. Brian, Ihr tretet besser einen Augenblick von Blanchard zurück. Bleibt er stehen, wenn Ihr die Zügel loslaßt?«

»Steh!« befahl Brian und ließ die Zügel fallen. Er zog sich mit dem gesunden Respekt, der einem Magier bei der Arbeit gebührte, zurück.

»Schön«, sagte Jim. »Und jetzt laßt ihr Stallburschen die Zügel von Gorp und den anderen Pferden los und tretet ebenfalls beiseite. So. Jetzt...«

»Einen Augenblick, James«, mischte sich Brian ein. »Lassen wir Euren Kobold und den Was-immer-er-ist hier bei den Pferden? Oder was sollen wir sonst mit ihnen tun?«

»Die beiden sind doch gar nicht da«, antwortete Jim erstaunt.

»Natürlich sind sie da! Und zwar unter der Abdeckung auf dem Packpferd, bei den anderen Sachen. Ich dachte, Ihr hättet sie dorthin befohlen.«

»Mit Sicherheit nicht!« Jim starrte auf das Packpferd. »Unter der Abdeckung? Kob!«

Etwas bewegte sich unter der Decke. »Komm da raus, Kob! Bring Wie-er-auch-heißen-möge mit.«

Der kleine Mann und Kob krabbelten unter der Decke hervor. Aber statt auf den Boden zu springen, stellten sie sich auf das Packpferd, das so ruhig wie ein Fels in der Brandung stehenblieb.

»Kob«, sagte Jim und bemühte sich, ruhig zu bleiben, »was tust du da, und was macht der andere Elementargeist bei dir?«

Kob stand auf einem Bein.

»*Er*«, sagte Kob und blickte den kleinen Mann zu seiner Rechten an, »sagte, er würde auch allein unter die Abdeckung kriechen.« Aus Kobs Stimme war deutlich die Eifersucht herauszuhören. »Daher habe ich uns auf dem Rauch hierhergebracht – wir sind dann ganz leicht, das Pferd mag das. Davon abgesehen, wenn er mitkäme und ich nicht, wie wolltet Ihr dann mit ihm reden?«

»Ich wollte gar nicht mit ihm reden«, sagte Jim und versuchte Kobs Erklärung zu verarbeiten, »da er überhaupt nicht mitkommen sollte. Er hat mich nicht gefragt. Du – was ist noch mal sein Name, Kob?«

»Er sagt, er will Hill genannt werden«, antwortete Kob.

»Hill?« sagte Jim und mühte sich, ruhig und vernünftig zu klingen. »Hill, das geht nicht gegen dich, aber du und Kob, ihr müßt hierbleiben. Ich will nicht, daß ihr mitkommt.«

Der kleine Mann starrte Jim einfach weiter an, aber Jim fühlte sich plötzlich unwohl. Dieser stete Blick enthielt irgendwie einen schweren Vorwurf.

»Oh!« sagte Kob mit einem Mal. »Er weint!«

Kob legte dem kleinen Mann beide Hände auf den Arm, aber Hill beachtete ihn nicht, sondern starrte weiter Jim an.

Jim starrte zurück. Das Gesicht, in das er blickte, mit seinem leeren, kindlichen Blick, der Mund immer noch halboffen, hatte sich nicht im geringsten verändert. In den blauen Augen standen keine Tränen.

»Er weint?« sagte Jim. »Er weint nicht. Warum sollte er auch weinen, Kob?«

»Er weint innerlich, und er sagt: weil Ihr sein Glück seid!« erklärte Kob. Er berührte Hills Arm, wurde aber immer noch nicht beachtet. »Ist schon gut, Hill. Ich bin ja bei dir. Möchtest du auf dem Rauch reiten?«

Hill antwortete nicht.

Jim fühlte, wie ihn Unruhe überfiel. In seinem eigenen Jahrhundert hätte er das ganze Gerede über

Glück – und daß Hill bei ihm sein mußte – einfach als Blödsinn abgetan. Aber hier, im Mittelalter, hatte er eine gewisse Sensibilität gegenüber dem Unbekannten und Merkwürdigen entwickelt. Und entgegen seinem gesunden Menschenverstand sagte ihm ein Gefühl, daß es falsch wäre, wenn er den kleinen Elementargeist zwänge, auf Malencontri zu bleiben.

»Also gut!« sagte er ärgerlich. »Ihr zwei könnt mitkommen. Aber untersteht euch, uns Scherereien zu machen!«

»Hurra!« schrie Kob. Hill krabbelte wieder unter die Decke, und Kob folgte ihm.

»So, dann können wir also endlich weitermachen«, sagte Jim.

Er deutete mit seinem rechten Zeigefinger erst auf Gorp, dann auf das Packpferd, das zwischen den beiden Hengsten stand, schließlich auf Blanchard und zuletzt auf Dafydds Pferd. Jim vollführte mit dem Finger noch einen Kreis in der Luft, dann war es vollbracht.

»So, das wäre damit erledigt.« Gorp bewegte sich, stupste mit seiner Nase gegen etwas Unsichtbares zwischen ihm und dem Packpferd und blickte daraufhin überrascht drein. Blanchard gehorchte Brian immer noch und stand still.

»Wenn ihr beide, Brian und Dafydd, jetzt bitte herüberkommen wollt und Euch vor Eure Pferde stellt, dann geselle ich mich zu Euch.« Die zwei Männer folgten der Aufforderung, wenn auch etwas steifbeinig, wie Patienten beim Zahnarzt, die von der freundlichen Sprechstundenhilfe ins Behandlungszimmer gebeten werden.

Sobald sie an ihrem Platz waren, trat Jim vor, drehte sich um und stand dann neben ihnen. Er schloß seine Augen halb, um sein Vorhaben besser visualisieren zu können. Einen Augenblick später spürte er, wie die

Magie wirkte und der Schutz nun ihn und die anderen zwei sowie die Pferde umgab.

»Ich glaube, wir sind dann fertig...« Er hielt inne. »Nein, eine Minute noch. Rrrnlf, kannst du dich hinunterbeugen und deine Hand mit der Fläche nach oben auf den Boden legen, damit ich sehen kann, wie wir und die Pferde hineinpassen?«

Rrrnlf tat wie geheißen. Vielleicht würden sie gerade eben in die riesige Pranke des Seeteufels passen, aber Jim wollte auf Nummer Sicher gehen.

»Nun, ich werde uns wohl um die Hälfte verkleinern. Brian, Dafydd – erinnert mich daran, daß ich uns wieder vergrößere, wenn wir am Ziel sind.«

»Aber sicher«, sagte Dafydd, bevor Brian noch den Mund aufgemacht hatte.

Jim brauchte nur einen Moment, um sich den Zauber vorzustellen. Er selbst fühlte keine Veränderung, und da Brian, Dafydd und die Pferde ruhig blieben, war er sich sicher, daß die anderen auch nichts bemerkt hatten. Rrrnlfs Hand jedoch, die immer noch offen auf dem Boden lag, schien sie nun mit Leichtigkeit aufnehmen und halten zu können.

»Ja, so kann er uns leicht tragen.« Jim blickte zur Menschenmenge hinüber. »Ich bin so schnell zurück wie ich kann.«

»Lebt wohl, meine Lady«, sagte Brian zu Geronde mit überraschend viel Gefühl in der Stimme, wenn man bedachte, daß jedermann zuhörte.

»Ich komme zurück, mein Goldvogel«, sagte Dafydd im gleichen Augenblick, sanft, aber doch laut genug, daß ihn Danielle, die nicht sehr weit entfernt stand, hören konnte.

»Und jetzt, Rrrnlf«, sagte Jim, »trag uns zur Grenze des Versunkenen Landes.«

»Sehr gern, kleiner Magier. Kommen die kleinen Reittiere auch den ganzen Weg mit?«

»Wenn du uns hochhebst, wirst du feststellen, daß wir ein einziges Paket sind.«

»Und Seeteufel«, stieß Brian hervor, als Jim kaum ausgesprochen hatte, »sei vorsichtig! Insbesondere mit Blan-, ich meine, mit den Pferden!«

»Sicherlich, kleiner Ritter«, sagte Rrrnlf freundlich, und die gigantische Hand umschloß sie, so daß sie die Zurückbleibenden nur noch zwischen seinen riesigen Fingern sehen konnten.

Mit einem Ruck wurden sie hochgehoben – die Pferde wieherten protestierend. Sie wurden kräftig durchgeschüttelt. Als sie die Orientierung wiedererlangten, sahen sie die Außenseite der Burgmauer. Rrrnlf trug die merkwürdige Reisegesellschaft in seiner rechten Faust, die an der Seite hinunterhing. Sein Handrücken zeigte nach vorn, so daß Jim und seine Freunde nach hinten Ausschau halten konnten. Alle drei Männer blickten hinaus.

Ein stetiges Schwingen setzte ein, und mit jeder Schwingung wurde Malencontri deutlich kleiner. Plötzlich standen Bäume zwischen ihnen und der Burg. So ging es mit riesigen Schritten rasch voran. Schließlich verloren sie Malencontri ganz aus den Augen, Malencontri mit Angie, Geronde, Danielle und allen anderen darin. Auch den vertrauten Teil des Waldes verließen sie bald, und sie sahen nichts mehr als fremde Baumstämme und fremdes Laubwerk.

Schließlich gab es für sie nur noch den Wald und die Bewegung.

Kapitel 19

DA MUSSTE NOCH MEHR AM WERKE sein als Rrrnlfs lange Schritte allein, denn es dauerte nur wenige Minuten, bis sie die Stimme des Seeteufels über sich dröhnen hörten.

»Ah, die See!«

Die steten Schwingungen hätten den Männern sicher Übelkeit bereitet, wenn Jim nicht mit Magie dafür gesorgt hätte, daß sie statt dessen schläfrig wurden. Doch jetzt hörte das Geschaukel auf, und Brian brach plötzlich in Gesprächigkeit aus.

»Das ist doch nicht möglich! Wir waren einen vollen Tagesritt vom Meer entfernt – nun, vielleicht etwas weniger, aber doch so weit, daß wir unmöglich schon da sein können!«

»Naturmagie«, erklärte Jim schlagfertig, und von einem Augenblick zum anderen waren sie vom grünlichen Schimmer des Wassers umgeben. Alle drei spürten ein beunruhigendes Gefühl, das allein Jim wirklich beschreiben konnte. Es war, als seien sie in einem schnell fallenden Aufzug, als würde man den Magen irgendwo über sich zurücklassen.

Jim blickte verstohlen zu den Freunden hinüber. Ihre Gesichter waren ausdruckslos. Zu ausdruckslos. Jim vermutete, daß jeder der beiden glaubte, nur er allein wäre von diesem seltsamen Gefühl ergriffen, und beide schienen fest entschlossen zu sein, den größtmöglichen Gleichmut zu zeigen und sich keine Blöße zu geben. Jim wollte ihnen alles erklären, verwarf den Gedanken dann aber wieder. In Begriffen des vierzehnten Jahrhunderts könnte eine Erklärung schwierig werden – und das Gefühl war jetzt ohnehin vorbei. Welche Rolle spielte es schon, ob die beiden wußten, woran es gelegen hatte?

Nur Augenblicke später schien es, als würden sie durch eine meterdicke Wasserschicht auf eine sandige Ebene blicken, hinter der grünes Land zu erkennen war. Alles wurde von einer Sonne, die sie nicht sehen konnten, in leuchtende Farben getaucht. Felsige Höhen wechselten mit tiefen Tälern.

»Vor ein paar Augenblicken waren da noch ein paar

kleine Leute«, sagte Rrrnlf, »aber sie haben sich alle umgedreht und sind davongerannt. Jetzt liegen sie im Gras, so daß ihr sie nicht sehen könnt.« Die Riesenpranke ließ die Reisenden frei. Rrrnlfs Stimme klang traurig. »Kleiner Magier, warum rennen diese kleinen Leute immer vor mir weg?«

»Weil sie ein schlechtes Gewissen haben«, sagte Jim, bevor Brian oder Dafydd antworten konnten.

»Ach so.« Jim sah hoch. Rrrnlf blickte erstaunt hinab. »Das ist es also. Warum haben so viele von euch kleinen Leuten ein ›schlechtes Gewissen‹?«

»So ist es nun auch wieder nicht«, sagte Jim und bemühte sich weiterhin, so schnell wie möglich zu antworten, damit keiner seiner Freunde etwas Falsches sagen konnte. »Es ist nur so, daß du meistens mit meinen Freunden und mir zusammen warst, wenn Leute mit schlechten Gewissen uns verfolgt oder aufgelauert haben.«

»Ach, jetzt verstehe ich«, sagte Rrrnlf.

»Dafydd«, fuhr Jim rasch fort, »ist dies das Versunkene Land, über das Ihr geredet habt?«

»Ja, das ist es. Bringt Ihr uns dann durch das letzte Stück Wasser zum Land, James?«

»Ja«, sagte Jim. »Bleibt, wo ihr seid...«

»Reiche ich die kleinen Tiere zu euch rein, wenn ihr weg seid?« unterbrach Rrrnlf aufgeregt. »Was muß ich tun, wenn ihr sie bei mir laßt?«

»Wir nehmen sie!« stieß Brian hervor, bevor Jim noch antworten konnte. »Und Rrrnlf – vorsichtig!«

»Ja, kleiner Ritter!«

»Wir werden alle vorsichtig sein, Brian«, sagte Jim. »Danke, daß du uns hergebracht hast, Rrrnlf.«

»Ich danke Euch auch, Rrrnlf«, fügte Dafydd hinzu.

»Danke sehr, Seeteufel«, antwortete Brian ein wenig steif. Offensichtlich war er sich nicht sicher, wie jemand von seinem Stand formal korrekt einen einfachen Elementargeist anreden sollte, der immerhin neun Meter groß war und sie gerade ohne Schwierigkeiten eine große Strecke über Land und in die Tiefe des Ozeans getragen hatte. Er fügte hinzu: »Eine große Aufgabe. Gut gemacht!«

»Oh, ich helfe euch kleinen Leuten doch gern«, antwortete Rrrnlf verlegen. »Darf ich zusehen, wie Ihr jeden mit Magie hineinbringt, kleiner Magier?«

»Selbstverständlich!« Jim verwandelte den Schutz in eine einzige große magische Hülle. Er hatte zuvor die Art von Visualisierung ausgearbeitet, die so etwas wie einen magischen Tunnel durch das Wasser zum vor ihnen liegenden Land schaffen würde. Jetzt stellte er sich das Ganze vor. Der Tunnel erschien, und Jim ging auf ihn zu. Er führte Gorp am Zügel und löste den Schutz um die anderen Pferde auf, während er an ihnen vorbeiging. Brian und Dafydd folgten nun mit ihren eigenen Pferden. Das Packpferd trottete hinter ihnen drein, als sei ein magischer Unterseetunnel die normalste Sache der Welt.

Sie kamen an einem Sandstrand raus. Alles wäre bestens gewesen, wenn Blanchard weiterhin gehorsam gefolgt wäre. Unglücklicherweise schien das Streitroß jäh aus dem Schockzustand aufzuwachen, und es stellte fest, daß es nicht länger in einem engen, unsichtbaren Stall stand, der von einer riesigen Hand umschlossen wurde, stieg hoch und wieherte. Brian machte einen langen Satz, um den Zügel unterhalb des Gebisses zu fassen, zog Blanchards Kopf runter, redete sanft mit dem Roß und tätschelte seine Flanken. Ganz langsam beruhigte sich Blanchard wieder – er schnaubte von Zeit zu Zeit, als müßte er zeigen, wie sehr ihm alles auf die Nerven ging.

Gorp blickte ihn einen Augenblick lang an, nibbelte dann an dem Sand an seinen Hufen, als hielte er nach einem Grashalm Ausschau. Da kein Gras zu finden war, hob er seinen Kopf und starrte einfach geradeaus. Dafydds ruhiges Pferd hatte die ganze Angelegenheit unbeachtet gelassen, und das Packpferd hatte sich sorgsam von Blanchard abgewendet, so daß das Streitroß nicht sehen konnte, wie es feixte. Es war noch nie ein besonders gutmütiges Packpferd gewesen.

»Dafydd«, fragte Jim, »können wir jetzt einfach über Euer Land wandern?«

»Was sollte dagegen sprechen? Aber Ihr müßt es nicht ›mein Land‹ nennen, Sir James. Ich stamme aus Wales. Es ist wohl wahr, daß ich zu einigen, die in dem Land vor uns zu Hause sind, Verbindungen habe, aber das ist eine andere Sache.«

Zu spät erinnerte sich Jim daran, daß Dafydd Brian und ihn zur Geheimhaltung darüber verpflichtet hatte, daß er Erbe eines Titels aus diesem Versunkenen Land war – der ›*Prinz der meerumspülten Berge*‹. Niemand von der Oberfläche sollte nach Dafydds Wunsch von diesem Titel erfahren.

»Lebt wohl, Rrrnlf, und nochmals Dank«, sagte Dafydd und führte das Packpferd sowie sein eigenes Roß auf das sanfte Grün des Graslandes hinter dem Strand zu.

»Aber sicher, kleiner Bogenschütze«, antwortete der Seeteufel – und verschwand.

Jim war an der Grenze des Landes stehengeblieben, um Rrrnlf ausführlicher zu danken, als es Dafydd getan hatte, aber der Abschied war hastiger als gedacht. Jim fragte sich, ob er den Seeteufel vielleicht unbeabsichtigt beleidigt hätte.

Gorp zog jedoch am Zügel und wollte den anderen Pferden folgen. Jim trat also, gefolgt von Brian und Blanchard, aufs Grasland.

»Oh! Sieh mal, Hill!« schrie eine dünne Stimme, die Jim nur zu gut kannte. Er sah zwei Gesichter, die unter der Regenabdeckung auf dem Packpferd hervorsahen. Jim fluchte leise vor sich hin, aber nicht leise genug, wie sich herausstellte.

»Ach, zum Teufel…«, begann Jim, als Brian ihn unterbrach.

»Ihr habt gesagt, James«, sagte Brian hinter ihm ernst, »daß sie mit uns kommen könnten. Ihr sagtet nicht, daß sie schweigen sollten. Und Ihr wißt, daß zumindest Kob reden muß. Eure Leute werden nie wissen, woran sie mit Euch sind, wenn Ihr nicht zu Euren Entscheidungen steht. Ein Ritter…«

»Ich weiß, ich weiß«, Jim hob abwehrend die Hand. »Ich hatte nur einen Augenblick lang vergessen, daß sie bei uns sind.«

Diese Antwort und die erhobene Hand beendeten die Lektion über die Behandlung von Bediensteten und Lehnsleuten, die Brian offensichtlich gerade beginnen wollte. Jim reichte in letzter Zeit sein eigenes Gewissen, das seine Art, mit den Burgbewohnern umzugehen, in Frage stellte. Das Gewissen brauchte wahrlich keine Unterstützung. Wortlos gingen sie weiter.

»M'lord«, erklang Kobs Stimmchen vom Packpferd.

»Was ist denn jetzt schon wieder?« Jim war sich der Verärgerung in seiner Stimme bewußt.

»Es tut mir sehr leid, M'lord, aber Ihr wünschtet daran erinnert zu werden, uns allen wieder die richtige Größe zurückzugeben«, sagte Kob zaghaft.

Jim bemerkte den verblüfften Ausdruck in Brians Gesicht, und alle blieben sofort stehen. Bevor die anderen noch etwas sagen konnten, hob Jim den Verkleinerungszauber auf.

»Danke, Kob«, sagte Jim.

Im schweigenden, gegenseitigen Einverständnis zogen sie weiter.

Zu Beginn führten sie die Pferde über offenes Grasland. Das Gras stand recht hoch. Nach einer kurzen Strecke saßen sie allerdings auf und ritten. Das offene Land erstreckte sich weit und stieg langsam zu den sanften Hügeln hin an, die am Horizont zu sehen waren. Nach einiger Zeit stießen sie auf einen Wildwechsel oder Weg, der sie zu einer staubigen Straße führte, die so breit wie ein Wagen war. Auf dem Weg waren die Huf- und Stiefelspuren vieler Reisender zu erkennen.

Je länger sie ritten, desto breiter wurde die Straße. Schließlich wich die Erde einer Lage weißer Pflastersteine, einer Römerstraße, auf der die Männer nun ihre Reise fortsetzten.

»Ich bitte um Verzeihung«, sagte Dafydd schließlich, »aber solange wir uns in diesem Land aufhalten, reite besser ich voran.«

»Aber sicher«, stimmte Brian mit einer Bereitwilligkeit zu, die Jim überraschte. Brians nächste Worte jedoch erklärten alles. »Habt Ihr nicht in diesem Land einen hohen Rang inne?«

»Das ist wohl richtig«, antwortete Dafydd. »Aber ich danke Euch trotzdem für Eure Höflichkeit.« Diese Worte leiteten eine merkliche Veränderung in seiner Stimme und seinem Verhalten ein.

Dafydd übernahm die Führung, und sie zogen weiter. Bald darauf kamen ihnen Leute zu Fuß entgegen, nach ihrer Kleidung zu urteilen zumeist Handwerker und Bauern. Die Fremden sprachen die Männer in einer Sprache freundlich an, von der Jim sicher war, daß es sich nicht um Kornisch und wahrscheinlich nicht einmal um Walisisch handelte, wenn sie auch den gleichen melodischen Klang wie letztere hatte.

Dafydd antwortete in der gleichen Zunge. Da er nichts davon übersetzte, nahm Jim an, daß mehrheitlich nur Grüße ausgetauscht wurden.

Mit der Zeit nahm der Verkehr zu. Ihnen kamen

vermehrt Leute entgegen, und auch von hinten wurden sie überholt, da sie die Pferde nur im langsamen Schritt gehen ließen. Die anderen Reisenden waren alle zu Fuß. Sie strahlten und grüßten, während sie vorbeigingen, und schließlich winkte Dafydd nur noch und antwortete mit einem einzigen Wort.

Jim bemerkte, daß viele Leute aus dem Grün zur Rechten und Linken auf die Straße kamen, als lebten sie auf Bauernhöfen, die außer Sichtweite abseits des Weges lagen.

Er drehte sich im Sattel um und blickte zurück. Hinter Blanchard kamen mehr und mehr Leute auf die Straße.

Langsam, aber sicher wurden sie eingekreist. Die Menge wurde immer dichter und bewegte sich mit ihnen fort, nicht nur auf der Straße, sondern auch auf dem Grassaum rechts und links daneben. Alle strahlten. Jetzt waren seltener Grüße zu hören, aber die Leute winkten Dafydd zu, der nur noch zurücklächeln und nicht mehr jeden Gruß einzeln zurückgeben konnte. So dicht die Menge auch wurde, die Leute paßten dennoch auf, daß den drei Männern mit ihren Pferden die ganze Breite der Straße zur Verfügung stand.

Jim bemerkte einen anderen Rhythmus von Blanchards Hufen auf den Steinen. Brian schloß zu ihm auf.

»Was hältst du davon, James?« fragte er leise und lehnte sich zu Jim hinüber. Ihr Gespräch ging in dem höflichen, leisen Gemurmel der Menschenmenge und dem Geklapper der Hufe auf den Steinen fast unter. »Ist da etwas, was wir wissen müßten? Vielleicht sollten wir Dafydd fragen. Was meint Ihr?«

»Ich weiß es nicht, Brian. Laßt mich kurz darüber nachdenken.«

Brian wartete. Jim betrachtete die Leute um sie herum genau. Sie hatten alle die gleichen langen, schlanken Gliedmaßen wie Dafydd. Sonst hatten sie wenig gemeinsam, außer daß sie alle sonnengebräunt waren, als hätten sie alle Jahre ihres Lebens bei Feldarbeit unter freiem Himmel verbracht.

Sie sahen nicht knochig, zäh und fast verhungert aus wie viele, die das Land über den Wellen bestellten. Diese Leute schienen immer genug zu essen und ausreichend Schlaf bekommen zu haben, und alle blickten außerordentlich fröhlich drein – als freuten sie sich einfach am Leben.

Nun, da sie Dafydd nicht mehr gezielt ansprachen – vermutlich weil sie merkten, daß sie zu viele waren und er sich nicht jedem einzelnen widmen konnte –, redeten sie untereinander. Ihre Stimmen klangen froh, und viele lachten – ein freudiges Lachen, nicht die Explosion in der Kehle, wenn jemand sich an einem Scherz auf Kosten anderer erfreut. Sie hatten etwas, über das zu freuen und zu lachen es sich lohnte.

»Ich habe keine Ahnung, wie sie alle so schnell von uns gehört haben«, sagte Jim leise zu Brian, »aber sie wollen ganz offensichtlich Dafydd sehen. Ich sollte zu ihm nach vorne reiten und mit ihm sprechen. Ihr kommt einfach hinter mir her. Wir sollten uns aber nicht zu nah herandrängeln. Und laßt mich allein mit ihm sprechen, ja?«

»Das ist klug ausgedacht.« Sie lenkten ihre Pferde auf Dafydd zu. Jim zügelte sein Tier eine halbe Pferdelänge hinter Dafydd und sprach den Bogenschützen von hinten an.

»Dafydd, könnt Ihr uns sagen, was hier vorgeht?«

Dafydd antwortete, ohne den Kopf zu drehen.

»Sie freuen sich nur, mich zu sehen, aufgrund dessen, was ich in diesem Land bedeute, nur das. Ich hatte diese Straße ausgewählt, weil ich hoffte, eben dies vermeiden zu können. Aber nun ist es dennoch passiert.«

»Sollen wir eine andere Straße nehmen?« fragte Jim.

»Ach, das hier sollte uns keine Probleme machen«, fuhr Dafydd fort. »Dieser Weg ist der kürzeste nach Lyonesse. Zudem umgehen wir hier alle alten Städte, die Residenzen, wo die Leute von Rang wohnen. Stört Euch nicht daran, daß das Landvolk uns begleitet. Wir reiten einfach weiter und sind bald weg, aber die Leute haben vielleicht eine Erinnerung, an die sie freudig zurückdenken werden – und mehr nicht.«

Er hielt eine kurze Weile inne. »Seht Ihr, wie sich der Boden vor uns erhebt und die Straße eine gewisse Strecke lang zwischen den Bergfüßen hindurchführt? Von dort an wird für Menschenmengen kein Platz mehr sein. Dieser Schnitt ist einige Kilometer lang, und die, die jetzt noch neben uns herschreiten, werden dann nicht weiter folgen. Wir kommen anschließend in einen Wald, an dessen anderem Ende die Grenze zu Lyonesse liegt.«

»Was sollen wir dann also tun?« fragte Jim.

»Nur weiterreiten wie bisher«, antwortete Dafydd und sah nun erstmals auf seine Gefährten zurück. »Obgleich ich Euch bitten würde zurückzubleiben, damit die Leute glücklicher sind.«

»Sicherlich«, meinte Jim. Dafydds Gesicht wirkte merkwürdig ernst, sein Mund wie eine dünne gerade Linie, seine Augen blickten mit ungewohnter Autorität. Brians Blick wurde ebenfalls schärfer. Aber Jim und Brian ließen sich wortlos zurückfallen und ritten Seite an Seite weiter.

»Da können wir uns genausogut Gesellschaft leisten, Brian«, murmelte Jim. »Wahrscheinlich verstehen uns diese Leute ohnehin nicht.«

Dennoch ritten sie schweigend weiter, bis sie an den Einschnitt kamen und das Gelände zu beiden Seiten anstieg.

Dafydds Voraussage zum Trotz waren die Hügel

immer noch voller Menschen, insbesondere an den weniger steilen Abhängen. In der Zwischenzeit zerstreute sich im offenen Land hinter ihnen die Menge. Sie war bald außer Sicht verschwunden, als sich die bislang gerade Straße zwischen den Hügeln emporwand. Kuppen und Felsvorsprünge verdeckten immer öfter den Blick nach vorne.

Die Sonne strahlte weiterhin hell vom Himmel, und die gute Laune der Menge schien sogar das Packpferd angesteckt zu haben, das Dafydd folgte. Die Führungsleine schleifte derweil vergessen über den Boden.

Die Steigungen wurden stärker, die Hügel rückten dichter zusammen. Dennoch stand an den Hängen immer noch eine winkende Menge. Immer enger wurden die Kurven der Straße – und plötzlich, ohne Warnung, kamen den drei Reitern hinter einer Biegung vier Männer entgegen, jeweils zwei Seite an Seite. Sie saßen auf wundervollen Pferden, die einen erheblich zarteren Knochenbau besaßen als Gorp oder Blanchard.

Die Männer schienen Krieger aus einer vergangenen Zeit zu sein. Sie trugen eine mit Metallplatten verstärkte Lederrüstung und antike Helme, die nur über einen Nasenschutz verfügten. Jeder Reiter trug eine Lanze und hatte ein Schwert an der Seite hängen; ihre Pferde waren weiß wie Schnee.

Gleich hinter ihnen folgte ein ebenfalls weißes Viergespann, das im Trott eine offene Kutsche zog, die einem Landauer ähnelte. Nur eine einzige Person saß in dem Wagen: ein alter, sauber rasierter Mann, auf der Mitte der Sitzbank. Die Kutsche glänzte und schien vergoldet. Hinter ihr kamen nochmals zwei mal zwei weitere berittene und gerüstete Lanzenreiter.

Dafydd zügelte sein Pferd. Das Packpferd hielt ebenfalls an, und auch Brian und Jim brachten ihre Tiere zum Stehen. Sie warteten. Die beiden vorderen

Berittenen kamen auf Dafydd zu, scherten erst kurz vor ihm aus und bezogen zu beiden Seiten der Straße mit Blick zur Mitte Position. Die Kutsche hielt unmittelbar vor Dafydd, der daraufhin abstieg und langsam zum Wagen hinüberging. Er sprach in der gleichen Sprache wie mit den vielen Leuten, die den Weg bisher begleiteten.

»Vielleicht«, sagte Brian leise zu Jim, während er starr nach vorne blickte, »sollten wir diesmal einbezogen werden?«

»Vielleicht sollten wir noch ein paar Minuten abwarten«, antwortete Jim ebenso leise, als Dafydd sich umwandte und sie heranwinkte.

Brian schwang sich aus dem Sattel, und Jim tat es ihm nach. Beiden Streitrössern war anerzogen, still stehenzubleiben, wenn ihre Zügel lose zu Boden hingen. Jim und Brian ließen die Tiere unbesorgt zurück und gingen zu Dafydd hinüber.

»Ihr werdet mit... gehen.« Zu Jims Erstaunen sprach der alte Mann in der Kutsche ein leicht verständliches Englisch, nur Dafydds uralten Titel nannte er in ihrer uralten Sprache. »Ich möchte, daß ihr folgendes hört.«

»Mein Lord-König dieses Landes«, sagte Dafydd zu dem alten Mann und sprach ebenfalls englisch, »darf ich Euch Lord Sir James Eckert, Baron de Malencontri et Riveroak und Sir Brian Neville-Smythe von Burg Smythe vorstellen. Beide stammen aus dem Land der Angelsachsen.«

»Ich bin erfreut, sie zu sehen«, sagte der König zu Dafydd und wandte sich Jim und Brian zu.

»Eure Namen und Taten sind uns selbst hier unten in unserem Königreich ein Begriff«, fuhr er fort. »Nach dem, was ich gehört habe, und nach dem, was Dafydd mir erzählt hat, zu schließen, seid Ihr ehrenwerte und aufrechte Männer. Ich möchte, daß Ihr versteht, daß

Euer Kommen, auch wenn Ihr zweifelsohne nicht beabsichtigt habt, uns zu schaden, eine Schwierigkeit geschaffen hat, und ich muß mit…«, einmal mehr benutzte er den Titel, den Dafydd hier innehatte »…darüber sprechen. Ich hoffe, Ihr glaubt mir, daß wir weder gegen Euch böse Absichten hegen noch gegen den, über den ich gleich sprechen werde. Würdet Ihr so freundlich sein, Ihr Herren, und hier warten, während wir beide dies vertraulich besprechen?«

»Sire«, sagte Brain, »mit Freuden.«

»Mit Freuden«, fügte Jim hinzu.

»Schön.«

Jim hörte nicht, daß Befehle erteilt wurden, aber ein Berittener sprang vom Pferd und rannte vorwärts, um eine Kutschentür zu öffnen. Er nahm den Arm des alten Mannes, nachdem dieser sich auf die Füße gezogen hatte und langsam die Stufen der Kutsche hinunterging. Der Krieger hielt den alten König weiter fest, als dieser unsicher auf die Erde trat.

Rechts und links der Straße stieg das Gelände erst sanft und dann immer steiler in die Höhe. Auf entfernteren Erhebungen waren noch Leute zu sehen, auf diesem Hügel hielt sich jedoch niemand auf. Nur sanfte grüne Rundungen hoben sich scharf von dem wolkenlosen, scheinbar endlosen Himmel ab. Dafydd und der König hatten sich ein wenig den Hügel hinaufbegeben und schritten während des vertraulichen Gesprächs langsam auf und ab.

Der Schritt des alten Mannes war langsam und unsicher, und hin und wieder schloß sich Dafydds Hand um den Ellbogen des Königs, um ihn zu stützen. Der König mußte einst ein hochgewachsener Mann gewesen sein – möglicherweise sogar größer als Dafydd –, aber das Alter hatte seinen Knochen Kraft und Festigkeit geraubt und ihn gebeugt. Jetzt wirkte er sogar einen halben Kopf kleiner als der Bogenschütze. Nichtsdestotrotz blieb offensichtlich, wer der König war.

Brian und Jim warteten, genau wie die Pferde, die Krieger des Königs und die Leute auf den anderen Hügeln. Trotz der Stille war es kaum möglich, das Gespräch zwischen Dafydd und dem König zu hören.

Während er und Brian abwarteten, bemerkte Jim eine Bewegung. Er richtete seinen Blick zum Hügelkamm hinauf, wo ein Mann aufgetaucht und nun als Schattenriß gegen den Himmel zu sehen war – ein Mann so groß wie Dafydd und ebenfalls mit einem Bogen über der Schulter. Er trug eine Kappe, Jacke und Hose, alles in hellem Blau. Er stand bewegungslos da und sah auf den König und Dafydd hinab. Im selben Augenblick ritten ungefähr zwanzig Lanzenreiter hinter der Kutsche vor, formten um den Platz, wo der König und Dafydd hin und her gingen, einen Halbkreis und blickten zur Anhöhe hoch.

Der Mann in Hellblau bewegte sich nicht, aber etwas später trat ein wenig zur Linken ein weiterer Bogenschütze zu ihm, und dann erschienen – eine nach der anderen – weitere gleich gekleidete und bewaffnete Gestalten auf dem Hügelkamm.

Die Lanzenreiter warteten bewegungslos. Die Bogenschützen in Blau auf dem Hügelkamm warteten ebenfalls und sahen hinunter. Dafydd ging mit dem alten König weiter auf und ab und redete mit ihm.

Kapitel 20

Die beiden – König und Bogenschützenprinz – sprachen unbeirrt weiter. Brian und Jim warteten. Die Lanzenreiter des Königs warteten. Die Bogenschützen auf dem Hügel warteten. In einiger Entfernung warteten die Leute, die von nah und fern gekommen waren, um Dafydd zu sehen.

Manchmal schritt der König kräftiger aus, als wäre er trotz des Alters noch daran gewöhnt, längere Strekken zu Fuß zu gehen, aber dann taumelte er wieder, und Jim konnte sehen, wie Dafydds Hand den alten Mann festhielt.

Schließlich blieben sie stehen. Sie blieben noch einen Augenblick redend auf der Stelle stehen, bevor Dafydd Brian und Jim zuwinkte.

Sie waren zu ihren Pferden zurückgegangen, und Brian mit seinem Kriegerinstinkt war aufgesessen, als die Lanzenreiter vorrückten. Jim war ihm, ohne lange nachzudenken, gefolgt. Nun saßen sie wieder ab und gingen zu Dafydd und dem König hinüber. Aus der Nähe sah man, daß das Gesicht des Königs grau vor Erschöpfung war. Seine Stimme klang jedoch immer noch fest. Der König sprach leise, als ob auch seine Wache von dem Gespräch nichts mithören sollte.

»Dafydd hat mir erzählt«, begann er, »daß Ihr unser Land nur durchquert, um zur Grenze nach Lyonesse zu gelangen, da Ihr, Sir James, hofft, dort Euer entführtes Mündel wiederzufinden.«

»Das ist richtig«, bestätigte Jim.

»Ich habe Euch aufgehalten«, sagte der König mit einer rauher werdenden Stimme, »um« – wieder war Dafydds Titel zu hören – »zu bitten, nicht mit Euch weiterzuziehen, sondern hier bei uns zu bleiben, hier auf der Erde, die seiner Familie seit undenklichen Zeiten gehört.« Er hielt inne und hustete leicht.

»Unter gewöhnlichen Umständen würde ich Euch, Lord James Eckert, bitten, ihn von jeder Verpflichtung, Euch zu begleiten, zu befreien, damit er hierbleiben könnte – aber ich verstehe, daß es in diesem Fall um mehr als eine Pflicht geht. Daher werde ich ihn nicht weiter bedrängen, sondern Euch alle passieren lassen und Euch wünschen, daß Gott mit Euch sein möge, wenn ihr nach Lyonesse kommt.«

Die Stimme des Königs zitterte.

»Es tut mir leid...«, begann Jim, sah dann aber Dafydd, der ein wenig hinter dem König stand, leicht den Kopf schütteln. »Doch Sir Brian und ich müssen weiterziehen, und wenn es eine Wahl gibt, dann muß auch Dafydd mitkommen. Ihr sprecht, als ob unser Gang nach Lyonesse eine große Gefahr berge.«

»Ich weiß nicht, ob Ihr dort Euer Mündel finden werdet. Lyonesse ist ein Land von alter Magie und gleichzeitig von etwas, das vielleicht keine Magie ist. Es ist das befremdlichste von allen Anderen Königreichen. Ob es ein altes Land der Feen ist – wie manche sagen – oder nicht, das weiß ich nicht. Aber ich weiß, daß dort noch andere Gefahren lauern als Waffen und Feinde allein.«

Er brach ab, als müsse er erst wieder zu Atem kommen.

»Wir überschreiten diese Grenze nicht. Es ist verboten, und die wenigen, die diese Regel gebrochen haben, sind entweder nie wieder zurückgekommen oder nur für kurze Zeit – verändert oder unter eigenartigen Umständen. Da war mal ein Mann, der Lyonesse betreten hat. Seitdem ist er nur einmal alle hundert Jahre zu seiner Familie zurückgekehrt, jedesmal nur für Augenblicke. Er scheint nicht in der Lage zu sein, zu seinen Nachkommen zu sprechen, und jedes Mal ist seine Kleidung zerlumpter, sein Bart länger und struppiger, und der Seelenschmerz steht ihm ins Gesicht geschrieben. Dann verschwindet er wieder. Ich würde euch warnen, wenn ich wüßte wovor. Aber ich weiß es nicht.«

»Ich danke Euch dennoch für Eure Sorge«, sagte Jim, »und um so mehr, da ich weiß, daß Ihr Dafydd am liebsten bei Euch behalten wolltet, auch damit er sicher vor den Gefahren wäre, von denen Ihr uns gerade erzählt habt. Aber wie dem auch sei, ich muß weiter…«

»Und ich auch!« unterbrach Brian.

»Und«, sagte Dafydd, »ich natürlich auch.«

»Dann«, erklärte der König, »bleibt nichts mehr zu sagen. In meinem Herzen wußte ich es. Ich bitte Euch als edle Herren nur um eins – und daß Ihr solche seid, weiß ich, weil Dafydd bei Euch ist: Wenn Ihr sicher zurückkehrt, sprecht nirgendwo von unserem Land, nicht einmal zu den Leuten in Wales, zu denen wir früher gehörten. Ich bitte darum, daß Ihr Fragen nicht beantwortet, so Euch welche gestellt werden. Wollt Ihr mir diesen Wunsch erfüllen?«

Brian und Jim gaben ihre Zustimmung.

Der König wandte sich wieder seiner Kutsche zu, »Nun, so verlasse ich euch jetzt…«

Er schüttelte Dafydds Hand ab. »Ich gehe allein, ohne Hilfe. Dafydd, die Menschen Eures Haushalts werden Euch ein letztes Mal berühren wollen – wenigstens das.«

»Ich hatte vor, es ihnen zu erlauben.«

Der König nickte, drehte sich um und ging mit langen, unsicheren Schritten zu seiner Kutsche. Einer der Bewaffneten half ihm hinein. Er sagte etwas in der fremden Sprache, und die Kutsche wendete, die Lanzenreiter umringten ihn, und sie alle zogen fort, zurück auf der Straße, auf der sie gekommen waren.

In der Zwischenzeit hatte Dafydd sich den blaugekleideten Bogenschützen zugewandt. Beginnend mit dem, der Dafydd am nächsten war, kamen sie einzeln den Hügelkamm und den anschließenden Abhang hinunter. Einer ging in einigem Abstand hinter dem anderen, fast in einer Linie.

»Sir James, Sir Brian«, sagte Dafydd, ohne sie anzusehen, »Ihr würdet mir einen Gefallen tun, wenn Ihr zu den Pferden ginget.«

»Aber sicher, Dafydd«, antwortete Jim.

Er und Brian saßen auf und beobachteten die Szene. Sie waren nur zwanzig Meter entfernt und sahen zu, wie einer der blaugekleideten Bogenschützen nach dem anderen zu Dafydd trat.

Jeder nahm etwa drei Schritte vor Dafydd die Kappe ab, trat dann noch näher heran, ließ sich schließlich auf ein Knie nieder und hielt den Kopf gesenkt. Dafydd streckte seine linke Hand aus und umschloß mit ihr jeweils die rechte Schulter eines Bogenschützen und drückte leicht zu. Kein Wort wurde gewechselt. Dafydd ließ los, der Bogenschütze stand auf, setzte wieder die Stoffkappe auf, trat einen Schritt zurück, drehte sich um und ging. Dann kam der nächste.

Einer nach dem anderen kamen sie. Als das Ganze anfing, hatte Jim nicht daran gedacht zu zählen, aber als er es dann doch noch tat, kam er bis knapp über hundert. Nun kamen nur noch wenige blaugekleidete Gestalten, und bald war das Zeremoniell vorüber. Jene, die vor Dafydd gekniet hatten, waren über den Hügelkamm gegangen und verschwunden. Jim dachte an die Menschenmenge, die sie hierher begleitet, sich aber zurückgezogen hatte, als die Leute des Königs erschienen. Jim sah sich um. Sie waren jetzt ebenfalls fort.

Als Jim sich wieder umwandte, setzte gerade der letzte Bogenschütze seine Kappe auf, drehte sich um und ging. Nachdem er verschwunden war, kam Dafydd zu Jim und Brian zurück und bestieg wortlos und mit unbewegtem Gesicht sein Pferd.

»Laßt uns weiterreiten!« sagte Brian.

Über ihnen schien eine unwirkliche Sonne, mehrere

hundert Faden tief unter dem Meeresspiegel, und ging Richtung Westen langsam unter.

Sie nahmen die Zügel auf und ritten die Straße hinunter, Jim und Brian rechts und links neben Dafydd. Dieser hockte auf dem Pferd, tief in Gedanken versunken. Seine Augen blickten ins Leere.

Die Stille war vollkommen. Jim merkte, wie ein widerspenstiger, dem zwanzigsten Jahrhundert zugehöriger Teil von ihm gegen den übernatürlichen Schrecken des Königs vor Lyonesse rebellierte. Er wußte, daß in dieser Welt Magie existierte – wer sonst hätte es besser wissen sollen? Und doch gab es schreckliche Dinge, die sich jeder Erklärung entzogen.

»Danke, Sir Brian, Sir James«, sagte Dafydd plötzlich und unerwartet.

»Hah!« sagte Brain – ein einsilbiger, unpassender Laut.

»Nichts zu danken, Dafydd«, meinte Jim.

Dafydd verfiel erneut in Schweigen, und sie ritten wortlos bis zur nächsten Wegbiegung weiter. Dann sprach Dafydd erneut und ebenso unerwartet wie zuvor.

»Es ist nur recht, daß ihr erfahrt, was mir der König gesagt hat, jetzt da ihr versprochen habt, nichts von dem, was ihr hier seht oder hört, einem anderen zu erzählen.«

»Das ist nicht nötig, verdammt noch mal!« sagte Brian.

»Nichtsdestotrotz würde ich es gern berichten. Macht es Euch etwas aus zuzuhören?«

»Natürlich nicht«, antwortete Jim.

»Das meiste davon«, sagte Dafydd und sah angelegentlich die Ohren seines Pferdes an, »was er erwähnte, hatte mit meiner uralten Abstammungslinie zu tun und mit jenen von meinem Blut, die immer noch existieren – wie ihr gesehen habt. Aber das war noch nicht alles. Er ist der König des Landes. Die Königswürde wurde immer, solange das Volk sich erinnern kann, in direkter Linie weitergegeben. Aber diese Linie ist erloschen…«

Ohne Vorwarnung schienen sie eine unsichtbare, unfühlbare Mauer zu passieren. Nichts um sie herum hatte sich augenscheinlich verändert. Die Sonne strahlte so hell wie zuvor von demselben Himmel, aber dennoch…

»Wir nähern uns der Grenze zu Lyonesse«, erklärte Dafydd. »Um fortzufahren: Seine Linie schwand zusammen mit seinen Kindern. Alle seine drei Söhne starben, zwei noch bevor sie das Mannesalter erreicht hatten, und seine zwei Töchter erkrankten an einer Krankheit, die niemand in diesem Land kannte, und starben ebenfalls, weniger als ein Dutzend Winter zuvor. Kein Enkel war geboren worden.

Er ist ein alter Mann, und er sieht, daß dieses Land, das wir beide lieben, ohne König zurückgelassen wird. Meine Familie steht dem Thron am nächsten. Ich bin das Familienoberhaupt – soweit man das sagen kann, da ich nicht hier, sondern anderswo lebe. Daher wollte er, daß ich bleibe und meine Frau, meine Kinder hierherbringe und, nachdem er gegangen ist, die Pflichten eines Königs übernehme.«

Brian und Jim schwiegen. Da war nichts, was sie hätten bemerken können.

»Ich sagte ihm«, erzählte Dafydd und sah starr geradeaus auf die weiße Straße, die in einen Wald mit dunklen Bäumen führte, deren blätterlose Zweige so dicht ineinander verwoben waren, daß der Erdboden nach wenigen Schritten in der Dunkelheit unterging. »Ich sagte ihm, daß ich den Ruf der Pflichten hier wohl höre, daß der Ruf von anderswo allerdings stärker ist. Mein Leben liegt nicht in diesem Land, es liegt oben, in der Welt, die wir kennen, mit meiner Frau und meinen Kindern, als Dafydd der Meisterbogenschütze, nicht als Dafydd der König. Für mich ist es mehr, ein sehr guter Bogenschütze zu sein als ein König. Und ich würde meine Söhne und Töchter nicht in diesem verlorenen und versunkenen Land aufziehen wollen, sondern in der Welt, wo das Leben und die Geschichte weiter fortschreitet.«

Die Straße wurde enger, und die Zweige der Bäume zur Rechten und zur Linken trafen sich über ihren Köpfen.

»Ein Mann muß eine Entscheidung treffen«, sagte Brian nach einer Weile. »So hat Gott das Leben für uns bestimmt. In der Wahl darf kein Zögern liegen.«

Sie ritten in die Dunkelheit des Waldes. In ihr lag nichts Furchterregendes oder Merkwürdiges, dennoch schien die Düsternis die Männer zu trennen. Sie ritten weiter, isoliert voneinander, redeten nicht mehr und waren, zumindest was Jim betraf, tief in Gedanken versunken. Die Steinstraße, der sie gefolgt waren, war schon seit einiger Zeit nicht mehr gepflastert und wurde nun immer schmaler, bis man sie nur noch als Weg bezeichnen konnte. Jetzt mußten sie hintereinander reiten. Brian hatte ganz selbstverständlich die Führung übernommen. Danach folgten Jim und zuletzt Dafydd mit dem Packpferd.

Der Weg wurde noch schmaler, war schließlich nur noch ein Trampelpfad – zugewachsen und von Zeit zu Zeit gar nicht mehr erkennbar. Daher mußten sie wachsam bleiben. Brian schien nicht die geringsten Zweifel zu hegen, wo sie langreiten mußten.

Die schwarzen, spärlich belaubten Bäume hatten sie derweil eingeschlossen, als ob sie am liebsten hinuntergreifen und jeden festhalten wollten, der vorbeikam. Silbernes Licht drang nur noch ab und zu durch die verschlungenen Zweige und beleuchtete spärlich den Weg.

Jims Geist befaßte sich mit Dafydds Erklärung, kein König sein zu wollen, und mit Brians Zustimmung. Als er und Angie sich entschlossen hatten, lieber im vierzehnten Jahrhundert zu bleiben als ins zwanzigste zurückzukehren, hatte Jim gedacht, alle möglicherweise aufkommenden Probleme lösen zu können. Wenn er nicht sofort wußte, wie er eins behandeln sollte, könnte er es mit Leichtigkeit lernen, wie – schließlich war Lernen seit frühester Kindheit sein Leben gewesen.

Aber dann war dieses Problem des veränderten Verhaltens der Bediensteten auf Malencontri aufgetaucht. Es beinhaltete alles mögliche, das die Menschen dieser Zeit als gegeben ansahen – das wichtigste davon war, daß die Dinge, die schon immer so waren, auch unverändert so weitergehen mußten.

»Das ist schon seit Menschengedenken so!« sagten ihm seine Lehnsleute, wenn er sie dazu bringen wollte, etwas Neues auszuprobieren. Gegen dieses Argument konnte er nichts vorbringen. Sie sträubten sich gegen jede Veränderung. Etwas neu zu regeln bedeutete für sie, die Welt auf den Kopf zu stellen.

Es war, so dachte er jetzt, die Realität, die ihm einen Schlag ins Gesicht versetzte, weil er nicht aufmerksam genug war. Erst als er einsah, wie sehr er sich umstellen mußte, um in dieser Kultur wirklich zu Hause zu sein, hatte er endlich erkannt, wie schlecht er sich für ein Leben in dieser Ära eignete.

Es war wahrscheinlich nicht verwunderlich, daß er so lange gebraucht hatte, das herauszufinden: Er hatte noch nie zu Selbstzweifeln geneigt. Auf seine eigene Art wirkte er nicht weniger unüberlegt als Brian, der niemals irgendwelche Zweifel zu hegen schien.

Um für den Brautpreis, den Gerondes Vater verlangt hatte, genug Geld zu verdienen, hatte Brian sich fröhlich an einer Unternehmung beteiligt, die auf eine Rebellion gegen den König hinauslief – und das trotz seines Gefühls von vollkommener Loyalität dem König gegenüber. Wie Brian das vor sich selbst rechtfertigte, hatte Jim immer noch nicht begriffen, aber sicherlich war das Gewissen, das damit fertig werden mußte, in den Winterschlaf gegangen.

Erstmalig fühlte Jim jetzt, wie der Zweifel sich ausbreitete. Vielleicht war es gar nicht an ihm loszuziehen, um den kleinen Robert zu suchen und zu finden...

Sie erreichten eine Lichtung. Das spärliche Gras unter den Pferdehufen endete jäh entlang einer Linie, an der eine andere Landschaft begann – ein steiniges, abstoßendes Land voller verkrüppelter Bäume. Silbernes Licht hüllte alles ein, was Jim betrachtete, und etwas wie eine weiße Sonne war über den Bäumen schwach zu erkennen.

Aber nicht dadurch wurde er plötzlich aus seiner Selbstbetrachtung gerissen. Es war die Stimme, die nach ihnen rief.

»Halt!« schrie die Stimme – und sie gehörte Carolinus.

Kapitel 21

JIM FIEL SOFORT AUF, daß Carolinus aussah, als hätte er einen Kampf mit einem Bären hinter sich. Seine rote Robe war zerrissen und am Saum beschmutzt. Sein Gesicht war ausgemergelt und schlaff – sicher hatte er lange keinen Schlaf bekommen. Aber seine Stimme war kräftig wie immer.

Er war jedoch eher eine Projektion denn ein lebender, dreidimensionaler, echter Carolinus. Beim ersten Wort hatten Jim, Brian und Dafydd automatisch ihre Pferde gezügelt. Nun starrten sie ihn alle an, wie er anscheinend gut zehn Zentimeter über dem Boden schwebte, vielleicht drei Meter vor ihnen. Seine Augen blickten sie nicht an, sondern sahen an ihnen vorbei, als wäre er blind.

»Bevor ihr Lyonesse betretet, müßt ihr eine Warnung hören.« Seine Stimme klang seltsam – formell und orakelhaft. »Beachtet, daß ihr im Begriff steht, ein Land aus Schwarz und Silber zu betreten, wo keine anderen Farben existieren. Nach und nach mag es scheinen, daß die Farben der euch bekannten Welt zurückkehren. Aber bevor das Schwarz-und-Silber vollkommen verschwunden ist, müßt ihr selbst gegangen sein! Wenn ihr wartet, bis ihr kein Schwarz-und-Silber mehr seht, sondern alles so scheint, als wäre es in echtes Sonnenlicht getaucht, dann seid ihr bereits gefangen. Ihr könnt dann niemals nach Hause zurückkehren und müßt statt dessen für immer in Lyonesse bleiben. Jetzt muß ich…«

»Still!« schrie Jim und deutete mit dem Finger auf den Magier. Es war nur eine schwache Hoffnung, eine fast verzweifelte Reflexhandlung, Carolinus so am Verschwinden hindern zu können, denn Jim hatte plötzlich gefühlt, daß genau das passieren würde, wenn der Magier erst einmal aufhörte zu sprechen. Jims Ruf führte zu einem merkwürdigen Ergebnis.

Die Projektion brach beim letzten Wort ab, begann dann wieder von vorne und wiederholte genau dieselben Worte.

»Halt! Bevor ihr Lyonesse betretet…«

Die Projektion von Carolinus fuhr bis zu dem Punkt fort, an dem Jim sie unterbrochen hatte, dann ging es im üblichen gereizten Tonfall des Magiers weiter: »…muß ich gehen, da ich nur einen Augenblick Zeit hatte, mit euch zu sprechen. Aber laßt mich noch eins hinzufügen: Lyonesse ist ein Land der Magie, von alter, sehr alter Magie. Traut euren Augen nicht. Ein Zwerg könnte ein Riese sein, eine Hütte eine Burg oder eine Burg eine Hütte. Eine Jungfrau in Not könnte wirklich eine Jungfrau in Not sein – womöglich aber auch ein tödlicher Feind. Wo ihr einen Ritter seht, könnten zwanzig sein. Ich muß euch jetzt verlassen. Lebt…«

Es blitzte rot auf, und Jim fiel der Projektion hastig wieder ins Wort. Diesmal ohne Erfolg – Carolinus erlosch wie eine Kerze im Luftzug.

Jim sah Brian und Dafydd auf den Pferden neben sich an und fühlte sich plötzlich schuldig. Er war der einzige, der die Pflicht hatte, die Grenze zu überschreiten, und vielleicht sollte er allein gehen. Gerade noch rechtzeitig sah er davon ab, den Vorschlag laut auszusprechen, da ihm bewußt wurde, daß die beiden ihn nur als beleidigend empfinden würden.

Er war doch tatsächlich lernfähig, dachte er grimmig. Seltsamerweise fühlte er sich jetzt besser.

»Was meint Ihr, James«, sprach Brian ihn an. »Gibt es da eine Lehre, die wir aus dem Ganzen ziehen sollten, bevor wir weiterreiten?«

»Tja, offensichtlich müssen wir vorsichtig sein.« Er dachte einen Augenblick nach und fuhr dann fort: »Wie es scheint, ist es gefährlich, zu lange in Lyonesse zu bleiben. Wir sollten das Königreich deshalb so schnell wie möglich durchqueren.«

Seine Freunde nickten ernst. Selbstverständlich erwarteten sie von ihm, daß er die Entscheidungen traf, wenn es sich um Magie handelte. »Hmm«, brummte Jim und sah zum Himmel auf, »die Nacht bricht langsam herein. Wenn wir nach Lyonesse hineinreiten, werden wir schon bald ein Lager aufschlagen müssen. Meint ihr nicht auch, daß wir besser ein wenig zurückreiten und die Nacht über hierbleiben? Dann können wir morgen Lyonesse betreten und haben für die Durchquerung noch den ganzen Tag vor uns.«

Sie ritten wieder durch den dunklen Wald zurück,

um an dessen Rand das Lager aufzuschlagen. Sie fanden jedoch kein Wasser und waren gezwungen, in einer Senke zwischen zwei kahlen Hügeln zu übernachten. Die drei Männer sprachen nur wenig, und am Morgen fragte Jim sich, ob Brian und Dafydd ebenso schlecht wie er geschlafen hatten.

Als sie die Pferde wieder bestiegen, sah Jim seine Freunde trübsinnig an. »Ich halte meine Augen offen, um uns vor allem zu beschützen, was Carolinus erwähnt hat. Aber wir müssen alle zusammen auf die Veränderungen der Farben achten, wie Carolinus es uns gesagt hat.«

»Amen«, sagte Brian, und Jim vermeinte gehört zu haben, wie Dafydd das Wort mit leiser Stimme wiederholte.

Sie ritten weiter. Jim zuckte innerlich zusammen. Die anderen beiden vertrauten voll und ganz seiner Fähigkeit, in magischen Fragen Entscheidungen zu treffen, und er stellte fest, daß ihn das tief beunruhigte. Das war etwas Neues für ihn, ein Teil seiner neuen Empfindsamkeit in Hinsicht auf die Art, wie die Leute um ihn herum auf ihn reagierten. Früher hatte ihn ihr unerschütterliches Vertrauen nicht gestört.

Vielleicht lag es daran, daß Brian kürzlich seine Fähigkeit, einen harten Entschluß schnell und sicher zu fällen, bewiesen hatte – und auch dabei zu bleiben. Auch Dafydd hatte gerade erst einer schweren Entscheidung ins Gesicht geblickt und entschlossen und ohne Zögern das, was ihm angeboten worden war, zurückgewiesen.

Es war nicht nur so, daß diese zwei entschlußfreudig waren, wo er es nicht war. Jeder in dieser mittelalterlichen Welt schien über diese Fähigkeit zu verfügen. Die Entscheidungen mochten sich als falsch erweisen, aber sie wurden ohne zu zögern getroffen, und dann blieb man dabei. Diese Leute wälzten die Probleme nicht wie Jim ewig in ihrem Kopf herum und sorgten sich nicht andauernd darum, ob sie immer das Richtige taten.

Als Jim aus seiner Gedankenverlorenheit aufwachte, stellte er fest, daß sie wieder an der Stelle angelangt waren, wo ihnen gestern die Projektion von Carolinus erschienen war. Diesmal zeigte sie sich nicht. Sie ritten weiter – nach Lyonesse hinein.

In diesem Wald waren sie von Stille umgeben – kein Vogelgezwitscher, kein Blätterrascheln, nicht einmal ein leises Säuseln des Windes zwischen den Zweigen und Baumstämmen war zu hören. Dennoch wurde er sich eines Geräusches bewußt, das in dieser Stille so irritierend wirkte wie das Summen eines besonders lästigen Insekts. Es wurde langsam als eine Stimme erkennbar, die in einiger Entfernung beharrlich und pompös sprach.

Jim strengte sich an, um festzustellen, was diese Stimme denn nun genau mitteilte. Es war Kobs Stimme.

»Und ich sagte zu ihm«, kündigte die Stimme des Kobolds an, »›Varlet‹, sagte ich zu ihm, ›ich bin Kob-Eins de Malencontri, und du…‹«

Jim versuchte, das Gerede zu überhören, aber nun, da er das Geräusch zu seiner Quelle hatte zurückverfolgen können, konnte er nicht anders, als dem zuzuhören. Kob gab mal wieder an. Er erzählte gerade, wie er sich beim letzten Weihnachtsfest einem Kobold der Burg des Grafen von Somerset gegenüber als Herr aufgespielt hatte.

Glücklicherweise mußte Jim nur eine Stimme aushalten, da Hill nicht laut sprach, sondern – wenn überhaupt – nur auf eine Art redete, die Jim nicht hören konnte. Es sollte doch möglich sein, das Geplapper auszublenden, wenn man seine Gedanken auf etwas anderes konzentrierte, dachte Jim.

Dann hatte er eine Inspiration. Die Frage, wie Kob und Rrrnlf mit Hill gesprochen hatten und wie Hill mit ihnen reden konnte, war ein Rätsel, das einer Lösung bedurfte. Bislang hatte er in dieser Welt voll Magie noch nichts gefunden, das derartig geheimnisvoll gewesen wäre, daß es nicht doch eine Art rationaler Erklärung gegeben hätte.

War es möglich, daß Hill eine Art stimmloses Zeichen aussandte, und Rrrnlf und Kob diese Signale deuteten? Ohne zu merken, wie ungewöhnlich diese Form der Verständigung war?

Das war sicherlich eine Möglichkeit, aber Jim hatte den Gedanken kaum zu Ende gedacht, als ihm Einwände einfielen. Wenn schon Rrrnlf nicht, so hätte Kob mit Sicherheit mittlerweile bemerkt, daß Jim diese Signale nicht auffing und ihn über die besondere Art, in der Hill ›sprach‹, aufgeklärt.

Was aber, wenn das, was Hill tat, sich für sie wie eine ganz gewöhnliche Sprache anhörte? Jim erinnerte sich, daß er früher einmal gehört hatte, daß Wale miteinander über große Strecken kommunizieren konnten, indem sie Laute im – wie war das noch? – im Infraschallbereich? ...im Ultraschallbereich? ...ausstießen. Hatte man nicht sogar herausgefunden, daß Delphine sich bis in den Ultraschallbereich hinein miteinander ›unterhielten‹?

Das war doch eine Möglichkeit, dachte er. Er fühlte sich angesichts dieser Vorstellung regelrecht beschwingt. Wenn er es nur irgendwie beweisen könnte...

»M'lord! M'lord!«

Kob rief ihn gezielt an. Jim brachte Gorp zum Stehen und wartete darauf, daß erst Dafydd und dann das Packpferd zu ihm aufschlossen. Kob und Hill waren vollständig unter der Abdeckung hervorgekommen und saßen nun obenauf. Hill starrte ihn an.

»Was ist los, Kob?«

»M'lord! Es ist wichtig. Hill muß Euch etwas erzählen!«

»Nun, was will er denn…« Jim brach mitten im Satz ab, als ihm seine Überlegungen von eben wieder einfielen. Er wandte sich Dafydd zu. »Dafydd, könntet Ihr das Packpferd bitte bei mir lassen, zu Brian vorreiten und ihm sagen, daß ich einen Augenblick anhalten und mit Hill reden möchte? Ich würde gern vermeiden, daß Brian zu weit vorausreitet und wir ihn verlieren.«

»Aber sicher, James«, sagte Dafydd, band die Führungsleine des Packpferdes an seinem Sattel los und reichte sie Jim. Dann ritt er zu Brian hinüber. Brian hatte Jims Bitte deutlich hören können, Blanchard bereits angehalten und sich im Sattel umgedreht. Dafydd schloß zu ihm auf, und beide sahen und hörten auf ihren Pferden sitzend zu, was bei Jim hinten geschah.

Jim wandte sich wieder den zwei Elementargeistern zu.

Der kleine Trupp hatte in einer Umgebung angehalten, die vollkommen der Beschreibung Carolinus' von Lyonesse entsprach. Ganz plötzlich wirkte das Land, als wenn es immer von Mondlicht beschienen würde. Es war so hell wie an einem bewölkten Tag, aber die Schatten der Bäume, der Felsen und ihre eigenen wirkten undurchdringlich und vollkommen schwarz. Wo das Licht auf einen Stein oder auf den Boden fiel, erschien alles, was von den Strahlen beleuchtet wurde, silbrig-weiß. Selbst die Blattoberflächen auf den wenigen Bäumen schienen aus gleißendem Silber zu sein.

Jim ignorierte das alles und richtete seine Aufmerksamkeit auf die zwei Elementargeister auf dem Packpferd.

»Hill«, sagte er zu dem kleinen Mann, »ich will, daß

du mir genau zuhörst und das tust, worum ich dich bitte. Kob, kann er mich verstehen, wenn ich mit ihm spreche?«

»Aber ja, M'lord«, sagte Kob. »*Er* kann Euch vollkommen verstehen.«

Die besondere Betonung des Wortes ›er‹ konnte von Kob unbeabsichtigt gewesen sein, aber sie wirkte auf Jim dennoch beunruhigend.

»Nun, Hill«, sagte er erneut und hatte Schwierigkeiten, seinen Tonfall in Anbetracht von Hills offenem, kindlichem Blick autoritär zu halten, »ich möchte, daß du mir sagst, was du mir mitteilen willst. Dann wartest du ein bißchen, und wenn ich dir ein Zeichen gebe, erzählst du es mir noch mal. Es könnte sein, daß ich dich drei- oder viermal darum bitten werde. Vielleicht sogar öfter. Hast du verstanden?«

»Er hat das nicht verstanden«, antwortete Kob prompt. »Er hält Euch für sehr seltsam. Aber da Ihr es seid, stört es ihn nicht. Er wird einfach tun, was Ihr sagt.«

»Gut. Ich will, daß du sehr genau zuhörst und genau das tust, was ich dir sage«, fuhr Jim fort und sah Hill offen an. »Ich werde dich darum bitten, deine Worte immer wieder zu wiederholen, während ich auf verschiedene Weise zuhöre. Du mußt nicht unbedingt verstehen, was ich damit meine, aber höre einfach auf zu reden, wenn ich meine Hand hebe, und sprich nicht weiter, bevor ich sie wieder runternehme. Dann stoppst du wieder, wenn ich sie hochnehme – und so weiter. Hast du das verstanden?«

»Er sagt, er hätte verstanden«, antwortete Kob.

»Danke, Kob, aber von jetzt an sage bitte nichts mehr. Laß mich zuhören und herausfinden, ob ich ihn nicht selbst verstehen kann.«

Er mußte etwas finden, das er sich vorstellen konnte, um die magische Energie zu fokussieren. Er dachte an das Gehör einer Fledermaus – er glaubte sich daran zu erinnern, daß Fledermäuse im Ultraschallbereich hören können. Jim schloß seine Augen halb und stellte sich vor, daß der Hörbereich einer Fledermaus irgendwie seinem eigenen Hörbereich hinzugefügt wurde, seine Ohren sich zu spitzen Fledermausohren streckten, die sich bewegen und auch ausrichten konnten…

»Fang jetzt an, Hill. Sage mir, was du mir sagen willst.«

Hill starrte ihn an, und nichts passierte.

Einen Augenblick lang war Jim überzeugt, daß Hill ihn entweder nicht verstanden hatte oder einfach nicht antwortete. Dann war er sich sicher, daß Hill auf seine Art durchaus sprach, er ihn nur noch immer nicht hörte.

Jim hob die Hand und dachte erneut nach. Woran hatte er vorhin noch gedacht? Ach ja, Delphine und Wale – beide waren mögliche Kandidaten für das Hören im Ultraschallbereich.

Er sah Hill an und senkte die Hand.

Dieses Mal vermeinte er etwas zu hören – andererseits mochte es nur eine Wunschvorstellung sein. Er hatte eher etwas gefühlt denn gehört. Jim war nahe daran aufzugeben, als ihm die naheliegendste Möglichkeit einfiel.

Was war nur los mit ihm? Er hatte vollkommen vergessen, daß er in Lyonesse war, wo seine Magie vielleicht gar nicht wirkte. Er dachte kurz über einen einfachen Test nach. Dann fiel ihm sein Ehering ein, der ihm nicht gut paßte und den er deshalb in Malencontri zurückgelassen hatte. Er versuchte, diesen hierherzuzaubern.

Nichts geschah. Seine Magie stand ihm hier also nicht zur Verfügung.

Soviel dazu, sich ein nichtmenschliches Gehör zu zaubern… Moment mal!

Drachen hörten, wie er wußte, besser als Menschen, und auch in den Infraschallbereich hinein – er selbst war einmal als Drache in der Lage gewesen, bei Nacht zu fliegen, indem er das dunkle Land unter sich mit einer Art Sonar abtastete. Er hatte mit seiner besten Drachenstimme losgebrüllt und dann darauf gehört, wie das Echo zurückkam.

Und seine Fähigkeit, sich in einen Drachen zu verwandeln, auch nur teilweise, wenn es sein mußte, unterlag nicht den Regeln der gewöhnlichen Magie. Die Fähigkeit war Teil seines Selbst, wie die einfache Magie, über die manche Elementargeister verfügten – etwas, das sie an- oder abschalten, aber sonst nicht näher kontrollieren konnten. Er hatte seinem menschlichen Körper schon zuvor die Fernsicht seiner Drachengestalt verliehen. Drachengehör sollte ihm also auch hier zur Verfügung stehen.

Gesagt, getan! Plötzlich hörte er Hill mitten im Satz – Jim hatte vergessen, die abgesprochene Geste zu machen.

»... Ihr sollt diesen Weg gehen, sage ich Euch!« sagte Hill mit vollkommen glockenreiner Klarheit. Hills Akzent ähnelte dem der Bewohner von Somerset, bemerkte Jim.

»Ich sage Euch das immer noch!« fuhr Hill fort.

»Ich kann dich hören, Hill!« sagte Jim. »Aber welcher Weg ist ›dieser Weg‹?«

Hill hob einen seiner langen Arme, der von einem noch längeren Ärmel komplett verdeckt war.

»Da, zur Linken hin solltet Ihr gehen.«

»Warum?« fragte Brian, der schnell erfaßt hatte, worum es ging. »Fragt ihn, warum diesen Weg?«

»Warum, Hill?«

»Ihr müßt!« sagte Hill stur.

Jim sah in die Richtung, in die der Arm deutete. Er zeigte über die nächsten Baumwipfel hinweg auf etwas in einiger Entfernung, das ein Felsenhaufen sein mochte oder der Fuß einer Gebirgskette am Horizont.

Es lag der riesigen silbernen Scheibe, die alles beleuchtete, unmittelbar gegenüber.

»Können wir ihm vertrauen?« fragte Brian stirnrunzelnd. »Carolinus sagte doch, daß dies ein Land der Magie und Täuschung sei und man hier nichts und niemandem vertrauen könne.«

»Nun, Hill kam wie wir von außerhalb«, sagte Jim und wandte sich wieder dem kleinen Mann zu. Hill rannen Tränen die Wangen hinab, was Jim sehr überraschte.

»Ihr müßt!« sagte Hill wieder.

»Können wir ihm vertrauen?« fragte Brian erneut mit Schärfe. Jim blickte Brian und Dafydd an, die auf ihren Pferden nah herangekommen waren. Was Hill mit dem ausgestreckten Arm sagen wollte, hatten die beiden auch verstanden.

»Ich denke schon«, meinte Jim. Er fühlte sich von Hills Tränen angerührt. »Schließlich ist er nur durch Zufall bei uns, und darüber hinaus konnte er nicht wissen, daß wir hierherkommen würden.«

Jim dachte einen Augenblick nach. »Davon abgesehen wissen wir ohnehin nicht, welchen Weg wir wählen sollen. Eine Richtung ist daher so gut wie die andere. Wir müssen halt scharf aufpassen, und wenn es gefährlich zu werden scheint, können wir immer noch zurückgehen. Und dann wissen wir, ob wir Hill trauen können oder nicht.«

Im Bewußtsein, daß Hill die letzten Worte gehört hatte und seine Gefühle vielleicht verletzt worden waren, wandte sich Jim wieder dem kleinen Mann zu.

»Tatsächlich glaube ich aber bereits jetzt, daß wir ihm vertrauen können.«

Hill blinzelte, doch es kamen keine neuen Tränen.

»Weißt du, wo wir sind?« fragte Jim ihn.

»Nein«, antwortete Hill und schüttelte den Kopf.

»Du mußt M'Lord sagen, wenn du zu meinem Lord sprichst!« fuhr ihn Kob an. »Sag immer M'lord, wenn du mit ihm sprichst!«

»Ganz richtig!« sagte Brian, und sogar Dafydd nickte leicht, um seine Zustimmung zu bekunden.

Hill sagte nichts dazu.

»Laß mich hören, wie du M'lord zu ihm sagst!« verlangte Kob.

»Nein«, sagte Hill in Jims Kopf. Dafydd und Brian, die natürlich nichts verstanden, warteten erwartungsvoll.

»Warum willst du es nicht sagen?« kreischte Kob.

»Er ist nicht *mein* Lord!« sagte Hill, und wieder liefen ihm die Tränen hinunter.

Das ist doch lächerlich, dachte Jim, der sich unerklärlicherweise dennoch vom Anblick der Tränen des kleinen Mannes berührt fühlte. Es war der Anblick eines kleinen, weinenden Kindes, das vollkommen hilflos war und nichts an der Lage, in der es sich befand, ändern konnte. »Wie er mich nennt, spielt keine Rolle. Laßt uns auf jeden Fall den Weg ausprobieren, den er vorgeschlagen hat.«

Brian war schockiert.

»In diesem Fall«, sagte er steif, »sollte ich sicherlich weiterhin vorausreiten. Verliert mich nie aus dem Auge. Und falls das doch einmal geschehen sollte, ruft sofort. Ich sollte nicht außer Hörweite geraten.«

Sie machten sich in die neue Richtung auf. Brian ritt voraus – und Jim am Ende neben dem Packpferd. Er versuchte, Hill dazu zu bringen, noch mehr zu erzählen.

Im Augenblick hatte Hill aber offenbar alles gesagt, was er sagen wollte. Schließlich gab Jim auf und setzte sich, da die Bäume jetzt lichter standen, neben Dafydd. Der Boden war steinig, und es gab dazwischen nur spärliche Flecken von dem, was hätte Grün sein sollen, zu entdecken. Vor ihnen erhoben sich Wälle aus dunklen Felsen. Sie schienen nun schon viel näher als zuvor zu sein. Das große Silberjuwel am Himmel kletterte empor und wurde gleichzeitig kleiner, so sah es jedenfalls aus.

Die Zeit, die Jim damit zugebracht hatte, Hill zum Reden zu bringen, war nicht komplett verloren. Schließlich war Hills Akzent gewöhnungsbedürftig, und jetzt verstand Jim den kleinen Mann viel besser.

Von der Anhöhe, auf die sie zuritten, erhaschten sie zwischen den Bäumen hin und wieder einen Blick. Offensichtlich waren sie doch nicht so weit entfernt, wie es zunächst den Anschein gehabt hatte. In der kurzen Zeit war die Anhöhe schon sehr viel größer geworden – obgleich das merkwürdige Licht dieses Schwarz-und-Silberlandes es immer noch schwierig machte, Entfernungen einzuschätzen.

Sie ritten jetzt durch in einen älteren Wald. Die Bäume waren fast so groß und sogar belaubt, wie sie es von den vertrauten Wäldern an der Oberfläche der Erde kannten. Nach knapp einer Stunde hielt Brian unerwartet an und hob seine Hand.

Jim, Dafydd und das Packpferd – letzteres wartete begierig auf jede Arbeitspause – blieben sofort stehen. Brian saß auf einem bewegungslosen Blanchard und sah durch die Bäume hindurch auf die Lichtung vor ihnen. Nach einigen Augenblicken wendete er sein Streitroß und kam leise zu den anderen beiden zurück.

»Auf der Lichtung da vorn befindet sich ein Ritter«, sagte er leise, nachdem er bei ihnen angelangt war.

»Warum seid Ihr Euch so sicher, daß es ein Ritter ist?« fragte Jim.

»Es kann niemand anderes sein«, erklärte Brian. »Er hat den Schwertgürtel, das Schwert, die Lanze aufrecht in der Halterung, und er ist in voller, wenn auch etwas altmodischer Rüstung. Darüber hinaus sitzt er auf eine ritterliche Weise auf dem Roß, obgleich sein Sattel uralt ist und ein wenig seltsam aussieht. Sein Sattelknauf und sein Hinterzwiesel sind kleiner, als es ein Turnierkämpfer bei einem Tjost gerne hätte.«

»Habt Ihr gesehen, was er da macht?« fragte Jim.

»Er scheint nur auf seinem Pferd zu sitzen und tief in Gedanken versunken zu sein«, antwortete Brian. »Vielleicht ist er ein Reisender, der darüber nachdenkt, welchen Weg er nehmen solle, wie wir vorhin auch. Oder vielleicht versucht er, sich an etwas zu erinnern, was er zu tun vergessen hat und weswegen er vielleicht nach Hause zurückkehren müßte.«

»Aber da ist nur einer?«

»Das ist richtig, James. Er ist allein. Außer seinem Pferd – das kann ich in diesem Licht nicht genau erkennen. Es scheint schwarz zu sein, aber es könnte auch ein dunkles Braun haben. Wie dem auch sei, es ist ein Streitroß, schwer und für einen Mann geeignet, der die Ausrüstung fürs Lanzenstechen mit sich führt.«

»Nun, ich denke, wir sollten ihn begrüßen«, sagte Jim. »Denkt Ihr nicht dasselbe, Brian? Und Ihr, Dafydd?«

»Ich bin kein Ritter«, sagte Dafydd, »und habe dazu keine Meinung.«

»Ich denke, daß wir auf jeden Fall mit ihm sprechen sollten«, tat Brian seine Meinung kund. »Solch eine Chance sollte man nicht vertun. Vielleicht kann er uns um so sicherer die richtige Richtung weisen – oder ein paar Neuigkeiten über Euer Mündel mitteilen und uns damit das Herz erleichtern.«

»Ihr habt recht«, stimmte Jim zu.

Brian wendete Blanchard um, und dann ritten die drei Seite an Seite weiter. Das Packpferd schien die

Schultern zu zucken und trottete hinterher, als die Führungsleine an seinem Halfter zog. Alle zusammen ritten sie auf die Lichtung.

Kapitel 22

DER RITTER WAR OFFENBAR so tief in Gedanken versunken, daß er erst aufsah, als die drei ihn schon fast erreicht hatten. Sobald er sie allerdings bemerkte, lenkte er sein Pferd herum, so daß er ihnen unmittelbar gegenüberstand.

Das Visier seines Helmes war offen, und das Gesicht wirkte, möglicherweise wegen der wenigen Stellen, die nicht vom ›Sonnenlicht‹ erleuchtet wurden – abgrundtief schwarze Schatten um die Augen und zu beiden Seiten der Nase –, grimmig.

Die drei Männer hielten an.

»Edler Herr!« rief Brian. Die Entfernung zwischen ihnen und dem Ritter betrug immer noch sechs Meter. »Wir erbitten Eure Verzeihung, daß wir Euch so einfach stören, aber vielleicht wärt Ihr so freundlich, ein paar Reisenden den rechten Weg zu weisen?«

Auf dem grimmigen Gesicht des einsamen Ritters erschien ein breites Lächeln. Er hob seine Zügel und kam auf sie zu.

»Aber sicher! Sicher!« gab er zurück und blieb vor ihnen stehen. »Es ist mir eine Freude. Verdammt einsam hier draußen bei Wind und Wetter. Aber ich muß es tun, wißt ihr. Der Ahn geht um, aber man kann nie sagen, wo er auftauchen wird. Daher muß einer den Wald abreiten, und da ich das Oberhaupt der Familie bin, habe ich keine Wahl. Ich gebe Euch alle Hilfe, die Ihr braucht!«

»Das ist überaus freundlich von Euch, Sir«, sagte Brian. »Darf ich Euch Baron Sir James Eckert de Bois de Malencontri vorstellen. Ich bin Sir Brian Neville-Smythe von einer Nebenlinie der Nevilles. Und dies ist unser Gefährte, der Meisterbogenschütze Dafydd ap Hywel.«

»Ich fühle mich geehrt. Ihr hättet zu keinem besseren Zeitpunkt kommen können. Ich war es leid, allein herumzureiten. Ich bin Sir Dinedan.«

»Sir Dinedan?« Brians Stimme schnappte über, als er den Namen des Ritters wiederholte. Das hatte Jim so noch nie gehört. »Dieses Zusammentreffen ist uns eine große Ehre, Sir Dinedan. Es ist überaus gütig von Euch, so offen und freundlich mit uns zu sprechen, obwohl Ihr doch, obschon wir beide ebenfalls Ritter sind, gewiß noch nie von uns gehört habt.«

»Das ist wohl wahr«, sagte Sir Dinedan, »aber etwas anderes war auch nicht zu erwarten. Ihr seid mit Sicherheit keine kornischen Ritter, wie aus Eurer Rüstung und Euren Waffen ersichtlich ist. Zudem habe ich noch nie ein so großartiges Streitroß wie Eures gesehen.«

»Ihr ehrt mich wieder«, sagte Brian. »Der Name meines Hengstes lautet Blanchard von Tours, werter Herr. In gewissem Sinne könnte man sagen, daß er das Geschenk meines Vaters auf dem Totenbett war, da ich fast die ganze Hinterlassenschaft benötigte, um ihn mir kaufen zu können.«

»Das mag ich Euch wohl glauben«, antwortete Sir Dinedan. »Aber Ihr sagtet, daß Ihr von mir Hilfe bräuchtet, um den rechten Weg durch diesen Wald zu finden? Ich würde meine Pflicht gegenüber meinem Ahnen verletzen, wenn ich zwei so höfischen Rittern nicht helfen würde. Was ist Euer Ziel?«

»Das wissen wir nicht genau«, erklärte Brian. »Wir suchen das verlorene Mündel von Sir James, ein kleines Kind noch, das erst kürzlich entführt wurde – von

Angehörigen des Feenvolks, wie wir glauben –, und wollen es zurückholen.«

Sir Dinedan stieß einen leisen Pfiff aus.

»Das ist keine leichte Aufgabe«, sagte er. »Es ist nicht etwa so, daß es keine Feen gäbe, aber es ist schwer, sie zu finden. Ihr habt noch eine lange Reise vor Euch. Ich kann Euch nicht sagen, welchen Weg Ihr nehmen müßt. Wenn der Ahn hier wäre oder wenn Ihr ihm auf dem Weg durch diese Wälder begegnetet, könnte er Euch hilfreich sein, da er solchen Kreaturen näher steht als ich, der ich immer noch lebe. Wenn ich Euch ein Stück des Wegs begleite, erhöhe ich vielleicht Eure Chancen, ihn zu treffen, da ich ihm häufiger begegne als irgendwer sonst. Das liegt daran, daß ich zu seiner Familie gehöre.«

»Das ist äußerst zuvorkommend von Euch!« Brians Stimme vibrierte leicht, und Jim sah ihn neugierig an.

»Da Ihr uns freundlicherweise Gesellschaft leisten wollt«, fuhr Brian fort, »würdet Ihr mir vielleicht auch die größtmögliche Ehre erweisen, die man von einem Mann wie Euch erbitten kann. Es ist zwar außerordentlich anmaßend von mir, obschon ich in dem Land, aus dem ich stamme, auf einige Erfolge im Lanzengang bei Turnieren zurückblicke. Aber es wäre für mich eine wertvolle Erinnerung, so ich denn überlebe, einen Gang mit einem Ritter von Arthurs Tafelrunde gehabt zu haben. Würdet Ihr wohl in Erwägung ziehen, eine einzige Lanze mit mir zu brechen?«

Sir Dinedan starrte ihn einen Augenblick lang an.

»Ich fürchte, Sir«, sagte er schließlich, »daß Ihr mich mit dem Ahnen verwechselt. Es ist wahr, daß ich Sir Dinedan bin, aber ich bin der Sir Dinedan von heute. Der Ahn gehörte zu Arthurs Rittern der Tafelrunde. Seitdem sind viele Generationen ins Land gegangen, aber der Name blieb in der Familie. Ich möchte nicht, daß Ihr einem Lanzengang mit mir einen Wert beimeßt, den er nicht haben kann.«

»Ihr seid nicht jener Sir Dinedan, der mit Sir Tristram gegen die dreißig Ritter der Königin Morgan le Fay gezogen ist, um Sir Lancelot du Lac vor ihnen zu retten?«

»Nein, der bin ich nicht. Wie ich schon sagte, war das mein Ahn und, wenn wir schon dabei sind: Diese Geschichte wurde von späteren Generationen verzerrt, die fälschlicherweise den Großteil des Kampfruhms Sir Tristram zugesprochen haben.«

Brian öffnete den Mund und schloß ihn wieder.

»Ja«, antwortete der Sir Dinedan von heute. »Er gehörte, wie Ihr wißt, ebenfalls zur Tafelrunde und war ein kühner Ritter. Dennoch war es der Ahn und nicht Sir Tristram, der, als die Nachricht kam, daß dreißig Ritter Sir Lancelot in einem Hinterhalt auflauerten, sofort sagte, sie müßten die dreißig Ritter angreifen und besiegen, um Lancelot zu retten. Es war Sir Tristram, der zögerte und sagte, daß es zuviel sei, dreißig Ritter auf einmal anzugreifen, daß sein Cousin Sir Lancelot ihn schon früher in solche Kämpfe verwickelt und er sich geschworen habe, sich nie wieder in einen solchen hineinziehen zu lassen.«

Dies schien Jim allzu glatt vorgetragen zu sein, als ob die Geschichte schon viele Male erzählt worden sei. Dennoch sagte er nichts, als Sir Dinedan fortfuhr.

»Daraufhin hat der Ahn ihn beschämt, indem er sagte, wenn Sir Tristram nur gegen einen Ritter kämpfen wolle, dann würde er gegen die restlichen neunundzwanzig antreten. Daraufhin willigte Sir Tristram ein, und sie kämpften gegen die dreißig. Sir Tristram faßte Mut und tötete doch noch zehn der Ritter. Aber es war mein Ahn, der zwanzig tötete und so Lancelot rettete. Ich erzähle Euch das, damit ihr nicht von den Geschichten, die andere erzählen, in die Irre geführt werdet, da dort alles verkehrt dargestellt wird.«

»Äh-hem!« räusperte Brian sich verlegen. Offensichtlich hatte auch er eine der verkehrten Darstellungen gehört. Wenn Jim sich recht an Malorys *Morte Darthur* erinnerte, *war* es tatsächlich andersherum gewesen, und es war der heutige Sir Dinedan, der eine verzerrte Version der Geschichte erzählte. Zudem war Sir Dinedan Lancelots Cousin und nicht Sir Tristrams.

Das alles schien aber nicht so wichtig zu sein. Sir Dinedan erklärte sich gerade bereit, mit Brian eine Lanze zu brechen, wenn dieser mit einem Lanzengang gegen einen Nachkommen von Sir Dinedan zufrieden wäre. Brian nahm nur zu gern an. Jim dachte darüber nach, ob er wegen Brians Verletzung Einspruch erheben sollte, sah aber keine Möglichkeit dazu, ohne seinen Freund ernstlich zu beleidigen.

»Ich fürchte, daß die einzige Lanze, die ich mit mir führe, die an meinem Sattel ist«, sagte Brian, »und die ist geschärft, wie es bei einem Ritter üblich ist, der in ein seltsames Land reitet.«

»Womit sollten wir sonst den Gang wagen, wenn nicht mit scharfen Lanzen?« fragte Sir Dinedan, und seine Augenbrauen zogen sich überrascht in die Höhe. »Ihr seid mit Lanzen geritten, deren Spitzen nicht scharf waren?«

»Ach, nur aus Sport, im Spiel, Ihr versteht«, sagte Brian leichthin, aber Jim hörte erneut Beschämung heraus. »Nein, nein, Lanzen sollten immer scharf sein. Zieht Ihr eine Seite auf dieser Lichtung vor, wo Ihr den Gang beginnen wollt…«

Dies leitete eine kleine Unterredung über die Einzelheiten der Begegnung ein, aber sie einigten sich schnell. Jim mußte das Zeichen geben. Er saß auf Gorp auf halbem Wege zwischen ihnen, hob den Arm und senkte ihn dann wieder. Die zwei Ritter galoppierten aufeinander zu, und Jim zog sich mit Gorp hastig vom Kampfplatz zurück.

Der Zusammenprall klang in der Stille des Schwarz-und-Silber-Waldes furchtbar laut. Das Ergebnis war fast spektakulär zu nennen. Sir Dinedans Lanze glitt an Brians Schild ab, da dieser im letzten Augenblick abgewinkelt wurde, während Brians Lanze genau in die Mitte von Sir Dinedans Schild traf und nicht nur den Reiter, sondern auch sein Pferd zu Boden warf.

Das Pferd erhob sich unter den Beinen des gefallenen Ritters und stand wieder auf. Dann schüttelte es sich nachdrücklich. Brian hatte derweil seinen Blanchard gewendet und kam zurückgeritten. Er starrte auf Sir Dinedan, der immer noch bewegungslos am Boden lag.

»Gnade mir Gott!« schrie Brian auf und sprang ab. »Habe ich den guten Ritter getötet?« Er kniete sich neben Sir Dinedan und hob dessen Visier. Die Augen Sir Dinedans waren fest geschlossen.

»Sir Dinedan?« sagte Brian.

»Ich bin noch nicht ganz tot«, antwortete der Ritter schwach. »Vielleicht werde ich sogar weiterleben. Ein Becher Wein aus der Flasche an meinem Sattelknauf…«

Brian sprang auf die Füße und griff die Zügel von Sir Dinedans Pferd. Er beruhigte es mit seiner Stimme, als es in Verteidigungsbereitschaft ging, wütend schnaubte und nach ihm schnappte, und löste die Flasche vom Sattel. Er brachte sie zu Sir Dinedan, zog den Stopfen heraus und setzte sie dem Ritter an die Lippen. Der nahm mehrere tiefe Züge, ehe Brian die Flasche wieder absetzte.

»Mehr«, verlangte Sir Dinedan und öffnete ein Auge. Brian setzte die Flasche wieder an. »Ah, das ist belebend.«

Sir Dinedan öffnete das andere Auge.

»Wahrscheinlich werde ich tatsächlich weiterleben. Nichtsdestotrotz darf ich Euch die Ehre und die Freude über Euren Sieg aussprechen, auch wenn ich nur ein schwacher Ritter bin.«

»Warum nennt Ihr Euch schwach?« fragte Brian. »Ihr seid ein kräftiger Ritter.«

»Ach, wenn es nur so wäre – noch ein wenig Wein, wenn es Euch nichts ausmacht.« Sir Dinedan öffnete beide Augen gleichzeitig. »Aber dem ist nicht so. In unserer Familie gibt es eine schreckliche Schwäche, die von Generation zu Generation weitergereicht wird. Manchmal überfällt sie uns plötzlich und ohne Vorwarnung, genau wie es mir eben vor unserem Zusammenstoß geschah.«

»Warum habt Ihr mir das nicht gesagt?« fragte Brian und half dem anderen Ritter sanft auf die Beine.

»Was?« sagte Sir Dinedan und sah stirnrunzelnd auf Brian hinunter – er war fast zehn Zentimeter größer und erheblich breitschultriger. »Wo es meine Pflicht als Oberhaupt der Familie ist, jeden Tag durch die Wälder zu reiten und nach Begegnungen Ausschau zu halten, wie wir gerade eine hatten? Ich, der ich das Blut des richtigen Sir Dinedan in meinen Adern trage, der bereit war, sich allein dreißig Rittern im Kampf zu stellen, wenn Sir Tristram nicht seine Meinung geändert und ihn begleitet hätte?«

»Selbstverständlich!« rief Brian reumütig. »Ein Ritter erwähnt so etwas nicht. Vergebt mir.«

»Keine Ursache.« Sir Dinedan bestieg wieder sein Pferd. Dann griff er hinunter, um die Flasche aus Brians Hand entgegenzunehmen, und setzte sie nochmals an die Lippen, bevor er sie wieder an den Sattelknauf hängte. »Davon abgesehen, es ist nur eine kleine Schwäche, die kommt und geht, nichts Schlimmes. Ich beklage mich nie darüber.«

»Wie ein Ritter es auch nicht tun sollte«, sagte Brian

bewundernd und saß ebenfalls auf. Alle ritten weiter, Sir Dinedan und Brian an der Spitze. Sir Dinedan sprach von seiner Burg, in der eine Menge Verwandte lebten.

»...tatsächlich ist es eine Erholung, während des Tages hinauszukommen...«, sagte er gerade. Jim hörte nur mit halbem Ohr zu. Seltsamerweise vermißte er gerade in diesem Augenblick aus keinem Grund, den er benennen konnte, seine Fähigkeit, Magie zu wirken. Es war ein Gefühl, als ob etwas nicht da wäre – oder vielleicht eher das Gefühl, das einer Person nachhängt, die sehr genau weiß, daß sie etwas zurückgelassen hat, das sich jederzeit als wichtig erweisen kann. Eine Art gefühlsmäßiger Leere.

Im Bemühen, an etwas anderes zu denken, fiel Jim plötzlich ein Rascheln irgendwo zwischen den Bäumen in nicht zu großer Entfernung auf. Es kam von rechts vor ihnen und war weit genug weg, daß die Bäume die Quelle des Geräusches wohl verbargen.

Nur einen Augenblick später erklangen aus der gleichen Richtung Laute wie von einer Hundemeute, die danach jault, endlich von der Leine gelassen zu werden. Ein paar Sekunden später gelangten die vier Reiter auf eine Lichtung, auf der eine Kreatur zu sehen war, die wie ein übergroßer und überlanger Leopard mit dem Kopf einer Boa constrictor aussah, aus deren Nüstern Flammen schlugen und deren langer Schwanz wie der eines Löwen in einer Quaste auslief.

»Das Questentier!« rief Brian aus.

»Ah, ja«, stimmte Sir Dinedan zu und winkte der Kreatur zu. Er rief ihr zu: »Ich hoffe es geht Euch gut, QT!«

Das Questentier wandte den Kopf, um den Ritter anzusehen, hob eine Tatze leicht zum Gruß und verschwand unter den Bäumen. Dabei machte es ein Geräusch wie dreißig Paar Jagdhunde, die einem Wild nachstellten. Jim trieb Gorp hastig an und schloß zu den anderen zwei Rittern auf.

»Was sucht es gerade?« fragte Brian Sir Dinedan.

»König Pellinore«, antwortete der. »Den richtigen, wißt Ihr – genau wie QT das richtige Questentier ist.«

»Aber ich dachte, es wäre König Pellinore, der sich auf eine Queste nach dem Tier begeben hätte?« fragte Brian.

»Nun, sie suchen beide nach einander, wenn Ihr wißt, was ich meine«, erklärte Sir Dinedan. »Wie der Ahn. Sie ziehen herum, aber sie treffen nicht oft aufeinander, nur durch Zufall. Sie sind dicke Freunde, wißt Ihr.«

»Das wußte ich nicht«, sagte Brian erstaunt.

»O ja«, erklärte Sir Dinedan. »Sie haben früher oft zusammen gejagt, als QT seine Höhle gleich neben der Burg von Pellinore hatte, bevor ein Erdrutsch den Bau verschüttete und er sich anderswo niederließ. Sie waren nie gute Jäger, die beiden, nicht mal damals. Aber sie vermißten ihre kleinen Zusammenkünfte, und da seht ihr das Ergebnis.«

»Ach«, sagte Brian nachdenklich.

»Sir Dinedan«, sagte Jim, »wo genau in Lyonesse sind wir gerade?«

»Nun, wenn sich die Dinge um uns herum nicht verändert haben, wie es manchmal der Fall ist, dann sind wir immer noch im Wald der Begegnungen, und wir sollten in Kürze Euer nächstes Abenteuer erreichen.«

»Nächstes Abenteuer?« wiederholte Brian und starrte Sir Dinedan an.

»O ja. Sie lauern hier überall. Man kann ihnen nicht ausweichen, den Abenteuern.«

»Was…« Brian unterbrach sich. »Wo, denkt Ihr, werden wir das nächste denn finden?«

Brian sah sich aufmerksam um und lockerte das Schwert in der Scheide.

»Es sollte irgendwo hinter den nächsten Bäumen warten. Wenigstens ist das die Art von Stelle, wo Abenteuer für gewöhnlich auf der Lauer liegen.«

Sie ritten zwischen den Bäumen durch und erreichten eine weitere Lichtung. Dort hielten sie an.

Zu ihrer Linken hatte die Silbersonne den Zenith passiert und neigte sich dem Horizont zu. Dabei schien sie größer zu werden und überflutete das Gelände vor ihnen mit gleißend weißem Licht. Dieses Licht beleuchtete nicht nur die Lichtung, sondern auch eine fünfzehn bis zwanzig Meter steil aufragende Felswand. Dahinter erhob sich noch mehr Felsgestein und dahinter ebenso.

Es war bei diesen seltsamen Lichtverhältnissen schwer zu sagen, aber der Fels sah wie Granit aus. Abgesehen von dem kreisförmigen Eingang zu einer Höhle oder einem Tunnel an seinem Fuß war er ganz glatt. Der Eingang wirkte breit genug, daß alle vier Pferde nebeneinander hineinpaßten.

Das Licht offenbarte auch ein paar Runen, die in den Fels über dem Eingang eingraviert waren. Sie wirkten wie schwarze Wunden im Gestein. Während die vier Reiter hinsahen, veränderte sich die Gestalt der Runen, bis sie schließlich, wenigstens für Jim – Brian und Dafydd konnten nicht lesen –, Worte ergaben.

»Was steht da?« fragte Brian und starrte auf die Schrift.

Jim las es vor.

»WER EINTRITT, GEHT FORT
WER FORTGEHT, KEHRT ZURÜCK.«

»Lebt wohl«, sagte Sir Dinedan, wendete sein Pferd und ritt wieder in den Wald zurück. Jim war der einzige, der seinem Fortgehen Beachtung schenkte.

»Jetzt endlich«, sagte Brian befriedigt, »nähern wir uns unserer Jagdbeute.«

Aber ihre Pferde hatte den Eingang noch nicht erreicht, als die drei Gefährten hinter sich eine Frauenstimme schreien hörten.

»Hilfe! O Hilfe! Helft mir doch!«

Sie hielten ihre Pferde an und sahen zur Linken, als eine Frau mit weißem Gewand und einem Schleier, der ihr Gesicht verbarg, unter den Bäumen hervorrannte und auf sie zukam. Sie bremste ab, als sie ihrer ansichtig wurde, stolperte und stand dann still. Ihr Schleier bewegte sich im Rhythmus ihrer stoßweisen Atmung. Offenbar versuchte sie, wieder zu Atem zu kommen.

Die drei ritten auf die Frau zu. Sie war recht schlank und ungefähr mittelgroß. Unter ihrem Kopfputz war schwarzes Haar zu erkennen, mehr aber nicht. Der Rest des Gesichts und Körpers war von Schleier und Gewand verdeckt.

»Was bedrückt Euch, meine Dame?« fragte Brian höflich. »Werdet Ihr verfolgt?«

Er warf einen Blick auf die Bäume hinter ihr, aber in dem Moment begann sie zu sprechen.

»Nein!« keuchte sie. »Ich bitte Euch, geehrte Herren, helft mir... in diesem schrecklichen Augenblick! Sie wollen... meinen Bruder... und meinen Vater töten!«

»Wo stecken die Schurken, meine Dame?« fragte Brian und stellte sich in den Steigbügeln auf, um die Bäume hinter der Frau besser sehen zu können.

»Nur ein kurzes Stück...«, antwortete sie. Ihr Gewand hob und senkte sich mit jedem Atemstoß. Ihre Stimme kam Jim irgendwie vertraut vor, aber er wußte nicht weshalb. Das war nicht die Stimme eines Mädchens oder einer sehr jungen Frau. »Diese Teufel... haben uns umzingelt. Sie tragen nur Keulen, aber es sind viele. Mein Vater und mein Bruder sind unbewaffnet. Sie besitzen nur ihre Dolche. Ich bitte Euch, helft ihnen. Helft ihnen im Namen Gottes!«

»Das werden wir auch sofort tun!« rief Brian. »Sonst möge ich niemals mehr ein Schwert ziehen! Gebt mir Eure Hand.«

Sie streckte ihre Hand aus, und Brian zog sie, ohne Anstrengung und ohne sich auch nur zur Seite lehnen zu müssen, hoch auf Blanchards Rücken.

Das alles schien ihm überhaupt keine Mühe zu bereiten, bemerkte Jim, und auch die Frau schien es für die selbstverständlichste Sache der Welt zu halten. Jim vergaß immer wieder, wie stark Brian war, und das trotz seiner Schlankheit und der Tatsache, daß er etliche Zentimeter kleiner war als Jim. Tatsächlich neigte Jim dazu zu vergessen, wie kräftig die Leute hier im Mittelalter waren.

Jim erinnerte sich, wie er, unmittelbar nach seiner Ankunft in dieser Zeit, so dumm gewesen war anzunehmen, seine größere Körperlänge und der lebenslange Sport würden ihn zumindest gleich stark, wenn nicht gar stärker machen als die meisten Menschen im vierzehnten Jahrhundert. Er wurde rasch eines Besseren belehrt.

Aber er durfte jetzt keine Zeit auf diese Frage verschwenden. Brian hatte Blanchard bereits die Sporen gegeben und war mit der Jungfrau in Not – wie Jim sie sogleich für sich nannte – in den Wald hineingaloppiert.

Der Rest folgte so schnell wie möglich, außer dem Packpferd, das, da es nicht länger mit der Führungsleine an Dafydds Pferd befestigt war, unbemerkt langsamer gegangen war und schließlich hinter einem Busch, der es vor den Blicken der Herrschaften verbarg, anhielt.

Nach weniger als dreißig Metern stürmten die übrigen auf eine andere, kleinere Lichtung. Brian brachte

Blanchard in der Mitte zum Stehen, und die Jungfrau glitt vom Pferderücken.

Ein älterer und ein jüngerer Mann, die beide ein Zattelgewand über Hemd und Hose trugen, blickten sie an. Auf den Schultern der beiden lagen weiche Zipfelkapuzen, und ihre Gürtel stellten dekorative Imitationen ritterlicher Schwertgürtel dar. Der des älteren Mannes war besonders sorgfältig gearbeitet und mit Einlegearbeiten verziert – möglicherweise mit Gold, aber das konnte Jim in diesem Licht nicht genau feststellen –, von denen einige herausgefallen waren. Der Gürtel des Jüngeren war nur bemalt. Die Tracht der beiden wurde üblicherweise innerhalb einer Burg getragen. Beide Männer wirkten auf Jim eher beschämt und unbehaglich denn furchtsam.

Sie trugen wirklich Dolche, aber keiner der Männer hatte seinen gezogen – äußerst ungewöhnlich, wenn man doch angegriffen wurde. Jim starrte die Frau an. Sie kam ihm immer noch bekannt vor – in diesem Augenblick zog sie ein Messer aus ihrem eigenen Gürtel, und die Männer zogen ebenfalls die Waffen. Beim Anblick ihres Messers erinnerte Jim sich… Zu spät. Die Angreifer kamen von allen Seiten aus dem Wald.

Sie waren ganz offensichtlich nur mit Keulen bewaffnet, schweren Keulen allerdings. Wenn man es genau bedachte, paßten die Keulen zu ihnen, da sie alle Riesen waren, um die drei Meter groß. Sie trugen Kilts, die aussahen, als seien sie aus ungegerbter Haut gefertigt.

Jim lenkte Gorp zu der Frau hin, griff hinab und riß ihr den Schleier vom Gesicht. Wie er es sich gedacht hatte. Agatha Falon, Roberts Tante, an die er sich allzu gut erinnern konnte, blickte zu ihm hoch – häßlich in ihrem Triumph. Im selben Augenblick löste sie sich in Nichts auf, und die zwei Männer mit ihr.

Aber die Riesen blieben. Sie rückten still vor. Ihre großen Gestalten kamen aus allen Richtungen. Brian hatte bereits seine Lanze aus der Halterung genommen und brachte sie in Stellung. Jim tat es ihm gleich und drehte Gorp um, damit er in die entgegengesetzte Richtung sah. Dafydd nahm eine Position ein, von der aus er den Abschnitt, der von Jim und Brian nicht abgedeckt wurde, mit Pfeilen bestreichen konnte. Jim hörte Dafydds Bogen und sah dann einen der Riesen fallen. Danach ließ ein anderer seine Keule los, um sich mit beiden Händen einen Pfeil mit Breitspitze besser aus der rechten Kniescheibe ziehen zu können.

Die Riesen, die bisher langsam näher gekommen waren, stürmten nun auf die drei Gefährten zu.

Ohne Warnung drang plötzlich der Lärm von dreißig Paar jaulenden Jagdhunden an ihr Ohr. Die Riesen wandten sich um, griffen sich die beiden von Dafydds Pfeilen niedergestreckten Kameraden und machten sich von dannen. Sie verschwanden wieder in alle Richtungen unter den Bäumen, und im nächsten Augenblick betrat das Questentier die Lichtung. Seine lange Zunge baumelte aus dem Maul, und es lächelte so sehr, wie es ein Tier mit einem Schlangenkopf überhaupt nur konnte. Langsam kam es auf die drei zu.

Es sah Jim an und bellte – diesmal mit der Stimme eines einzigen Jagdhundes. Es bellte weiter, und Jim merkte, daß es ihm etwas mitteilen wollte.

»Kob«, sagte Jim und sah sich nach dem kleinen Elementargeist um, »wo ist das Packpferd?«

Bevor noch jemand antworten konnte, kam das Pferd fast lässig hinter dem Busch vor. Kob saß zwischen den Pferdeohren. »Ja, M'lord?«

»Kob, weißt du, was er sagt?«

»O ja, M'lord«. Kobs Stimme veränderte sich, und seine Worte sprudelten hervor, als wären es auswendig gelernte Lehrsätze. »Er sagt, daß er und die

Ahnen, die rechtmäßige Mitglieder von König Arthurs Tafelrunde – und ihm in seinem letzten Kampf loyal ergeben – waren, als erste in dieses Land kamen. Alle Kreaturen wie diese Riesen müssen vor ihnen zurückweichen – und sie tun es. Anderenfalls greifen sonst selbst die Bäume hinunter und erwürgen sie. Da wir Freunde von jemandem von den alten Familien sind, kam er uns zu Hilfe.«

Mit einem weiteren freundlichen Bellen verschwand QT zwischen den Bäumen, und sie hörten, wie er sich mit seiner vollen Stimme von dreißig Paar Jagdhunden auf der Hatz entfernte.

Kapitel 23

»HA«, SAGTE BRIAN MIT ZUFRIEDENER STIMME, »jetzt können wir endlich in diese Höhle gehen!«

Als sie wirklich hineinritten, stellte sich heraus, daß die Höhle anders aussah, als zumindest Jim es erwartet hatte. Zum einen war der Tunnel auch weiterhin breit genug für wenigstens drei Reiter nebeneinander – das Packpferd trottete verdrießlich an der Führungsleine hinter ihnen drein. Dafydd blieb aber aus einem Sinn für Rang und Höflichkeit heraus eine halbe Pferdelänge hinter den beiden Rittern.

Zum anderen hatte der Gang einen flachen und, so weit sie sehen konnten, abschüssigen Boden. Die Wände und die Decke bildeten einen Halbkreis.

Der Fels schien aus dunklem Granit zu bestehen. Jim bemerkte, daß sie hier unten wieder Farben erkennen konnten, aber sie leuchteten nicht an der Oberfläche, sondern so, als wäre eine Lichtquelle im Stein selbst versteckt. Es war so hell, daß sie immerhin neun oder zehn Meter weit sehen konnten.

»Ich sehe hier wenig Seltsames, James«, erklärte

Brian im Plauderton. Er drehte sich zu Dafydd um. »Und Ihr, Dafydd?«

»Auch ich sehe nichts Besonderes, Sir Brian. Dennoch habe ich in meinen Knochen ein ungutes Gefühl, wo das hier enden mag. Ich denke, wir täten gut daran, unsere Waffen bereitzuhalten.«

»So ist es«, sagte Brian. »Das ist an einem unbekannten Ort selbstverständlich. Das habe ich mir auch schon gesagt, wenn ich mit anderen auf den Marktplatz einer unbekannten Stadt geritten bin. Ich erinnere mich, daß uns das einmal sehr zupaß kam. Wir waren nur zu viert, wenngleich allesamt Ritter, und noch ein paar Kilometer von Winchester entfernt...«

Brian brachte Blanchard mit einem Ruck zum Stehen. Auch Jim und Dafydd hielten instinktiv an.

Als hätten sie eine unsichtbare Tür durchquert, befanden sie sich nicht länger in einem einfachen Gang, sondern in einer Höhle, deren Größe sie mangels Licht nicht abschätzen konnten.

Vor ihnen schienen Finger aus Stein zur Decke zu greifen, ein Wald aus Stalagmiten erhob sich aus dem Höhlenboden, und Stalagtiten wuchsen aus der Düsternis, die die Höhlendecke verbarg. Laut war das Tröpfeln von Wasser zu vernehmen. Das wenige Licht schien von der gleichen verborgenen Lichtquelle auszustrahlen, die auch den Tunnel erleuchtet hatte. Durch diesen Steindschungel führte ein gerader Weg. Er war zunächst so breit wie der Tunnel, den die drei Gefährten vor kurzem durchritten hatten.

»Ein höllisches, aber nützliches Licht«, bemerkte Brian.

»Das Glühen kommt von überall«, sagte Jim, »als seien die Steine unter der Oberfläche phosphoreszierend.«

Brian und Dafydd sahen ihn voller Respekt an. In Augenblicken wie diesem benutzte Jim manchmal lange Worte, die niemand verstehen konnte. Magie, zweifelsohne.

»Auf jeden Fall für uns ein Glück«, sagte Brian schon fröhlicher, da Jim ihrer höllenartigen Umgebung jetzt einen Namen gegeben hatte. Sie ritten weiter.

Vor ihnen schien sich die Höhle noch zu vergrößern, die Wände waren nicht mehr zu sehen. Die Straße schrumpfte dagegen zu einem Pfad zusammen, der sich zwischen den Felsfingern hindurchschlängelte. Sie konnten ihn immer nur ein kurzes Stück voraus erblicken. Dennoch ritten sie weiter.

Die merkwürdige Beleuchtung wurde heller – vielleicht hatten sich aber auch nur ihre Augen angepaßt. Die Geräusche der Wassertropfen betonten noch die Stille in der Höhle. Jim erinnerte sich an eine Eselsbrücke, die ihm ein Höhlenführer im Westen der Vereinigten Staaten beigebracht hatte:

Stalagtiten hängen tief,
Stalagmiten steh'n massiv.

Jim fragte sich, ob einer seiner Gefährten jemals zuvor in einer solchen Höhle gewesen sein mochte. Aber da sie nicht beunruhigt schienen, sprach er die Frage nicht aus.

Im Licht des Gesteins rückten sie auf dem sich windenden Pfad vor. Schon Sekunden später hatten sie jeden Richtungssinn verloren und wurden nur noch vom Weg selbst geleitet.

»M'lord?« erklang Kobs Stimme leise und sehr dünn hinter Jim – und gleichzeitig erhob sich ein Echo zwischen den Steinlanzen.

»Was ist los, Kob?« fragte Jim, ohne sich umzudrehen.

»Da sind … Dinge. Um uns herum.«

»Dinge?« Jim blickte sich um, sah aber nichts.

»Haltet nicht danach Ausschau, M'lord«, sagte Kob. »Wenn Ihr es tut, dann verstecken sie sich. Seht nur starr geradeaus und beobachtet sie aus den Augenwinkeln.«

Jim versuchte es. Einen Augenblick – einen langen Augenblick – sah er nichts, hörte nichts außer dem Hufgetrappel der Pferde und dem Tropfen des Wassers. Dann erhaschten seine starr nach vorne gerichteten Augen eine Bewegung zur Rechten und kaum eine Sekunde später eine zur Linken.

Wie er so unauffällig das Ganze weiterbeobachtete, konnte er langsam dunkle Gestalten ausmachen, die menschenähnlich wirkten – kleinere Versionen der Riesen, in deren Falle Agatha sie in Lyonesse gelockt hatte. Sie gingen zwar auf zwei Beinen, aber affenähnlich gebeugt. Sie hatten ein sehr dunkles Fell, auch im Gesicht, schienen jedoch keine Waffen zu tragen. Aber es waren nicht gerade wenige, und sie bewegten sich mit Jim und seinen Gefährten mit.

Jim hatte den Eindruck, daß sie immer näher kamen.

Brian hatte Kobs Warnung auch gehört. Er rührte seine Lanze nicht an, löste aber das Schwert in der Scheide und sprach aus dem Mundwinkel leise zu Jim.

»Der Kobold hat recht«, murmelte er. »Die wollen nichts Gutes. Wir müssen einen Ort finden, wo wir mit dem Rücken zur Wand kämpfen können. Dann könnten wir ihrem Angriff besser begegnen.«

»Kob«, sagte Jim, immer noch ohne den Kopf zu wenden, »frage Hill, ob er weiß, was das für Kreaturen sind. Oder hat er bereits etwas über sie erzählt?«

»Ich habe ihn gefragt, M'lord«, berichtete Kob. »Er sagt nichts. Kein einziges Wort. Als würde er mich gar nicht hören.«

Jim riskierte es, sich umzublicken, und sah Hill an. Das ausdruckslose Gesicht wirkte so nichtssagend wie immer. Sein Blick ging an Jim vorbei, war auf den Steindschungel vor ihnen gerichtet, als ob er allein ritte und mit seinen Gedanken anderswo wäre.

»Hill, höre mir zu! Ich muß dich etwas fragen!«

Der kleine Mann antwortete nicht. Jim sprach ihn erneut an, aber Hill reagierte nicht.

Jim bemerkte, daß Hill sich verändert hatte. Sein Gesicht schien zwar immer noch dasselbe zu sein, aber jetzt, da sein Mund geschlossen war, lag eine Ernsthaftigkeit, fast ein Grimm in seinen Zügen, der neu war. Sein Gesichtsausdruck war der eines Soldaten, der in den Kampf zog, oder vielleicht sogar der eines Delinquenten, der zum Richtblock geführt wurde. Wie dem auch sei, Hill war im Augenblick höchst unzugänglich.

»Sie kommen näher«, meldete Brian.

Er hielt die Arme überkreuzt. Seine Linke hielt noch immer die Zügel, aber sehr nah am Dolch, und die Rechte lag neben der Schwertscheide an seiner linken Seite.

»Ich würde Schwert und Dolch empfehlen«, sagte er leise im Plauderton. »In diesem Fall, James, werden uns die Schilde nichts nutzen, unsere Klingen aber um so mehr.«

»Dafydd«, sagte er, ohne den Bogenschützen anzusehen, »ich würde Euch das gleiche raten. Eher die Klinge Eures langen Messers, das Ihr an Eurem rechten Bein tragt, denn Eure Pfeile, so todbringend sie auch sein mögen. Es sind zu viele, als daß ein paar Tote auf ihrer Seite sie davon abhalten könnten, sich auf uns zu stürzen.«

»Ich bin bereit«, erklang Dafydds Stimme genauso leise hinter ihnen. »Ich bin dicht hinter euch. Es ist ohne Zweifel am besten, wenn wir so nah wie möglich beieinander bleiben.«

Jim fühlte etwas Leichtes auf seiner Schulter landen.

»Verzeiht mir, M'lord«, wisperte Kob, der dort saß, »aber ich möchte bei Euch sein.«

»Meinetwegen«, flüsterte Jim.

Aber jetzt fühlte Jim, wie Gorp von hinten angestoßen wurde und das Packpferd sich zwischen Gorp und Blanchard hindurchdrängte. Auf dem Pferd saß Hill, der keine Zügel hielt, aber dennoch eine unsichtbare Kontrolle über das Tier auszuüben schien. Hill ritt zwischen ihnen hindurch und an ihnen vorbei, saß dabei fast auf dem Hals des Pferdes und übernahm die Führung. Seine Augen blickten immer noch starr geradeaus, und er schien weder die drei Gefährten noch die Kreaturen um sie herum wahrzunehmen. Er ritt ein wenig voraus, bis das Packpferd erneut ohne offensichtliche Anweisung den Schritt verlangsamte. Sie ritten nun alle weiter, nur daß Hill jetzt ein paar Pferdelängen voraus war und sie führte.

Hills Schachzug zeigte Wirkung. Die Kreaturen bewegten sich nun langsamer und näherten sich nicht weiter. Auch ihre Anzahl schien geringer geworden zu sein.

»Dachte ich mir doch, daß der Bursche etwas über diese Biester weiß«, murmelte Brian Jim zu. »Vielleicht können wir mit seiner Hilfe einem Kampf entgehen.«

»Vielleicht«, antwortete Jim.

Denn die pelzigen Wesen kamen wieder auf sie zu. Sie waren jetzt so nah, daß man hin und wieder eines von ihnen zwischen zwei glühenden Steinen klar erkennen konnte. Die Kreaturen fletschten die Zähne. Brian bekreuzigte sich.

»Das passiert halt, wenn man an so merkwürdigen Orten Abenteuer erlebt, James. Gibt oft Ärger«, sagte der Ritter wieder im Plauderton. »Wie soll ein Mann an einem solchen Ort einen Priester finden, der ihm die Beichte abnehmen kann? *In manus tuus, Domine.*«

Die Kreaturen schlugen jetzt mit ihren Fäusten auf

die Tropfsteine. Es war ein weicher Laut, der allerdings viele Male durch das Echo reflektiert wurde, so daß er sich in Jims Schädel fast wie gedämpfter Trommelschlag anfühlte. Jim nahm das als Zeichen für ihren bevorstehenden Angriff, wand die Zügel um den Sattelknauf und griff in aller Offenheit nach Schwert und Dolch.

Er war sich sicher, daß die Biester jede Sekunde auf die drei Gefährten losstürmen würden – ein Kampf war unausweichlich. Seltsamerweise fühlte er weder Furcht noch Bedauern noch irgend etwas anderes; es war nur eine Art Leere in seinem Innern. Er ritt weiter und hörte dem Trommeln zu.

Dann durchschnitt etwas die sanfte, schwere Geräuschkulisse – ein scharfer, fast musikalischer Klang, wie ein Stahlpickel, der auf Stein trifft, oder wie ein Glockenschlag. Der Laut übertönte das Trommeln, was daraufhin schlagartig aufhörte. Der Glockenschlag wiederholte sich immer wieder, so regelmäßig wie ein Metronom.

Jim blickte sich verwundert um. Die pelzigen Gestalten schienen am Boden festgefroren zu sein. Einen Augenblick lang standen sie bewegungslos da, dann verschwanden sie zwischen den steinernen Pfeilern der Höhle. In kurzer Zeit war keiner von ihnen mehr zu sehen.

»Im Namen Gottes«, sagte Brian, »das klingt so wie eine Kirchenglocke. Was ist es nur?«

Jim hatte keine Antwort darauf. Brian ritt vor, bis er mit Hill auf einer Höhe war, und schrie den kleinen Mann fast an.

»Was ist das?« verlangte er zu wissen.

Hill ritt einfach weiter und reagierte nicht. Kob auf Jims Schulter rief Brian etwas zu, bevor Jim selbst sprechen konnte.

»Sir Brian! Hill hat geantwortet!«

»Und was hat er gesagt?« fragte Brian und sah zurück.

»›*Es sind meine Freunde*‹«, rief Kob.

»Ich wußte es!« sagte Brian und zügelte Blanchard, so daß Jim zu ihm aufschließen konnte. »Er ist hier kein Fremder! Nun müssen wir nicht länger zweifeln.«

»Ja«, stimmte Jim grimmig zu. »Und vielleicht ergeben die Dinge nun endlich einen Sinn.«

»Es ist auch höchste Zeit«, sagte Brian. Er sah Jim ernst an.

»Ich erinnere mich«, fuhr er fort, »daß Ihr die Dame mit dem Vater und dem Bruder, die im Wald so plötzlich wieder verschwanden, kennt. Gehört sie irgendwie dazu?«

»Ich glaube nicht. Aber Ihr habt recht, ich kenne sie. Es war Agatha Falon, Roberts Tante.«

»Aber sie trug einen Schleier. Woran habt ihr sie erkannt?«

»Ich hatte sie schon früher ein Messer führen sehen. Erinnert Ihr Euch? Ich habe Euch vom Weihnachtsfest des Grafen erzählt. Angie traf sie in unserem Zimmer an. Agatha versuchte, Robert zu ersticken. Als Angie hinzukam, ging Agatha mit dem Messer auf sie los. Glücklicherweise kam ich gerade in diesem Augenblick hinzu und konnte ihr die Klinge abnehmen.«

»Ach ja. Das habt Ihr mir erzählt. Schade, daß Agatha keinen Ehemann hat, mit dem Ihr die Sache hättet ausfechten können!«

»Sie hat nicht nur keinen Ehemann«, sagte Jim, »sondern kam im Gefolge des jungen Prinzen Edward, da sie seit einiger Zeit in der Gunst von Seiner Majestät, dem König, stand. Sie bestand darauf mitzukommen, obgleich der Prinz nichts mit ihr zu schaffen haben wollte. Sie bat den König, sie gehen zu lassen – und natürlich erfüllte er ihr den Wunsch.«

»Nun, wenn nicht mit ihrem Ehemann, dann mit ihrem Fürsprecher«, wiegelte Brian ab. »So, die Angelegenheit wurde also heruntergespielt. Es war nachlässig von mir, nicht mit Euch darüber zu sprechen. Der Form wurde nicht Genüge getan. Sicherlich hätte sie jemanden finden können, der sich Euch in ihrem Namen gestellt hätte. Was wäre gewesen, wenn sie Angela getötet hätte?«

»Die Sache lag nicht so einfach, wie es den Anschein hat«, sagte Jim. »Denkt daran, daß sie eine Favoritin des Königs war und, wie mir scheint, auch wieder ist. Ein Zweikampf hätte uns mehr geschadet als genutzt.«

»Nichtsdestotrotz…«, sagte Brian und schob trotzig sein Kinn vor.

Sie ritten abwärts und weiter abwärts. Dabei wurden sie von dem Glockenklang begleitet. Die Beschaffenheit des Weges änderte sich einmal mehr. Er schien sich zu verbreitern, jetzt, da sie den Wald aus Stalagtiten und Stalagmiten hinter sich ließen. Das Licht kam erneut aus den Steinwänden zu ihren Seiten, und auch die Decke war wieder sichtbar, obwohl dieser Abschnitt der Höhle sowohl höher als auch breiter als der erste Tunnel schien.

Der Regelmäßigkeit des Glockentons und des Hufgetrappels verschmolz in Jims Geist zu einem einschläfernden Rhythmus. Niemand sprach. Dafydd war ohnehin nie sehr gesprächig, und auch Brian blieb oft still, wenn er nicht von starken Gefühlen ergriffen wurde.

Jims Gedanken glitten von Thema zu Thema. Auf ihrer ganzen Reise hatten sie bisher keinen einzigen Hinweis darauf erhalten, daß sie in die richtige Richtung gingen, um Robert zu finden. Dennoch hatte sich alles *richtig* angefühlt. Sofern Carolinus' Andeutung sich als wahr erwies, daß ein Magier *fühlen* konnte, wenn Magie gegen ihn eingesetzt wurde... Vielleicht wurde Jim tatsächlich von eben diesem Gefühl geleitet.

Aber wie paßte das damit zusammen, daß er hier in diesem unterirdischen Königreich seine Magie nicht einsetzen konnte?

Da war noch etwas anderes, das ihn beunruhigte. In Lyonesse, einem Ort, von dem er vorher nicht gedacht hätte, daß er ihn je aufsuchen würde, war er in einen Hinterhalt gelockt worden – und das von jemandem, der unmöglich Jims Reiseroute kennen konnte.

Das war schlimm genug, zumal Agatha die Flucht gelungen war. Andererseits war er auf der Suche nach Robert nach Lyonesse gekommen. Agatha Falon war Roberts Tante und gleichzeitig seine erbittertste Feindin, war sie doch hinter den Besitztümern des Hauses Falon her. Verwundert es da, daß sie versuchte, Jim und seine Freunde zu stoppen? Jim hatte allerdings kaum Hinweise darauf, daß Robert wirklich hierhergebracht worden war, und vielleicht war Agathas Angriff doch nicht mehr als ein Zufall.

Jim hatte einmal irgendwo gelesen, daß es so etwas wie Zufälle nicht gab. Wenn das stimmte, würde das Zusammentreffen bestätigen, daß die drei Männer auf dem richtigen Weg waren, Robert zu finden. Aber das würde auch bedeuten, daß Agatha irgendwie an der Entführung beteiligt war, und wie das möglich sein sollte, konnte Jim sich beim besten Willen nicht vorstellen.

Bloßer Zufall? Sehr unwahrscheinlich. Seit er und Angie ins vierzehnte Jahrhundert gekommen waren, wurden sie von den Dunklen Mächten als Feinde betrachtet, von jenen bösartigen Kräften, die, wie Carolinus erklärt hatte, das Gleichgewicht zwischen Geschichte und Zufall stören wollten, gleichgültig in welche Richtung.

Aber wie konnte die Entführung des kleinen Robert solche Mächte betreffen? Das schien keinen Sinn zu ergeben.

Plötzlich erinnerte sich Jim noch an etwas anderes, wovor Carolinus' Projektion sie gewarnt hatte. Sie sollten sich in Lyonesse nicht vom äußeren Anschein täuschen lassen – wie konnte er sich da sicher sein, daß er *wirklich* Agatha gesehen hatte?

Ohne weitere Kenntnisse konnte er bei seinen Überlegungen zu keinem schlüssigen Ergebnis kommen.

Er wandte seinen Geist der naheliegenderen Frage zu, wo der Tunnel sie wohl hinführen würde und was sie an seinem Ende fänden. Bis jetzt hatte nichts, was ihnen zugestoßen war, ihnen einen Hinweis auf ihr Ziel gegeben – außer daß es offensichtlich unter der Erde lag. Sie waren ständig abwärts geritten...

»Ich mag sie«, drang Kobs Stimme an Jims Ohr. Der Kobold saß immer noch auf seiner Schulter. Der kleine Elementargeist war so leicht, daß Jim ihn vollkommen vergessen hatte. Aber jetzt hatte Kobs Stimme Jim aus den Gedanken gerissen, und er bemerkte, daß die Glockenschläge schon vor einiger Zeit verstummt waren. Das Hufgetrappel schien jedoch eine Art Echo hervorgerufen zu haben – ein regelmäßiges Geräusch wie Trommelschlag, das sich eher zwischen den Ohren als außerhalb zu befinden schien.

Es schien aus keiner bestimmten Richtung, sondern von überall her zu kommen – Jims abwesender Geist erfaßte plötzlich die Bedeutung von Kobs Worten...

»Sie?« fragte er. »Wer sind diese ›sie‹, von denen du redest, Kob?«

»Die Zwerge, die Wurzel. Hinter uns«, erwiderte Kob.

»Hinter uns?«

Jim blickte sich um und sah, daß hinter ihnen Reihe

um Reihe, jeweils zehn nebeneinander, dieser kleinen Männchen marschierten, die nur wenig kleiner als Hill waren und das gleiche ausdruckslose Gesicht hatten. Sie kamen geordnet hinter Jim und seinen Freunden her. Ihre bloßen Füße klatschten gleichzeitig auf den Steinboden und erzeugten so das weiche, trommelnde Geräusch, das Jim gehört hatte. Sie bewegten sich im Gleichschritt und waren alle gleich gekleidet.

Wie Hill trugen sie Lederkilts und Hemden. Jeder trug rechts an seinem Gürtel einen Hammer mit Metallkopf und kurzem Holzstiel. Auf der anderen Seite steckte ein Metallpickel. Auf dem Rücken trugen sie einen Metallstab, der nicht dicker war als Jims kleiner Finger.

Das versetzte Jim einen Augenblick lang in Erstaunen, bis ihm einfiel, daß es hier, im Inneren der Erde, gut eine Bergarbeiterfassung von Elementarwesen geben mochte. Die Stäbe konnten Bohrstäbe sein, die man in einen Riß hineintrieb, um den Stein leichter aufbrechen zu können.

Wie Hill hielten auch sie ihre langen Ärmel von innen zu.

»Wer sind sie?« fragte Jim Kob. »Warum folgen sie uns?«

»Es sind Freunde von Hill«, antwortete Kob.

Jim fühlte einen Anflug von Hoffnung.

»Du magst Hill jetzt, nicht wahr?« fragte er Kob.

Kob antwortete nicht sofort. Offensichtlich dachte er über die Frage gründlich nach.

»Ja«, sagte er schließlich. »Aber er muß nicht glauben, daß er haben kann, was mir gehört. Malencontri und M'lady und Ihr, M'lord, gehören mir!«

Jim wandte seinen Kopf, um einen Blick auf das Gesicht des Kobolds zu erhaschen, aber er war zu nah. Kob hatte sich nie zuvor so eifersüchtig gezeigt.

Aber Jim erkannte in der Stimme des kleinen Wesens einen schwachen, aber bekannten Klang, den er bereits in den Stimmen seiner Bediensteten auf Malencontri gehört zu haben meinte, wenn sie mit ihm sprachen – einen besitzergreifenden Ton, als wenn er ihnen gehörte und nicht andersherum.

»Ich glaube nicht, daß er Malencontri und seine Bewohner besitzen will.«

»Er will Euch – wenigstens einen Teil von Euch. Aber Ihr seid *mein* Lord, nicht seiner.«

»Selbstverständlich. Ich habe gar kein Interesse daran, sein Lord zu sein.«

»Hast du das gehört, Hill?« fragte Kob und sah nach vorn auf den Rücken des kleinen Mannes.

Hill antwortete jedoch nicht.

Ein Verdacht, der seit einiger Zeit in Jims Unterbewußtsein herangereift war, drang plötzlich an die Oberfläche. Er trieb Gorp an, aber das Streitroß war seltsamerweise unwillig, sich neben Hill und das Packpferd zu setzen. Schließlich gab Jim auf, als Gorps Kopf gerade neben dem Schwanz des Packpferdes erschien.

»Hill«, sagte Jim, »wozu dienen diese Metallstäbe? Kann man damit durch Steinwände kommen? Und wenn ja, welche Art Geräusch würden sie dabei erzeugen?«

Hill sprach immer noch nicht. Er streckte jedoch, ohne seinen Kopf zu wenden, einen ärmelbedeckten Arm aus. Obgleich er kein anderes Zeichen gab, das Jim hätte erkennen können, verließ einer der marschierenden Männer seinen Platz im Glied, rannte vor und reichte Hill den Stab, den er bei sich trug.

Hill hielt den Stab an einem Ende locker mit der tief im Ärmel vergrabenen Hand fest und deutete mit dem anderen Ende auf die Steinwand zur Rechten. Es gab überhaupt kein Geräusch, aber unvermittelt war in der Wand ein Loch mit einem Durchmesser von anderthalb Meter und einer Tiefe von dreien entstanden. Es führte zu einem parallelen Stollen, in dem weitere dieser Wesen, die Kob Wurzel genannt hatte, zu sehen waren.

Diese hielten inne und starrten Hill an. Ihre Arme sanken schlaff herab, und ihre Gesichter wurden ausdruckslos. Hill schenkte ihnen keine Beachtung, sondern ritt ein paar Schritte weiter und deutete erneut mit dem Stab auf die Steinwand.

Wieder öffnete sich der Fels. Aber diesmal hörte Jim den *Bumps*, der ihm von Malencontri her noch vertraut war. Der Gang, der diesmal am anderen Ende sichtbar wurde, schien hinter einem schmierigen, aber durchscheinenden runden Fenster zu liegen. Und die Wurzel, die Jim nun dahinter sah, beachteten Hill nicht, sondern fuhren mit ihren Arbeiten fort.

Es war mit Sicherheit eine Art Fenster, vielleicht eine dünne Gesteinsschicht, durch die man irgendwie hindurchsehen konnte. Auf Malencontri würde er alle Räume, in denen die Bumps zu hören waren, abklopfen lassen müssen, wenn er wieder nach Hause kam.

Offensichtlich hatten er, Brian und Dafydd das Ziel erreicht.

Jim blickte haßerfüllt auf Hills Rücken. *Glück*, in der Tat!

Hill ließ den Stab los, und das Elementarwesen, das ihm das merkwürdige Artefakt gegeben hatte, rannte vor und versuchte es mit einem verzweifelten Sprung aufzufangen, bevor es den Steinboden berührte.

»Hill, was – verdammt, Gorp!« Jim zwang das Streitroß vorwärts, bis sie endlich mit Hill auf einer Höhe waren. »Ist es denn kein Bergbaugerät? Wozu dient der Stab, wenn nicht für den Bergbau?«

»Kampf«, antwortete Hill unerwartet, aber immer noch, ohne Jim anzusehen.

»Kampf? Gegen wen kämpft ihr?«

»Goblins«, sagte Hill. Er drehte den Kopf und sah – nicht auf Jim, sondern auf Gorp. Gorp blieb sofort stehen, und Jim konnte ihn nicht dazu bewegen, auch nur einen Schritt zu machen, bevor Brian sie erreicht hatte.

»Ein seltsamer Luftzug dort über uns«, sagte Brian plötzlich. »Hört, wie er singt.«

Jim hatte zuvor keinen Luftzug bemerkt, aber Brian hatte recht. Da blies tatsächlich ein Lüftchen, anscheinend kam es von oben. Als Jim sich umschaute, sah er, daß sie in eine Höhle gekommen waren, die sich stetig weitete und deren Wände heller leuchteten als zuvor. Die Sichtweite betrug jetzt gut hundert Meter.

Auch die Decke dieser Höhle verlor sich in der Düsternis. Das Steinlicht reichte aber hoch genug, um die Spitzen von einigen Stalagtiten zu bescheinen – viele davon waren von Löchern durchzogen.

Der Luftzug, der von irgendwo hinter ihnen kam, pfiff durch diese Löcher. Jedes gab einen anderen Ton. Jim fühlte in seinem Nacken, daß die Stärke des Zuges ebenfalls wechselte. Das ergab etwas, das fast an Musik erinnerte – Musik, zu der der Klang der Füße auf dem Steinboden hinter ihnen die Trommelbegleitung stellte.

Jim fragte sich jedoch, ob er dies mit seinem menschlichen Gehör oder durch den größeren drachischen Frequenzbereich wahrnahm, der ihm erlaubte, auch Hill zu verstehen? Er wandte sich Brian zu.

»Brian«, fragte er, »könnt Ihr Hill verstehen, wenn er spricht?«

»Ich habe nie ein Wort von ihm gehört.«

»Er kann sprechen, aber ich mußte erst einen besonderen Weg finden, ihm zuzuhören.«

»Ihr sagtet so etwas.« Brian sah Jim aufmerksam an. »Ist etwas nicht in Ordnung, James? Ihr seid so seltsam.«

»Auch wenn ich hier unten keine Magie wirken kann«, antwortete Jim, »müßte ich eigentlich trotzdem spüren, wenn ich von anderer Magie umgeben bin, selbst wenn ich nicht sagen kann, welcher Art sie genau ist und ich auch nichts gegen sie unternehmen kann.«

»Das wäre schon eine Hilfe«, sagte Brian. »Möglicherweise brauchen wir gar nicht mehr als das.«

»Ja, das könnte von Vorteil sein. Wenn niemand sonst weiß, daß ich die Anwendung von Magie spüre, kann ich das vielleicht ausnutzen.«

»Mögen die Heiligen Euch beistehen«, sagte Brian. »Aber jetzt bin ich lange genug hinter dem kleinen Burschen hergeritten, wer auch immer er sein mag. Laßt uns an ihm vorbeireiten und selbst die Führung übernehmen.«

Mit diesen Worten ritt Brian schneller, und Jim fühlte sich verpflichtet, ihm zu folgen. Ihre Pferde kamen auf die gleiche Höhe mit Hills Reittier, aber weder Gorp noch Blanchard zogen vorbei.

»Was haben die Tiere!« stieß Brian ärgerlich hervor und versuchte, mit Zügel und Sporen Blanchard vorwärts zu zwingen.

Hill machte sich nicht einmal die Mühe, zu ihnen hinüberzusehen.

Bevor Jim etwas sagen konnte, sprach Hill, und zwar nur ein einziges Wort, scharf und befehlend, in einem Tonfall, den Jim nie von ihm erwartet hätte.

»Er sagte ›Halt!‹«, teilte Jim Brian und Dafydd mit.

Tatsächlich hielten sie bereits – das hatten die Pferde für sie übernommen. Hill saß ab.

»Blanchard, verdammt!« fluchte Brian ärgerlich, aber verhalten vor sich hin. Das Streitroß nahm die Ohren zurück, rührte sich aber keinen Millimeter.

»Wir sitzen besser auch ab«, sagte Jim leise.

»Wenn Ihr meint«, preßte Brian zwischen den Zähnen hindurch. »Aber es wäre mein – James, ich verstehe das nicht!«

»Ich auch nicht«, gab Jim zu, als sie absaßen. »Aber seht zu Boden.«

Vor ihnen begann eine Art Pfad, der von glitzernden Edelsteinen von fast fünf Zentimeter Durchmesser gesäumt wurde, die im Abstand von fünfzehn Zentimetern gesetzt waren. Zwei solcher Reihen führten vorwärts und bildeten so die Begrenzung eines Weges, dessen anderes Ende nicht zu sehen war – ob das an der Entfernung lag oder am Nebel, ließ sich nicht sagen. Hill beabsichtigte offenbar, dem Weg zu folgen, da er bereits zwischen den zwei Linien vorausging.

»Ich denke, er will, daß wir mit ihm gehen«, flüsterte Kob zaghaft in Jims Ohr, aber laut genug, daß die anderen beiden ihn auch hören konnten. Jim sah Brian und Dafydd fragend an.

»Warum nicht«, sagte Jim. Die anderen beiden nickten.

Jim drehte sich um und sah, daß in der Höhle hinter ihnen die kleinen Bergleute, die ihnen gefolgt waren, dicht an dicht standen, und immer mehr strömten herein und quetschten sich rechts und links neben die bereits Stehenden. Brian und Dafydd sahen das auch.

»Bei Gott«, sagte Brian, »ich denke, wir haben keine Wahl.«

Sie folgten Hill, und die Pferde kamen von allein hinterdrein. Die Flut der kleinen Gestalten folgte ihnen dicht auf den Fersen.

Vor ihnen schien der Nebel, der die entfernteren Teile der Höhle in Düsternis tauchte, zurückzuweichen, jedoch langsamer als sie vorrückten. Jetzt war er nur noch fünfzehn Schritte entfernt, wich aber langsam weiter zurück. Über ihnen nahm der Wind zu. Die mißtönende Musik in Jims Kopf wurde lauter, und das

Geräusch der nackten Füße derer, die auf dem Steinboden folgten, setzte dazu einen Kontrapunkt.

»Ich denke, vor uns befindet sich jemand, der Hill nicht mag«, hauchte Kob in Jims Ohr. Seine Stimme klang zaghaft und unsicher. »M'lord, möchtet Ihr Hill sagen, daß wir auf seiner Seite sind?«

»Was ist denn seine Seite, Kob?«

»Ich weiß nicht«, gab Kob zu. »Vielleicht könnt Ihr ihn fragen…«

Das war nicht der unsinnigste Vorschlag. Ein Versuch konnte sicherlich nicht schaden.

»Hill«, sagte Jim.

Hill wandte kurz den Kopf, und ihre Blicke trafen sich. Wie sonst auch, wirkten seine Augen ausdruckslos, aber er hatte offensichtlich der Unterhaltung zwischen Jim und Kob zugehört. Jim verstand seine Erwiderung klar und deutlich.

»Ihr werdet ihn noch früh genug sehen.« Und nach einer kleinen Pause: »Er ist mein Onkel.«

»Dein Onkel?« wiederholte Jim. »Aber warum…«

Er ließ die halb ausgesprochene Frage in der Luft hängen, da Hill wieder wegsah und offenbar fand, daß er genug gesagt hatte. Er ging weiter. Jim, Brian und Dafydd folgten, wobei die Pferde die Köpfe auf und ab bewegten. Die kleinen Bergleute drängelten sich dicht dahinter.

Aber plötzlich zog sich die Düsternis vor ihnen schneller zurück. Einen Augenblick später konnten sie das andere Ende der Höhle sehen. Eine glatte Wand stieg zunächst senkrecht empor und neigte sich dann in etwa sechs Metern ins Höhleninnere. Vor der Wand, unter der Schräge, fand sich ein Podest mit einem Thron, auf dem eine massige, in funkelndes Licht gehüllte Gestalt saß. Ein Ring aus den gleichen glitzernden Edelsteinen, die den Pfad umsäumt hatten, markierte eine Fläche vor dem Podest.

Kapitel 24

DER THRON FUNKELTE, wie auch das Gewand der Gestalt, die auf ihm saß. Die Rückenlehne lief oben in einer Rundung über dem Kopf aus und bildete eine Art Baldachin. Die geschnitzten Armlehnen waren vorn unterschiedlich gestaltet, eine wie ein Pickel, die andere wie ein Hammer. Der Thron wirkte wie aus einem Stück gehauen und als Teil des lebenden Steins der Wand dahinter. Durch die leuchtenden Juwelen drum herum und das gedämpfte Licht der Höhle schien er zu schweben.

Jim sah genauer hin. Bei Gott, er schwebte *wirklich*!

Er zwang seinen Blick vom Thron auf die Person, die darauf saß: ein in eine bodenlange, glitzernde Robe gekleideter Elementargeist, genau wie Hill, nur daß er einen halben Kopf größer war.

Als Jim noch genauer hinsah, erkannte er, daß das Gesicht der Person auf dem Thron Hills zwar in anatomischer Hinsicht ähnelte, ihr Gesichtsausdruck jedoch auf unangenehme Weise anders war. Ihre Augen starrten die drei Gefährten an, drückten aber nichts von der Unschuld aus, die Jim in Hill und den anderen Wurzel zu erkennen geglaubt hatte. Doch dann richtete sich der Blick auf Hill, und das Gesicht des Thronenden verzog sich zu einem fast menschlichen Lächeln, das im vorher so ausdruckslosen Antlitz Schreckliches anrichtete.

»Nun, Nevvy…«, hörte Jim ihn sprechen.

»Nun, Onkel!« unterbrach Hill ihn scharf. »Hier bin ich wieder!«

Jim sah sich schnell um. Auch Hills Gesicht hatte sich verändert und spiegelte nun eine Persönlichkeit wider, die Jim nie zuvor zu Gesicht bekommen hatte. Hill wirkte immer noch jung, aber der sonst stets offene Mund war jetzt geschlossen, die Muskeln des Unterkiefers gespannt. Auch er sah jetzt menschlicher aus – nur war es bei ihm eine Veränderung zum Besseren.

»Nun, das sehe ich, Nevvy. Ihr habt Euch selbst ausgegraben, nicht wahr? Ich hatte nicht erwartet, Euch in den nächsten hundert Jahren hier zu sehen.«

»Ich hatte Hilfe«, antwortete Hill, »von einem Freund.«

»Einem Freund? Oh, Ihr habt jetzt Freunde oben auf der Oberfläche? Welcher Freund von Euch konnte Euch denn schneller unter einem Berg ausgraben als Ihr selbst?«

»Ein Seeteufel«, erläuterte Hill. »Ihr habt nie Ähnliches gesehen. Er ist so groß wie acht von uns, und er könnte Euch mit einer Hand zerquetschen – wie einen Brocken Sandstein.«

Das Grinsen des Onkels verbreiterte sich, und es gab ihm nun den Anschein von Wahnsinn.

»Kein lebendes Wesen kann dem König der Wurzel, dem König vom Hügel, von Überm-Hügel, Unterm-Hügel und dem Rest der Unterwelt schaden! Das solltet Ihr wissen, da Ihr der Sohn eines Königs seid, Nevvy!«

»Ihr seid kein wahrer König, Onkel!« schrie Hill.

»Ich bin der wahre König!« brüllte sein Onkel zurück, erhob sich halb vom Thron, beherrschte sich dann aber wieder und sank zurück. »...oder Ihr seid nur einfältig. Ihr wart immer einfältig. Aber ich denke, daß Ihr mich jetzt auch anlügt. Wenn das nicht so wäre, warum sonst bringt Ihr diese Blöden und die Tiere von Ober-Erde mit, wenn nicht, um irgendeine erfundene Geschichte glaubhaft zu machen?«

Hill deutete mit einem seiner bedeckten Arme auf Jim.

»Ihr habt sein Kind gestohlen!« sagte er. »Er weiß, daß Ihr es getan habt.«

»Und wenn schon, was bedeutet mir das schon – oder Euch, Nevvy?«

»Er ist mein Glück!« schrie Hill.

»Glück?« Einen Moment lang blickte der König beunruhigt drein, aber dann schüttelte er sich vor Lachen. »Jetzt weiß ich, daß Ihr nicht nur ein Lügner, sondern auch wirklich einfältig seid, Nevvy. Ein Blöder von Auf-Oberfläche als Glück für einen Wurzel?«

»Mein Glück gebietet dem Seeteufel, der mich so schnell ausgegraben hat«, antwortete Hill. »Fragt Euch doch selbst, wie ich sonst so schnell hätte hier sein können. Aber der Seeteufel konnte nicht mit mir nach Überm-Hügel kommen. So hat er sein Glück an diesen weitergegeben, und dieser ist auch kein einfacher Blöder. Er ist ein Magier. Er ist voller Magie. Er kam ohnehin wegen seines Kindes hierher!«

»Will er es sehen?« fragte der König. »Seine Magie wird ihm hier nichts nützen. Da, ich habe die Robe und den Thron. Da...«

Er wedelte mit der Hand zu einer Ecke der Fläche, von der sein Thron aus blitzendem Silber die Mitte darstellte, und plötzlich erschien dort Robert Falon. Er lag auf einem Steinblock und strampelte mit den Armen und Beinen. Er schrie heftiger, als Jim ihn je hatte schreien sehen – aber vollkommen lautlos. Jim begriff gerade noch die Tatsache, daß er das Weinen nicht hören konnte – und einen Augenblick später lief er heftig gegen eine Steinmauer. So fühlte es sich jedenfalls an. Der König mußte einen magischen Schutz um Robert errichtet haben. Diese Erkenntnis traf Jim noch härter als der Aufprall selbst.

»Seht, wie er dasteht!« erklang die Stimme des Königs hinter ihm. »So einfältig, daß er dachte, er könnte sich das Kind einfach nehmen! Blöder! Dein Kind gehört dir nicht mehr! Ich gebe es einer Lady der Blöden!«

Der König lachte. Es klang so, als ob zwei Steine gegeneinandergerieben würden.

»Seht ihn an!« gluckste er und wandte sich an Hill. »Ganz erstaunt ist er! Kein Wunder. Ich habe fünf von uns ausgeschickt, das Kind zu stehlen, und alle kamen sie zitternd zurück, nachdem sie sich in seine Höhle graben wollten – kaum besser als die Blöden – und dort überall Blöde rochen, die wild darauf waren, arme Wurzel zu töten. Einer von uns versuchte gar, das Kind bei hellem Tageslicht auf offener Oberfläche zu stehlen, wo der Wach-Blöde unter der Sonne neben dem Kleinen schlief. Hat es aber nicht geschafft, weil er Angst vor einem Wolf hatte! Dann bin ich selbst gegangen!«

Jim starrte Robert an. Er hatte von dieser langen Rede kaum etwas verstanden. Aber plötzlich begriff sein Geist, was der König eben erzählt hatte.

»Ihr habt gesagt, Ihr würdet Robert einer Lady der Blöden geben!« sagte er zum König. »Welcher Lady? Einer Lady namens Agatha Falon?« Seine Stimme klang stahlhart.

Der König sagte nichts, aber Jim wurde von einer unsichtbaren Kraft zurückgeschoben, weg von Robert. Der König richtete seine Aufmerksamkeit weiter auf Hill und überging Jim.

Jim wandte sich um. Unsicheren Schrittes trat er neben Brian. Diesen Wurzelkönig könnte er ohne irgendwelche Bedenken mit bloßen Händen erwürgen, dachte Jim.

»Wurdet Ihr von Magie zurückgeworfen, James?« flüsterte Sir Brian. Er legte einen Arm um Jim, dessen Knie langsam weich wurden.

Jim schüttelte den Kopf. Einerseits, um ihn klar zu bekommen, und andererseits, um Brians Frage zu beantworten. Mit einer Riesenanstrengung verbannte er den Zorn und fand damit sein Gleichgewicht wieder. Magie hatte mit dieser plötzlichen Schwäche nichts zu tun, aber es war sinnlos, Brian die Auswirkungen eines gefühlsmäßigen Schocks zu erklären.

»Nein, Brian«, sagte er, und seine eigene Stimme klang für ihn merkwürdig, seltsam hohl. »Mir geht es gut. Was geht da jetzt vor sich?« Hills Stimme und die des Königs schlugen wieder aufeinander ein.

»Sie sind in einen heftigen Streit verstrickt«, antwortete Brian. »Der, der sich König der Wurzel nennt, verspottet den jungen Hill. Ich habe den kleinen Burschen nie besonders gemocht, aber – bei der heiligen Jungfrau! Ich würde ihm in diesem Augenblick zur Seite stehen, wenn ich nur wüßte wie.«

»Ihr auch?« fragte Jim. »Seit wann hört Ihr das Gespräch?«

»Warum? Nun, seit sie vor einigen Augenblicken zu sprechen begannen«, antwortete Brian und ließ ihn los. »Ich wußte, daß Ihr diese Wesen sprechen hören konntet – mit Magie natürlich –, aber für mich waren sie so stumm wie Fische. Nun scheint es jedoch, daß diese zwei wenigstens ein paar verständliche Worte herausbringen können, wenn sie wollen. Genug zumindest, um zu verstehen, daß der König dieser Leute Hill wieder unter den Berg zurückschicken will und sich wünscht, unseren Freund um Gnade winseln zu sehen. Dennoch bietet Hill ihm die Stirn, genau wie es ein Mann tun sollte. Wenn Ihr die Worte nur selbst hören könntet.«

»Aber wie könnt Ihr…«, begann Jim, unterbrach sich dann aber selbst. »Dann sprechen sie jetzt im üblichen menschlichen Frequenzbereich. Moment mal – nein, das tun sie nicht. Ich frage mich… Brian, hört mir einen Augenblick zu…«

Jim trat vor und stellte sich in den Edelsteinring vor dem Podest. Der König blickte nur Hill an, und Hill konzentrierte sich ganz auf den König. Jim sprach Brian an.

»*Gladiator Hill, amor Fortunae.*«

»Das ist wahr, James. Ich bin ganz Eurer Meinung. Aber warum tratet Ihr beiseite, um das zu sagen?«

Jim verließ wieder den Ring und wiederholte die lateinischen Worte.

»Wie bitte?« fragte Brian.

»Entschuldigung«, sagte Jim in seiner eigenen Fassung des Englisch, die Menschen des vierzehnten Jahrhunderts aus irgendwelchen unerfindlichen Gründen vollkommen verstehen konnten. »Frosch im Hals. Ich sagte, daß Hill ein Kämpfer sei und daß das Glück ihn liebe.«

»Genau das habt Ihr einen Augenblick zuvor auch schon gesagt«, erwiderte Brian. »Glück ist bei einem kleinen Zusammenstoß nie zu verachten. Da stimme ich zu. Dennoch scheinen sie hier unten erst lange zu reden, bevor es zum Schlagabtausch kommt. Man könnte fast an ihrem Willen dazu zweifeln. Benehmt Euch bei einem Streit mit einem Engländer nie so.«

Jim hatte nicht die leiseste Idee, was er darauf erwidern sollte.

»Davon abgesehen«, fuhr Brian fort, »wie sollten sie sonst sprechen? Sicher, sie haben einen ländlichen Akzent, aber man kann sie gut genug verstehen.«

Das war in der Tat so.

»...Ich sage es noch einmal«, schrie Hill fast mit einer Tenorstimme. Die Gesichter der beiden spiegelten Gefühle wider, die Jim bei ihnen nie für möglich gehalten hätte.

»Euren Vater getötet?« entgegnete der König scharf. »Das tat ich niemals! Der hohle Bimsstein ist einfach umgekippt.«

»Das ist nicht wahr!«

»Na, na, paßt auf, was Ihr sagt!«

»Nennt meinen Vater nicht einen hohlen Bimsstein!«

brüllte der Prinz. »Wenn irgendein Wurzel ein hohler Bimsstein ist, dann Ihr!«

»Oh, Ihr seid jetzt ein mutiger blöder Ritter mit Manieren, nicht wahr? Und er war doch ein hohler Bimsstein. Ich bin der nächstjüngere Bruder, und ich sollte das schließlich wissen!«

»Hört auf! Ihr solltet so von keinem sprechen, der Überm-Hügel-Unterm-Hügel gegangen ist – und er war zudem Euer eigener Bruder!«

»Ihr wart nicht da, als es geschah, erinnert Ihr Euch«, schlug der König zurück. »Ich war es, nicht Ihr, der ihn fallen sah. Er war nur ein schwacher, alter hohler Bimsstein, und er starb.«

»Ich bin enger mit ihm verwandt. Ich bin sein Sohn!« schrie der Prinz. »Ich zerschmettere Euch für das, was Ihr gesagt habt!«

Der König lachte.

»Ja? Und wer hilft Euch dabei?« fragte er. »Es sind keine anderen Verwandten übrig, die Euch helfen könnten. Die, die in diesem Augenblick hinter Euch stehen, werden keinen Pickel und keinen Stab heben, um Euch zu helfen – selbst wenn es gegen des Königs Macht der Magie nützen würde. Wie kommt Ihr auf die Idee, daß Ihr mich auch nur berühren könnt?«

»Ich habe mein Glück!« sagte Hill.

Der König schnaubte.

»Ein Blöder ist für Euch kein Glück!«

»Sagt das nie wieder!« schrie Hill. »Er hat Glück. Er könnte nicht glückbringender sein. Ihr wißt das! Was ist mit all den gestohlenen Kindern der letzten Jahrhunderte? Das geschah, weil es Glück brachte, sie zu haben. Und dieser hier ist ein Magier. Das macht ihn doppelt so glückbringend!«

»Magier!« schnaubte der König. »Ich habe bereits einen erstklassigen Magier hier – seht ihn Euch an!«

So plötzlich wie Robert erschienen war, erschien auch Carolinus auf der anderen Seite des Podests. Carolinus befand sich in einem Käfig. Er hielt sich an den Stäben fest, als seien sie das einzige, was ihn noch aufrecht hielt. Sein Gesicht war vor Erschöpfung ganz eingefallen, aber er öffnete den Mund, und seine heisere Stimme ertönte, aber nicht in Jims Kopf, sondern in seinen Ohren.

»Geh fort!« rief er. »Jim, GEH FORT!«

Und das tat Jim.

Carolinus' Stimme klang noch in Jims Ohren, als er sich in einem großen Auditorium wiederfand, das mit Männern und Frauen angefüllt war, von denen viele rote Magierroben trugen – er hatte noch nie zuvor so viele Leute in Magiertracht an einem Ort versammelt gesehen. Auf der Bühne, auf der Jim erschienen war, sprach eine Frau gerade zur Versammlung.

Jim hatte die Frau schon einmal gesehen. Sie war eine der drei Magier der Kategorie Eins Plus auf dieser Welt, und sie war die Beobachterin – oder wie die Magier das damals genannt hatten – bei Carolinus' Duell mit einem Magier der Kategorie Zwei namens Son Won Phon gewesen. Dem Duell war eine Anklage von Son Won Phon vorausgegangen, nach der Jim orientalische Magie eingesetzt hatte, ohne dazu von einem Experten auf dem Gebiet ausgebildet worden zu sein.

Nach ihrer Erscheinung zu urteilen, war die Frau im mittleren Alter. Sie war groß und dünn und wirkte ausgezehrt. Ihr knochiges Gesicht schien lang und die Miene darauf streng. Als Jim sie das letzte Mal gesehen hatte, trug sie eine dunkelgrüne Robe und eine enganliegende Kappe in der gleichen Farbe. Jetzt trug sie das Rot der Magier. Ihre Kleidung war sauber, schien aber schon lange in Gebrauch zu sein. Jim forschte in seiner Erinnerung. Wie war noch mal die korrekte Aussprache ihres Namens?

Was auch immer sie der Versammlung gerade sagte, sie war von Jims Erscheinen unterbrochen worden. Sie wandte sich wie alle anderen, die auf den Plätzen saßen, ihm zu. Einen Augenblick lang herrschte Totenstille, dann setzte Gemurmel ein… »Drachenritter…« »…nein, nein, nicht mehr als Kategorie Drei Plus, versichere ich Euch!« »Außerordentlicher Kreditrahmen. Man sagt… (murmel, murmel)… Carolinus, aber…«

»Wie kamt Ihr hierher, Jim?« verlangte die hochgewachsene Frau zu wissen. Als sie sprach, verstummten alle anderen.

»Ich glaube, Carolinus hat mich geschickt«, sagte Jim. »…in gewisser Weise. Oder vielleicht hat er nur ein paar Runen ausgenutzt, die über dem Eingang eingraviert waren; sie lauteten ›WER EINTRITT, GEHT FORT, WER FORTGEHT, KEHRT ZURÜCK…‹«

»Ha!« sagte sie so wild, wie Jim es auch von Brian kannte. »Das ist unser Carolinus – ihre eigene elementare Wurzelmagie auszunutzen!«

Dann brach ein Sturm von Fragen über Jim herein. Die Frau wandte sich der Versammlung zu, hob die Hand, und alle Stimmen außer der ihren verstummten.

»Nun, Jim«, begann sie kaum weniger streng, als sie gerade die Versammlung angefunkelt hatte, »wie kommt es, daß Ihr da wart, als Carolinus diesen besonderen Wurzel-Befehl ausnutzen konnte?«

»Nun, seht Ihr, Magierin Kinety…«, begann er.

»KinetetE«, grollte sie.

»Es tut mir leid.« Jim versuchte, Ihren Namen so auszusprechen wie sie, mit der Betonung auf dem letzten E. »Kinetet… Ä?« Jims Versuch, diesen Laut nachzuahmen, war ein Mißerfolg auf ganzer Linie.

»Nein«, sagte sie. »Kin-eh-tet-E. Betonung auf dem

letzten E. Aber das tut jetzt nichts zur Sache. Sprecht es aus, wie immer Ihr wollt, aber beantwortet meine Frage.«

»Also«, sagte Jim. Plötzlich fühlte er sich wieder wie ein Erstkläßler vor seiner riesengroßen Lehrerin – und tatsächlich war KinetetE ungefähr acht Zentimeter größer als er. In wenigen Sätzen skizzierte er die Ereignisse, die auf die Entführung des kleinen Robert gefolgt waren. KinetetE unterbrach ihn, als er auf Hill zu sprechen kam.

»Was ist er?« bellte sie.

»Ein Wurzel – ein Prinz der Wurzel, glaube ich, aber das wußten wir zu Beginn nicht.« Er umriß den Rest der Reise bis zur Begegnung mit Hills Onkel. »Wie dem auch sei«, schloß er, »gerade in dem Augenblick ließ der König Carolinus erscheinen. Carolinus befahl ›GEH FORT‹ – und hier bin ich.«

Jim brauchte eine Atempause. Er hatte die ganze Geschichte fast ohne Luft zu holen erzählt.

»Ha!« sagte KinetetE erneut, diesmal nachdenklich, aber noch immer kraftvoll. »Doch Ihr sagtet, Ihr hättet Carolinus gesehen. Wie geht es ihm?«

»Der König hielt ihn in einem Käfig gefangen, und Carolinus sah sehr schlecht aus. Er konnte kaum stehen.«

Ein Stöhnen und leises Zornesgrollen ging durch die Versammlung.

»Wart Ihr Euch bewußt«, fauchte KinetetE, »daß Carolinus zu dem, wer auch immer da unten König sein mag, mit der besonderen Erlaubnis unseres weltweiten Magierkollegiums aufgebrochen war? Er hatte den vollen Botschafterstatus erhalten, um sich um eine Bedrohung zu kümmern, die alle Königreiche aus dem Gleichgewicht zu bringen scheint.«

»Nein, das wußte ich nicht«, antwortete Jim. »Ich habe ihn vor unserer Reise kurz gesehen und gesprochen, aber selbst da war er nur als Projektion und nicht in persona anwesend. Er erschien noch einmal, bevor wir nach Lyonesse kamen, und wieder nur als Projektion. Ich denke, es war eine Botschaft, die er absichtlich für uns zurückgelassen hatte, falls wir dort auftauchen sollten, und die erst durch unsere Anwesenheit sicht- und hörbar wurde. Aber er hat uns nur gewarnt, daß Lyonesse ein Land voller Magie und nicht ungefährlich für uns sei.«

»Nun, jetzt wissen wir es«, sagte KinetetE. »Der Wurzelkönig denkt offensichtlich, daß er mit einem Magier der Kategorie Eins Plus machen kann, was er will. Wir werden ihm das Gegenteil beweisen müssen!« Die Versammlung bekundete knurrend ihre Zustimmung – ein Laut, den man von distinguierten Magiern kaum erwartet hätte.

»Aber Hills Onkel besitzt die einzige Magie, die in diesem Königreich erlaubt ist, oder nicht?« warf Jim ein.

»Er hat sie, aber er besitzt sie nicht!« verbesserte KinetetE scharf. »Er kontrolliert sie nur, solange er rechtmäßig die Robe trägt, die mit dem Großen Silber besetzt ist – wißt Ihr, was das ist?«

Jim schüttelte den Kopf. »Großes Silber bildet einen winzigen Anteil am gewöhnlichen Zinn, den nur Wurzel erkennen können«, erklärte sie. »Es wird von der Magie des Wurzelkönigs gepreßt, wie Kohle von dem Gewicht der Erde zu Diamanten gepreßt wird, und verwandelt sich dadurch zu Edelsteinen – den seltensten, die es gibt. Diese Edelsteine auf seiner Robe und dem Thron sind die Quelle seiner Magie. Aber er muß beides rechtmäßig besitzen, oder es kann ihm wieder weggenommen werden. Dann wird jemand anders König der Wurzel und bekommt alles.«

Sie hielt inne, ihre dunklen Augen blickten in weite Ferne, bevor sie sich wieder Jim zuwandte.

»Ja«, sagte sie mehr zu sich selbst. »Wir müssen alles gründlich durchdenken. Ihr wißt nicht, warum Carolinus Euch zu uns gesandt hat?«

»Er muß das im voraus geplant haben, für den Fall, daß ich verschwinden müßte.«

»Das denke ich auch.« KinetetE wandte sich der Versammlung zu. »Barron, ich muß Euch bitten, hier heraufzukommen.«

Einen Augenblick lang geschah nichts, dann erschien ein kleiner Mann in den Fünfzigern, dicklich, mit einer Knopfnase und einem kleinen Mund, ständig blinzelnden wasserblauen Augen und struppigem Haar. Er trug ebenfalls eine rote Robe und einen hohen, spitzen roten Hut. Nichts davon schien ihm gut zu passen. Er sah genauso aus wie jemand, der eine Metallbrille tragen sollte. Brillen standen natürlich in dieser Zeit nicht zur Verfügung – ohnehin hätte ein Magier dafür keine Verwendung gehabt, konnte er seine Sehfähigkeit doch jederzeit magisch und nach Wunsch verändern.

»Wenn es sein muß«, gab er mit verärgerter Tenorstimme zurück.

»Es wird Euer Geist und meiner sein sowie was auch immer wir von unserem jungen Novizen hier erfahren können«, sagte KinetetE. »Wenn der König der Wurzel uns so trotzen und eines unserer wertvollsten Mitglieder mißhandeln kann, dann ist das etwas, was uns alle bedroht. Etwas, das diesen König sich trauen läßt, sich mit uns anzulegen.«

»Nun«, sagte Jim, »vielleicht hält sich dieser neue König, der den rechtmäßigen Herrscher – Hills Vater – getötet zu haben scheint, um den Thron an sich zu reißen, jetzt für unangreifbar – aus welchen Gründen auch immer.«

»Sprich nur, wenn du gefragt wirst, Junge!« bellte der Mann, der zu KinetetE aufs Podium gekommen war. Er war beträchtlich kleiner als die Magierin und Jim.

»Ich sage Euch«, beharrte Jim stur, »da steckt mehr dahinter!«

Kapitel 25

»ALSO WIRKLICH!« SAGTE BARRON, »Ist der aber vorlaut! Wenn Magier reden, haben Novizen zu schweigen. Magierin KinetetE und ich werden die Angelegenheit enträtseln!«

Es lag nicht am Tonfall des Mannes oder seiner Annahme, daß Jim unmöglich eine Hilfe sein konnte, die Jim zum Verstummen brachte – es war die vollkommene Aussprache von KinetetEs Namen. Barron war, wie Jim sich jetzt erinnerte, der dritte Magier der Kategorie Eins Plus. Davon abgesehen merkte Jim, wie Ärger in ihm aufstieg – und wenn er ärgerlich wurde, dann wurde er stur. Er hatte solche Leute schon im zwanzigsten Jahrhundert getroffen und wußte aus Erfahrung, er würde nie mehr etwas sagen können, wenn er sich so etwas von jemandem wie Barron bieten ließ. Der einzige Weg, mit ihm klarzukommen, war Konfrontation.

»Nein«, sagte er. »Keiner von Euch scheint der Tatsache Beachtung zu schenken, daß Carolinus' Botschaft an uns, bevor wir nach Lyonesse ritten, eine Projektion war. Aller Wahrscheinlichkeit nach hat er diese Nachricht aus dem Königreich der Wurzel heraus geschickt.«

»Wo seine Magie gar nicht arbeiten konnte, meint Ihr?« fragte KinetetE.

»Und da Magie dort nicht möglich ist«, fuhr Jim fort, »könnte er es allein mit der Erlaubnis des Wurzelkönigs geschafft haben. Der König wollte, daß ich dorthin gelockt werde, und er wollte nicht, daß ich meinen Freund Aargh – den englischen Wolf – mitbringe. Ich vermute, die Wurzel fürchten sich aufs äußerste vor Wölfen. Daher erlaubte der König, daß Carolinus mir eine Projektion von sich schickte, und Carolinus ließ mir dabei versteckte Informationen zukommen.«

»Keine schlechte Schlußfolgerung für einen Novizen, denkt Ihr nicht auch, Barron?« meinte KinetetE.

»Einen Schuß ins Blaue würde ich es nennen«, antwortete der Gefragte, zögerte und fügte dann grummelnd hinzu: »Ich schätze, er hat doch ein bißchen Grips, der Bursche.«

»Das denke ich auch. Und ich glaube, wir sollten ihm zuhören.«

Ihre letzten Worte brachte sie in einem Tonfall heraus, der Jim nicht gerade ermutigt hätte, mit ihr weiterzusprechen. Barron fühlte offensichtlich das gleiche.

KinetetE wandte sich wieder Jim zu.

»Ist da also noch etwas, das Ihr uns mitteilen wollt?«

»Nur eins noch, das vielleicht dazu gehört«, sagte er. »Ich weiß nicht, wie es möglich wurde, aber als wir nach Lyonesse hineinreiten wollten, führte uns eine verschleierte Frau in einen Hinterhalt.« Jim erläuterte, wie er Agatha wiedererkannte und wie sie verschwand.

»Agatha«, führte Jim aus, »wird das Land und den sonstigen Besitz Falons erben, wenn ihr Neffe stirbt. Ich habe Robert vom englischen König als Mündel erhalten, und meine Frau und ich dachten, daß wir über Agatha gut genug Bescheid wüßten, um ihn vor ihr zu schützen...«

»Wir wissen das!« unterbrach ihn Barron.

»Schon gut«, sagte Jim. »Wenn es überhaupt Agatha war, die wir getroffen haben – Carolinus hat mich gewarnt, daß man in Lyonesse nicht alles glauben solle, was man sähe –, dann muß sie mit einer Art magischer Kraft arbeiten, um dorthin gelangen zu können.«

»Hmmm«, brummte KinetetE nachdenklich.

»Wie dem auch sei«, sagte Jim, »bevor Agatha und die zwei Männer verschwanden, bemerkte ich, daß sie die bei Hofe übliche Kleidung trugen. Und Carolinus sagte mir über den König – ich meine, den englischen König –, daß er in Gefahr sei. Daher denke ich, daß jemand das am Hofe nachprüfen sollte.«

Diesmal waren KinetetE und Barron still, nachdem Jim zu Ende gesprochen hatte. Schließlich ergriff Barron das Wort.

»Wahrscheinlich hat das nichts mit Carolinus' mißlicher Lage zu tun!«

»Sicherlich zieht die Frau aus der Entführung des Kindes Vorteile«, sagte KinetetE. »Aber was die Gefangennahme von Carolinus mit dem englischen Hof zu tun hat – vielleicht sieht Jim da eine Verbindung, die Ihr, Barron, und ich nicht sehen.«

Barron schnaubte.

»Ihr glaubt wirklich, diese Agatha könnte etwas damit zu tun haben, daß Carolinus vom Wurzelkönig gefangengehalten wird?« fragte er.

»Das tue ich. Und ich möchte Euch daran erinnern, Barron, daß mir niemand in Verbindender Magie gleichkommt. Genau wie Carolinus in Intuitiver Magie ungeschlagen ist – und Carolinus vertraut diesem Jungen. Erinnert Euch daran, die Frau ist mit dem Jungen verbunden, der Junge ist mit dem Wurzelkönig verbunden, der König ist mit Carolinus verbunden, Carolinus ist verbunden mit Jim, und Jim ist verbunden mit dem englischen Hof.«

»Bin ich das?« fragte Jim, aber offensichtlich hörte ihm niemand zu.

»Ach. Nun, wenn das so ist«, engegnete Barron, »muß ich wohl selbst zum Hof zurückkehren.« Er verzog das Gesicht. »Das läßt sich offenbar nicht vermeiden. Niemand aus unserem Kollegium ist dort so bekannt wie ich, und vor allem ist niemand dort so respektiert wie ich…«

In der Versammlung erhob sich Gemurmel.

»Außer Carolinus natürlich«, ergänzte Barron hastig. »Aber wie dem auch sei, ich kenne den Hof besser als jeder andere. Ich kenne die Menschen dort. Ihr…«

Sein Blick richtete sich auf Jim.

»Ja, Magier?« antwortete Jim höflich, da er das Gefühl hatte, daß nun der rechte Zeitpunkt für gute Manieren gekommen war.

»Ich denke, Ihr werdet mich begleiten müssen, um diese Agatha und die zwei Männer, die sie als Bruder und Vater ausgab, zu finden.«

»Ich? Aber ich kann nicht! Ich muß zurück, um Robert und Carolinus zu retten…«

»Nein, nicht sofort«, warf KinetetE ein.

»Wir gehen dann jetzt«, sagte Barron. »…das heißt, wenn das Kollegium unsere Handlungsweise billigt. Ist dem so?«

Er wandte sich der Versammlung zu.

Jim und KinetetE taten desgleichen. Mit Erstaunen bemerkte Jim, wie jede anwesende Robe im Magierrot aufglühte.

»Sehr schön, sehr schön. Wenn es denn sein muß. Kommt mit, Tim – oder Jim, oder wie Ihr auch immer heißen mögt…«

»Einen Augenblick noch«, bat Jim.

Barron sah ihn aufrichtig erstaunt an. Jim wandte sich schnell an KinetetE.

»Ich muß in der Lage sein, in den Thronsaal des Wurzelkönigs zurückzukehren«, sagte er. »Und das so schnell wie möglich, da alles so aussah, als ob es dort zu einem Kampf kommen würde. Beide, Robert und Carolinus, brauchen Hilfe.«

»Ich habe nie…«, begann Barron, aber diesmal unterbrach KinetetE ihn.

»Macht Euch darüber keine Sorgen, Jim. Ich werde dafür sorgen, daß Ihr nichts verpaßt. Ihr könnt ganz beruhigt sein.«

»Danke«, sagte Jim.

Er wandte sich um und sah, wie Barron ihn wütend anfunkelte, sein Funkeln aber rasch in ein mißlungenes Lächeln umwandelte. Jim blickte wieder KinetetE an. Sie lächelte den anderen Magier der Kategorie Eins Plus ebenfalls an, aber dieses Lächeln hätte einen Tiger in die Flucht schlagen können.

»Ich denke, das ist wahrscheinlich am besten, Barron. Ich bin sicher, daß wir uns alle darauf verlassen können, daß Ihr die Fähigkeiten des jungen Jim hier aufs Beste nutzt, indem Ihr dem, was er sagt und denkt, Beachtung schenkt.«

»Ach ja. Sicher«, grummelte Barron. »Seid Ihr bereit… äh, Jim?«

»Jetzt bin ich fertig, Magier.«

Mit der gleichen Plötzlichkeit, mit der auch Carolinus ihn von einem Ort zum anderen versetzt hatte, stand Jim nun mit Barron innerhalb der Steinmauern eines Zimmers. Das kleine, rechteckige Fenster blickte auf einen Innenhof. Alles, was man dadurch erkennen konnte, war ein kleines Stück blauen Himmels über einer Steinmauer.

Wahrscheinlich handelte es sich dabei um die Seitenwand eines anderen Gebäudes, dachte Jim. Von unten drangen Rufe und Klatschen herauf, als würde dort eine Art sportlicher Wettkampf stattfinden.

Das Zimmer war offenbar ein Schlafraum, da die Möblierung nur aus ein paar niedrigen, ungepolsterten Stühlen, einem Tisch und einem Himmelbett bestand, dessen Vorhänge zurückgezogen waren. Auf dem Tisch standen mehrere Weinflaschen und einige

Gläser, von denen eines fast leer und das andere noch halb voll Wein war. Der Tisch war vom Bett aus bequem zu erreichen. Barron sah sich angewidert um.

Er ging zum Bett hinüber, ergriff die nackte Schulter der Person, die darin lag, und schüttelte diese heftig.

»Wacht auf!« schnauzte er. Als weder leichtes Schütteln noch Rufen zu einem Ergebnis führten, erhob er seine Stimme und schüttelte noch heftiger.

»Edgar, werdet Ihr wohl aufwachen – sofort!«

Das Gesicht, das zu der Schulter gehörte, war halb im Kissen vergraben, aber eins der geschlossenen Augen konnte man über einem halben Schnurrbart und einem Mundwinkel erkennen.

Jetzt öffnete sich das Auge und starrte zu Barron hoch. Mit einem Ruck saß der Mann, dem das Auge sowie Mundwinkel und Schnurrbart gehörten, kerzengerade im Bett. Beide Augen waren nun weit offen, trotz der glatten braunschwarzen Haare, die über sie hinabfielen. Der Mann drückte sich so eng wie möglich an das Kopfende des Bettes und versuchte, den Abstand zu Barron so weit wie möglich zu vergrößern.

»Magier!« sagte er mit schwerer Stimme. »Magier – ich dachte, Ihr hättet den Hof verlassen!«

»Das habe ich. Und jetzt bin ich zurück. Dieser Raum war doch Ihr Wohnraum. Warum ist es jetzt ein Schlafzimmer?«

»Nun, ich... ich... nun, seht Ihr, es war so...«

»Schon gut!« sagte Barron. »Da sind zwei Türen...« Jim sah sich um. Da waren tatsächlich zwei Türen, die sich in dem fast quadratischen Raum gegenüberstanden. »Welche davon führt in Euren Wohnraum?«

Der Edgar genannte Mann deutete an Barron und Jim vorbei auf die Tür, die hinter ihnen war.

»Wir erwarten Euch in drei Minuten dort. Ihr werdet dann vollständig angezogen, hellwach und gesprächsbereit sein!« befahl Barron.

»Ja, Magier…«, stimmte Edgar zu, während er halb aus dem Bett fiel. Neben ihm wurde ein blonder Schopf sichtbar, nun, da Edgar ihn nicht mehr mit seinem Körper verdeckte.

»Kommt mit, Jim.«

Barron drehte sich um und marschierte zu der Tür, die Edgar ihnen gewiesen hatte. Jim folgte ihm in einen Raum, der mit zwei einfachen Holzschemeln und zwei Polsterstühlen möbliert war. Barron nahm einen Stuhl und bedeutete Jim, auf dem anderen Platz zu nehmen. Sie setzten sich.

Dieser Raum hatte ebenfalls ein Fenster, durch das Anfeuerungsrufe zu hören waren. Jim versuchte sich vorzustellen, was da wohl getan oder gespielt wurde. Ein Burghof schien für Mannschaftsspiele kaum geeignet. Vielleicht Tennis.

»Magier«, sagte er, »wie heißt er? Der, den Ihr eben im Schlafraum aufgeweckt habt?«

»Edgar«, sagte Barron fast geistesabwesend, »Edgar de Wiggin. Er läßt sich ganz schön Zeit.«

»Wir haben uns doch gerade erst gesetzt, Magier«, meinte Jim. »Die drei Minuten können noch nicht um sein.«

»Vielleicht nicht.« Barron hatte seine Beine übereinandergeschlagen und trommelte mit den Fingern der rechten Hand auf das Knie. »Er ist ein aalglatter Bursche. Ich muß die Zügel straff halten. Nicht, daß er nicht nützlich wäre – ah, da ist er ja!«

Edgar de Wiggin trat gerade ein.

»Ihr bietet einen abstoßenden Anblick«, sagte Barron kalt und sah ihn an. »Schnürt Euren Hosenbeutel zu.«

»O Verzeihung, Magier.« Während er sich diesem ganz und gar männlichen Kleidungsstück widmete, kam er auf sie zu, zögerte und setzte sich dann auf einen der ungepolsterten Stühle.

»Es erfreut mein Herz, Euch zu sehen, Magier«, sagte er. Unter dem glatten Haar setzte sein herzförmiges Gesicht ein breites Lächeln auf, konnte aber den mißtrauischen und unsicheren Ausdruck nicht ganz vertreiben. Kein Aussehen für einen Treuhänder, dachte Jim.

»Verschwendet nicht meine Zeit, Edgar«, sagte Barron. »Ihr kennt Lady Agatha Falon?«

»Warum? Wir sind keine engen Freunde«, antwortete Edgar und lächelte weiter. »Sie verbringt aber sehr viel Zeit mit Seiner Majestät und anderen wichtigen Leuten bei Hofe. Ich bin ein Kammerherr des Königs, aber sie hat genug mit denen von höherem Rang zu tun. Ich würde nicht annehmen…«

»Wir sind nicht an Eurer Annahme interessiert«, sagte Barron. »Wir wollen Kenntnisse über sie sammeln. Ist sie die ganze Zeit hier?«

»Oh, sie verläßt den Hof fast nie«, sagte Edgar, »nicht mal, um in London den Ball des spanischen Botschafters zu besuchen oder für ein wichtiges Essen. Ich kann ihr eine Nachricht zukommen lassen, wenn Ihr es wünscht.«

»Ich wünsche es nicht. Wie ich schon sagte, bevorzuge ich Kenntnisse. Mit wem umgibt sie sich? Ich meine keine Bediensteten, sondern eher niedere Herrschaften, die ihr… bisweilen einen Gefallen tun.«

»Hmm, es gibt viele, die ihre Gunst erringen wollen.« Das Lächeln war schließlich verschwunden, aber Edgars Gesicht weckte immer noch den Anschein von Verschlagenheit und Geheimnistuerei. »Ihr meint nicht die Herrschaften von Rang, wie etwa den Grafen von Cumberland?«

»Nein, nein«, sagte Barron. »Ich sprach doch von deutlich niederen Herren, oder etwa nicht? Davon abgesehen dachte ich, Ihr hättet erzählt, daß sie an Seiner Majestät interessiert sei.«

»Oh, das ist sie, Magier. Aber sie versteht sich auch mit Leuten wie Cumberland und Gloucester und den Despensers ganz hervorragend. Aber da sind viele von geringerem Rang, die hoffen, durch ihre Gunst Vorteile zu gewinnen, da sie Seiner Majestät sehr eng verbunden ist.«

»Jim«, befahl Barron, »beschreibe ihm die beiden Männer.«

»Sicher, Magier, wenn Ihr das für klug haltet.«

»Klug? Klug?« fauchte Barron.

»Ich fürchte, ich weiß fast nichts über diesen Herren«, gab Jim zu.

»Na und?« erwiderte Barron. »Er ist vollkommen harmlos – für uns. Wie ich Euch schon sagte, er heißt Edgar de Wiggin – in Wahrheit der Bastardsohn eines Mitglieds der Spanischen Botschaft, der hier zurückgelassen wurde. Er wird bei Hofe geduldet, da er eine Art private Verbindung zwischen dem englischen und spanischen Thron darstellt. Er spricht Spanisch und spioniert für den König die spanischen Gäste am Hofe aus. Er gehört nur dem Namen nach der Königlichen Garderobenverwaltung an. Das ist alles, was er ist, ein kleiner Baron ohne einen Penny.«

Jim fühlte Ärger in sich aufsteigen. Er war selbst einer der pennylosen Barone, aber es war vermutlich unklug, sein Mißbehagen über Barrons Äußerung ausgerechnet jetzt zu zeigen.

»Ich suche zwei Männer«, sagte Jim zu Edgar. »Einer ist in den Zwanzigern mit hellem Haar und einem eher seidigen, jugendlichen Spitzbart sowie einem kurz gestutzten Schnurrbart. Er trägt modische Kleidung, ist fast einen Meter achtzig groß, hat ein frettchenartiges Gesicht mit übergroßen, vorstehenden Vorderzähnen. Er sieht nicht gerade wie ein Krieger aus. Der andere ist mindestens zwanzig Jahre älter, ungefähr einen Meter fünfundsechzig groß, mit leicht gebeugten Schultern. Er hat ergrauendes Haar und ebenfalls einen Schnurrbart. Keiner von beiden hatte irgendwelche auffälligen Narben im Gesicht oder Überbleibsel von einer Krankheit wie den Pocken.«

»Sir«, sagte Edgar, »dürfte ich fragen, was sie trugen?«

Jim hatte ganz vergessen, daß man im vierzehnten Jahrhundert, wenn man sich in einer Stellung befand, die die bestmögliche Kleidung vorschrieb, diese Tag für Tag anzog. Sie wurde nur hin und wieder von einem Bediensteten abgebürstet oder gereinigt, bis sie eines Tages zu abgetragen war oder zu viele Flecken hatte. Dann bemühte man sich, eine neuere Ausstattung zu bekommen, und gab die alte fort oder verkaufte sie. Die neue trug man dann wieder, so lange es eben ging. Die Kleidung, in der Jim die beiden in Lyonesse gesehen hatte, war vermutlich die einzige, in der sie in letzter Zeit überhaupt gesehen worden waren.

»Ich kann nichts über die Farben sagen«, erklärte Jim, und ihm fiel erstmals auf, daß er die Männer eben nur in Lyonesse gesehen hatte, wo Schwarz-und-Silber herrschte. »Der Jüngere trug ein gezatteltes Gewand und der Ältere einen Umhang, der den größten Teil seiner Kleidung verbarg.«

Edgar starrte Jim an und schüttelte dann langsam den Kopf. »Hier sind mehrere Herren dieser Größe und dieses Alters, die solche Kleidung tragen könnten, wie Ihr sie beschrieben habt«, sagte er dann.

»Nun, dann müssen wir sie uns ansehen«, bemerkte Jim schärfer als beabsichtigt. KinetetE hatte ihm zwar versprochen, ihn schnell zum Thron des Wurzelkönigs zu bringen, aber er hatte das ungute Gefühl, daß die Dinge hier zu schwierig wurden, um sie wirklich schnell erledigen zu können.

»Genau«, sagte Barron und stellte sich hin. »Ihr geht mit ihm, Jim. Edgar, Ihr bringt ihn zu jedem, auf den die Beschreibung passen könnte. Wenn Ihr mich zu irgendeiner Zeit braucht, Jim, dann ruft mich einfach. Wenigstens das wird Euch Carolinus wohl beigebracht haben.«

Tatsächlich hatte Jim es sich selbst beigebracht, aber er hielt den Mund. Er hatte ohnehin keine Gelegenheit mehr, etwas zu sagen, da Barron bereits verschwunden war.

»Wenn Ihr mir dann bitte folgen würdet, Sir«, forderte ihn Edgar de Wiggin auf.

Jim folgte ihm auf einen schmalen, verstaubten Korridor hinaus. Edgar ging weiterhin voran.

»Ich fürchte, daß der Magier Barron vergessen hat, Euch vorzustellen.«

»Das ist richtig. Ich bin Sir James Eckert, Baron de Bois de Malencontri aus der Grafschaft Somerset.«

»Ich fühle mich geehrt, Eure Bekanntschaft gemacht zu haben, Sir James.«

»Und ich die Eure, Sir Edgar«, antwortete Jim sogleich.

Der andere sah beschämt aus.

»Ich hoffe, Ihr schlagt meine Gesellschaft nicht aus, wenn Ihr es erfahrt, Sir James – aber ich bin nie zum Ritter geschlagen worden.«

»Nicht?« fragte Jim ehrlich erstaunt nach. Bisher hatte er in diesem Jahrhundert noch niemanden von Adel getroffen, der männlich und im kampftauglichen Alter, aber kein Ritter war – oder nicht wenigstens kurz davor stand, Ritter zu werden. Und wenn doch, dann gehörte dieser der Priesterschaft an.

»Ich fürchte nicht, Sir James«, sagte Edgar, während sie eine lange, steile Treppe hinuntergingen, die in die Steinmauer hineingebaut war. »Der König schlägt hier bei Hofe Leute zu Rittern – gelegentlich. Es ist eine große Gunstbezeigung. Da eine vom König verliehene Ritterschaft solch einen hohen Wert besitzt, hat man allgemein das Gefühl, daß es beleidigend für Seine Majestät wäre, wenn irgendwer sonst – auch wenn er den Rang und das Recht hat, verdiente Personen zum Ritter zu schlagen – hier am Hofe einen Ritterschlag vornehmen würde. Daher wurde mir die Ritterschaft nie angetragen.«

Edgar verfiel in Schweigen, und da Jim nicht das geringste einfiel, was er dazu sagen konnte, gingen sie schweigsam weiter. Die Stille währte, bis sie das Erdgeschoß erreicht hatten und dann durch einen Torweg in einen Hof traten. Möglicherweise war das sogar der Hof, den man von Edgars Schlafzimmer aus sehen konnte.

»Ach, Tennis!« sagte Jim und freute sich, daß seine Vermutung richtig gewesen war.

»Verzeihung, Sir James«, sagte Edgar, »aber das ist nur Jeu de Paume. Einer der zwei Männer, die Ihr erwähnt hattet, der Jüngere, könnte drüben auf der rechten Seite des Hofes stehen und zuschauen. Seht Ihr ihn?«

Jim blickte sich aufmerksam um. Er sah einen großen, jungen Mann, aber dessen Haar war zu hell, und er ähnelte auch sonst keinem der Gesuchten.

»Nein«, meinte Jim. »Der ist es nicht.«

»Verzeihung, Sir. Dann werden wir weitersuchen müssen.«

Das taten sie auch. Sie gingen durch schmutzige Gänge und Höfe, in denen sich nur wenige Personen aufhielten. Edgar präsentierte drei weitere Kandidaten für die Rolle des jüngeren Mannes und zwei für die Rolle des älteren, aber Jim schüttelte bei allen den Kopf.

»Vergebt mir, daß ich frage, Sir James«, begann Edgar, »aber seid Ihr vollkommen sicher, daß Ihr die

Gesuchten nicht schon gesehen habt? Es ist leicht möglich, sich zu täuschen, wenn man jemandem nur einen flüchtigen Blick zugeworfen hat.«

»Ich bin mir sicher. Wir suchen weiter.«

»Nun gut, Sir James. Hier entlang bitte.«

Dieses Mal führte Edgar ihn eine Treppe hoch in den ersten Stock. Dort gingen sie einen langen, recht schmalen Steinkorridor entlang, der zudem außerordentlich staubig war, als würde er üblicherweise nicht benutzt. Jim nieste zweimal, und Edgar wünschte Gesundheit.

»Nur der Staub«, sagte Jim.

»Das freut mich zu hören«, sagte Edgar. Er ging jetzt ein wenig hinter Jim. »Gleich sind wir beim nächsten. Aber der Gang ist hier recht eng, wenn Ihr also vorausgehen wollt…«

Der Gang wurde tatsächlich schmaler, und Jim ging voran. Was ihn warnte, wußte er nicht einmal, aber plötzlich drehte er sich um. Im selben Augenblick erhielt er einen heftigen Schlag gegen die rechte Schulter. Er stolperte leicht und beendete seine Drehung. Er sah, wie Edgar breitbeinig dastand und ihn mit einer Mischung aus Schreck und Furcht anstarrte. Die Scheide an seinem Gürtel, die das Messer hielt, das er wie jeder andere trug, um damit zu essen oder eine Waffe für Notfälle zu haben, war leer.

Jim brauchte nicht erst den Anblick der leeren Scheide, um zu verstehen, was geschehen war. Er fühlte bereits die Auswirkungen des Schocks, auch wenn er keine Schmerzen empfand. Er spürte, daß sich da auf jeden Fall etwas an oder in seinem Rücken befand.

Er hatte sich offenbar gerade rechtzeitig umgedreht, so daß das Messer ihn zwar getroffen hatte und noch in ihm steckte, aber nicht dort, wohin es gezielt worden war. Er fühlte, wie ihn seine Kräfte verließen, und ein blutroter Schleier legte sich vor die Augen. Er hob eine schwere Hand und deutete damit in Edgars Richtung – das hoffte er jedenfalls.

»*Still!*« vermochte er noch mit letzter Kraft zu sagen.

Kapitel 26

EDGAR HATTE NICHT EINMAL DIE ZEIT, seinen Gesichtsausdruck zu verändern. Er war plötzlich in der Bewegung eingefroren. Eingefroren, als er versuchte fortzurennen, mit einem furchtsamen Ausdruck auf seinem langen Gesicht.

Gegen die Wand gelehnt, damit er nicht fallen konnte, versuchte Jim, das Messer zu ergreifen, das immer noch in der Schulter steckte, und es herauszuziehen. Aber er konnte kaum mit den Fingerspitzen drankommen. Es bestand nicht die geringste Hoffnung, es fest genug greifen zu können, um es zu entfernen.

Er konnte sich im Augenblick nichts Magisches vorstellen, was ihm zu helfen vermochte. Aber einfach seine Aufmerksamkeit auf das zu richten, was er tat, war vielleicht ein Weg. Er durchlief den gleichen Prozeß wie bei der Schaffung von Magie, als er versuchte sich vorzustellen, was er tun müßte. Bloßes Denken stellte im Augenblick allerdings schon eine große Herausforderung dar.

Er stellte sich den Nebel vor, der seine Sehfähigkeit bedrohte, und wie dieser weggeschoben wurde, so daß er eine Kugel formte, in derem Inneren er stand und klar denken konnte. Er verspürte immer noch keinen Schmerz, auch wenn er etwas in seinem Fleisch fühlte, was dort nicht hingehörte. Es war wie ein Gewicht, das ihn nach hinten und gleichzeitig nach unten zog – tatsächlich fühlte es sich viel schwerer an, als es überhaupt sein konnte. Nein, für sein Problem gab es nur eine Lösung. Er würde Edgar benutzen müssen.

»Edgar«, sagte er laut und wandte dem Mann einmal mehr seinen Rücken zu, »Euer Körper ist von der Hüfte an frei. Der Rest von Euch bleibt *still*. Ihr werdet den Handgriff Eures Messers fassen und es dann aus mir herausziehen. Ihr werdet genau das und nichts sonst tun. Und jetzt streckt Euren Arm aus – so weit Ihr könnt.«

Er sah über die Schulter. Es war fast unheimlich. Edgars Arm streckte sich langsam aus, als hätte er ein eigenes Leben. Jim verlor die Hand hinter seinem Rücken aus den Augen.

»Und jetzt«, sagte er, »wo Eure Hand ausgestreckt ist, werdet Ihr mir Bescheid sagen, sobald Eure Finger den Handgriff Eures Messers berühren – Ihr könnt jetzt auch sprechen«, fügte er hinzu.

Er fühlte, wie das Gewicht in seiner Schulter größer wurde.

»Berührt Ihr jetzt das Messer?« fragte Jim.

»Ja«, keuchte Edgar. »Magier, ich wußte nicht, daß Ihr ein Magier seid. Ich hätte es zwar wissen müssen, da Magier Barron Euch zu mir gebracht hat. Aber glaubt mir, Magier, wenn ich es gewußt…«

»Das ist jetzt gleichgültig!« sagte Jim. »Habt Ihr den Handgriff gefaßt?«

»Ja, Magier.«

»Dann zieht das verdammte Ding jetzt raus! Aber vorsichtig…«

»Ja, Magier – ja, ich verstehe. Ich bekomme es genauso leicht raus…« Edgar verlor den Faden.

»*Zieht*, Gott verdammt noch mal!« fluchte Jim.

Er merkte, wie er nach hinten gezogen wurde, und mühte sich stehenzubleiben. Plötzlich ließ der Zug nach und Jim fiel beinahe nach vorn. Gerade noch rechtzeitig konnte er sich abfangen und visualisierte umgehend, wie sich die Blutgefäße in der Wunde schlossen. Er drehte sich um und sah, wie Edgar, immer noch von Jims Befehl paralysiert, mit ausgestrecktem Arm dastand, das blutige Messer in der Hand.

»Wirf das Messer weg!« sagte Jim.

Edgar gehorchte unbeholfen, und das Messer rutschte sechs Meter durch den Staub des Ganges.

»*Unfreeze!*« sagte Jim.

Nichts geschah, und nach einigen Augenblicken wurde Jim klar, daß er den falschen Befehl benutzt hatte. Als er darüber nachdachte, entschied er, Edgar fürs erste so stehen zu lassen.

Jim begann sich darauf zu konzentrieren, die Heilung seiner Wunde zu visualisieren – wie sich zerschnittenes Gewebe zusammenfügte, die versiegelten Blutgefäße sich wieder miteinander verbanden, infektiöses Gewebe und Material verschwand – genau, wie er sich die Heilung von Brians Wunde oben in Cumberland vorgestellt hatte. Er fühlte einen kurzen Schmerz und dann ein paar Sekunden nichts mehr. Danach breitete sich in seinem gesamten Rücken ein dumpfer Schmerz aus. Er tastete das Gebiet so gut als möglich ab und fühlte Feuchtigkeit. Blut. Er konzentrierte sich darauf, dieses verschwinden zu lassen. Er wandte Edgar erneut den Rücken zu.

»Ist noch Blut zu sehen?«

»Nein, Magier.«

Jim drehte sich wieder um.

»In Ordnung«, sagte er – obgleich die Dinge alles andere als in Ordnung waren. Der Schmerz in seinem Rücken, der Nebel, der am Rande des Gesichtsfeldes lauerte, und das Schwindelgefühl, das das Denken erschwerte, drohten ihn zu überwältigen. Er konnte sich kaum mehr auf den Beinen halten. »Wißt Ihr von einem leeren Raum in der Nähe... mit einem Bett, wo ich mich ausruhen und hinlegen kann?«

»Ja, Magier«, sagte Edgar zaghaft. »Aber...«

»Aber was?«

»Aber wir müßten die Treppen wieder herunter und dann in einen anderen Gebäudeflügel gehen. Dieser Flügel steht leer. Er ist schon seit ein paar Jahren nicht mehr benutzt worden.«

»Deshalb habt Ihr mich also hierhergebracht, um mich zu erstechen«, sagte Jim. »Damit niemand so schnell meine Leiche findet!«

»Ja, Magier.« Edgar brachte diese Worte nur noch piepsend heraus.

»Gibt es irgend etwas in diesem Raum«, sagte Jim, »das Ihr gut genug kennt, um es mir genau beschreiben zu können? Einen Stuhl, das Bett selbst, etwas anderes, einen Wandbehang vielleicht...«

»Nun«, sagte Edgar langsam, »da ist ein Stuhl mit einer zerbrochenen Rückenlehne – einer von den einfachen Holzstühlen.«

»Welche Farbe und Größe hat er, verglichen mit den Stühlen in Euren Räumen?«

»Er gleicht den Stühlen in meinen Räumen. Er hat auch dieselbe Farbe, Magier.«

»In Ordnung.« Jim rief sich ein Bild der ungepolsterten Stühle in Edgars Räumen ins Gedächtnis, stellte sich vor, daß die Rückenlehne zerbrochen wäre, und griff geistig nach dem nächsten Raum, in dem ein solcher Stuhl stand. Seine Visualisierung verbreiterte sich und zeigte ein Schlafgemach, das nur einen Tisch, einen weiteren ungepolsterten Stuhl und ein Bett enthielt.

Er versetzte sich und Edgar magisch dorthin. Das Bett stand nur ein paar Schritte entfernt, und er stolperte darauf zu. Als er auf das Bett krabbelte, fiel ihm ein, daß das gute Stück aller Wahrscheinlichkeit nach voller Wanzen, Flöhe und Läuse war, und er versiegelte magisch Bettzeug und Matratze, so daß die Tierchen aus dem Stoff nicht herauskommen konnten.

Halb auf der Seite liegend, lehnte er sich mit Hilfe eines Kissens gegen das Kopfbrett. Das Kissen half nicht gegen den Schmerz, aber die Freude, endlich liegen zu dürfen und nicht mehr mühsam aufrecht stehen zu müssen, war überwältigend.

Jim seufzte erleichtert und nahm dann einen tiefen Atemzug. Daraufhin mußte er explosionsartig niesen.

Erst jetzt nahm er wahr, daß der Raum von einer dicken Staubschicht überzogen war und auch das Kissen, auf das er sich stützte, so staubig war, daß Jim augenblicklich von einer dichten grauen Wolke umgeben war.

»Edgar, ist es möglich, daß sich jetzt irgendwer in einem Eurer Zimmer aufhält?« fragte er.

»Nein, Magier«, antwortete Edgar und fügte dann vorsichtig hinzu, »das glaube ich jedenfalls nicht.«

»Das wäre auch besser so«, sagte Jim grimmig. Edgars Schlafgemach mit seinem Bett und all seinen Kissen und Decken – hübsch und sauber – drängte sich verlockend vor Jims inneres Auge. Magisch brachte er sich und Edgar dorthin – sich selbst und den Ungezieferschutz sogar gleich ins Bett. Er lehnte sich erneut gegen ein Kopfbrett mit einem Kissen im Rücken, seufzte wieder, mußte diesmal aber nicht niesen. Es schien ihm, als ob der Schmerz in seinem Rücken nicht mehr so stark wäre.

Nach einer Weile fiel ihm auf, daß Edgar seltsam still neben dem Bett stand, den Arm immer noch ausgestreckt. Jims Gedanken wurden klarer, und er dachte, daß er diese ganze Angelegenheit mit seiner Stichverletzung denkbar ungeschickt angefangen hatte. Alles, was er jetzt noch tun mußte, war, einen Schutz um sich und das Bett zu errichten und einen weiteren um die Innenseiten der Wände, so daß Edgar nicht raus konnte, und dann könnten sie sich beide entspannen.

Er setzte beide Schutzzauber und bestimmte, daß er und Edgar sich durch die unsichtbare magische Wand würden unterhalten können. Dann blickte er Edgar fast mitleidig an.

Mit einem Befehl löste er den Zauber von Edgar. Edgar fiel in sich zusammen. »Setzt Euch auf den Stuhl.«

Edgar sank auf dem Stuhl nieder. Er kauerte sich zusammen und versuchte zu Atem zu kommen. Jim beobachtete ihn und fragte sich beinahe belustigt, was beispielsweise Brian davon hielte, jemanden wie Edgar zum Ritter zu schlagen.

Nun, da er sicher war, fühlte Jim auch die Erschöpfung. Er erkannte plötzlich, daß er eine recht lange Zeit weder geschlafen noch gegessen hatte. In der Höhle des Wurzelkönigs waren er, Dafydd und Brian zu angespannt gewesen, um an Essen oder Schlaf auch nur zu denken.

Jim wollte Edgar schon einen Bediensteten rufen lassen, um Essen zu bestellen, oder ihn selbst schikken, um etwas zu holen. Dann fiel ihm sein eigener Schutzzauber wieder ein. Wie dieser zu umgehen war, um an das Gewünschte zu kommen, mußte er sich erst überlegen. Entschlossen verbannte er jeden Gedanken an Schlaf und Essen, während er über das Problem nachdachte.

Am wichtigsten schien: Jim war jetzt sicher, niemand konnte ihm irgend etwas antun. Keine Macht in dieser Burg konnte den Schutz durchbrechen. Je mehr er darüber nachdachte, desto sicherer war er, daß Edgar seinen Befehlen gehorchen würde – zumindest im Augenblick.

»Edgar«, sagte er.

»Ja, Magier?«

»Ich werde mich jetzt ausruhen. Und Ihr geht los und besorgt mir etwas zu essen und zu trinken. Ihr werdet niemandem sagen, daß ich hier bin, und Ihr werdet auch niemanden mitbringen. Ich werde Euch magisch belauschen und beobachten. Und ich kann auch aus der Ferne zuschlagen. Sagt niemandem – habt Ihr verstanden? – sagt *niemandem*, daß ich hier bin.«

»O Magier!« Edgar faltete die Hände wie zum Gebet. »Das werde ich nicht. Ihr könnt mir vertrauen.«

»Es wäre auch besser für Euch«, grollte Jim und dachte, daß er in letzter Zeit häufig Drohungen ausgestoßen hatte. Er hob den Schutz an der Tür auf, als Edgar ging, und setzte den Zauber wieder so, daß nur Edgar eintreten konnte, wenn er zurückkam.

Als sich die Tür schloß, sackten Jims Augenlider herab. Bei all den Unannehmlichkeiten durch die Wunde würde er gewiß nicht einschlafen können, sagte er sich. Dennoch schloß er die Augen und versuchte wie ein guter mittelalterlicher Ritter, alles zu vergessen. Daher war er verständlicherweise ärgerlich, als er die Lider nur ein oder zwei Sekunden später wieder öffnen mußte, weil Edgar neben dem Bett stand und ihn anrief.

»Was? Was ist los?« fauchte er. »Was ist schiefgelaufen?«

»Nichts, Magier«, sagte Edgar furchtsam. »Ich habe hier Essen und Trinken, wie von Euch gewünscht…«

Edgar deutete auf den kleinen Tisch neben dem Bett. Darauf standen ein Glas, ein Krug Wein, einige Scheiben kaltes Fleisch und dunkles Brot auf einem Holzbrett. Jim saß immer noch auf dem Bett.

»Ah – ich sehe«, grummelte er. »Schon gut. Wie lang wart Ihr fort?«

»Eine Stunde. Nicht länger, Magier.«

Jim grunzte und stürzte sich auf Speis und Trank –

der Rotwein war überraschend gut. Nach einer Weile waren das Essen komplett und vom Wein die Hälfte verschwunden. Jim lehnte sich wieder gegen das Kopfbrett und fühlte sich bereits besser. Der Rücken schmerzte immer noch, aber der Schmerz ließ sich mit vollem Magen leichter ertragen.

Das brachte Jim jedoch ins Grübeln. Brian hatte nie ein Wort darüber verloren, daß die Wunde immer noch schmerzte, nachdem sie magisch geheilt war. Andererseits war es die in diesem Jahrhundert gängige Haltung gegenüber Schmerzen: Wenn man nichts gegen sie tun konnte, dann achtete man nicht auf sie. Etwa so, wie bei einem Regenguß, wenn man sich nirgends unterstellen konnte – da man den Tropfen ohnehin nicht ausweichen konnte, ließ man sich klaglos naßregnen. So war das Leben eben.

Das sagte er sich auch. Davon nahm der Schmerz allerdings nicht ab. Er wandte seine Aufmerksamkeit erneut Edgar zu.

»Warum habt Ihr versucht, mich zu töten?«

»Es war ein bedauerliches Mißverständnis, Magier«, sagte Edgar glatt. »Ich dachte, Ihr wärt ein Teufel, den Magier Barron beauftragt hatte, mich zu überwachen. Ein Mann in meiner Stellung bei Hofe kann keinen Teufel brauchen, der ihm die ganze Zeit folgt. Ich dachte, Ihr würdet einfach verschwinden, wenn ich Euch mit dem Messer stäche. Das tun Teufel doch dann, oder nicht?«

»Das tun sie nicht«, widersprach Jim.

Tatsächlich hatte Jim nicht die geringste Ahnung, ob das wahr oder falsch war, und es spielte auch nicht die geringste Rolle, da Edgar ihn offensichtlich anlog. Wenn Edgar ihn wirklich für einen Teufel gehalten hätte, hätte er nie gewagt, ihn mit einem Messer anzugreifen. Edgar hoffte anscheinend darauf, eher für naiv denn für gefährlich gehalten zu werden.

»So«, fuhr Jim fort, »Ihr dachtet, ich würde verschwinden? Warum habt Ihr mich dann erst in einen verlassenen Flügel der Burg gebracht, bevor Ihr zustacht?«

»Nun, seht Ihr, ich wollte nicht, daß mich irgendwer dabei beobachtet. Ihr habt keine Ahnung, wie schwer es hier am Hof für mich ist. Ich kann es hier nur deshalb aushalten, am Leben bleiben und meine Zuwendung als Kammerherr erhalten, weil ich hier und dort ein bißchen harmlosen Tratsch aufschnappe und an die weitererzähle, die davon einen kleinen, harmlosen Vorteil haben könnten. Um das zu tun, muß man vorsichtig sein – das heißt, man muß mit dem, mit dem man spricht, allein sein, und wenn ich von einem Teufel begleitet werde…«

»Lassen wir jetzt mal alle Teufel aus dem Spiel. Ich will nur eins klarstellen: Ich werde bei Euch bleiben, bis die Angelegenheit restlos aufgeklärt ist. Nun, es ist offensichtlich, daß Ihr kein geübter Meuchelmörder seid.«

»O nein! Wirklich nicht, Magier«, beteuerte Edgar. »Ich wußte, daß Ihr das so sehen würdet. Ich könnte das gar nicht. Damit könnte ich gar nicht leben.«

»Warum habt Ihr es also versucht? Und bitte keine Ausflüchte mehr. Irgend etwas Großes mußte für Euch auf dem Spiel stehen – und erzählt mir nicht wieder, daß es Euch nur darum ging, Eure Stellung bei Hofe zu behalten.«

»Ich versichere Euch, Magier…«

»Mir versichern, zum Teufel!« Jim beherrschte den plötzlichen, ungewöhnlichen Ausbruch lodernder Wut mühsam und dachte an Robert und die anderen unten in der Höhle des Wurzelkönigs. »Die Leben eines kleinen Kindes und mehrerer guter Männer hängen davon ab, und ich habe keine Lust mehr, mir weitere Ausreden anzuhören! Ihr fürchtet Euch vor jemandem – gut, fürchtet mich noch mehr! Was ist der Grund für das alles? Hat es etwas mit den zwei Männern zu tun, nach denen ich suche? Oder mit Agatha Falon selbst?«

»Weder noch, Magier, das schwöre ich…«

»Denkt nach, bevor Ihr sprecht!« sagte Jim ernst. Er hob langsam den Zeigefinger und deutete auf Edgar. »Ihr wißt, was ich Euch antun kann?«

Edgars Gesicht wurde totenbleich. Jim hatte nicht die geringste Ahnung, was er tun konnte, aber in diesem Augenblick war er zu allem bereit – und auch dazu, das Gesetz der Magier, Magie nur zur Selbstverteidigung zu benutzen, zum Teufel zu schicken.

Edgar brach in Tränen aus und fiel auf die Knie. Mit gefalteten Händen blickte er flehentlich zu Jim hoch.

»Ich wage es nicht, Magier!« brach es aus ihm hervor. »Ich wollte nie etwas mit ihnen zu tun haben, aber wie kann ich ablehnen, wenn mir ein Lord des Königreichs sagt, daß ich mich als Spion betätigen soll? Er könnte mich mit einer Handbewegung vernichten!«

»Wer könnte Euch vernichten?«

»Das kann ich Euch nicht sagen, Magier!«

»Wen solltet Ihr ausspionieren?«

»Alle, aber ganz besonders den Grafen von Oxford und Sir John Chandos!«

In Jims Kopf ertönten die Alarmglocken. Das letzte Mal, als er den Namen des Grafen von Oxford hörte, geschah das im Zusammenhang mit dem Überfall auf die Ländereien des Grafen von Cumberland.

»Der Lord, vor dem Ihr Euch so fürchtet«, spekulierte Jim, »ist also der Lord von Cumberland! Bestreitet es nicht!«

Edgar rang die Hände. Er hatte aufgehört zu weinen, um sprechen zu können, aber nun rollten ihm wieder die Tränen herunter. Jim sah ihn voller Abscheu an, fühlte allerdings auch einen Hauch von Scham, Edgar so weit getrieben zu haben.

»Sie werden mich töten!« schluchzte Edgar. »Ich werde nicht nur alles verlieren – das bißchen, was ich habe –, sondern sie werden mich auch töten. Mich höchst grausam und scheußlich töten – vielleicht wie der Vater unseres jetzigen Königs, Gott sei seiner Seele gnädig, getötet wurde, so daß nicht die geringste Spur zurückblieb!«

»Ich werde Euch beschützen«, beruhigte ihn Jim generös. Auch das war bloße Spekulation. Er hatte keine Ahnung, ob Barron oder KinetetE oder einer der anderen Magier seine Versprechungen unterstützen würden. Aber er mußte dem Mann Antworten abringen.

»So, Ihr habt also auf Anordnung Cumberlands Sir John Chandos, den Grafen von Oxford und andere ausspioniert. Es ging um die Verhinderung eines Überfalls, der auf die Ländereien Cumberlands unternommen werden sollte, nicht wahr?«

»Was soll ich nur tun? Was soll ich nur tun?« sagte Edgar mehr zu sich selbst als zu Jim. »Ihr wißt alles, Magier! Warum fragt Ihr mich dann noch?«

»Ich habe meine Gründe«, antwortete Jim. »Und jetzt sagt mir, welche Verbindung zwischen den Männern, nach denen ich suche, Agatha Falon und der Sache mit dem Überfall besteht.«

»Ich wage nicht, es Euch zu sagen.« Edgar hatte aufgehört zu weinen, und sein Gesicht wirkte bleich, aber gefaßt. »Macht mit mir, was Ihr wollt, Magier, Agatha und die anderen können mir Schlimmeres antun als Ihr. Die Frau ist eine Hexe!«

»Als ein Magier weiß ich, daß sie keine Hexe ist«, widersprach Jim.

»Oh, aber das ist sie, Magier!« Edgar blickte plötzlich auf. »Ich sah sie einmal den Gang hinuntergehen und dann ein Zimmer betreten. Als ich danach aber auf den Raum zukam, die Tür öffnete und hineinging – ich wollte vorgeben, mich im Raum geirrt zu haben –, war niemand drin.«

Er starrte Jim an.

»Und in jenem Raum gibt es keine Geheimgänge oder Geheimtüren«, fügte er hinzu. »Glaubt mir, Magier, das weiß ich genau.«

Jim bezweifelte es.

»Magier erklären ihre Gründe nicht«, sagte er, »aber ich sage noch einmal, sie ist keine Hexe. Nun, wie kam es dazu, daß Ihr ihr auf dem Gang gefolgt seid und mit einer Entschuldigung auf Euren Lippen den gleichen Raum betreten habt?«

»Ich war gerade zufällig in dem Korridor, als ich sie sah.«

»Ihr habt nur die halbe Frage beantwortet. Warum seid Ihr in das Zimmer gegangen?«

»Ich dachte, daß sie jemanden besuchte, von dem mein Lord gerne wüßte. Das wollte ich herausfinden. Wenn es eine unwichtige Persönlichkeit gewesen wäre, hätte ich die Angelegenheit einfach vergessen, mich entschuldigt und wäre gegangen.«

»Ihr fürchtet Euch so vor Agatha Falon, da Ihr sie für eine Hexe haltet, aber dennoch lauft Ihr ihr einfach mit der Absicht in das Zimmer nach, Euch zu entschuldigen und wieder zu verschwinden?« Seine nächsten Worte schnauzte er Edgar entgegen. »Wart Ihr als Spion auf sie angesetzt?«

Edgar sackte auf dem Boden zusammen. »Ich bin verloren«, sagte er ebenso zu sich selbst wie zu Jim.

»Sagt mir die Wahrheit, und ich schütze Euch. Wie verbreitet ist die Geschichte, daß Agatha eine Hexe sei?«

»Oh, das ist allgemein bekannt«, sagte Edgar apathisch. »Sie hat nie behauptet, eine zu sein. Aber alle bei Hofe reden darüber. Es wird erzählt, daß die hohen Lords und die Leute in ihrem Umkreis – außer vielleicht dem König selbst – das wissen, es aber nur zugeben, wenn sie unter sich sind. Manchmal verschwindet sie vom Hof. Sie war die ganzen Zwölf Nächte von Weihnachten heimlich weg. Es wurde erzählt, daß sie zusammen mit Prinz Edward den Grafen von Somerset besuchte, aber statt dessen verkehrte sie mit verschiedenen Trollen und anderen Dämonen…«

»Unsinn!« warf Jim ein. »Ich war letzte Weihnacht selbst beim Grafen und sah sie dort. Sie hat nichts dergleichen getan!«

»Nicht?« Edgar blickte Jim erstaunt an.

»Hat sie nicht!« schnauzte Jim. »Beantwortet meine Frage!«

»Ja, sie auch«, sagte Edgar kläglich. »Ich sollte sie auch beobachten. Aber, Magier, da sind noch andere Sachen, die nicht so leicht erklärt werden können. Ihr Gesicht und Körper sind nicht wirklich schön, und doch ist der König in sie vernarrt. Wenn sie wirklich keine Hexe ist…«

»Jetzt reicht es!« unterbrach ihn Jim. »Wenn ich von Euch noch ein einziges Mal das Wort ›Hexe‹ höre…«

»Das werdet Ihr nicht! Das werdet Ihr nicht! Das verspreche ich, Magier!« kreischte Edgar.

»Gut. Und jetzt erzählt Ihr mir, inwiefern der König in sie vernarrt ist.«

»Das weiß der gesamte Hof, Magier. Sie hat die große Vergünstigung einer Suite im Hauptturm, ganz in der Nähe der Räumlichkeiten des Königs. In diesem Teil des Turmes wohnen auch die Berater des Königs. Wenn sie am Hof und nicht mit dem König zusammen ist, befindet sie sich in aller Regel in der Gesellschaft eines der Lords, die den König beraten.«

»Wie nah liegen ihre Räumlichkeiten an denen von Cumberland?«

Edgars Augen weiteten sich für einen Augenblick.

»Gleich daneben«, sagte er, »selbstverständlich, Magier.«

»Warum ›selbstverständlich‹?« grollte Jim. Sein Rükken fühlte sich schon besser an, schmerzte aber immer noch.

»Cumberland war derjenige, der sie bei Hofe vorstellte. Niemand kann bei Hofe eingeführt werden, wenn nicht von einem Lord, der hier bereits bekannt ist – außer es handelt sich um jemanden wie mich.« Edgar versuchte wissend zu lächeln, aber es wirkte eher traurig. »Ich wurde hier geboren.«

»Wie hat Cumberland sie kennengelernt?«

»Es wird die Geschichte erzählt, daß sie ihn bei einer Feier auf einer seiner Burgen kennengelernt hat. Sie soll ihm anhand der Bücher gezeigt haben, wie der Verwalter ihn betrog.«

»Hmmm«, machte Jim. »Cumberland muß sie hierhergebracht haben, ohne zu wissen, was für Schwierigkeiten sie bereiten kann. Also gleich neben Cumberland, ja?«

»Und Cumberlands Räume liegen unmittelbar neben denen des Königs, Magier«, sagte Edgar. »Aber Ihr müßt begreifen, daß sie die Freundin des *Königs* ist.«

»Sie ist mehr mit Cumberland als mit allen anderen zusammen?«

»Ja! Der Graf von Cumberland ist der oberste Berater seiner Majestät. Es ist nur natürlich, daß sie von allen anderen hohen Herren am meisten mit ihm zusammen ist.«

Zum ersten Mal merkte Jim, wie ihn Hoffnung durchströmte – auch wenn er nicht genau wußte, warum. Er hatte Edgar fast zufällig mit Fragen bombardiert, ganz so wie sie ihm in den Sinn kamen.

Manchmal bedeutete das, daß sein Unterbewußtsein arbeitete, und jetzt hatte dieser Teil von ihm vielleicht die Spur aufgenommen.

»Vielleicht könnt Ihr mir sagen…«, begann er gerade, als ein Blatt grauweißen Papiers – die Sorte, die sie auf Malencontri verwendeten – von der Decke hinunter auf seinen Schoß segelte.

»Schließt Eure Augen«, schnauzte Jim Edgar an, und gab erneut den *Still*-Befehl.

Kapitel 27

JIM FING DAS PAPIER AUF, bevor es den Boden berührte. Glücklicherweise hatte er schon immer gute Reflexe gehabt und zudem jahrelanges Volleyballtraining genossen. Er blickte neugierig auf das Blatt.

Es war leer. Eine Sekunde lang starrte er ungläubig darauf, bis ihm endlich die Idee kam, das Blatt umzudrehen. Auf der anderen Seite stand eine Notiz in Angies Handschrift. Die Note war im Stil des zwanzigsten Jahrhunderts geschrieben und nicht in dem des vierzehnten, den Angie sich selbst beigebracht hatte, seit sie auf Malencontri waren. Damit konnte sie ihre Lateinkenntnisse nutzen, um alle Sendschreiben – so selten sie auch waren – selbst zu beantworten.

Angie hatte wieder einmal Klugheit und Weitsicht bewiesen. Zum einen konnte Jim die verschnörkelte mittelalterliche Schrift bis heute nicht entziffern, zum anderen hatten auch die besten Schreiber Schwierigkeiten mit der Handschrift aus dem zwanzigsten Jahrhundert. Somit stellte Angie sicher, daß nur Jim ihre Mitteilung entziffern konnte und niemand anders.

Doch der Brief wurde mittels Magie befördert – und das war seltsam, da Angie nicht über Magie verfügte. Mit Sicherheit war dies so, seit Carolinus erfahren hatte, daß sie es mehr oder weniger aus reiner Willenskraft geschafft hatte, sich in einen Drachen zu verwandeln. Daraufhin war umgehend Carolinus erschienen, hatte die Verwandlung rückgängig gemacht und dann einen Zauber auf sie gelegt, der sie fürderhin daran hinderte, weitere Fähigkeiten dieser Art an sich zu entdecken. Er hatte gesagt, die Welt habe schon genug mit Jim zu tun – zwei von ihnen wären eindeutig zuviel.

Begierig las Jim die Mitteilung:

NOTFALL

Mein Liebling!
Carolinus hat mir die Möglichkeit gegeben, Dir in einem Notfall wie diesem zu schreiben. Als Du auf die Reise ins Heilige Land gingst, hatte er mir versprochen, sich einen Weg auszudenken, auf dem ich Dir eine Mitteilung zukommen lassen könnte, sofern es wirklich notwendig wäre. Später gab er mir einen kleinen Vorrat dieses magischen Papiers – ich muß nur darauf schreiben, und wenn ich es dann losschicke, wird es Dich finden. Entschuldige, daß ich Dir nie davon erzählt habe, aber ich dachte, Du würdest Dich sonst sorgen. Carolinus hat mir das Papier ja sicher nicht ohne Grund gegeben.

Ein Mann namens Sir William Wilson ist mit einem Trupp Soldaten des Königs aufgetaucht. Sir William hatte wieder einen Brief von Prinz Edward dabei. In diesem wurde erneut Deine Hilfe gegen Agatha Falon erbeten. Er hörte sich wirklich verzweifelt an und hat den zweiten Brief vermutlich losgesandt, ohne das Ergebnis des ersten abzuwarten.

In diesem zweiten Brief des Prinzen steht, daß die Dinge sich erheblich verschlechtert hätten. Jeden Augenblick könnte er vom König enterbt oder des Hochverrats angeklagt werden oder etwas ähnlich Schlimmes. Ich verstehe das Ganze nicht – es scheint mir seltsam, daß die Männer des Königs einen solchen Brief vom Prinzen überbringen, wenn Agatha die jetzige Favoritin des Königs ist. Ist Dir aufgefallen, was es für ein merkwürdiger Zufall ist, daß sowohl Robert als auch der Prinz jetzt in Gefahr sind – und beide Agatha zur Hauptfeindin haben? Aber ich kann mir nicht vorstellen, wie sie Robert entführt haben könnte, es sei denn, sie ist eine Allianz mit einem magischen Wesen eingegangen – was ich ihr durchaus zutraue!

Wie dem auch sei, ich würde gern wissen, wo Du bist und was Du gerade tust. Geht es Dir gut? Das will ich ja immer wissen, das weißt Du doch.

Ich werde mir keine Sorgen machen, wenn Du den Brief nicht beantwortest, da ich weiß, daß es Dir gutgeht und Du mir nicht so oft, wie ich es gern hätte, Nachrichten schicken kannst. Aber ich vermisse Dich und liebe Dich mehr als jeden anderen auf der Welt. Sogar mehr als den kleinen Robert, auch wenn ich ihn in der kurzen Zeit, in der wir ihn hatten, sehr liebgewonnen habe.

Paß auf Dich auf. Ich habe gelogen. Ich mache mir natürlich die ganze Zeit Sorgen. Und laß etwas von Dir hören, wenn es irgendwie geht.

Mit aller Liebe der Welt
Angie

Jim faßte in die leere Luft, sagte leise ›Taschentuch‹ und visualisierte eines. Seine Finger schlossen sich darum, ein wenig über der Bettdecke, und dann putzte er sich die Nase und räusperte sich. Er war froh, daß Edgar das nicht sah. Sorgsam faltete Jim den Brief und steckte ihn weg. Dann zerknüllte er das Taschentuch und wollte ihm gerade befehlen, einfach zu verschwinden, als er eine bessere Idee hatte.

»Desintegriere!« befahl er ihm fest.

Das Taschentuch zögerte einen Augenblick, verschwand, kam wieder und verschwand schließlich endgültig mit einem kleinen, weißen Lichtblitz.

Erleichtert, daß die gegenwärtige Zeit der Magie wenigstens ein modernes Wort verstand, wandte Jim seine Aufmerksamkeit wieder Edgar zu und hob den Zauber auf.

»Ihr könnt Euch wieder bewegen«, sagte er mit freundlicherer Stimme als zuvor. Edgar öffnete die Augen, gab aber keine Antwort.

»So, zurück zum Geschäft. Ihr sagtet, daß die Räumlichkeiten Agatha Falons neben denen des Grafen von Cumberland lagen?«

»Äh, ja.«

»Ich verstehe. Und nun zu etwas anderem. Wie wirkt die Beziehung zwischen Agatha und Prinz Edward auf Euch?«

»So wie Ihr es erwarten dürftet, Magier. Sie kommen gut miteinander aus, obgleich sie natürlich an seinem Vater, dem König, interessiert ist und es daher kaum eine Gelegenheit für ein vertrauliches Gespräch gibt. Aber ihr Verhältnis ist sicherlich herzlich.«

Auf der Weihnachtsfeier des Grafen von Somerset, erinnerte sich Jim, war es offensichtlich gewesen, daß das Verhältnis zwischen beiden alles andere als herzlich war. Niemand hatte darüber gesprochen – wenigstens nicht laut und in seiner Hörweite. Aber es war schon da kein Geheimnis gewesen, und es wäre schwerlich hier am Hof ein Geheimnis, wo Klatsch und Tratsch noch schlimmer umgingen als in jedem gewöhnlichen kleinen Dorf.

»Wenn Ihr mich weiterhin anlügt«, sagte Jim langsam und mit seiner tiefsten Stimme, »werdet Ihr kleiner und kleiner werden und einem Wurm immer ähnlicher. Und wenn Ihr Euch dann – winzig, sehr winzig – auf dem Boden windet, dann werde ich Euch zertreten.«

»Magier!« Edgar begann erneut zu heulen.

»Hört auf!« befahl Jim. Dies war etwas, an das er sich in dieser Zeit einfach nicht gewöhnen konnte. Niemand sollte sich selbst so demütigen, und er fühlte sich immer beschämt, wenn er so etwas beobachten mußte. Jim atmete tief ein, um sich zu beruhigen, und fuhr dann fort: »Denkt nur an das, was ich Euch sagte, und antwortet mir wahrheitsgemäß. Wie stehen die Dinge zwischen Agatha und dem Prinzen?«

»Sie mögen sich nicht. Und das ist wahr«, antwortete Edgar mit großem Ernst.

»Schon besser. Nun gut, von jetzt an werdet Ihr mir der Wahrheit entsprechend antworten, sonst passiert was. Nächste Frage: Gibt es irgendwelche Geheimgänge zwischen den Räumlichkeiten Agatha Falons und denen des Grafen von Cumberland?«

»Magier, ich schwöre bei Gott, daß ich nichts von Geheimgängen hier oder anderswo weiß! Es wird darüber geredet, aber ich weiß nichts mit Bestimmtheit. Nichts!«

»Ihr sagtet mir, daß Ihr einen Raum betreten hättet, in den Agatha zuvor hineingegangen war, und sie war fort. Und aus dem Raum führten mit Sicherheit keine Geheimgänge hinaus, habt Ihr behauptet.«

»Das war gelogen, Magier«, sagte Edgar unglücklich. »Ich weiß wirklich nichts über Geheimgänge. Es gibt Gerede, daß zwischen den Gemächern des Grafen von Cumberland und denen des Königs einer verläuft, und noch mehr Gerede natürlich über Geheimgänge von den Gemächern des Königs zu anderen Flügeln der Burg – und sogar aus der Burg hinaus, so daß man heimlich kommen und gehen kann. Aber ich weiß wirklich nichts Genaues.«

»Dann finden wir das jetzt besser heraus«, sagte Jim. »Bring mich zu Cumberlands Räumlichkeiten.«

»Aber Magier! Ich kann Euch doch nicht offen durch die Burg bis zu dem Teil führen, den der König bewohnt, nicht so wie Ihr ausseht. Ihr führt Schwert und Dolch an Eurem Gürtel, tragt ein Kettenhemd – nicht zu erwähnen, daß Ihr bei Hofe unbekannt seid.« Er machte eine Pause und schluckte, bevor er weitersprach.

»Vorhin habe ich Euch sorgsam durch Flügel geführt, in denen sich selten Leute aufhalten und die weit weg vom König waren – wo ein Fremder halt nicht so auffällt. Aber wenn ich Euch – bewaffnet und unbekannt – in die Nähe Seiner Majestät bringe, dann werden wir beide festgenommen und in Ketten gelegt, sofort und ohne Fragen!«

»Wußtet Ihr auch, daß wir auf unserem Spaziergang vorhin den Männern, die ich suche, wahrscheinlich nicht begegnen würden?« fragte Jim nach.

Edgar zuckte zusammen und nickte schwach.

»Nun, das macht im Augenblick keinen Unterschied. Ich werde uns beide jetzt unsichtbar und unhörbar machen.«

Vor seinem inneren Auge stellte er sich den Raum vor, in dem sie waren, mit Edgar und sich selbst darin, aber so, daß der Raum als vollkommen leer erschien. Früher einmal hatte er es für unmöglich gehalten, sich selbst oder was auch immer unsichtbar zu machen, dann aber hatte er eine Möglichkeit gefunden, wie er auf andere Weise einen ähnlichen Effekt erzielen konnte. Mit der Erfahrung, die er mittlerweile besaß, ging alles viel einfacher.

»Aber, Magier – bitte entschuldigt –, wir sind nicht unsichtbar«, bemerkte Edgar schüchtern. »Ich kann Euch deutlich sehen und mich auch.«

»Das ist schon in Ordnung. Ich kann Euch sehen, und Ihr könnt mich sehen, und wir können uns selbst sehen. Aber niemand sonst kann das. Ihr müßt nur darauf achten, daß niemand, den wir treffen, in uns hineinrennt, weil er denkt, da wäre nichts. Wir wollen doch nicht, daß die Leute merken, daß wir da sind.«

»Nein, Magier. Natürlich nicht.«

»Nun, dann bringt mich zu den Gemächern Cumberlands.«

Edgar führte Jim zurück zum Burghof, wo gerade ein anderes Spiel im Gange war, das weniger Schaulustige angezogen hatte. Von da nahmen sie einen anderen Eingang als zuvor, folgten einem langen Gang, einer weiteren Treppe, noch mehr Gängen... und gelangten schließlich zu einer breiteren, saubereren Treppenflucht als jede andere, die sie zuvor erklommen hatten.

Oben betraten sie einen breiten Gang. Es war ein langer Weg gewesen, aber er hatte Jim von seinem schmerzenden Rücken abgelenkt.

In diesem Gang liefen Bedienstete mit leeren und vollen Tabletts auf und ab oder trugen Kleidungsstücke umher.

»Können sie uns hören?« wisperte Edgar in Jims Ohr.

Jim schüttelte den Kopf.

»Sie können uns auch nicht sehen«, erklärte er in gewöhnlicher Lautstärke. »Zeigt mir jetzt, wo die Gemächer des Grafen von Cumberland enden und die des Königs beginnen.«

Edgar starrte ihn an.

»Nun?« sagte Jim ungeduldig.

»Magier, ich... ich weiß nicht, wo sie sind«, sagte Edgar. »Wirklich, ich weiß nicht genau, wo die Räumlichkeiten des Grafen von Cumberland sind.«

»Teufel auch!«

»Wirklich, Magier«, jammerte Edgar, »ich weiß nicht mal, welche Türen zu welchem Lord führen. Seht Ihr, jemand, der so unwichtig ist wie ich... ich... ich war hier noch nie. Dies ist auch für mich das erste Mal.«

Jim starrte ihn an. Edgar zuckte zurück.

»Wenn Ihr mir ein paar Wochen Zeit lassen könntet«, sagte er hastig, »könnte ich es möglicherweise herausfinden und Euch davon in Kenntnis setzen...«

»Teufel auch!« Jim merkte, daß er sich wiederholte, und versetzte sich und Edgar so schnell in dessen Raum zurück, daß Edgar schwankte und keuchend Luft holte. Jim sah sich im Zimmer um.

»Besorgt mir eine Schale klares Wasser«, befahl Jim. »Nein, wartet, das dauert zu lange.«

Er durchsuchte sein Gedächtnis und versuchte sich zu erinnern, wo auf Malencontri oder anderswo er die Art von Schale gesehen hatte, die er brauchte. Eine kam ihm in den Sinn – eine Schale in Carolinus' Hütte. Er fühlte sich bei der Vorstellung, etwas von Carolinus' Eigentum wegzunehmen, unbehaglich. Aber andererseits war Carolinus in einem Käfig eingesperrt und würde vielleicht niemals herauskommen, wenn Jim nicht etwas unternahm. Er visualisierte die Schale, die er im Kopf hatte – ein Gefäß aus seegrüner Keramik mit einem hohen wellenförmigen Rand und einem kleinen, innen eingesetzten Fisch. Die Schale erschien auf dem Tisch vor ihm.

»Besorgt mir etwas Wasser«, sagte er zu Edgar. »*Sauberes* Wasser!«

Edgar eilte in den Nebenraum und kam mit einem ledernen Krug zurück. Diesen reichte er Jim.

»Danke«, sagte Jim kurzangebunden. Er goß das Wasser aus dem Krug in die Schale, sah aber sofort, daß im Wasser jede Menge kleiner Körnchen schwammen – möglicherweise Leder, aber vielleicht auch Schlimmeres.

Jim hob die Schale und schüttete den Inhalt ebenso beiläufig aus, wie es Brian getan hätte. Dann stellte er sie zurück auf den Tisch.

»Geh zurück zu Carolinus' Hütte«, sagte er der Schale. »Spüle dich in dem Teich am Klingelnden Wasser gründlich aus und kehre dann mit reinem Wasser gefüllt zurück.«

Die Schale verschwand und kam fast unmittelbar darauf zurück. Sie war bis zum Rand mit so klarem Wasser gefüllt, daß es dem umgebenden Zimmer eigentlich peinlich gewesen sein müßte.

»Na, jetzt kommen wir endlich vorwärts.« Jim zog sich einen Stuhl heran und setzte sich an den Tisch. Er blickte konzentriert in die Schale. Da er nicht länger im Königreich der Wurzel war, sollte seine Magie ihm erlauben, in die Höhle des Königs und überall sonsthin zu schauen.

Es war natürlich Wahrsagerei, deren Ausführung er bei Abu al-Qusayr beobachtet hatte, als er und Brian auf der Suche nach Gerondes Vater waren. Der orientalische Magier hatte lieber eine Wasserschale verwendet als eine Glaskugel, die Carolinus und die meisten anderen Magier des nördlichen Europa vorzogen. Jim konzentrierte sich, und die Szenerie in der Höhle setzte sich vor seinen Augen zusammen. Dort schien jeder bewegungslos zu sein.

Hill stand noch immer dem König gegenüber, der sich auf dem Thron vorbeugte – offensichtlich hatten die beiden nicht aufgehört zu streiten. Jim war einen Augenblick lang verwundert, weil niemand sich bewegte, aber dann verbannte er das Problem aus seinen Gedanken – aufgrund der Geschichten, die er gehört hatte, vermutete er, daß die Zeit in den verschiedenen Königreichen unter Umständen unterschiedlich rasch ablief.

Er hielt nach Kob Ausschau, sah ihn aber nicht, bis

er das Packpferd genauer betrachtete, das vor sich hindöste. Dort schaute Kobs kleines Gesicht unter der Abdeckung hervor.

Nun erhob sich die Frage, ob Jim mit seiner Magie in die Höhle des Königs hineingreifen konnte. Der beste Weg, das herauszufinden, war, es einfach auszuprobieren. Es gab jede Menge Gründe dafür, warum es nicht gelingen würde, da es als Versuch aufgefaßt werden konnte, Magie in einem anderen Königreich zu wirken, wo sie in dieser fremden Form nicht erlaubt war. Andererseits hatte Carolinus es geschafft, seine Projektion auszusenden, und das bedeutete, daß Jims Lehrmeister wenigstens noch über einen Teil seiner Magie im Königreich der Wurzel verfügte.

Fremde Magie mochte auf nichts Physisches in einem anderen Königreich wirken, aber vielleicht auf etwas, das nur aus reiner Energie bestand.

»Eine Rauchwolke, hundert Kubikzentimeter«, befahl Jim – und genau solch eine Wolke erschien und schwebte in der Luft vor ihm.

»Und jetzt«, sprach er zu ihr, »wird alles Physische an dir aufhören zu existieren. Nur die Energie in dir wird bleiben.«

Die kleine Rauchwolke hüpfte ein oder zwei Sekunden unsicher in der Luft auf und ab. Dann verschwand sie.

»Und jetzt«, sagte Jim zu der Stelle, wo er sie zuletzt gesehen hatte, und deutete auf das scheinbar bewegungslose Gesichtchen, das unter der Abdeckung des Packpferdes hervorlugte, »geh zu ihm!« Hastig bereitete er den Zauber vor, der Kob ebenfalls unsichtbar machen würde.

Einen Augenblick lang schien nichts zu geschehen, dann bewegte sich Kobs Gesicht und nahm einen überraschten Ausdruck an. Im nächsten Augenblick tauchte ein grinsender Kob höchstpersönlich vor Jim auf. Die

Luft unter ihm wurde mit einem Mal zu einer Rauchwolke. Kob hüpfte auf Jims Schulter und schlang beide Arme um dessen Hals.

»M'lord! Ich *wußte,* daß Ihr den Rauch geschickt habt! Ich wußte es. Ich bin auf ihm sofort zu Euch geritten!« sagte er und umarmte Jims Hals heftig.

Jim röchelte.

»Oh, es tut mir leid, M'lord!« sagte Kob und lokkerte seinen Griff. »Hab ich zu fest zugedrückt? Ich bin ja so froh, Euch zu sehen! Wie seid Ihr hierhergekommen? Wo ist das überhaupt? Wer ist der da...«

Kob deutete auf Edgar.

»Heißt Edgar«, antwortete Jim mit seinem ersten Atemzug. »Warte einen Augenblick, bitte.«

Er hatte sich gerade an die Schale erinnert, die er verwendet hatte, um die Höhle der Wurzel beobachten zu können. Carolinus würde wahrscheinlich Zeter und Mordio schreien, wenn sie verlorenging oder gestohlen wurde – obwohl es vermutlich nur eine alte und unwichtige Schüssel war. Andererseits mochte Jim sie noch brauchen, und nicht nur die Schale selbst, sondern auch den Inhalt, das erfrischend klare Klingelnde Wasser.

»Du...«, sprach er und deutete darauf, »bleibst bei mir, aber unhörbar und unsichtbar, und du verschüttest nichts von dem Wasser. Das ist ein magischer Befehl.«

Die Schale verschwand. »So«, sagte Jim und wandte sich wieder Kob zu, »was wolltest du mich fragen?«

»Verzeihung, M'lord«, antwortete Kob ein wenig schüchtern, »ich fragte eben, wer *er* sei. Aber das habt Ihr bereits gesagt. Er ist ein Edgar.«

»Ach, ich meinte, daß sein Name Edgar sei. Schau mal – ich erkläre später alles. Wir befinden uns in der Burg des Königs in der Nähe von London. Dies ist eine sehr große Burg, aber wenn wir eine Feuerstelle finden – kannst du dann hineingehen und alle Kamine abreiten, bis du ein paar Geheimgänge in den Mauern findest?«

»Natürlich, M'lord. Das wissen Eure Lordschaft doch!«

»Nun, ich möchte, daß du genau dies tust. Ich bringe dich so nah heran wie möglich – denke daran, wir sind alle unsichtbar, und wir können uns unterhalten, aber niemand sonst kann uns hören.« Plötzlich standen sie wieder in dem Korridor, wo die Bediensteten hin und her eilten.

»Wirklich unsichtbar, M'lord?«

»Ja, wirklich. Du kannst meinen Hals loslassen.«

»Es tut mir leid, M'lord.«

»So«, fuhr Jim fort. »Irgendwo hier finden wir die Gemächer des Grafen von Cumberland. Sie enden an einer Wand, auf deren anderer Seite die Gemächer des Königs liegen. Ich bin mir sicher, daß es dazwischen einen Geheimgang gibt. Glaubst du, daß du ihn finden könntest?«

»Aber ja, M'lord, wenn ich nur einen Ort habe, an dem ich beginnen könnte – wie eine Feuerstelle?«

»Nun...« Jim sah sich um, und wie das Glück so spielt, öffnete nicht allzu weit entfernt ein Bediensteter, der ein Tablett trug, eine Tür. Dieses Tablett mußte eigentlich mit beiden Händen getragen werden, so daß er es mit einer Hand vorsichtig balancierte, während er mit der anderen an der Tür kratzte. Der Bedienstete wartete, und in diesem Moment des Wartens erreichte Jim ihn mit Kob auf der Schulter, dicht gefolgt von Edgar.

Der Bedienstete öffnete schließlich die Tür mit der Schulter, ging hinein und gab der Tür mit dem Ellbogen eine Schubs, damit sie hinter ihm zufiele. Die Tür schwang langsam zu, und Jim fing sie mit seinen unsichtbaren Fingerspitzen sanft auf – er, Kob und Edgar schlüpften hinein.

»Schließ die Tür!« fauchte eine Stimme.

Jim hatte diese Stimme schon einmal gehört – in Frankreich. Damals hatte Jim versucht, einen wahrscheinlich sehr blutigen Krieg zwischen den englischen und französischen Armeen zu stoppen. Das war ihm mit Hilfe der französischen Drachen sowie von Prinz Edward und Carolinus auch gelungen – dennoch war beim Zusammenstoß noch genug Blut geflossen. Aber beim Ausklang dieser Affäre hatte sich Jim die Feindschaft eines Grafen erworben.

Der Sprecher war ein großer, stämmiger Mann mit einem ergrauenden Haarkranz und einem kurzgeschnittenen, ebenfalls ergrauenden Bart auf seinem kantigen, starkknochigen Gesicht. Der Mann war in ein rotes gezatteltes Samtgewand und eine Hose gekleidet. In seinem verärgerten Gesicht reckte sich der Bart kriegerisch nach vorn. Es war Robert de Clifford, der Graf von Cumberland – der gleiche Mann, der es Jim und Brian verweigert hatte, den Leichnam ihres Freundes Giles mitzunehmen, um ihn, wie Giles es gewünscht hatte, auf dem Meer zu bestatten.

Offensichtlich hatte der Graf sich in keiner Weise verändert, dachte Jim.

Der Bedienstete, dem sie gefolgt waren, setzte das Tablett vorsichtig auf einem Tisch vor dem Grafen ab. Jim und die anderen gingen durch den Raum und näherten sich einer halb offenen Tür, die sie vielleicht zu einer an das Königliche Quartier angrenzenden Wand führte. Jim war tief in Gedanken versunken.

Agatha Falon konnte Angie und ihn überhaupt nicht leiden – man könnte sogar sagen, daß sie sie beide ausgesprochen haßte –, und zwar deswegen, weil die beiden ihre Pläne vereitelt hatten, ihren kleinen Neffen Robert zu verfolgen oder zu ermorden, um die großen Ländereien von Falon zu erben.

Es war schon schlimm genug, es mit Agatha an sich

zu tun zu haben, aber jetzt war sie offensichtlich wieder die Favoritin des Königs. Noch schlimmer schien, daß sie auch noch mit einem wichtigen Berater des Königs zusammenarbeitete – Cumberland war vermutlich sogar der wichtigste –, der Jim ohnehin feindlich gegenüberstand.

Aber Jim konnte sich immer noch nicht vorstellen, wie Agatha den König der Wurzel dazu überredet haben konnte, Robert für sie zu entführen, oder wie sie nach Lyonesse gelangt sein mochte, um Jim und seine Freunde in einen Hinterhalt zu locken.

Während Jim noch darüber nachdachte, hatten sie schon zwei Zimmer durchquert und waren noch immer nicht an eine Wand gelangt, die keine weitere Tür aufwies, sondern die Trennwand zwischen zwei Gemächern darstellte. Als sie sich der nächsten Tür näherten, öffnete diese sich gerade.

Durch sie kam der König herein, der rechts an ihnen vorbeiging – natürlich sah er sie nicht – und, wie Jim vermutete, sich mit dem Grafen von Cumberland treffen wollte.

Kapitel 28

Er war ohne Zweifel der König. Edward Plantagenet, von Gottes Gnaden König von England, Herzog von Aquitanien, Herzog der Bretagne, Herzog von Carabella, Prinz von Tours, Prinz der Zwei Sizilien – und noch einer Menge Länder mehr, an die Jim sich im Augenblick nicht erinnern konnte. Er war früher ein hochgewachsener, soldatischer, königlicher Mann gewesen.

Jetzt hatten die Jahre ihn schrumpfen lassen und seine Leibesmitte mit Fett umgeben. Er trug keine Krone, und sein Bart wirkte ungepflegt und feucht vom Wein – wie auch seine Robe in dunklem Purpur. Aber sein goldener Gürtel um die Hüfte bezeugte, daß er kein gewöhnlicher Mann war, auch wenn er weder Schwert noch Dolch trug. Er ging, wenn auch leicht schwankend, mit der Autorität eines Mannes, dem der Boden gehörte, auf dem er stand – was mit Brief und Siegel auch der Fall war. Und der ganze restliche Boden des Königreichs dazu.

Leise traten Edgar und Jim, mit Kob auf der Schulter, aus dem königlichen Weg und sahen zu, wie der Regent in die Richtung ging, aus der sie gerade gekommen waren. Dann schritten sie durch die Tür, durch die Seine Hoheit gerade hereingekommen war, und standen endlich in einem Zimmer, das keinen weiteren sichtbaren Ausgang besaß.

Allerdings befand sich eine große Feuerstelle in dem Raum, in der ein paar fast heruntergebrannte Scheite lagen. Daneben gab es ein großes Himmelbett mit zwei Tischen und ein paar gepolsterte Stühle. An den Wänden hingen Wandteppiche, und die Vorhänge am Bett waren von erlesener Qualität – dunkelblauer Samt. Zur Zeit waren sie zurückgeschoben und gaben den Blick auf ein ungemachtes Bett mit mindestens sechs riesigen Kissen und einer Unzahl Decken frei.

»O seht, M'lord!« rief Kob und deutete auf die Feuerstelle.

»Ich sehe«, antwortete Jim. Die Scheite waren zu verkohlten Stümpfen heruntergebrannt, und von den schwach glühenden Enden stiegen nur noch winzige Rauchwölkchen auf. »Brauchst du nicht ein größeres Feuer mit mehr Rauch?«

»Nein, das reicht schon, M'lord!« rief Kob freudestrahlend und sprang von Jims Schulter aus in die Feuerstelle, genau über die verbliebenen Flämmchen.

»Warte!« rief Jim ihm hinterher. Kob war bereits den Kamin hinauf verschwunden gewesen, aber nun tauchte er wieder mit dem Kopf nach unten hängend auf und sah Jim fragend an.

»Ja, M'lord?«

»Was wirst du tun, wenn du auf den Kobold triffst, der zu dieser Burg gehört?«

»Ach, ich grüße ihn!« sagte Kob. »Und dann grüßt er mich…«

»Er wird dich nicht sehen können«, erinnerte Jim Kob. »Laß mich den Zauber aufheben, der auf dir ruht, damit andere Kobolde dich sehen können. – So! Was aber, wenn er nicht sehr freundlich zu dir sein sollte?«

»Ach, M'lord, alle Kobolde sind freundlich zueinander. Wir sind nie so… so… nun, wie ein paar von euch großen Leuten.«

»Nun«, sagte Jim, »nach dem, was du mir erzählt hast, warst du zu dem Kobold auf der Burg des Grafen von Somerset ziemlich grob.«

»Wirklich?« Kobs Gesicht drückte ungläubiges Erstaunen aus.

»Sicher«, antwortete Jim. »Du hast ihn arg herumkommandiert und so getan, als ob du besser wärst als er.«

»Das habe ich gemacht?« fragte Kob noch immer ungläubig.

»Ja!«

Von einem Augenblick zum nächsten verlor Kobs Gesicht den erstaunten Ausdruck.

»Ach, das war etwas anderes, M'lord. Seht Ihr, Ihr hattet mir gerade den wundervollen Namen gegeben, den ich nicht behalten durfte – erinnert Ihr Euch daran? Darf ich ihn sagen?«

Jim nickte.

»Kob Eins de Malencontri«, sagte Kob, und ein paar Tränen rollten seine Stirn hinunter.

Jetzt hatte Jim ein schlechtes Gewissen. »Nun, Carolinus sagte mir, ich dürfte einem Kobold keinen Namen geben. Aber vielleicht kann ich bei dir eines Tages eine Ausnahme machen.«

»Glaubt Ihr wirklich, M'lord?«

»Wir werden sehen«, sagte Jim. »Wie dem auch sei, ich wollte dich nur vorwarnen, daß dieser Kobold hier möglicherweise denkt, er habe einen höheren Rang als du, da er der Kob des Königs ist. So, bist du sicher, daß du in dieser Wand einen Geheimgang finden kannst, wenn es einen gibt?«

»Aber sicher, M'lord. Seht Ihr, ich mache, daß der Rauch alles abfühlt. Und wenn es irgendwo einen Riß gibt oder ein kleines Loch, dann wird der Rauch seinen Weg hineinfinden. Es könnte allerdings ein bißchen dauern.«

»Das ist schon in Ordnung.« Jim hatte eine Idee: »Du fängst an, und Edgar bleibt hier und wartet auf dich, damit er mir Bescheid geben kann, wenn du etwas gefunden hast.«

Kob verschwand, kam aber kurze Zeit später wieder zum Vorschein.

»Ihr könntet wohl nicht bewirken, daß ich jedes Mal unsichtbar bin, wenn ich eine Feuerstelle verlasse, M'lord?«

»Nein«, sagte Jim und dachte daran, was auf Malencontri geschehen könnte, wenn er das tat.

»Schade.« Kob verschwand wieder.

»Wohin geht Ihr, Magier?« fragte Edgar beunruhigt.

»Dahin zurück, wo Cumberland saß. Macht Euch keine Sorgen. Wenn irgendwer reinkommt, kann er Euch nicht sehen. Bemüht Euch nur, nicht im Weg zu stehen, so daß niemand mit Euch zusammenstößt.«

»Das werde ich tun, Magier. Ihr könnt mir vertrauen.«

Jim war sicher, daß er Edgar wenigstens für eine Weile vertrauen konnte, und ging durch die verschiedenen Räume zurück in jenen, den sie zuerst betreten hatten. Die Tür war offen, aber nicht weit genug, als daß er den Grafen hätte sehen können. Jim schlüpfte vorsichtig durch die Öffnung, schob sie mit der Schulter ein wenig weiter auf und trat in das Zimmer. Er verließ sich fest auf seine Unsichtbarkeit.

Cumberland stand in der Nähe des Feuers. Auf dem besten Stuhl saß der König, der jetzt, da er nicht mehr stand, erheblich weniger majestätisch wirkte.

»…Wohin zum Teufel sagtet Ihr, sei sie gegangen?« wollte der König gerade wissen.

»Ausreiten, Euer Hoheit«, antwortete Cumberland.

»Ausreiten! Warum tut sie das? In letzter Zeit scheint sie immer ›ausreiten‹ zu sein, wenn ich sie sehen will«, murmelte der König mehr zu sich als zu Cumberland. Er blickte zum Grafen auf. »Robert, gebt mir etwas zu trinken.«

Cumberland trat zu dem Tisch, der in Reichweite des Königs stand, und goß ihm aus einer Flasche in einen großen Pokal aus bemaltem Glas ein. Diesen händigte er mit nur einer kleinen schnellen Verbeugung dem König aus, der den Pokal geistesabwesend entgegennahm und dann durstig aus ihm trank.

»Verdammte Frauen«, sagte der König. »Immer haben sie irgend etwas vor. Ich beanspruche ja gar nicht viel von ihrer Zeit. Ich glaube sogar, daß ich sie die meiste Zeit über tun lasse, was sie will. Aber die Art, wie sie immer Dinge erledigen muß, wenn ich sie sehen will, würde auch einen Heiligen in Erstaunen versetzen.«

Er sah Cumberland scharf an.

»Im Namen all dessen, was heilig ist, Robert! Ich erlaube Euch, Euch zu setzen! Hört auf damit, dort rumzulaufen wie ein Bulle, der gleich zu den Kühen gelassen wird.«

»Vielen Dank, Euer Hoheit«, gab Cumberland steif

zurück und setzte sich auf den anderen gepolsterten Stuhl.

»Wo war ich stehengeblieben? Ach ja, die Haare frisieren, sich ein neues Gewand anpassen lassen und noch viele andere Sachen... Robert, stattet sie dem Was-immer-er-ist unten im Verlies immer noch Besuche ab?«

»Ich glaube, sie geht von Zeit zu Zeit hinunter, Euer Hoheit. Es hat einmal so ausgesehen, als wäre er entkommen. Er hat irgendwie die Ketten zerbrochen – sie hätten einen Bären halten sollen – und sich seinen Weg aus dem Loch, in dem er steckte, herausgegraben, oder hat sich so tief eingegraben, daß der Mann, den wir hinabgelassen hatten, beinahe von einem Erdrutsch begraben wurde. Aber drei Tage später war die Kreatur wieder zurück. Wir haben sie in stärkere Ketten gelegt und das Loch zugeschüttet. Ja, ich denke, Lady Agatha war seitdem wenigstens einmal unten.«

»Warum macht sie so etwas?« wollte der König wissen.

»Ich weiß es nicht, Euer Hoheit. Vielleicht – Ihr wißt ja, wie Frauen mit Kindern, Vögeln und dergleichen sind. Sie wollen sie bekommen, um damit zu spielen. Vielleicht wollte sie herausfinden, ob dieser seltsame, mißgestalte Mann als Schoßhündchen taugen konnte.«

»Wenn mit ihm etwas anzufangen ist, dann will ich ihn als Hofnarren haben. Aber jemand von ihrem Rang, der sich in diesen Verliesen rumtreibt – ich wünschte, sie würde das lassen!«

»Ihr solltet mit ihr darüber sprechen, Hoheit.«

»Warum sprecht Ihr nicht zuerst mit ihr darüber? Ich weiß nicht, woran es liegt, aber wenn ich mit ihr über solche Sachen reden will, nimmt das Gespräch immer einen anderen Verlauf. Sprecht ernsthaft mit ihr, Cumberland. Sagt ihr, daß es sich für jemanden, der dem König so nahe steht, nicht gehört, sich unterhalb der Burg aufzuhalten und mit Schmutz bedeckt zurückzukehren.«

»Was auch immer Euer königlicher Wunsch ist.«

»Ja, es ist tröstlich zu wissen, daß ich Euch mit bestimmten Angelegenheiten betrauen kann – o Robert, Ihr habt mein Weinglas leer werden lassen.«

Der Graf stand auf, füllte das Glas und setzte sich wieder. »Ich freue mich, daß ich Eure Zustimmung habe, Hoheit«, sagte er mit schwerer Stimme. »Wenn ich in einer bestimmten Angelegenheit um Eure Aufmerksamkeit bitten dürfte, dann wäre dies vielleicht ein guter Zeitpunkt, um über den Überfall auf meine Besitztümer im Norden eingehender zu sprechen.«

»Nein, nicht das, Robert, nicht das!« sagte der König verdrießlich. »Darüber haben wir bereits geredet. Macht, was Ihr wollt. Kümmert Euch selbst darum. Ich sollte nicht bei allem, was Ihr tut, Eure Hand halten müssen. Schließlich ist es Euer Besitz.«

»Es ist nicht der Besitz, der mir Sorge macht, Hoheit. Wenn das alles wäre, hätte ich Euch mit der Angelegenheit nie behelligt. Aber wie ich bereits sagte, der Überfall war als Protest gegen die Königlichen Steuern gedacht, wodurch das Ganze zu einer Angelegenheit des Throns wird.«

Der König seufzte. Er schloß erschöpft die Augen, und für eine Sekunde sah Jim, wie ein kleines, grimmiges Lächeln seine Lippen kräuselte.

»Nun gut.« Der König öffnete wieder die Augen. »Gegen welche Steuer protestierten sie?«

»Gegen jede. Deshalb ist diese gesetzlose Handlung so bedeutsam, Euer Hoheit. Sie protestieren gegen die Steuer auf Erbschaften, die Steuer auf Verkäufe und Besitzwechsel und viele andere. Ich habe Euch gegenüber schon zuvor erwähnt, daß in diesem Königreich das Gespenst des Verrats umgeht, das versucht, den Frieden Eures Reiches zu stören. Ihr werdet Euch daran erinnern, daß ich die Namen des Grafen von Oxford und Sir John Chandos erwähnte.«

»Nicht Chandos, um Gottes willen!« sagte der König ärgerlich. »Chandos ist ein Mann und Krieger nach meinem Herzen. Zudem ist er viel zu nützlich, um ihn in irgendeiner seiner vielen Pflichten ersetzen zu können. Ich frage mich manchmal, wie er es schafft, so viel zu tun. Und war es nicht Chandos, der diesen Plünderertrupp zur Strecke gebracht hat, der sonst Eure Ländereien verwüstet hätte?«

»Chandos ist sehr erfahren und klug. Erinnert Ihr Euch daran, daß unter den Plünderern ein Ritter aus Somerset war, Sir Brian Neville-Smythe, und bei Chandos Truppe dessen enger Freund, der Drachenritter? Ist es nicht vorstellbar, daß beide vielleicht deshalb anwesend waren, aber auf verschiedenen Seiten, um dafür zu sorgen, daß Chandos die Sache so leicht und ohne große Verluste erledigen konnte? Erinnert Ihr Euch auch, wie ich vermutet habe, daß bei dem Scharmützel Magie eingesetzt wurde?«

»Verdammt! Jetzt klingt Ihr wie Lady Falon! Wenn dort Magie im Spiel war – nun, der Drachenritter ist ein Magier oder nicht? Vielleicht hatte er einen Grund, seine Kunst einzusetzen. Was spielt das für eine Rolle? Schließlich hat Euer Besitz keinen Schaden erlitten. Der Protest – wenn es wirklich einer war – schlug fehl. Warum sollen wir uns darüber noch weiter den Kopf zerbrechen?«

»Weil wir immer noch Leute wie Oxford oder Chandos bei Hofe haben, die zu klug sind, um Euer Hoheit offen zu widersprechen, sich aber statt dessen andere Mittel und Wege ausdenken, um gegen Euch zu opponieren.«

»Ja, ja, Agatha sagt mir das auch laufend. Ich kann verstehen, daß sie diesen Magier – diesen Drachenritter, meine ich – nicht mag, und es ist gut möglich, daß sie Chandos nicht mag. Aber beide waren in der Vergangenheit von Nutzen, und das können sie in der Zukunft auch wieder sein. Ich habe bis jetzt keinen Beweis dafür gesehen, daß sie für mein Königreich und mich eine Gefahr darstellen.«

Jim lächelte grimmig vor sich hin. Für ihn war offensichtlich – und das war es bestimmt auch für Cumberland –, daß der König das alte Spiel der Regenten – teile und herrsche – spielte. Er wollte, daß so viele wie möglich in seinem Umkreis einander an die Kehlen fuhren, damit sich nicht genug zusammenschlössen, um für ihn eine Bedrohung darzustellen.

Aber Cumberland antwortete weiterhin aalglatt und zermürbte seinen königlichen Halbbruder.

»Lady Falon arbeitet unermüdlich im Interesse Eurer Hoheit, nicht nur hier bei Hofe, sondern auch bei anderen Gelegenheiten wie der Weihnachtsfeier des Grafen von Somerset – wo sie ihr Bestes tat, Euren Königlichen Sohn davon abzuhalten, sich übermäßig dem Trunk und der Dummheit hinzugeben. Sie hat versucht, wie eine Mutter für ihn zu sein, aber davon will er nichts wissen. Dennoch versucht sie es weiter.«

»So, so…« Der König nahm einen Schluck aus seinem Glas. »Das mag schon wahr sein. Sie ist aber ein paar Jahre zu jung, um für ihn eine Mutter sein zu können. Allerdings bezeigt sie mir ihre Zuneigung auf jede nur mögliche Weise. Dennoch, Cumberland, dürfen wir nicht vergessen, daß sie nur eine Frau ist, ein armes Ding, von dem man nicht erwarten kann, daß es alles so gut versteht wie Ihr und ich.«

»Aber ich wünsche«, fügte er sehnsüchtig hinzu, »daß sie endlich von ihrem dummen Ausritt zurückkäme und hierbliebe. Auf jeden Fall, was die andere Sache betrifft, habe ich schon wiederholt gesagt, daß Ihr Euch selbst darum kümmern müßt. Ich will damit nichts zu tun haben. Macht, was Ihr wollt – nur vergrault mir wertvolle Leute wie Chandos oder gar Oxford nicht, deren Dienste ich vielleicht noch einmal brauchen werde. Oxford ist schließlich nicht eben ein unbedeutender Wicht.«

»Es soll so geschehen, wie Ihr es wünscht, Hoheit. Aber es wäre sicher klug, eines im Auge zu behalten: Obwohl Lady Falon, wie Ihr sagt, nur eine Frau ist und mit all den Merkwürdigkeiten ihres Geschlechts behaftet – die ich, das bekenne ich offen, nicht verstehe, da ich ein Mann der Praxis bin, der wenig Zeit für Frauen hat –, wird ihrem Geschlecht doch nachgesagt, wie Katzen über eine Einsicht zu verfügen, die sie vielleicht nicht beweisen kann, die aber dennoch zutrifft. Während ich noch nach den Beweisen suche, die Euer Hoheit braucht, könnte es sein, daß Lady Falons Instinkte bereits jene entlarvt haben, die Euch übel wollen. Es könnte sein, daß das Erspüren solcher Absichten einfach eine seltsame Gabe ist, mit der sie schon geboren wurde.«

»Möglich«, sagte der König düster. »Sie setzt sich bei mir häufig genug durch. Ich stelle oft fest, daß ich Dingen zugestimmt habe, denen ich gar nicht zustimmen wollte…«

Was auch immer der König als nächstes sagte, Jim hörte es nicht. Es wurde von einem schrillen Schrei, dessen Quelle nur wenige Zentimeter von Jims rechtem Ohr entfernt war, übertönt.

»M'lord! Ich habe ihn gefunden. Kommt schnell!« schrie der aufgeregte Kob, der nun wieder auf Jims Schulter saß. »Ich habe sie gefunden – nicht nur einen Geheimgang, sondern zwei! Kommt schnell, solange ich sie offen habe!«

Jim segnete den Augenblick, in dem er sie drei – sich selbst, Kob und Edgar – nicht nur unsichtbar, sondern auch unhörbar gemacht hatte.

»Still jetzt!« sagte er zu Kob und wandte seine Aufmerksamkeit wieder dem König und Cumberland zu. Aber was auch immer in den wenigen Sekunden, in denen Kob ihn unterbrochen hatte, gesprochen worden war, es war jetzt unwiederbringlich vorbei.

»...Spanischer Wein«, sagte der König gerade zu Cumberland. »Sagt mir nicht, daß er bereits ausgegangen ist. Kommt demnächst eine neue Schiffsladung?«

»Ich weiß es nicht, Hoheit«, antwortete Cumberland. »Ich kann veranlassen, daß Erkundigungen...«

»Nun gut, Kob«, meinte Jim und verließ den Raum. »Zeig mir diese Geheimgänge.«

Als Jim im letzten Zimmer ankam, war ein Teil des Mauerwerks um die Feuerstelle nach hinten in die Wand und dann zur Seite geglitten, so daß sich dort eine Öffnung zeigte. Edgar stand fast stolz daneben, als bewachte er sie. Kob hüpfte von Jims Schulter in das dunkle Loch.

»Gut gemacht!« sagte Jim und trat selbst hinein. »Ich hätte nicht gedacht, daß du so schnell Erfolg hast.«

»In Wahrheit habe nicht ich allein es getan, M'lord, sondern der Rauch.«

»Oh, ich verstehe. In diesem Fall sollte ich euch beiden gratulieren. Edgar, Ihr bleibt hier. Ich sehe mir das näher an.«

»Hier entlang, M'lord«, murmelte Kob. »Ihr müßt Euch, sobald Ihr drinnen steht, nach rechts wenden.«

Jim duckte sich im niedrigen, feuchten Eingang, wandte sich nach rechts und stand dann in einem schmalen, staubigen Gang zwischen zwei Steinmauern. Der Gang war so eng, daß Jim die Wände beinahe mit den Schultern berührte. Er führte drei Schritte geradeaus an einer Treppe abwärts vorbei, die von dicken Kerzen an den Wänden schwach erleuchtet wurde, und machte dann einen Knick. Dort schien er vor einer dunklen Wand zu enden. Jim hielt an.

»Wartet einen Augenblick«, sagte Kob. Es gab ein unheimliches, rasselndes Geräusch, und dann strömte Licht herein. Jetzt war ein sehr großer Raum zu erkennen, größer als alle anderen, die Jim hier bisher gesehen hatte. Die Möbel glänzten vor Sauberkeit – sauberer Boden, saubere Decke und ein helles Fenster mit einer Glasscheibe darin, und in der Zimmermitte lag ein Teppich. Niemand befand sich im Raum, aber wenn irgend etwas je wie ein königliches Gemach ausgesehen hatte, dann war es dieses Zimmer.

»Das war es dann, Kob«, sagte Jim und sah in den Raum, ohne ihn zu betreten. »Es besteht kein Zweifel, daß der König über einen geheimen Weg zu Cumberland verfügt. Und jetzt, da ich dies gesehen habe, zweifle ich nicht daran, daß es etwas ähnliches – vielleicht nur eine einfache Tür – auch zwischen Cumberlands Gemächern und der Zimmerflucht Agatha Falons gibt. Das sagt eine Menge aus.«

»Wenn M'lord die Treppen im Geheimgang hinunterginge«, sagte Kob geheimnisvoll, »würde er vermutlich noch mehr erfahren.«

»Die Treppen hinunter? Es soll Gerede geben, daß der König Geheimgänge hat, die von der Burg nach draußen führen.«

»Der Gang führt nicht nach draußen – oder vielleicht doch«, sagte Kob. In seiner Stimme lag ein fast schelmischer Ton. Ein erfreuter, schelmischer Ton, als ob der Kobold Jim gleich eine Überraschung präsentieren würde. »Warum geht M'lord nicht hinunter und sieht nach?«

»Warst du bereits unten?«

»Ja, M'lord. Aber bitte, geht hinunter und schaut selbst nach.«

Jim zögerte. Er könnte Kob natürlich dazu bringen, ihm einfach zu sagen, was er am Ende der Treppen fände. Aber es schien eine erfreuliche Entdeckung zu sein, und Kob war offensichtlich stolz darauf, sie gemacht zu haben.

»Das wird nicht lange dauern?«

»O nein, M'lord.«

»Dann ist es gut.«

Jim drehte sich im Gang um und hielt an. »Wie schließen wir den Eingang wieder?« fragte er.

»Ach, das ist einfach. Seht Ihr die Kette?«

Jim blickte in die Richtung, in die der Kobold deutete. Dort war wirklich eine Kette, die jetzt im Licht, das aus dem Zimmer fiel, sichtbar war.

»Sind die Treppen den ganzen Weg erleuchtet?«

»Ja, M'lord. Kerzen auf dem ganzen Weg nach unten.«

Nun, dann war das in Ordnung. Dennoch würde er nicht gerne plötzlich im Dunklen stehen. Gute Vorbereitung war alles. Er deutete mit dem Zeigefinger die Treppen hinunter, als er dort anlangte.

»Du bist eine Halogentaschenlampe«, sagte er zu dem Finger. »... Eingeschaltet!« fügte er hastig hinzu.

Von der Fingerspitze ging ein heller Lichtstrahl aus. Jim hatte jeden Versuch aufgegeben, seine Magie aufzusparen. Sparen war einfach unmöglich. Im Lichte seines Fingers konnte er die Treppen vor sich sehen. Der Staub war offenbar von jemandem, der vor noch nicht allzu langer Zeit hier entlanggegangen war, aufgewirbelt worden.

Sein eigenes Licht schien viel heller als die Kerzen, die in größeren Abständen an der Wand brannten. Dennoch mußte er vorsichtig sein. Die Treppen waren steil, und es gab keinen Handlauf. Die Treppe führte weiter, als sie sein Finger erhellen konnte.

»Geht es weit hinunter?« fragte er Kob.

»Es ist nicht so weit wie vom Erdgeschoß Eures Turms auf Malencontri bis zu Eurem und M'ladys Zimmer hoch«, antwortete Kob. »Vielleicht etwas mehr als halb so weit.«

Das war immer noch eine beträchtliche Strecke. Jim blieb weiterhin vorsichtig. Er lehnte sich ein wenig zurück, um sich, wenn er ausrutschen würde, nach hinten werfen und mit seinen Fersen ein weites Abwärtsrutschen verhindern zu können.

Nach einer, wie ihm schien, sehr langen Zeit endete die Treppe vor einer glatten Steinmauer, neben der wiederum eine Kette hing. Jim zog an ihr, und die Wand öffnete sich fast geräuschlos und gab den Blick auf einen weiteren staubigen Gang frei. Ein äußerst unangenehmer Geruch schlug ihm entgegen – es roch nach irgend etwas zwischen Abwasser und einem Gefrierschrank voller Fleisch, das verdorben war, weil der Strom ausgefallen war. Der kurze Gang führte zu drei Treppenstufen, die auf den lehmigen Boden hinabführten. Dort stand er wieder vor einer verschlossenen Tür.

»Wartet, M'lord. Laßt mich zuerst nachschauen.«

Jim sah Kob, wie er in Jims Kopfhöhe auf einem Rauchwölkchen schwebte, das scheinbar aus dem Nichts aufgetaucht war.

»Ich bin sofort zurück!« kündigte Kob an. Das vordere Ende des Rauchwölkchens streckte sich und schlüpfte in den Riß zwischen Tür und Türrahmen. Während Jim zuschaute, glitt der Rest des Rauchs – und irgendwie auch Kob – hinterher.

Jim hatte nie mit Sicherheit herausfinden können, ob Kob bis zu einem Punkt ausdünnte, an dem er durch solch einen schmalen Spalt paßte, oder ob der Riß sich in dem Augenblick weitete, in dem Kob ihn erreichte – der ganze Vorgang vollzog sich einfach zu schnell.

Jim ließ das magische Licht seines Fingers über die Umgebung gleiten und kam sich seltsam lächerlich vor. Aber dann war Kob auch schon zurück. Er ritt immer noch auf dem Rauch.

»Alles in Ordnung, M'lord. Aber wenn Ihr durch die Tür gehen könntet, ohne sie zu öffnen, wäre es besser, da sie quietscht.«

Wieder mußte er magische Energie verbrauchen, aber es war notwendig. Jim dachte kurz nach und stellte sich dann unmittelbar vor die Tür. Er visualisierte sie, wie sie immer noch aufrecht, aber unmittelbar hinter ihm stand. Plötzlich konnte er den Raum vor sich sehen.

Kapitel 29

NACH DEN BEMERKUNGEN des Königs und dem Geruch zu urteilen, der ihm entgegenschlug, war Jim nicht sehr überrascht, im Verlies angekommen zu sein. Obwohl der Burggraben als Möglichkeit gleich an zweiter Stelle kam – es war meistens schwer zu entscheiden, ob der Burggraben oder das Verlies schlimmer stank.

Unter den Verliesen gehörte dieses hier zur Luxusklasse – nicht was den Komfort oder die Dekoration betraf, sondern in Hinsicht auf die Ausstattung. Die einander gegenüberliegenden Zellen, die Jim am nächsten waren, hatten einen Steinfußboden und Steinwände und wirkten recht trocken. Offensichtlich waren sie nach dem letzten Gast sogar gesäubert worden. Am anderen Ende konnte Jim dagegen ein paar der Löcher mit Erdwänden sehen, die schon eher dem üblichen Standard entsprachen.

Dahinter, etwa zwölf Meter von ihm entfernt, befand sich ein offener Durchgang zu einem größeren Raum. Jim konnte etwas erkennen, das offenbar eine Folterbank war, sowie Teile weiterer Instrumente – zweifellos Gerätschaften, die Menschen zum Sprechen bringen sollten.

An den Wänden des Ganges hingen Kohlenpfannen. Das brennende Holz darin beleuchtete und heizte den Gang und die Verliese. Agatha Falon stand im Gang, sah in das letzte Loch mit Steinmauern hinunter und sprach mit jemandem darin.

Plötzlich erschöpft, stellte Jim sein magisches Fingerlicht ab und ging vorsichtig weiter, während Kob auf dem Rauch neben ihm herritt, bis sie nah genug waren, um ebenfalls in das Loch hinunterblicken zu können.

Agathas scharfe Stimme trug unter gewöhnlichen Umständen recht weit. Hier im Verlies aber, merkwürdig überlagert durch die vielen Echos, klang sie zwar vertraut, aber den Wortlaut konnte Jim auf die Entfernung nicht verstehen. Jim, durch seine Unsichtbarkeit geschützt, trat näher heran, und die Worte drangen klar an sein Ohr.

»…o nein, das wird er nicht!« sagte sie gerade. »Er wird mir den Jungen geben, wenn ich dazu bereit bin! Erst wenn hier alles gut läuft, werde ich ihm besorgen, was er will – bis zu einem Drittel des Zinnabbaugebiets in Cornwall. Aber höchstens ein Drittel! Der Abbau ist wertvoll für England und damit wertvoll für mich. Und jetzt hör auf zu winseln, und bring ihm diese Nachricht!«

Metall traf auf Metall, und Jim trat noch weiter vor, um sehen zu können, was vorher von der Tiefe des Verlieses verdeckt worden war. Die Gestalt war schmutzig, doch all der Dreck und Schmutz konnten die Tatsache nicht verbergen, daß sie ein Wurzel war – aber ein Wurzel ohne Pickel, Hammer und Stab. Er war an einen Pfosten gekettet, der tief in den Boden getrieben worden war. Die Kette sah aus, als ob sie einem Elefanten standhalten könnte.

Der Wurzel winselte in der Tat – mit einer seltsamen Stimme, die in Jims Ohren nachhallte. Plötzlich fiel ihm auf, daß Agatha und auch er selbst ihn verstehen konnten. Vermutlich hatte der Wurzelkönig seine Magie eingesetzt, um sicherzustellen, daß sein Bote – und dieser Wurzel war offenbar einer – von Agatha verstanden werden konnte. Aber Jim, der zuvor sein Gehör auf die Bandbreite eines Drachen umgestellt hatte, hörte nun beide Bereiche.

Jetzt, da er so nah war, konnte er auch die Worte des schmutzigen Gefangenen verstehen.

»... aber er wird mich erschlagen! Das ist das zweite Mal, daß Ihr mich zu ihm zurückschickt!«

»Was hat das mit mir zu tun, Bursche?« schnauzte Agatha ihn an. Sie gab sich nicht die geringste Mühe, leise zu sein. Offensichtlich befand sich niemand in diesem Teil des Verlieses, und auch die Folterkammer mußte im Augenblick leer sein. »Kannst du diese schwereren Ketten brechen, die sie dir angelegt haben?«

»Ach, die«, sagte der Wurzel und sah sich die Kettenglieder an. Die am Ende geschlossenen Ärmel an seinen sonderbar langen Armen baumelten über die Kette. »Ja, das ist einfach. Aber er wird mich erschlagen – es bedeutet Unglück, einen Boten, der schlechte Nachrichten bringt, nicht zu erschlagen!«

»Nun, du gehörst ihm, nicht mir«, sagte Agatha. »Du hast meine Antwort, und deine Aufgabe ist, sie deinem König zu bringen. Also bring sie ihm! Wenn er versucht, den Jungen zu behalten, dann ist unser Handel ungültig, und dein König kriegt nichts. Was soll ich mit einem Magier? Aber wenn ich hier erst einmal fertig bin, dann ist alles möglich. Ich werde dann entscheiden, wie viele der Zinnadern dein König bekommen wird. Er kann diesen Bedingungen zustimmen oder es lassen! Ich muß jetzt in meine Gemächer zurück.«

Sie drehte sich um und kam auf Jim zu. Überrascht

drehte er sich ebenfalls rasch um, eilte zur Tür zurück und an ihr vorbei. Er kletterte die Stufen hinauf. Kob ritt auf dem Rauch neben ihm.

»Sie muß diesen Weg nehmen, nicht wahr?« schnaufte Jim.

»Ja, M'lord.«

Jim kletterte schneller. Er wurde zwar schon kurzatmig, aber Agatha würde die Treppen wohl kaum schneller hinaufgehen können als er. Dank der Turmtreppen auf Malencontri waren seine Beinmuskeln in Bestform. Wenn er nur genug Luft bekäme, um wenigstens bis zum oberen Treppenabsatz zu kommen...

»Wie gelangt Agatha in ihr eigenes Quartier zurück? Der König ist bei Cumberland. Sie wird an den beiden vorbei müssen«, schnaufte Jim.

»Ich weiß es nicht, M'lord«, antwortete Kob. »Vielleicht tritt sie durch eine Tür zum Korridor. Dann kann sie diesen bis zur Außentür ihrer eigenen Räume entlanggehen. Möchtet Ihr den Rest des Weges auf dem Rauch reiten?«

»Oh«, sagte Jim atemlos und kam sich albern vor. Es war schon weit mit ihm gekommen, wenn ein Kobold ihm geistig überlegen war. »Nicht nötig. Wir sind fast da.« Das war in der Tat der Fall. Der Treppenabsatz war schon in Sicht. Jims Gedanken rasten.

Vielleicht nahm die Angelegenheit endlich Gestalt an. Agatha Falon benahm sich, als hätte sie wirklich die Chance, nicht nur die Favoritin des Königs zu sein, sondern seine Ehefrau und Königin zu werden. Die bloße Vorstellung war lächerlich: Sie gehörte zum niederen Adel. Dem Hof wurde schon seit einem Jahr nachgesagt, daß er ihren Fall und ihre Entehrung sehnsüchtig erwartete – wenn nicht gar die Verbannung oder Hinrichtung. Überraschenderweise war sie allem bis jetzt entgangen.

Es schien undenkbar, daß der König jemanden wie

sie heiraten könnte. Sicherlich, seine erste Königin war tot, aber da waren noch andere schwer überwindbare Hindernisse – Hindernisse seitens der Kirche und des Staates. Theoretisch sollte ein König nur jemanden von königlichem Blut heiraten. Ferner sollte die Heirat – seine Wahl einer neuen Königin – nicht nur ihm, sondern auch seinem Land zum Vorteil gereichen, also beispielsweise eine Allianz mit einer anderen Staatsmacht festigen, die einem in der Not beistehen könnte.

Aber dennoch – könnte es möglich sein, daß sie einen Plan hatte, der ihr wirklich die Chance eröffnete, den König für sich zu gewinnen?

Es war undenkbar, aber sie hatte mit dem Boten des Wurzelkönigs so gesprochen, als ob sie sich dessen sicher wäre.

Wie dem auch sei, dieser Hinweis allein half Jim nicht weiter. Ob ihr Plan echte Erfolgsaussichten hatte, war im Augenblick nicht so wichtig. Jim mußte sich mit der gegenwärtigen Lage auseinandersetzen, und hier und jetzt war Agatha Falon in einer einflußreichen Stellung beim König und hatte mit dem Wurzelkönig, der den kleinen Robert Falon gefangenhielt, eine Art Bündnis geschlossen.

Ihr Ehrgeiz kannte wohl keine Grenzen mehr. Daran bestand kein Zweifel. Aber das, was sie tat, war erheblich verwirrender, als er gedacht hätte.

Und wie paßte der Graf von Cumberland in dieses Spiel? Nach dem, was Chandos über die Intrigen des Grafen gegen den jungen Prinzen gesagt hatte, konnte sich Jim das gut vorstellen, aber er verstand nicht, was dies mit dem kleinen Robert Falon zu tun hatte. Jedoch: Carolinus hatte gesagt, daß der König und der Prinz geschützt werden mußten. Offenbar hatte er sich hierauf bezogen.

Glücklicherweise hatte er einen Vorsprung vor Agatha. Ihm kam in den Sinn, daß er sofort etwas erledigen mußte: Edgar war ein Spion, nicht nur von Beruf, sondern aus Berufung. Wenn er irgend etwas von Wichtigkeit hörte, während er Jim folgte, würde er sofort über Wege nachsinnen, wie er dieses Wissen zu seinem Vorteil ausschlachten konnte. Es wäre, als ob er einen Ausrufer dabei hätte.

»Komm mit, Kob«, sagte er.

Kob folgte ihm, während er den Steingang entlangeilte und in Cumberlands Quartier zurückging. Edgar war immer noch da.

»Edgar«, sagte Jim, »ich werde Euch in Euer eigenes Gemach zurückschicken und einen Schutz darum errichten, damit Ihr nicht hinaus könnt und niemand hinein kann. Macht Euch keine Sorgen, ich werde bald nachkommen und Euch wieder befreien.«

Edgar erbleichte. In seinem käsigen Gesicht wirkten sein dünner Schnurrbart und der Van Dyke-Bart wie angeklebt.

»Es wird nicht lange dauern«, sagte Jim ungeduldig. Ohne etwaige Proteste abzuwarten, stellte Jim sich den Mann in seinen eigenen zwei Räumen vor, die beide von einem Schutz umgeben waren, und dachte daran, den Unsichtbarkeitszauber aufzuheben. Edgar verschwand.

»Muß ich Euch auch verlassen, M'lord?« ertönte eine schüchterne Stimme neben Jims Ohr.

»Nein, du nicht, Kob. Du bleibst bei mir. Nun, keiner kann uns sehen oder hören, aber sprich mich bitte nicht an, es sei denn, du hältst es für wirklich wichtig – und störe mich bitte für eine Minute nicht.«

»Ja, M'lord.«

Jim fragte sich, wie weit hinter ihm Agatha war. Gleichzeitig überlegte er, daß er doch ein wenig magische Energie gespart hatte, da er vom Verlies zu Fuß hochgerannt war. Mit Sicherheit hatte er noch einen Vorsprung.

Er ging zum ersten Raum in Cumberlands Suite – dem, wo Cumberland und der König sich unterhalten hatten. Jim hoffte, daß sie immer noch da wären. Es wäre spannend zu sehen, was Agatha täte, wenn sie feststellte, daß sie an beiden vorbei mußte. Natürlich konnte sie auch einen anderen Weg nehmen, aber…

Kob verließ seinen Rauchfaden und hüpfte auf Jims Schulter, als Jim zurück durch Cumberlands Zimmerflucht ging. Cumberland hatte den König mittlerweile in ein Gespräch verwickelt, das einem Streit gefährlich nahe kam.

»…Ich sage Euch, Robert«, erklärte der König gerade gereizt, »alles ist gut so, wie es ist. Chandos wäre der letzte, dem ich etwas, das auch nur entfernt nach Verrat riecht, zutrauen würde, und wenn andere rumstümpern wollen, dann laßt sie. Sie werden noch früh genug den Kopf verlieren. Aber wenn es fähige Männer sind, die tun, was sie tun sollen, und ich keinen wüßte, der sie ersetzen kann, dann laßt sie in Gottes Namen in Ruhe!«

»Mein Lehensherr«, antwortete Cumberland. »Auf meine Ehre, es gibt eine Reihe Männer von Rang und Namen, die ihren Platz einnehmen und ihre Pflicht genausogut erfüllen könnten, wenn nicht sogar viel besser.«

»Mag sein, mag sein. Aber ich bin an die Männer gewöhnt, die mir bisher gedient haben. So wie die Dinge jetzt stehen, funktioniert meine Regierung. Warum müssen wir unter alle Betten und hinter alle Vorhänge gucken, um Gründe dafür zu finden, Leute loszuwerden, die mir keinen Ärger machen? Ich glaube Euch, wenn Ihr mir sagt, daß es viele gibt, die wegen meiner Steuern murren und maulen. Wenn Ihr Euch aber auch erinnern wolltet, daß Ihr selbst eine Reihe dieser Steuern vorgeschlagen habt! Zu dieser Zeit wart Ihr auch mit den Männern einverstanden, die die Gelder eintreiben sollten – und von denen Ihr jetzt einige des Hochverrats verdächtigt. Nein, nein, ich brauche schon erheblich bessere Gründe, bevor ich so handle, wie Ihr es vorschlagt.«

In der Stimme des Königs war am Ende sogar Königlicher Zorn herauszuhören, aber ansonsten erfuhr Jim nichts Neues. Es war nur eine Fortsetzung des Streitgesprächs zwischen König und Graf. Er blickte in den Raum zurück, aus dem er gerade gekommen war, und wurde beinahe von Agatha überrannt.

Hastig trat Jim beiseite. Immer noch unsichtbar, zogen er und Kob sich in eine Zimmerecke zurück.

Agatha schritt schnell aus wie jemand, der seinen Weg genau kennt. Als sie die Stimme des Königs hörte, hielt sie inne, noch bevor sie die halboffene Tür erreichte. Dann ging sie mit kurzen, leisen, schnellen Schritten weiter, bis sie durch die Türöffnung das andere Zimmer einsehen konnte, ohne selbst ihre Anwesenheit zu verraten.

Jim trat im Vertrauen auf seine Unsichtbarkeit hinter sie, um zu sehen, was sie sah. An ihrem Platz hatte sie freien Ausblick auf Cumberland, und wenn Cumberland in die richtige Richtung blickte, würde er sie entdecken. Aber den König konnte sie aus diesem Blickwinkel nicht sehen.

In der Zwischenzeit konnten Agatha und Jim ihn reden hören. Das Gespräch hatte sich nun Pferden zugewandt, und wenigstens für den Augenblick schien Cumberland es aufgegeben zu haben, zu seinem Monarchen über verräterische Lords zu sprechen.

»...schickt mir einen Hengst aus Tours, den ich gekauft habe«, sagte der König. »Wenn das Tier nur halb so gut ist, wie der Franzose versprochen hat, dann sollte ich ein unbezahlbares Streitroß haben.«

Cumberland gab nicht die selbstverständliche Antwort, daß der König aus dem Alter, in dem er ein

Streitroß benötigte, heraus war und der einzige Nutzen des Pferdes für ihn der wäre, es anzuschauen und sich an seinem Besitz zu erfreuen.

»Ich kenne einen jungen Mann«, sagte Cumberland statt dessen, »aus der Familie Lockyear, die einen ausgezeichneten Blick für Pferde haben. Vielleicht sollte ich ihn ausschicken, damit er sich das Pferd einmal ansieht?«

»Nie von ihnen gehört. Wie dem auch sei, ich bin wegen des Pferdes bereits zu einem Entschluß gelangt. Man hat mir gesagt, daß es beim Galopp alle anderen Streitrösser hinter sich läßt...«

Jims Geist fing gerade selbst an zu galoppieren. Der König würde irgendwie aus diesem Raum hinausmanövriert werden müssen, wenn Agatha ungesehen den Gang erreichen wollte. Jim wartete gespannt, wie sie das schaffen würde.

Jim verließ seinen Platz hinter ihr und stellte sich rechts neben sie, so daß er den König sehen konnte. Seine Majestät war etwas in dem Stuhl zusammengesackt, als wäre der Wein zuviel des Guten gewesen. Wenn man sein Alter und seine mutmaßliche körperliche Verfassung bedachte, würde dies keine Überraschung sein, dachte Jim.

Der König schaute zu Boden, und seine Augen schlossen sich einen Moment lang, als würde er in den Schlaf hinübergleiten. Cumberland sah hoch. Er tauschte durch die halboffene Tür einen langen Blick mit Agatha aus, nickte fast unmerklich und schaute dann erneut den König an, der seine Augen wieder geöffnet hatte.

»Wie dem auch sei«, sagte Cumberland, »laßt uns auf Euer neues Pferd anstoßen, Hoheit. Ein edles Roß wie dieses verdient einen Toast.« Er füllte die Gläser, hob seines und kippte dann den gesamten Inhalt die Kehle hinunter.

Der König trank seinen Wein langsamer. »Ein Toast…«, sagte er, aber seine Stimme war schon schwer – nicht sehr, aber doch merklich. Auch er leerte sein Glas, obwohl er sich mehr Zeit ließ als Cumberland. Als er es absetzte, trafen Glas und Hand schwer auf den Tisch neben dem Sessel. Das leere Weinglas fiel um.

Der König atmete tief ein.

»Robert, da Agatha unbedingt ausreiten mußte und Ihr bestimmt noch eine Menge zu erledigen habt, denke ich, daß ich mich ein wenig ausruhen sollte – ›*leg mich nieder, um eine Weile zu bluten, bevor ich mich wieder zum Kampf erhebe…*‹, was, Robert?«

Cumberland setzte wieder sein grimmiges Lächeln auf und faßte hinab, um den älteren Mann buchstäblich auf die Beine zu ziehen. Der Graf mußte recht kräftig sein. Er hatte sich noch nicht einmal herunterbeugen müssen, obwohl der König nach Jahren der Untätigkeit und reichlichen Essens recht dick geworden war.

»Euer Arm, Robert…«, sagte Edward. Das Lallen in seiner Stimme verzerrte die Worte bis zur Unverständlichkeit.

Cumberland bot ihm den Arm, und der König nahm ihn an. Der König lehnte sich auf den größeren Grafen und ließ sich von diesem mit unsicheren Schritten führen. Als er die Richtung bemerkte, in die sie gingen, blieb er stehen und zog den Grafen dann ein wenig zurück.

»Ich dachte, Majestät«, antwortete der Graf auf ein protestierendes Gemurmel des Königs, »da eins meiner Betten näher steht… für ein kleines Schläfchen…«

»Ihr seid ein guter Mann, Robert. Laßt uns gehen…« Die zwei verschwanden außer Sicht.

»Puh!« sagte Agatha laut zu sich selbst. Sie ging mit sicherem Schritt in den Raum hinein, füllte den Pokal des Grafen mit Wein und setzte sich dann auf den gepolsterten Stuhl, den der König eben verlassen hatte. Sie nahm ein paar tiefe Schlucke zu sich.

»Nun?« sagte sie, als Cumberland wieder zurückkam und sich setzte. »Wie hat es Seine Hoheit aufgenommen, als Ihr ihm sagtet, ich sei ausgeritten?«

»Er war darüber nicht glücklich, meine Lady«, antwortete der Graf. »Aber er hat es akzeptiert. Dennoch würde ich sagen, daß diese Ausrede nicht sehr viel länger glaubhaft ist.«

»Und warum nennt Ihr es eine Ausrede, mein Lord?«

»Gestern wart Ihr ausreiten. Aber heute wart Ihr unten im Verlies und besuchtet dieses Männchen, nicht wahr?«

»Und was gibt Euch das Recht, das zu behaupten? Schickt Ihr auch mir Spione nach?«

»Natürlich«, grollte der Graf. Er goß ein wenig Wein in den Pokal, den der König geleert hatte, nippte daran und setzte ihn wieder ab. »Habt Ihr nicht auch Spione auf mich angesetzt? Hat nicht jeder seine Spione auf jeden hier bei Hofe angesetzt? Ich bin kein Kind mehr, meine Lady.«

»Ich wäre nicht erfreut, mein Lord«, sagte Agatha langsam, »wenn Ihr Seiner Majestät andeutet, ich hätte heute irgend etwas anderes getan als zu reiten.«

Der Graf lachte kurz auf und trank etwas.

»Ich denke, Ihr habt Euch da in etwas verrannt, Lady Falon. Ihr habt einen Anspruch an den König. Ich habe mehrere. Ich habe es Euch schon zuvor gesagt: Die, die lange in der Nähe des Throns weilen, tun das nicht aus einer einzigen Gunst des Augenblicks heraus. Es ist ein Spiel, das ich gut kenne. Das werdet Ihr noch herausfinden, wenn Ihr glaubt, Ihr könntet mit mir spielen.«

»Das glaube ich nicht, Sir.«

»Die Zeit wird es zeigen, Lady Falon.«

»Was wollt Ihr dann von mir?«

»Etwas von allem, was Ihr bekommt. Ihr erwartet doch wohl nichts anderes? Es gibt hier nur zwei Machtfaktoren. Einer ist der König. Der andere wird von uns gebildet, die wir den König beraten. Und von denen bin ich der mächtigste.«

»Schließlich seid Ihr der Halbbruder des Königs«, sagte Agatha. »Das könnte Euch ein wenig zu Kopf gestiegen sein und Euch eine Illusion von größerer Stärke gegeben haben, als Ihr wirklich besitzt. Ich mag ein schwacher Feind sein, mein Lord, aber ich garantiere Euch, daß ich ein wertvoller Freund bin.«

»Dies ist kein Markt, meine Lady. Niemand kann mich in Furcht versetzen, noch könnt Ihr mich kaufen. Ich wiederhole, da sind wir, die wir Seine Majestät beraten – es sind zu viele, als daß Ihr alle auf Eure Seite ziehen könntet, selbst wenn Ihr dafür die nötige Macht hättet. Ihr müßt genauso wie der König mit uns leben, ebenso wie wir miteinander leben müssen. Seine Majestät ist kein Dummkopf, wißt Ihr. Er hat den schweren Tod seines Vaters nicht vergessen, der nach seiner erzwungenen Abdankung auf mysteriöse Weise verstarb. Er wird sicherstellen, daß ihm nichts derartiges passiert. Und der erste Weg dazu ist, die Macht derer, die ihn umgeben, im Gleichgewicht zu halten.«

»Und was soll das Ergebnis dieser Lektion sein, die Ihr mir hier gebt, mein höchst weiser und erfahrener Lord?«

»Einfach nur dies, daß er mich braucht, um dieses Gleichgewicht zu halten. Im Gegensatz zu Euch. Ich könnte ihn eines Tages vollkommen kontrollieren. Ihr niemals. Für den Augenblick habt Ihr meine Hilfe, solange ich dabei auf lange Sicht gewinne. Es könnte eine Zeit kommen, in der ich von Euch verlange, mir Eure Ziele und Pläne offenzulegen. Wenn sie kommt, dann würde ich Euch davon abraten, mir weniger als die reine und volle Wahrheit zu sagen, Lady Agatha.«

»Ich danke Euch herzlichst für Euren guten Rat, mein Lord Graf«, sagte Agatha und stand auf. »Jetzt muß ich in meine eigenen Gemächer zurückkehren.«

Der Graf verbeugte sich auf dem Stuhl, auf dem er saß. Sie drehte sich um und ging zur Tür, die sich zum Gang hin öffnete. Zeit zu gehen, sagte Jim zu sich selbst. Er wartete nur noch, bis er die Magie gewirkt hatte, die den Schutz um Edgars Räume aufheben sollte.

»KinetetE?« sagte er laut, da weder der Graf noch Agatha ihn hören konnten.

Schlagartig befand er sich wieder bei der Frau, die zu den drei mächtigsten Magiern dieser Welt zählte.

Kapitel 30

Er war wieder zurück auf dem Podium der Versammlungshalle, aber dieses Mal war es, von KinetetE und Barron abgesehen, leer. Die beiden Magier wandten sich zu ihm um.

»Habt Ihr gefunden, wonach Ihr suchtet?« fragte KinetetE.

»Nein, aber etwas anderes. Cumberland versucht, den König zu kontrollieren. Agatha ebenfalls. Ich denke, sie und Cumberland arbeiten zusammen – sie sprechen wie Partner, die sich allerdings nicht ausstehen können. Agatha ist bereit, dem Wurzelkönig ein Drittel von Englands Zinnminen im Austausch gegen Robert zu geben, obgleich ich nicht weiß, wie sie das tun will, da ihr doch keine einzige gehört – aber ich schätze, Ihr wußtet das bereits.«

»Selbstverständlich!« schnauzte Barron.

»Nicht das von Agatha und den Zinnminen«, widersprach KinetetE.

»Wie dem auch sei«, fuhr Jim fort, »es ist an der Zeit, daß ich zu Robert, Carolinus und den anderen in die Höhle des Wurzelkönigs zurückkehre. Könnt Ihr mich jetzt dorthin schicken? Oder soll ich versuchen, mit meiner eigenen Magie dahin zu kommen?«

»Ich schicke Euch«, erwiderte KinetetE. »Ich vermute, daß Ihr den Kobold auf Eurer Schulter da mitnehmen wollt?«

»Nun…«, begann Jim.

»O ja«, bestätigte Kob schnell. »Wenn Gefahr droht, muß ich an der Seite meines Lords sein.«

»Sehr schön«, sagte KinetetE. »Aber zuerst will ich mehr über Agatha und die Zinnminen wissen. Wie habt Ihr das herausgefunden?«

»Ich hörte, wie sie mit einem Boten des Wurzelkönigs sprach. Er ist in einem Verlies bei Hofe, gleich unter dem Quartier des Königs angekettet. Er schien ihr einen Vorschlag des Wurzelkönigs überbracht zu haben. Ich hörte, wie sie diesen ablehnte.«

Dann wiederholte er, so gut es ihm möglich war, das Gespräch zwischen Agatha und dem Grafen.

»Interessant«, fand KinetetE.

»Das denke ich auch, aber es erklärt nicht, wie sie es schaffte, nach Lyonesse zu gelangen und die Riesen zu veranlassen, uns anzugreifen. Edgar konnte mir nicht dabei helfen, die zwei Männer, die mit ihr in Lyonesse waren, zu finden.«

»Sie sind vermutlich unwichtig«, bemerkte KinetetE.

»Vielleicht, aber ich wollte sie fragen, warum sie es getan hat. Sie hat zu viel Arbeit eingebracht, als daß es ihr nur darum gehen könnte, mich aus purer Bosheit zu töten. Ich weiß ja, daß sie Angie und mich nicht mag, was auch für jeden anderen gilt, der auf unserer Seite steht.«

»Ja«, stimmte KinetetE ihm trocken zu.

»Glaubt Ihr, daß der König der Wurzel sie auf magische Art nach Lyonesse gebracht hat?«

»Unmöglich«, erwiderte KinetetE. »Der König eines Landes von Elementarwesen könnte Euch nur aus seinem Königreich hinaus zu dem Ort versetzen, von dem ihr kamt. Andererseits könnte Euch jeder fähige Magier zu ihm bringen. Einmal in seinem Königreich angekommen, könnte der Wurzelkönig sie allerdings zu der Tunnelöffnung geführt haben, die von Lyonesse aus auf sein Königreich weist. Aber damit bleibt die Frage bestehen, wie sie zunächst dorthin gelangte und später sich selbst und ihre zwei Höflinge wieder zum Hof zurückbrachte, wo Ihr sie gerade gesehen habt. Es sei denn, sie bekam von anderer Seite Hilfe…«

KinetetE brach mitten im Satz ab und runzelte die Stirn.

»Edgar sagte, es gäbe bei Hofe Gerüchte, daß Agatha eine Hexe wäre«, warf Jim ein. »Er selbst glaubte fest daran.«

»Hah!« rief KinetetE aus. »Sie ist genausowenig eine Hexe wie Ihr. Merlin allein wüßte, was Ihr seid – es sei denn, Carolinus weiß es. Aber wenn dem so ist, dann erzählt er es nicht einmal mir.«

»Wie auch immer, ich dachte, da sei nichts dran«, sagte Jim und überging absichtlich ihre letzten Worte. »Aber andererseits…«

»Oh, es enthält schon ein Körnchen Wahrheit«, unterbrach KinetetE ihn. »Ihr erinnert Euch, was auf der Weihnachtsfeier des Grafen über ihre Kindheit herauskam, die Jahre, in denen sie mit einem sehr alten und mächtigen Troll zusammenlebte. Nicht daß der Troll…«

»Mnrogar.«

»Wie bitte?«

»Der Name des Trolls.«

»Sein Name tut nichts zur Sache. Ich will damit sagen, daß er sie ohnehin keine *Mahgie* gelehrt haben könnte. Sie kann keine *Mahgie* ausüben – ich wünschte, Ihr würdet lernen, das Wort richtig auszusprechen!«

»Ich habe mein ganzes Leben lang ›Magie‹ gesagt«, widersprach Jim stur.

»Ach?« sagte KinetetE. »Dort, wo Ihr herkamt, gab es Leute, die *Mahgie* wirken konnten?«

»Magie.«

»*Mahgie*!«

»›Magie‹ habe ich es schon immer genannt, und ›Magie‹ werde ich es weiter nennen!«

»Nun«, gab KinetetE nach, »man kann Euch für Eure fehlerhafte, fremdländische Erziehung wohl keine Vorwürfe machen. Wie dem auch sei, wir werden zu einem anderen Zeitpunkt darauf zurückkommen.«

Beide waren einen Augenblick lang schweigsam und sahen sich feindselig an.

»Aber«, fuhr KinetetE fort, »ich wollte gerade sagen, daß die einfache Magie des Trolls, wie bei allen Elementarwesen, angeboren ist. Er würde nicht wissen, warum sie wirkt – wie Euer Kobold, der auf dem Rauch reitet.«

»Das weiß ich«, sagte Jim steif.

»Gut. Ihr wißt aber vermutlich nicht, daß es für ein Kind nicht ungewöhnlich wäre – insbesondere für ein kleines Mädchen, das nur einen Troll zur Gesellschaft hat und von jeder gewöhnlichen menschlichen Gesellschaft und ihren Gefühlen abgeschnitten ist –, sich anderswo nach einem Platz umzusehen, an dem es sich zugehörig fühlen kann. Sie hat sich nun die Hexerei ausgesucht und damit experimentiert. Als sie aber herausfand, daß die Beherrschung der Kunst eine lebenslange Hingabe verlangt, ähnlich wie bei einer Nonne, hat sie sie fallenlassen. Sie war ohnehin nie dafür geschaffen. Aber sie könnte genug aufgeschnappt haben, um sich selbst weiter damit zu befassen. Genug, um von den Wurzeln erfahren zu haben und wie man zu deren Königreich gelangt.«

»Aber was könnte sie dem König der Wurzel für seine Hilfe anzubieten haben?« fragte Jim.

»Macht«, warf Barron ein. Er beteiligte sich erst jetzt an dem Gespräch, und die Worte purzelten nur so aus seinem Mund. »Und Reichtümer – in diesem Fall Großes Silber, was Reichtum und Macht in einem bedeutet. Kein Herrscher hat je genug von beidem. Cumberland gehören viele der Minen, aber nur weil es dem König so gefällt. Wie jeder bei Hofe weiß, versteht sich Agatha gut mit dem König. Diese Minen in die Hände eines Herrschers über ein Königreich von Elementarwesen zu geben, brächte die Geschichte durcheinander. So kommen also die Dunklen Mächte und die Politik ins Spiel…«

»Wenn Ihr erlaubt, Charles?« entgegnete KinetetE scharf. »Ich dachte, ich würde mich mit dieser Angelegenheit befassen?«

»Oh, schon gut«, erwiderte Barron und blickte eingeschnappt zur Seite.

»Wenn ein Magier Leute in das Königreich der Wurzel schicken kann«, warf Jim ein und nutzte den günstigen Augenblick, um eine Frage zu stellen, die ihm schon ein Weilchen auf der Zunge lag, »warum hat Carolinus uns oder sonstwen nicht einfach zu Hilfe geholt, statt Brian, Dafydd und mich den Weg selbst suchen zu lassen?«

»Weil er, als er erst mal da war«, antwortete KinetetE, »keinen Zugang mehr zu seiner magischen Energie hatte, es sei denn, der König erlaubte es.«

»Ihr habt recht. Ich hatte es vergessen.«

»Kompetente Magier«, sagte KinetetE eisig, »vergessen nichts. Wenn Ihr und Charles nichts dagegen habt – ich war gerade bei Agatha Falon.«

»O ja«, antwortete Jim. »Es tut mir leid. Fahrt bitte fort.«

»Das hatte ich vor, ob mit oder ohne Eure Erlaubnis. Was ich gerade über Agatha und Hexerei sagen wollte, war dies: Es wäre für ein kleines Mädchen mit einer Kindheit wie ihrer und insbesondere in Anbetracht der Jahre, die sie mit dem Troll verbracht hat, nicht ungewöhnlich, wenn sie sich mit solchen seiner Art mehr verbunden fühlte und alle anderen Menschen als fremd – und feindlich – betrachtete.«

Das Thema Agatha begann Jim langsam, aber sicher zu ermüden. Er dachte an Robert und Carolinus, Brian und Dafydd, die sich dort unten in der Gewalt des Wurzelkönigs befanden. Aber vor allem an Robert in Händen der Wurzel, so klein und allein.

»Das mag ja alles sein«, warf er ein, »aber was hat das mit der Entführung von Robert durch die Wurzel zu tun? Nach dem zu urteilen, was ich von Agatha und dem Boten gehört habe, ist Agatha bereit, für ihn einen hohen Preis zu bezahlen. Aber was für Zusammenhänge bestehen zwischen Robert, Agatha, den Minen und dem Wurzelkönig?«

Jim hatte Barron aus dem Augenwinkel beobachtet, während er mit KinetetE sprach, und gesehen, daß der dritte der drei Magier der Kategorie Eins Plus darauf brannte, in das Gespräch einzugreifen. »Selbst hier unten im tiefsten Somerset«, sagte dieser jetzt, »müßtet Ihr mittlerweile gehört haben, daß Agatha sich nach dem Weihnachtstreffen beim Grafen von Somerset für ein paar Monate in ein Nonnenkloster zurückgezogen hat. Es wurde erzählt, daß sie sich nur ein paar Monate erholen wollte, aber tatsächlich war sie schwanger und wollte dort ihr Kind in aller Stille zur

Welt bringen. Wenn das wirklich der Fall war und das Kind starb, dann bedarf sie vielleicht eines Ersatzes, auch wenn…«

»Charles!« Solch einen Befehlston hatte KinetetE noch nie in der Stimme gehabt. Barron hielt mitten im Satz inne.

»Nun gut«, sagte er statt dessen, »wenn ich nicht gebraucht werde…«

Er verschwand.

»Natürlich beleidigt«, sagte KinetetE und blickte auf die Stelle, wo Barron eben noch gestanden hatte. »Aber er wird darüber hinwegkommen.«

»Warum sollte sie einen Ersatz wollen?« fragte Jim, der plötzlich wieder außerordentlich an Agatha interessiert war.

»Ich weiß es nicht«, sagte KinetetE. »Das uneheliche Kind von jemandem von Rang wird üblicherweise einfach zurückgelassen oder anderweitig weggeschafft. Das ist ein Teil des Rätsels, aber nicht weiter wichtig. Wichtig dagegen ist, daß englische Minen in der Hand der Wurzel die Geschichte durcheinanderbrächten – und das bedeutet, daß die Dunklen Mächte hinter allem stehen. Euer Lehrmeister der Magie ist als Botschafter des Kollegiums der Magier zum König der Wurzel gegangen.«

»Ja, das habt Ihr mir bereits gesagt.«

»Und natürlich hat ihn der König anfangs gut behandelt. Er durfte sich frei bewegen und konnte auch ein wenig Magie wirken. Aber dann hat ihn der König entgegen aller diplomatischen Gepflogenheiten zwischen den Königreichen gefangengesetzt.«

»Was wird das Kollegium tun? Wird es sich entschließen einzugreifen?«

»Novizen sollen nicht…« KinetetE unterbrach sich selbst. »Es scheint nichts zu geben, was wir tun könnten, um Carolinus zu befreien. Es wird an Euch sein, so wie Ihr auch Robert befreien müßt. Kommt nicht ohne die beiden zurück.«

»Natürlich nicht – aber Carolinus hat mir diese Projektionen geschickt. Er muß einen Teil seiner Magie behalten haben!«

»Bei Carolinus muß man mit allem rechnen. Oder er hat vorhergesehen, was geschehen würde – auch die Entführung Roberts. Aber selbst wenn er es geschafft haben sollte, einen Teil seiner Magie zu bewahren, reicht es offensichtlich nicht aus, um sich selbst zu befreien. Es liegt in der Macht eines jeden Herrschers über ein Königreich sicherzustellen, daß kein Außenseiter seine magische Energie anzapfen kann. Sicherlich wißt Ihr das.«

»Ja – ja, sicher«, sagte er hastig, um KinetetE vom Thema seines Gedächtnisses abzubringen. »Ich sollte so schnell wie möglich in die Höhle des Wurzelkönigs zurückkehren. Ihr sagtet, Ihr könntet mich zurückschicken, bevor irgend etwas geschieht. Wenn Ihr mich jetzt zurücksendet, gibt es dann einen Weg, daß ich meine Magie behalten kann?«

»Nein.« Sie hob die Hand, um ihn fortzuschicken, zögerte dann aber. »Ich könnte Euch natürlich mit einem Schutz versehen, der etwas von dem *Hier* einschließt. Solange der Schutz hält, könntet Ihr mit Eurer eigenen Magie zuschlagen. Aber wenn Ihr das nur einmal getan habt oder wenn der Wurzelkönig auch nur vermutet, daß Ihr einen Schutz besitzt, dann kann er ihn so leicht wegwischen wie Ihr eine Staubflocke. Dann wäre Euer *Hier* verschwunden und Eure magische Energie auch.«

»Aber er würde vielleicht nicht mit einem Schutz rechnen, bis ich meine Magie einsetze – und dann würde es für ihn zu spät sein.«

»Es wäre nicht zu spät«, widersprach KinetetE. »Im gleichen Augenblick, in dem Ihr Eure Magie benutzt, wird das Große Silber an seiner Robe und dem Thron hellrot aufleuchten. Der König wird den Schutz und alle fremde Magie im gleichen Augenblick entfernen, in dem Ihr sie einsetzt. Und wahrscheinlich Euch gleich mit. Eure Magie würde ausgeblasen werden, noch bevor sie eine Wirkung zeitigen könnte. Carolinus hat Euch eine Kopie der *Enzyklopädie der Nekromantie* schlucken lassen, nicht wahr?«

»Ja«, sagte Jim und erinnerte sich, wie Carolinus den gewaltigen Band auf Tablettengröße hatte schrumpfen lassen. Dennoch hatte Jim danach das Gefühl gehabt, einen Wal verschluckt zu haben.

»Seht nach unter RELATIVE KRÄFTE: Fußnote 5, Seite 7 – GESETZE UND REGELN ›*...Einheimische Magie, die im selben Augenblick ausgesprochen wird wie nicht-einheimische Magie, hat vor aller und jeder nicht-einheimischen Magie Priorität.*‹«

»Ah... ja«, sagte Jim. »Aber könnt Ihr mich dennoch in einem Schutz mit einem Teil von *Hier* um mich herum wegschicken?«

»Ich sagte, daß ich das machen würde. Aber habt Ihr die Fußnote in GESETZE UND REGELN verstanden?«

»Carolinus muß meinem Gedächtnis in solchen Angelegenheiten vertraut haben, jedenfalls genug, um zu hoffen, daß ich ihn und Robert retten würde.«

KinetetE sah ihn lange und forschend an.

»Vielleicht wußte Carolinus, was er tut«, sagte sie schließlich. »Was werdet Ihr tun, wenn Ihr da seid?«

»Ich werde es erst wissen, wenn ich dort bin«, antwortete Jim.

KinetetE zuckte die Achseln.

»KEHR ZURÜCK!«

...Und Jim stand wieder in der großen Höhle des Wurzelkönigs.

Offenbar war weder seine Abwesenheit noch seine

Rückkehr bemerkt worden. Jim dachte wieder daran, daß das Bild der Höhle in der Wahrsageschale eingefroren schien – möglicherweise eine Zeitanomalie, die sich zu seinen Gunsten auswirkte, so daß hier nur Sekunden vergangen waren... oder vielleicht steckte auch KinetetE hinter dem merkwürdigen Effekt. Auf jeden Fall stritten sich Hill und der König immer noch wie in dem Augenblick, da Carolinus Jim weggeschickt hatte.

Ein eigenartiges Gefühl, einem leichten Anstieg des Luftdrucks vergleichbar, versicherte Jim, daß er von einem Schutz umgeben war.

Jeder andere beobachtete den Streit zwischen Hill und dem König aufmerksam. Daher fühlte sich Jim einen kurzen, seltsamen Augenblick lang unsichtbar, obwohl er sichtbar war.

In diesem Moment hatte er die Zeit, sich die Höhle genauer anzusehen. Da gab es ein Band aus Schwärze, den ersten guten Meter der Steinmauer, die auf dem Höhlenboden errichtet worden war. Jetzt war dieses Band allerdings von den Körpern der vielen Wurzel, die den Raum hinter Brian, Dafydd und den Pferden einnahmen, größtenteils verdeckt.

Hier müssen mindestens ein paar tausend gewöhnliche Wurzel anwesend sein, dachte Jim. *Zusammenkünfte dieser Art waren vermutlich nicht ungewöhnlich.* Das dunkle Band könnte von der dreckigen Kleidung herrühren, die gegen den sauberen, braunen Granit rieb. Dennoch hatte er nie erwartet, daß ihre Expedition einen solchen Auflauf verursachen würde. Natürlich war Hill der Grund dafür.

Niemand aus der Menge bewegte sich, nicht einmal ein bißchen. Die Wurzel wirkten wie Statuen, die von dem Licht der Höhlenwand erhellt wurden. Über dem Licht war die Höhlendecke jedoch in tiefste Dunkelheit getaucht, die alles Licht abzuweisen schien. Die

Dunkelheit ließ an endlose Spinnweben und riesige Fledermäuse denken – aber keine Bewegung, kein Laut gaben Hinweise, daß da oben irgend etwas lebte.

Die münzengroßen Quadrate aus dem silbrigen edelsteinartigen Metall funkelten im Steinlicht wie geschliffene Juwelen. Sie markierten den Weg, den Jim und seine Gefährten gekommen waren, und endeten an dem Ring, den er schon zuvor bemerkt hatte, einem Kreis auf dem Boden, in dessen Innern das Podest mit dem Thron stand, ein Kreis mit einem Durchmesser von etwa sechs Metern. Auf dem Podest waren der Thron und der Umhang des Wurzelkönigs mit den Metallstücken bedeckt. Ihr beständiges, wechselhaftes Glitzern – immer an der Grenze zu Farbänderungen – schien heftiger zu werden, als die Stimmen von Hill und dem König zunehmend lauter wurden.

»…ein Kind, ja. Aber niemals war ein erwachsener Blöder ein Glück!« brüllte der König der Wurzel gerade.

Hill und sein Onkel führten offensichtlich dasselbe Streitgespräch wie zu dem Zeitpunkt, als Jim verschwunden war. Beide hatten den für Wurzel offenbar üblichen staunenden Blick mit offenem Mund verloren. Der König schien sich wegen Hills ständiger Erwähnung von ›Glück‹ unwohl zu fühlen, obwohl er das Gegenteil behauptete, dachte Jim.

Wie es aussah, hatte das Wort ›Glück‹ in den Augen der Wurzel eine andere und ernsthaftere Bedeutung als bei den Menschen.

Jim fragte sich, wie er Hill Glück bringen könnte. Hill hatte daran offensichtlich keinen Zweifel, und der König sah fast ebenso überzeugt aus. Jim fühlte, wie Ärger in ihm aufwallte. Wenn er nur verstünde, was die Wurzel für eine Vorstellung von Glück hatten, dann könnte er die Situation vielleicht zu seinen und seiner Freunde Gunsten bereinigen.

»Kein Glück für einen Wurzel?« frohlockte Hill. »Ihr denkt das wirklich, nicht wahr? Dann tretet mit mir in den Ring – oder wünscht Ihr, mir einfach die Robe und den Thron zu überlassen und zurückzutreten? Ich werde gnädig sein, wenn Ihr es tut.«

»*Ihr mir* gnädig sein!« Der König stand von seinem Thron auf und begann, seine schwere Robe auszuschütteln. Die Metallplättchen, die die Außenseite bedeckten, funkelten wie ein Miniaturfeuerwerk hell auf, strahlten einen Augenblick lang heller als die Wände, als der König das Gewand zur Seite schleuderte, und fielen dann klirrend auf den Boden des Podests. Der König trat vor und ging hinunter in den Ring.

Bis zur Hüfte entblößt, sah der Körper wie ein dickes Faß aus, dessen Umfang zwischen Brust und Bauch kaum variierte. Ansonsten wirkte er sehr menschlich.

Aber an seinen und Hills Armen – auch Hill hatte sein Hemd weggerissen – konnte man ihre Nichtmenschlichkeit erkennen.

Die Arme waren oben so nah am Hals angesetzt, daß man fast glauben konnte, sie hätten überhaupt keine Schultern. Aber ein großer Muskelstrang verlief über das obere Ende jeden Arms und vermittelte den Eindruck, daß die Arme mit großer Kraft in Richtungen, die für Menschen ungewöhnlich waren, bewegt werden konnten.

Die Oberarme wirkten affenähnlich und fast doppelt so lang wie die Unterarme. Unter der straffen, gräulichen Haut zuckten feste Muskeln.

Die Unterarme waren hinter den riesigen Händen, die von den langen Ärmeln verdeckt wurden, kaum zu erkennen. Die Hände waren so groß und lang, daß ein Wurzel damit seine eigene Hüfte hätte umfassen können. Die Handflächen waren so breit wie ein

Bootspaddel, die Finger dreimal so lang wie bei einem großgewachsenen Menschen. Sie sprangen aus den übergroßen Handflächen heraus, so daß an ihrer Fähigkeit, kräftig zuzugreifen, kein Zweifel entstand.

Der König hob die Hände wie ein Ringer, der zu einem Griff ansetzen wollte, und trat vor. Dabei stieß er Hills Hemd, das dort lag, wo Hill es hingeworfen hatte, beiseite. Hill hatte seine Hände in der gleichen Ringermanier erhoben – aber sie waren kaum mehr als drei Viertel so groß wie die des Königs. Zudem war der Körper des Königs bei gleichen Proportionen allgemein größer und schwerer als der von Hill. Sie umkreisten einander langsam.

Die anderen Wurzel in der Höhle waren still, aber sie hatten sich ein wenig zurückgezogen. Ob sie sich noch mehr zusammengedrängt hatten oder die hinteren auf den Gang geschoben wurden, war nicht festzustellen. Jedenfalls war vor dem Ring eine freie Fläche von guten drei mal fünf Metern entstanden, in der nur noch der König, Hill, Jim, Brian und Dafydd sowie die Pferde standen. Jim bemerkte erst jetzt, daß Kob irgendwie wieder auf das Packpferd gelangt war und unter der Abdeckung hervorlugte.

Jim sah am König vorbei zu den dunkleren Bereichen neben dem Podest. Vielleicht hatte er nun die Gelegenheit, mit seiner Magie Carolinus und Robert zu retten, da alle ihre Aufmerksamkeit den zwei Streithälsen widmeten. Robert schlief. Carolinus sah an die Stäbe seines Gefängnisses geklammert zu.

»Hah!« hörte Jim Brians Stimme. »Der kleine Bursche hat den König herausgefordert. Gut gemacht, Hill!« Die letzten drei Worte schrie er Hill zu, der sie aber nicht beachtete.

»Für mich sieht es eher wie Selbstmord aus«, sagte Jim und schaute wieder zum Kampfgeschehen hinüber.

»Warum, James?« antwortete Brian überrascht. »Was hat die Sünde des Selbstmordes mit diesem Kampf zu tun?«

Ihre Stimmen zogen die Aufmerksamkeit des Königs auf sich.

»Tretet zurück!« fauchte er sie an, und Jim wurde klar, daß die Fläche innerhalb des Rings für den Kampf frei gemacht werden mußte. Jim zog sich sofort zurück. Die Pferde, das Packpferd zuerst, bewegten sich bereits, als ob auch sie den König gehört und verstanden hätten. Dafydd stellte sich neben Jim, nur Brian blieb noch wo er war.

»Brian...«, begann Jim, aber im selben Augenblick machte der Wurzelkönig eine langsame, aber kraftvolle Bewegung mit der riesigen Hand.

Brians Reaktion ergab sich allein aus seinen Reflexen. Er war viel schneller und zog sein Schwert. Die Klinge traf die Hand mitten in der Bewegung und schnitt über die Handfläche. Es gab ein Geräusch, als wäre eine Stahlklinge auf Stein getroffen. Brian blickte überrascht drein. Der König sah verwirrt aus und starrte seine Handfläche ungläubig an. Dort zeigte sich eine rote Linie, aber die Haut – oder was ein Wurzel an ihrer Stelle auch immer hatte – war unverletzt.

»Brian! Zurück! Kommt zu uns!« rief Jim.

Brian riskierte mit erhobenem Schwert einen Blick über die Schulter in Jims Richtung, sah ihn winken und zog sich zurück.

»Die verdammte Kreatur hat mich angegriffen!« sagte er zu Jim.

»Steckt die Waffe weg. Bitte, Brian! Der König der Wurzel und Hill werden einen Zweikampf ausfechten. Ihr habt Euch innerhalb des Kreises befunden.«

»Kreises?« fragte Brian. »O natürlich. Ich bitte um Verzeihung«, fügte er an den König gewandt hinzu. Dieser beachtete ihn bereits nicht mehr. Brian seufzte.

»Natürlich keine Manieren«, sagte er vertraulich zu Jim und blickte aufmerksam auf die runde Fläche, wo sich die zwei Gegner gegenüberstanden. »Aber ich wünschte, sie würden sich mit Waffen gegenübertreten, James!«

»Es sieht so aus, als kämpften sie ohne.«

»Kein ritterliches Benehmen, natürlich. Andererseits sind die armen Kreaturen nicht mit uns Christenmenschen vergleichbar.«

»Ich vermute, daß ihre Hände die Waffen sein werden. Das erste Mal, als Rrrnlf Hill zu mir brachte, erzählte er, daß Hill sich unter dem gleichen Berg hervorgrub wie Rrrnlf. Er hatte dann Hill mitgenommen, weil er schneller graben konnte. Ich hatte den Eindruck, daß Rrrnlf mit nichts als seinen Händen soliden Fels weggeschaufelt hatte. Vielleicht können die Wurzel das auch.«

Während des Gesprächs hatten sich der König und Hill umkreist, aber noch nicht berührt – immer noch wie zwei menschliche Ringer, die geduldig eine günstige Gelegenheit abwarten, um einen guten Griff anzubringen.

»Dennoch«, fuhr Jim fort, »wünschte ich, ich könnte glauben, daß Hill wenigstens den Hauch einer Chance hätte zu gewinnen. Der König ist bestimmt doppelt so schwer.«

»Der Kleine hat Mut«, antwortete Brian. »Deshalb kann er gewinnen. Mut ist alles. Jeder Mann muß beweisen, daß er ihn hat, um vor sich selbst als Mann dazustehen, gleichgültig ob man gewinnt oder verliert. Und wenn die beiden hier auch keine Männer in unserem Sinne sind, ist es doch nie falsch, so zu handeln, wie es ein Mann tun sollte.«

Jim hörte die letzten Worte kaum noch. Seine Gedanken rasten. Er versuchte, eine Möglichkeit zu finden, wie er verhindern konnte, daß Hill verlor. Mit

Sicherheit brauchte Hill mehr als Mut. Wenn Hill nicht gewann, dann hatten er und seine Freunde, einschließlich des kleinen Roberts, keine Aussicht, wieder lebend nach Hause zu kommen.

Wenn Hill allerdings seinen Gegner besiegte, dann hätten sie eine gute Überlebenschance. Hill hatte von Jim als seinem ›Glück‹ gesprochen. Sicher würde er sein Glück nicht vernichten, wenn er gewann. Oder würde er sich plötzlich in die gleiche Art von König verwandeln, wie es der jetzige war, wenn er erst einmal die Robe und den Thron besaß?

Wie dem auch sei, die Chancen standen für Jim und die anderen in jedem Fall besser, wenn Hill siegreich war.

Als er die beiden beobachtete, die sich immer enger umkreisten, sah er jedoch, wie gering Hills Aussicht auf einen Sieg war. Es wurde immer offensichtlicher, daß Hill dem König körperlich nicht gewachsen war. Der König war nicht viel größer – es handelte sich nur um ein paar Zentimeter –, aber davon abgesehen entsprach das Verhältnis dem zwischen einem Mann und einem halbwüchsigen Jungen. Nicht nur, daß die Muskeln des Königs massiger waren, auch seine Bewegungen wirkten geübter und sicherer. Hill mußte das ebenfalls wissen, dachte Jim. Brian hatte recht – Hill hatte Mut.

Eben hatten die beiden Gegner sich einander so weit genähert, daß sie ein paar langsame, aber kräftige Schwinger mit ihren offenen Händen austauschen konnten. Überraschenderweise hielten die beiden beim Zuschlagen die Finger gerade zusammen. Brian dagegen hatte der König mit der Rückseite seiner Hand wegwischen wollen. Jim dachte, daß die beiden ihre Hände so benutzten wie Brian sein Schwert – als wären die Hände selbst Waffen, die vom Rest des Körpers geführt wurden. Seltsam wirkte jedoch die Langsamkeit der Schläge, so als ob die Hände so schwer wären, daß es Mühe bereitete, sie zu bewegen.

Wenn dies zutraf – wenn die Hände wirklich so fest und schwer waren, wie sie aussahen –, dann könnte ein Schlag damit verheerend sein. Andererseits waren die Körper von Hill und dem König vermutlich aus dem gleichen Material und könnten dann beträchtliche Schläge einstecken.

Nichtsdestotrotz war Hill eindeutig im Nachteil. Jim sah, wie ein Schlag von Hills rechter Hand den Körper des Königs dort verfehlte, wo das bißchen Schulter in den Hals überging, Hill hingegen sich unter einem Schwinger gegen den Kopf nur dukken konnte, während beide mit ihren Füßen fest in den Boden gepflanzt einander gegenüberstanden. Der König hatte eine bedeutend größere Reichweite.

Jim war nervös. Bei all der Aufregung hatte der König offenbar bislang den Schutz noch nicht bemerkt. Damit konnte Jim wenigstens von seiner eigenen Magie Gebrauch machen. Wenn er sie einsetzte, um Hill zu helfen, würde er es so anstellen müssen, daß Hill nichts davon bemerkte. Sein gesunder Menschenverstand sagte ihm, daß anderenfalls der Ausgang des Zweikampfes nach Wurzel-Regeln null und nichtig erklärt werden könnte. Die Magie wäre verschwendet und der König bliebe immer noch auf dem Thron.

Dann fiel ihm ein, wie einfach es wäre, unbemerkt einzugreifen. Er mußte den König nur stolpern lassen, wenn er zu einem seiner gewaltigen Schwinger ausholte, und es Hill überlassen, die gute Gelegenheit auszunutzen. Jim konzentrierte sich auf den größeren Wurzel, als dieser den Arm zurücknahm. Er visualisierte.

Nichts geschah.

Der Königs hatte mit der Hand weit ausgeholt und

schwang sie nun in einem horizontalen Bogen nach vorn. Wieder duckte sich Hill unter den Schlag, aber der Wurzel war so langsam, daß er fast getroffen wurde.

Hastig versuchte Jim erneut, Magie zu wirken. Nichts. Er probierte verschiedene Variationen. Es gelang nicht. Verzweifelt ging er in seine Anfangszeit als Magier zurück und versuchte einen Spruch zur Melodie des *Yankee Doodle*. Überhaupt nichts. Warum?

»Revisionsabteilung«, flüsterte er. »Ist etwas mit meinem Konto nicht in Ordnung?«

»Ich werde Euch mit der Kreditabteilung verbinden, Jim Eckert«, dröhnte die unsichtbare Baßstimme, mit der Jim immer in Angelegenheiten seines Vorrats an magischer Energie zu tun hatte.

»Schhhh!« Warum war diese Stimme nur so laut?

»Seid versichert«, dröhnte die Stimme, »daß unsere Worte außerhalb des Schutzes um Euch herum nicht hörbar sind.«

»Ich weiß das!« fauchte Jim. Das stimmte zwar nicht, aber er wollte verdammt sein, wenn er sich von etwas, das wie eine Maschine klang, belehren ließ.

»Hier ist die Kreditabteilung«, sagte dieselbe Stimme – jedenfalls klang sie für Jim gleich. »Euer Konto ist leer, da Ihr den verfügbaren Kredit ausgeschöpft habt.«

Jim starrte auf den Kampf, der im Ring stattfand, sah aber nichts davon. So weit konnte er also mit der magischen Energie, die er besessen hatte, als er Malencontri verließ, kommen. Da er annahm, immer noch mit der Kreditabteilung verbunden zu sein, bemühte er sich, ruhig zu sprechen. »Nun, ich schätze, das war's dann... Lebt wohl.«

»Kopf hoch!« antwortete die Kreditabteilung und klang unerwartet menschlich. Dann herrschte Stille in Jims Schutz. In dieser Situation, in der er wirklich etwas hätte bewirken können, versagte er, und zwar einfach deshalb, weil er im Augenblick kein Magier mehr war.

Mühsam konzentrierte er sich wieder auf den Kampf.

Bis jetzt war Hill den Schlägen bloß ausgewichen. Aber die Schwinger des Königs kamen immer näher, wenn sie auch langsamer waren. Jim sah, wie Hill sich vor den König stellte. Diesmal wurden mehrere harte Schläge ausgetauscht. Es gab jedesmal ein seltsames, knallendes Geräusch, als ob ein Stein auf einen anderen träfe. Nach dem letzten Schlag taumelte Hill weg. Er hatte keine sichtbare Verletzung, schüttelte aber den Kopf, als wäre er benommen, und stolperte leicht, als er sich vom König fortbewegte. Der König jagte ihm wie ein Jäger nach, der seine Beute verfolgte.

Jim war über seine Hilflosigkeit wütend. Er hätte helfen können, aber jetzt konnte er nichts mehr tun. Nichts.

Früher hatte er sich in seine Drachengestalt verwandeln können, auch wenn seine magische Energie verbraucht war – aber was würde das bei Wesen nutzen, die anscheinend Körper aus Stein besaßen? – Moment mal!

Seine Fähigkeit, sich in einen Drachen zu verwandeln, war *angeborene* Magie, wie die eines Elementarwesens – unabhängig von der Revisionsabteilung. Er hatte sie bei dem Unfall erhalten, der ihn in diese Welt brachte. Könnte es möglich sein, dieselbe Quelle der Magie auf andere Art und Weise zu benutzen?

Möglicherweise konnte er sich *in* einem anderen Körper befinden, so wie zu der Zeit, als er in dieser Welt ankam. Damals war er unfreiwillig im Körper des Drachen Gorbash gelandet und hatte die Kontrolle übernommen. Wenn er nun Hills Körper auf dieselbe

Weise übernahm, konnte er vielleicht den Kampf für den kleineren Wurzel gewinnen.

Die hier ausgeübte Kampfmethode bevorteilte den größeren, schwereren Wurzel, machte ihn aber langsamer als seinen Gegner. Wenn Jim Hills Körper übernahm, konnte er vielleicht ein paar Tricks des zwanzigsten Jahrhunderts einsetzen, die der König nicht kannte. Zudem war er sicher, daß er sich schneller zu bewegen vermochte als Hill.

Er mußte es nur ausprobieren.

Er versuchte dasselbe Gefühl zu benutzen, das er hatte, wenn er sich in seine Drachengestalt verwandelte, konzentrierte sich aber auf Hill. Plötzlich blickten seine Augen auf die drohende Gestalt des Wurzelkönigs, die nur ein paar Schritte entfernt war. Er erhaschte einen Blick auf eine befremdlich große, graue Hand, die näher kam. Im gleichen Augenblick stellte er fest, daß er sich doch nicht so schnell bewegen konnte, wie er gedacht hatte…

Kapitel 31

DER TREFFER WAR FÜRCHTERLICH. Jim flog durch die Luft. Er war bei vollem Bewußtsein, aber er konnte sich nicht an den Schlag erinnern. Er landete und begann, sich verzweifelt über den Boden zu rollen. Nachdem er auf diese Weise einen gewissen Abstand geschaffen hatte, stoppte er. Er blieb einen Augenblick lang so liegen, da er erwartete, daß die meisten seiner Knochen gebrochen wären. Anscheinend war das jedoch nicht der Fall.

Er hielt nach dem König Ausschau und sah, daß dieser ihn verständnislos anstarrte. Wahrscheinlich war er nicht an Gegner gewöhnt, die sich wegrollten, wenn sie niedergeschlagen wurden.

Jim hatte aus einem früh antrainierten Reflex heraus gehandelt. Wenn man zu Boden ging, mußte man Abstand zwischen sich und den Gegner bringen, bevor man wieder aufstand. So hatte Jim es gelernt und genau das hatte er getan. Jetzt würde er aufspringen...

Er kam hoch, aber man konnte es schwerlich aufspringen nennen. In Hills Körper bewegte auch er sich in Zeitlupe. Sein Körper glich einer zum Leben erweckten Granitstatue. Alle Gelenke und Muskeln schienen funktionsfähig, aber das Trägheitsmoment war beachtlich. Er kam gerade noch rechtzeitig auf die Beine, um zu sehen, wie der König sich schwerfällig und unaufhaltsam näherte.

Jetzt, dachte er bitter, wäre der rechte Zeitpunkt, um Magie einzusetzen – wenn er welche hätte. Der Gedankengang wurde von der Erkenntnis unterbrochen, daß der König nun erschreckend nah war. Allerdings schien der König bislang nicht bemerkt zu haben, daß es in seinem Königreich fremde Magie gab. Jim hielt es für unwahrscheinlich, daß der Schutz, den KinetetE vor seiner Rückkehr um seinen Körper gelegt hatte, mit ihm zu Hills Körper gewechselt war. Doch konnte der König vom Kampf geistig so beansprucht sein, daß er nicht merkte, was sich unter seiner Nase abspielte?

Natürlich nicht! Jims Geist fand die Antwort. Der König saß nicht länger auf dem Thron und hatte auch die Robe abgelegt, bevor er gegen Hill als gewöhnlicher Wurzel in den Ring stieg. Er wäre dem Schutz gegenüber so blind wie Hill oder jedes andere dieser Elementarwesen.

Aber der König war ihm jetzt zu nahe. Jim mühte sich, einen Körper in Bewegung zu setzen, der sich anfühlte, als bestünde er aus Blei. Es hatte mit Sicherheit keinen Sinn, stehenzubleiben und zu versuchen, den

Monarchen der Wurzel mit Kampftechniken aus dem zwanzigsten Jahrhundert zu verwirren. Jim hatte noch nicht mal die Hoffnung, daß er eine der zwei oder drei Bewegungsabläufe aus den Kampfsportarten, die er Jahre zuvor gelernt hatte und an die er sich meinte erinnern zu können, sinnvoll einsetzen konnte. Nicht bei jemandem, der so kräftig und massig war wie der König.

Davon abgesehen war er in dieser Hinsicht nur ein Amateur. Hill und sein ›Glück‹! Jim konnte jetzt selbst etwas von diesem ›Glück‹ gebrauchen.

Der König kam weiterhin wie eine Dampfwalze auf Jim zu.

Da gab es immer noch die Kiste mit den schmutzigen Tricks.

Jim duckte sich – es kam ihm wie eine Ewigkeit vor –, um einem Schwinger des Königs auszuweichen, der gerade in Reichweite kam. Er bewegte sich mit der größtmöglichen Zeitlupengeschwindigkeit zur Seite. Der König hielt an, um sich umzudrehen und ihn dann zu verfolgen. Einen Augenblick lang stand der König still, und Jim setzte den ersten schmutzigen Trick ein, an den er sich erinnern konnte.

Im Footballteam der High-School gehörte er nur zur dritten Garnitur und hatte diesen Sport daher zugunsten von Volleyball aufgegeben, wo er glänzen konnte. Nun warf er sich wie beim Football als Block vor die Beine des Königs.

Zwei Dinge gingen daneben. Erstens war er nicht in der Lage, seinen Körper so weit zu werfen, wie er gedacht hatte. Tatsächlich bestand der einzige Grund dafür, den König doch erreicht zu haben, darin, daß dieser sich umgedreht hatte und wieder vorrückte. Und statt hart gegen die Beine des Königs zu schlagen, fiel er nur dem König auf die Zehen.

Der gab ein schmerzerfülltes Grunzen von sich und humpelte weg. Er zog sich zum ersten Mal zurück. Jims Gedanken überschlugen sich. Er fühlte ein leichtes Zupfen an seinem Geist – das würde Hill sein, der versuchte, wieder die Kontrolle über seinen Körper zu übernehmen, genau wie der Drache Gorbash um seinen Körper gekämpft hatte. Gorbash war gelegentlich erfolgreich gewesen, wenn Jim besonders abgelenkt war. Jim achtete nicht auf das Gefühl.

Der Footballblock hatte nicht funktioniert. Nun, es gab noch andere Wege. Als der König diesmal näher kam, wirbelte Jim – langsam – an ihm vorbei und hieb ihm den Ellbogen in die Nieren – oder in die Stelle, wo sich die Nieren bei einem Menschen befunden hätten.

Jim teilte einen satten Treffer aus, auch wenn er selbst nichts merkte. Der Treffer war so fest gewesen, daß Jim ein paarmal seinen Arm bewegte, um herauszufinden, ob er sich den Ellbogen gebrochen hatte. Das war nicht der Fall. Der König drehte sich erneut zu Jim um, und es sah nicht danach aus, daß er den Schlag überhaupt gespürt hatte.

Allerdings humpelte er noch leicht. Hills Körper mußte ihm schwerer auf die Zehen gefallen sein, als Jim dies gedacht hatte – oder waren die Zehen der Wurzel besonders empfindlich?

Wie dem auch sei, dem König auf die Füße zu treten würde nicht reichen, um den Kampf zu gewinnen. Jim sagte sich, daß es notwendig war, den Gegner irgendwie zu Boden zu bringen, und das so oft und ihn dabei so hart zu treffen, bis der andere zugeben mußte, daß er verloren hatte.

Jim versuchte den massigen Händen auszuweichen und gleichzeitig ein Bein auszustrecken, damit der Wurzelkönig stolperte. Es gelang nicht. Das Bein des Königs bewegte sich einfach weiter, und beinahe wäre statt dessen Jims Bein weggeschlagen worden. Er konnte es gerade noch wegziehen.

Er versuchte stehenzubleiben und nach dem König zu treten – und wurde fast zu spät daran erinnert, daß die Beine der Wurzel kurz und die Arme lang waren – sie hatten einfach eine größere Reichweite als die Beine.

Jim gingen langsam die Ideen aus. Er blieb einen Augenblick lang stehen, um wieder zu Atem zu kommen. Das war ein Fehler. Der König rückte zwar langsam, aber unaufhaltsam vor. Jim hatte sich zu sehr daran gewöhnt, dem größeren Elementarwesen in letzter Sekunde ausweichen zu können.

Er überlegte immer noch, was er als nächstes probieren konnte, als er bemerkte, wie der König mit dem rechten Arm zu einem seiner Schwinger ausholte. Er duckte sich, setzte sich dadurch aber dem linken Arm des Königs aus, der kurz nach dem rechten ausgeholt hatte.

Jim unternahm einen verzweifelten Versuch, nach links zu springen, aber die dicken Fingerspitzen trafen ihn genau auf die Brust. Erneut flog er durch die Luft, rechts am König vorbei – der Flugwinkel resultierte aus den Vektoren zweier Kräfte: die eine war der Schlag des Königs und die andere sein eigener verzweifelter Sprung. Nach seinem Flug prallte er mit großer Wucht auf dem Steinboden auf.

Jetzt bin ich erledigt, sagte sich Jim.

Aber das war nicht der Fall. Er hatte sich nicht jeden einzelnen Knochen in seinem – also Hills – Körper gebrochen. Tatsächlich waren alle noch heil. Er hatte noch nicht einmal eine Beule. Der Körper eines Wurzels mußte wirklich äußerst widerstandsfähig sein. Während er langsam auf die Füße kam, sah er, daß er rechts hinter dem König gelandet war, der sich nun zu ihm umdrehte.

Zum ersten Mal bemerkte er, wie sich der König umdrehte. Er drehte sich nicht einfach auf den Zehen herum, wie es ein Mensch tun würde, sondern machte mehrere Trippelschritte – der rechte Fuß wurde ein wenig verdreht nach vorn gesetzt, dann kam der linke Fuß nach. Dann wieder eine Bewegung mit dem rechten Fuß und so weiter. Jim rannte beinahe, um hinter der schweren Gestalt zu bleiben, während er immer noch versuchte, wieder vollkommen zu sich zu kommen.

Beides gelang ihm. Nachdem der König fast eine volle Drehung vollführt hatte, ohne ihn zu finden, blieb der Wurzel stehen und sah sich unsicher um. Dann fing er erneut an, sich umzudrehen. Diesmal hielt er seine Arme ein wenig ausgestreckt, um das Gleichgewicht besser halten zu können.

Plötzlich stieg aus den Tiefen von Jims Gedächtnis eine Erinnerung auf, die von den relativen Positionen zwischen dem König und ihm selbst ausgelöst wurde. Jim erinnerte sich an einen Wurf aus dem Aikido, der ihn wegen seiner Kombination aus Eleganz, großer Einfachheit und verheerender Wirkung so beeindruckt hatte, daß er damals sicher gewesen war, ihn nie zu vergessen. Nun, er hatte ihn vergessen, aber jetzt servierte sein Gedächtnis ihm diesen Wurf auf einem Silbertablett. Jim lief nach vorn zum Rücken des Königs. Er brauchte nicht mehr nachzudenken.

Mit zwei Schritten erreichte er den König, legte seine linke Hand auf dessen Kopf und drückte ihn nach vorn runter. Zur gleichen Zeit schloß er seine rechte Hand um den Handrücken der rechten Hand des Königs.

Instinktiv versuchte sich der König aufzurichten und verlagerte dabei das Gleichgewicht nach hinten – und als er das tat, zog Jim ihn ebenfalls nach hinten und zu seiner Linken. Jim zwang den König zu einer

Drehung, bei der er immer hinter ihm blieb und die den König das Gleichgewicht nicht wiederfinden ließ. Der König hatte keine Wahl, als sich zu drehen oder zu fallen. Sie drehten sich immer schneller. Jim gratulierte sich – bis ihm plötzlich auffiel, daß er nicht wußte, was er als nächstes tun mußte. Sein Gedächtnis ließ ihn jämmerlich im Stich.

Und nicht nur das: Der stolpernde, massige Körper des Königs hatte ein eigenes Drehmoment erlangt, und jetzt war Jim derjenige, der wie ein Stein an einer Schnur herumgewirbelt wurde. Wenn er nicht gleich losließ, dachte Jim verzweifelt, würde er wieder durch die Luft fliegen.

Zögernd ließ er los. Aber zu seiner wie auch zu der Überraschung der versammelten Wurzel, die bei dem Anblick ein allgemeines, hörbares Stöhnen von sich gaben, drehte sich der König weiterhin um seine Achse. Er mühte sich verzweifelt, auf den Beinen zu bleiben, bis er es nicht mehr schaffte. Seine Beine überkreuzten sich, und er fiel mit einem Geräusch zu Boden, das sich wie eine Wagenladung Steine anhörte, die auf Zement gekippt werden. Der Kopf des Königs prallte dermaßen auf den Steinboden, daß Jim unwillkürlich zusammenzuckte.

Der König lag still am Boden.

Einen Augenblick lang passierte nichts. Jim stand da und war von dem unerwarteten Sieg noch ganz betäubt.

Hill ergriff die Gelegenheit und übernahm wieder seinen eigenen Körper. Jim fand sich in seinem wieder und sah, wie Hill zu dem gefallenen König trat. Hill stupste den Körper des Königs mit dem Zeh an. Aber er rührte sich nicht. Dann trat Hill zurück, wandte sich den versammelten Wurzeln zu und breitete die Arme aus.

Und die Wurzel pfiffen – ein Tosen aus ununterbrochenem Pfeifen, das von den Höhlenwänden zurückgeworfen wurde und Jim betäubte. Die Wurzel brandeten wie eine Welle an und schwemmten Hill hoch zum Thron. Dann zog sich die Welle wieder zurück und ließ Hill oben stehen, die funkelnde Königliche Robe hing von seinen Schultern. Erst als all die gemeinen Wurzel wieder am Boden standen, hörte das Pfeifen auf.

Langsam setzte sich Hill auf dem Thron nieder, und als er das tat, fühlte Jim mit seinem eigenen Körper, wie etwas, einem starken elektrischen Strom nicht unähnlich, aus der Tiefe des Planeten zum neuen König aufzusteigen schien. Von einem Augenblick zum anderen glühten all die kleinen Formen glitzernden Metalls auf der Robe und dem Thron auf wie geschmolzenes Gold.

»Ach«, sagte Brian, »der kleine Bursche war also der wahre Erbe des Königreichs.«

Jim wandte den Kopf und starrte den Ritter an.

»Wie...«, fragte er. »Warum glaubt Ihr, daß der Onkel keinen genauso großen Anspruch auf den Thron hatte?«

»Also wirklich, James. Keinem bloßen Thronbewerber würde diese Art von besonderer Huldigung zuteil werden. All diese gewöhnlichen Leute konnten für den großen Burschen genauso pfeifen und haben es aus Furcht um ihr Leben wahrscheinlich auch getan, aber das Erzittern des Bodens unter den Füßen und das Silber, das in Gold verwandelt wurde? Hah! Jetzt ist es wieder Silber – seht Ihr? Aber nur einen Lidschlag zuvor war es Gold gewesen. Ihr habt das auch gesehen, nicht wahr? Den, den wir hierherbrachten, hatte recht mit der Vermutung, was seinem Vater passiert war. Das ist jetzt klar.«

Jim öffnete den Mund, schloß ihn aber gleich wieder. Dieser Ort und diese Elementarwesen gehörten zu der Welt, in die Brian hineingeboren worden war. Jim wußte, daß es zu nichts führen würde, wenn er versuchte Brian klarzumachen, daß seine Folgerung eher eine Vermutung denn eine Tatsache war. Wie dem auch sei, es war ohnehin wahrscheinlicher, daß Jims logikdominierter Verstand aus dem zwanzigsten Jahrhundert den Instinkten und Überzeugungen seines Freundes unterlegen war. Davon abgesehen hatte auch Jim lieber Hill geglaubt als dessen Onkel.

Jim wandte sich wieder dem Thron zu und bemerkte, daß Hill ihn ansah. Tatsächlich starrte Hill ihn sogar wütend an. Was auch immer die Regeln hier unten waren – ob es nur eine Sache von gutem Benehmen war, nur die Königliche Familie Gefühle zeigen durfte oder die gewöhnlichen Wurzel es nicht konnten –, es spielte keine Rolle. Wichtig war nur, daß Hill Jim von seinem Thronsessel aus finster anblickte.

»...verdammt tüchtiger kleiner Bursche!« sagte Brian gerade fröhlich in Jims Ohr. »Habt Ihr gesehen, wie er den Größeren geschafft hat? Wirklich gut gemacht! Ich wünschte, ich könnte ihm das sagen.«

»Das habt Ihr bereits...«, begann Jim unvorsichtigerweise, als ihn ein königliches Brüllen vom Thron unterbrach.

»Ihr! Glück! Kommt her zu mir!«

Jim hatte schon vorhin begonnen, sich eine Entschuldigung auszudenken, falls er gefragt würde, warum er sich in den Kampf zwischen Hill und dem früheren König eingemischt hatte. Aber er war unterbrochen worden und hatte seitdem keine Zeit mehr gehabt. Jetzt ließ ihm Hill auch keine Zeit mehr. Jim ging langsam zum Podest, seine Gedanken überschlugen sich, und hielt am Rand an.

»Hier hoch!« befahl Hill.

Jim trat auf das Podest und näherte sich dem frischgebackenen König. Als er den Thron schließlich erreicht hatte, hielt er wieder an. Sein und Hills Gesicht waren einen knappen halben Meter voneinander entfernt.

»Warum habt Ihr Euch eingemischt?« wollte Hill ärgerlich wissen, aber mit so leiser Stimme, daß Jim ihn kaum hören konnte. Jim vermutete, daß es das Äquivalent der Wurzel zu einem Flüstern war, das der Rest nicht hören konnte. Er senkte seine Stimme ebenfalls.

»Ich?« fragte er betont unschuldig.

»Ja! Ihr!« murmelte Hill. »Ihr kamt und habt meinen Kampf ausgefochten. Ihr habt meinen Onkel zu Boden geschlagen und ihn zerschmettert – nun, ihn fast zerschmettert. Denkt nicht, ich wüßte nicht, daß das Euer Werk war!«

»Aber was macht das für einen Unterschied…«, begann Jim, als Hill ihn mit einem erstickten, leisen Ausbruch unterbrach, der förmlich knisterte vor Zorn.

»Ich wollte es selbst tun!«

Das konntest du nicht, dachte Jim und vermochte sich gerade noch zu beherrschen, bevor er den Gedanken laut aussprach.

»Aber das tatet Ihr doch!« sagte er statt dessen. »Meine Glückwünsche, Euer Hoheit! Ein beachtlicher Sieg!«

Hill starrte ihn an. Er wirkte vollkommen perplex. Einen Moment lang war auf dem Gesicht sogar wieder der vertraut ausdruckslose Blick mit offenem Mund zu erkennen gewesen.

»Das tat ich nicht!« grollte Hill. »Ihr wart das! Ich fühlte Euch, wie Ihr mich festhieltet und alles selbst gemacht habt!«

»Aber nein«, sagte Jim geduldig. »Vergebt mir, wenn ich unhöflich scheine, Hoheit, aber ich fürchte, Ihr verwechselt da etwas. Ihr sagtet selbst, ich sei Euer Glück. Das Glück ist gekommen, um für Euch zu arbeiten. Ich habe damit nichts zu tun. Fühlte es sich wirklich so an, als ob Euch etwas gefangenhielte?«

Hill zögerte. Jim hatte Mitleid mit ihm. Wenn Hill weiterhin darauf bestand, daß Jim ihn quasi übernommen hatte, würde er sich der Ehre des Sieges berauben. Und schließlich hatte der Sieg ihm die Robe und den Thron eingebracht.

Jetzt hätte ein Mensch etwas Unverbindliches gemurmelt oder gestammelt und versucht, Jim zuzustimmen. Da er ein Wurzel war, leerte sich sein Gesicht jedoch einfach, und der Mund stand ihm offen. Das blieb so, während er die Lage durchdachte. Jim wartete geduldig.

Langsam trat wieder ein königlicherer Ausdruck in Hills Gesicht, aber er war nicht mehr ärgerlich. Das Gesicht spiegelte eher Unschuld und Glück wider.

»Dann wart Ihr also doch mein Glück!« sagte er. »Ich habe mir grundlos Sorgen gemacht!«

Er strahlte Jim förmlich an.

»Ihr seid wirklich ein Glück! Gibt es irgendeinen Wunsch, den ich Euch erfüllen kann, jetzt, da ich König bin? Ich kann Euch mit meiner Magie geben, was immer Ihr wünscht.«

Jim sah an Hills Robe hinunter.

»Nun«, sagte er, »ich hätte lieber ein paar von diesen...« Er streckte eine Hand aus, um die kleinen facettierten, glitzernden, silbrigen, edelsteinartigen Gegenstände zu berühren, mit denen die Robe bedeckt war.

»Das?« Hills Gesichtsausdruck schien längst nicht mehr so freudig. »Ihr bittet um keine Kleinigkeit. Es hat Jahrhunderte gedauert, um das Große Silber, das Ihr hier seht, zu finden und mit Magie zu bearbeiten, damit es die Robe bedeckt.«

»Ist es so schwer zu finden?«

»Ja«, bestätigte Hill. »Da Ihr ein Blöder seid, wißt

Ihr das nicht. Aber ein wenig Silber liegt neben dem Zinn in der Erde, und ein seltener Bestandteil des Silbers ist das Große Silber. Es ist fest an das Zinn gebunden. Alle Wurzel suchen beim Bergbau danach, um es dann mit zurückzubringen. Sobald der König – also ich – die Magie gewirkt hat, hält das Große Silber die Magie und verwandelt sich in das, was Ihr hier seht. Aber zu Anfang steht dieses besondere, seltene Silber, und das ist schwer zu finden. Deshalb arbeitet mein Volk so nah bei den Blöden, die das Zinn abbauen, dort oben, wo die Welt zu Ende ist und die Luft anfängt.«

»Ist das wahr?« fragte Jim. »Nun, ich bin sehr froh, daß Ihr mir das gesagt habt. Das erklärt, warum Ihr von Eurem Onkel ein Königreich übernommen habt, das in tiefen Schwierigkeiten steckt.«

»Schwierigkeiten?« Hills Stimme schwankte. »SCHWIERIGKEITEN? Welche Art von Schwierigkeiten?«

»Er steht mit einer Lady vom menschlichen Hof in Verhandlungen.«

»Ver... handlungen?« wiederholte Hill und starrte Jim ungläubig an. »Ein Wurzel, der mit einer Lady der Blöden in Ver-handlungen steht? Er hat noch nie die Grenzen des guten Geschmacks respektiert! Aber warum sollte er so etwas tun?«

Jim vertraute Hill seine eigene Deutung der Ereignisse an.

»Na, um alle Stollen zu kontrollieren, in denen Menschen Bergbau betreiben...«

»Aber das ist gut. Dann ist es das vielleicht sogar wert«, sagte Hill. »Aber mit einer Frau der Blöden!«

»Ich schätze, so kann man sie nennen. Nur daß sie und die anderen, die wie sie sind, nicht blöde sind, wißt Ihr.«

»Aber seit Tausenden von Jahren konnte noch nie

einer von euch das Große Silber sehen, das mit dem von euch abgebauten Zinn verbunden ist. Bergleute der Blöden bauen es ab, sehen aber nur das Zinn und sonst nichts. Wenn das nicht blöde ist, was ist es dann?«

»Nun, um das zu tun, hat Euer Onkel eine Reihe schlimmer Fehler begangen. Zum einen hat er mein Mündel gestohlen.«

»Mündel?«

»Mündel«, sagte Jim und zeigte auf den kleinen Robert, der noch immer friedlich schlief.

»Das ist Euer Mündel? Nun, in dem Fall könnt Ihr ihn einfach wiederhaben, da Ihr ein so gutes Glück wart.«

»Aber das ist nur der Anfang dessen, was Euer Onkel angerichtet hat. Er hat auch den Magier Carolinus genommen und ihn dort in den Käfig gesperrt.« Jim drehte sich zur Seite und deutete hinüber. »Carolinus ist einer der drei bedeutendsten Magier der Welt, und Hunderte, wenn nicht gar Tausende von Magiern der Welt sind jetzt gegen Euch.«

»Ich fürchte mich hier unten vor keinem Magier von Auf-Oberfläche!«

»Natürlich nicht, Euer Hoheit. Aber was wäre, wenn sie vor lauter Zorn alles Große Silber aus dem Zinn im Boden entfernten? Ein leichtes Metall wie Zinn muß nahe an der Oberfläche liegen.«

»Wer soll es ihnen sagen?« fragte Hill und klang wie ein König. Er blickte Jim anklagend an. »Ihr?«

»O nein«, antwortete Jim. »Das ist nicht nötig. Sie sehen wahrscheinlich einfach in eine Kristallkugel oder eine Wasserschüssel und befehlen ihr, die Quelle Eurer Magie zu zeigen.«

Hill starrte ihn ungläubig an.

»Kristallkugel?«

Jim nickte.

»Und die würde... ihnen das sagen?«

»Das müßte sie«, sagte Jim ernst.

Hill starrte ihn lange an.

»Was für ein schmutziger Trick der Blöden!« brach es aus ihm heraus. »Das würde wirklich passieren, nicht wahr?«

»Es sei denn, ich bekomme mein Mündel und Carolinus zurück. Außerdem muß die Lady, die mit Eurem Onkel verhandelt hat, gestoppt werden.«

»Glück, Ihr könnt den Magier mit Euch zurücknehmen!« sagte Hill. »Aber wird die Lady der Blöden gestoppt, wenn man meinen Onkel hierbehält?«

»Nein.«

Hills Augen füllten sich mit Tränen.

»Aber vielleicht kann ich sie aufhalten. Ich bin auch ein Magier, wißt Ihr«, warf Jim ein.

»Ihr könnt die Lady aufhalten?«

»Vielleicht kann ich das – wenn ich auf Eure Hilfe zählen dürfte, falls ich sie brauche.«

»Ja, mein liebes Glück! Ruft mich jederzeit, egal von wo. Ich will es! Ich kann Euch helfen – jetzt!«

»Schön. Dann rufe ich alle meine Leute und die Pferde zusammen, und Ihr schickt uns jetzt zurück in den Burghof. Ihr erinnert Euch an meine Burg, von der aus wir mit Rrrnlf losgezogen sind?«

»Ja. Das war in Auf-Oberfläche.«

»Nun, schickt uns dorthin. Ich nehme alle, die ich erwähnt habe, sowie die Pferde und den Kobold mit.«

»Kobold?« fragte Hill. »Ach, Ihr meint das kleine Wesen. Nennt es sich so?«

»Ja.«

Jim drehte sich um. Robert schien immer noch zu schlafen. Daher ging er zuerst zu dem Käfig, wo sich Carolinus an den Stäben festklammerte. Carolinus lächelte schwach, als Jim näher kam.

»Braucht Ihr bei dem Käfig meine Hilfe?« rief Hill.

»Nein, nein!« sagte Jim, der in seinen Schutz gehüllt war, und deutete auf die Gitterstäbe. Hill würde überrascht sein. »Verschwindet!«

Aber nichts passierte. Jim hatte es wieder vergessen. Er hatte all seine Magie verbraucht. Er wandte sich um und blickte voller Unbehagen auf Hill, der auf seinem Thron saß.

»Äh, Euer Hoheit…«

Kapitel 32

»WAS IST LOS, GLÜCK?« fragte Hill.

»Könntet Ihr diesen Käfig verschwinden lassen?« fragte Jim.

»Das kann ich wohl, jetzt, da ich über Robe und Thron verfüge.«

Hill machte keine einzige Bewegung, aber Jim sah aus dem Augenwinkel, wie die Gitterstäbe verschwanden. Er drehte sich gerade noch schnell genug um, um Carolinus aufzufangen, als dieser mit geschlossenen Augen nach vorn fiel. Jim hatte schon zuvor Bewußtlose oder Tote gehalten – sie waren in der Regel erstaunlich schwer. Aber Carolinus kam ihm so leicht vor wie ein Sack trockenen Laubes. Jim trug die Gestalt in ihrer roter Robe zu den Pferden. Dafydd kam ihm auf halbem Weg entgegen und nahm ihm die Last ab.

Jim ging zu dem Stein hinüber, auf dem Robert schlief. Das Kind wachte auch nicht auf, als Jim es in die Arme nahm. Dann kehrte Jim zu Hill zurück.

»Eins noch«, sagte er zu dem frischgebackenen Wurzelkönig. »Wie soll ich Euch rufen, wenn ich Euch brauche?«

»Ruft einfach nach Hill. Der Hügel in der Erde über uns gab mir meinen Namen. Zu allen anderen Gelegenheiten müßt Ihr mich jedoch mit ›Eure Hoheit‹ anreden.«

»Das werde ich«, bekräftigte Jim. »Könntet Ihr uns jetzt…«

Aber er schaffte es nicht, zu Ende zu sprechen. Sie waren bereits wieder auf Malencontri.

Die Sonne blendete. Ein paar Bedienstete, die über den Burghof eilten, starrten die Gruppe an, standen eine ganze Weile wie angewurzelt und zeigten keine sonderlich klugen Gesichter. Dann kamen erst einer, dann zwei und schließlich ein ganzer Haufen auf Jim und seine Freunde zugelaufen. Sie schrien und riefen, stießen teilweise den üblichen rituellen Schrei aus, den sie als die korrekte Begrüßung für ihren Herrn betrachteten, wenn er auf magische Weise erschien.

»Zu mir!« rief Jim und blinzelte die durch das blendend helle Sonnenlicht hervorgerufenen Tränen weg.

Die Bediensteten und Bewaffneten, die sich in Sichtweite befanden, rannten zu ihm. Aus etlichen Nebengebäuden und der Großen Halle kamen ebenfalls Leute herangelaufen. Unter diesen war auch der Schmied, der seinen Hammer noch in der Hand hielt. Sein Gesicht spiegelte eine seltsame Mischung aus Verärgerung – weil er seine Arbeit unterbrechen mußte – sowie Erstaunen wider; nicht nur, weil sie so plötzlich erschienen waren, sondern wegen des bemerkenswerten Anblicks seines Lords in voller Rüstung, der ein Kind im Arm hielt, sowie Dafydd, der einen anscheinend schlafenden Carolinus auf den Armen trug.

»Ho!« schrie Jim. »Holt sofort meine Lady! Bereitet für den Magier einen Raum vor! Schafft John Steward herbei! Vier von euch sollen eine Trage holen, mit der der Magier zu seinem Zimmer im Turm gebracht werden kann! Stallburschen, versorgt die Pferde! Los, bewegt euch!«

Verblüfft über dieses unerwartete Ereignis, aber auch vom allgemeinen Strudel der Aufregung getragen, beeilten sich die Bediensteten, den Befehlen zu gehorchen. Innerhalb von Sekunden waren die Pferde im Stall verschwunden, und eine Trage wurde herangeschafft. Carolinus wurde daraufgelegt, und alle gingen zur vorderen Tür der Großen Halle, als John Steward herauskam – er bewegte sich so schnell, wie es seine Stellung nur zuließ.

Überall auf dem Burghof waren Rufe und Flüche zu hören, da die Bediensteten sich gegenseitig beschuldigten, zu langsam zu sein.

»M'lord!« schnaufte John Steward und kam vor Jim zum Stehen. Dann versuchte er, würdevoll rückwärts zu gehen, da alle weiter zur Tür strebten. »M'lord, was wünscht Ihr von mir? Was soll ich tun?«

»Kümmere dich um alles!« bellte Jim ihn an. »Wo ist meine Dame?«

Im selben Moment erschien Angie mit der Amme im Schlepptau in der Tür der Großen Halle. Beide rannten auf Jim zu und hielten erst im letzten Augenblick an. Dadurch kam dann die Prozession zum Stillstand. Angie umarmte Jim, küßte ihn, küßte den jetzt wachen und glucksenden Robert, riß ihn aus Jims Armen und überschüttete ihn mit Küssen. Robert lachte bei diesem neuen Spiel glücklich auf und boxte Angie auf die Nase.

»Langsam, langsam«, sagte Jim, »sonst ist gleich nichts mehr von ihm übrig.«

Rasch küßte Angie Jim, damit er sich nicht zurückgesetzt fühlte, während sie weiterhin Robert im Arm hielt.

»Soll ich ihn jetzt nehmen, M'lady?« fragte die Amme schüchtern.

»NEIN!« sagte Angie und wandte sich brüsk von ihr ab. Schließlich setzte sich die Prozession wieder in

Bewegung. John Steward hatte bereits begonnen, alles in geordnete Bahnen zu lenken.

Während sie die Große Halle der Länge nach durchschritten, gab Jim Angie eine sehr knappe Zusammenfassung der Ereignisse. »Ich erzähle dir später die ganze Geschichte.«

»Schön. Wenn Zeit ist. Jetzt iß erst mal etwas. Ihr mit der Trage, folgt mir. Jim – ich bin so schnell wie möglich zurück. Ach, übrigens, der Priester, nach dem du geschickt hast, ist da.«

Sie verschwand Richtung Turmtreppe, während Jim sich gerade schwach daran erinnerte, daß er wirklich nach einem Priester geschickt hatte, um die Bumps-Geräusche exorzieren zu lassen. Aber das war nun ja nicht mehr nötig.

Dafydd und Brian setzten sich an die Hohe Tafel. Auf dem Tisch standen bereits Wein- und Wasserkrüge und eine Auswahl von Speisen. Bedienstete liefen hin und her und stellten noch mehr ab.

»Humph!« machte Brian, der offensichtlich versuchte, mit vollem Mund seine Zufriedenheit auszudrücken. Er schluckte und sprach dann deutlich weiter. »James, ich glaube, ich könnte die Hälfte dessen, was auf der Tafel steht, allein aufessen. Und dann könnte ich eine Woche lang schlafen.«

»Ich wünschte, Ihr hättet das nicht gesagt«, antwortete Jim, der seinen Mund gerade leer genug hatte, um sprechen zu können. Er wandte sich an John Steward, der eben in die Große Halle zurückgekehrt war.

»Wie lange war ich weg?«

»Weg, M'lord?« John Steward blickte einen Moment lang verständnislos drein, faßte sich dann aber. »O – dies ist der sechste Tag, seit Ihr in den Händen des Riesen fortgegangen seid.«

Jim nickte. Sein Mund war wieder voll. Er gewöhnte sich langsam daran, daß die Zeit sich nicht wie sonst verhielt, wenn man es mit Magie und Elementarwesen zu tun hatte. Vielleicht erklärte das auch, warum sie alle so hungrig waren.

Bevor er zu essen anfing, hatte er gar nicht bemerkt, wie hungrig er eigentlich war. Und jetzt merkte er auch, daß das Verlangen nach Schlaf mindestens ebenso groß war wie der Hunger. Er konnte sich schon gar nicht mehr daran erinnern, wann er das letzte Mal geschlafen hatte. Natürlich hatte er ein wenig geruht, nachdem er von Edgar niedergestochen worden war – wenn man das überhaupt Schlaf nennen konnte.

Dafydd sagte nichts. Er aß lieber weiter.

Als Angie die Turmtreppe herunterkam, waren schon alle am Tisch eingenickt. Bevor sie vom Schlaf übermannt wurden, hatten sie gar nicht in dem Maße den vielen Gerichten auf dem Tisch zusprechen können, wie sie es sich gewünscht hätten. Nur Kob, der die ganze Zeit auf Jims Schulter gesessen hatte, saß immer noch mit offenen Augen da.

»Ich dachte, ich sollte bei ihm bleiben, M'lady«, sagte er ein wenig unsicher zu Angie. »War das richtig?«

»Das war es, Kob«, erwiderte sie. Sie wandte den Kopf und hob die Stimme. »Bedienstete!«

Sofort erschienen ein halbes Dutzend Bedienstete, genauer gesagt May Heather und fünf Bewaffnete.

»Tragt Euren Herrn zur Kemenate«, befahl Angie. »Bringt Sir Brian in das Zimmer, das er immer bewohnt – es ist mir gleich, ob es staubig ist. Säubert es, während er schläft. Seid dabei aber leise, obwohl er vermutlich ohnehin nicht aufwachen wird. Und bringt auch Meister Hywel in ein Zimmer. May Heather, du läufst vor zu Ellen Cinders, damit rechtzeitig auf allen Betten saubere Laken und Decken liegen.«

Alle gehorchten in Windeseile.

Angie setzte sich an der Tafel nieder und goß sich selbst einen Becher Wein ein, blickte ihn angewidert an und schob ihn beiseite. Sie seufzte schwer.

»Soll ich Euch alles erzählen, M'lady?« fragte Kob.

»Ja. Tu das. Fang an. Ich höre zu.«

»Nun«, begann Kob. »Der Riese hob uns auf und trug…«

»Wo bin ich?« fragte Jim. Er war vom Sonnenlicht geweckt worden, das ihm mitten in die Augen fiel.

»Du liegst in deinem eigenen Bett in der Kemenate«, antwortete Angie schläfrig. Sie lag neben ihm. »Es ist ungefähr vier Uhr morgens, und die Sonne ist gerade aufgegangen. Schlaf weiter.«

»Oh«, machte Jim. Er schloß die Augen und fühlte, wie Angie sich dicht an ihn kuschelte. Dann schlief er schon wieder ein.

»Wie spät ist es?« fragte er, als er das nächste Mal aufwachte, und setzte sich auf.

Angies Gesicht war ganz im Kopfkissen vergraben. Sie grub sich noch tiefer. »Fünf oder sechs Uhr morgens«, sagte sie unbestimmt. »Zu früh. Schlaf weiter.«

»Ich kann nicht«, sagte Jim überzeugt. »Es ist zu viel zu tun.«

Aber Angie war schon wieder eingeschlafen.

Also ungefähr sechs Uhr in der Früh, dachte Jim. Als sie hier ankamen, war es schätzungsweise Mittag gewesen. Demnach hatte er etwa achtzehn Stunden geschlafen – oder ein bißchen weniger. Sie waren in die Große Halle gegangen und hatten gegessen… und das war alles, an was er sich erinnern konnte.

Wenn sie eine Stunde gespeist hatten – vielleicht etwas weniger –, dann hieß das, daß er nur etwa siebzehn Stunden geschlafen hatte. Nun, im jeden Fall genug, um zu erklären, warum er jetzt hellwach war. In seinem Kopf schwirrten die vielen Dinge, die er dringend erledigen mußte. Leise krabbelte er aus dem Bett und sah sich nach seiner Kleidung um.

Da er selbst wach war, bestand eine hohe Wahrscheinlichkeit, daß auch Brian und Dafydd schon aufgestanden waren. In diesem Fall würde er sie wohl in der Großen Halle beim Frühstück finden oder bei dem, was hier dafür gehalten wurde. Beim Gedanken an kalte Fleischstücke mit Wein oder Dünnbier drehte sich ihm der Magen um. Angie sorgte üblicherweise dafür, daß die Küche für sie Eier und Speck vorbereitete, aber das war nicht die Art von Frühstück, an das die Hiesigen gewöhnt waren. Wenn er zu seinen Freunden hinunterging, würde er das gleiche wie sie essen müssen. Aber vielleicht konnte er zuvor etwas Heißes zu sich nehmen.

Kaffee war hier nicht zu bekommen, dank Carolinus hatten sie jedoch wenigstens Tee. Jim machte sich eine Tasse – stark – und trug sie in die Große Halle hinunter. Er begegnete auf der Treppe niemandem, und auch die Anrichtestube war leer.

Mit Sicherheit saßen Brian und Dafydd an der Tafel.

Wie erwartet war der Tisch gedeckt und die beiden langten kräftig zu. Sie begrüßten einander, und Jim wählte den Stuhl neben Brian – aus irgendwelchen unerfindlichen Gründen standen die größeren Tabletts alle vor Brian. Es war eine seltsame Auswahl an Gerichten: in Essig eingelegtes Gemüse, schon etwas altbackenes Brot, kleine Küchlein und Stücke kalten Bratens, der noch nicht aufgeschnitten war. Das war nicht das Übliche, was sonst zum Frühstück gereicht wurde.

»Was trinkt Ihr da, James?« wollte Brian wissen und sah in Jims Messingbecher.

»Ein Getränk für Magier«, erwiderte Jim.

»Schläft überall nur auf einer Matratze, trinkt allerlei seltsame Sachen – vergebt mir, James, daß ich manchmal vergesse, wie hart ihr Magier für Eure großen Kräfte bezahlen müßt, während selbst ein einfacher Ritter vom Land – wie ich – sich an einem Bett und gutem Wein erfreuen kann.«

Jim, der sich gerade zu seiner Geistesgegenwart beglückwünschen wollte, wurde davon überrumpelt.

»Ach, es ist gar nicht so hart, Brian.« Er fühlte sich wie ein Lump. Er setzte sich an die Tafel, stand aber fast sofort wieder auf.

»Verzeiht mir, aber ich habe vergessen, auf dem Weg nach unten nach Carolinus zu sehen.«

»Ihm geht es schon besser«, versicherte Brian. »Dafydd und ich haben heute morgen nach ihm geschaut. Er war wach, aber noch schwach. Nach ein paar Tagen mit ausreichend Essen und Schlaf wird er wieder ganz der alte sein.«

»Schön! Aber ich denke, ich sollte rasch nach oben gehen und nachschauen, ob er noch immer wach ist, da ich mit ihm sprechen möchte. Ich bin gleich zurück.«

Als er die Tür zu dem Zimmer öffnete, das Carolinus immer überlassen wurde, wenn er auf Malencontri weilte, erwartete er einen Bediensteten zu sehen, der bei dem Magier wachte. Aber da war nur Carolinus in seinem Bett. Er hatte die Augen geschlossen.

Jim ging hinein und schloß die Tür hinter sich. Dann näherte er sich dem Bett. Kurz bevor er dort ankam, öffnete Carolinus die Augen.

»Hah!« Seine Stimme klang schwach und heiser, enthielt aber den gleichen Unterton von Herausforderung und Trotz, den Jim von Brian gewöhnt war.

»Ich wollte nur einen Augenblick mit Euch sprechen«, sagte Jim.

»Nun, und?«

»Ich wollte gerade mit Brian und Dafydd frühstücken – Ihr wißt, daß Ihr auf Malencontri seid, nicht wahr?«

»Ich bin weder blind noch taub. Natürlich weiß ich es. Weiter.«

»Nun, wie fühlt Ihr Euch?«

»Ich habe mich nie besser gefühlt«, antwortete Carolinus schneidend, doch sein Gesicht sah so bleich und eingesunken aus, als wäre er schon tot. »Wolltet Ihr darüber reden?«

»Eigentlich nicht. Es geht darum, was jetzt mit Brian geschehen soll. Ich muß ihn irgendwie von allen Anklagen reinwaschen, die etwas mit seiner Teilnahme an dem Angriff auf Cumberlands nördliche Ländereien zu tun haben. Vielleicht muß ich zum Hof gehen. Chandos könnte das möglicherweise zum Bestandteil einer Vereinbarung mit Cumberland machen.«

»Kümmert Euch nicht darum«, sagte der ältere Magier. Bei Jims erschrecktem Blick lenkte er ein und fuhr fort: »Das Kollegium der Magier mischt sich grundsätzlich nicht in die Politik bei Hofe ein. Da diese Angelegenheit jedoch auch ein Königreich von Elementarwesen betrifft, haben wir das Recht dazu. Cumberland wird nicht in der Lage sein, das abzustreiten.«

Er schloß die Augen und schien einzunicken, sprach aber weiter.

»KinetetE wird sich darum kümmern.«

Jim hatte noch erwähnen wollen, daß er über kein magisches Guthaben mehr verfügte, aber da Carolinus im Einschlafen begriffen war, wandte er sich zur Tür und öffnete sie leise.

»... stupider Unsinn«, grummelte Carolinus hinter ihm. »Bei Schwierigkeiten, sage KinetetE... stupide... bürokratische...«

Die letzten Worte wurden immer leiser. Carolinus' Augen schlossen sich vollständig.

Jim ging zur Kemenate hoch, um sich noch eine Tasse Tee zu holen. Er versuchte leise zu sein, aber Angie schlief unruhig, und es schien, als ob sie beim kleinsten Geräusch aufwachen könnte. Daher schloß er vorsichtig die Tür und ging zu den Treppen.

In der Anrichtestube war immer noch niemand, und Jim fragte sich, ob seine Leute wieder irgendwo bei einer Prügelei zuschauten. Er ging weiter zur Hohen Tafel.

»Dafydd«, sagte Jim, als er seinen ersten Hunger gestillt hatte, »ich weiß nicht, wie ich Euch danken soll. Wenn Ihr uns nicht durch das Versunkene Land geführt hättet, so daß wir nach Lyonesse gelangen konnten, hätten wir Robert und Carolinus nie wiedergesehen.«

Wie alle Menschen von Rang zu dieser Zeit waren Brian und Dafydd – verglichen mit Jim – nicht nur gewaltige Esser, sondern auch sehr schnell im Zugreifen. Beide hatten bereits ihren Hunger gestillt, lehnten sich nun zurück, spielten mit ihren Trinkbechern und knabberten noch an süßen Küchlein.

»Ach, das war doch nicht der Rede wert«, wehrte Dayfdd bescheiden ab. »Es war nichts als Zufall, daß ich unter den Wellen Verwandte habe. Davon abgesehen würde ich selbst jederzeit ausziehen, um Carolinus zu retten. Dafür müßt Ihr mir nicht danken, James.«

»Das möchte ich aber. Ich möchte Euch beiden danken. Doch was ich noch sagen muß, Dafydd, ist, daß Brian und ich wahrscheinlich zum Hof nach London gehen werden. In London sitzt der König, und ich werde mich um die Sache mit Cumberland kümmern müssen. Wie dem auch sei, ich wollte Euch sagen, daß ich Euch nicht länger aufhalten will. Ich weiß, daß Danielle bei Euch zuhause wartet, und wenn Ihr zu Eurer Familie zurückkehren wollt, dann braucht Ihr nicht länger zu zögern.«

Die Worte klangen nicht so, wie sie sollten, und als Dafydd nicht sofort antwortete und Brian aufhörte, an seinem Küchlein zu knabbern und still und ausdruckslos dasaß, stieg in Jim ein kaltes Unbehagen auf.

»Nun, mein Lord«, sagte Dafydd ruhig, mit unbewegtem Gesicht und in beiläufigem Tonfall – und Jim wußte sofort, daß er genau das Falsche gesagt hatte. »Ich achte Eure Zuvorkommenheit und werde umgehend nach Hause zurückkehren.«

»Ich«, sagte Brian grimmig, »habe das Gefühl, daß wir den Meister ap Hywel noch dringend brauchen werden, James!«

»Oh, das glaube ich auch!« sagte Jim schnell. »Tatsächlich habe ich mir schon den Kopf zerbrochen, wie wir ohne ihn auskommen könnten, aber mir ist nichts eingefallen. Und dennoch dachte ich, daß ich es ihm anbieten sollte – ich hatte den Eindruck, daß vielleicht häusliche Pflichten...«

»Ah«, sagte Dafydd, »und hat einer aus meiner Familie über diese Pflichten gesprochen? Vielleicht die Jungs? Oder etwa Meisterin ap Hywel, meine gute Frau?«

»Ich weiß es nicht so genau – ich habe irgendwie den Eindruck gewonnen, wenn Ihr wißt, was ich meine.«

»Das weiß ich in der Tat, James. Macht Euch keine Sorgen. Es gibt keine Pflichten, die mich daran hindern könnten, Euch und Brian zu begleiten.«

»Wunderbar! Ausgezeichnet!« rief Jim. »Die Sache ist die... Ich wachte heute morgen auf und erinnerte mich an etwas, das ich Euch gegenüber noch nicht erwähnt habe. Während wir weg waren, ist für mich ein Brief von Prinz Edward angekommen, in dem er mich – und Euch – um Hilfe ersucht. Er fürchtet dieselbe Agatha Falon, die uns vor dem Eingang zum Königreich der Wurzel eine Falle gestellt hat. Es ist eine Hofangelegenheit, und ich möchte Euch nicht darin verwickeln, wenn Ihr es nicht wirklich wollt...«

»Aber James!« sagte Brian empört. »Ihr sagtet, daß im Brief auch um unsere Hilfe ersucht werde. Damit ist es eine Angelegenheit der Ehre zu helfen. Ich spreche dabei natürlich nicht für Dafydd«, ergänzte Brian hastig, »das heißt, daß ich für keinen anderen Mann sprechen kann. Aber Dafydd hat seinen Wunsch bereits kundgetan. Und was ist der Hof schon, daß er für uns einen Unterschied bedeuten könnte, wenn es um eine Sache der Ehre geht?«

»Nun«, sagte Jim und fühlte sich unbehaglich, da Brian nie zugegeben hatte, daß er sich wegen seiner Einstellung zu den Königlichen Steuern Sorgen machte.

Er war nahe daran gewesen zu erwähnen, daß sie Brian aus der höchst realen Gefahr, unter der Anklage des Verrats gehängt, geköpft oder gevierteilt zu werden, befreien mußten. Aber bevor Brian nicht zugab, daß diese Gefahr bestand, hatte Jim keine Möglichkeit, offen darüber zu sprechen. Er sah Dafydd an und stellte fest, daß dieser ihn ebenfalls anschaute. Der Bogenschütze zuckte leicht mit den Schultern. Offensichtlich wußten sie beide Bescheid und konnten nichts sagen. Es spielte auch keine Rolle.

»Ihr habt recht, Brian«, bemerkte Jim dann nur. »Das einzig Wichtige ist, dem Prinzen zu helfen – das ist eine Sache der Ehre.«

»Dann machen wir es zusammen!« sagte Brian. »Laßt uns darauf trinken.«

Sie alle folgten Brians Beispiel und leerten ihre großen Becher. Glücklicherweise war Jims Becher nur noch zu weniger als einem Viertel gefüllt. Er schaffte es, einen Hustenanfall zu unterdrücken, und als sie die Becher wieder absetzten, war ihre Freundschaft so eng wie zuvor.

»Ich muß nur noch etwas essen...«, sagte er und schaufelte sich etwas von dem, was ihm am nächsten war, in den Mund. Er war mit der Wendung, die die Dinge genommen hatten, hoch zufrieden. Die anderen beiden sahen ihm eine Weile gutmütig zu und fingen dann an, die Jagd auf die drei Sorten Rotwild – Rehbock, Dammhirsch und Hirsch – zu besprechen. Seltsame Worte wie ›Spießer‹ und ›Sechsender‹ drangen halb an Jims Ohr. Sie waren offensichtlich in ein Thema vertieft, über das sie schon zuvor gesprochen hatten.

»Gut gemacht, James«, unterbrach Brian das Gespräch, um das Wort an Jim zu richten. »Es ist eine Sache, mehrere Tage ohne Nahrung auszukommen, wenn man keine hat, aber wenn die guten Sachen vor einem liegen, dann sollte man sie auch nutzen. Sagt nichts mehr. Eßt!«

»Das tue ich«, antwortete Jim und setzte sein Mahl fort, das erheblich üppiger ausfiel, als er je für möglich gehalten hätte. Dadurch war er notwendigerweise still und hatte genug Muße nachzudenken, während er kaute.

Er hatte bis jetzt keine Gelegenheit gehabt, Carolinus zu fragen, was es mit seinem magischen Guthaben auf sich hatte. Aber nun, da Carolinus gerettet war, würde er es bald wissen. Und Jim war sicher, daß sich niemand einem Magier der Kategorie Eins Plus in den Weg stellen würde – insbesondere nicht, da ihm, Jim, ein gewichtiger Anteil an der Rettung Carolinus' zukam. Es war also nur noch eine Frage der Zeit.

Das Gespräch über Rotwild gab ein nettes Hintergrundgeräusch ab, und ein Blick zeigte Jim, daß die beiden nicht länger auf ihn achteten. Sein Appetit war gestillt, und er bemerkte, daß er sich gedankenlos kandierte Früchte in den Mund stopfte, nur weil sie da waren. Er schob die Platte beiseite.

Er fühlte sich voller, als er gedacht hätte, und lehnte

sich zurück, um den Gesprächsfaden aufzunehmen, obgleich dieser voller obskurer Anspielungen war.

Er wurde sich bewußt, wie still es überall war. Geräusche wurden nicht von Stockwerk zu Stockwerk übertragen, sondern nur über den Weg des hohen Turms, in dessen Leere alles schallte. Aber auf dem Hauptstock der Burg hielten sich sonst immer Bedienstete auf, die miteinander sprachen oder sich etwas zuriefen, zu dem sich ein gewisser Geräuschpegel gesellte, der durch deren Arbeit verursacht wurde.

Jetzt war nichts davon zu hören. Von der Anrichtestube war niemand gekommen, um die Weinkrüge nachzufüllen. Brians Krug war eben sogar leer geworden. Üblicherweise kamen die Bediensteten so häufig, um solche Dinge zu überprüfen, daß es ihm schon zuviel war.

Dafydd und Brian sahen bereits zur Tür, hinter der die Anrichtestube lag. Jim sah selbst hinüber, und durch den Türbogen trat ein Mann im Priestergewand.

»Mein Lord!« sagte der Priester, als Jims Blick auf ihn fiel. Während er sprach, kam er auf Jim zu, ging mit gleichmäßigem Schritt weiter zum Podest und bestieg es. Jim stand selbst auf, um dem Fremden zu begegnen, und merkte, daß dieser etwas in Latein vor sich hin murmelte.

Während er näher kam, hatte der Priester zu Boden gesehen, aber als er bis auf einen Schritt an Jim heran war, blieb er stehen, hob den Kopf, so daß das lange, ernste, glattgeschabte Gesicht eines Mannes im mittleren Alter sichtbar wurde, und sprach die abschließenden Worte:

»Benedicat te, Omnipotens Deus, Domine Jacobe Ekertis.« Dann schlug er ein Kreuz in die Luft.

Jim brauchte ein paar Sekunden, bis er verstand, was da geschehen war. Er war mit den Worten *›Möge* *der allmächtige Gott Euch segnen, Lord James Eckert‹* gesegnet worden.

Er war absichtlich gesegnet worden, was für einen Magier bedeutete, daß er in den nächsten vierundzwanzig Stunden keine Magie wirken konnte.

Jim öffnete den Mund, um zu erklären, wie lächerlich es sei, einen Magier zu segnen, der bereits über keine magische Energie mehr verfügte, schloß ihn aber wieder.

Bewaffnete Männer in Kettenhemden, mit Eisenhelmen, Schwertern und all den anderen Ausrüstungsstücken, die Krieger zueigen waren, strömten von der Anrichtestube und aus allen anderen Zugängen in die Große Halle – es waren wenigstens zwanzig oder dreißig – und rückten zu Jim, Brian und Dafydd vor. Jim wurde gegen drei Männer zurückgetrieben, die Arme wurden ihm auf dem Rücken festgehalten, dann die Handgelenke gebunden. Auch seine Freunde wurden auf die gleiche Weise überwältigt und gefesselt.

Kapitel 33

»SCHÖN, SCHÖN«, sagte eine Stimme hinter Jim, als die letzte seiner Fesseln festgezogen wurde. Die Stimme war ein Bariton mit dem Akzent der Londoner Oberklasse. »So ist es schon immer gelungen. Früher oder später kommen die Ratten zum Köder in der Falle.«

Der Besitzer der Stimme ging durch die Ansammlung der Bewaffneten hindurch nach vorn. Er stellte sich vor die hohe Tafel, so daß Jim, Brian und Dafydd ihn gut sehen konnten.

Er war ein wenig kleiner als die meisten seiner Männer, aber bemerkenswert breitschultrig und schmalhüftig. Er trug weder Rüstung noch Waffen. Sein Hemd stand am Hals offen, und in der Hand hielt er einen Pokal, der zur Hälfte mit Wein gefüllt war. Ein Lächeln überzog das dreieckige, sonnengebräunte Gesicht. Das Lächeln wirkte auf den ersten Blick freundlich, aber Jim hatte sofort seine Zweifel. Der Mund war dünn, und das Lächeln zog nur die Mundwinkel ein bißchen in die Höhe. Es war ein schmales, hartes Gesicht.

Der Mann nippte an seinem Pokal und blickte die Gefangenen mit so etwas wie Vergnügen an.

»Ich denke, daß Ihr ein edler Herr seid, Sir«, sagte Brian gleichmütig, aber eiskalt. »Aber ich kenne Euch nicht.«

»Sir Simon Lockyear, zu Diensten. Ich bin hier auf Befehl des Königs, den Gott schützen möge.«

»Ich empfinde Euch als unangenehm«, erwiderte Brian.

Sir Simon Lockyear lachte.

»Meint Ihr? Und ohne Zweifel wollt Ihr mich aus diesem Grunde fordern?«

»Genau. Wenn Ihr die Freundlichkeit hättet, Eure Männer die Bande durchschneiden zu lassen, mit denen sie mich, Lord James und den Bogenschützen gebunden haben, wäre ich hocherfreut, Euch sofort mit dem Schwert – oder welche Waffe auch immer Ihr wählt – zur Verfügung zu stehen.«

Simon Lockyear lachte erneut auf.

»Nein, nein«, erwiderte er. »Es wäre ohne Zweifel ein Spaß. Aber ich darf die, die ich zurückbringen soll, nicht verletzen. Daher fürchte ich, daß Ihr alle gefesselt bleiben müßt. Ich habe einen Haftbefehl der Krone gegen Euch, Sir Brian, wegen des Verdachts auf Verrat. Ihr hattet die Absicht, Euch einer Rebellion gegen den Frieden des Königreichs anzuschließen. Dann habe ich noch zwei weitere Haftbefehle, einen für Euch, mein Lord James, da Ihr den besagten Sir Brian beherbergt habt, und einen für den walisischen Bogenschützen –

der höchstwahrscheinlich der dritte ist, der hier vor der Tafel steht – mit Namen Dafydd ap Hywel. Er wird ebenfalls beschuldigt, den Verräter Sir Brian unterstützt zu haben.«

Er war für einen Augenblick still und zog ein Taschentuch hervor, dessen Geruch Jim auch über den guten Meter hinweg, den er entfernt stand, deutlich wahrnehmen konnte.

»Aber ich muß schon sagen«, fuhr Lockyear fort, »Ihr seid nicht sehr wählerisch, mit wem Ihr an einem Tisch sitzt, Sir Brian und mein Lord James. Ein Bogenschütze – ich muß mich sehr wundern.«

Brian beachtete die letzten Worte nicht.

»Pflicht ist keine ritterliche Entschuldigung, Sir Simon.«

»Vielleicht nicht. Auf der anderen Seite ist weder Ehre noch sonst etwas damit zu gewinnen, mit einem Verräter die Waffen zu kreuzen.«

»Verdammt sei Eure Seele!« explodierte Brian. »Ich bin kein Verräter und war auch nie einer! Was soll dieser Unsinn?«

Sir Simon zog langsam die Lederhandschuhe aus, so daß seine langen, schmalen Finger zum Vorschein kamen, und blickte Brian über den Tisch hinweg an.

»Das könnt Ihr den Richtern erklären, wenn Ihr im Tower seid, Sir Brian. Ich habe nur den Auftrag, Euch dort hinzubringen, und genau das werde ich tun.«

Er wandte sich plötzlich an den großen Bewaffneten, der neben ihm stand.

»Warum habt Ihr noch nicht Sir James' Frau hergeschafft, Elias?« bellte er.

»Wir haben eine Frau, Sir Simon. Aber wir sind nicht sicher, ob das die Dame ist, die Ihr wünscht.«

»Bei Gott! Himmel! Könnt ihr keine Dame von einer Dienstmagd unterscheiden? Seht euch die Qualität ihres Gewandes an und ob es ihr paßt! Eine große

Frau mit dunklen Haaren. Ich würde sie sofort erkennen! Ich habe bereits einmal mit ihr gesprochen, auf unserer ersten Reise zu dieser Burg. Ich kann zweifelsfrei feststellen, ob sie es ist. Bringt sie sofort her! Sie wird es kaum erwarten können, ihren Gatten zu sehen.«

Seine Lautstärke war bei den letzten Worten wieder auf das übliche Maß gesunken, und er setzte sich auf einen der leeren Stühle. »Ich werde hier warten.«

Er goß noch etwas Wein in seinen Pokal nach und sprach dann Jim, Brian und Dafydd an. »Setzt Euch, meine Gefangenen. Wir werden so tun, als wäret ihr drei meine Gäste.«

Brian, Dafydd und Jim wurden auf die Stühle gedrückt. Elias gab vieren der Bewaffneten Anweisungen, die daraufhin durch den Eingang zur Anrichtestube zum dahinter liegenden Turm verschwanden. Der große Bewaffnete kehrte danach wieder an den Tisch zurück. »Habt Ihr noch einen Wunsch, Sir Simon?«

»Im Augenblick nicht. Geh ihnen nach und stell sicher, daß deine Leute alles richtig machen. Ich habe keine Zeit für irgendwelche Kapriolen.«

Elias ging hinaus, und Simon griff nach einem der kleinen Küchlein. Er nahm es zwischen die Finger und knabberte daran.

»Ah«, sagte er langsam und bedächtig und spülte den Bissen mit Wein hinunter. »Meine Glückwünsche für Eure Küche, Sir James. Ich würde auch gern jemanden in meiner eigenen haben, der so gut kochen kann.«

»Wer hat Euch hergeschickt?« fragte Jim.

»Hergeschickt?« Sir Simon aß ein weiteres Küchlein, bevor er antwortete. »Ich bin auf Befehl von Lord Cumberland hier. Man könnte also sagen, daß er mich hergeschickt hat. Obgleich mir die Befehle durch den obersten Ritter seines Haushalts, Sir Adam Turner, übermittelt wurden. Ich habe jetzt schon einige Zeit nach Euch gesucht, und während der Nacht habe ich Eure Burg eingenommen und gewartet, bis Ihr am rechten Platz sein würdet – ah! Gut und schnell gemacht, Elias!«

Sir Simon schwang herum und schob beim Aufstehen seinen Stuhl zur Seite. Seine Männer brachten gerade Angie herein. Ihre Handgelenke waren gefesselt, aber mit einem Stoffstreifen statt Lederschnüren. Ihr Gesicht wirkte vollkommen ruhig und gelassen. Sie sah Jim an, als wollte sie *ihn* beruhigen.

»Guten Tag, meine Lady«, begann Sir Simon. Er stellte sein rechtes Bein vor und verbeugte sich in höfischer Manier. Jedoch hatte er wieder das dünne Lächeln aufgesetzt, das nur seine Mundwinkel hochzog. »Ich bedauere, daß wir uns unter solchen Umständen treffen. Aber der Lord und Gatte sowie die anderen zwei an diesem Tisch müssen nach London gebracht werden, wo sie wegen Verrats vor Gericht gestellt werden. Meine mündlichen Befehle besagen, daß ich Euch ebenfalls mitnehmen soll.«

Angie wirkte leicht amüsiert, sagte aber nichts.

Simon wandte sich an seine Männer. »Macht alles reisefertig. Es wird der Lady erlaubt, eine Zofe und einige Kleidungsstücke mitzunehmen. Wir können auf sie keine allzu große Rücksicht nehmen. Gefangene neigen dazu, auf dem Weg zu sterben und nie im Gefängnis anzukommen.« Er lächelte Jim an.

»Das spart auf lange Sicht oft Mühe und Ärger, aber ich fand es immer schade, insbesondere, wenn man Mitteilungen hätte erhalten können. Elias, schicke einen Mann los, der sich im Stall umsieht.«

Elias ging, gefolgt von einem weiteren Mann. Aus dem Augenwinkel sah Jim, wie einer der Bewaffneten einen Metallpokal ergriff, der am anderen Ende des

Tisches stand, und ihn in einen Sack gleiten ließ, den er auf dem Rücken trug. Plötzlich fiel Jim auf, daß alle Bewaffneten solche Säcke hatten und sie füllten.

Jetzt war keine Zeit mehr zu verschwenden.

»Kob«, rief er zur Feuerstelle hinüber. »Sag Carolinus Bescheid!«

Es kam keine Antwort.

»Ihr habt einen Teufel aus der Feuerstelle gerufen, damit er Euch zu Hilfe kommt, nicht wahr, Sir James?« fragte Simon. »Ihr solltet daran denken, daß der gute Vater Euch gesegnet und Euch Eure Magie gestohlen hat. Ich bitte Euch und Sir Brian, noch ein wenig ruhig sitzen zu bleiben, während meine Männer alles für die Reise nach London vorbereiten. Es wird nicht lange dauern. Möchte sich meine Lady setzen?«

Aber Angie hatte es bereits getan.

»Das erinnert mich an etwas. Habt Ihr eine besondere Dienstmagd, die Ihr gerne mitnehmen möchtet, Lady? Ich werde sie holen lassen, und Ihr könnt Ihr dann sagen, was sie für die Reise einpacken soll. Ich bin Junggeselle und habe nicht die geringste Ahnung, was eine Lady auf einer Reise brauchen könnte. Wen soll ich holen lassen?«

»Schickt nach Enna«, antwortete Angie kalt. »Sie weiß, was eingepackt werden muß.«

»Kümmere dich darum«, befahl Sir Simon und nickte einem Bewaffneten zu, der sich sofort umdrehte und durch eine Seitentür verschwand.

»Da, seht Ihr, wie glatt alles läuft, wenn man sich einig ist?«

Er füllte wieder seinen Weinpokal nach.

»Verdammt will ich sein, wenn ich mit Euch an einem Tisch sitzen würde, aber nicht vor Euch hier gewesen wäre«, sagte Brian.

»Ich glaube, Sir Brian hat die Lage noch nicht ganz

verstanden. Vielleicht sollten wir ihnen allen jetzt die Ketten anlegen, um Zeit zu sparen.«

»Ketten!« Brian sprang auf. Offensichtlich hatte er die Schnüre an seinen Handgelenken bearbeitet und sie entweder zerrissen oder so mit seinem Blut durchnäßt, daß sie nachgaben. Wie dem auch sei, seine Hände kamen nach vorn – eine Schnur baumelte immer noch von einem übel zugerichteten Handgelenk –, und er ging mit bloßen Händen auf die Kehle von Sir Simon los. Fünf Bewaffnete mußten ihn festhalten, um zu verhindern, daß er den anderen Ritter angreifen konnte.

»Unglaublich!« sagte Sir Simon und schüttelte den Kopf. Er hatte sich keinen Zentimeter gerührt. »Ich fürchte, Sir Brian hat vor Kummer über die Verhaftung den Verstand verloren. Legt ihn zuerst in Ketten und dann, nun… dann muß auch der Rest in Ketten gelegt werden – selbst die Lady und die Person, die sie als Zofe begleitet. Wir dürfen hier keine Zeit mehr verlieren. Wir haben noch einen ganzen Tag vor uns. Bewegt Euch!«

Die letzten Worte kamen wie ein Peitschenknall. Zwei Männer rannten die Halle hinunter und durch die Doppeltüren hinaus auf den Burghof.

Jim wurde bewußt, daß er, Angie, Dafydd und Brian überhaupt keine Zeit mehr hatten. Weder Kob noch Carolinus konnten helfen. Er fragte sich, was Sir Simon den Bewaffneten von Malencontri und den anderen Bediensteten angetan hatte. Nicht daß sein Dutzend Bewaffneter es mit diesem Trupp hätte aufnehmen können. Selbst jetzt, wo einige in Ausübung ihrer Befehle unterwegs waren, verblieben immer noch fast dreißig in der Großen Halle, und alle trugen Waffen sowie die leichte Rüstung gewöhnlicher mittelalterlicher Fußsoldaten.

Jim war verzweifelt. Sonst fiel ihm immer eine Lösung ein, wenn es eng wurde. Noch nie hatte er seine Magie so sehr vermißt wie jetzt in der Großen Halle seiner eigenen Burg.

Wie er waren auch Brian und Dafydd gefesselt und hilflos. Niemand bot ihm auch nur die Hoffnung auf Hilfe –

Oder – Augenblick mal!

Da war immer noch er selbst. Ein Segen entfernte die Magie nur von Menschen und hatte auf die begrenzte angeborene Magie von Elementarwesen keinen Einfluß!

Erst gestern in der Thronhöhle des Wurzelkönigs hatte er die Macht, die es ihm erlaubte, sich in einen Drachen zu verwandeln, eingesetzt, und das, obwohl er bei der Revisionsabteilung kein magisches Guthaben mehr besaß. Es war mehr als wahrscheinlich, daß dieselbe Macht – ähnlich der angeborenen Kräfte von Elementarwesen – ihm immer noch zur Verfügung stand.

Aber wann sollte er diese Kraft einsetzen? Wenn er sich hier und jetzt in seine Drachengestalt verwandelte, würden die Schnüre, mit denen er gefesselt war, wie Bindfäden reißen – er hatte in der Anfangszeit ganze Kleidungssätze verloren, wenn er sich in einen Drachen verwandelte. Dann hatte er gelernt, den Verwandlungsprozeß magisch zu überwachen. Aber wie dem auch sei, sobald er erst ein Drache und frei war…

Nein, der Gedanke war äußerst reizvoll, aber nicht durchführbar. Er würde die Bewaffneten in Angst und Schrecken versetzen, vermutlich aber nicht den Ritter. Und wenn ihn so viele bewaffnete Männer in einer so kleinen Halle verfolgten, wo er sich nicht in die Luft absetzen konnte, würden sie ihn gewiß überwältigen.

Er würde Angie und die anderen nicht sofort nach der Verwandlung retten können. Er konnte nur darauf hoffen, daß es ihm gelang, zu fliehen und Hilfe zu holen. Er brauchte einen Plan, der die Vorteile einer Verwandlung in einen Drachen bestmöglich nutzte und das Überraschungsmoment einkalkulierte, da seine Gegner glaubten, ihn aller Möglichkeiten zur Ausübung von Magie beraubt zu haben.

Er könnte mit Sicherheit die jungen Klippendrachen rekrutieren. Sobald die Männer erst mal mit ihren Gefangenen die Burg verlassen hatten, waren sie von allen Seiten angreifbar. Unter solchen Bedingungen konnte einiges erreicht werden. Die Schwierigkeit war nur, daß die jungen Drachen wohl alle Bewegungen des Kampfes ausführen, aber nicht wirklich für ihn kämpfen würden – und zudem fragte er sich, was die Dracheneltern sagen mochten, wenn sie hörten, daß er ihre Kinder absichtlich in einen Kampf gegen Georgs geführt hatte – etwas, das sogar die stärksten erwachsenen Drachen heutzutage vermieden.

Jim dachte angestrengt nach, aber ihm fiel nichts anderes ein. Nun, zumindest würde er wahrscheinlich fliehen können, dem Troß in der Luft folgen und vielleicht andere Hilfe finden.

Da gab es Brians eher tattrigen Bediensteten und seine wenigen Bewaffneten. Geronde hatte einen besseren Trupp auf Burg Malvern, und dann waren da noch Giles o'the Wold und seine Männer, die in den Wäldern lebten. Das Problem wäre nur, sie zu finden und zeitig genug herzuschaffen, damit sie von Nutzen wären – er selbst konnte nicht zu lange weg sein, da er sonst Sir Simon und seine Gruppe aus den Augen verlöre.

Diese Leute zu fragen, ob sie sich an bewaffneten Aktionen gegen die Männer des Königs beteiligten, wäre unfair – und blutig. Es wäre besser, wenn er eine Möglichkeit fände, die Bewaffneten so zu erschrecken, daß sie ihre Gefangenen außer acht ließen.

Sir Simon wäre ein Problem für sich. Jim befand

sich lange genug im vierzehnten Jahrhundert, um zu wissen, daß Lockyear – was auch immer seine sonstigen Fehler wären – nicht in Panik geraten oder vor einem Kampf fliehen würde.

Aber nun genug nachgedacht. Er drehte sich zu Angie um, die nur einen guten Meter von ihm entfernt saß, und hob mehrere Male die Augenbrauen. Daraufhin nickte sie fast unmerklich, und er wußte, daß sie ihn verstanden hatte. Er sah zur Haupttür hinüber und schätzte die Entfernung ab. Zwei lange Sprünge, wenn er seine Flügel zu Hilfe nahm, und er wäre draußen. Er wollte gerade mit dem Verwandlungsprozeß beginnen, als lautes Gebrüll an seine Ohren drang.

Es war ein Laut, wie er nur von vielen menschlichen Kehlen gleichzeitig hervorgebracht werden konnte. Im gleichen Augenblick wurden die zwei großen Türen am Eingang nach innen aufgestoßen, und vom Burghof draußen sowie durch alle anderen Zugänge zur Großen Halle kam eine Menschenmenge herein.

Jim kannte jeden einzelnen von ihnen, aber er brauchte eine Weile, bis er glauben konnte, was er sah. Es waren die Burgbediensteten, die vom kompletten Dutzend von Malencontris Bewaffneten angeführt wurden, allesamt schmutzig – man hatte sie wohl ins Verlies geworfen –, aber alle hatten ihre Schwerter, und die Bediensteten trugen Dinge, die gut als Waffe benutzt werden konnten.

Sie hätten nicht wilder aussehen können, wenn sie geradewegs aus der Steinzeit hierher versetzt worden wären. Da war der Grobschmied mit einem schweren Hammer in jeder der großen Fäuste. Er hatte die Reste seiner Zähne im unrasierten Gesicht gefletscht. Dann war da May Heather, die eine unhandliche Streitaxt geschultert hatte, ihre Lieblingswaffe. Sie hatte sie einmal gegen Jim erhoben, da sie ihn in seiner Drachengestalt nicht erkannt hatte. Die Axt trug sie mit erheblich weniger Schwierigkeiten als damals, als sie etliche Jahre jünger und schmächtiger gewesen war.

Auch der ganze Rest hatte irgend etwas ergriffen. Meisterin Plyseth fuchtelte mit einer langen Röstgabel herum, die zwei gefährlich aussehende Zinken hatte, die vermutlich leicht durch die Glieder eines Kettenhemdes hindurch in den Körper des Trägers gleiten konnten.

Jim starrte sie für den Bruchteil einer Sekunde an. Bei ihrem ersten Anblick machte sein Herz einen Freudensprung, aber dann versank es in Schrecken. Was sie da taten, war Selbstmord. Das war unmöglich, unvorstellbarer als alles, was er sich je vorgestellt hatte. Obwohl sie doppelt so viele waren wie die Soldaten Sir Simons, hatten sie doch keine Chance, gegen vernünftig bewaffnete und erfahrene Kämpfer zu gewinnen, Männer, die daran gewöhnt waren, als Einheit zu kämpfen. Vermutlich waren sie von all den Geschichten und Balladen über Jims Abenteuer und heroische Taten mitgerissen worden, bis zu dem Punkt, wo sie dachten, daß auch sie selbst wahre Helden sein könnten.

»HALT!« schrie Jim und versuchte, den Lärm, den sie machten, zu übertönen. »Sofort aufhören! Hört damit sofort auf! Habt ihr mich verstanden? ICH SAGTE AUFHÖREN!«

Das Gebrüll wurde leiser und erstarb schließlich ganz. Sie kamen zum Stehen und blickten über eine Entfernung von nur anderthalb bis drei Metern auf die Bewaffneten Sir Simons, die zurückstarrten und gar nichts dagegen zu haben schienen, auf diese zivile Menge einzuschlagen, und offenbar schon genau wußten, wie sie dabei vorgehen würden.

In diesem Augenblick der Stille knallten die zwei Hälften der großen Vordertür erneut auf, und herein kam Secoh, der Teichdrache.

Secoh war ein Gefährte von Jim gewesen, als dieser mit anderen gegen die Dunklen Mächte am Verhaßten Turm gekämpft hatte. Seitdem besuchte er ihn hin und wieder, wenn er nicht gerade als eine Art Geschichtenerzähler, Anführer und Idol für die jüngeren Klippendrachen fungierte.

Jetzt wackelte er den Gang zwischen den zwei langen, niedrigen Tafeln der Halle entlang – Gehen war für Drachen eine unbeholfene, wenn auch praktizierbare Art der Fortbewegung. Sir Simons Truppe starrte ihn erstaunt an.

Einen gehenden Drachen hatten sie ohne Zweifel noch nie gesehen – oder sich auch nur vorgestellt. Möglicherweise hatten sie einmal einen stehenden Drachen auf dem Schild von irgendwem gesehen oder das Bild eines sterbenden Drachen vor St. Georgs Schwertspitze, vielleicht sogar einen Drachen, der hoch über ihre Köpfe hinwegflog – aber nie zuvor hatten sie einen Drachen erblickt, der, so wie jetzt Secoh, auf sie zustampfte.

Sie gingen ihm aus dem Weg. Teichdrachen hatten nicht mehr als drei Viertel der Größe gewöhnlicher Drachen, etwa Klippendrachen, aber in einer Halle mit Decke erhob sich Secoh hoch genug, um jeden Anwesenden vorsichtig werden zu lassen. Die Bediensteten hatten ihm bereits Platz gemacht, und nun traten auch die Bewaffneten beiseite. Wortlos teilten sie sich vor ihm wie das Rote Meer vor Moses und den Israeliten.

»M'lord!« rief Secoh mit seiner tiefen Drachenstimme und hielt vor Jim an der hohen Tafel an. Da Jim an der hohen Tafel auf dem Podest saß und Secoh sich auf den Boden davor setzte, befanden sich ihre Köpfe mehr oder weniger auf einer Höhe. Mit drachischer Zielstrebigkeit übersah Secoh alle anderen Anwesenden. »Wir Klippendrachen haben eben erfahren, daß Ihr zurück seid, daher kam ich sofort vorbei. M'lord, könnt Ihr mir sagen, ob Ihr einen Halbwüchsigen von den Klippenhöhlen mit Namen Garnacka in letzter Zeit gesehen habt? Er nennt sich meistens Acka.«

»Ja. Er kam auf mich zu, als ich vor ein paar Tagen flog. Ich sagte ihm, er solle zu den Klippenhöhlen zurückkehren.«

Secoh stieß einen tiefen erleichterten Seufzer aus.

»Danke, M'lord! Ich fühle mich jetzt viel besser. Hat er Euch sehr gestört? Ich habe ihnen allen eingeschärft, Euch nicht zu belästigen. Aber er ist ein sehr rastloser junger Drache, und seine Mutter Garaga bat mich herauszufinden, ob er Euch belästigt hat.«

»Er hat mich wirklich nicht belästigt«, antwortete Jim.

Es war schon irgendwie lächerlich, hier mit auf dem Rücken gefesselten Händen zu sitzen und mit Secoh ein gewöhnliches Gespräch zu führen. Jim sagte das erste, was ihm einfiel, während sein Verstand wie wild arbeitete, um einen Weg zu finden, diese unerwartete Entwicklung zu seinem Vorteil zu nutzen.

Gerade jetzt war Secoh weniger eine mögliche Hilfe als ein Hindernis. Er blockierte den Weg, auf dem Jim in mehreren Sprüngen nach draußen gelangen wollte. Offensichtlich konnte sich Secoh nicht vorstellen, daß Jim, der hier immer das Sagen gehabt hatte, jetzt in Schwierigkeiten steckte.

»Nein, nichts, was man als Belästigung hätte bezeichnen können. Tatsächlich war er sogar sehr hilfreich.«

»Hilfreich?« Da war ein Unterton von Eifersucht in Secohs Stimme zu hören, und sein Kopf schob sich auf dem Hals nach vorn, als er Jim genau ansah.

»Nun, Ihr wißt, hilfreich wie jemand, der so jung ist, eben sein kann. Ihr wärt zum Beispiel viel hilfreicher gewesen, wenn Ihr dagewesen wärt.«

»Warum habt Ihr mich nicht gerufen?«

»Es tut mir leid, aber es war so, daß er etwas am Boden gesehen hatte und mir davon erzählte, woraufhin ich sofort zur Burg zurückkehren mußte. Ich hatte keine Zeit, und es lohnte sich damals nicht, Euch zu rufen.«

»Oh. Nun… ich verstehe, M'lord. Ich verstehe. Ihr wißt ja, wenn Ihr mich braucht, müßt Ihr mich nur rufen, und ich komme – obgleich Ihr Magie einsetzen müßt, wenn Ihr mich sofort braucht.«

»Ich weiß das, Secoh. In diesem Fall war es nur so, daß Acka da war und erwähnte, daß diese Leute auf dem Weg zu mir waren. Aber wie ich schon sagte, in einem echten Notfall hätte ich Euch statt seiner gerufen.«

»Hmm, danke, M'lord«, gab Secoh zurück und blickte bescheiden zu Boden. »Es ist nett von Euch, das zu sagen.«

Jim wußte schon nicht mehr, worüber er noch mit Secoh plaudern konnte. Seine Zuschauer aber, sowohl die Hiesigen wie auch die Besucher, schienen begeistert zu sein. Glücklicherweise wollte Secoh das Gespräch wohl selbst weiterführen.

»Wenn ich schon mal hier bin, M'lord – wäre es in Ordnung, wenn ich nach Carolinus sehen würde? Wir haben in den Klippenhöhlen erfahren, daß er eine sehr harte Zeit durchgemacht hat, da er Gefangener der Gnome…«

»Nicht Gnome«, sagte Jim rasch, um die erste Gelegenheit zu nutzen, Secoh zu unterbrechen. »Wurzel…«

»Nun, ich dachte, ich schaue einen Augenblick bei ihm rein, um ihm von den Klippendrachen und von mir gute Besserung zu wünschen. Wir alle lieben Carolinus. Davon abgesehen ist er sozusagen ›unser Magier‹, da er doch hier in der Nähe am Klingelnden

Wasser lebt. Wenn ich nur eben ›guten Tag‹ sage, dürfte ihn das doch nicht erschöpfen. Es ist eine Treppe hoch wie immer, nicht wahr? Ich könnte hinaustreten, zur Turmspitze hochfliegen und dann zu ihm hinuntergehen.«

»Nein, nein«, antwortete Jim. »Nein, er ist nicht oben – und davon abgesehen wäre es jetzt nicht der beste Zeitpunkt. Ich gebe Eure guten Wünsche weiter…«

Aber es war schon zu spät. Sir Simon sprach bereits mit einem seiner Bewaffneten.

»Ihr sechs«, sagte er und deutete auf eine Gruppe Männer, »hoch in den Turm mit euch. Durchsucht ihn von oben bis unten. Vater« – er wandte sich an den Priester –, »Ihr geht mit ihnen. Wenn dort oben ein Magier ist, will ich, daß er umgehend gesegnet wird, selbst wenn er bewußtlos sein sollte. Wir wollen mit einem Magier von solchem Rang kein Risiko eingehen.«

Der Priester und die sechs Bewaffneten waren offensichtlich froh, einen Befehl zu haben, um aus der Nähe des Drachens zu entkommen. Sie rannten buchstäblich hinaus.

»Teufel auch!« Jim wollte versuchen, sich in einen Drachen zu verwandeln, um Carolinus möglichst vor den Bewaffneten und dem Priester zu erreichen, selbst wenn er dazu Secoh über den Haufen rennen mußte. Doch in dem Augenblick fielen die Fesseln von seinen Handgelenken einfach ab. An Brians und Angies Gesichtern konnte er ablesen, daß auch ihre fort waren. Bei Dafydd war keine Veränderung zu erkennen, aber Jim war sich dennoch recht sicher, daß auch dessen Hände frei waren.

»Bleibt still sitzen, James!« bellte eine bekannte, wenn auch schwächliche Stimme. Als Jim seinen Blick schweifen ließ, sah er Carolinus, der am anderen Ende des Podests mehr hing denn stand. Er wurde an einer Seite vom Grafen von Cumberland und an der anderen von einer weiteren bekannten Person gestützt. Die andere Person trug eine schwarze Mönchsrobe. Ein großes edelsteinbesetztes Kreuz hing von seinem Hals, und an einem Finger sah man einen großen Amethystring.

»Ich muß mich setzen«, sagte Carolinus schwach, und die zwei Männer halfen ihm auf einen der gepolsterten Stühle mit Rückenlehne an der hohen Tafel. Er sank mit einem Aufseufzer hinein. »Simon, bring sofort den Priester wieder her!«

Simon Lockyear starrte ihn verständnislos an.

»Ihr habt es gehört, Himmel, Arsch und Zwirn!« brüllte Cumberland. »Holt den Priester zurück!«

»Ja, Mylord«, sagte Sir Simon, als ob er gerade aus einer Trance erwacht wäre. »Verzeiht, Mylord, aber ich – ich verstehe nicht...«

»Das ist auch nicht nötig!« grollte Cumberland. »Neige ich dazu, meine Befehle in Frage stellen zu lassen, Bursche?«

»Natürlich nicht, Mylord«, antwortete Sir Simon hastig. »Hebert, du und deine zwei schnellsten Männer eilt ihnen nach. Findet den Priester und bringt ihn so rasch zurück, wie ihr ihn nur hier runterschleifen könnt. Kümmert euch nicht darum, wenn er dabei ein paar blaue Flecken abbekommt!«

Der große Mann mit dem Brustkreuz räusperte sich betont.

»Wenn ich genau darüber nachdenke«, fuhr Sir Simon rasch fort, »behandelt ihn sanft und achtet darauf, daß er sich nicht weh tut – aber schafft ihn so schnell wie möglich her! Mein Lord will ihn sehen!«

Die drei Männer verließen den Halbkreis ihrer Kameraden vor dem Podest und rannten so schnell sie konnten durch den Eingang zur Anrichtestube.

Alle warteten. Durch diese Pause ließ die Anspannung in der Halle etwas nach. Die Königlichen Soldaten mußten ihre Formation halten und weiterhin kampfbereit sein, und die Bewaffneten von Malencontri fühlten sich wohl verpflichtet, dasselbe zu tun, aber die Burgbediensteten unterlagen keiner solchen Verpflichtung. Unmerklich rückten sie nach vorn, und die verschiedenen Gegenstände, die sie als Waffen mit sich führten, hielten sie nun weniger bedrohlich, aber immer noch sicher und fest in den Händen.

Zwischen den zwei Gruppen war ein leises Murmeln zu hören. Die Königlichen Bewaffneten, die mit dem Rücken zum Podest standen, wollten wissen, was da oben vorging, und die Leute von Malencontri erzählten es ihnen, obgleich sie immer noch bereit waren, die Königlichen zu erschlagen, zu erstechen oder mit Röstgabeln zu durchbohren.

Jim hatte die Idee, sich jetzt gleich in einen Drachen zu verwandeln, fallengelassen. Das konnte er später immer noch tun. Secoh stand ihm zudem auch jetzt noch im Weg. Darüber hinaus hatte er den großen Mann mit dem Brustkreuz erkannt. Es war Richard de Bisby, der Bischof von Bath und Wells, dessen Bekanntschaft Jim und Angie auf der letzten Weihnachtsfeier des Grafen von Somerset gemacht hatten. Richard de Bisby war offensichtlich auf Carolinus' Seite – was bedeutete, daß er höchstwahrscheinlich auch auf Jims sein würde. Und Richard de Bisby fürchtete sich in seiner Eigenschaft als Kirchenoberer weder vor Menschen und Tieren noch vor Elementarwesen – zu denen der gute Bischof auch Teufel, Dämonen und alles andere Magische oder Übernatürliche rechnete.

Der gute Bischof hatte einen kämpferischen Geist, der bedauerte, daß die früheren Zeiten vorbei waren, wie die unter dem Bischof Odo, der vor dreihundert

Jahren auf Seiten Williams des Eroberers an der Invasion Englands beteiligt gewesen war und später auf einem Kreuzzug ins Heilige Land starb.

Odo hatte in seiner heiligen Berufung keine Beschränkung seines Eifers gesehen – obwohl er so rücksichtsvoll war, als Waffe nur einen Priesterstab zu führen, damit er des Vergießens menschlichen Blutes nicht schuldig wurde. In diesem vierzehnten Jahrhundert war diese Art von kämpfendem Bischof undenkbar, aber hier in dieser Welt gab es noch immer Teufel, Dämonen, Unholde und ähnliches, und Richard de Bisby hatte die Hoffnung, eines Tages auf einige von ihnen zu treffen und sich persönlich mit ihnen befassen zu können.

Der Bischof hatte damals dafür gesorgt, daß Jim und Angie Robert Falon als Mündel erhielten. Dazu hatte er sich zum Hof nach London begeben und dem König wiederholt gesagt, daß jede andere Verfügung über Robert undenkbar wäre. Der König, dessen Blut genauso normannisch war wie das des guten Bischofs, hätte mit dem Geistlichen früher einmal eine lange Auseinandersetzung geführt. Das wäre noch vor vielleicht zwanzig oder dreißig Jahren gewiß der Fall gewesen. Aber während de Bisby im besten Mannesalter war – was bei ihm Mitte Vierzig hieß –, hatte die Zeit das gekrönte Haupt niedergedrückt. Der König wünschte sich nichts so sehr, wie in Frieden seinen Vergnügungen nachgehen zu können.

Der König konnte dem Bischof nicht aus dem Weg gehen, er konnte ihn nicht überschreien, und so war es das einfachste nachzugeben. Davon abgesehen war James Eckert ein äußerst bekannter Name seit dem Kampf am Verhaßten Turm, über den in England noch immer Lieder gesungen wurden.

Im Augenblick allerdings schenkte der Bischof Jim oder Angie keine Aufmerksamkeit, sondern konzentrierte sich auf Carolinus, der auf dem Stuhl eingeschlafen war. Sie waren alte Freunde – das hatte Jim auf besagter Weihnachtsfeier erfahren –, und der Bischof war immer sehr besorgt um den so viel älteren – keiner wußte, um wieviel älteren – Mann.

Aber in diesem Augenblick kehrten die Bewaffneten von Sir Simon durch den Eingang zur Anrichtestube zurück und trieben den Priester in ihrer Mitte zur Eile an.

Kapitel 34

DER UNGLÜCKSELIGE PRIESTER, der von den Bewaffneten weitergedrängt wurde, konnte zwischen den Männern an beiden Seiten nur ein wenig hindurchsehen. Wie der Zufall es wollte, erhaschte er zuerst einen Blick auf die rote Robe von Carolinus.

Sofort begann er während der nächsten vier Schritte auf Latein eine Segnung, bis er stolperte und gegen die Kante des Podests fiel. Er zog sich selbst wieder hoch und trat auf das Podest – und fand sich weniger als zwei Meter vor einem edelsteinbesetzten Brustkreuz und einem Amethystring wieder.

Er starrte ungläubig darauf, wurde bleich und machte hastig ein paar weitere Schritte nach vorn. Dann ging er vor dem Bischof auf die Knie und hob seine Hände zur beringten bischöflichen Hand.

De Bisby streckte sofort die Hand aus, damit der Priester sie ergreifen konnte, obgleich die Augen ärgerlich auf den Mann hinuntersahen. Der Priester küßte demütig den Ring, ließ die Hand los und stand auf.

»Mein Lord Bischof…«, begann er.

»Wer seid Ihr?« schnauzte de Bisby. »Woher kommt Ihr? Wer ist Euer Bischof?«

Der Priester wurde noch bleicher.

»Der Bischof von London, mein Lord«, sagte er und blickte betreten zu Boden.

»Wo ist dann der bischöfliche Brief, der Euch in meine Diözese entsendet?«

Der Priester hob unglücklich die Augen.

»Mein Lord! Seht Ihr, mein Lord...«

»Ihr habt keinen?«

»Nun, nein, mein Lord.«

Es schien, als ob de Bisby größer und seine Schultern breiter wurden. Er war ein Abbild puren Zorns.

»Seid Ihr Euch bewußt, unglückseliger Priester, daß es ein Prinzip des Kanonischen Rechts ist, daß ›*Ein Bischof in seiner eigenen Diözese Papst ist*‹?«

»Ja, mein Lord«, antwortete der Priester. Er hätte weder Kapitel noch Zeile zitieren können – selbst wenn es beide gegeben hätte –, aber mit der praktischen Wahrheit dieses Prinzips war er wohlvertraut.

»Folgerichtig seid Ihr also ohne ausreichende Autorisierung hier! Ihr werdet nach London zurückkehren, um Euch einen ordentlichen Brief ausstellen zu lassen, bevor Ihr wieder herkommt. Und ich belege Euch mit folgender Buße: Wenn Ihr ein Pferd habt, werdet Ihr es nicht reiten. Wenn Ihr eine Münze habt, werdet Ihr sie nicht ausgeben. Ihr werdet zur Residenz des Bischofs zu Fuß zurückkehren und auf dem Weg Nahrung und Obdach erbetteln. Habt Ihr mich verstanden?«

»Ja, mein Lord«, antwortete der Priester und starrte zu Boden.

»Worauf wartet Ihr dann noch?«

Der Priester kniete erneut flüchtig nieder, erhob sich, drehte sich um und trat von dem Podest hinunter. Er ging in möglichst großem Abstand an Secoh vorbei und langsam die Halle hinunter, trat zur Tür hinaus und ins Sonnenlicht.

Eine Bewegung von Angie erregte Jims Aufmerksamkeit. Er wandte den Kopf und sah, daß sie ihre

Handgelenke hochhielt, um ihm zu zeigen, daß auch sie nicht mehr gefesselt war. Jim hob daraufhin seine und sah, wie sich ihr Gesichtsausdruck veränderte. Sie starrte förmlich auf seine Handgelenke. Er sah selbst hinunter und bemerkte erstaunt, daß seine Handgelenke fast ebenso blutig wie Brians waren. Wann hatte er das denn gemacht? Er konnte sich nicht daran erinnern, daß er sich gegen die Bande gewehrt hätte.

»Du!« sagte Carolinus plötzlich mit erstaunlich kräftiger Stimme. Jim wandte sich überrascht um. Aber Carolinus zeigte nicht auf ihn, sondern auf Secoh. »Wo kommst du her? Von den Klippenhöhlen?«

»Ja, Magier«, antwortete Secoh. »Aber wenn ich bleiben dürfte…«

»Klippenhöhlen!« sagte Carolinus nur, während sein Finger immer noch auf Secoh deutete. Secoh verschwand.

»Was Euch andere betrifft…«, fuhr Carolinus fort und ließ seinen Blick über die Bediensteten und Bewaffneten schweifen. Aber sie rannten bereits alle zum nächstgelegenen Ausgang. In wenigen Augenblicken waren sie verschwunden.

Die Königlichen Bewaffneten hielten ihre Stellung, aber sie sahen recht käsig aus, insbesondere jene, die sehen konnten, daß Carolinus' Finger genausogut auf sie hätte zeigen können. Sie fragten sich offenbar, wohin der Drache verschwunden sein mochte. Hatte der Magier ihn in die Hölle geschickt? Und würden sie ihm dorthin folgen, ohne zuvor noch die Beichte ablegen zu können?

»Ihr und der Ritter – nach draußen in den Burghof!« sagte Carolinus.

Sir Simon und seine Bewaffneten waren von einem Augenblick zum anderen weg, und KinetetE war erschienen. Sie stand auf dem Podest neben dem Stuhl, auf dem Carolinus zusammengesackt saß.

Jim, seine Freunde, der Graf und der Bischof mit den zwei Meistermagiern waren nun allein in der Großen Halle, die Jim mit einem Mal sehr groß und sehr leer vorkam.

Aber dieser Eindruck wurde jäh von KinetetE zerstört.

»Carolinus!« bellte sie. »Was macht Ihr hier? Ihr gehört ins Bett. Warum seid Ihr nicht dort?«

»Das geht Euch nichts an!« antwortete Carolinus, aber die Kraft in seiner Stimme verschwand noch vor den letzten Worten ins Nichts. Die Worte kamen nur noch krächzend heraus.

»Ihr könnt nicht mit dem gesamten Kollegium Schindluder treiben, ihm erzählen, daß Ihr derjenige wart, der mißhandelt wurde, daß Ihr Euch selbst um die gesamte Angelegenheit kümmert, ob es die Kollegen nun wollen oder nicht, und Euch dann selbst umbringen. Das wäre ein schändliches Betragen, selbst für einen einfachen Magier der Kategorie Eins!«

Die einzige Antwort war ein leises Schnarchen von Carolinus' Stuhl.

Sie blickte den Bischof an, und dieser blickte sie an.

»Magierin«, sagte der Bischof.

»Mein Lord Bischof.«

Sie nickten einander kalt, aber respektvoll zu.

Von Carolinus war ein weiterer Schnarcher zu hören. Ohne Vorwarnung fand sich Jim mit Carolinus und KinetetE in einem Raum wieder, der gerade groß genug für sie drei war und eine starke Ähnlichkeit mit dem Inneren eines riesigen, leeren Eis aufwies. Die Wände waren matt weiß, und es gab weder Fenster noch Möbel, außer dem Stuhl, auf dem Carolinus saß.

»Schon gut, Carolinus«, sagte KinetetE, »Ihr könnt jetzt aufwachen. Ich habe Euch verstanden.«

Carolinus' Augen öffneten sich, und er blickte KinetetE an.

»Kin«, bat er schwach. »Gib mir Kraft!«

»Ihr braucht keine Kraft«, antwortete KinetetE. »Was Ihr braucht, ist ein Bett. Ihr werdet Euch nur noch mehr erschöpfen, wenn ich Euch jetzt helfe. Oh, schon gut, wenn es sein muß!«

Jim, der nun schon seit Jahren Magie erlebt hatte und sie auch selbst benutzte, hatte gedacht, daß ihn nichts mehr überraschen konnte, aber als so plötzlich wieder Farbe in Carolinus' Gesicht trat, war er doch erstaunt. Carolinus' Augen öffneten sich jetzt ganz, und er setzte sich im Stuhl auf. Er sah um Jahre jünger aus.

»Noch mal, den Segen eines Magiers auf Euch, KinetetE«, sagte er. »Es ist nur für ein paar Minuten. Ihr könnt dann zurückhaben, was übrig ist. Aber ich muß mit diesem Jungen hier reden. Jim!«

»Ja?« Jim starrte ihn an.

»Es liegt nun allein an Euch! Fragt mich nicht warum. Ich habe im Augenblick weder die Kraft noch die Geduld, mich mit jemandem auseinanderzusetzen, der praktisch nichts über Magie weiß und, wenn ich ihm ein paar hart erarbeitete Tatsachen über die Kunst mitteile, die ich im Laufe vieler Jahre im Schweiße meines Angesichts gewonnen habe, sie als anfechtbar betrachtet und mit mir darüber streiten will!«

»Ich werde nicht streiten. Geht es Euch gut?«

»Im Augenblick ja. Aber das tut jetzt nichts zur Sache. Was ich Euch sagen will ist, daß es von nun an allein an Euch liegt. Ihr wohnt in Eurer eigenen Burg, Ihr seid frei, und Ihr könnt zwar Eure eigene Magie nicht benutzen, dafür aber die meine verwenden…«

»Carolinus!« schrie KinetetE auf. »Das ist das zweite Mal, daß Ihr versprochen habt…«

»Ich gebe keinen Pfifferling darauf!« sagte Carolinus. »Wie ich sagte, Jim, Ihr könnt soviel von meiner

Magie benutzen, wie Ihr braucht. Handelt einfach so, als ob es Eure eigene wäre. Denkt nur daran, daß sie erheblich mächtiger ist als alles, woran Ihr gewöhnt seid. Ihr müßt den Grafen von Cumberland dazu bringen, von seinen Vorhaben abzulassen, bevor ein unwiderruflicher Schaden entsteht – und natürlich müßt Ihr Schwierigkeiten von Euch und Euren Freunden abwenden.«

Jim blickte ihn erstaunt an.

»Ich dachte, daß Ihr bereits Cumberlands Zustimmung habt, da Ihr ihn mitgebracht habt.«

»Die habe ich!« sagte Carolinus. »Aber es ist nur ein Versprechen für die Gegenwart. Ihr müßt ihm ein Versprechen für die Zukunft abringen, das er nicht zu brechen wagt! Wie ich schon sagte, Ihr habt Eure Burg, Ihr habt Eure Stärke, Ihr habt Eure Freiheit, und Ihr verfügt über Magie. Jetzt liegt es an Euch!«

»Aber wie soll ich das schaffen?«

»Ich sagte doch: Das liegt an Euch!«

»Ich schätze«, sagte Jim nur halb im Scherz, »ich könnte ihn in einen Käfer verwandeln, so wie Ihr es macht.«

»Ich verwandle niemanden in einen Käfer!«

»Aber Ihr droht immer damit, Menschen oder andere Wesen in Käfer zu verwandeln!« Jim sah ihm tief in die Augen. »Wenn ich genau darüber nachdenke, dann habe ich gesehen, wie Ihr den Seeteufel Rrrnlf in einen verwandelt habt!«

»Ihr dachtet, daß ich es getan hätte. Tatsächlich habe ich nur ihn und den ganzen Rest von euch glauben gemacht, daß er einer geworden sei. Das ist etwas vollkommen anderes.«

»Wie habt Ihr das geschafft?« Jim starrte ihn immer noch an.

»ICH HABE EUCH GESAGT…«, begann Carolinus, aber KinetetE mischte sich hastig ein.

»Jim, er hat Euch gerade eben noch gesagt, daß Ihr nicht streiten sollt! Beruhigt Euch, Carolinus. Der Junge hat es nur vergessen. Jim...« Sie bedachte ihn mit einem frostigen Blick. »...James Montgomery Eckert, paßt auf, was Ihr sagt!«

Jim wich ihrem Blick nicht aus. Er hätte schwören können, niemand auf dieser Welt wüßte, daß er einen zweiten Vornamen besaß, geschweige denn, wie dieser lautete.

»Woher wißt Ihr...«, wollte er schon fragen, besann sich dann aber eines Besseren. »Entschuldigung«, sagte er nur.

»Ja, ja«, sagte Carolinus. »Schon gut. KinetetE, Jim und ich müssen in die Große Halle zurück, und zwar so nah wie möglich an dem Zeitpunkt, zu dem wir sie verlassen haben. Schickt Ihr uns dorthin?«

»Ja, das werde ich«, antwortete KinetetE. »Ich werde auch den Rest meiner Kraft zurücknehmen, die ich Euch überlassen habe, Carolinus, damit Ihr Euch mit Euren eigenen Reserven erholt, statt alles bei Sachen aufzubrauchen, die Ihr in Eurem Zustand nicht tun solltet. Ferner werde ich mit Euch gehen. Macht Euch keine Sorgen, ich werde unsichtbar sein. Niemand sonst wird von meiner Anwesenheit wissen.«

»Einen Augenblick noch...«, warf Jim ein. »Laßt ihm Eure Kraft bitte noch eine Minute länger, Magierin. Sicherlich kann ich ihm noch schnell eine Frage stellen. Carolinus, als ich Euch das letzte Mal sah, wart Ihr oben. Wie habt Ihr erfahren, daß Sir Simon und seine Männer da waren. Und wie habt Ihr es geschafft, den Bischof und Cumberland einzusammeln und rechtzeitig nach Malencontri zu schaffen?«

»Simon und seine Männer kamen in der Nacht«, erklärte Carolinus. »Dieser Priester war schon vorher gekommen und hatte vorgegeben, der zu sein, nach dem Ihr geschickt hattet, um die Geräusche in den

Wänden exorzieren zu lassen. Eure Leute waren so froh, ihn zu sehen, daß sie ihm erlaubten, frei in der Burg umherzustreifen. Mitten in der Nacht öffnete er die Seitentür und ließ den Rest von Sir Simons Trupp ein. Sie konnten Eure Leute im Schlaf überwältigen und warteten dann darauf, daß Ihr hinunterkämt. Aber ich bin ein Magier der Kategorie Eins Plus, und es ist sehr schwer, sich an mich heranzuschleichen.«

»Nicht daß Ihr in der Verfassung gewesen wärt, irgend etwas zu tun«, unterbrach KinetetE ihn eisig. »Das ist genug, Jim! Zurück mit uns zu Eurer Halle!«

So plötzlich wie sie verschwunden waren, standen Carolinus und Jim wieder auf dem Podest in der Großen Halle. Soweit Jim sehen konnte, hatte sich in der Zwischenzeit niemand bewegt und auch sonst hatte sich nichts verändert. Er lächelte Angie aufmunternd und selbstbewußt zu, und sie lächelte zurück.

Im Augenblick war alles in Ordnung – aber nur für den Augenblick. Jims Verstand arbeitete auf Hochtouren. Unter solch schwierigen Bedingungen galoppierten seine Gedanken manchmal so schnell, daß er nicht sicher war, sie wirklich selber zu verstehen. Es war, als ob sie aus dem Nichts in seinem Gehirn aufblitzten und wieder verschwanden, fast zu schnell, um über sie nachdenken zu können. Wenn ihm aber irgend etwas wirklich Brauchbares einfiel, würde dieser Prozeß anhalten.

Seine einzige Sorge war in diesem Fall nur, ob der Prozeß je anhielte. Vielleicht gab es keine Lösung. In seinem Gehirn würde eine unbrauchbare Idee nach der anderen aufblitzen, und es würde nie ein Ende finden. Was Carolinus von ihm verlangt hatte, war vielleicht unmöglich. Nichtsdestotrotz sprang sein Verstand mit schwindelerregender Schnelligkeit weiter von Möglichkeit zu Möglichkeit, während er den Rest der Leute auf dem Podest fast vergaß.

Cumberland in einen Käfer zu verwandeln, war also keine Lösung, sagte er sich selbst. Andererseits hatte er so etwas nie wirklich tun wollen – es wäre unmoralisch und wahrscheinlich illegal, magisch gesehen.

Ihm dämmerte plötzlich, daß die Verwandlung in einen Käfer trotzdem die Art von Transformation war, die Carolinus von ihm wollte – aber auf einem anderen Niveau. Je mehr Jim über Cumberland nachdachte, desto unwahrscheinlicher erschien ihm, daß irgendein gewöhnliches Versprechen, das der Graf machen würde, ihn in der Zukunft binden würde. Er war mehr ein Politiker als ein Ritter.

Jims mentaler Galopp kam jäh zu einem schlitternden Halt.

Natürlich war Cumberland ein Politiker. Wie in jeder anderen Zeit auch herrschte im vierzehnten Jahrhundert kein Mangel an ihnen. Der einzige Unterschied zwischen den Politikern hier und denen in der Welt, in der Jim aufgewachsen war, bestand darin, daß die mittelalterliche Variante bereit, wenn nicht gar eifrig darauf bedacht war, ihre Ziele mit dem Schwert, der Lanze und dem Henkersseil (oder der Axt des Scharfrichters, wenn ihre Gegner einen genügend hohen Rang hatten) zu erreichen.

Jim hatte die Politiker hier nicht umgehend als solche erkannt, weil Leute wie Cumberland andere Ziele verfolgten als jene, an die Jim gewöhnt war. In dem Jahrhundert, in dem er geboren wurde, wetteiferten die Politiker um die Gunst der Öffentlichkeit. Hier ging es um die Kontrolle eines möglichst großen Anteils an der königlichen Macht und Privilegien.

Die mächtigsten Vertreter des Hochadels mußten Politiker sein. Tatsächlich bestand der ganze Hof aus Politikern und deren Gefolge. Eine der wenigen Ausnahmen stellte wahrscheinlich jemand wie Sir John

Chandos dar, den man eher einen Staatsmann denn einen Politiker nennen konnte, da er sich mit den Beziehungen zwischen England und anderen Nationalstaaten befaßte.

Und was war für einen Politiker in jeder beliebigen historischen Periode wichtig? Seine Reputation. Cumberland war natürlich der uneheliche Halbbruder des Königs selbst – praktisch gesehen gehörte er in dieser rauhen Zeit selbst zur Königlichen Familie. Dennoch konnte er an seiner Reputation Schaden erleiden.

Nur – wie sollte Jim dieser Reputation Handfesseln anlegen, ohne daß Cumberland sie später abstreifen konnte? Jim war es verboten, dem Grafen Schaden zuzufügen, aber andererseits hatte Carolinus Rrrnlf nicht wirklich in einen Käfer verwandelt...

Jim hatte keine Ahnung, wie er vorgehen sollte, aber dessen ungeachtet wuchs in ihm ein Gefühl der Sicherheit, daß die Lösung in greifbarer Nähe war. Er konnte nur weiter danach suchen. Er wandte sich Cumberland zu, der sich gesetzt, einen Pokal genommen, etwas Wein eingefüllt hatte und nun trank.

»Willkommen in meiner Halle«, sagte Jim zu ihm. »Ich hoffe, mein Lord, der Wein mundet Euch.«

Cumberland grunzte nur.

»Ich möchte Eurer Lordschaft für unsere Befreiung danken«, sagte Jim. Cumberland warf schnell einen Blick auf Carolinus, der nun auf seinem Stuhl in tiefen Schlaf versunken schien. Dann wandte der Graf sich wieder Jim zu.

»Ich habe Euch nicht befreit«, sagte er. »Ich denke, Ihr wißt das sehr wohl, Sir Drachenritter – oder was auch immer Euer verdammter Name ist! Und was Eure Freiheit betrifft, so sagt Eure Dankgebete nicht zu früh. Das bleibt noch abzuwarten!«

»Ich bin der Baron Sir James Eckert. Wenn Eure Lordschaft und ich vielleicht in aller Ruhe über diese Angelegenheit reden…«

»Wenn irgendwer redet, bin ich das, Bursche!« sagte Cumberland scharf.

Die ruhige, aber kräftige Stimme des Bischofs drang in das Gespräch.

»Mein Lord scheint ein wenig Schwierigkeiten mit seinen Augen zu haben, Sir James«, tönte es wohlklingend. »Er scheint sich auch nicht an mich zu erinnern, und Menschen wie ich, die fürsorgliche Schäfer für ihre Herden sind, sind nicht daran gewöhnt, übersehen zu werden – es sei denn, von Leuten mit schuldigem Sinn und Seele.«

Cumberlands Kopf fuhr herum. Eine Weile lang funkelten die Augen den Bischof an, dann stand er auf.

»Vergebt mir, mein Lord Bischof«, sagte er mit einer Stimme, die fast ebenso geschmeidig war wie die des Bischofs. »Ich trage soviel Verantwortung, daß ich in die Gewohnheit verfallen bin, meiner Umgebung kaum Aufmerksamkeit zu schenken. Aber das ist keine Entschuldigung. Würdet Ihr mir Euren Segen geben, wie Ihr es im Frühling bei Hofe tatet?«

»Natürlich, mein Sohn«, antwortete der Bischof. Noch während er sprach, war Cumberland auf den Bischof zugetreten, und als dieser antwortete, hielt der Graf vor ihm an, ließ sich fast schwerfällig auf ein Knie fallen und griff nach der ausgestreckten, beringten Hand.

Cumberland küßte den Ring und wollte sich schon erheben, aber die Hand des Bischofs drehte sich und schloß sich um Cumberlands Finger und Handrücken, so daß der Graf in seiner Stellung verharren mußte.

»O Herr«, sagte der Bischof mit seiner kräftigen Stimme und blickte zu den Dachbalken hoch, »gewähre diesem Sünder Deinen Segen, wie schwarz auch immer seine Sünden sein mögen.« Seine Stimme erhob sich zu einem voluminösen Predigttonfall, der in vielfachem Echo zurückgeworfen wurde. »Du, der Du allen vergibst, die ehrlich bereuen, zeige ihm den Weg zur Reinigung seiner Seele. Gedenket des Himmels, der alle die erwartet, die auf dem rechten Pfad wandeln. Gedenket auch des Schicksals des Ritters, der seine Hand hob, um den Teufel zu beschwören; und wie jener Ritter kurz danach von einem Blitzstrahl niedergestreckt wurde, und wie er, als versucht wurde, ihn zur letzten Ruhe zu betten, keine Ruhe fand. Seine Hand, die das Böse gegen die Unschuldigen beschworen hatte, erhob sich, selbst aus dem verschlossenen Sarg heraus, und nicht einmal alle starken Männer des Königreichs gemeinsam konnten sie dazu bringen, sich niederzulegen!«

Der Bischof entließ Cumberland, der rasch wieder aufstand. Seine Zähne waren fest zusammengebissen, die Augen funkelten wieder, aber sein Gesicht war so bleich wie die Gesichter von Sir Simons Bewaffneten.

»Mein Lord Bischof«, sagte Cumberland mit einer Stimme, die bemüht war, ruhig und vernünftig zu klingen, »die Wurzel sind keine Teufel. Man weiß nichts über sie – Elementarwesen werden sie von manchen genannt. Damit gehören sie zur selben Art wie die Trolle, sind aber bei weitem nicht so gefährlich. Und auch einen Troll braucht ein guter Mann mit einem Schwert nicht zu fürchten. Aber wir sehen die Wurzel selten, da sie unter der Erde leben und nur gelegentlich den Bergbau mit uns teilen – gewöhnlich flüchten sie beim bloßen Laut einer christlichen Stimme. Auch rief ich sie nicht.«

»Was soll die Wortklauberei, unglückseliger Lord?« fragte der Bischof. »Ich habe Euch wie gewünscht gesegnet. Wenn der Segen Euch auf eine schwere Sünde, die auf Eurer Seele lastet, aufmerksam gemacht hat, dann solltet Ihr in Euch gehen und mit Eurem Beichtvater sprechen. Und der bin ich nicht.«

»Das ist wahr«, sagte Jim, bevor Cumberland antworten konnte. »Ihr solltet mit mir Eure Wortklauberei betreiben, mein Lord.«

Cumberland wandte sich scharf an ihn. »Ihr! Was habt Ihr mir schon zu sagen?«

»Selbst die größten Lords tun gut daran, nicht außer acht zu lassen, was man von einem unbedeutenden Ritter und Baron lernen kann. Ich bitte nur darum, daß Ihr zuhört.«

Cumberland zuckte leicht, als wollte er sich wieder dem Bischof zuwenden, besann sich dann aber offensichtlich eines Besseren.

»Nun, was gibt es?«

»Ihr habt Euer ganzes Leben bei Hofe verbracht, und alles lief dort gut für Euch. Aber niemand kann sagen, wann selbst der wärmste Platz an einem strahlenden und wolkenlosen Tag plötzlich auskühlt, wenn Wolken das Antlitz der Sonne bedecken und Schatten auf ihn fallen...«

»Warme Plätze? Schatten? Worüber in drei Teufels Namen redet Ihr?« grollte der Graf.

Jim hob beschwichtigend die Hand.

Das war sein eigener Fehler. Er hätte wissen sollen, daß der Graf das nicht verstand.

Der Graf war durchaus intelligent. Er hatte seine Stellung als rechte Hand des Königs bei Hofe nicht all die Jahre nur wegen der unsicheren Blutsbande halten können. Er war wach und jederzeit in der Lage, seinen Verstand zu seinem Vorteil einzusetzen.

Allerdings war es ein Fehler, mit geheimnisvollen Andeutungen zu beginnen. In der Zeit, in der Jim aufgewachsen war, hätte dies vielleicht bewirkt, daß jemand unsicher wurde. Aber nur anzudeuten, was man meinte, war im vierzehnten Jahrhundert nicht gängig – wenigstens nicht in England. Das Mittelalter war eine Zeit, in der geradeheraus gesprochen wurde – oder es zumindest so erscheinen sollte –, wo ein Mann so gut wie sein Wort und sein Wort einfach und verständlich sein mußte.

Jim strich alle geheimnisvollen Andeutungen aus seinen Gedanken.

»Wenn bestimmte Gerüchte über Euch, mein Lord, verbreitet würden«, sagte er jetzt, »könntet Ihr feststellen, daß es für Euch bei Hofe keinen Platz mehr gibt.«

»Keinen Platz für *mich*?« Cumberland brach in Gelächter aus, ein herzliches, natürliches Lachen.

»Gerüchte über Hexerei, mein Lord«, sagte Jim.

Der Graf hörte auf zu lachen, wurde wieder ernst, aber seine Antwort war fast gutmütig. »Oh, das Geschwätz über Lady Agatha«, sagte er. »Ich habe darauf unumwunden und öffentlich geantwortet. Alles Unsinn, was sonst!«

»Aber Ihr habt für Ihre Einführung bei Hofe gebürgt«, entgegnete Jim. »Und ich dachte mehr an die Gerüchte, daß Ihr dabei keine Wahl hattet, da Ihr selbst mit Hexerei in Verbindung steht.«

Das angedeutete Lächeln auf Cumberlands Gesicht, das er bei seinen letzten Worten aufgesetzt hatte, war plötzlich wie weggewischt. Er starrte Jim an.

Kapitel 35

EINIGE SEKUNDEN LANG sah der Graf Jim nur durchdringend an. Dann schnaubte er.

»Ihr Dummkopf! Solch ein Gerücht kann geringeren Männern schaden. Aber mir? Dem Bruder des Königs?«

»Sogar Könige haben schon aufgrund von Gerüchten an Macht eingebüßt, mein Lord. Insbesondere, wenn diese auch unter den gemeinen Männern und Frauen verbreitet wurden. Gerüchte, Spottverse – und eine jähe Stille auf dem Marktplatz, wenn Ihr durch die Menge reitet. Vielleicht sogar ein Stein oder ein Pferdeapfel, der auf Euch geworfen wird, ganz plötzlich, aus der Hand von jemandem, der irgendwo in der Menge steht.«

»So, das sind also die Schatten, vor denen Ihr mich warnt«, sagte Cumberland mit schwerer Stimme. »Laßt mich Euch sagen, daß Ihr mir damit keinen Schrecken einjagen könnt. Nichts davon wird mir je geschehen.«

»Vielleicht sollte mein Lord sich dessen nicht zu sicher sein. Schließlich kann das *jedem* passieren. Die Gefahr liegt darin, was dadurch in Hinsicht auf Macht und Stellung angerichtet wird. Jene, die nicht mit dem sind, über den solche Geschichten erzählt werden, neigen dazu, sich zurückzuziehen, um nicht auch noch beschmutzt zu werden. Und Ihr wißt, mein Lord, so gut wie jeder andere Mann, daß in den höheren Stellungen jene, die nicht für einen sind, dazu neigen, gegen einen zu sein. Wenn auf dem Marktplatz Gerüchte von Mund zu Mund gehen und Respektlosigkeit blüht, wird daher auch darüber gesprochen, daß der Gegenstand der Gerüchte gestürzt werden kann.«

»Ach?« Cumberland schob seinen Unterkiefer nach vorn. »Und wer soll diese Gerüchte in Umlauf setzen, solche Wolken schicken und mich stürzen, wenn ich geschwächt bin? Ihr?«

»Ich bin zutiefst bestürzt, daß Eure Lordschaft das glauben.«

»Ihr habt mir nicht geantwortet«, grollte Cumberland.

»Ich wollte nur sagen, daß ich als Magier, auch wenn ich nur einer der geringeren bin, die Schatten der Zukunft sehen kann. Ich warne Eure Lordschaft nur vor ihnen.«

»Hah! Jetzt bin ich also gewarnt!«

»Da dem so ist, mein Lord, bleibt Euch nur noch, mir zu sagen, wo die Haftbefehle aufbewahrt werden, die uns des Verrats beschuldigen, damit ich sie magisch zerstören kann. Wenn ich recht verstanden habe, werden keine neuen Haftbefehle ausgestellt. Weder ich noch Sir Brian Neville-Smythe oder Dafydd ap Hywel werden damit oder mit ähnlichem in Zukunft belästigt werden. Daran darf es keinen Zweifel geben.«

Der Graf lachte in sich hinein.

»Hah!« sagte er wieder. »Nun, Sir Drachenritter, ich bin mir da nicht so sicher, daß Euch diese Haftbefehle übergeben werden können oder Ihr Euch in Sicherheit wähnen dürft, daß Eure Loyalität in Zukunft nicht weiteren Nachforschungen unterworfen wird. Diese Angelegenheit liegt ohnehin nicht in meinen Händen. Das werden die Richter entscheiden müssen, die wahrscheinlich schon bestellt sind, um über Euch zu richten, sobald Ihr am Hofe ankommt.«

»Ihr seid wirklich dieser Ansicht, nicht wahr? Ich fürchte, daß ich Euch nicht zustimmen kann, mein Lord. Ich will diese Haftbefehle jetzt – und Euer Wort, daß wir nicht erneut belästigt werden.«

»Und ich sagte«, erwiderte Cumberland mit erhobener Stimme, »daß Ihr die gottverdammten Haftbefehle nicht bekommen werdet. Und, nebenbei bemerkt, was Ihr als ›belästigen‹ bezeichnet habt...«

Jim griff in sich hinein nach der Verbindung zu Carolinus' Magievorrat und veranlaßte, daß das Tageslicht, das durch die Fenster in die Halle fiel, sowie alle Fackeln in der Halle erloschen. Er ließ die Dunkelheit vielleicht zehn Sekunden währen, bevor er das Licht zurückbrachte.

»Zu spät, mein Lord«, sagte er. »Die Nachricht, daß Ihr vielleicht selbst der Hexerei schuldig seid und das schon seit Jahren, verbreitet sich bereits in ganz England und am Hof. Ihr werdet das Geflüster bei Hofe hören, wenn Ihr an anderen vorbeigeht, und auf den Straßen wird Euch nur Stille empfangen – und ja, wahrscheinlich werden sogar Dinge nach Euch geworfen. Ich bezweifle, daß der König noch lange wünscht, jemanden in seiner Nähe zu dulden, der unter einem so üblen Leumund steht.«

Er sah Cumberland genau an. Die Sache mit den paar Sekunden Dunkelheit war möglicherweise beeindruckend gewesen. Ansonsten hing alles andere davon ab, wieviel der Graf glauben würde. Er war sicherlich von der Strafpredigt erschüttert, die ihm der Bischof gehalten hatte, als er gesegnet werden wollte, und Jim hoffte, daß nun die Vorstellungskraft des Grafen ein übriges tun würde.

Aber er lag falsch. Das Gesicht des Grafen war diesmal wohl sehr bleich, aber er hielt sein Kinn immer noch vorgeschoben wie das einer Bulldogge.

»In dem Land, aus dem ich nach England kam«, fügte Jim hinzu, »kennt man sich mit der Kunst, ein Gerücht zu streuen, gut aus.«

»Ach?« sagte Cumberland. Mit wachsender Unruhe empfand Jim den Tonfall des Grafen weniger als das Eingeständnis der Niederlage denn als Ausdruck eines neuen Hoffnungsschimmers. »Ja, ich zweifle nicht daran, daß es eine hohe Kunst ist und keiner in England darin so gut bewandert ist wie Ihr. Aber was diese Haftbefehle betrifft, nach denen Ihr gefragt habt, so trägt Sir Simon sie bei sich. Ihr werdet ihn schon herbeischaffen müssen – obgleich ich niemanden sehe, den Ihr nach ihm schicken könntet. Vielleicht sollte der Bogenschütze gehen.«

»In der Tat«, sagte Dafydd, bevor Jim seinen Ärger

über den verächtlichen Ton, mit dem die letzten Worte gesprochen wurden, zum Ausdruck bringen konnte, »ich werde das mit Freuden übernehmen. Ich bringe ihn Euch umgehend, Sir James.«

Er wandte sich um und ging zur Tür. Über seiner Schulter trug er Langbogen und Köcher. Beides hatte er im selben Augenblick, da seine Hände von den Fesseln befreit wurden, unter dem Tisch vorgeholt. Alle sahen ihm schweigend nach.

Ein schwaches, schabendes Geräusch ging fast in Brians Warnruf unter. Jim drehte sich hastig um und sah, daß der Graf sich Jims Messer vom Tisch gegriffen hatte. Es war keine Waffe, wenn man es mit gewöhnlichen Dolchen und Schwertern verglich, aber die gut zehn Zentimeter lange Schneide war scharf und besaß eine Spitze. Der Graf sprang auf Jim zu.

Jim ergriff seinen Pokal, das einzige, was sich in Reichweite befand, und fing die Spitze des Messers mit der Innenseite des Metallgefäßes auf. Wein spritzte über das Rüschenhemd des Grafen. Mit einer überraschend schnellen Bewegung zog der Graf seinen Arm zurück, schwang das unbeschädigte Messer in seiner Faust, täuschte nach hier und nach dort.

»Was ist los mit Euch?« erklang die Stimme von KinetetE voller Abscheu in Jims Kopf. *»Warum hat sich Carolinus nur gegen die Regeln des Kollegiums aufgelehnt – Regeln, an deren Festlegung er selbst beteiligt war –, wenn Ihr die Magie, die er Euch gab, nicht nutzt? Wißt Ihr nicht, wie man einen Schutz errichtet?«*

Über sich selbst verärgert, visualisierte Jim einen Schutz – nicht um sich selbst, sondern um Cumberland. Der Graf mußte plötzlich feststellen, daß er von allen Seiten von einer unsichtbaren Wand umgeben war. Genau zum rechten Zeitpunkt, denn hinter Cumberland war ein kratzender Laut zu hören, und Jim sah, wie Angie gerade daran gehindert wurde, die Schneide ihres eigenen Messers in den Rücken des Grafen zu stoßen. Den Schutz hatte er wirklich im letzten Augenblick errichtet. Sie hatte einen Ausdruck auf ihrem Gesicht, den Jim an ihr noch nie gesehen hatte, und er verschwand auch nicht, als sie auf den nun eingeschlossenen Grafen starrte.

Jim legte seine Hand sanft auf ihren Unterarm. Sie blickte ihn scharf an, und erst als sich ihre Blicke trafen, verschwand der wilde Ausdruck langsam aus Angies Gesicht.

»Ich habe ihn mit einem Schutz umgeben«, bemerkte Jim ruhig. »Es ist alles in Ordnung. Ich denke, ich schaffe das jetzt.«

Sie sah ihn lange an, legte dann das Messer nieder und setzte sich selbst wieder.

»In Ordnung…«, begann Angie gerade, als ein Brüllen von Cumberland sie unterbrach.

»Simon!« Seine Stimme erreichte eine überraschende Lautstärke. »Jetzt! Alle!«

Die Doppeltüren zum Burghof schwangen mit einer Geschwindigkeit auf, die darauf schließen ließ, daß die Männer davor nur auf ein Zeichen gewartet hatten. Dafydd, der auf seinem Weg zur Tür angehalten hatte, als der Graf Jim angriff, wandte sich um und rannte zurück, leichtfüßig und geschmeidig wie ein Hirsch. Er sprang auf das Podest, umrundete die hohe Tafel und verschickte plötzlich Pfeile von seinem Langbogen gegen die vorderen der einströmenden Bewaffneten. Die Wirkung der Pfeile war auf so kurze Entfernung verheerend.

Allein Simon, mit einem Schwert in der Hand, kam unbeschadet davon.

»Er gehört mir!« schrie Brian. Jim hörte ein reißendes Geräusch hinter sich. Schon stürmte Brian in sein Sichtfeld und hielt mit beiden Händen den Stiel einer alten Hellebarde umfaßt, die er von der Wand hinter der hohen Tafel heruntergerissen hatte.

»Und ich habe ihn Euch überlassen«, sagte Dafydd ruhig. Seine Stimme war gerade laut genug, um über den Lärm der heranströmenden Männer verstanden zu werden. Die langen Tische, die parallel zu den Wänden standen, erlaubten nur, daß jeweils vier nebeneinander gehen konnten. Jetzt, da die erste Reihe unter Dafydds Pfeilen gefallen war, wurde der Rest der Angreifer langsamer.

Dem Bogenschützen standen bei weitem nicht genug Pfeile zur Verfügung, um auch den Rest von Simons Männern erledigen zu können, und Jim sah, wie Dafydd den Köcher tiefer auf den Rücken schob und den immer noch gespannten Bogen behutsam auf den Tisch legte. Danach lockerte er die Scheide seines langen, schmalen Messers, das er am Bein trug.

Brian sprang vom Podest herunter. Die Hellebarde hatte er mit den Händen ausbalanciert und hielt sie schräg vor seiner Brust, so daß die Klinge sich in Kopfhöhe befand. Sir Simon hatte gute drei Meter vor dem Podest angehalten und wartete mit gezogenem Schwert auf Brian.

Drei Jahre – sogar zwei Jahre – zuvor hätte Jim die hoch erhobene Klinge noch nichts gesagt. Aber eine Reihe von Scharmützeln, bei denen er nichts als überleben wollte, sowie eine Unzahl von Übungsgängen mit dem freundlichen, aber rauhen Brian hatten ihm die Augen über das wahre Wesen von Breitschwertern und anderen mittelalterlichen Waffen geöffnet.

Jim hatte erfahren müssen, daß er – trotz der heroischen Legenden über ihn – kein Gegner für jemanden war, der den Gebrauch der scharfen Waffen zu Fuß und vom Pferderücken aus seit der Kindheit trainiert hatte. Mittlerweile hatte er eine ungefähre Vorstellung, worauf Waffen, die in bestimmten Stellungen gehalten wurden, vermutlich abzielten.

In diesem Fall deutete das hoch getragene Schwert von Sir Simon auf ein offensichtliches Ziel hin. Da sein Schwert zu leicht war, um den massigen Stahlkopf der Hellebarde unmittelbar parieren zu können, wollte Simon Brians erstem Schlag ausweichen und ihm dann die Schwertspitze in den Leib treiben, wenn Brian durch den Schwung die eigene schwere Waffe nicht rechtzeitig wieder hochbringen konnte, um damit das Schwert zu parieren.

Brian machte einen Schritt nach vorn und hob die gebogene Schneide der Hellebarde über den Kopf und stürmte auf Simon zu. Dieser beobachtete Brian genau. Die Augen der beiden Männer richteten sich mit einer Mischung aus Feindseligkeit und Zorn auf den jeweiligen Gegner – als versuchten sie, einander zu hypnotisieren.

Brian ließ den Kopf seiner Waffe mit einer weit ausholenden Kurve nach unten sausen, geradewegs auf die Körpermitte Simons zu – ein Schlag, dem man nur ausweichen konnte, wenn man den ganzen Körper bewegte. Simon lächelte dünn, trat aber nicht zurück, wo seine Bewegungen von den Männern hinter ihm behindert worden wären, sondern tat einen Schritt nach vorn.

Offensichtlich plante er, den Stiel hinter der Klinge herunterzuschlagen und dann mit seinem Schwert zuzustoßen, bevor Brian den Schwung seiner Waffe bremsen und sie wieder zu einer Parade hochbringen konnte.

Simon setzte auf seine Fähigkeiten. Wie jeder Ritter im vierzehnten Jahrhundert hatte er sich sein Leben lang für diesen Fall vorbereitet. Er konnte auf den Sattel eines laufenden Pferdes springen, und das in voller Rüstung – fünfhundert Jahre bevor dies die Cowboys des Wilden Westens in Amerika taten, aber ohne Rüstung. Warum sollte er sich also vor einem kleinen Zweikampf ängstigen?

Wie dem auch sei, im selben Augenblick erreichte der nach unten gerichtete Schlag den Scheitelpunkt der Bewegung, und das Blatt der Hellebarde schwang wieder nach oben und zielte auf Simons Kopf. Es war das Pendant zu einem eher ungewöhnlichen Schwertstreich, den Brian Jim versucht hatte beizubringen und den er auch in ernsthaften Kämpfen schon verwendet hatte. Aber der Kopf der Hellebarde war schwer und der Impuls in die ursprüngliche Richtung demzufolge so groß, daß es Brian selbst mit dem beidhändigen Griff um den Stiel kaum hätte gelingen können, die Schlagrichtung zu ändern.

Aber er schaffte es dennoch. Die scharfe Schneide der Hellebarde fuhr zu Simons Brust und Kehle hoch. Simon versuchte auszuweichen, indem er sich nach hinten lehnte und zurücksprang. Er konnte einen Teilerfolg verbuchen, da die Hellebarde seine Brust verfehlte – aber der Schwung führte das Metallblatt gegen die Seite von Simons Kopf und weiter nach oben.

Simon fiel schlaff zu Boden und blieb dort bewegungslos liegen.

»Ein schöner Schlag! Beim Heiligen Michael, ein schöner Schlag! Gut geführt!« schrie der Graf aus seinem Schutz heraus. »Worauf wartet ihr noch? Greift ihn euch!«

Mit einem Brüllen rollten die unverletzten Bewaffneten auf Brian zu. Jetzt blieb keine Zeit mehr für Überlegungen.

Jim atmete tief ein und verwandelte sich in einen Drachen. Er sprang den sich nähernden Soldaten entgegen.

Kapitel 36

»JETZT REICHT ES ABER«, rief KinetetE in Jims Kopf. Es klang verdächtig nach einem Kichern – wenn man überhaupt sagen konnte, daß eine lautlose Stimme so etwas wie ein Kichern übertragen konnte.

Jim war auf dem Boden zwischen den Tischen gelandet, wo die vorderste Reihe der Bewaffneten stand. Sir Simon lag immer noch darnieder. Was den Rest betraf... Jim drehte sich um und starrte KinetetE an. Die Magierin demonstrierte soeben zu seinem Erstaunen, daß sie in seinen Geist übertragen konnte, was die Bewaffneten gerade dachten.

Es war nicht Telepathie der Art, wie Jim sie sich immer vorgestellt hatte. Es war eher eine Art Tel*empathie* – eine Übertragung dessen, was Simons Bewaffnete als Gruppe dachten und fühlten –, als würde er eine Art Zusammenfassung von ihren Gedanken und Gefühlen als Gruppe empfangen.

Seine Verwandlung in einen Drachen und sein Angriff auf sie überstieg eindeutig die Aufnahmefähigkeit der Soldaten für neue Bedrohungen. Keinem von ihnen mangelte es an Mut, wenn es sich um gewöhnliche Gegner handelte, aber jetzt standen sie einander im Weg, da alle so schnell wie möglich so weit wie möglich von Jim weg wollten. Sie sprangen über Bänke, krabbelten unter die Tische – taten alles, was notwendig war, damit sie die vordere Tür der Großen Halle erreichen und fliehen konnten.

Ihnen allen war von Anfang an bewußt, erfuhr Jim, daß diese besondere Aufgabe kein Glück bringen würde. Keinem Mann sollte befohlen werden, einen Magier zu verhaften. Das hatten sie alle gedacht, und sie hatten recht – das hier war der letzte Beweis. Für kurze Zeit hatte sie der Anblick des Bischofs an der hohen Tafel beruhigt, aber offensichtlich konnte noch nicht einmal jemand, der so heilig war wie er, einen Ritter unter Kontrolle halten, der sich in einen Drachen zu verwandeln vermochte. Sir Simon hätte wissen müssen, daß es so enden würde.

Simon war ein guter Ritter, so gut Ritter-Offiziere eben sein konnten. Unter seinem Befehl hatten sie eine Menge Vergnügungen und Beute gehabt.

Aber er gehörte zum Landadel. Er hätte wissen müssen, daß der alte Fummelhand sie in Schwierigkeiten brächte… Magier, die aus dem Nichts erschienen und sogar den alten Fummelhand mitbrachten; Drachen, die hereinspazierten und dann zur Hölle geschickt wurden – dann noch ein Teufel von Bogenschütze, der sie mit Pfeilen spickte, während Sir Simon selbst der Kopf eingeschlagen wurde. Und jetzt noch das!

Ein Ritter, der offenen Auges seine Männer in einen aussichtslosen Kampf führte, verdiente es zu sterben. Üblicherweise hätten sie jetzt versucht, seinen Körper mitzunehmen, um ihn seiner Dame – wer auch immer das im Augenblick sein mochte – zu einem anständigen Begräbnis zu übergeben. Das wurde von ihnen erwartet. Aber zum Teufel damit! Wenn er sich so um sie gekümmert hätte, wie er es hätte tun sollen, dann hätten sie sich um ihn gekümmert. Sollte er doch im Drachenmagen enden – laßt ihn liegen, wo er liegt, den Bastard!

Dies alles wurde Jim in einem einzigen Aufblitzen vermittelt, das sein Verstand in Worte unterteilen konnte, wenn er dazu die Muße hatte. Aber die hatte er zur Zeit nicht. Die Bewaffneten würden in wenigen Augenblicken außerhalb der Halle sein.

Die Inspiration, auf die er gewartet hatte, war endlich gekommen. Er war zuvor nicht dazu bereit gewesen – es verbrauchte zuviel magische Energie. Carolinus mochte soviel von seiner eigenen Magie für seine eigenen Zwecke verbrauchen, aber Jim konnte sich nicht einfach hierfür einen Betrag leihen, den man brauchte, um eine Menschenmenge wie diese hier zu erschaffen.

Aber er mußte keine Magie verwenden. Hier war eine Menschenmenge wie für ihn gemacht.

»Ruhe!« schrie er. Er hatte vergessen, daß er jetzt auch eine Drachenstimme hatte, die alle Anwesenden selbst ohne den Einsatz von Magie auf der Stelle zum Erstarren gebracht hätte.

»Danke, Jim«, ließ sich KinetetE säuerlich in seinem Geist vernehmen.

»Entschuldigung«, sagte Jim leiser und ließ seinen Blick über die Menschen auf der Plattform schweifen. Dann hob er den magischen Befehl für alle auf dem Podest auf. »O Brian, vergebt mir – ich vergaß. Ihr wart auch auf dem Boden.« Jim hob den magischen Befehl für Brian ebenfalls auf. »Würdet Ihr jetzt bitte zur hohen Tafel treten? Gut so, danke.«

Rasch wechselte er wieder in seine menschliche Gestalt.

»Ihr Bewaffneten«, sagte er, »dürft Euch jetzt zur hohen Tafel umdrehen. Ansonsten bleibt ihr *still*. Gut so. Jetzt vergeßt ihr alles, was nach dem Sieg Sir Brians über Sir Simon geschah. Ihr werdet ebenfalls alles vergessen, was jetzt geschieht, bis ich euch sage, daß ihr euch wieder erinnern könnt…«

Jim drehte sich zur hohen Tafel um. »Und Ihr, mein Lord Graf«, sagte er, »werdet ebenfalls alles vergessen, was nach Sir Brians Kampf mit Sir Simon geschehen ist, und auch, was jetzt passieren wird – bis ich diesen Befehl an Euch wieder aufhebe…«

Aus einer gewissen Vorsicht heraus hielt Jim inne.

»Mein Lord Bischof – Exzellenz…«, sagte er und wandte sich an den Geistlichen. »Ich muß jetzt Magie wirken, wenn Ihr es erlaubt. Es wird niemandem schaden.«

»Mein Sohn«, sagte der Bischof und versuchte, so säuerlich wie KinetetE zu klingen, nur gelang es ihm nicht so gut, »wenn nicht an meinem eigenen Gedächtnis herumgespielt wurde, dann habt Ihr bereits ohne meine Erlaubnis Magie gewirkt.«

»Aber mein Lord, das ist jetzt wirklich harmlos für jeden. Es ist etwas, das der Magier Carolinus tut, ohne dabei jemandem zu schaden. Er läßt sie sich nur etwas vorstellen. Magierin KinetetE« – Jim wandte sich zu der leeren Stelle auf dem Podest, von der er sich recht sicher war, daß sie dort stand –, »könntet Ihr mir helfen, meinem Lord Bischof das zu erklären?«

KinetetE erschien, sah aber alles andere als hilfreich aus. Sie und der Bischof blickten beide auf Carolinus, der weiterhin in seinem Stuhl schlummerte.

KinetetE sah im selben Augenblick wie der Bischof wieder hoch und sprach ihn an.

»Mein Lord Bischof«, sagte sie, »Ihr kennt mich. Und ich kenne den Magier Carolinus viele Jahre länger als Ihr. So lächerlich es scheint, er würde doch seinem Lehrling zustimmen. Carolinus muß sich noch weiter ausruhen. Ich werde selbst die Verantwortung für Jims Magie übernehmen.«

Der Bischof sah Jim zweifelnd an.

»Denkt daran«, fuhr KinetetE fort, »daß dieser junge Mann nur ein Magier der Kategorie Drei Plus ist, während ich, wie Carolinus, einer der drei Magier der Kategorie Eins Plus auf dieser Welt bin. Während Jims Wissen über unsere Kunst nur einem Hügel entspricht, gleicht mein Wissen einem hohen Berg. Ich werde ihn bei der Arbeit überwachen und verhindern, daß er irgend etwas tut, das Ihr nicht wünscht.«

»Ich verstehe.« Der Bischof räusperte sich. »Würdet

Ihr dann in Erwägung ziehen, Magierin – da Ihr einen viel höheren Rang innehabt als er –, ihm einfach zu befehlen, überhaupt keine Magie zu wirken?«

»Das würde ich nicht.«

»Ich verstehe. Nun, in diesem Fall… Magierin, ich habe Carolinus von Euch sprechen hören.« Er wandte sich Jim zu.

»Ich kann natürlich nichts gutheißen, gegen das die Kirche ist«, sagte er, »aber einstweilen dürft Ihr mit Eurer Magie fortfahren, mein Sohn. Doch laßt äußerste Sorgfalt walten, damit Eure Seele und auch die Seelen aller anderen Kinder der Kirche, die gegenwärtig hier in dieser Halle anwesend sind, keinen Schaden nehmen.«

»Vielleicht werde ich eine oder mehrere bessern«, antwortete Jim. »Aber mit Sicherheit wird keine Schaden nehmen.«

»Dann fahrt fort.«

»Danke, mein Lord Bischof.«

Jim betrat das Podest und ging um die hohe Tafel herum, bis er neben dem Grafen stand, der im Stehen fast zu schlafen schien. Jim sah auf die Bewaffneten in der Halle hinunter.

Er betrachtete sie kritisch. Es war eine ganze Menschenmenge, die da stand. Durch die zwei langen Tafeln waren die Leute in drei Gruppen unterteilt, was eigentlich kaum anders als auf einem Marktplatz aussah, wo die Reihen der Marktstände die Kunden voneinander trennten…

Er schaute wieder auf den Grafen. Der stand innerhalb des Schutzes, den Jim errichtet hatte, und nach dem glasigen Blick von Cumberlands Augen zu urteilen, gehorchte auch er dem magischen Befehl des Vergessens. Jim entfernte den Schutz.

»Die nächsten magischen Befehle gelten allein Euch, mein Lord Graf«, sagte er. »Ihr könnt Euch setzen.«

Jim zögerte. Er war sich bewußt, daß Angie zweifelnd und besorgt aussah und Brian und Dafydd ihn neugierig beobachteten, aber nicht an ihm zweifelten. Der Bischof sah ihn ernst an. KinetetE hatte sich wieder unsichtbar gemacht, aber auch ihren Blick konnte er auf sich ruhen fühlen.

Die Wahrheit war, daß er nicht genau das gleiche wie Carolinus zu tun gedachte – also Cumberland und allen Zuschauern vorzugaukeln, daß er den Grafen in einen Käfer verwandeln würde. Was er vorhatte, war viel schwieriger.

Schwieriger, weil Carolinus, der alle Leute glauben ließ, er hätte jemanden in einen Käfer verwandelt, dies mit einem einzigen, umfassenden Befehl geschafft hatte. Aber Jim beabsichtigte, mit dem Grafen und den Bewaffneten getrennt zu arbeiten. Seine Befehle würden ausführlich und genau sein müssen.

Er mußte auch darauf achten, daß er die anderen Leute auf dem Podest nicht in die Magie einschloß. Er wollte, daß nur der Graf das erlebte, was Jim für ihn im Sinn hatte, und keiner der anderen – am allerwenigsten der Bischof.

KinetetE konnte natürlich nicht daran gehindert werden, alles zu sehen und zu hören, was Jim tat. Aber daran konnte er nichts ändern.

Jim stellte sich hinter Cumberlands Stuhl und sprach mit leiser Stimme zu ihm.

»Ich bin außerhalb Eurer Sicht«, sagte er. »Aber Ihr könnt mich hören. Ihr könnt nur mich hören. Und Ihr könnt nichts sehen als die Bilder in Eurem Kopf, so wie ich sie Euch schildere. Ihr reitet jetzt...«

Die linke Hand des Grafen schob sich ein wenig über die Oberfläche des Tisches, an dem er saß, als hätte er unsichtbare Zügel aufgenommen...

»...und Ihr habt vier oder fünf Gefolgsleute bei Euch, auch auf Pferden, hinter Euch. Ihr wißt, wer sie sind. Ihr kommt gerade zu einem Marktplatz. Er ist überfüllt, da der Markttag abgehalten wird. Überall gemeine Leute. Ihr könnt die Menge jetzt hören. Ihr könnt den Staub wirbeln sehen und die Gerüche des Marktplatzes wahrnehmen. Ihr beabsichtigt natürlich, geradewegs durch die Menge hindurchzureiten, schließlich seid Ihr Cumberland, und die Gemeinen müssen Euch den Weg freimachen. Sie tun es, aber widerwillig…«

Jim beabsichtigte, ab jetzt die anderen in der Halle nur noch wenig hören zu lassen. Hinter dem Grafen stehend, würde er mit seiner Magie durch Cumberlands Augen schauen und dessen Vorstellungskraft führen sowie hin und wieder die Bewaffneten vor ihnen lenken.

Magische Visualisierung war nichts für Faule. Um sich ein überzeugendes – das heißt vollständiges – Bild für die Augen eines anderen vorzustellen, mußte man wissen, was man visualisieren wollte. Wenn es sich um eine Burg handelte, mußte man wissen, wie eine Burg gebaut und angelegt wurde – sogar, woraus sie bestand. Entweder das, oder man mußte sich das Bild einer Burg, die man einmal gesehen hatte, ins Gedächtnis rufen.

Wenn die Burg, die man sich vorstellte, für einen selbst wirklich war, dann würde sie es auch für denjenigen sein, den man sie sehen ließ. So und nicht anders. Das bedeutete, daß erdachte Szenen aus Bruchstücken eigener Erlebnisse zusammengesetzt werden mußten.

Der Marktplatz, den Jim sich gerade vorstellte, rührte von dem einer kleinen Stadt her, durch die er selbst geritten war, irgendwo im Bezirk Cheddar der Grafschaft Somerset. Mit den Bewaffneten, angetan mit Kleidungsstücken aus seiner Vorstellung, die sowohl Jim als auch der Graf oft beim einfachen Volk gesehen hatten, könnte dieser Marktplatz in jeder Stadt im südlichen England liegen.

Er sah jetzt durch die Augen des Grafen. Der Graf wußte genau, wie es sich anfühlte, ein Pferd zu reiten, und sofort hatte Jim ebenfalls das Gefühl, auf dem Rücken eines trabenden Pferdes zu sitzen. Er sah, als sie auf den Marktplatz ritten, den Grafen aus einer Position, die unmittelbar hinter ihm lag. Vor ihnen waren die Bewaffneten, aber für den Grafen schienen sie die übliche Landbevölkerung zu sein, genau die Sorte, die man auf jedem Markt im Lande finden konnte...

Kapitel 37

EIN MURREN ERHOB SICH von der Menschenmenge auf dem Marktplatz und schwoll zu zornigem Geschrei an. Der Graf ritt weiter. Er saß aufrecht im Sattel, sein Gesicht schien so ungerührt, als würde er über eine leere Ebene reiten. Die hinter ihm Reitenden hoben die Zügel und rückten näher an ihn heran.

Die Stimmen vereinigten sich zu einem wahren Gebrüll. Der Graf ritt weiter. Er änderte weder den Ausruck seines Gesichts, noch ließ er sein Pferd schneller traben. Ein paar Meter weiter, und er hätte den Marktplatz hinter sich...

Irgend etwas warf vor dem strahlenden Sonnenlicht einen schwarzen Schatten – beschrieb einen Bogen durch die Luft. Es traf auf seine Brust und blieb dort einen Augenblick lang kleben, bevor es hinunterfiel. Es war ein halb verrotteter Fisch von fast dreißig Zentimetern Länge, und er hinterließ auf dem burgunderfarbenen, gezattelten Gewand des Grafen einen dunklen Fleck.

Immer noch zeigte Cumberland keine Regung und ritt mit gleichmäßiger Geschwindigkeit auf die Bäume zu, die sich nicht weit entfernt dicht an die Straße drängten. Aber die Menschenmenge hatte nun begonnen, ein einziges Wort zu rufen. Erst taten es nur einzelne, und schließlich riefen sie es alle gleichzeitig, immer wieder…

»Hexer! Hexer! Hexer!«

Die Stimmen übertönten das Hufgetrappel der Pferde, bis ein Mann auf einem schaumbedeckten Pferd, der in eine Livree in den Farben des Grafen gekleidet war, mit solcher Geschwindigkeit unter den Bäumen hervorgeritten kam, daß er sein Pferd stark zügeln mußte, woraufhin es in die Höhe stieg. Er hatte solche Eile, daß er beinahe den Hochadligen niedergeritten hätte.

Wortlos übergab er dem Grafen ein Stück gefalteten, braunen Pergaments, das mit einem schwarzen Band zusammengebunden war. Wortlos nahm der Graf es entgegen, riß das Band ab und entfaltete das Schreiben.

Mein Lord!

Lady Agatha Falon hat unter der Befragung ein Geständnis abgelegt. Nachdem sie auf Befehl des Königs festgesetzt worden war, gab sie zu, eine Hexe zu sein. Sie sagt, daß sie von Eurer Lordschaft zur Hexerei verführt wurde und daß Ihr schon länger ein Hexer seid, als sie Jahre gelebt hat. Sie beteuert, daß es Eure Absicht war, unseren König in Wahnsinn und Tod zu treiben, und daß Ihr dafür Ihre Hilfe verlangt und sie deswegen in die üblen Praktiken der Hexerei eingeführt habt, deren Anhänger ihr danach beide wart.

Einige der nördlichen Lords und andere haben in die Wahrheit ihres Geständnisses kein Vertrauen und sagen, daß es wahrscheinlich nur auf den Wünschen der Befrager und der Schärfe der Befragung beruht. Sie schlagen Euch vor, Euch nach Norden zu Euren eigenen Ländereien zu begeben und dort Freunde und Streitkräfte zu-

sammenzurufen, um jedweder Armee entgegenzutreten, die jene am Hofe, die Euch übel wollen, erheben werden.

Ein langes Leben und Glück für Eure Lordschaft und meine Gebete für Eure Sicherheit. Und denkt daran, daß ich Euch, trotz des hohen Risikos für mich, diese Nachricht zukommen ließ.

Euer gehorsamer Diener
Edgar de Wiggin

Die Menschenmenge auf dem Marktplatz schwieg neugierig beim Anblick des Boten.

Der Graf las die Mitteilung, ohne eine Miene zu verziehen, faltete den Brief wieder und steckte ihn in sein Gewand.

»Wir gehen nach Norden«, teilte er über die Schulter seinen Begleitern mit, die hinter ihm auf den unruhig tänzelnden Pferden saßen.

Cumberland blickte nach vorn und setzte sein Pferd wieder in Bewegung. Die anderen folgten ihm. Im tiefen Schatten der Bäume, deren Kronen sich über dem Weg schlossen, waren sie nach der strahlenden Helligkeit auf dem Marktplatz einen Augenblick lang blind…

…Die gräulich-weißen Zeltwände standen offen, um Licht und Luft einzulassen. Draußen konnte man eine große Waldlichtung erkennen. Eine Reihe von Männern liefen auf der freien Fläche herum. Die meisten waren jüngere Ritter, Knappen und Bewaffnete. Einige sahen zum Zelt hinüber, während sie Pferde am Zügel hielten. Andere – die älteren – beobachteten den Wald.

Im Zelt war ein Tisch aufgestellt worden, ein einfaches Holzbrett auf Böcken. Selbst hier und jetzt – so bestimmten es die Sitten des vierzehnten Jahrhunderts – war der Tisch mit einem Tischtuch bedeckt, weiß wie ein Hochzeitskleid, auch wenn es durch das

Zusammenlegen für den Transport ein paar Falten bekommen hatte.

Auf dem Tisch standen Wein in Silberkrügen und einige Pokale.

Um den Tisch saßen der Graf und sechs Männer, die alle vornehm gekleidet waren. Es war hier oben an der schottischen Grenze ein kühler Tag, und der heftige Wind wehte jede Wärme fort, die von ihren Körpern erzeugt wurde.

Der Graf kannte die Gesichter der Männer. Er wußte, wie sie sprachen.

Eben jetzt hörte er ihnen nur zu, auf dem Gesicht wieder dieser bulldoggenartige Ausdruck, den er auch nach dem Lesen des Briefes gehabt hatte.

Ein hochgewachsener Mann im mittleren Alter, der einen rot eingefärbten Fellumhang trug, sprach in einem Bariton, der in den Tenorbereich kletterte, wenn er aufgeregt war. Da er gerade versuchte, die anderen zu überschreien, war nun genau das der Fall.

»...und ich kann Euch hundert Ritter bringen, mein Lord, dazu ihre Leute!« sagte er mit hoher, triumphierender Stimme.

»Könnt Ihr sie bis morgen in einer Woche kampfbereit hier haben?« Die Stimme des Grafen übertönte die anderen an der Tafel, die alle versuchten, das Gespräch an sich zu reißen.

Im Zelt herrschte plötzlich Schweigen. Alle sechs starrten den Grafen ungläubig an.

»Wie – was? Nein, mein Lord«, sagte der Mann mit dem rot gefärbten Umhang. »Ich muß die Männer erst zusammenrufen und mit den edlen Herren, meinen nächsten Nachbarn, sprechen. Sie werden es alle gar nicht erwarten können, mit all ihren Männern zu kommen, wenn ich erst mit ihnen geredet habe. Aber – wenn alles gutgeht – habe ich die Männer in einem Monat zusammen.«

»Ja«, sagte der Graf und sah jeden einzelnen grimmig an. »wird einer von Euch anderen mit allen Leuten, die man in einer Woche zusammenrufen kann, hier eintreffen?«

Das Schweigen dauerte an.

»Meine Lords«, sagte der Graf in einem Tonfall, der hart an ein verächtliches Schnauben grenzte, »Ihr seid alle meine guten Freunde und gekommen, um mir in meinen Schwierigkeiten beizustehen – und durch diese Hilfe werdet Ihr langfristig Vorteile haben, wie Ihr wißt und ich weiß. Aber in Angelegenheiten der Kriegsführung seid Ihr immer noch Säuglinge, denen die Milch auf den Mündern noch nicht eingetrocknet ist! Hört mir jetzt genau zu!«

»Aber gerne... gerne hören wir Euch zu, mein Lord«, sagte der andere Mann schnell, der eben noch so große Töne gespuckt hatte, »da Ihr als großer und erfolgreicher Anführer bekannt seid. Aber...«

»Dann tut es auch!« Die Stimme des Grafen erreichte eine Lautstärke, die er sonst nur bei seinen Truppen einsetzte, wenn er sie zum Kampf aufstellte. »Ich will die Anzahl der Männer wissen, die Ihr in einer Woche kampfbereit haben könnt, da wir in einer Woche kämpfen werden!«

Er blickte in ihre plötzlich starren und erbleichenden Gesichter.

»Keiner von Euch hat etwas verstanden, nicht wahr? Laßt mich Euch dann sagen, daß uns nicht nur eine Schlacht bevorsteht, sondern deren zwei – allerwenigstens zwei! War sich keiner von Euch bewußt, daß Chandos von dem Brief an mich mindestens einen Tag, bevor ich ihn selbst erhalten habe, gewußt haben wird? Er könnte den Brief sogar an sich genommen haben, gleich nachdem er geschrieben wurde, und hatte dann die Wahl, ihn zu behalten – was mir keinen großen Schaden gebracht hätte – oder ihn weiterzuschicken, um nicht nur mich, sondern auch den Rest von Euch zu fangen, während Ihr von Verrat gegen den König sprecht.«

Die Gesichter der Zuhörer hatten schon vor Jahren vergessen, wie man ordentlich bleich wurde – schließlich hatten alle eine gesunde, wettergegerbte, sonnengebräunte Haut –, aber nun gerieten sie in eine beachtliche Starrheit.

»Nur seine Ehre – die ihm zusammen mit seinem gesunden Menschenverstand zugute gehalten werden muß – würde Chandos davon abhalten, den Brief dazu zu verwenden, mich zu verurteilen, statt mir einfach eine Falle zu stellen. In jedem Fall aber seid versichert, daß er von unserem Treffen wußte. Er kennt diese Wälder, und er wird eine Truppe ausgeschickt haben, um uns zu ergreifen. Wenn wir auf sie treffen, wird es den ersten Kampf geben. Sie mögen von geringerer Zahl als wir, aber erfahrene Kämpfer sein, vielleicht in Begleitung von berittenen Bogenschützen.«

Der Graf hörte auf zu sprechen. Keiner der anderen wollte etwas sagen. Cumberland lächelte sie mit verkniffenen Lippen an.

»Wenn das jetzt klar ist«, sagte er, »wie viele Ritter, Knappen – und, bei Gott, ich hätte lieber einen Knappen in meinem Rücken, der schlachterfahren ist, als einen Ritter, der noch nie an einem echten Kampf teilgenommen hat – und so weiter bis hinunter zu den gemeinen Bewaffneten könnt ihr bringen? Denkt daran, es geht darum, wie viele ihr in sechs Tagen zusammentrommeln könnt, damit wir ohne Illusionen unsere Stärke schätzen können.«

Um den Tisch wurde gehmmmt und getjaat. Nur einer der Anwesenden, ein kleiner, magerer junger Mann mit lockigem braunem Haar und einer langen Narbe über der rechten Augenbraue, antwortete sofort.

»Acht Ritter und elf Knappen, mein Lord. Morgen schon, falls nötig. Alle aus meiner eigenen Familie. Aber darüber hinaus kann ich nicht sagen, wie viele ich finden werde und wie schnell. Ich werde so viele zusammenrufen wie ich kann, aber meine Nachbarn springen nicht auf meine Bitten hin, wie das die meines Lords Athernockie« – er blickte über den Tisch hinweg zu dem Mann mit dem roten Fellumhang – »zu tun scheinen. Bewaffnete wahrscheinlich dreißig, wenn ich Zeit habe, aber wieviel Zeit ich dazu brauche, kann ich ums Himmelreich nicht sagen.«

Die Gespräche an der Tafel begannen zu verstummen, als der Graf abwartete. Schließlich kamen sie auf eine voraussichtliche Zahl von sechzig bis achtzig Rittern und Knappen plus hundert und mehr Bewaffneten sowie nicht mehr als zwanzig Armbrustschützen. Die hiesigen Bogenschützen einzusetzen würde sich nicht lohnen, da jene, die Chandos mitbrächte, einen riesigen Vorteil in Hinsicht auf die Reichweite hätten.

»Nun gut«, erklärte der Graf schließlich. »Sobald ich denke, daß wir die benötigte Anzahl zusammenhaben, werden wir Chandos stellen. Ihr alle solltet Leute ausschicken, die die Ohren offenhalten, damit wir von Chandos Ankunft erfahren.«

»Eins noch, mein Lord«, sagte ein älterer Mann mit viereckigem Gesicht, der dem Grafen von allen am nächsten saß. »Braucht Ihr neben den Rittern, Knappen und Bewaffneten auch Landvolk?«

Jim erkannte, daß er sich auf die hier ansässigen gewöhnlichen Bauern bezog, die aus ihrer Unwissenheit heraus mit jeder Waffe, die sie finden konnten – zumeist einfache Ackerwerkzeuge – in den Kampf ziehen würden. Sie erhofften sich ein wenig Aufregung in ihrem tristen Leben – wenn sie nicht gerade plündern wollten. Jim hatte daran nicht selbst gedacht. Die eigene Erfahrung des Grafen nährte bereits diese Illusion...

»...wenn sie einem von den Füßen bleiben, sobald der Kampf beginnt, habe ich keine Einwände. Es schadet nie, den Feind glauben zu lassen, daß man zahlreicher sei, als das tatsächlich der Fall ist. Aber was nun die Vorräte, zusätzliche Reit- und Packpferde betrifft...«

»...Meine Lords, meine Lords«, unterbrach der Graf sie später, »es hat keinen Sinn, darüber zu streiten, wie man den Feind bekämpft, solange man seine Stärke, die Beschaffenheit des Bodens und des Geländes nicht kennt, desgleichen nicht weiß, wie eifrig er bestrebt ist, mit dem Kampf zu beginnen – das Wetter gar nicht zu erwähnen. Beschließt nun diese Unterredung. Halb durchdachte Pläne nützen wenig. Nun, hat irgendeiner von Euch die Zubereitung einer Mahlzeit befohlen – und wenn ja, wann können wir speisen?«

...Ein dünner Mann in einer grün-roten Livree stellte gerade ein Tablett mit kleinen Küchlein in der Mitte des Tisches ab. Danach entfernte er mehrere Tabletts und Schüsseln, die geleert worden waren.

»Das erinnert mich daran«, sagte der Graf, »...was werdet Ihr Euren Nachbarn über meine Gründe erzählen, die mich in den Norden geführt haben? Diesen Nachbarn, von denen Ihr hofft, daß sie sich uns anschließen werden?«

Er hielt ein Küchlein in die Luft, lächelte wieder mit verkniffenen Lippen.

»Warum, mein Lord?« sagte Athernockie, »Wir werden ihnen einfach die glorreiche Wahrheit erzählen. Daß Ihr, nachdem Euch genau wie uns das schwere Joch der Königlichen Steuern ganz krank machte, angesichts all der Korruption am Hof schließlich den Punkt erreicht habt, an dem Ihr Widerstand leisten und mutig zuschlagen mußtet – möglicherweise sogar selbst nach der Krone greift, wenn das Gottes Wille ist.«

»Ich rate Euch, um Eurer eigenen Sicherheit willen, daß Ihr nichts dergleichen verlauten laßt«, wandte der Graf ein. »Mit diesen Worten erklärt Ihr öffentlich, daß Ihr beabsichtigt, Verrat zu begehen.« Er sah sie alle an.

»Lieber«, fuhr er fort, »sagt ihnen die wahre Wahrheit: daß die Nachricht, die ich kürzlich erhielt, die letzte Bürde war, die ich tragen wollte. Ich fühle mich zutiefst beleidigt, daß man dem erzwungenen Geständnis von Agatha Falon bei Hofe offensichtlich Glauben schenkt. Das Geständnis wurde ihr unter höchsten Grausamkeiten abgerungen, die jeden Mann und jede Frau dazu bringen würden, alles zu gestehen, was die Befrager hören wollen. Sagt, daß ich mich deswegen in meine Grafschaft zurückgezogen habe – nur um festzustellen, daß ich mich in der Gefahr befinde, von einigen Leuten am Hof angegriffen zu werden, die darauf hoffen, dadurch einen persönlichen Vorteil zu erringen, wenn sie mich als Gefangenen nach London zurückbringen.«

Sein Lächeln wurde breiter.

»So wie der gute Sir John Chandos, wenn er schließlich auf uns trifft«, sagte er.

Einen Augenblick lang herrschte Stille am Tisch.

»In der Tat, mein Lord Graf«, sagte der braunhaarige, junge Mann, »Eure Worte sind weit besser als alles, was wir sagen könnten. Ihr verdient Euren guten Ruf in solchen Angelegenheiten sehr wohl.«

»Ich hätte nicht so viele Jahre ohne meinen Verstand überleben können«, sagte der Graf trocken. »Denkt jedoch lieber an den ersten von wenigstens zwei Kämpfen in weniger als einer Woche statt an meinen Verstand.«

...Sie befanden sich auf einer offenen Fläche, die nur von ein paar verstreuten, dürren Stechginsterbüschen bestanden wurde. Die gegnerische Linie ließ ihre Pferde im Schritt auf den Grafen und seine Kämpfer zugehen – der Schritt, der in den Trab, dann den Kanter und schließlich in den Galopp übergehen würde, bevor die beiden Einheiten aufeinandertrafen. Der Graf hatte einen Platz in der Mitte, ein wenig vor seiner Reihe von Männern, inne. Er hob den Arm, deutete voraus, und alle setzten sich in Bewegung. Es war nicht schwer, auf der Gegenseite die schmale, aufrechte Gestalt von Sir John Chandos zu erkennen, der einen Plattenpanzer trug. Graf und Ritter ritten aufeinander zu.

Chandos jedoch, der sich ebenfalls in der Mitte seiner Schlachtreihe aufhielt, befand sich ein wenig links vom Grafen, so daß dieser das Pferd in die richtige Richtung lenken mußte, wenn er auf Chandos treffen wollte, sobald die Linien aufeinanderstießen.

Das wurde von den zwei Anführern erwartet, und da sie die Männer waren, die sie nun einmal waren, würden sich beide bemühen aufeinanderzutreffen. Die Reiter auf beiden Seiten des Grafen taten alles, um ihm Platz zu schaffen.

Chandos war damit einverstanden, der Graf war damit einverstanden – nur das Pferd des Grafen nicht.

Er hatte hier oben im Norden genug Zeit gehabt, nach einem seiner eigenen Schlachtrösser zu schikken – einem Hengst, einem wertvollen Tier, das sich nur ein Graf leisten konnte. Das Pferd war ein Kämpfer und wohltrainiert. Aber es war nicht das Pferd, an das der Graf sich am besten gewöhnt hatte und das er vorgezogen hätte.

Mann und Pferd kannten einander. Aber sie hatten eine Zeitlang nicht mehr miteinander gesprochen, und das Pferd, das wie die Männer von der Aussicht auf den Kampf in Erregung versetzt wurde, hatte seine eigenen Vorstellungen, wie es den Feind angreifen wollte. Einfach geradeaus.

»Der Teufel röste deine Innereien!« brüllte der Graf und trieb seine Knie dem Streitroß kräftig in die Rippen, um ihm den Atem zu rauben, riß am Zügel und hieb dem Pferd die Sporen in die Flanke, damit das dumme Tier begriff, in welche Richtung es sich wenden sollte.

Das Pferd erkannte verspätet die vertraute Stimme und die vertrauten Unbehaglichkeiten. Es entschied sich, dem Willen seines Reiters zu gehorchen und rannte im vollen Galopp los.

Aber der Schaden war schon angerichtet. Die Schlachtlinie, von der der Graf ein Teil gewesen war, befand sich bereits vor ihm. Die zwei Reihen eifriger Feinde näherten sich mit einer Geschwindigkeit von ungefähr dreißig Kilometern pro Stunde.

Sie trafen aufeinander, bevor der Graf sie noch eingeholt hatte, und brachen in kleine Gruppen auseinander, als Mann gegen Mann kämpfte. Die Pferde wieherten, die Männer stießen Rufe aus, Metall traf auf Metall. Der Graf ritt dort, die Lanze noch in der Hand, mitten hinein. Er erhaschte nur einen kurzen Blick auf jemanden, der von links auf ihn zuritt, bevor es ein Krachen gab, das alle anderen Geräusche übertönte, und er in die Dunkelheit fiel.

Er wachte, wie ihm schien, sofort wieder auf. Aber offenbar war einige Zeit vergangen. Er lag im Schatten eines einsamen Baumes auf freier Fläche.

Nicht weniger als sechs Bewaffnete umstanden und beobachteten ihn. Man hatte ihm seine Rüstung und Waffen abgenommen. Sein Kopf fühlte sich an, als ob er gleich zerplatzen wollte.

Er hatte keine Zeit, sich damit zu befassen. Er ließ die Augen über die Umgebung hinter seinen Bewachern schweifen. Wenn ein ausreichend kräftiges Pferd nah genug stünde, daß er es mit einem kurzen

Lauf erreichen könnte, müßte er nur noch an denen, die ihn beobachteten, vorbeigelangen oder sie kampfunfähig machen. Sobald er erst einmal auf einem Pferderücken saß, war seine Chance zu entkommen doppelt so hoch.

Aber in der Nähe standen keine Pferde. Sein wandernder Blick fiel statt dessen auf einen etwas verschwommen wirkenden John Chandos, der mit einem anderen Bewaffneten auf ihn zukam – höchstwahrscheinlich der Bote, der zu Sir John geschickt worden war, um ihm mitzuteilen, daß der Gefangene zu sich gekommen sei.

Einen Augenblick später hatte der Ritter ihn erreicht.

»Wie geht es Euch, mein Lord?« fragte Chandos. »Ihr habt einen heftigen Schlag gegen Euren Kopf erhalten.«

»Halb so schlimm«, sagte der Graf. Er versuchte, sich mit dem Rücken gegen den Baumstamm aufzusetzen. Ein kurzes Nicken von Chandos veranlaßte die Bewaffneten, ihm zu helfen. »Und wie geht es Euch, Sir John?«

»Durch Glück und die Gnade Gottes«, antwortete Chandos, »habe ich nichts abbekommen. Könnt Ihr reiten?«

»Ich kann mich nicht erinnern, daß ich jemals nicht in der Lage war zu reiten.«

Chandos betrachtete ihn einen Augenblick nachdenklich.

»Trotzdem«, sagte er, »können wir etwa eine Stunde warten. Eine kleine Pause wird Euch nicht schaden – und etwas zu essen auch nicht. Ich werde Euch etwas zu essen und Wein bringen lassen. Aber dann müssen wir losreiten. Ihr werdet ohne Eure Rüstung reiten, mein Lord. Sie wird sicher mit Euren Waffen verwahrt werden, mein Wort darauf.«

»Wohin?« fragte der Graf geradeheraus.

»Zum Tower in London«, sagte Chandos. »Wir werden Euch nicht in Ketten legen, mein Lord, aber Ihr werdet jederzeit von Männern umgeben sein, die ich persönlich ausgewählt habe, und auch unter ebenso guter Bewachung schlafen. Ihr seid des Verrats angeklagt, da Ihr versucht habt, gegen den König Hexerei einzusetzen. Eure Verhandlung wird sofort nach Eurer Ankunft stattfinden.«

...Die Kammer mit der hohen Decke hatte angemessen kleine Fenster, die sich hoch oben an den zwei langen Wänden befanden. Was am späten Nachmittag an Tageslicht hereinfiel, beleuchtete hauptsächlich das kleine Podest am einen Ende des Raumes. Über den Köpfen schien die Decke in der Dunkelheit zu verschwinden, was auch für die unteren Teile der Wände galt.

Sieben Männer saßen auf dem Podest, ältere Manner in kostbaren Roben. Zwei trugen die Amtsketten von hohen Stadträten. Die anderen waren Kirchenobere und Lords, die er kannte. An einer Seite des Podests stand ein kleiner Tisch, an dem ein etwas jüngerer Mann in einem dunklen, einer Mönchskutte nicht unähnlichen Gewand schrieb. Die Männer auf dem Podest saßen auf Stühlen mit Armlehnen.

Der Graf stand in der Mitte der freien Fläche zwischen zwei großen Bewaffneten. Weitere Wachen, die Hellebarden führten, waren entlang den Wänden plaziert. Der Graf spuckte verächtlich auf den Boden vor dem Podest.

»Das soll Euch Herren nur zeigen«, sagte er zu ihnen, »daß mein Mund bei Eurem Anblick nicht vor Furcht trocken geworden ist.«

»Ruhe!« befahl Lord Oxford. Er saß in der Mitte, und seine hohe, schrille Stimme hatte die gleiche Qualität wie eine Säge, die sich durch Metall fraß. »Eure Gerichtsverhandlung ist vorbei. Ihr seid nur hierhergebracht worden, um das Urteil zu hören, das über Euch verhängt wurde.«

»Was soll das denn für eine Gerichtsverhandlung gewesen sein?« schrie der Graf. »Oxford, wer hat Euch und diese anderen Richter benannt? Wer hat meinen Haftbefehl unterschrieben? Ihr habt noch nicht einmal meine Verteidigung auf die Anklage, wie auch immer sie lauten mag, gehört!«

»Ruhe! Knebelt den Gefangenen, wenn er noch einmal spricht! Robert de Clifford, Graf von Cumberland, ich wiederhole, Ihr seid nur hierhergebracht worden, um das über Euch verhängte Urteil zu hören.«

Oxford sah auf die Gestalt in der Mönchskutte hinunter.

»Lest das Urteil vor!« sagte er.

Der Mann setzte einen letzten Schnörkel auf das vor ihm liegende Pergament und holte einige andere Blätter hervor, nachdem er den Federkiel beiseite gelegt hatte. Eines der Blätter hielt er in dem dämmrigen Licht hoch. Er stellte sich hin, um das Urteil mit mehr Autorität zu verlesen.

Was er vorlas, war in Latein abgefaßt. Aber der Graf verband, wie Chandos, in einem Zeitalter, wo der größte Teil der Ritterschaft weder Lesen, Schreiben noch die kirchliche Sprache beherrschte, die Fähigkeiten eines Gelehrten mit denen eines Ritters.

Mein Lord

Dieser Gerichtshof verweigert Euch jedes Recht auf Verteidigung, da Ihr nicht länger als ein Mann betrachtet werden könnt, da durch das Geständnis von einer Eurer Art bewiesen worden ist, daß Ihr ein Hexer seid. Als solcher habt Ihr in verräterischer Weise zu Eurem eigenen

Vorteil und Nutzen versucht, den Verstand von unserem König, den Gott schützen möge, zu verwirren. Ihr habt das der Heiligen Mutter Kirche zum Trotz getan, die Euch daher als verflucht betrachtet. Wir, der Gerichtshof, bestimmen daher, daß Ihr wegen Verrats ausgeweidet, wegen Hexerei gehenkt und wegen Verbrechen gegen die Kirche geköpft werdet…«

Die Oberlippe des Grafen kräuselte sich, und er spuckte erneut aus, genau auf die Füße des Mannes, der das Urteil verlas. Dieser brach ab und trat einen Schritt zurück.

»Weiter«, befahl der Graf von Oxford.

Der Schreiber las weiter vor.

»…und da Eure Taten die gesamte Ritterschaft entehrt haben, bestimmt das Gericht, daß Ihr mit Eurem Wappenrock gevierteilt werdet, so daß Euer Name und Euer Wappen für immer zerstört werden!«

»Neiiiin!« heulte der Graf plötzlich und begann sich wie ein Verrückter gegen die sechs Bewaffneten zur Wehr zu setzen, die versuchten, ihn zu knebeln und ihn gleichzeitig daran zu hindern, die Richter anzugreifen – was kein leichtes Unterfangen war, da Cumberland groß und kräftig war.

»Mein Wappen! Mein Name! Das könnt Ihr mir nicht nehmen! Ihr habt nicht das Recht…«

Der Knebel brachte ihn schließlich zum Schweigen. Die Bewaffneten zerrten den Grafen fort.

Kapitel 38

Jim blickte den Grafen entsetzt an. Die magische Illusion war aus und vorbei, und wenn Cumberland jetzt einfach hochschaute, würde er nichts als Malencontris Halle sowie die Bewaffneten Sir Simons sehen, die zwischen den Tischen standen und dabei unsicher und unglücklich aussahen.

Aber der Graf blickte nicht auf. Er war in seinem Stuhl zusammengesunken und barg das Gesicht in den Händen, gab heisere, erstickte Laute von sich, die – nach einem Leben, in dem er nie eine Schwäche gezeigt hatte, damit sie von niemandem ausgenutzt werden konnte – vermutlich das Beste waren, was er an Schluchzern hervorbringen konnte.

Jim hätte nie geglaubt, daß die von ihm geschaffenen Illusionen eine solche Wirkung zeitigen würden und die letzten Worte des Urteilsspruchs eine solche Veränderung in einem Mann in Gang setzen könnten, der noch Sekunden zuvor vor dem ihn verurteilenden Gericht ausgespuckt hatte. Er hatte nicht nur die Richter verachtet, sondern auch die Strafe des Ausweidens – die bedeutete, daß er, nachdem man ihn aufgehängt und fast zu Tode stranguliert hatte, noch lebend wieder abgenommen wurde, damit ihm dann der Bauch aufgeschlitzt werden konnte, bevor man ihn danach erneut und diesmal endgültig erhängte.

All das hatte Cumberland verlacht. Aber das Wissen, daß sein Wappen und damit alle heraldischen Aufzeichnungen über ihn für immer vernichtet wurden, hatte auch ihn gebrochen.

Jim konnte es kaum glauben. Er hatte doch nur einen Urteilsspruch, der über Sir Hugh Despenser im Mittelalter von Jims eigener Welt verhängt wurde, umformuliert.

Aber Sir Hugh war nur ein Günstling des Königs

gewesen. Cumberland hingegen war von königlichem Blute und der Halbbruder eines Königs, und er hatte zudem einen ausgezeichneten Ruf als Ritter und Krieger. Es zählte allein, was er war und was er getan hatte, genau wie es bei Brian oder Chandos der Fall gewesen wäre. Mit diesen wenigen Worten war alles, was er in seinem Leben geschaffen hatte, weggewischt worden.

Jim erhaschte eine Bewegung auf dem Podest. Angie hatte instinktiv einen Schritt in Richtung auf den Grafen gemacht. Aber als er sich umdrehte, um genauer hinzuschauen, sah er, daß KinetetE dazwischengetreten war.

»Nein, Angie«, sagte KinetetE.

»Nein?« wiederholte Angie.

»Er würde es nicht verstehen.« KinetetE blickte sie mitfühlend an. »Wenn Ihr seine Mutter oder seine Schwester wärt, dann vielleicht… aber jeder Versuch Eurerseits, ihn zu trösten, die Ihr keine Beziehung zu ihm habt – und schlimmer noch, mit einem anderen Mann verheiratet seid –, würde er nicht verstehen. Vielleicht sollte ich sogar sagen, daß er es vollkommen mißverstehen würde. Er dächte, daß Ihr Euch über seinen Fall lustig macht. Er kennt das Gefühl nicht, das Euch gerade bewegt. Das ist bei den meisten in dieser Welt so.«

»Ich kann es nicht glauben!« widersprach Angie. »Menschen werden damit geboren. Mitleid…«

»Nein, niemand wird damit geboren. Man lernt es, schaut es bei Älteren ab. Die Menschen aus unserer Welt sind in dieser Hinsicht erst auf halbem Wege. Sie haben Mitleid mit engen Verwandten oder Freunden oder jenen, die sie lieben, aber niemals für einen Fremden. Seht nur…«

KinetetE hatte eine Hand auf Angies Arm gelegt und drehte sie nun zu Brian und Dafydd um.

Genau wie Angie betrachtete Jim die anderen an der Tafel. Nicht einmal der Bischof, geschweige denn Dafydd oder Brian, sahen den Grafen mit Anzeichen von Mitleid an. Ihr Gesichtsausdruck war interessiert, aber nicht betroffen, so als wäre der Graf nicht mehr als ein Wild, das ihre Hunde gerissen hatten und das nun am Boden lag und starb.

Ganz plötzlich erkannte Jim, daß offenbar alle auf dem Podest bemerkt hatten, was er gerade im Kopf des Grafen getan hatte. »Wie…?« wollte er schon fragen, als die Stimme von KinetetE ihn unterbrach.

»Ich fürchte«, sagte sie, »daß Carolinus sich über mich hinweggesetzt hat. Schließlich seid Ihr sein Lehrling. Sprecht mit ihm darüber.«

»Aber er…«

Jim sah auf einen Carolinus, der nun vollständig wach und aufrecht auf dem Stuhl saß. Er war nicht nur vollständig wach, sondern blickte auch bemerkenswert interessiert drein.

»Stellt mir keine Fragen, und ich erzähle Euch keine Lügen«, fauchte der Magier, als er sah, wie Jim ihn anstarrte. »Es muß Euch reichen, meine Entscheidung zu kennen, daß es alle an diesem Tisch anging, was Ihr getan habt. Ich habe meinem Lord Bischof versichert, daß daraus kein Schaden erwachsen wird.«

Vielleicht nicht, dachte Jim und schaute den Bischof an, über dessen Reaktionen er besorgt war. Der Bischof sagte nichts, aber die Augen ruhten nicht gerade mit großer Freundlichkeit auf Jim.

»…doch ich denke«, sagte KinetetE gerade mit ernster Stimme zu Angie, »es ist an der Zeit, daß der, der den Grafen in diesen Zustand gebracht hat, ihn auch wieder daraus befreit.«

»Hetze den Jungen nicht, KinetetE«, mischte sich Carolinus ein.

»Nein, Hetze ist nicht nötig«, sagte Jim und ging um

die Tafel herum, so daß er unmittelbar vor dem Grafen stand. »Mein Lord Cumberland!«

Der Graf beachtete ihn nicht. Er blieb sitzen, das Gesicht in den Händen vergraben, und gab weitere Laute von sich, um seinem Schmerz Ausdruck zu verleihen.

»Mein Lord!«

Immer noch keine Antwort. Jim hätte genausogut versuchen können, die Aufmerksamkeit eines Blumentopfs zu erringen. Er beugte sich hinab, senkte die Stimme und sprach ohne Empfindung, aber eindringlich in das rechte Ohr des Grafen.

»Mein Lord«, sagte er langsam und deutlich, »alles, woran Ihr Euch jetzt so stark erinnert, ist noch nicht geschehen – und wird auch nicht geschehen, wenn Ihr Euch jetzt richtig verhaltet. Alles, was Ihr gesehen habt, war nur ein Traum, eine Prophezeiung dessen, was geschehen könnte, aber nicht geschehen wird, wenn Ihr Euch so verhaltet, wie Ihr es besser tun solltet.«

Der Graf rührte sich nicht, sondern gab weiterhin erstickte Schluchzer von sich. Jim wartete ab, und erst als er schon aufgeben wollte, fielen die Hände des Grafen auf die Tischplatte und gaben den Blick auf sein bleiches Gesicht frei, in dem keine Tränen standen. Langsam schaute er hoch.

»Nein!« sagte er heiser, nachdem er Jim eine Minute lang angestarrt hatte. »Ich weiß, was ich gesehen habe – was ich hörte! Laßt mich in Ruhe. Das war kein Traum!«

»Aber es war doch einer«, sagte Jim. »Ich bin ein Zauberer, wie Ihr wißt, und kann Euch Träume schikken. Es war nichts als ein Traum – der nicht wahr werden muß, wenn Ihr die Warnung beachtet.«

»Das war es nicht, sage ich!« Die Stimme des Grafen gewann an Lautstärke, aber bei weitem nicht so, wie Jim es aus früheren Zeiten kannte. »Kein Traum schien jemals so wirklich…«

Er blickte Jim mit einem wahnsinnigen Flackern in den Augen an.

»Und wie solltet Ihr... kaum mehr als ein Bürschchen, Magier oder nicht...«

»Beim Erdenrund selbst!« Carolinus' Stimme nahm einen Tonfall an, den Jim bei ihm noch nie gehört hatte. »Ich hätte nie gedacht, daß ich den Tag noch erleben müßte, an dem ein bloßer magieloser Mensch die Dreistigkeit hat, einem Magier ins Auge zu blicken und abzustreiten, daß er die Kräfte hat, die er behauptet zu haben!«

»Mein Sohn«, steuerte der Bischof trocken bei – aber Jim meinte in seinen Worten fast so etwas wie Mitleid herauszuhören –, »Euer Verstand hat gelitten. Unser Herr erschuf Tiere, Elementargeister und gewöhnliche Menschen sowie Könige und heilige Männer. Ist es dann so überraschend, daß er auch ein paar zu Magiern gemacht hat?«

Langsam wandte Cumberland den Kopf zu Carolinus und dem Bischof hin und nickte.

»Verzeihung, mein Lord Bischof«, sagte er und sah dann Jim an. »Verzeihung, Magier.«

»Ich bin kein Magier«, sagte Jim, »sondern ein Zauberer. Wenn Ihr Euch von mir helfen laßt, mein Lord Graf, kann ich Euch zeigen, wie Ihr aus dem Traum lernen könnt.«

»Er lehrte mich, daß es vor meinen Feinden kein Entkommen gibt«, sagte der Graf tonlos.

»Nein«, widersprach Jim. »Er zeigte nur, daß Eure Versuche, sie zu vernichten, sich gegen Euch richten werden. Ihr habt einen Scheinüberfall auf Eure eigenen Ländereien begonnen, so daß Ihr meinen Lord Oxford und andere so weit treiben konntet, daß sie des Hochverrats gegen die Krone angeklagt wurden.«

Jim schüttelte leicht den Kopf. »Aber Ihr habt mit Eurem Angriff nur erreicht, daß sie die Notwendigkeit erkannten, Euch Einhalt zu gebieten. Und aufhalten könnte man Euch einfach dadurch, daß man Euch und die Lady Agatha der Hexerei beschuldigt. Eine Anklage wegen Hexerei bietet dem öffentlichen Tratsch mehr Nahrung als eine gewöhnliche Rebellion wegen der Steuern. Der Traum zeigt nur, wie Ihr gestürzt werden könntet.«

»Ich bin kein Hexer«, grollte der Graf leise.

»Nein«, sagte Jim. »Aber Ihr und Lady Falon habt eine günstige Gelegenheit gesehen, alte Rechnungen mit Leuten wie mir, meiner Frau und meinen Freunden zu begleichen. Um Euch zu retten, solltet Ihr Eure Bemühungen einstellen und dafür sorgen, daß auch Agatha ihre Ränke nicht mehr weiterspinnt, bevor die Angelegenheit endgültig zu weit getrieben wird.«

Jim versuchte seiner Stimme einen warnenden Unterton zu geben. »Eure Zukunft könnte so aussehen wie in dem Traum, wenn Lady Agatha wirklich verhört und gezwungen wird, Hexerei zu gestehen. Aber wenn Ihr sie jetzt aufhaltet, werden sich die, in denen Ihr Eure Feinde seht, nicht zu solch drastischen Maßnahmen veranlaßt sehen. Sie werden den König nicht dazu bringen, einen Haftbefehl gegen Lady Agatha auszustellen. Nur wenn sie verzweifelt wären, würden sie ein solches Risiko eingehen.«

»Hah!« rief der Graf und war fast wieder der alte. »Das ist wahr. Wie es wahr ist, daß mit einer Befragung aus allen, bis auf wenige wie mich, ein Geständnis herausgepreßt werden kann.«

»Natürlich«, fuhr Jim fort, »müßt Ihr auch die Haftbefehle gegen Sir Brian, Dafydd und mich selbst sowie gegen jeden anderen, der ungerechterweise angegriffen oder beschuldigt wurde, zurückziehen.«

Der Graf grunzte – ein verstimmtes, aber nicht von vornherein ablehnendes Grunzen.

»Ihr betrachtet Euch besser als glimpflich davongekommen«, sagte Jim dann und zuckte beim pompösen Klang seiner Worte selbst zusammen. Aber ihm fiel kein besserer Weg ein, wie er den Grafen sonst beeindrucken konnte.

Er hätte nicht zusammenzucken müssen. Einmal mehr war seine Reaktion nicht gerade mittelalterlich. Der Graf hatte keine Aufgeblasenheit herausgehört, sondern die bestätigte Stimme der Autorität.

»Nun gut«, grollte er. »Aber in sechs Monaten gehört Oxford und seinen Freunden der König – und das Königreich.«

»Sie haben nichts dergleichen vor.« Jim hoffte, recht zu behalten.

»Wie sollten sie auch?« fuhr er fort. »Wenn Ihr noch Eure Macht habt und als der treueste Gefolgsmann des Königs bekannt seid? Und so lange Ihr sie nicht dazu treibt, indem Ihr Überfälle auf Eure eigenen Ländereien unternehmt und verbreitet, daß Oxford und seine Freunde dafür verantwortlich seien, oder Seine Majestät überzeugt, höhere Steuern zu fordern, werden sie nichts dergleichen unternehmen. Und von den Steuern ist bislang der größte Teil – wie das ganze Königreich weiß – in Eure Taschen geflossen.«

Der Graf gab ein leises Grunzen von sich, blickte Jim aber nicht an.

»Ihr seid ein Magier, und ich bitte Euch für meine Worte um Verzeihung. Ihr habt versucht, mich von einem gefährlichen Pfad abzubringen«, sagte er, »wofür ich Euch auch dankbar bin. Aber Ihr seid kein Höfling. Oxford und seinesgleichen werden einen Weg finden, mich und den Thron anzugreifen. Ich rechne fest damit, und Ihr besser auch.«

»Das einzige, womit ich rechnen möchte, ist, daß Ihr mich und meine Freunde in Frieden laßt – und sicherstellt, daß wir vor Agatha Falon Ruhe haben.«

»Ein Magier wie Ihr sollte in der Lage sein, sich

selbst zu schützen...« Der Graf brach mit einem Husten ab, da er sich bewußt wurde, daß er sich damit auf dünnes Eis wagte. »Aber ich werde ihr Zügel anlegen und sie auf andere Wege bringen. Das wird kein Problem sein.«

»Schön. Dann könnt Ihr mir jetzt die Haftbefehle für Sir Brian, Dafydd ap Hywel und mich selbst sowie für alle anderen wie auch meine Frau, für die es ja ebenfalls einen Haftbefehl gibt, aushändigen.«

»Ich habe keine Ahnung, wer im Augenblick diese Briefe hat...«

»Sir Simon sagte, daß er sie hätte.«

»Er mag so etwas gesagt haben, aber das kann nicht sein. Ein Ritter der Krone, der mit der Pflicht betraut ist...« Im letzten Augenblick sah er davon ab, das Wort ›Verbrecher‹ in den Mund zu nehmen. »...jene, gegen die ein Haftbefehl vorliegt, gefangenzusetzen, trägt nie die echten Briefe bei sich, damit sie nicht verlorengehen oder entwendet werden können. Nun...«

»Mein Sohn, mein Sohn«, sagte der Bischof, »gerade eben habt Ihr Euren Irrweg eingesehen, und schon verlaßt Ihr den Pfad der Tugend erneut. Natürlich hat der arme Ritter, Ruhe seiner Seele, die Haftbefehle bei sich.«

Der Graf konnte sich gerade noch beherrschen, den Bischof nicht giftig anzufunkeln, aber die Mühe, die es ihn kostete, spiegelte sich auf seinem Gesicht wider.

»Ich denke das auch«, sagte Jim. »Wenn Ihr also, mein Lord Graf, zu Sir Simons Leichnam hinuntertreten wollt, um mir die Dokumente zu bringen...«

»Herr im Himmel!« schrie der Graf. »Der Sohn eines Königs soll den Laufburschen für Euch machen? Ihr könnt mit mir tun, was Ihr wollt. Aber ich bin keines Mannes Diener, außer der meines älteren Bruders, der auf dem Thron sitzt. Und der würde einen solchen Dienst nie von mir verlangen!«

»Ich werde gehen«, sagte Dafydd und sprang so rasch auf, daß er einen Wimpernschlag schneller als Brian und der Bischof beim Toten war.

»Mein Lord Bischof«, sagte Dafydd, »ich habe schon früher Leichen angefaßt.«

»Genau wie ich«, warf Brian ein.

»Bogenschütze und Sir Ritter«, sagte der Bischof und richtete sich mit würdevoller Langsamkeit auf, »ich bin ein Oberer der Heiligen Mutter Kirche, und es ist nur angemessen, daß es meine Hände sind, die einen Mann berühren, der starb, ohne die Gelegenheit zu haben, seine Sünden zu beichten. Bedenkt zudem, daß ihr, wenn ihr die Haftbefehle findet und an Euch nehmt, einen Toten bestehlt, was in sich schon eine Sünde ist. Wogegen ich dies tun kann, ohne zu sündigen.«

»Bleibt!« schrie der Graf plötzlich. »Verdammt noch mal! Ich kann das nicht mitansehen – ich werde gehen!«

»Mein Lord«, sagte der Bischof ruhig und trat vom Podest herunter, »ich bin bereits gegangen.«

Beim letzten Wort erreichte er Simon.

»*Requiescat in pace*«, sagte er und schlug über der bewegungslosen Gestalt ein Kreuz, bevor er sich niederbeugte, um in der Kleidung des Toten nach den Papieren zu suchen. »Ah, da sind sie ja.«

Er zog ein in dünnes gelbes Leder geschlagenes Paket hervor. Es war mit einem schwarzen Band zugebunden. Während der Bischof zum Podest zurückging, entknotete er das Band und entnahm der Umhüllung eine Anzahl gefalteter Pergamente. Er blieb stehen, entfaltete sie eins nach dem anderen und schaute sie sich an.

Simon stöhnte.

Plötzlich war es in der Halle totenstill. Das Schweigen währte bei Jim, Angie und den zwei Magiern nur kurz, aber Simons Bewaffnete wurden ohne Ausnahme käsebleich, und die Augen traten ihnen fast aus den Höhlen.

»Seid doch keine Dummköpfe, ihr Männer!« fauchte KinetetE. »Schließlich war euer Ritter nie tot. Er ist nur bewußtlos! Er ist kein toter Mann, der wieder zum Leben erweckt wurde, um euch herumzuscheuchen!«

Die Bewaffneten starrten sie an und tauschten dann untereinander Blicke aus, blieben aber bleich und schweigsam.

»Warum habt Ihr es ihnen nicht schon eher gesagt, wenn Ihr es die ganze Zeit über wußtet?« fragte Angie.

KinetetE funkelte sie an.

»Ob ich es wußte oder nicht, ist nicht entscheidend. Für die Wahrscheinlichkeit, daß er tot oder nur bewußtlos war, sprach gleich viel. Ich habe keine Geduld mehr mit Männern, die mit Wunden und Tod vertraut sind, aber immer, wenn so etwas passiert, von einem Wunder oder Magie reden…«

»Dies ist ja hochinteressant«, unterbrach sie die Stimme des Bischofs. Er untersuchte gerade die letzten Pergamente. »Mein Lord Graf, von der Frage einmal abgesehen, daß Euer Ritter plante, auch den Grafen von Oxford und den von Winchester gefangenzusetzen – was hat dieses höchst bemerkenswerte Dokument zu bedeuten, das die Inhaftierung des Königs anordnet *und von Euch als Regenten für Prinz Edward unterzeichnet ist*?«

»Meine verdammten Schreiber!« kreischte der Graf. »Sie planen ständig irgendwelche Dummheiten, wenn sie gerade eine Arbeitspause haben. Wenn sie meine Unterschrift darunter gefälscht haben, werde ich ihnen die Haut in Streifen abziehen.«

»Wenn sie der Kirche angehören und Euch bloß als Schreiber ausgeliehen wurden, dann werdet Ihr nichts dergleichen tun!« sagte der Bischof streng.

»Die Privilegien des Klerus gehören zu unseren wertvollsten Juwelen und stellen die Krone der Kirche dar. Die Kirche allein wird über ihre Sünden entscheiden und darüber, wie sie bei Bedarf bestraft werden sollen!«

»Es sind gemeine Leute, die entsprechend ausgebildet worden sind«, sagte der Graf. »Bestimmte Angelegenheiten, die sie aufschreiben müssen, sind Geheimnisse des Throns, und ich würde keine Männer der Kirche an eine solche Arbeit setzen, da die, die für mich arbeiten, in die Hände derer fallen könnten, die Gott nicht fürchten und versuchen würden, ihnen Kenntnisse zu entreißen. Ich werde das Pergament an mich nehmen und auch jene, auf denen aus Spaß die Verhaftungen von Leuten wie Oxford und Winchester angeordnet wurde – den Rest kann Sir James bekommen.«

»Nein«, sagte der Bischof, »ich werde sie alle übergeben.«

»Mein Lord Bischof«, wandte der Graf ein und bemühte sich dabei sichtlich, seine Stimme unter Kontrolle zu halten. »Dies ist kein Gericht, wo Ihr einer der Richter seid, und diese Angelegenheiten betreffen die Kirche nicht…«

»Hah!« Die Augen des Bischofs leuchteten mit demselben Feuer auf, das sonst nur bei einer Erwähnung seines Vorbildes Bischofs Odo in die Augen trat. »Der König ist König, weil Gott ihn eingesetzt hat. Es ist die Pflicht aller Angehörigen der Heiligen Mutter Kirche, den König vor allen zu schützen, die versuchen, ihm zu schaden. Demnach ist es meine Angelegenheit festzustellen, welche Bedrohung diese Fälschung für seine Königliche Hoheit darstellt!«

Er schritt zum Podest und zum Grafen und schob diesem das Pergament zu.

»Schwört Ihr mir, daß Euer Name, der hier geschrieben steht, eine Fälschung ist und nicht von Eurer eigenen Hand stammt?«

»Beim...« Der Graf hustete und hielt inne. In sein Gesicht trat Zornesröte. Aber offenbar hatte er Bedenken, den Schwur auszusprechen, der ihm schon auf der Zunge gelegen hatte. Es war schwer etwas zu finden, auf das er schwören könnte und das gleichzeitig seine Gefühle ausdrückte, zugleich aber in Gegenwart eines Bischofs nicht unangebracht war.

»Ich...«, begann KinetetE und brach dann ab, um Carolinus anzusehen.

»Ihr habt durchaus recht, KinetetE«, warf Carolinus fröhlich ein. »Reicht mir bitte das Pergament, wenn es Euch nichts ausmacht, mein Lord Bischof...«

Der Bischof, der sichtlich seine achtungsgebietende Stellung über dem sitzenden Grafen nicht aufgeben wollte, reichte das Pergament an Dafydd weiter, der es Jim übergab. Dieser wiederum gab es endlich Carolinus.

»Ah, genau wie ich mir dachte«, sagte Carolinus, nachdem er einen Blick darauf geworfen hatte. »Es besteht kein Grund, Eure Lordschaft zu befragen. Ich kann auf magischem Wege feststellen, ob hier eine Fälschung vorliegt... danke. Ja, genau wie ich es mir dachte. Dies wurde nicht von einem Schreiber niedergeschrieben. Nur einer aus einem Volk, das sehr weit von hier entfernt lebt und auf eine Art schreibt, die von der unseren vollkommen verschieden ist, kann die Unterschrift meines Lord Grafen geschrieben haben. Seht euch selbst die Merkwürdigkeiten an.«

Das Pergament kam auf dem gleichen Weg zurück. Jim warf einen neugierigen Blick darauf, als es durch seine Hände ging. Dann schaute er noch einmal genau hin, um sicher zu sein. Die Unterschrift war – wenigstens jetzt – mit einer vertrauten Handschrift gefälscht worden. Seiner eigenen.

Dafydd hatte seine Hand ausgestreckt, und Jim reichte ihm das Pergament. Dann drehte er sich um und blickte Carolinus, der ihn unschuldig anlächelte, fest in die Augen.

»Tatsächlich«, meinte der Bischof, nachdem er das Pergament erstaunt betrachtet hatte, »es sieht sogar noch falscher aus, als es auf den ersten Blick schien.«

»Hah!« machte der Graf befriedigt. »Dann gebt es mir zurück.«

Er schnappte förmlich nach den Blatt, aber seine Finger griffen ins Leere.

»Nein«, sagte Carolinus glatt, der nun das Pergament hielt. »Ich werde es behalten und ein paar Nachforschungen anstellen. In der Zwischenzeit werde ich es an einem sicheren Ort aufbewahren.«

Das Pergament verschwand aus der Hand. Sowohl der Graf als auch der Bischof sahen unzufrieden aus.

Aber es blieb keine Zeit, etwas zu sagen, da genau in jenem Augenblick eine hohle, schrille Stimme, wie die eines Geistes, der durch ein Megaphon spricht, von der nächsten der drei Feuerstellen der Halle zu hören war.

»M'lord?« Es war Kob. Er verbarg sich offenbar gut innerhalb des Kamins, da Fremde anwesend waren.

Die Bewaffneten verwandelten sich erneut in Statuen. Nichts würde je wieder ihre Überzeugung erschüttern, daß Jim jederzeit Teufel zu seiner Unterstützung rufen konnte, wenn er es wollte. Ihnen zu sagen, daß sie nur den Burgkobold gehört hatten, würde nichts ändern. Sie hatten es gehört, und nun wußten sie mit jeder Faser ihrer Körper, was die echte Wahrheit war. Selbst wenn sie Kob zu sehen bekämen, er wäre für sie nur ein Teufel in Verkleidung.

»M'lord, die Lady Geronde schickt mich mit einer Botschaft für ihn. Verzeiht mir, M'lord, daß ich Euch anspreche, aber dies ist wichtiger als alles andere!«

»Wer ist *ihn*?« wollte Jim wissen. »Was ist *dies*?«

»Ich muß es Euch zuflüstern, M'lord. Würde Eure Lordschaft bitte zur Feuerstelle herüberkommen, so daß niemand sonst etwas hören kann?«

Kapitel 39

GRUMMELND TRAT JIM zur Feuerstelle hinüber und stieß mit Carolinus zusammen, der mittlerweile auch stand.

»Es ist alles in Ordnung, Carolinus«, sagte Jim schärfer als beabsichtigt. »Ich kann allein herausfinden, was Kob hat.«

»Dann tut es!« fauchte Carolinus. »Ich jedenfalls bin auf dem Weg zu Sir Simon, um seine Wunde zu heilen.«

Carolinus drängte sich an ihm vorbei, und Jim bemühte sich, sein Temperament unter Kontrolle zu halten. Das wurde allerdings von Mal zu Mal schwieriger. Sehen zu müssen, wie Angie auf Befehl von Simon gefesselt wurde, hatte ihn in höchstem Maße erzürnt, aber er hatte den Anschein von Ruhe bewahrt. Er war mit dem Grafen geduldig, KinetetE gegenüber tolerant und zum Bischof höflich gewesen, obwohl sie alle dazu neigten, ihn mit einer gewissen, aus ihrer Autorität erwachsenen Arroganz zu behandeln, und das trotz der Tatsache, daß sie alle ohne Einladung in seine Burg, seine Halle, sein Heim gekommen waren.

Und jetzt sah es so aus, als ob er auch nach Kobs Pfeife würde tanzen müssen, der eben, als Jim ihn hätte brauchen können, noch nicht dagewesen war.

Er stapfte zur Feuerstelle hinüber. Simons Bewaffnete beobachteten ihn und nickten einander zu. Es entsprach genau ihren Erwartungen über das, was er mit dem Teufel täte. Jim achtete nicht auf sie und steckte den Kopf in den Kamin, der jetzt nur noch warm war, und versuchte hochzugucken.

»Hier… M'lord«, hörte er ein leises Wispern. Als er genauer hinschaute, sah er, viel weiter oben als erwartet, eine dunkle, koboldähnliche Gestalt mit dem Kopf nach unten hängen. Die Arme und Beine waren ausgestreckt, und sie schien sich durch bloßen Druck gegen die Wände festzuhalten – es sei denn, dort befänden sich ein paar Griffe, die Jim im Dunkel nicht sehen konnte.

»Komm runter!« sagte Jim. »Und sprich etwas lauter. Ich kann dich kaum verstehen!«

»Ja, M'lord«, wisperte Kob und kam um die Hälfte näher. »Es ist nur so… der Kob des Hofes… nicht steif… oder… Nase… in der Luft… erzählte mir… so… Malvern…«

»Komm näher! Sprich lauter!« schnauzte Jim. »Ich habe keine Ahnung, wovon du redest, wenn ich nur jedes zweite Wort verstehe. Sag mir einfach, was so wichtig ist.«

»M'lord, er wird mich hören!«

»Nein, das wird er nicht. Und wer ist überhaupt *er*? Wie dem auch sei, niemand wird dich hören.«

»Oh, dann ist es ja gut«, sagte Kob in gewöhnlicher Lautstärke. »Ich habe befürchtet – na ja, jetzt ist es gut.«

Er krabbelte das Innere das Kamins hinunter und brauchte anscheinend nichts, um sich festzuhalten. Allerdings zeigte er sich nicht den Anwesenden in der Großen Halle.

»Seht Ihr, M'lord«, sagte er dann, »es stellte sich heraus, daß der Kob des Königs an einem Ort, der Hof genannt wird, ein sehr guter Kob ist. Ich habe den Malvern-Kob mitgenommen, um ihn zu treffen. Wir waren immer noch am Hof, als der Magier Carolinus mit meinem Lord Bischof kam, um den Grafen von-von Zunder... dem großen Mann da draußen...«

»Cumberland«, warf Jim ein.

»Ja. Mylord von Cumberland. Der Malvern-Kob und der Kob des Königs waren bei mir, und wir hörten ihm immer noch zu, als Carolinus und mein Lord Bischof eintrafen. Mylord Cumberland sprach wieder mit dieser Lady, die Ihr nicht mögt...«

»Agatha Falon?«

»Ja, das war ihr Name. Er erzählte ihr, wie er es angefangen hatte, Männer anzuheuern, die sein eigenes Land plündern sollten. Aber Chandos hatte zu früh davon gehört und sie aufgehalten, wie Ihr wißt, M'lord. Wie dem auch sei, der Kob des Königs und der Malvern-Kob versteckten sich hoch im Kamin, als Carolinus und mein Lord Bischof auftauchten. Ich ging auch, bevor der Bischof herausfand, daß wir da waren – Bischöfe haben einen besonderen Sinn, um gewisse Dinge herauszufinden –, und der Malvern Kob und ich ritten auf dem Rauch geradewegs nach Malvern. Aber dann passierte etwas. Es tut mir sehr leid, M'lord!«

»Was tut dir leid?«

»Nun, Ihr wißt ja, daß man uns Kobolden vertrauen kann, daß wir den Leuten nichts weitererzählen. Natürlich erzähle ich alles Euch, und ich vergaß, daß der Malvern-Kob vermutlich der Lady Geronde auch alles erzählen würde. Seht Ihr, sie ist seine M'lady.«

»Ich verstehe. Nun, schon gut. Was hat er ihr erzählt?«

»Über meinen Lord Cum – den großen Mann, und sie war ganz aufgeregt. Sie sagte, daß dies Sir Brian mitgeteilt werden müsse, und zwar bevor der große Mann Malencontri verläßt!«

»Kob«, sagte Jim streng. »Ich habe genug von den Andeutungen. Komm jetzt ganz herunter, nenne alle

Dinge beim Namen und sage mir deutlich, was du mir erzählen willst! Wenn du vor irgendwem Angst hast, werde ich dich beschützen. Dies ist dein Heim – du mußt dich nicht verstecken und flüstern!«

»Oh, wenn Ihr das sagt, M'lord! Ich habe aber keine Angst!«

Kob sprang elegant aus dem Kamin auf Jims Schulter. Dann deutete er auf Brian.

»Mylady Geronde fürchtet, daß Sir Brian den Grafen von... den Grafen weggehen läßt, ohne ihn zu bezahlen. Er soll sich auf jeden Fall das Geld geben lassen, das er verdient hat!«

Das Gebrüll das Grafen hätte alle Gespräche übertönt, wenn Brian nicht sogar ihn überschrien hätte.

»Geld?« rief Brian. »Geronde? Kob, worüber redest du da?«

»Die Lady Geronde sagte, daß der Graf Euch die vierzig Pfund, die er Euch schuldet, bezahlen soll, bevor er geht. Ihr sollt dafür sorgen.«

Die Antwort des Grafen, eher eine Explosion denn ein Brüllen, übertönte diesmal alles andere in der Halle.

»Vierzig Pfund!«

»So, mein Lord«, sagte Brian und stand von seinem Stuhl auf. Er trat zum Grafen hinüber und blickte auf den Sitzenden hinunter. »Jetzt verstehe ich. Ihr schuldet mir vierzig Pfund für meine Teilnahme an einem Scheinüberfall – einen Überfall auf Eure eigenen Ländereien, wenn das nicht seltsam ist! Aber dennoch schuldet Ihr sie mir.«

Der Graf sprang auf und überragte Brian um einiges, aber damit konnte er den Ritter nicht einschüchtern.

»Bevor ich das tue, muß erst die Hölle einfrieren!« schrie der Graf. »Ich habe Euch nie zuvor in meinem Leben gesehen, bevor Carolinus mich hierhergebracht hatte!«

»Mir wurde gesagt«, entgegnete Brian, »daß ich die zweite Hälfte der Zahlung vom Höchsten im Land erhielte, gleich nachdem die Arbeit erledigt wäre. Das ist jetzt einige Zeit her, und die zweite Zahlung habe ich noch nicht bekommen. Ferner gibt es niemanden im Land, der höher steht als Ihr, mein Lord – abgesehen natürlich von Seiner Majestät, dem König, den Gott schützen möge –, und es fällt mir schwer zu glauben, daß Seine Majestät einen Überfall auf die Ländereien seines liebsten Grafen unternähme, um gegen seine eigenen Steuern zu protestieren!«

»Wer hat Euch diese Zahlung versprochen?«

»Ein gewisser edler Herr im Dienst meines Lords von Chester. Ich habe auf einem Turnier mit ihm die Lanze gebrochen und kannte ihn als ehrenwerten Ritter, dessen Wort etwas gilt.«

»Sein Name?«

»Das geht Euch nichts an, mein Lord. Eure Sorge sind jetzt die vierzig Pfund, die Ihr mir schuldet.«

»Auf das Versprechen eines mir unbekannten Mannes hin? Pah! Er hat es Euch versprochen. Holt es Euch von ihm – wenn Ihr ihn finden könnt!«

»Ihr bestreitet, daß Ihr derjenige seid, der mir die Summe schuldet?« Brian war nicht eben die Langmut in Person, und Jim, der ihn gut kannte, wußte, daß der Ritter kurz davor war, die Geduld zu verlieren. Langsam ballte er die Hände zu Fäusten.

»Kob«, warf Jim schnell ein, »sagte gerade, er habe gehört, Ihr hättet Lady Falon gegenüber zugegeben, daß Ihr Sir Brian und die anderen, die Euer Land überfallen sollten, angeheuert habt, mein Lord.«

»Und ich soll aufgrund der Aussage einer Kreatur, die kein Christ und noch nicht einmal ein Mensch ist, zur Rechenschaft gezogen werden?« Sicherlich würde er gleich wieder ausspucken, wie bei der Gerichtsverhandlung, dachte Jim.

»Geht und sucht Euer Märchengold anderswo…«

»Genug geredet!« Brian riß jetzt endgültig der Geduldsfaden. »Da Ihr alles bestreitet, mein Lord Cumberland, bezeichne ich Euch unter den Augen Gottes als Lügner und Betrüger – dem ich noch das Wort Feigling hinzufügen werde, wenn Ihr nicht Ritter genug seid, um mich meiner Worte wegen zu fordern. Und das werde ich allen edlen Herren gegenüber, denen ich vom heutigen Tage an begegne, verkünden!«

»Bei Gott…« Cumberlands riesige rechte Hand zuckte zur Hüfte, fand dort keine Waffe. Er ballte die Fäuste und wollte auf Brian losgehen.

»Nein!« schritt KinetetE ein. »Hier wird es keinen Kampf und kein Blutvergießen geben. Carolinus, wollt Ihr – oder muß ich?«

»Ich kümmere mich darum«, erwiderte Carolinus. »Robert de Clifford, seht mich an.«

Der Graf blickte angestrengt in eine andere Richtung.

»Robert de Clifford«, sagte Carolinus langsam, *»Ihr werdet mich ansehen, ob Ihr wollt oder nicht.«*

Jim fühlte es. Sie alle fühlten es. Es würden nicht Teufel aus einer Feuerstelle sein, an die Simons Bewaffnete sich später am besten erinnern sollten, sondern dieses hier, das einzige, das sie niemandem würden beschreiben können, der hier und jetzt nicht dabei war. Jim befand sich jetzt schon mehrere Jahre in diesem vierzehnten Jahrhundert, wirkte selbst Magie und hatte andere Magie erfahren, aber nie hatte er etwas wie das erlebt, das ihn nun berührte – sie alle berührte.

Macht erfüllte die Halle und hielt alle belebten und unbelebten Dinge darin in ihrem Bann. Die Augen des Grafen blickten tief in die von Carolinus.

»Wir Magier«, sagte Carolinus gelassen und ruhig

zu ihm, »haben unsere eigenen Regeln. Und tatsächlich ist die Kraft, die wir gebrauchen, nicht geeignet, jemanden zu verletzen – außer in besonders geschulten Händen. Es gibt einige wenige Magier wie mich oder KinetetE, die in ihren Studien weiter gelangt sind als die meisten Kollegen. Nun, wir wissen, daß es auch noch andere Arten von Magie gibt, und wir sind daher nicht mehr an die Regel gebunden, daß mittels Magie niemand verletzt werden dürfe…«

Er machte eine Pause. Er und der Graf sahen sich an.

»…Robert de Clifford Plantagenet«, fuhr Carolinus fort, »ich wollte das nur erwähnen. Ich drohe Euch nicht. Aber von jetzt an werdet Ihr die Wahrheit sagen, wenn Ihr gefragt werdet. Also, seid Ihr für die Gruppe Plünderer verantwortlich, die gegen Eure eigenen Ländereien ausgeschickt wurden?«

Etwas wie eine Art Druck füllte nun die Halle und umschloß jeden der Anwesenden.

»Ja«, gab der Graf heiser zu.

»Und war es Eure Entscheidung, daß den angesprochenen Männern dafür Geld geboten werden sollte?«

»Ja.«

»Dann bezahlt ihn. Jetzt.«

Der Graf hob hilflos seine leeren Hände.

»Ich habe keine vierzig Pfund bei mir.«

»Aber es gibt Orte, wo Ihr Geld aufbewahrt, Plätze, an denen vierzig Pfund und mehr liegen?«

»Ja.«

»Dann denkt an einen solchen Ort.«

Einen Augenblick lang geschah nichts. Dann löste sich Carolinus in Luft auf und war gleich darauf wieder da. Der Graf sah überrascht aus, da er erneut auf seinem Stuhl saß, ohne sich gesetzt zu haben. Auf seinen Knien lag ein rehbrauner Lederbeutel. Er starrte verwirrt darauf.

»Brian«, sagte Carolinus, »Eure vierzig Pfund sind in diesem Beutel. Mein Lord wird sie Euch geben.«

Brian starrte eine Weile lang das Säckchen an und trat dann zum Grafen vor, der ihm stumm den Beutel aushändigte. In der Stille der Halle war das Klingeln des Inhalts deutlich zu hören. Brians Gesicht erstrahlte. Er trug die Tasche zu seinem eigenen Stuhl hinüber.

»Sir Simon«, fuhr Carolinus lauter, aber noch immer mit gelassenem, langsamem Tonfall fort, »Ihr seid schon seit geraumer Zeit wach. Hört auf, Bewußtlosigkeit vorzutäuschen, steht auf und geht mit Euren Bewaffneten dahin zurück, wo Ihr herkamt. Nehmt Eure Toten mit Euch. Mein Lord Graf, befehlt es ihnen.«

»Geht, Simon«, sagte Cumberland matt.

Simon stand auf. Seine und Brians Blicke trafen sich. Brian strahlte ihn an, aber Simon lächelte nicht zurück. Er drehte sich um und ging langsam zur Haupttür der Halle. Seine Männer hoben die Leichen ihrer Kameraden auf und folgten ihm.

»Mein Lord Graf«, sagte Carolinus, »kehrt ebenfalls zurück, von wo ihr kamt.«

Der Graf verschwand.

»Mein Lord Bischof«, Carolinus' sprach noch langsamer, obgleich seine Stimme weiter durch die Halle dröhnte. »Wir stehen alle in Eurer Schuld – und ich ganz besonders. Aber ich muß jetzt anderswohin. Darf ich Euch mit Magie in Eure Gemächer schicken?«

»Kann ich Euch nicht noch helfen, Carolinus?« Der Bischof sah besorgt aus. »Sicherlich braucht Ihr Fürsorge…«

»Ich danke Euch. Ich brauche gewiß Fürsorge, aber die muß ich woanders suchen, nachdem wir uns getrennt haben. Ihr helft mir am meisten, wenn ich Euch sicher nach Hause senden darf.«

»Dann tut das.«

– Und der Bischof war fort.

»Nun…«, sagte Angie und wollte auf Carolinus zugehen. Aber bevor sie noch einen Schritt machen konnte, schloß der Magier plötzlich die Augen und sackte auf dem Stuhl zusammen. Er schien regelrecht in sich zusammenzufallen, als ob alles an ihm schrumpfte, zerbrechlich und sehr, sehr alt wurde.

»Ich kümmere mich um ihn«, sagte KinetetE, trat vor Angie und beugte sich über den Stuhl, in dem Carolinus mehr lag als saß.

»Wir müssen ihn nach oben bringen, ins Bett…« Angie versuchte, sich zwischen KinetetE und Carolinus zu drängeln, aber es war zu spät. »Versteht Ihr nicht? Er ist erschöpft. Er muß…«

»Er ist auf mehr Arten erschöpft, als Ihr auch nur ahnt«, fiel KinetetE ein und strich mit ihren Händen ein paar Zentimeter über Carolinus' bewegungslosen Körper hinweg. »Und er braucht mehr Fürsorge, als Ihr sie ihm hier geben könnt. Es ist mein Fehler. Ich habe mich von ihm zu diesem letzten Energieausbruch überreden lassen – *tretet beiseite!*« fauchte sie Angie an. »*Dies verstehe nur ich und kein einziger von Euch! Ich nehme ihn nun mit, sofort.* Er verlangt sich immer zuviel ab. Mit Glück und Gottes Hilfe werdet ihr ihn vielleicht wiedersehen…«

Sie verschwand mit Carolinus.

Angie, Jim, Brian und Dafydd sahen sich an.

»Das gebe Gott«, sagte Brian.

Kapitel 40

»ENDLICH«, STÖHNTE ANGIE, als sie in die Kemenate trat und sich auf einen Stuhl fallen ließ, »ist das Festbankett fertig. Neunzig Prozent davon ist gekocht, und der Rest muß nur noch vor dem Servieren aufgewärmt werden. Alles kann innerhalb der nächsten Stunden jederzeit ohne Schaden auf den Tisch kommen.«

»Mmmph«, machte Jim, der gerade damit beschäftigt war, etwas auf ein Blatt Papier zu zeichnen.

»Ich hätte mir allerdings gewünscht, daß Brian und Geronde nicht ausgeritten wären, ohne mir Bescheid zu sagen, und Dafydd sich nicht entschlossen hätte, ein paar neue Pfeile im Wald auszuprobieren. Wie dem auch sei, sobald sie zurück sind, können wir anfangen. Die Bediensteten können es kaum erwarten, mit uns in der Großen Halle zu speisen – was tust du da?«

»Ach, das hier?« sagte Jim unsicher. Vor allem Brian hatte angedeutet, darauf hingewiesen und fast sogar befohlen, daß die Rettung von Robert und Carolinus – den Sieg über Sir Simon und Cumberland gar nicht erst zu erwähnen – unbedingt gefeiert werden müsse. Jim hatte daher nicht erwartet, daß Angie plötzlich ins Zimmer treten würde, da er sie mit den Vorbereitungen für das Festmahl so beschäftigt glaubte.

»Ich zeichne Kreise«, sagte er und hob ein Blatt des dicken, gräulichen Papiers hoch. »Ich versuche, etwas zu visualisieren, daß sich außerhalb von allem befindet. Die Kreise sollten dabei helfen. Verstehst du?«

»Warum machst du das?«

»Kannst du dich daran erinnern, wie Carolinus dem Grafen sagte, daß es neben der gewöhnlichen eine ganz andere Art von Magie gäbe und daß nur die allerbesten Magier davon wüßten – und daß diese Magie nicht nur helfen, sondern auch schaden könne?«

»Natürlich erinnere ich mich. Aber darum mußt du dir doch jetzt keine Gedanken machen, oder?«

»Ich weiß es nicht. Bisher hatte ich zweimal ein ausreichend großes magisches Guthaben, um uns in unsere eigene Welt zurückbringen zu können, und beide

Male haben wir die Chance nicht genutzt. Dann ist die Magie anderweitig ausgegeben worden. Wie würde es dir gefallen, wenn wir jederzeit von einem Augenblick auf den anderen in unser eigenes Jahrhundert entkommen könnten?«

Angie starrte ihn gleichermaßen schockiert und besorgt an.

»Sieh mich nicht so an«, sagte Jim. »Natürlich werden wir uns vorher überlegen, was für Robert das beste ist, bevor wir irgend etwas dergleichen tun. Aber du weißt ja, daß ich mir darüber Sorgen mache, daß die Leute mich durchschauen könnten – und die Burgbediensteten bereits…«

»Ich wünschte«, sagte Angie, »ich wünschte wirklich, du würdest dir endlich diese fixe Idee mit den Bediensteten aus dem Kopf schlagen – und alle anderen ähnlich dummen Ideen gleich mit…«

»Das ist nichts, was ich so leicht vergessen kann. Was würdest du sagen, wenn du hier mit einem Mal alle Freunde verlierst und dennoch weiter hier festsitzt? Diese Sache mit Robert und dem Wurzelkönig war Beweis genug, daß wir hier allein nicht überleben können. Und wenn die Bediensteten anfangen, mich zu durchschauen, wieviel länger kann es dann noch dauern, bis auch unsere besten Freunde die Wahrheit erkennen, selbst wenn sie sie vielleicht zunächst nicht wahrhaben wollen?«

»Jim, das ist schlicht und einfach lächerlich! Das Ganze beruht auf etwas, das du in den Burgbediensteten zu sehen und zu hören meinst. Wenn du das wirklich alles glaubst, dann solltest du sie fragen, was sie über dich denken. Frage sie…«

»Und ich habe dir gesagt…«

Er wurde von einem furchtbaren Schrei, der von der Turmspitze kam, unterbrochen.

»Zu den Waffen! Zu den Waffen! Fünf Ritter in

voller Rüstung und ein halbes Hundert Männer auf Pferden in leichter Rüstung kommen auf der Weststraße schnell auf uns zu...«

Die restlichen Worte gingen in einem ohrenbetäubenden metallischen Hämmern unter – dem Alarmsignal.

»Robert!« schrie Angie und wirbelte herum. »Er wird sich zu Tode ängstigen!«

»Warte, Angie!« rief Jim. »Ich brauche dich bei mir, damit du hörst, was ich befehle...«

Aber Angie hatte den Raum bereits verlassen und war auf dem Weg zu der Kammer, die mit einer neu errichteten Wand für Robert und seine Amme abgeteilt worden war. Fluchend eilte Jim hinter ihr her.

Als er kurz nach ihr in Roberts Zimmer kam, hielt Angie das Kind an ihre Schulter gelehnt, klopfte ihm sanft auf den Rücken, als wollte sie ein Bäuerchen hervorlocken, und sprach beruhigend mit ihm: »Ist ja gut, ist ja gut...«

»Aber M'lady...«, protestierte die Amme.

»Unsinn!« sagte Angie. »Er versucht nur, tapfer zu sein.«

Robert, der mit strahlenden Augen Jim über Angies Schulter hinweg ansah, nahm den Daumen aus dem Mund und krähte fröhlich.

»Angie«, sagte Jim, »ihm geht es gut. Und ich brauche dich, wenn ich die Befehle zur Verteidigung der Burg herausgebe. So, jetzt kannst du entscheiden, wo deine Pflicht liegt.«

»Hier«, sagte Angie und gab Robert der Amme. »Ich denke, ihm geht es jetzt gut.« Sie wandte sich mit einem aufmunternden Lächeln zu Jim um. »So, was wolltest du nun?«

»Komm mit«, sagte Jim.

Er drehte sich um und ging voran zur Tür. Sie eilten den Gang entlang und dann die Treppen hinauf zum Turmdach.

Es war leer. Das Alarmeisen zitterte immer noch und schwang im Wind leicht hin und her.

»Was hat das zu bedeuten?« fragte Jim ärgerlich. Er ging auf den Wehrgang zu, um sich die Lage selbst zu besehen, hielt aber inne, als er eine Stimme hinter sich hörte.

»M'lord!«

Die Stimme gehörte Yves Mortain, der zum Befehlshaber der Bewaffneten befördert worden war, nachdem der vorherige Meister – Theoluf – zu Jims Knappen aufgestiegen war. Wenn auch selten, so wurde doch manchmal ein Gemeiner in den Knappenrang erhoben.

Brian hatte Theoluf vorgeschlagen. Jim war noch nicht lange genug auf Malencontri, um den jüngeren Sohn eines seiner Nachbarn als Knappen zu bekommen, wie es eigentlich der Brauch war. Davon abgesehen war Jim ohnehin nicht in der Lage, einen jungen Knappen aus dem Landadel auszubilden. Der Knappe würde ja mehr wissen als sein Herr, wäre aber sonst keine große Hilfe. Theoluf dagegen hatte sich schon unzählige Male nützlicher erwiesen als irgendein unerfahrener Halbwüchsiger.

Und Theoluf hatte für seine alte Stellung Yves vorgeschlagen. Yves war ein schlanker, schwarzhaariger Mann, der dem Aussehen nach ein jüngerer Bruder von Theoluf hätte sein können. Wie dieser war er ein Veteran und hatte sich in seiner neuen Rolle sofort heimisch gefühlt.

Als Jim und Angie sich nun umdrehten, sahen sie, daß Yves die Treppenstufen hinter ihnen hochgekommen war. Er zerrte einen Bewaffneten hinter sich her, der so jung war, daß der Flaum auf seinen Wangen gerade erst zu sprießen begann. Er sah völlig verschreckt aus. Der Bursche stolperte auf Zehenspitzen vorwärts, da Yves die kurzen Haare am Nacken mit eisernem Griff hielt und ihn daran hochzog.

»M'lord, M'lady«, rief Yves, als er näher kam. »Verzeiht mir, das war mein Fehler. Ich hatte diesen Hohlkopf unter meiner Aufsicht, aber ich habe ihn hier einen Augenblick lang allein gelassen. Ich habe ihn gerade in Eurer Kemenate gefunden, zu der er ohne Befehl gerannt war, nachdem er Alarm geschlagen hatte, um Euch persönlich zu warnen. Dann hat er in Eurer Kemenate auf Eure Rückkehr gewartet.«

Yves hielt an und drehte seinen Gefangenen an den Haaren herum, so daß er durch eine der Schießscharten hindurchsehen konnte.

»Und jetzt, Dummkopf!« sagte er mit gefährlich leiser Stimme. »Was siehst du draußen? Sag es uns!«

Der Bewaffnete stammelte eine Sekunde wortlos herum, dann fand er seine Sprache wieder.

»Sechs...«

»WAS?« Yves riß ihn am Haar hoch, so daß der Bewaffnete schrie.

»Vier – ich meine, nur vier Ritter in voller Rüstung. Das ist alles, Meister, M'lord, M'lady – nur vier haben ritterliche Schwertgehänge. Die zwei anderen sind zwar ähnlich gerüstet, haben aber gewöhnliche Schwertgehänge – vermutlich Knappen.«

»Und was ist mit dem Rest?« fragte Yves nachdrücklich mit harter Stimme.

»Zwanzig in leichter Rüstung, wie sie Bewaffnete tragen, Schwerter und Speere. Zehn berittene Bogenschützen.«

Es herrschte einen Augenblick lang bedrohliche Stille, dann zog Yves den jungen Mann wieder an den Haaren hoch.

»Aber da sind keine weiteren Kämpfer, Meister!« heulte das Opfer.

Jim zuckte innerlich zusammen. Er hatte jedoch mittlerweile den Sinn dieser Praxis verstanden, daß man Untergebene nicht vor deren Untergebenen kritisierte.

»Du sollst mir sagen, was du *siehst*!« sagte Yves gerade. »Dort sind noch zwanzig Leute auf Pferden, die du nicht erwähnt hast. Was ist mit denen?«

»Diener und Pagen!« keuchte der Ärmste. »Diener und Pagen mit den zusätzlichen Waffen und dem Gepäck der Ritter und Knappen!«

Yves gab den Burschen mit einem so kräftigen Schubs frei, daß er beinahe mit dem Kopf voran durch die Schießscharte gefallen wäre.

»Bah!« machte Yves, dessen Tonfall plötzlich fast unbeteiligt klang. »Und was ist, wenn diese zwanzig in der Nacht in ihrem Gepäck Rüstungen und Waffen für sich selbst finden und uns morgen doppelt so viele Kämpfer gegenüberstehen?«

Er wandte sich Jim und Angie zu.

»Wie ich schon sagte, nehme ich die Verantwortung für diesen Fehler auf mich, mein Lord, meine Lady. Macht mit mir, was Euch beliebt. Wenn Ihr Euren Blick über die Mauer richtet, könnt Ihr erkennen, wer kommt, denke ich.«

»Hmmm«, machte Angie, »das Wappen auf dem ersten Schild – gehört es nicht Sir John Chandos?«

Jim sah ebenfalls hin. Der Schild des vordersten Ritters zeigte in der Tat ein goldenes Dreieck, das das Zentrum des Schildes einnahm. Die Basis des Dreiecks deutete nach oben und die Spitze nach unten. Der Rest der Schildoberfläche um den stilisierten Axtkopf herum war leuchtend hellblau oder *blau*, wie die Heraldiker dieser Welt die Farbe nennen würden.

Kapitel 41

SIE GINGEN MIT SIR JOHN hoch in die Kemenate, wo sie ungestört reden konnten. Auf dem Weg dorthin erklärte Angie, warum sie ein Bankett veranstalteten und dieses nicht ohne Brian, Geronde und Dafydd beginnen konnten. Die Ritter, die Sir Chandos begleiteten, und er selbst würden natürlich ebenfalls an der hohen Tafel sitzen. Aber da die Halle voll war, konnten sie die Knappen und die anderen Begleiter von niederem Rang nicht einladen. Schließlich füllten die Burgbewohner fast den ganzen verfügbaren Platz aus.

»Das würde ich auch nicht von Euch erwarten«, sagte Chandos, während sie die Turmtreppe hochstiegen. »Es ist sehr höflich von Euch, mich und meine Ritter einzuladen, wenn wir schon unerwartet eintreffen. Wenn Ihr hier eine private Feierlichkeit habt, dann möchte ich nicht stören…«

Das täte er nicht im geringsten, versicherten Jim und Angie.

»Ich bin erleichtert, das zu hören!« sagte Chandos. »Nach dem, was ihr mir erzählt, bin ich mit meiner Warnung zu spät gekommen – aber das ist gut so.«

Die Gastgeber sahen ihn fragend an.

»Es ist keine große Sache im Vergleich zu dem, was Ihr erlebt habt, aber dennoch bin ich über die Gelegenheit froh, sie Euch mitzuteilen«, sagte Chandos.

Mittlerweile hatten sie die Kemenate erreicht und sich gesetzt. Diener hatten bereits einige Speisen und Getränke bereitgestellt.

»Wie ich schon sagte«, bemerkte Chandos, nachdem er vom Wein gekostet und an einer kleinen Spezerei geknabbert hatte, die ›Henker‹ genannt wurde – warum, würde man nicht herausfinden, selbst wenn man die ganze Breite der Vorstellungskraft bemühte. »Ich kam in der Absicht her, Euch zu warnen, und mußte jetzt feststellen, daß Ihr schon viel weiter seid. Wie auch immer, es ist eine angenehme Ausrede für einen Besuch hier – obgleich ich annehmen möchte, daß die Magierin KinetetE ihn bereits überflüssig gemacht haben könnte, als sie mich vor drei Tagen bei Hofe sah.«

»KinetetE am Hof?« fragte Angie nach. »Ich wußte nicht, daß sie dahin ging. Ihr kennt also KinetetE?«

»Ich habe sie einmal kurz getroffen, aber das war nicht bei Hofe. Diesmal kam sie zu mir, um mir Euer und Sir Brians Verschwinden von der Wiese in Cumberland zu erklären, wo wir dieses kleine Scharmützel hatten – wie Ihr Euch vielleicht erinnert, James.«

»Oh? O ja, natürlich.« Jim war plötzlich beunruhigt. »Was hat sie Euch gesagt?«

»Ach, daß eine magische Angelegenheit großer Wichtigkeit die Anwesenheit von Euch beiden anderswo erfordert habe. Ich hatte mir das zwar gedacht, war aber dennoch hoch erfreut, Gewißheit zu bekommen – insbesondere, weil mir die Botschaft von einer solch hochrangigen Magierin persönlich gebracht wurde.«

»Schön!« sagte Jim. »Ich meine, ich bin froh, daß sie das getan hat.« Eine magische Angelegenheit von großer Wichtigkeit war natürlich tatsächlich der Grund gewesen: die Erhaltung von Brians Leben.

»Aber Ihr wolltet uns vor etwas warnen«, sagte Angie.

»Ja«, bestätigte Chandos, »aber Ihr wißt bereits, was ich Euch sagen wollte. Ich wollte Euch mitteilen, daß Ihr vor dem Grafen Cumberland auf der Hut sein sollt, da er Euer Feind ist. Nicht wegen Agatha Falon, sondern weil er es Euch nie vergeben hat, daß Ihr Euch ihm bei der Beerdigung Eures Freundes Sir Giles de Mer auf dem Schlachtfeld in Frankreich widersetzt habt.«

»Sir Giles hatte Silkieblut in den Adern und mußte auf See bestattet werden. Das haben wir getan, und im Wasser verwandelte er sich in einen Seehund. Durch den Segen eines Bischofs hat er später wieder menschliche Gestalt annehmen können. Wir hatten einfach keine Wahl.«

»Ich hätte gedacht, daß er statt dessen Prinz Edward hassen würde. Edward hat schließlich dafür gesorgt, daß er Giles aufgeben mußte«, warf Angie ein.

»Das tut er auch. Sein Haß stirbt nie, und er vergißt nie jemanden, der sich ihm in den Weg gestellt hat. Der Prinz steht zwischen ihm und der Krone Englands – und die Krone ist es, was er wirklich begehrt.«

Chandos stand auf und trat zum offenen Fenster.

»Am schlimmsten ist, daß ich nicht viel mehr tun kann, als Euch zu warnen. Ihr seid seit Eurem Kampf am Verhaßten Turm einer von Englands Paladinen. Daher kann man Euch ohne ernstzunehmenden Grund nicht so einfach loswerden. Aber Cumberland wird abwarten. Jetzt treibt er den Krieg mit Frankreich voran. Er hat sich mit John von Navarre gegen den ehemaligen Grafen von Valois verbündet, den die französischen Adligen anstelle Edwards als König wählten. Ihr werdet zum Banner unseres Lehensherrn gerufen werden, wenn der Krieg anfängt, und Ihr müßt gehorchen. Cumberland wird jede Expedition befehligen, die nach Frankreich übersetzt, und im Krieg könnte er Euch erschlagen lassen.«

»Jim!« rief Angie aus.

»Daher dachte ich, ich schaue vorbei und schlage vor, daß Ihr und Eure Freunde Euch rasch mir anschließt, wenn der Krieg näherrückt«, erklärte Chandos. »Ich werde als einer der Bannerherren auch auf dem Feld sein. Bis zu einem gewissen Grad könnte ich Euch dann als Mitglied meiner Leibgarde schützen…«

Chandos sah aus dem Fenster und schwieg.

Jim und Angie warteten darauf, daß er weitersprach, aber er starrte nur fortwährend nach draußen, als würde dort etwas seine Aufmerksamkeit fesseln. Jim wollte schon etwas sagen, als Chandos seine Sprache wiederfand.

»Ich kann das kaum glauben, aber wenn Ihr so freundlich wärt, beide aus dem Fenster zu schauen.«

»Dem Fenster?« fragte Jim verständnislos. Er und Angie standen auf.

»...Ihr erinnert Euch vielleicht«, fuhr Chandos fort, »daß ich bei meinem letzten Besuch auch aus dem Fenster blickte und sah... also, auch auf die Gefahr hin, als Überbringer schlechter Nachrichten zu gelten, dort unten im Burghof geht etwas vor, das Euch interessieren dürfte. Diesmal ist es zwar kein Feuer, aber ein Kampf – die Zuschauer stehen allerdings so dicht gedrängt, daß ich nicht feststellen kann, ob die Kämpfenden Bedienstete oder Bewaffnete sind. Höchst seltsam. Die Gemeinen klären ihre Streitigkeiten doch sonst an einem ruhigen oder versteckten Ort, wo ihre Vorgesetzten sie nicht entdecken würden.«

Jim und Angie traten beide zum benachbarten Fenster.

»Das sind schon wieder diese beiden!« rief Angie aus, »May Heather und Tom, und – o Jim, er hat es diesmal geschafft, sie am Boden festzunageln, und schlägt fest auf sie ein. Er könnte sie ernstlich verletzen! Warum schreitet keiner der älteren ein?«

»Entschuldigt mich, Sir John«, sagte Jim, der bereits auf dem Weg zur Tür war. Angie folgte ihm auf den Fersen, und Chandos kam hinterher. So schnell es eben auf der Turmtreppe möglich war, rannten sie hinunter.

Sie rannten durch die leere Halle, auf deren Tischen bereits Tischtücher lagen und einige Pokale, Krüge und Tabletts standen. Angie bemühte sich, zu Jim aufzuschließen. Es war durchaus nicht so, daß sie nicht schnell rennen konnte. In der modernen Welt, aus der sie und Jim stammten, hatte sie beim 100-Meter-Lauf der Frauen in ihrem letzten Highschooljahr einen Pokal gewonnen. Aber es war nicht so leicht zu rennen, wenn man dabei ein schweres, bodenlanges Gewand mit beiden Händen hochhalten mußte.

Immerhin konnte sie sich damit trösten, daß sie schneller als Chandos war.

Ein Blick über die Schulter zeigte ihr aber, daß der Ritter wohl aus Höflichkeit drei Schritte hinter ihr blieb. Sie stürmten durch die Halle in den Burghof.

Jim war knapp vor der Tür stehengeblieben und ergriff Angies Arm, als sie vorbeieilen wollte. Dann schritten sie zusammen auf den Ort des Geschehens zu. Keiner aus der Menge hatte sie bislang bemerkt. Es war eine ungewöhnlich leise Versammlung, auch wenn einige Leute wie aufgeregte Kinder herumsprangen.

»Was geht hier vor?« brüllte Jim plötzlich, als sie bis auf drei Schritte heran waren. Alle blieben wie angewurzelt stehen, einige sogar in den merkwürdigsten Stellungen. Alle Köpfe wandten sich zu Jim um und starrten ihn an – der, wie Angie mit einem Mal bemerkte, jetzt genau so eine rote Magierrobe trug, wie Carolinus sie immer anhatte.

»Ich dachte, die Robe wäre Magiern der Kategorie Eins vorbehalten«, zischte sie ihm zu.

»So ist es«, murmelte er zurück. »Aber das wissen sonst nur Magier.«

Ob es nun die Robe war oder nicht – wäre er in seiner Drachengestalt aufgetaucht, hätte die Wirkung nicht größer sein können. Er entschloß sich, das Eisen zu schmieden, solange es heiß war.

»Wollt ihr alle in Käfer verwandelt werden?« brüllte er mit seiner besten Magierstimme. »...in Käfer verwandelt und in Bernstein eingeschlossen bis zum Tag des Jüngsten Gerichts?«

Die Drohung wirkte zweifelsohne echt – vermutlich zu echt. Niemand von ihnen hatte ihn je so erlebt, und jede Drohung, die mit Magie zu tun hatte, war für sie nur allzu glaubhaft.

Sie öffneten still und mit käsigen Gesichtern für ihn und Angie eine Gasse. Sir John wartete derweil höflich, aber interessiert vor der Tür ab. Am Ende der Gasse, gleich vor dem Kücheneingang, stand Tom, der Küchenjunge, breitbeinig und leicht schwankend über einer Gestalt, die still auf dem festgestampften Boden lag.

»Oh!« brach es aus Angie mit einem Tonfall heraus, der eine seltsame Mischung aus Mitleid und Zorn darstellte. Sie rannte zu der am Boden liegenden Gestalt hinüber und kniete sich daneben. Die Gestalt hob einen blutverschmierten Kopf, der nur mit Mühe als May Heather zugehörig erkannt werden konnte.

»Es ist alles in Ordnung, M'lady«, sagte sie mit schwacher Stimme, »mir geht es gut – ich bin nur ein bißchen erschöpft.«

»Was das betrifft«, sagte Angie, »werden wir dich nach oben in ein Bett tragen, dich säubern und dann entscheiden, wie es dir geht.«

»Du hast verloren!« sagte Tom plötzlich wild.

»Ja«, sagte May. »Verloren hab ich.« Ihr Kopf sank wieder auf den Boden zurück.

»Du, du, du und du…«, sagte Angie und zeigte mit dem Finger auf einen männlichen Bediensteten nach dem anderen. »Hebt sie auf. Vorsichtig! Und tragt sie – vorsichtig, sagte ich – in das erste leere Gästezimmer auf der untersten Etage des Turms…«

»M'lord!« May Heather schaffte es erneut den Kopf zu heben, als die vier Männer sie gerade zurechtrückten. »Bitte, M'lord, verwandelt Tom nicht in einen Käfer!«

»Das ist mir gleich!« grummelte Tom leise vor sich hin.

Jim richtete seinen Blick mit, wie er hoffte, schrekkenerregender Langsamkeit auf den Jungen, der erbleichte, aber unnachgiebig den Blick erwiderte. Die Menge hielt in Erwartung von Toms Verdammung den Atem an, und Jim ließ sie lange Augenblicke in diesem Glauben, bevor er anfing zu sprechen.

»Da May Heather darum bat«, sagte er eindringlich, »werde ich für dieses Mal von einer Verwandlung absehen.«

Die Menge seufzte auf.

»Aber, o M'lady! Ein Turmzimmer für den Lehrling in der Anrichtestube – ganz für sie allein?« schrie die Stimme von Mary Becket, der Meisterin der Garderobe, aus der Menge.

»So, da bist du also, Meisterin!« sagte Angie. »Du hast einfach mit allen anderen dieser entwürdigenden Veranstaltung zugesehen, während du eigentlich hättest deinen Pflichten nachgehen sollen. Du begleitest die Männer, die May tragen, und kümmerst dich darum, daß der Raum sauber ist und sauberes Bettzeug aufgelegt wird.«

»Aber das Bett wird voller Läuse sein, nachdem sie daringelegen hat…«

»Geh!«

»Ja, M'lady.«

Gemurmel erhob sich aus der Menge, und Jim glaubte, sogar ein erleichtertes Kichern zu hören. Dies war ein weiteres Beispiel dafür, daß er sie wohl immer einschüchterte und ihnen drohte, sie aber dann doch nicht bestrafte, dachte Jim. Sie hatten allen Grund, ihn für einen Papiertiger zu halten.

»Und was euch andere betrifft…« Er hob seine

Stimme, und von einem Augenblick zum anderen waren weder Gespräche noch Atemgeräusche zu hören. »Es gibt einen einzigen Grund, aus dem ich euch nicht jetzt sofort in Käfer verwandle: Ich will, daß ihr weiterhin den notwendigen Pflichten auf der Burg nachgeht. Aber ihr alle werdet heute nacht böse Träume haben!«

Er wirbelte herum und schritt von dannen. Die rote Robe umflatterte seine Füße. Diesmal blieb es hinter ihm still. Angie beeilte sich, zu ihm aufzuschließen. Da Sir John immer noch höflich vor der Tür zur Großen Halle wartete, hatte Angie nur die Zeit, Jim schnell eine Frage zuzuflüstern.

»Wie kannst du es schaffen, dir bis zum Dunkelwerden für jeden einen Traum auszudenken? Und würde das nicht eine Menge Magie verbrauchen?«

»Kein bißchen«, sagte Jim und grinste auf sie runter. »Ich muß mir keinen einzigen Alptraum ausdenken, und ich muß auch keine Magie verbrauchen.«

»Hör auf damit!« sagte sie scharf, aber leise. »Sag es mir!«

»Da sie glauben, daß sie Alpträume haben werden, werden sie auch welche haben. Und am Morgen werden sie sich alles erzählen und versuchen, die anderen mit den Schrecken, die sie geträumt haben, zu übertrumpfen. Daher wird jeder, der nichts geträumt hat, sich etwas ausdenken – und schließlich selbst daran glauben. Und am Ende werden sie sich den Rest ihres Lebens an diese Nacht erinnern.«

Sie traten zu Chandos und gingen zusammen wieder ins Innere. Jim warf einen Blick über die Schulter. Die Menge auf dem Burghof hatte sich bereits zerstreut, nur ein paar Nachzügler rannten jetzt so schnell sie konnten an ihren Arbeitsplatz zurück.

»Alles erledigt, Sir James?« fragte Chandos, als sie

die immer noch leere Halle zur hohen Tafel hinuntergingen.

»Ich denke schon.«

»Ich muß sagen, Eure Bediensteten kennen ihre Pflichten erstaunlich gut. Es war kaum ein Wort nötig. Nur die Frage der Frau… wegen des Zimmers – und auch das war in einem Wimpernschlag geklärt.«

»O danke. Warum fangt Ihr und meine Dame nicht schon mal mit dem Essen an? Ich bin gleich wieder da. Ich muß nur diese Robe ausziehen, und aus magischen Gründen kann ich keine Magie benutzen, um sie so auszuziehen, wie ich sie anzog. Ich renne hoch zur Kemenate, zieh mir etwas anderes über und bin praktisch sofort zurück. Ihr müßt wirklich nicht auf mich warten.«

Er drehte sich um und ging. Angies Zustimmung setzte er als gegeben voraus. Ihm war plötzlich völlig bewußt geworden, was er getan hatte, als er die Robe anlegte. Je früher er sie wieder loswurde, desto besser.

Er ging rasch durch die Anrichtestube, wo es keiner wagte, ihm in die Augen zu sehen, und weiter zum Fuß der Treppe. Als er hochlief, fiel das warme Gefühl, etwas richtig gemacht zu haben, als er die Bediensteten mit ihren eigenen Alpträumen gestraft hatte, von ihm ab.

Es gab keinen Grund, sich selbst zu beglückwünschen. Er hatte sich groß in Form gefühlt, auch wenn das gar nicht der Fall war. Das einzige, was er mit der Menge da draußen gemacht hatte, war, einen neuen Trick anzuwenden. Wenn sie das bemerkten, würde das jedweden Verdacht, den sie gegen ihn hegten, nur bestätigen.

Die Treppenflucht schien ihm einerseits sehr lang zu sein, andererseits ging es ihm zu schnell. Schon bald würde er wieder Angie und Chandos gegenübertreten müssen. Angie wußte bereits, daß er ein

Betrüger war, auch wenn sie so loyal war, es zu bestreiten. Er wäre nicht überrascht, wenn auch Chandos Bescheid wußte. Es sah dem Ritter ähnlich, solches Wissen geheimzuhalten, bis er in der Zukunft vielleicht einmal einen Nutzen daraus ziehen konnte, und in der Zwischenzeit würde er sich darüber amüsieren.

Jim erreichte die Kemenate und ging hinein. Er schloß die Tür hinter sich, zog sich die rote Robe über den Kopf und legte sie sorgsam aufs Bett. Einen Augenblick lang blieb er einfach in dem leeren Raum stehen. Der kühle Luftzug aus den offenen Fenstern umstrich seine Arme und Beine, soweit sie von der Unterkleidung nicht bedeckt wurden.

Dann atmete er tief ein und sprach:

»Carolinus?«

Er wartete. Keine Antwort.

»KinetetE?«

Keine Antwort.

»KinetetE, Magierin«, sagte er nach einer Pause. »Ich rufe Euch nur, weil Ihr vielleicht zuhört und in der Lage seid, eine Nachricht an Carolinus weiterzugeben, wo immer er sich auch gerade aufhalten mag. Ich wollte nur sagen, daß es eine plötzliche Eingebung war, die rote Robe anzulegen – ich habe nicht nachgedacht. Es war nur das erste, was mir in den Sinn kam, um die Bediensteten zur Vernunft zu bringen. Es tut mir leid. Es war auf jeden Fall falsch. Wie dem auch sei, ich habe sie jetzt abgelegt und werde sie auch nicht eher wieder tragen, bis ich das Recht dazu habe. Und wenn ich damit Schaden angerichtet haben sollte – ich bin allein dafür verantwortlich und niemand sonst.«

Er wartete ab, erhielt aber weder eine Antwort noch ein Zeichen. Er seufzte und zog sich wieder die Kleidung an, die er vor dem Intermezzo auf dem Burghof getragen hatte. Dann verließ er die Kemenate und ging wieder hinunter.

Auf der Treppe fiel ihm plötzlich ein, daß er nach May Heather sehen sollte, da Angie ihn bestimmt nach ihr fragen würde.

Jim suchte nach dem Zimmer, in dem sie lag. Er fühlte sich innerlich leer, genauso leer, wie damals, als er Brian beichten mußte, daß er ihn in Cumberland mit der Lanze durchbohrt hatte.

Magier, mittelalterlicher Krieger, Ritter, Burgherr – wenn er über alles genau nachdachte, dann schien es ihm, als hätte er in allem versagt. Es sollte nicht möglich sein, einen kurzen Krankenbesuch zu vermasseln, aber er hatte eine Vorahnung, daß er es schon irgendwie schaffen würde.

Entschieden verbannte er diesen Gedanken aus seinem Kopf und ging weiter, bis er an eine Tür kam, die sich verzogen hatte und sich nicht mehr vollständig schließen ließ. Durch den Spalt zwischen Tür und Rahmen konnte er May Heather auf dem Bett liegen sehen. Sie trug ein Hemd, das für sie zu groß und dessen Blau fast zu einem Weiß verblichen war. Sie war wach, lag da und starrte an die Decke. Er stieß die Tür auf und trat ein.

»Nun, May…«, begann er.

»M'lord!« May machte Anstalten, aus dem Bett zu kriechen.

»Nein, nein!« sagte er und bedeutete ihr liegenzubleiben. »Bleib da. Ich sehe nur nach dir, damit ich Lady Angela erzählen kann, wie es dir geht. Und, wie fühlst du dich?«

»Sehr gut, M'lord. Wirklich sehr gut. Ich fühle mich wie eine Prinzessin, M'lord, hier in diesem großen Bett und in diesem schönen Zimmer. Ich hätte nie gedacht, daß ich einmal erleben würde, wie sich das anfühlt.«

»Du bleibst einfach hier, bis dir gesagt wird, daß du aufstehen darfst«, sagte Jim rauh.

»Oh, das werde ich. Aber ich sollte unten sein und beim Essen helfen. Mir geht es wirklich sehr gut, M'lord.«

Sie sah jedoch nicht gut aus. Ihr Gesicht war an mehreren Stellen geschwollen, und da gab es auch die eine oder andere Schramme – auch wenn keine blutete. Gesicht und Arme waren offenbar gewaschen und ihr Haar gebürstet worden, vermutlich sogar gekämmt.

Jim versuchte, kein Mitleid mit ihr zu haben – ihre Wunden, ihre niedrige Stellung im Leben, ihr lächerliches Pflichtgefühl –, aber es gelang ihm nicht. Er hatte auf die harte Tour gelernt, daß das letzte, was diese Menschen wollten, Mitleid war.

Mitleid deutete offenbar an, daß man den, den man bemitleidete, für schwach hielt, und konnte als verkappte Verachtung und Hohn aufgefaßt werden. Davor hatte KinetetE Angie gewarnt, als sie den Grafen von Cumberland trösten wollte, nachdem Jims Magie ihn in die tiefste Verzweiflung gestürzt hatte.

Aber jetzt gewannen Jims Gefühle. Ein machtvoller Drang, ein letztes Mal zu versuchen, wie einer von ihnen zu denken – von Brian bis hinunter zu diesem Lehrling der Anrichtestube – überkam ihn. Er sah sich nach einem Stuhl um und setzte sich nieder.

»Sag mir, May, warum prügelst du dich so oft mit Tom?«

»Wir prügeln uns nicht häufiger als die anderen, M'lord«, antwortete sie. »Alle prügeln sich mal.«

»Nun gut. Warum prügelst du dich immer auf dem Burghof, und warum kommen alle anderen Bediensteten und Bewaffneten angerannt, um zuzuschauen?«

»Das weiß ich nicht, M'lord. Es ist einfach so, daß

wir meistens, wenn wir anfangen uns zu prügeln, draußen auf dem Burghof vor der Küche sind. Dort gab Tom mir früher die Essensachen, die ich dann zur Anrichtestube trug, bevor ich Lehrling bei Meisterin Plyseth wurde.«

Ihr Tonfall sagte ihm, daß er von ihr nicht mehr erfahren würde. Jim erinnerte sich an die zwei Bewaffneten, deren Unterhaltung vor Brians Zimmer er teilweise mit angehört hatte. Das war damals, kurz nachdem er Brian aus Cumberland mitgebracht hatte, gewesen. Bei dem leisen Gespräch schien es um eine Wette darüber zu gehen, ob Tom oder May gewinnen würde. Natürlich würde ihm May darüber auch nichts erzählen.

»Was ist mit denen, die zum Zuschauen kommen?«

»Sie kommen einfach, das ist alles.«

»Es ist nicht so, daß sie an euren Prügeleien ein größeres Interesse als an all den ganzen anderen Schlägereien haben?«

Zum ersten Mal spiegelte sich Trauer in ihrem Gesicht, und zum ersten Mal sah Jim, wie bleich und erschöpft sie aussah. Ihm schlug das Gewissen, daß er sie so ins Kreuzverhör nahm.

»Es macht nichts«, sagte er und stand auf. »Wir können später noch darüber reden. Schlaf ein wenig…«

»Aber ich *möchte* es Euch sagen!« brach es ohne Vorwarnung aus ihr heraus. »Euch und M'lady, M'lord… ich möchte es Euch sagen!«

Jim öffnete den Mund, um ihr zu bedeuten, daß dafür keine Notwendigkeit bestehe, verwarf diesen Gedanken aber gleich wieder. Er setzte sich erneut auf den steinharten Stuhl.

May blickte von ihm weg.

»Ihr und M'lady solltet es wissen!« Auch als sie weitersprach, schaute sie in eine andere Richtung. »Wir waren wie Zwillinge. Wir kommen aus unterschiedlichen Familien, sind aber gleich alt, gleich groß und haben das gleiche Gewicht. Ich sah sogar aus wie Tom und Tom wie ich. Dann, als wir beide hier auf der Burg arbeiten durften, hätte es für uns nicht besser sein können.«

Sie hielt inne und blickte Jim eine Weile mit glänzenden Augen an.

»Sage ich es so, daß Ihr mich versteht, M'lord?«

»Einfach vollkommen«, antwortete Jim. Sie sah wieder fort.

»Aber dann, nach ein paar Jahren, fing ich an zu wachsen.« Sie schaute Jim erneut an. »Er wuchs auch, aber nicht wie ich – Ihr wißt, wie es mit Frauen ist?«

Jim nickte, und sie sah weg.

»Wenn wir uns geprügelt hatten, dann hatte manchmal ich gewonnen, manchmal er. Aber dann konnte er es nicht mehr. Ich war größer und stärker als er. Das schien schon schlimm genug. Aber dann fiel es auch den anderen auf. So habe ich ihm dann gesagt, er solle abwarten und keinen Streit mit mir anfangen, und ich würde ihm dann aus dem Weg gehen. Aber nein, er mußte weiter gegen mich kämpfen und versuchen zu gewinnen. Und dann war es zu spät. Jeder wußte Bescheid.«

Entweder hatte sie die Stimme verloren, oder sie wollte einfach nicht mehr weiterreden. Nach einer Weile sprach Jim sie sanft an.

»Du meinst, daß die anderen Bediensteten sich darüber lustig machten?«

»Ja, das taten sie. Und schlimmer noch, sie haben angefangen zu wetten, daß aus ihm nie ein Mann würde. Und wenn er anbot, gegen den zu kämpfen, der das behauptet hatte, dann sagte dieser, daß es nicht gerecht wäre, gegen einen Burschen zu kämpfen, der nicht mal gegen ein Mädchen gewinnen würde. Er hat dann zugeschlagen, um sie zum Kämpfen zu bringen, aber einem erwachsenen Mann konnte er nichts beweisen. Doch er versuchte es weiter…«

Sie blickte auf die Bettdecke und zupfte mit Daumen und Zeigefinger daran herum.

»So ging es also weiter«, sagte Jim, nachdem es wieder eine Weile still gewesen war.

»Ja, es ging so weiter«, stimmte sie nickend zu. Schließlich blickte sie Jim geradewegs in die Augen. »Wir werden Mann und Frau sein, M'lord. Wir haben das schon vor Jahren unter uns beschlossen. Ich bin für ihn die rechte Frau, und er ist für mich der rechte Mann – wir wissen es beide.«

»Also hast du ihn heute gewinnen lassen«, sagte Jim mitfühlend.

Sie setzte sich jäh im Bett auf.

»Niemals hab ich das! Ich gebe für keinen auf! Für keinen, M'lord!«

»Ich verstehe. Ich hatte unrecht.«

»Er ist wirklich stärker geworden oder so – er hat ehrlich und gerecht gewonnen!«

»Ich glaube dir, ich glaube dir ja. Leg dich wieder hin. Wir machen uns im Augenblick um dich Sorgen, nicht um Tom.«

Langsam legte sie sich zurück.

»Er hat ehrlich gewonnen«, wiederholte sie mit einer Stimme, die fast ein Flüstern war. »Macht Euch um mich keine Sorgen. Aber jetzt ist er ein richtiger Mann. Jeder, der sich jetzt über ihn lustig macht, wird sich mit ihm hauen müssen oder es zurücknehmen! Und wir werden vor der Apfelernte in diesem Herbst Mann und Frau sein.«

Jim sah sie an. Ein merkwürdiges Gefühl überkam ihn. Eine tiefe, innige Zuneigung wuchs in ihm. Diese zwei Kinder… aber Kinder in einer Zeit, in der sie für alt genug galten, die Pflichten einer Ehe zu übernehmen… Er stand auf und suchte in der kleinen Lederbörse an seinem Gürtel herum.

»Hier«, sagte er und gab ihr eine Münze. Sie nahm sie entgegen und starrte ungläubig darauf.

»Ein ganzer Goldleopard, M'lord?«

In Jims Magen breitete sich ein ungutes Gefühl aus. Sein Instinkt hatte recht gehabt. Er hatte den Besuch schließlich doch noch vermasselt.

Wie jeder andere wußte sie, was die Münze wert war, die sie in der Hand hielt. Es war die kleinere der zwei Münzen, die Florin genannt und in England in diesem Jahrhundert das erste Mal geprägt wurden. Ihr Wert entsprach drei Schillingen – und ein Schilling war das, was einem Ritter mit einem Dienstmann und seinen eigenen Waffen, Rüstung und Pferden am Tag dafür bezahlt wurde, in den Kampf zu ziehen. Mit Sicherheit hatte sie in ihrem Leben eine solche Münze noch nie gesehen, geschweige denn in der Hand gehalten. Sie hielt sie jetzt so vorsichtig zwischen den Fingern, als fürchtete sie, daß das Geldstück verschwände, wenn sie zu hart zudrückte.

»Hochzeitsgeschenk«, sagte Jim, der plötzlich heiser war. Er zog sich aus dem Zimmer zurück. »Leg dich jetzt hin. Das ist ein Befehl. Schlaf etwas.«

May schloß gehorsam die Augen. Jim schlüpfte durch die Tür und ließ sie angelehnt. Sein Gewissen quälte ihn bereits – er war so dumm. Jetzt würde sich wahrscheinlich jeder Bedienstete der Burg irgend etwas ausdenken, um auch eine Münze zu bekommen. Das Geschenk war für jedweden Bediensteten einfach zu groß, und für einen Lehrling der Anrichtestube erst recht.

Jim hatte in seiner Geldbörse nach einer Silbermünze gekramt, die die gleiche Größe hatte, aber dünner und nur vier Pence wert war. Selbst das wäre ein Geschenk gewesen, bei dem jemandem wie May oder

Tom die Augen übergegangen wären. Vielleicht war es sogar der einzige Leopard gewesen, den sie im Augenblick in der Burg hatten. Wenn Angie das hörte – er lenkte seine Gedanken wieder in andere Bahnen. Er mochte sich wie *der* Idiot zweier Universen vorkommen – aber es lohnte nicht, über vergossene Milch zu klagen.

Wenigstens würde die Münze May und Tom glücklich machen... statt einfach nur ein Teil der Steuerzahlung zu sein.

Er hielt an. Hatte sie ihm wirklich gehorcht und versuchte nun zu schlafen? Wenn sie noch wach war, könnte sie gerade alles mögliche anstellen. Sie könnte sogar versuchen, die Münze zu schlucken, damit niemand sie ihr zu stehlen vermochte, aber dafür war das Geldstück zu groß. Wenn sie das probierte, würde sie gewiß ersticken. Er drehte sich auf dem Absatz um und ging leise zur angelehnten Tür zurück. Vielleicht war es besser, wenn er ihr einfach erklärte, daß das mit dem Leoparden ein Fehler gewesen war und er für sie ein Silberstück hatte.

Jim blickte durch den schmalen Spalt. May lag auf der linken, ihm zugewandten Seite. Ihre rechte Hand drückte etwas, wahrscheinlich die Münze, an ihren Busen, und ihre Augen waren fest geschlossen. Ein paar Tränen rollten die Wangen hinunter. Nein, so etwas konnte er ihr nicht sagen. Unmöglich.

Da sie so still dalag, glaubte Jim, daß der Schlaf schließlich doch sein Recht gefordert hatte. Jim öffnete die Tür noch ein wenig, um den Kopf durch den Spalt zu stecken und sicherzugehen, daß sie wirklich schlief – die Tür quietschte, und die Augenlider des Mädchens flogen auf.

Er zog rasch den Kopf zurück und ließ die Tür offenstehen. Draußen lauschte er ein paar Sekunden. Von innen war kein Laut zu hören.

»M'lord!« rief ihre Stimme aus dem Zimmer. »Bitte, M'lord, darf ich Euch eine Frage stellen?«

Er atmete tief ein und ging hinein.

»Das darfst du«, sagte er, während er langsam in das Zimmer trat.

Sie saß jetzt kerzengerade mit aufgestützten Ellbogen auf dem Bett. Ihr Unterarm war ausgestreckt, und in der Handfläche lag der Leopard. Er leuchtete im Sonnenlicht, das durch das kleine Fenster hereinfiel.

»Bitte, M'lord«, sagte sie. »Nehmt ihn zurück.«

»Warum?« fragte er überrascht.

Zwei weitere Tränen folgten den anderen ihre geschwollenen Wangen hinunter.

»Ich fürchte, daß es mir Unglück bringt, wenn ich ihn behalte. Ich danke Euch aber trotzdem, M'lord.«

»Unsinn!« bellte Jim, der plötzlich entschieden hatte, sich weder von Hölle, Hochwasser noch der gesamten Bevölkerung des vierzehnten Jahrhunderts daran hindern zu lassen, May dieses Geldstück zu schenken. »Wie sollte es Pech bringen? Ich sage dir als Magier, daß die Münze kein Unglück bringt!«

»O M'lord! Dann werdet Ihr uns doch nicht verlassen? Ihr und M'lady!«

»Natürlich...« Jim brach ab, da ihn der plötzliche Themenwechsel verwirrt hatte. »Das heißt, wir haben nicht geplant...«

»Wir müssen das wissen, M'lord. Nicht nur Tom und ich. Alle Burgbewohner müssen das wissen!«

»Aber warum?«

»Weil Ihr es seid, die wir lieben, M'lord, Euch und M'lady. Niemals könnte sich einer von uns mit einem anderen Lord und einer anderen Lady hier auf Malencontri abfinden. Alle sagen das. Es wäre das Ende von allem, wenn Ihr wegginget. Ihr werdet das doch nie tun, nicht wahr, M'lord?«

»Nein!« sagte er nach einer kleinen Bedenkpause rauh.

Angie würde den kleinen Robert niemals hier zurücklassen. Soviel war sicher. Ihn aus dieser seiner Welt zu reißen, wo er reich war und ein gutes Leben führen konnte, war andererseits genauso undenkbar.

»Nein, wir werden nicht weggehen«, sagte er. »Wie kommt ihr überhaupt auf diese Idee?«

»Alles, was Tom und ich geplant haben« – sie sah ihn mit verzweifeltem Ernst an –, »hing mit Euch und M'lady zusammen und wäre nie so mit einem anderen Lord und einer anderen Lady möglich gewesen! Mit allen anderen auf der Burg ist es dasselbe. Und wir haben alles versucht, daß es Euch hier gefällt, aber Ihr scheint nicht darauf zu achten. Daher waren wir alle sicher, daß Ihr wieder gehen würdet. Keine anderen Burgbewohner in England haben solch... solch einen Lord und eine Lady wie Euch beide.«

»Nun...«, sagte Jim ergriffen.

»Wir sind Burgbewohner, M'lord, und wir müssen auch an unsere Kinder denken. Tom und ich... unsere Kinder könnten alle leben und aufwachsen, und vielleicht wird aus einigen auch etwas, wenn Ihr und M'lady bleibt. Bitte, M'lord, nehmt den Leoparden zurück, dann werde ich sicher sein, daß alles in Ordnung ist!«

Jims Kehle war wie zugeschnürt.

»Nein«, sagte er fest, legte seine Hand auf ihre und schloß ihre Finger um die Münze. »Du behältst sie. Ich gebe dir mein Wort, daß wir bleiben. Und wenn uns irgendwas Unerwartetes zustößt, hast du mein Wort – das Wort eines Ritters und Magiers –, daß man sich so um Euch kümmern wird, als ob wir für den Rest unseres Lebens hier wären. Nun, machst du dir jetzt keine Sorgen mehr?«

May blickte ihn ernst an und brach dann richtig in Tränen aus.

»O ja, M'lord!« schniefte sie und umklammerte die Münze.

»Schön!« sagte er und rannte fast aus dem Raum, zu den Treppen und in die Halle darunter.

Kapitel 42

ER GING MIT GEMISCHTEN Gefühlen hinunter. Auf der einen Seite fühlte er sich glücklich und erleichtert. Er hätte die Treppen hinunterhüpfen können. Aber ein sehr kleiner Teil von ihm war auch besorgt, weil er sein ›Wort‹ gegeben hatte. Er hätte nie gedacht, daß er das so ernst nehmen oder so schwer finden würde.

In dieser Zeit war mit diesem Wort jedoch eine ganz besondere Bedeutung verknüpft, und jetzt, da er anfing, diese Zeit ernst zu nehmen… Aber das Glück überwog im Augenblick die Sorge bei weitem. Er konnte es kaum erwarten, Angie alles zu erzählen.

Er hatte sich so daran gewöhnt, von jedem der Burgbewohner als Individuum zu denken, daß er ganz vergessen hatte, daß sie auch eine Gemeinschaft darstellten, ein Dorf, das von Steinwänden begrenzt wurde, innerhalb derer er und Angie herrschten. Wie jede andere Gemeinschaft auch kannte sie als Gruppe Gefühle und Ziele.

Er war sich sogar ihrer Beständigkeit bewußt gewesen. Er hatte gewußt, daß einige Bedienstete innerhalb dieser Mauern Kinder zur Welt gebracht hatten, ganz still und leise, so daß er und Angie nichts davon hörten. Es gab sogar eine geheime Kinderstube für die Kleinsten – die Jim und Angie ›Babysuite‹ nannten, obgleich sie offiziell so taten, als ob sie davon nichts wüßten.

Die Überlebenschancen der Kinder waren in der Burg aufgrund der besseren Ernährung, der Verfügbarkeit von zusätzlichen Aufsichtspersonen und ähnlichem tatsächlich besser. Zudem strahlten die Bediensteten und ihre Kinder in einem Abglanz des Lichts der höheren Ränge, denen sie dienten. Von ihnen wurde allgemein angenommen, daß sie zu einem fähigeren und besseren Schlag gehörten. Kein Wunder, daß May Träume in bezug auf die von ihr erhoffte Nachkommenschaft hatte.

Jim durchschritt rasch die Anrichtestube. Diesmal blickte ihm keiner in die Augen, weil alle beschäftigt waren. Er erreichte die Halle und ging zu dem Ende der hohen Tafel, an dem Angie saß.

»Sieh mal, wer da ist!« sagte sie und lehnte sich zurück, damit er den Rest der Tafel überblicken konnte. Da saßen auch KinetetE und neben ihr Carolinus, der dünn und zerbrechlich wirkte, aber sonst so gut wie immer aussah.

Jim fühlte eine plötzliche Kälte in sich. KinetetEs Augen unter den dunklen Brauen waren auf ihn gerichtet.

»Ach… KinetetE. Magierin.« Es fiel ihm schwer, den ungerührten Augen unter diesen Brauen nicht auszuweichen. »Ich habe vor kurzer Zeit nach Euch gerufen – dürfte ich Euch allein sprechen?«

Er wollte nicht, daß seine Bediensteten, nicht einmal Sir Chandos, erfuhren, daß er auf die rote Robe kein Anrecht hatte.

»Ich weiß«, sagte KinetetE. »Und das ist das letzte, was ich davon hören will. Ich nehme an, daß Ihr Euch jetzt zu uns gesellt. Nehmt den Stuhl zu Carolinus' anderer Seite, und laßt nicht zu, daß er sich aufregt.«

Am anderen Ende der Tafel waren die drei jüngeren Ritter in Sir Chandos Begleitung zu sehen. Sie waren schweigsam und beobachteten das Geschehen nur.

Das war auch kein Wunder, dachte Jim, da sie mit zwei der drei Topmagiern der Welt an einer Tafel saßen. Ihren Appetit schien es jedoch nicht zu beeinträchtigen. Jim nahm sich den Stuhl und begrüßte Carolinus, der ungewöhnlich freundlich wirkte.

»…ich muß schon sagen«, antwortete Carolinus gerade auf eine Frage von Angie, »daß ich mich darauf freue, wieder zu meiner Hütte zu kommen. Die und das Klingelnde Wasser – beide sind noch immer genauso, wie ich sie einrichtete. Es ist so erholsam, wenn alles an seinem ihm bestimmten Platz ist.«

»Ich kann verstehen…«, begann Angie, brach aber ab, als ein Bediensteter auf sie zukam und ihr etwas ins Ohr flüsterte. »Ich bitte um Verzeihung, meine Gäste, aber ich muß euch ein paar Augenblicke allein lassen.«

Sie stand auf und eilte zur Anrichtestube.

Jim hatte ihr nur mit halbem Ohr zugehört. Eine Erinnerung verdrängte alles andere, als sie sich in sein Bewußtsein kämpfte. Einer von Carolinus' Gegenständen war nicht an seinem Platz. Jim räusperte sich und schaute seinen Lehrmeister unbehaglich an.

»Da ist noch etwas, was ich Euch mitteilen muß«, sagte Jim. »Ich war am Hof und brauchte eine Kristallkugel. Und ich hatte im Heiligen Land gesehen, wie ein Magier zur Hellseherei eine Schale Wasser verwendete. Da gerade keine passende Schale verfügbar war, habe ich mir eine aus Eurer Hütte geborgt…«

Carolinus' weiße Augenbrauen zogen sich empor.

»Eine meiner Schalen? Ihr habt sie geborgt? Welche Schale?«

»Ach, es war nur irgendeine Schale, keine besondere. Nur eine Schale, die bei Euch herumstand. Ich war mir sicher, daß es Euch nichts ausmachen würde…«

»Welche Schale?«

Carolinus hatte die Stimme angehoben. KinetetE sah zu ihnen herüber.

»Eine grüne Steingutschale. Der obere Rand war gewellt, und vier kleine orangene Fische…«

»DOCH NICHT MEINE LUNG CH'UAN SCHALE AUS DER SUNG-DYNASTIE? Meine fast dreitausend Jahre alte blaßgrüne Schale? Wo ist sie?«

Jim starrte ihn bestürzt an.

»Nun, die Sache ist die«, sagte er. »Im Augenblick kann ich mich nicht erinnern, wo genau…«

»NICHT ERINNERN?«

»Seht Ihr, es ist soviel passiert – Kob!« rief Jim verzweifelt. »Falls du zuhörst, sag mir, ob du weißt, wo die Schale ist.«

»Es tut mir leid, M'lord. Verzeihung, M'lord.« Kob erschien sofort im nächsten Kamin und schwebte zur Tafel hinüber, wo er auf der Tischplatte gleich vor Carolinus landete.

»Ich dachte, den Kindern würde sie gefallen, und Ihr hattet sie zurückgelassen – oh!«

Er hielt sich mit einer Hand den Mund zu. Aber zu spät.

»Hat sie einfach zurückgelassen!« Carolinus' Stimme war jetzt so laut, daß alle anderen Gespräche verstummten.

»Aber hier ist sie, M'lord, Magier.« Kob holte hinter seinem Rücken eine Schale hervor, die er Carolinus hinhielt. »Sie ist noch ganz heil…«

Ein Schatten fiel auf sie. Ein großer Schatten.

»Carolinus!« sagte KinetetE mit stahlharter Stimme. »Ihr habt mir versprochen, nicht in Wut zu geraten! Und Euch, Jim, habe ich gesagt, daß Ihr ihn nicht aufregen sollt!«

»Sie ist ganz schmutzig«, nörgelte Carolinus, aber schon viel leiser.

»Ich säubere sie. Gebt sie mir, Magier…«, plapperte

Kob. Er und Jim griffen gleichzeitig nach der Schale. Carolinus zog sie weg.

»Und dann zerkratzt ihr sie vielleicht auch noch? Davon abgesehen ist es nicht mehr nötig.«

Und das war es auch nicht. Die Schale war glänzend sauber.

»Sehr schön«, sagte KinetetE. »Das ist alles sehr schön. Es ist nichts passiert. Aber es war ein Fehler von Euch, Carolinus, zu diesem Fest zu gehen. Wir gehen wieder.«

Beide verschwanden und waren fast sofort wieder zurück.

»Nein, das tun wir nicht!« sagte Carolinus.

»Wollt Ihr Euch umbringen?«

»Ich will dieses Essen genießen, zusammen mit meinem geliebten Lehrling Jim und seiner geliebten Ehefrau Angie – und all meinen anderen geliebten Freunden. Und das werde ich.«

»In Ordnung!« sagte KinetetE. »Aber noch ein Temperamentsausbruch, und es könnte Euer letzter gewesen sein. Bleibt also – unter einer Bedingung. Wenn wir gehen, dann kommt Ihr mit mir nach Hause, bis ich Euch sage, daß Ihr gesund genug seid, wieder zu gehen. Sonst will ich mit Euch nichts mehr zu tun haben.«

»Ich werde zu meiner eigenen Hütte gehen.«

»Das war's dann.«

»Wenn es Euch jedoch glücklich macht«, sagte Carolinus, »dann könnte ich zuerst Euch einen kleinen Besuch abstatten.«

»Und Ihr werdet hier ruhig und gelassen bleiben?«

»Aber sicher. Ich…«

»Euer Wort darauf, auf beides?«

»Ach, wenn es sein muß…« Carolinus knirschte mit den Zähnen. Wie Jim aus seiner eigenen, erst kürzlich gemachten Erfahrung wußte, war es nicht so einfach, sein Wort zu geben.

»Also gut. *Mein Wort drauf!*«

Jim sah ihn bewundernd an. Er hatte Carolinus schon oft Magie wirken sehen, aber nie vermutet, daß er in Kursivbuchstaben sprechen konnte. KinetetE wandte sich an Jim.

»Es hätte Euch klar sein sollen, daß Euer Befehl an die Schale, unsichtbar und bei Euch zu bleiben, aufgehoben werden würde, als Ihr in das Königreich der Wurzel zurückkehrtet, wo Eure Magie nicht wirkte.«

»Ich verstehe«, sagte Jim und kam sich wie ein dummer Schuljunge vor. »Aber wie kam sie hierher?«

»Ich denke, das kann der Kobold beantworten«, warf KinetetE ein und sah Kob an.

»Gleich nachdem wir an diesen Ort zurückkehrten und bevor Hills Kampf begann, sah ich, wie die Schale hinter uns erschien und zu Boden fallen wollte«, erklärte Kob. »Ich habe sie aufgefangen, bevor sie auf dem Stein zerbrechen konnte, und nahm sie zu mir aufs Pferd.« Er sah niedergeschlagen aus. »Habe ich etwas falsch gemacht, mein Lord?«

»Nicht im geringsten, Kob«, beruhigte ihn Jim. Kob lächelte erleichtert. Jim wandte sich an Carolinus.

»Es tut mir wirklich sehr leid, Carolinus. Wenn ich gewußt hätte, daß die Schale so wertvoll ist…«

Aber Carolinus beachtete ihn nicht. Er streichelte die Schale. Mit einem Finger fuhr er liebevoll die Ränder nach.

Jim stand auf.

»Wenn ihr mich bitte einen Augenblick entschuldigen wollt«, sagte er. »Ich muß meine Lady suchen gehen.«

Er schritt von dannen. Es war nicht gerade der würdigste Abgang nach einer beschämenden Szene. Alle an der hohen Tafel hatten natürlich den Wortwechsel zwischen ihm, Kob, Carolinus und KinetetE mitgehört. Aber jetzt war er für einen Augenblick frei. Er war noch immer erfüllt von dem, was er Angie erzählen wollte – unter vier Augen natürlich. Er stieß fast mit ihr zusammen, als sie aus der Anrichtestube trat.

»Es ging um den Pudding…«, begann sie, unterbrach sich aber dann. »Du grinst… also wenn du keine Ohren hättest, würden sich deine Mundwinkel am Hinterkopf treffen. Was ist los?«

Er sah an ihr vorbei auf Meisterin Plyseth, die offenbar ihren Sitz bei der Feier in der Halle verlassen hatte, um ihre Domäne zu überwachen.

»Nicht hier«, sagte er leise. »Komm mit.«

Er führte sie durch die Anrichtestube zum Fuß der Turmtreppe, wo sie außer Hörweite waren. »Du benimmst dich seltsam, Jim. Was war da draußen mit Carolinus los?«

»Erzähl ich dir später. Nichts. Ach übrigens, ich habe May Heather… ich gab ihr sogar mein Wort darauf. Es war schwer, aber nicht so unmöglich, wie es schien. Auch Carolinus mußte eben an der Tafel seines geben…«

»*Worüber* redest du eigentlich?«

»Um dir alles zu erzählen, reicht die Zeit nicht. Nicht hier. Später. Der Punkt ist, ich habe May Heather mein Wort gegeben, daß für sie und alle anderen Burgbewohner für den Rest ihres Lebens gesorgt wird, wenn du und ich jemals Malencontri verlassen sollten.«

»Wie konntest du so etwas nur versprechen?« Sie starrte ihn ungläubig an. »Wie willst du das halten?«

»Ich kann alles planen und mit Brian und Carolinus darüber reden, wie es erreicht werden kann. Vielleicht könnte man Malencontri Brian und Geronde geben. Vielleicht kann ich Magie einsetzen, um mein Versprechen einzulösen. Aber das ist noch nicht das Wichtigste.«

»Was könnte wichtiger sein? Du sagtest, du hättest May gesagt – wann hast du sie gesehen?«

»Auf meinem Weg nach unten. Ich dachte mir, du würdest wahrscheinlich wissen wollen, wie es ihr geht.«

»Nun…«

»Ihr geht es gut. Das erzähle ich dir später. Wichtig ist, daß ich mich entschlossen habe, mit ihr ein Gespräch zu führen, und dabei hat sie mir was über die Bediensteten erzählt. Ich lag falsch. Sie haben mich doch nicht durchschaut. Angie – sie lieben uns, alle lieben uns, hat May gesagt. Sie könnten dieses Leben nicht führen, wenn sie einen anderen Lord und eine andere Lady hätten. Angie, sie *lieben* mich, sagte sie! Darum benehmen sie sich so.«

Er strahlte sie an, und Jim konnte sehen, daß es ihr schwerfiel, nicht zurückzustrahlen. Wenn einer von ihnen glücklich war, dann war es für den anderen fast unmöglich, nicht auch glücklich zu sein.

»Ich habe es dir doch gesagt«, neckte sie ihn.

Er küßte sie trotzdem.